JOACHIM GEIL

# TISCHLERS AUFTRITT

STEIDL/ROMAN

# JOACHIM GEIL

# TISCHLERS AUFTRITT

FÜR STEPHAN

*Was nicht konformiert, wird mit einer ökonomischen Ohnmacht geschlagen, die sich in der geistigen des Eigenbrötlers fortsetzt. Vom Betrieb ausgeschaltet, wird er leicht der Unzulänglichkeit überführt.*

**Horkheimer/Adorno**
*Kulturindustrie. Aufklärung als Massenbetrug*

*... eingeschlichen in die Familie, hineingesendet ins soziale Gefüge. Die künstliche Züchtung von Bedürfnissen bewirkt reflexhaftes Konsumverlangen und geht einher mit der Auftischung scheinbar gelöster Konflikte durch scheinbar handelnde Personen.*

**Tischler**
*Per Knopfdruck zur Willenlosigkeit*

*Das kleine Zornhandwerk ist dazu verurteilt, sich in verlustreichen Pfuschereien zu erschöpfen. Solange die lokalen Vermögen der aufrührerischen Leidenschaften nicht in weiträumig operierenden Zornsammelstellen zusammengefaßt und von einer visionären Regie koordiniert werden, verbrauchen sie sich in ihrem expressiven Rumoren.*

**Sloterdijk**
*Zorn und Zeit*

[Traumprotokoll]

**Frankfurt, 16. März 1977**

*Wieder erschien mir Hegel im Traum. Er stand auf einer Berliner Kreuzung, trug ein orangefarbenes Pepitahütchen, dazu ein blaues Jackett und hielt den Verkehr auf. Gerade hatte er mit seinem Auto ein anderes Auto gerammt. Sag mal, Sie träumen wohl, hatte man zu ihm gesagt. Er fragte Passanten und Autofahrer, die nun in immer größerer Zahl stehenblieben, ob sie den Mittelteil von Doktor Schiwago kennen. Und irgendwann fragte ein Polizist, ob diese Protestdemonstration eigentlich angemeldet sei. Jetzt erst wußte ich, an wen mich Hegel erinnerte, wenn er mir im Traum erschien. Ich fragte mich, ob es Hegel wohl unangenehm war, daß er mir in dieser Gestalt erschien. Als Knallcharge aus dem Fernsehen. Ausgerechnet aus dem Fernsehen. Aber dann saß Hegel im roten Hausmantel und mit der roten Mütze der Revolution, die er verwegen wie ein Sansculotte in die Stirn geschoben hatte, in seinem Berliner Arbeitszimmer und schaukelte mit dem Kopf. Eine fehlende Pfeife hielt er in der rechten Hand, stützte sich mit dem linken Ellenbogen auf seinen Schreibtisch und schüttelte jetzt unentwegt den Kopf. Er wirkte traurig und unsicher und hatte verweinte Augen. Er schwieg.*

Schlurfen? Nennt man das Schlurfen? denke ich und lösche das Licht. Statt Ruhe kommt Unruhe auf. Das gelöschte Licht läßt den Raum nicht in schlafbringender Dunkelheit zurück, sondern der grünliche Schein der Hotelleuchtreklame dringt ein, drängt sich dazwischen, drängt sich zwischen mich und den Schlaf. Das widerständige Hotelkopfkissen verweigert die Mulde, die ich zum gleichmäßigen Atmen brauche, und die Bettdecke läßt sich auch nicht bis zu den Ohrläppchen ziehen. Da kann ich mich winden, wie ich will. Wenn du das Licht löschst und den kommenden Tag vor Augen hast, der ausgeruht und in völliger Konzentration begonnen werden will, dann bedroht die fehlende Kissenmulde deine Existenz. Wenn der Plan gemacht ist und befolgt werden soll, dann müssen die Beteiligten auch körperlich dazu in der Lage sein. Sowohl die vielen ahnungslos Beteiligten als auch der eingeweihte. Ich. Sei nicht so streng mit dir, denke ich und finde mich schrecklich altersmild. Auf dem Nachttisch zeichnen sich die Umrisse einer von mir verkorkten Rieslingflasche ab. Sie halten, indem sie allmählich deutlicher werden, meine Augen offen und aufmerksam gebannt. Sobald ich den Flüssigkeitsstand erkennen würde, wäre es endgültig aus mit dem Schlaf, endgültig würde die Mulde mißlingen, und ich müßte die Vorhänge zuziehen, was ich nie mache, denn Vorhänge schließen mich vom sichtbaren Tageslauf aus, und der gibt Orientierung in der Fremde. Gerade das Licht der Frühe nicht verpassen. Wahrnehmung von Vertrautem schafft Zuversicht.

Ich knipse das Licht an, und der gespiegelte Lichtschein auf der halbvollen Flasche fährt mir in die Augen. Und das leere Glas. Ich ziehe den Korken leicht verkantet heraus, um das Geräusch der Entkorkung wenigstens angedeutet wieder zu hören. Immer wieder zu hören. Immer wieder schön zu hören. Gieße ein und trinke. Doch, ja. Mineralisch. Aber auch Frucht. Rund. Rheingau eben. Ist das Rheingau? Ich wiederhole die schluckweise Vergewisserung. Mit Säure und Frucht kommt die Zuversicht zurück. Ich lege den Korken neben die Flasche. Nun ist sie leer, und ich muß mir keine Gedanken mehr über den Füllstand machen. Flasche und Glas leer.

Schlurfen? Nennt man das wirklich Schlurfen? denke ich und lösche das Licht. Nun kommt Ruhe auf. Vielmehr tritt sie ein. Man hüte sich vor aufkommender Ruhe. Sie muß eintreten, sonst nützt sie nichts. Das Grün vom Fenster ist gebannt. Aber ich weiß, daß die letzten Gläser Wein nicht folgenlos an meiner Blase vorübergleiten. Sie tropfen vielmehr direkt hinein. Erst denke ich, ich bin weg, dann merke ich, ich muß raus. Nachts raus müssen. Das war doch früher nicht so.

»Herr Tischler, Sie müssen die Blase bis zum letzten Tropfen entleeren, dann passiert so was nicht mehr«, sagte die Schwester beim letzten Mal zu mir. Ich habe die Blase entleert, aber eben nur bis zum letzten Tropfen. Und der war groß und tropfte dann in die Unterhose oder in den Schlafanzug. Vielleicht floß er auch. Der letzte Tropfen ergießt sich und hinterläßt Altmännerpißflecken, die im ersten Moment nässen und nach abgestandenem Apfelsaft riechen, die aber auch anders können. Und von solchen Tropfen hängt das Gefühl ab, wie stark man verwahrlost. Verwahrlosung kann eine Lust sein. Meine Lust, mich den Konventionen im stillen zu verweigern, die Konventionen im kleinen hinter mir zu lassen. Unpassende Socken in der Öffentlichkeit zu tragen. Einen Fußnagel wochenlang nicht zu schneiden. Den Hosenschlitz nur halb zu schließen. Einfach so. Eine Wohltat nach einem Leben zurückgelassener Konventionen. Die Verwahrlosung ist die konsequente Haltung meiner lebensgeschichtlichen Logik. Aber wenn ich allein darauf reduziert werde, äußerlich, von den anderen, die solche Dinge an mir beobachten und bezeugen, dann fühle ich mich nicht, wie ich mich mit Anfang sechzig fühlen könnte: also ähnlich wie mit Anfang zwanzig. Fängt das Leben nicht erst an? Ruhe tritt ein. Vielmehr kehrt sie ein. Vor eintretender Ruhe nehme man sich in acht. Sie muß einkehren. Ein Sturm kommt auf, ein Freund tritt ein oder ein Feind oder der Tod. Aber einkehrende Ruhe ist das, was jetzt nottut. Und diese kleine Tischlerei gönne ich mir: Ruhe kehrt ein, wie ich früher beim Wandern mit Mama und Vater oder mit Wandervogel Onkel Willi und auch später mit Uschi und Ulf in Gasthöfe am Weg eingekehrt bin. Ich kann nicht schlafen. Und die Blase treibt mich aus dem Bett. Ich sollte schlafen, um für morgen ausgeruht zu sein, und was tue ich? Stehe vor der Kloschüssel und warte. Bis sich der vorletzte Tropfen doch noch entschließt herabzufallen. Als wäre es nicht mein Tropfen, als nähme er sich Rechte heraus, die ihm nicht zustehen. Als unterstünde er nicht mehr meinem Willen, meiner Vorstellung.

Ich sehe den Tropfen nicht, wenn ich an mir herunterschaue. Ich sehe unter meinem Bauch nicht einmal die Hände, die meinen Schwanz halten. Dabei bin ich nicht fettleibig, nur der Bauch hat sich Rechte herausgenommen, eine autonome Form gebildet, eine ringförmige Wulst, ein Alterskleid, das ich nicht ablegen muß, selbst in dem Moment nicht, in dem man nur einen schwachgeblümten Kittel umgebunden bekommt, eine verdichtete Beerdigung, auf das Leichenhemd sind die Blumen schon aufgedruckt. Die Einschläferung steht bevor. »Sie werden nichts von alldem spüren, Herr Tischler, wirklich nicht.« Der Bauch ist geblieben, ich trage ihn mit Stolz, als Erinnerung nach dem Verlust meines Übergewichts, meiner guten Form. Zu spät. Mit zärtlichen Schlägen ermutige ich unbesehen meinen Schwanz zum endgültigen Abtröpfeln. Wasserabschlagen im Wortsinn. Der abgeschüttelte Tropfen läßt sich erahnen. Aber der letzte Tropfen benetzt schließlich auf dem Weg zum Bett meinen Schlafanzug. Vor mir die zerklüftete Lakenlandschaft.

Schlurfen? War das eben Schlurfen? denke ich und lösche das Licht. Ich habe das Gefühl, auf der Stelle zu treten. Und ich kann die Mulde nicht bauen. Es ist entsetzlich. Meine Stirn ist feucht. Ich liege in der blanken Gegenwart des Hotelzimmers, kann nicht einschlafen, kann keinen Gedanken fassen, mich an keiner Erinnerung festhalten, die zum Beginn eines Traumes werden könnte. Der sich plötzlich mit einem Bild, einem Erleben verbindet und mich befreite aus dieser grünen Hotelszenerie. Sie ist besser als die grüne OP-Szenerie, wenn die zu mir gewandten, mir zugewandten und sogleich schneidenden Ärzte und tupfenden Schwestern im grünen Ornat eins werden mit der gleißenden Lampe, wenn die traumgetränkte Wattewelt der Narkose mich befreit bis zur weißen Stille, zur Zimmerszenerie brummelnder Monologe beim Zusichkommen, Auftritt Schwester, ach, hier bin ich. Und die Erinnerungen. Befreiend und beklemmend. Aber die Erinnerungen, die man sucht, um der wachen Gegenwart zu entwischen, sind keine wahren Erinnerungen. Erinnerungen müssen einen überkommen und dann mitnehmen, entführen. Oder man macht sie sich selbst. In den meisten Fällen macht man sie sich selbst. Also, mach dir eine Erinnerung. Als du am zweiten Juni siebenundsechzig vor der Deutschen Oper standest, mit Tausenden, und auf diese Prügelperser trafst, zu Tausenden, die mit schwarzen Schnurrbärten und Holzlatten auf Kritik an ihrem Schah-Schah-Scharlatan reagierten, da schlug dir einer seine Latte auf die große Zehe. Dein Blick durch den Tränenschleier, der sich darüber legte, auf den lachenden dicken Perser, der triumphierte und zu seinem lachenden doofen Komplizen schaute, dann wieder zu dir, in dich hineinlächelte, bis zum Zentrum deines Schmerzes, wie auch der Komplize, bevor sie ihre schwarzen Melonen zogen und grinsend grüßten, als signierten sie ihre Arbeit. Dann der stechende Fuß. Die Zehe abgeschlagen, geplatzt, zumindest gebrochen. Vormarsch unmöglich. Du humpeltest taumelnd zurück und entkamst dem Inferno des Kessels. Die Geschichte ist gut und oft erzählt. Du hast sie Kommilitonen, Kommunarden, Komplizen, Kollegen, Aktivisten und den Hörspielianern beim Hessischen Rundfunk immer wieder geschildert.

Natürlich wäre das was für morgen. Gerne auch ungefragt, das wirkt spontaner, und das mögen die. Und bei spontan denken die spontan an die Spontis, und ich bin paßgenau im Bild, meinem eigenen, das sie sich so gerne machen.

Natürlich warst du damals einfach eben aus dem Institut herausgetreten, um über die Straße in die Mensa zu gehen. Diese Scheißampel an der Senckenberganlage, die nicht grün werden wollte. Ungeduld. Ein Schritt nach vorne. Vorderrad eines Radfahrers über deine Zehe. Tränenschleier. Benetzter Blick von dir. Krümmen vor Schmerz. Entsetzter Blick von gegenüber. Du lieber Himmel, is Ihne was passiert? So ist das passiert. Und seither steht die große Zehe deines rechten Fußes nach links ab.

Oder du mit Hegel auf dem Fahrrad unterwegs am Ku'damm. Gründonnerstag achtundsechzig. Hegel fuhr, du auf dem Gepäckträger. Dann fragte dieser Bachmann, ob Hegel Hegel sei. Hegel sagte ja, und Bachmann schoß. Natürlich erzähle ich das, bei der ersten Gelegenheit, noch bevor mich einer beäugt und sagt: »Ach Sie gehören doch zu denen.« Natürlich warst du Gründonnerstag achtundsechzig bei Mama und Vater in Landau. Osterwochenende bei der Familie. April. Frühling läßt sein blaues Band. Und natürlich standen die Zeichen auf Zoff. Dein Bruder kam vom Bund. Soldat auf Zeit.

Vater: Aus dem Egon wärd noch emol ebbes.

Mama: Ach Heinz, der Ernscht machd aach sein Weesch.

Vater: Wenn der ebbes Gscheits studiere dät.

Onkel Willi: Das tut er, glaub mir, das tut er.

Ach ja, Onkel Willi war auch dabei. Mamas Bruder. Schlossermeister und Universalgenie. Für dich der Hoffnungsschimmer in der Familie. Im letzten Kriegsjahr noch desertiert und bei den Großeltern seines kommunistischen Freundes im Keller untergeschlupft. Du nanntest ihn scheißliberal. Und er sagte: scheißegal. Ihr mußtet lachen, und er mußte husten. Und wie Onkel Willi da vor mir aufflackert, wie er sich ins Bild schiebt, merke ich, daß er die erste richtige Erinnerung ist, die wahr und wichtig ist. Alles andere selbstgemacht. Gedrechselt. Getischlert. Aber diese Erinnerung könnte die Rettung sein, die mich aus dem Lakengrab in die erholsame Frische eines Traums mitnimmt. Mit Onkel Willi in die Nacht. Und wie er dich und du ihn anlächelst, scheißliberal, schon klar, und wie er dir dann eine Roth-Händle aus seinem Päckchen zuschnippt, vor der elterlichen Haustür, am Gründonnerstag, und wie er dem Egon auch eine anbietet, aber der Egon mit reglosem Gesicht seine eigene Packung aus der Hemdtasche zieht, der Zeitsoldat nimmt nichts an vom Fahnenflüchtigen. Wie du mit dem Willi noch kurz im grünen Hotelzimmer stehst, aber der Riesling alle, er dann gleich bei dir zu Besuch ist auf deiner ersten Bude in Frankfurt, bei Frau Knapp, einer dicken Kriegerwitwe mit Kittelschürze, die herzlich, aber in einer täglich von neuem ausbrechenden Angst vor dem Paragraphen hundertachtzig allabendlich an die Tür klopfte, Sie wisse ja, Verschaffung von Geleeschenheit, Unzucht, ich wollts nur gsacht habbe.

Am unverfänglichen Nachmittag stelltest du Onkel Willi Uschi vor. Ihr saßt bei geöffnetem Fenster zu dritt auf dem

Boden und ließt die Tüte rumgehen, die Uschi von Gerd mitgebracht hatte. Kennengelernt hattet ihr euch gerade in einer studentischen Schauspieltruppe, die sich *Theaterkollektiv Bockenheim* oder *Die Roten Bembel* nennen wollte, was Gerd und du aber doof fandet. Klar fandet ihr das doof. Ist doch hirnverbrannt, Bembel, das ist doch Frankfurter Spießertum und außerdem so agitpropmäßig. Mannomann. Gerd nannte sie dann schließlich, und ließ sich da nicht reinreden, *Kollektiv Bockenheim,* wegen des gesamtgesellschaftlichen Aktionskreises. Klar? Nee, is klar.

Onkel Willi hustete als erster und ging zum Fenster. Er hustete und hustete. Uschi klopfte ihm auf den Rücken. Rücken. Jetzt war sie älter als er, obwohl er natürlich viel älter als sie war, denn sie war so alt wie du. In ihre schwarzen, glattgekämmten und gescheitelten Haare, die bis unter die Schulterblätter reichten und mit denen sie in fast hypnotischer Strenge, hypnotisch, im Garagenprobenraum des Theaterkollektivs die Charlotte Corday aus *Marat/Sade* von Peter Weiss probierte, in ihr magisches Uschihaar also, her magic Uschi hair you know, durch das so oft deine Finger tastend wie am ersten Tag strichen, war eine große weiße Strähne hineingewachsen, die ihr früheres Haar unvollständig erscheinen ließ. Unvollständig. Unreif. Too young you know. Uschi gehörte zu denen, die im richtigen Maß mitaltern, später, viel später, mit Ende vierzig. Und so stand sie zu einer Zeit, als sie wie du Anfang zwanzig war, wie Ende vierzig neben Onkel Willi, der neben ihr deutlich jünger war, vielleicht so alt wie kurz nach Kriegsende. Dabei war er Anfang fünfzig. Und sie doch noch so jung. Vielleicht warst du auch mißtrauisch, vielleicht eifersüchtig. Geruchlich war Uschi gut mitgealtert. Sie roch immer besser. Abgesehen von der Note gerauchter Zigaretten. Die andere Note, Körper in Auflösung, süßlich-muffig, hatte sie nie. Sie hatte Reifearomen und die weiße Strähne. Denn an Einsicht sind wir heute viel klüger als jene deren Zeit für immer vorüber. Ach Uschi.

Während Onkel Willi herzhaft abhustete, schob Uschi ihre noch nicht weiße Strähne aus dem Gesicht - wohin die immer wieder fiel, aber wie absichtlich, damit sie wieder nach oben geschoben werden konnte. Uschi berührte dabei ihr Ohr und klemmte einen Teil der Strähne fest dahinter. Das machte sie oft, immer elegant, mit mechanisch beiläufiger Geste, mit leichter Drehung des Kopfes, wobei sie die Augen auf dich gerichtet ließ, immer auf dich, eine andere Frisur wäre gar nicht denkbar gewesen. So stand Uschi älter als Onkel Willi neben Onkel Willi, der sich zur Linderung seines Hustenreizes eine Roth-Händle angesteckt hatte. Die führte er mit rotem Kopf und geröteten Augen, aber ohne zu husten, im Mund und wagte eben den ersten tiefen Zug. Dann fing Uschi an zu husten.

Bist aufgewacht, aus dem Bett gefallen, hast dir den Kamm durch die Haare gezogen. Bist irgendwie runtergegangen und hast einen Kaffee getrunken und gemerkt, daß du ziemlich spät dran warst. Hast deinen Mantel gefunden und nach deinem Hut gegriffen. Bist in ein paar Sekunden in den Bus gehechtet. Bist irgendwie raufgegangen und hast eine geraucht. Und jemand hat was gesagt, und da bist du schon rein in einen Traum. Bin aufgewacht, aus dem Bett gefallen, habe mir den Kamm durch die Haare gezogen. Bin irgendwie runtergegangen und hab einen Kaffee getrunken und gemerkt, daß ich ziemlich spät dran war. Hab meinen Mantel gefunden und nach meinem Hut gegriffen. Bin in ein paar Sekunden in den Bus gehechtet. Bin irgendwie raufgegangen und hab eine geraucht. Und jemand hat was gesagt, und da bin ich schon rein in einen Traum.

In einen Traum. In einem Raum. Der Raum ist hell. Ich bin wer. Liege im Krankenzimmer und warte auf die Morgenvisite. Hat die Schwester schon Fieber gemessen? Nein. Heute gibt es keinen desinfizierten Krankengeruch. Ziemlich krank. Neben mir auf dem Nachttisch steht eine volle Urinflasche. Nein. Eine leere. Flasche Riesling, daneben ein leeres Glas. Ich bin's und liege im Hotelzimmer. Guten Morgen. Und wirre Träume hatte ich, kaum zu beschreiben. Was war es? Was? Nichts für ein Protokoll. Über mir hängt der Tag. Über mir. Ich muß raus. Ich muß weg. Ich muß los. Die Rieslingflasche. Leer. Vermerken im Plan. Kleine Änderung. Schloß Vollrads, 2006, Spätlese. Unwiederbringlich. Neue Flasche. Muß her.

Und auf!

Herrichten, paßgenau, Verwahrlosung andeuten, nein, eher unkonventionell, Dreitagebart, graumeliert, kann bleiben, ideales Spannungsverhältnis zwischen Nonchalance und ergrautem Gammler, kommt gut an. Haare, ins Gesicht kämmen, Pony andeuten, deutscher Denker, ungescheitelt und frei. Tischlerei: gescheitert, nicht gescheitelt. Hemd, schwarz. Oder Strickpullover? Schaffellweste, keine Schaffellweste. Lederjacke, braun. Hose, Jeans. Schuhe, Sandalen, für die Jahreszeit zu offen, aber müssen sein an diesem Ehrentag, in der Sendung zwar unsichtbar, aber das Laufgefühl, Schlurfgefühl, nein, eben nicht. Bennogefühl. Frischer Widerstand. Aktentasche, abgewetzt, wie sie Rudi auf dem Fahrrad dabeihatte. Immer Bücher und Papiere dabei. Manuskripte. Plastiktüte, orange, dünn, nur aufpassen, daß sie nicht reißt. Alles schon passiert. Alles in allem ist alles in Ordnung.

»Guten Morgen. Welche Zimmernummer bitte?« fragt Laszlo Horváth, der lächelnde Frühstücksberater im Frühstücksraum. Ich will ihn gegenfragen, ob etwas verschimmelter Käse für mich im Haus sei, aber nicht der edle Käseschimmel blau, sondern der rotzige, bärtige rot und grau. Ich frage es nicht.

»Zweihundertsiebenundfünfzig«, sage ich.

»Ah, Herr Tischler. Es liegt eine Nachricht für Sie vor.« Eine Nachricht? »Es geht um den Fahrdienst ins Studio, den die Pelati GmbH für Sie eingerichtet hat. Ich würde vorschlagen, Sie frühstücken in Ruhe und bedienen sich am Buffet«, schaut mir auf den Bauch und sagt: »gerne ausgiebig, und wenn Sie fertig sind, sage ich dem Taxiberater Bescheid, der ruft den Fahrdienst an. Ist das ein vernünftiger Plan?« Wie eine Tulpe im Wind dreht sich Laszlo Horváth mit leichter Verbeugung im Halbkreis vor mir und schlägt die Hände vor der Brust zusammen. Ich kann nur »entzückend« sagen. Und zwinkere. Durch Gerd, die Bestie, habe ich eine universale Dankesgeste erlernt, mit der ich mich zugleich aus jeder Situation verabschieden kann: die Verbeugung mit den brahmanischen Gandhi-Händen vor dem Gesicht, eigentlich betende Hände bei Dürer, aber indisch mir näher, denn Gerd wollte immer nach Indien, und Hegel, das ist kein Scherz, studierte den Inder und mein Professor den Hegel und ich bei meinem Professor – »es ist alles dasselbe, was der Inder, wenn er äußerlich bewegungslos, und ebenso in Empfindung, Vorstellung, Phantasie, Begierde, u.s.f. regungslos jahrelang nur auf die Spitze seiner Nase sieht, nur Om, Om, Om innerlich in sich, oder gar Nichts spricht, – Brahma nennt. Dieses dumpfe, leere Bewußtseyn ist, als Bewußtseyn aufgefaßt, – das Seyn.« So was liest man heute nicht mehr. Ich las es für eine Hausarbeit während des Hungerstreiks. Und jetzt erst, im Hotel Dreikönigsschrein, im Angesicht von Laszlo Horváth, im Gedenken an den genialen Gerd, den Hund, den Sausack, beginne ich zu verstehen.

Im Frühstücksraum kann ich keinen klaren Gedanken fassen, obwohl dies das Gebot der Stunde wäre. Gästebrummen zum Kaffeegeruch. Geschirrgeklirr. Besteckgeschepper. Das war doch früher nicht so. Und die Blicke bleiben nicht auf den balancierten Tassenrand beschränkt, nicht auf die Tische, nicht auf das jeweilige Gegenüber, das abwechselnd ins Brot beißt, aufschaut, redet und selbst den Blick über andere Tische kreisen läßt. Die Blicke aller treffen sich wieder und wieder. Sie kommen mir laut vor. Laute Blicke fremder Gäste. Lauter Blicke. Gesellschaft ohne Opposition. Euphorie im Unglück. Ich schaue auf den schwankenden Kaffee in meiner Tasse. Den habe ich immerhin zum Tisch gerettet. Ein Anfang. Die Leere meines Tellers, wohltuend für einen Moment. Aber unentwegt kann ich nicht auf den leeren Teller schauen, das fällt auf im Frühstücksraum und festigt das Bild derer, die den halb geöffneten Hosenschlitz oder die Socken schon bemerkt haben und dabei sind, Schlüsse zu ziehen. Bevor ich zum Buffet gehe und Dinge auf den Teller lege, muß ich meinen Plan durchgehen. Uhrenvergleich. Acht Uhr dreißig. Noch drei Stunden. Aus meiner Gesäßtasche ziehe ich den geknickten Ablaufplan, den mir die Pelati GmbH zugeschickt hat. Elf Uhr dreißig Empfang, Besprechung mit Redaktion und Doktor Schnittke. Kurze Pause. Dann Garderobe/Maske bis dreizehn Uhr. Sendung. Beginn dreizehn Uhr fünfzehn. Ende vierzehn Uhr. Bitte bis sechzehn Uhr zur Verfügung halten.

Jetzt überlegen, ob und was ich hier esse. Nicht wegen der Speiseröhre, die ist hinüber, da mache ich mir nichts mehr vor. Solange ich beim Schlucken keine Schmerzen habe, ist alles halb so schlimm. Morgentablette nicht vergessen. Bedenken, wie die Beschickung und Befüllung meines Magens durchzuführen ist. Die Munitionierung. Und ich muß die Munition besorgen. Auf dem Weg durch die Stadt. Ich muß hinarbeiten auf einen Zeitpunkt, der noch fast fünf Stunden in der Zukunft liegt. Es ist wie Sprengstoff und Zünder. Kraft muß dahinterstecken, aber sie muß im richtigen Augenblick entfacht werden. »Physiologische Notwendigkeiten« nannte

Nietzsche so etwas. Er meinte etwas ganz anderes, ganz sicher, aber in diesem Augenblick folgen auf Hegels Inder Nietzsches Notwendigkeiten und nehmen wieder Kurs auf mein Leben. Den Septembermorgen im Frühstücksraum werde ich nicht lange ertragen müssen. Etwas sollte ich essen, so viel, um den Darm eben hier auf meinem Zimmer entleeren zu können. Nicht daß alles noch nach hinten losgeht. Das wäre fatal, das wäre Versagen auf ganzer Linie, das wäre konterrevolutionär, wenn man so will. Will man so? Ich weiß es nicht. Ich glaube nicht. Ach Quatsch. Natürlich nicht. Jetzt trink deinen Morgenkaffee, der hilft beim Morgenschiß. Schluß!

Das Hotel werde ich also mit der orangefarbenen Plastiktüte und der abgewetzten Aktentasche verlassen, die sich in meinem Reisegepäck befinden. Möglichst schnell und unbemerkt. Ich muß mich an Laszlo Horváth vorbeischleichen, denn ich darf nicht vom Fahrdienst geholt werden. Muß aufpassen, daß ich nicht Opfer dieser abgezirkelten Rituale, dieser Einpassung in den technischen Ablauf werde. Beute des Fernsehens. Selbst als Studiogast werde ich nicht die Unterwerfung leisten, die es als technischer Betrieb einfordert. Hineingesendet ins soziale Gefüge, eingeschlichen in meine Familie, in meinen Vater, den alten Deppen …

Am Ende schließt sich der Kreis, und die Rechnung muß bezahlt werden. Ich werde mich vorbeischleichen. Ich werde die Treppe nehmen und den Hinterausgang. Gibt es hier einen Hinterausgang? Du hast die Fluchtwege nicht ausgekundschaftet? Nein. Ist doch wohl das Mindeste. Dann sieh mal zu, wie du aus der Scheiße rauskommst. Ach Uschi. Wird schon. Laß das mal Ernesto machen. Dann mach! Gruß, Deine Uschimaus. Das hat sie ein einziges Mal geschrieben, Uschimaus. Paßt überhaupt nicht zu ihr. Uschi ist eigentlich schon schlimm genug. Aber sie hat sich selbst so genannt, seit Gerd sie so genannt hat, in diesem proletarischen Probenraum, angefüllt mit Aromen von Altöl, abgestandenen Autoabgasen und Zigarettenrauch, manchmal durchsetzt mit der süßlich-grünen Grasnote, wenn Gerd was kreisen ließ. Seit sie in diesem Probenraum mit ihren strengen Haaren, natürlich noch ohne weiße Strähne, Gerd als Marquis de Sade ausgepeitscht hat. Er kniete unter ihr, und sie warf den Kopf wieder und wieder herum, und die Haare hieben symbolisch auf ihn ein, angeblich ein spontaner Regieeinfall von Gerd, der nicht nur dem Kollektiv vorstand, sondern auch gerne seine Stücke durchsetzte, Regie führte und eine Hauptrolle übernahm. Du durftest immerhin den Ausrufer spielen. Das gestanden dir alle acht erhobenen Hände des Kollektivs ohne Gegenstimme zu. Mehr nicht.

Gut gut, hast du gedacht: Na, das wollen wir uns doch mal anschauen, oder wie Onkel Willi das französische Original wiedergab: Allons, voyons cela, damals, als er in Paris hin- und hergerissen war zwischen Arlette und ihrer Schwester Simone, die auf einer kleinen Bühne Argans Tochter Angélique spielte und auch Kontakte zur Résistance hatte. Mit Molières Worten auf den Lippen war Onkel Willi zur Premiere der Theatertruppe in deine Schule gekommen, eigens aus dem Odenwald, wo er in einer gewissen, wie dir schien, selbstgewählten Abgeschiedenheit lebte, stieg vor der Aula aus seinem Lloyd, umarmte deine Mama herzlich und spuckte dir trocken abwechselnd links und rechts hinters Ohr. Du hattest eine kleine Rolle in einer von Oberstudienrat Doktor Schnepper ausgewählten Komödie bekommen, Gerichtskomödie im alten Stil, im Grunde Boulevardtheater, spießig, aber gut organisierte Pointen. Es hieß *Hokuspokus* und handelte von einem Mord. Du spieltest einen Zeugen namens Munio Eunano, *ein rothaariger, aufgeregter junger Mensch.* Dabei warst du brünett. Sommersprossen wurden dir geschminkt, denn die allein seien schon komödiantisch, meinte Doktor Schnepper. Eunano war Angestellter bei einer chemischen Wäscherei und hatte nur einen Auftritt. Von Staatsanwalt, Präsident und Verteidiger wurde er vernommen und in ein Pointengespinst verwickelt, bei dem es um ein weißes Wollkleid mit blauen Tupfen ging. Du wußtest, wo Mama und Onkel Willi ungefähr saßen, und wolltest ihre Reaktionen miterleben, aber du konntest sie nicht sehen, weder durch den kleinen Schlitz im Stoff des Vorhangs hindurch noch später von der Bühne aus. Also spieltest du für alle. Die gestreifte Fliege deines Kostüms kniff und drückte dir auf den Kehlkopf, aber es half dir, diesen Eunano, spirlig-spindelig wie du, pointensicher zu treffen.

Plötzlich war da ein Gefühl von Nähe zu dieser Rolle, auch wenn sie als Lachnummer, als Pointenmaschine vorgesehen war. Du warst aufgeregt wie Eunano, du spürtest seine Anspannung auf deiner Stirn und in deinen Schultern. Bislang warst du neidisch gewesen auf die Rollen der Älteren, die Jungs aus der Obersekunda wie Hermann, der den Staatsanwalt spielte, oder Otto aus der Unterprima, der die Hauptrolle Peer Bille spielte, der unglaublich elegant daherkam und eine Menge Lacher auskosten konnte. Auf ihn schauten die Mädchen gebannt. Es war eine Hierarchie von Pointen und Redezeit. Und Otto war eine Rampensau, wie Onkel Willi das nach der Vorstellung nannte. Jetzt wurde im Scheinwerferlicht der Schulaula der Zeuge Eunano befragt:

Präsident: Sie heißen Munio Eunano?

Du hattest zu antworten. Und merktest, daß es dir in diesem Moment genauso erging wie deiner Rolle. Du sahst ihn vor dir, in dir, auf dir, verwoben mit deinen Nerven, mit deinen Armen, mit deinem gekniffenen Kehlkopf. Ausgerechnet den unwichtigen Pointengeber Eunano. Aber in seiner Rolle erschloß sich dir eben etwas Verständliches, etwas Menschliches, was jetzt sofort unterbunden und als komisch geahndet wurde, denn es gehörte nicht hierher: das Private, das ihn dir so nahebrachte, das dich an Eunano zu interessieren begann, das dich an ihn band, das eine Solidarität zu diesem kleinen Angestellten schuf und das dich einen Gedankenblitz lang ausbrechen ließ aus der angeordneten Rolle des Zeugen.

Eunano: Ein blöder Name – aber meine Vorfahren stammen aus Griechenland. Daher das Eu.

Erste Lacher auf deiner Seite. Eunano brachte dir Lacher, aber du durftest ihn nicht gegen dich ausspielen, sonst würdest du vor dir verlieren. Das Publikum erwartete Text, den nächsten Witz, wollte sich rotgesichtig auf Rock und Hose klopfen. Für Sekunden Plissee und Bügelfalte plätten. Weil der Augenblick so schön und die Scherze so köstlich waren.

Präsident: Sie sind sechsundzwanzig Jahre alt, unverehelicht, Angestellter bei der chemischen Wäscherei und Färberei von Keller & Hoffmann.

Da hattest du den Eunano begriffen. Eigentlich hatte er Pläne.

Eunano: Ja. Ursprünglich wollte ich …

Sogleich unterbrach ihn der Präsident. Allgemeines Auflachen im Sopran, das nicht den Mund aufriß, zwischen geöffneten Zähnen und geschlossenen Lippen hängenblieb. Achtungs- und Zwischenlacher, durch die Nase ausgeatmet, damit für den nächsten Großlacher noch genügend Atemluft blieb, denn das Angenehme und die Grundlage fürs Lachen überhaupt und die Freude am Lachen, an welchem auch immer, ist das Ausatmen. Gnadenlos. Beschickt mit Pointen vom Autor. Und der sieht deinen Eunano als Ausrutscher. Was wollte er wohl ursprünglich werden? Schauspieler? Das hattest du dich nach der ersten Leseprobe schon gefragt. Aber du hattest natürlich keinen gefragt, denn es tat nichts zur Sache.

Tischler, ist doch ganz egal, hätte dir Doktor Schnepper lachend ins Gesicht gesagt, lernen Sie lieber Ihren Text, ist ja nicht so viel, schaffen Sie schon, nich wahr nich nich. Arschloch.

Als ich den Frühstücksraum verlassen will, werde ich von Laszlo Horváths unvermeidlichem Blick gestellt. Ich kann ihm nicht entweichen. Muß ihm Aufmerksamkeit zollen. Er fordert sie von mir. Er fordert von mir auch einen Anschluß an seine bedrohliche Erklärung, daß Pelatis Fahrdienst jederzeit angerufen werden könne. Dies zeigt mir im höflichen Standard der Hotelkette sein beginnendes Lächeln. Horváth sagt keinen Text auf, sondern erwartet mit seinem Blick von mir die Replik auf sein Ansinnen. Augenblicklich. Ich denke noch, was für eine Gemeinheit, das ist ja wie in einem Verhör, in dem die Aussage ohne Frage erzwungen wird, und die muß lauten: »Ich gehe eben noch schnell auf mein Zimmer. Aber sobald ich wieder hier bin, können Sie dem Fahrdienst Bescheid sagen.«

»Beziehungsweise dem Taxiberater, der dies dann tut.«

Jetzt maßregelt er mich für meine verzerrte Darstellung der technischen Abläufe in seinem Haus. Ich lächle geübt mit geballter Faust. Ich könnte die Faust wieder entkrampfen und einfach sagen: »Verzeihung, das meinte ich.« Das könnte ich, das wäre zweckdienlich, es würde mich von ihm und ihn von mir befreien. Es würde seine Ordnung nicht in Frage stellen und meinen Status als unauffälliger Hotelgast nicht gefährden. Aber soll ich mir diese repressive Harmlosigkeit gefallen lassen? Er maßregelt mich in der Dienstkleidung der Zuvorkommenheit. Verkommenheit. Er suhlt sich in Höflichkeit. Aber dahinter verbirgt sich die angemahnte Einhaltung reibungsloser Abläufe in seinem Herrschaftsbereich, in dem ich mich als Nummer zweifünfsieben bewege, Tischler, Ernst Ewald. Und was ruft es hervor? Eine kleine, kaum aufgeregte, aber doch spürbare innere Erhebung, eine mikrobische Empörung. Ich stelle nicht unsere gesamte Gesellschaft in Frage. Auch an mein Solidarisierungsbedürfnis mit den sozialrevolutionären Befreiungsbewegungen der Dritten Welt aus dem Gefühl verschleierter Unterdrückung in den spätkapitalistischen Metropolen werde ich nicht unmittelbar erinnert. Ich bete nichts mehr nach. Es ist doch ein ferner Klang, den ich jetzt nicht ohne die megaphonverzerrten Stimmen aufrufen kann und auch nicht ohne ein unwillkürliches Grinsen, hinter dem sich gedämpfte, anerzogene Scham verbirgt, vielleicht noch in geheimer Komplizenschaft, aber dennoch mit der Maske der allwissenden Jetztzeit, die uns verbietet, aufrichtigen Widerstand geleistet zu haben, damals, als es doch allen gutging.

Da steht Laszlo Horváth vor mir, diese kleinformatige Charaktermaske des neuen Jahrtausends. Nichts fällt mir ein, und ich spreche zu ihm: »Soso, der Taxiberater tut dies dann«, gewinne Zeit, während Horváth seine Augenbraue anhebt, eine verschleierte Konfrontation, eine Katze würde an seiner Stelle die Ohren anlegen. Da sind sich bei mir immer alle einig. Horváth erwartet eine weitere Ausführung. Die verweigere ich ihm. Sage nichts mehr. Er geht irritiert einen Schritt zurück, stößt gegen einen Gast, der sich an der Rezeption registrieren läßt, dreht sich um, rempelt dabei einen weiteren Gast an, der den Frühstücksraum sucht, und gerät mit einem Blick zu mir, hilflos, ungläubig, dann verdächtigend, ins Taumeln. Zwischen Rezeption und Frühstücksraum, zwischen den ankommenden und weilenden Gästen verliert er den Halt. Für einen Moment. Doch Laszlo Horváth wäre ein Stümper, wenn er sich nicht wieder fangen würde. Die unsichtbaren Fallstricke, die da am Boden für ihn bereitlagen und von denen er annahm, ich hätte sie ausgelegt, bringen ihn nicht zu Fall, denn ebenfalls unsichtbare, nicht minder spürbare Fäden, an denen er aufgehängt ist, bewahren ihn. Er fängt sich in einer Pirouette der Höflichkeit, entschuldigt sich bei den Gästen, begrüßt die einen und weist den anderen fürsorglich den Weg: »Willkommen im Hotel Dreikönigsschrein.« »Der Frühstücksraum befindet sich dort. Darf ich Sie begleiten?«

Vielleicht höre ich beim Wachsen des Grases die Flöhe husten, aber an so einer nachmodernen Situation widerstandsloser Dienstbeflissenheit lese ich gerne den Zustand der Gesellschaft ab. Wolfram sagte zu mir: dialektischer Kaffeesatzleser. Onkel Willi hustete und meinte: Ernst, du hörst das Gras husten, dabei bin ich es, und Gras haben wir auch keins mehr.

Aber dein aus Ungarn geflohener Kommilitone Bela sagte tropfnaß, als neben den Hamburger Reitern die Berittenen heranpreschten, auf der Suche nach seiner Brille, seiner neuen Brille, mit diesen Metallbügeln: Es gibt es fier alles eine Gränze. Später verbrachte er Jahre in einem französischen Gefängnis.

Ich passiere ohne Zwischenfall die Grenze zum Vorraum mit den Aufzügen. Meine Sandalenschritte sind fest, durchlüftet und ausgewogen. Ich weiß, was ich tue. Ecke nicht an, komme gut an und weiter im Plan.

Auch Eunano hatte Pläne gehabt, soviel stand fest, er hatte sie aufgegeben, um als Angestellter in einer Wäscherei zu arbeiten. Auch das stand fest. Für den Bruchteil einer Sekunde fandest du dich ausgeschlossen, wie Eunano mit seinen Plänen, bis er in die Reinigungsbranche wechselte. Welche Verzweiflung mußte da im Spiel gewesen sein? Und nun mußte er auch noch laut Text zugeben, daß ihm als Vertreter seiner Firma ein Mißgeschick passiert war. Eunano blieb nichts erspart, aber du hofftest und spürtest, indem du das kleine Herz Eunanos gegen die Wand fuhrst, daß deine beste Pointe an diesem Abend unmittelbar bevorstand. Sie wurde in einem aufwendigen Hin und Her vorbereitet: Hermann aus der Obersekunda fragte dich als Staatsanwalt nach der Verfassung des weißen Wollkleides mit den blauen Tupfen. Hatte es nicht Flecke? Es hatte.

Staatsanwalt: Was für Flecke?

Eunano: Teer- und Tangflecke. Wir haben sie nicht rausbekommen, die Teer- und Tangflecke, nur die blauen Tupfen.

Der Beifall war tosend. Wiehern und konvulsivischer Polterbaß füllten zweistimmig die Aula. Dein Lohn für die Rolle des Lächerlichen. Es sollte noch besser kommen. Aber du hattest Eunano verraten, den kleinen Munio, den Blödel. Und du mußtest weiterblödeln. Hermann hatte dich in der Hand.

Staatsanwalt: Wie erklären Sie sich die Tang- und Teerflecke?

Textaufsagen, Tischler, Obertertia, nicht blamieren vor Onkel Willi da unten im Dunkel! Schnepper stand neben den Kulissen, um die Auftritte auf die Bühne zu verschicken. Kinderlandverschickung. Du sahst ihn an. Er sah dich fragend an. Verwies mit dem Kopf auf die Souffleuse vor der Rampe. Begriff nicht eine Sekunde, daß es um Eunano oder nicht Eunano ging, um Eunanos Veränderung, sein Aufbegehren.

Eunano: Sie sind offenbar drangekommen, Herr Staatsanwalt.

Staatsanwalt: Offenbar.

Lachen wie Fliegeralarm, erinnerte sich Mama nach der Vorstellung an diesen Moment. Zum Glück war Vater mit Egon zu Hause geblieben, der hätte sich so eine Bemerkung entschieden verbeten. Eunano war nun abonniert, war nicht mehr zu retten. Du hattest nur den Text des Autors. Da hätte ein anderer Autor hergemußt. Du kanntest keinen. Du warst angewiesen und ausgeliefert. Plappern, was der Autor ins Textbuch geschrieben. Fertig, aus! Du warst hilflos, und das war der Zweck deines Auftrittes. Eunano war hilflos wie du. Der Text drängte ihn in die Ecke, und Hermann war ganz im Text, als das abebbend schäumende Publikum im Innehalten die nächste Pointe ordnungsgemäß einforderte.

Staatsanwalt: Ich meine, sah das Kleid aus, als sei es vielleicht mit dem geteerten, tangbehafteten, nach oben schwimmenden Kiel eines gekenterten Bootes in Kontakt gekommen?

Du hattest keine Chance. Du warst nicht vorbereitet, hattest nur den Text gelernt, hattest keinen anderen, keinen eigenen.

Eunano: Das habe ich nicht verstanden, Herr Staatsanwalt.

Der Staatsanwalt wiederholte hilflos mit denselben Worten den Sachverhalt. Und der Autor sah vor, daß du verdutzt in den Saal siehst. Eunano sah ins Publikum, du konntest zum Glück weder Onkel Willi noch die Mama finden, denn ein persönlicher Hilferuf an sie wäre ein fatales Zeichen gewesen. Schnepper sah, daß Eunanos Hilflosigkeit zu deiner geworden war. Er zeigte dir wiederholt mit einer tickartigen Kopfbewegung den Blick zur Souffleuse. Hatte er gar nichts begriffen? Hatte er nicht. Und Otto als Peer Bille kostete seinen Triumph aus, den ihm der Autor vor- und zugeschrieben hatte. Du bliebst chancenlos. Eunano war verloren. Es blieb der Text.

Peer Bille: Er hat's immer noch nicht verstanden.

Und er erklärte Eunano langsam, in denselben Worten abermals den Sachverhalt, gab aber zu, daß er an den richtigen Worten scheiterte.

Und da fand der Autor Gnade mit dir und deinem Eunano. Er ließ ihn verstehen. Zwar drückte dir an diesem Abend die

Knallcharge mit der Fliege auf den Kehlkopf, aber Eunano bewies im zweiten Anlauf Verstand. Dir so nah.

Eunano: Das ist sehr leicht möglich.

Staatsanwalt: Was?

Eunano: Daß das Kleid sich an ein umgekipptes Boot geklammert hat –

Nun durfte Eunano den Herren zeigen, daß sie sich unverständlich auszudrücken pflegten. Du hattest mit Hilfe des Wäschereiangestellten Munio Eunano eingesehen, daß es nicht der fuchtelnde Schnepper war, wie er vom Bühnenrand schweißgebadet auf die Souffleuse verwies, nicht der Hermann und nicht der Otto, es war der Autor, der sich deiner bemächtigt hatte. Lesen oder schreiben? – Das war hier die Frage. Wer sprach, und was sprach er? Allons, voyons cela.

Wer spricht? Laszlo Horváth spricht. Er spricht zu einem Frühstücksgast. Und der muß antworten. Es geht um die Zimmernummer, die Gefangenennummer. Ein anderer Gast. Ich halte mir den Ablaufplan von Pelati vors Gesicht, als würde ich lesen. Als verinnerlichte ich die Instruktionen. Aber ich lese gar nicht. Ich schummle. Ich weiß warum. Ich habe eine Idee. Aufschreiben kann ich sie im Augenblick nicht, aber sie liegt so klar vor meinen Augen, so bewußt bin ich mir ihrer, daß motorische Einzelschritte nicht zu bedenken sind, sie vollziehen sich von selbst. Ganz bei mir. Sie vollstrecken sich auf Geheiß meiner Idee, meines Plans. Tischlerei: Ich gehe von Pontius zu Pelati. Aber den Weg bestimme ich.

Am Aufzug stehe ich hinter Onkel Willi. Ich denke, was für eine Überraschung, was für ein Zufall, und sage: »Onkel Willi, was für ein Zufall, du hier?« Onkel Willi dreht sich um, ein Geschäftsmann mit Schnurrbart und weinrotem Jackett, erinnert mich eher an einen Staubsaugervertreter und sagt: »Wie bitte?«

Ich bin zugleich enttäuscht und wenig überrascht. Abgesehen davon, daß Onkel Willi nie einen Schnurrbart getragen hat, war er auch seit zwanzig Jahren nicht mehr am Leben. Aber du hast ihn am Fahrstuhl erwartet, weil dich Onkel Willi nach deiner ersten Vorstellung herzlich umarmt hatte. Diese Geste der Herzlichkeit kanntest du sonst von niemandem in deiner Familie. Sie war auch nicht in irgendeiner Weise erotisch gemeint, Risiko des Onkels, sondern Onkel Willi hatte sich, wie dir Mama nur andeutungsweise mitteilte, während seines Medizinstudiums bei Sauerbruch in Berlin gerne in Theaterkreisen herumgetrieben, so nannte sie das. Damals hatte er auch, wie er dir einmal ausdrucksvoll demonstrierte, eine blonde junge Schauspielerin kennengelernt, die an sich hübsch war, in deren lachendem Gesicht sich aber immer eine Spur zu viel tat. Und die aufgerissenen Augen ließen in einem Maße das Weiße um die Pupille hervorschimmern, daß alles an eine zerspringende Puppe erinnerte, die nicht von einem Kind oder einem erbosten Vater geschüttelt wurde, sondern die sich selbst drangsalierte. Sie lachte laut, sprach entsetzlich schnell, tat ausführlich so, als würde sie einen safttropfenden Pfirsich essen, was sie neben reichlichen Kaubewegungen mit einem schlürfenden Einsaugen von Luft und vermeintlichem Saft durch ihre ansonsten tadellos geschminkten Lippen unterstrich, und hieß Gisela Schlüter, damals weitgehend unbekannt, im Begriff, für ihre Karriere zu üben, später eine groteske Größe im deutschen Fernsehen, heute wiederum weitgehend unbekannt, von Onkel Willi immer wieder im Fernsehen angeschaut. Seit Kriegsende ohne persönlichen Kontakt zu ihr, war er fassungslos fasziniert von der Konsequenz, mit der sie später im Fernsehen blödelte.

Ich sage: »Oh, Verzeihung, ich habe Sie verwechselt.«

»Kann ja vorkommen.«

»Ja, immer wieder gerne. Wo müssen Sie hin?«

»In den dritten.«

Ich drücke die Drei und die Zwei. Onkel Willi stand nicht vor dem Aufzug, er stand vor der Herrentoilette der Schulaula, im Foyer, mit einem Glas Sekt in der Hand, den es dort für die Erwachsenen gab. Du stießt mit Apfelsaft an, und er legte seine freie Hand auf deine Schulter. Mama stand daneben und prostete dir mit Sekt zu, als solltest du glauben, auch sie trinke nur Apfelsaft, lächelnde Verlegenheit eines verheirateten Mädchens. Doch da legte sie plötzlich für Sekunden ihren Kopf auf die Schulter ihres älteren Bruders. Sie hätte beschwipst sein können, wenn es nicht der erste Schluck gewesen wäre, den sie gerade in einem übermütigen Nippen dem Glas entnommen hatte. Onkel Willi sagte: Gut gemacht, Rosel. Du hast einen Sohn erzogen, der deiner würdig ist. Du kannst stolz sein. Und du auch, Ernschtl. Laßt euch nichts vormachen vom Heinz.

Ach Willi, laß doch den Heinz, sagte sie.

Du bist kein Willi Forst, Ernschtl, aber du hast dem Eu-, dem, dem?

Eunano, Munio Eunano, sagtest du stolz, als würdest du ihm einen guten Freund vorstellen.

Du hast dem Eunano die Treue gehalten, sagte Onkel Willi, auch wenn du nicht viel für ihn tun konntest bei diesem Text. Du hast sie alle an die Wand gespielt, weil dir ein Licht aufgegangen ist, oder?

Und indem dir Onkel Willi schmerzhaft (verbissen?) mit dem Zeigefinger der freien Hand wieder und wieder gegen dein Schlüsselbein stupfte, das du dir mit vier beim Eisschliddern auf dem zugefrorenen Weiher im Ostpark gebrochen hattest, gar nicht mehr aufhören konnte zu stupfen, sagte er, vom Stupfen und seinen folgenden, noch nicht geäußerten Worten bereits nervös, als hätte er Angst, nicht textsicher zu sein: Sei du selbst. Und wiederholte: Sei du selbst. Und abermals: Sei du selbst. Und mit gehobener Stimme: Sei du selbst. Und in nachlassendem Staccato: Sei du selbst. Und im Bruderton nur für dich: Sei du selbst. Und jetzt leicht onkelig: Sei du selbst. Und im Flüsterton, als Geheimnis, das du nie vergessen darfst, das du dir, verdammt nochmal, als Lebensmotto aneignen solltest, denn dein Leben war noch nicht verpfuscht, du hattest noch nicht genug wie Onkel Willi: Sei du selbst. Und indem er den Kopf zu schütteln begann, gab er zu, daß er nicht wußte, was er da eigentlich sagte. Er wußte es nicht. Der abgebrochene Mediziner und Schlossermeister, den du nie bei der Arbeit sahst, sagte, was er nicht wußte, hoffend, hoffend, hoffend.

Am anderen Ende des Foyers stand Doktor Schnepper rotgesichtig mit einem Sektglas und prostete dir und Onkel Willi stolz zu, wiederholt und wieder mit tickartiger Kopfbewegung. Er sagte etwas in die Luft, was du nicht verstandest, was auch für niemanden bestimmt war, was einfach nur gesendet wurde und einen Empfänger zufällig oder auch nicht erreichte. Seine wiederholten Mundbewegungen könnten einen Begriff wie Runde-Sache-nich-wahr-nich-nich gebildet haben. Das sagte er auch am andern Tag, als er die Akteure und Aktricen, wie er euch nannte, allesamt in die Milchbar einlud. Kam sich mutig vor dabei, verrucht sogar, jeder nur ein Getränk, vom Munde abgespart, nich wahr nich nich. Manchmal rutschte ihm das Wort Jungmannen für euch Jungen raus: Grillparzer, Jungmannen, unterschätzt mir Grillparzer nicht. Das war ihm dann peinlich, und er bekam zu dem ohnehin roten Gesicht dunkelrote bis violette Ohren, biß sich auf die Lippen, kaschierte den Biß mit einem nachdenklichen Gesicht, obwohl meist nichts Kniffliges anstand, schaute kurz unter sich, erst um euren Blicken auszuweichen, dann für Sekunden so, als würde er Buße tun, als habe er vom jungen Direktor Fichtelzweig, Sohn des abgeholten alten Fichtelzweig, eine Standpauke gehalten bekommen und fürchtete nun um seine Zukunft. Ein leichtes Zittern erfaßte ihn, das er durch Heben und Begutachten seines linken Schuhs, glänzt ausreichend, überspringen wollte, wobei er ins Schwanken geriet, was er in ein tänzerisches Balancieren mit einem imaginären Fußball zu verwandeln wußte. Es gab ja nichts nach dem Kriege, vom Munde abgespart, nich wahr nich nich.

Onkel Willi war außer sich, als du ihm beiläufig erzähltest von Grillparzer, den Jungmannen. Daß diese Brüder überhaupt wieder in den Schuldienst...

Um nicht gesehen zu werden, senke ich den Blick. Um vor allem nicht von Laszlo Horváth gesehen zu werden, der nach dem Frühstücksintermezzo wieder einfacher Rezeptionist geworden ist. Schaue auf meine Schuhe, ob sie ordentlich gebunden sind, setze einen Fuß vor den anderen, gezielt, übe einen Gang, so vielleicht oder so? Mit Tüte und Aktentasche unterwegs nach getanem Morgenschiß. Alles verläuft nach Plan. Aktivist alter Schule. Die Glastür dreht mich auf die Straße der Freiheit. Ich fühle es förmlich, wie mich Pelatis Klauen einstweilen nicht erfaßt haben. Ich sehe Guido Schnittke vor mir, den »großen TV-Mann«, mit dem ich professionell werde plaudern müssen, mit dem ich Speisen werde zubereiten müssen, mit dem ich mich in die Herzen Tausender Haushalte werde senden lassen, eingeschlichen.

Ich muß den Gehsteig ein Stück entlangschlendern, um bei mir und mit mir zu sein. Und ich brauche Zeit, um im Café Franz oder Café Franzen? Ich habe es aufgeschrieben. Wo habe ich es aufgeschrieben? Auf der Rückseite des Ablaufplanes hast du es aufgeschrieben, Ernesto. Danke Uschi. Café Franzen, genau. Im Café Franzen am Dom werde ich ein Stück probieren. Soviel Zeit muß sein. Ich muß los.

Ein leichter Windstoß begrüßt mich an der Ecke zwischen Fassaden, denen einst der Krieg gewichen ist. Vor mir ein Museum mit zwei sitzenden Männern auf Sockeln, daneben ein veritabler Sender, eine Sendeanstalt, zurückgenommenes Monumentalgestein aus den Kinderschuhen der Republik, ein Ensemble, das mich in seiner akkuraten Helle überrascht, seiner Geradlinigkeit und seinem Mindestbesatz an Verzierungen, dem verspielt Menschlichen, das sich Bahn bricht auf der Mauer, auf der Lauer, hinter der geordnet der alte Funk sendet. Ein Funk nach meinem Geschmack, und hinter dem Funk lauert das Fernsehen. Doch muß ich nicht in diese Studios im Schatten der schwarzen Domkreuzblumen. Meine Studios, die Höhle des Sendelöwen, denen ich mich widerständig aussetze, liegen am Rande der Stadt. Hier gehe ich nur Kaffeetrinken. Bei Franzen, dem ersten am Platze, werde ich ein Stück probieren. Kein Agitpropstück, tischlere ich.

Leichter Nebel entrückt die Kreuzblumen und macht die Finger klamm. Es wird Herbst. Wer jetzt kein Haus hat, muß ins Café gehn. Vorbei an Glasfronten, in denen man sich im Konsumentenstrom vor den Tempeln spiegelt, muß ich schauen, muß mich mit mir vergleichen, wie man mich sehen will, wie man mich bezichtigt zu sein. Ich schaue mir beim Schreiten zu. Beim Schreiten. Zum Schreiten wird das fortgesetzte Voreinandersetzen des Schrittes. Ja, ein Schreiten ist es. Hinter mir Getümmel, Gewusel, Geschlurfe, Getriebe, Geschiebe, Geschäfte. Geschäftiges Getier wie Ameisen. Konsumtierchen. Davor schreite ich, Fuß vor Fuß, mit leichtem Hüftschwung schlendernd. Ziehe graziös die Knie in die Höhe.

Tänzelnde Leichtigkeit des Lebens. Ach ja. Das ist vielleicht übertrieben, aber mein Gang allemal aufrecht, nicht gebückt. Das bin ich. Ich kann meinem Anblick standhalten. Kann mich sehen lassen. Von mir. Und ob. Schlurfen? Wohl kaum.

Tapisserien aus blumigen Stoffen, bei feinerer Machart könnte man sich vor Gobelins und Goldbrokat fühlen, dämpfen den Schall, bürgerliche Papierschirme auf paarigen Wandlüstern dämpfen das Licht. Kenne ich. Nur zu gut. Bin eigentlich zu jung für dieses Schlummerland. Aufgeheizt auf siebenundzwanzig Grad, damit die alten Damen, die alten Schachteln mit ihren gespitzten Kuchenmündern, auch ihre Wollmützen abnehmen und den blauen Schimmer im ondulierten Haar als Alterswürde verkaufen können: »Sind Sie Millionär, oder was ist mit Ihnen?« Und ich mittendrin. Doch jetzt ist Frühstückszeit, und nur hartgesottene Damen haben wie am Nebentisch die Bettflucht angetreten: »Ich habe damals den großen Fehler gemacht, daß ich nicht in den Rundfunkchor eingetreten bin.«

Ich setze mich. Am überzeugendsten bin ich unrasiert. Beim Platznehmen immer den Kopf unverhohlen kreisen lassen, dann sieht man das Weiße im Auge des Feindes und weiß direkt, von wem man wie beäugt wird und wie schwer der Stand ist, den man gerade hat. Ich bestelle. Wie ich immer bestelle. Immer das gleiche. Und die kleine Schwarze mit der weißen Schürze kommt: »Sind Sie die Zwetschge?«

»Ja, wie man sieht. Einmal Kaffee und Zwetschge. Vielen Dank.«

Die Zwetschge glänzte im Ofen. Früchte, Kreis um Kreis aufgestellt. Hinter der Scheibe. Das gelbe Fleisch wurde rot, die Schale schwarz. Und neben der Küche fand für dich und Egon das Bad am Samstagabend statt, hinter der Holzwand die Wanne, darin du und dein Bruder, schaumig geschlagen. Schaumig vom Badewasser. Geschlagen vom Vater, rote Striemen auf dem Arsch vom Gürtel der Woche, vorsorglich für alle Vergehen, fürsorglich gegenüber den kleinen Frevlern, die im Badewasser den Schmerz im Arsch lindern durften – heißes Wasser, eine Qual. Aus der Küche, in deren Backofen der Quetschekuche buk, hörtest du den Vater, als ihr in der Wanne eine Gummiente zum Quietschen brachtet, mit ernster Stimme scherzend: Denn Reinlichkeit ist für die zwei am Ende doch nur Spielerei.

Schaumbärte machten dich und Egon schnell zu Kaiser Franz Joseph oder Hindenburg. Und in Sichtweite stand auf dem Wannenrand dein roter Stoffelefant, sollte dich auch mal beim Baden sehen. Mit seinen dunklen Knopfaugen sah er dir ermutigend zu. Es passierte, was passieren mußte. Egon, gerade mit dem Bart von Wilhelm Busch, der Elefant in den Schaumwellen des Badewassers mit Schaumgesicht, Schaumrüssel, Schaumzähnen, Schaumknopfaugen und Schaumschwanz. Dein Rettungsversuch war vergeblich. Selbst mit dem Handtuch konnte der tropfende Elefant nicht zur Raison gebracht werden, wohl aber du. So einen Blödsinn solltest du nicht wieder tun. Die Vaterstimme in scherzhafter Strenge, mit Triumph und Stolz auf die bevorstehende eingeübte, wöchentlich vorgetragene, jetzt leicht veränderte Textzeile: Und die Moral von der Geschicht', bad drei in einer Wanne nicht.

Die entschlossene Vaterhand öffnete klackend die Tür und steckte den roten Stofffreund kurzerhand in den Küchenofen, während im Nachbarofen der Quetschekuche, die sichtbare Vorfreude auf den Sonntagnachmittag, wurde und wurde. Du schluchztest vor deinem teilnahmslos in den offenen Ofen stierenden Bruder, der sich mit der Hand versonnen übers Gesicht und den fehlenden Schaumbart fuhr, herzzerreißend, eigentlich schriest du wie am Spieß, weil du an deinem Elefanten so hingst. Die Vaterhand schloß die Tür. Feuerbestattung mit einem Angehörigen. Vor dem Ofen warst du ausgeliefert, entsetzlich allein, so einfach konntest du deinen Elefanten nicht verbrennen lassen. Als du nach wenigen Minuten die Tür wieder öffnetest und zwischen den gelben Flammen nichts Rotes mehr sahst, nur Glut und schemenhafte Umrisse von etwas, was eher einem Brikett glich, als du an der offenen Ofentür schriest, als sollte Glas zerspringen, knallte dein Vater sie zu und schrie zurück: Saubub, willscht hier die Küch abbrenne? Sinn mir im Krieg? Dann zersprang Glas, zweimal knackend, berstende Knopfaugen.

Bis in die Nacht brannten deine Augen, und du starrtest in die Dunkelheit, dann schliefst du ein. Ab heute, sechs Jahre nach Kriegsende, wie Vater noch anfügte, ohne deinen Elefanten, ein Schmerz, der sich einbrannte.

Das erste Stück Zwetschge in meinem Mund: im Vergleich viel Vertrautheit. Muß mich erinnern, ob du am andern Tag, dem Sonntag danach, dem Sonntag der Verkostung deinem Vater oder deiner Mama ins Gesicht schautest.

Ich weiß, daß du nach der ersten Gabel mit Dankbarkeit zu deiner Mama herüberlächeltest, das erste Mal lächeltest an diesem Tag, an dem dir so wenig nach Lächeln zumute war. Bei aller Trauer um deinen Gefährten warst du dankbar, daß aus dem Backwerk soviel Übereinstimmung zwischen dem, was deine Mama für richtig und wohlschmeckend hielt, und dem, was du für wohlschmeckend hieltst, sprach. Es schmeckte, und wie es schmeckte! Es schmeckte so sehr, daß du dich am liebsten ganz eng an sie und ihr geblümtes Sonntagskleid gedrückt hättest, wenn du nicht neben Egon gesessen hättest. Mit Vater, deinem Gegenüber, miedest du jeden Blickkontakt, drei Tage lang.

Mit der zweiten Gabel Zwetschge bei Franzen blicke ich auf die beiden Damen am Nebentisch, Rumfrucht schon am Morgen und ein Croissant. Die eine lächelt mich an, denn ich habe wohl in Versunkenheit und aus Liebe zu Mama das Lächeln mit in mein gegenwärtiges Gesicht genommen. Jetzt lächle ich von neuem, vielleicht ein wenig belustigt über die Möglichkeit, daß bei der Dame mit der Rumfrucht ein Sohneslächeln angekommen ist, das sie, wie mir scheint, mit einem mütterlichen Lächeln beantwortet hat. Mein korrigiertes Lächeln ist eindeutig ironisch. Ihres spielerisch spöttisch. Mir schwant Gefahr. Und die Gefahr erweist sich schnell: »Setzen Sie sich doch zu uns«, sagt die Rumfrucht. »Aber ja doch«, sagt das Croissant.

Ich weiß nicht, ob mir die Sache jetzt über den Kopf wächst. Gerade hatte ich noch dieses wunderbar unbesiegbare Gefühl, Zeit zu haben. Die sicherste Sache der Welt. Das Privileg, für das es sich zu leben lohnt. Und jetzt zerren mich zwei alte Schachteln in ein Gespräch. Unentrinnbar, denke ich mir. Und wer hat mir das alles eingebrockt? Mamas Zwetschge, denke ich. Nein, Franzens Zwetschge. Mamas Zwetschge war denn doch anders. Der Teig mürber, nicht so angefeuchtet, ja aufgeweicht. Er behielt die Würde des Rahmens, zerging im Munde, gab den Früchten festen Halt, mit leichtem Hefeton, auch mit süßen Röstaromen eines à point gebackenen Kuchens. Franzens Teig ist von außen trocken, die Gabel schiebt sich am Rand durch widerborstige Körnigkeit, während unter der Zwetschge eine schleimige Ungestalt herrscht, wo doch ein saftiger Übergang von Frucht zu Boden geboten ist. Das hatte Mamas geheimnisumwobener Teig. Mutterzauber aus dem Gasofen. Franzen hat verloren. Wie andere auch. Manches beschwor eine Erinnerung an Mamas Geheimnis herauf, führte mit einem Anflug von Hefe oder unaufdringlicher Süße zu Mama, zu den Sonntagen im Sonntagskleid, Sonntagshosen, Sonntagshemden und mit Vaters Sonntagswitzen. Damals mit heißem Kakao, der bei Mama immer Kaka-o hieß und eine sämige Milchhaut, einen leichten Rahm enthielt, die »Rähme«, wie es hieß, die aus Van Houtens Papiertütenpuder mit der Hitze gekochter Milch zu einem einzigartigen Ausdruck euterfrischen Mamagefühls verrührt worden war.

Einmal hatte dir die behaarte Hand einer rustikalen Serviertochter in einem Café im Kanton Appenzell Ausserrhoden den Mama zu Ehren bestellten Kaka-o gereicht, doch die Rähme fehlte, und das Ganze, aus garantiert Schweizer Schokolade hergestellt, war zwar laut Menükarte eine Säntissinfonie, schuf aber keinerlei Verbindung zu deinem Sonntagskaffeetisch. Uschi trank vernünftigerweise einen Espresso.

Seit Jahren schon habe ich es aufgegeben, den Kindheitskaka-o zu bestellen. In der Erwachsenenwelt verstecke ich mich in der Rolle des volljährigen Kaffeetrinkers. Bin alt genug.

Die Dame vom Nebentisch, die Rumfrucht, die es nie verwunden hat, nicht dem Rundfunkchor beigetreten zu sein, säuselt mir im Singsang hiesigen Zungenschlags die Einladung abermals zu: »Nun setzen Sie sich schon zu uns, wir beißen ja nicht.« Und da beißt die andere in ihr Croissant. Mein Lächeln wird offenes Lachen, das die Damen aber als Annahme ihrer Einladung werten. Offenes Lachen der Resignation. Aggressives Lachen der Opposition. Erinnerte Restwut über die zerbrochenen Augen. Den verbrannten Elefanten, verbrannt wie eine indische Witwe, zwei davon sitzen, Om-Om-Om, vor mir. Ich erinnere mich an die Eskapaden der Zeitgeschichte: der Kommunarde, eine gern und viel gespielte Figur. Sie gehört nur bedingt zu meinem Repertoire, habe sie probiert, aber andere waren überzeugender, und die Bilder von Langhans, Kunzelmann, Teufel sind leicht aufzurufen, kennt jeder. Ich glaube, Teufel liegt mir am meisten. Ein paar Züge von Kunzelmann. Ein bißchen anarchistisch, ein bißchen situationistisch, der alte Dada mit neuen Bäuchen.

Mein Bauch hält sich ermutigend. Konfrontation, Eskalation. High sein frei sein. Die üblichen Verdächtigen. Dabei lag ein ernstes Anliegen in der Luft, Befreiung aus der Repression, latent und ängstlich wie bei der guten Frau Knapp, offen und autoritär wie bei meinem doofen Vater. Hier jetzt besser eine Erinnerung zur Beruhigung. Klammeraffe der Vergangenheit. Ihr unter der Pergola. Noch schiebt mich reflexhafte Höflichkeit an den Nachbartisch, zu dem ich die halbvolle Kaffeetasse mit den aufgerissenen Zuckertüten auf einem versilberten Tablett mitnehme und zittrig vor den Damen halte. Ich spüre den Odem der Dummheit vor mir, der sich mit Zersetzung mischt, den Odem der Beschissenheit, die herumspaziert, so hat es mal einer genannt, Dichter und Opfer des Londoner Linksverkehrs. So geht das Sterben schnell. Die Erinnerung an meinen Plan durchfährt mich. Panik. Restwut. Fiebrige Urwaldgeräusche am Abend verbanden sich mit plärrendem Froschquaken. Turbulenz. Tortenschlacht. Ho-ho-holt den Krahl! Krahl in Haft. Der SDS in Aufruhr. Ein Jahr später schon saß er auf schneeglatter Landstraße neben dem Fahrer in der Ente. Vor mir Rumfrucht und Croissant. Also beginne ich die Beschimpfung. Geblähte Schallblasen brachten die kleine Welt von Wasser und Teichrosen an den kehligen Rand eines Nervenzusammenbruchs. Der letzte Croissantzipfel wird weggemampft. Mein Eröffnungstext wäre: »Alte Ente!« Sie haben mich aufgefordert näherzutreten, also trete ich. Ich würde offene Münder finden, und die sachliche Beleidigung beginnen.

»Eine fixe Idee, in den Rundfunkchor zu gehen«, würde ich fauchen, »ohne das geringste Talent!« Spindelbeinige Zweiflügler und schwirrende Nachtfalter beflatterten die Kerzen und endeten darin, Grillen schabten sich durch die Dämmerung. Ihr unter der Pergola. Teller und Tasse würde ich fallen lassen. Die Tasse würde dem Croissant die Gabel aus der

Hand schlagen, und der Kaffee würde sich ins blaue Ondulat ergießen. Die Zwetschge würde die Rumfrucht verfehlen und an ihrem Ohr vorbei in die Kulisse sausen. Ernesto Furioso würde an Kraft gewinnen. Tatsächlich? Wäre in Fahrt. Tatsächlich? Fackeln flackerten und zogen flatternde Falter an, Motten auch, und für deinen Bruder, der neben dir in einem verblichenen Holzliegestuhl mit durchgesessenem Leinenstoff saß, war es eine diebische Freude, einen Falter von einer Fackel vernichtet zu sehen. Er wiederholte seinen Spruch, daß Schmetterlinge aller Art doch nur bunte Motten seien. Und das mit elf Jahren.

Oder Teller und Tasse in der Hand behalten, nicht handgreiflich werden, friedlich bleiben, aber die Frauen direkt auf die knapp bemessene Zeit hinweisen: »Meine Damen!« Und morgen deutscher Tannenwald, auf Wanderschaft mit Onkel Willi, dem euch Mama und Vater für eine Sommerwoche überlassen hatten, um in der Steiermark einen sonnigen Bergsee mit Sahne zu genießen. Euch blieb der dunkle Tann. Egon hoffte auf mythische Geräusche, die er in einem beeindruckenden Tierfilm von Heinz Sielmann gehört hatte, mit Vater im Lichtspielhaus, *Zimmerleute des Waldes*, hämmerndes Spechtleben auf Engerlingsafari am Baumstamm. Und auch jetzt zwischen Fröschen deutscher Tannenwald, Onkel Willi saß vor euch mit dem Schauspielermilieu seiner Erinnerung und las aus dem Märchenbuch vom Kohlen-Munk-Peter vor, und der rief gerade – hub an: Schatzhauser im grünen Tannenwald Bist schon viel' hundert Jahre alt, Dein ist all' Land wo Tannen stehn, Läßt dich nur Sonntagskindern sehn.

Hast's zwar nicht ganz getroffen, aber weil du es bist, Kohlen-Munk-Peter, so soll es so hingehen, sprach eine zarte, feine Stimme neben ihm. Erstaunt sah er sich um, und unter einer schönen Tanne saß ein kleines altes Männlein, in schwarzem Wams und roten Strümpfen, und den großen Hut auf dem Kopf. Er hatte ein feines, freundliches Gesichtchen, und ein Bärtchen so zart wie aus Spinnweben; er rauchte, was sonderbar anzusehen war, aus einer Pfeife von blauem Glas, und als Peter näher trat, sah er zu seinem Erstaunen, daß auch Kleider, Schuhe und Hut des Kleinen aus gefärbtem Glas bestanden, aber es war geschmeidig, als ob es noch heiß wäre, denn es schmiegte sich wie ein Tuch nach jeder Bewegung des Männleins.

In diesem Moment wußtest du, daß du morgen auf der Wanderung zum Melibocus, dem höchsten Gipfel des Odenwaldes, den du dir wie das schneebedeckte Matterhorn vorgestellt hattest, genau diesem Männlein begegnen würdest, auch dem Peter, und alles wäre Tannenbühl, dunkel rauschend und lichtfern. Egon fing an zu weinen, weil er die gewaltsamen Ausbrüche des Kampfes zwischen den Mächten gütigen Glases und dumpfen Holzes in der Ordnung des Tannenwaldes als Bedrohung ansah. Und das mit elf. Du warst acht und hattest begriffen, daß der Kampf zwischen dem filigranen Schatzhauser und dem polternden Holländermichel, dem angsteinflößenden Flößergesellen, der seine Größe im Nu verändern konnte, ein Kampf war, den man miterleben mußte. Hämmernde Spechtgesänge, Frösche, Kohlschnaken und verglimmende Falter, das Glasmännlein und die vielen Tannen hatten dich in einen Schlaf gewogen, der nicht ruhig war, sondern in dem du immer am Rand des Erwachens triebst, wie an der Wasseroberfläche des größten Beckens, das sich Onkel Willi in den Garten gebaut hatte, eines kleinen Teichs mit Seerosen und Wasserlinsen darauf. Dort hatte er das sagenhafte begehbare Aquarium eingebaut. Du klapptest einen Holzdeckel nach oben, stiegst eine brüchige Zementtreppe hinunter, und eine Front aus Glasscheiben weihte dich in die Geheimnisse der Wasserwelt ein.

Jetzt schienst du zu schwimmen, durch das Grün des stillen Lebens. Unter dir die Sumpfdeckelschnecke auf ihrem Weg zur Unendlichkeit, über dir die flimmernden Spiegelungen der hellen und schnellen Welt des Tageslichts. Neben dir Schatzhauser im grünen Tannenwald. Über dir der Odenwälder Abend bei Willi, gegrillt hattet ihr, auf der frischen Wachstuchtischdecke Würstchen im Senf gedreht. Und Willi, oder das Glasmännlein, hatte euch vom Wein aus seinem Glase kosten lassen. Eine bitter brennende Attacke hatte dir einen ansonsten fruchtigen, saftigen, säuerlichsüßen Geschmack vergällt, aber da war was, was gefiel.

Onkel Willi hatte dich mit leichtem, doch anhaltendem Schultertippen aus dem Traumgedanken geschaukelt, den du gerade dem Glasmännlein vortrugst. Aber eine Erwiderung blieb es dir schuldig, während Onkel Willi (ach Onkel Willi, wenn du wüßtest, was du gerade angerichtet hast, das Glasmännlein, also das Glasmännlein wollte mir etwas verraten) die Fackeln nahm und zischend im Becken löschte.

Ernschtl, das macht sonst der Genius des Todes.

Bist du die Aushilfe?

So'n Quatsch, ich bin der Onkel Willi, aber der Genius des Todes löscht die Lebensfackel, sagte Onkel Willi, zog an seiner Pfeife, die er zum Vorlesen für besser geeignet hielt als die Zigarette, und klopfte die Asche ins Becken. Sie zischte leiser als die Fackeln und weckte Egon nicht.

Liest du morgen weiter vor?

Ja, kann ich machen, Ernschtl, gute Nacht, Ernschtl, gute Nacht.

Nacht.

Und ihr durftet tatsächlich, auch wenn es schon gewetterleuchtet hatte, im Garten, in euren Liegestühlen schlafen, zum einen, weil man bei Onkel Willi einfach mehr durfte als zu Hause, zum anderen, weil Onkel Willi schon große Mühe hatte, allein mit der letzten Fackel in der Hand zum Haus zu wanken, das große Gittergartentor, das in einer rostigrauhen Schiene lief, aufzuziehen und durch den kiesbedeckten Hof ins Haus zu verschwinden. Zwei Neffen konnte er jetzt nicht auch noch betreuen. Im fahlen Schein seiner weichenden Fackel hattest du dir den Standort der letzten von drei Weinflaschen gemerkt, die er am Abend zum Grillen und Lesen getrunken hatte. Sie war halbvoll, und du konntest dir noch einmal die bittere Attacke zuführen, die dir die Süße vergällt hatte. Sie ließ sich festhalten, indem du immer wieder den Geschmack des Wohlgefallens von diesem einen Mißton trenntest, indem du Schluck für Schluck die Bitterkeit einkreistest und sie zu etwas erklärtest, was zwar eigentlich zum Speien eklig war, was aber Onkel Willi nicht davon abgehalten hatte, zweieinhalb Flaschen zu trinken. Und Onkel Willi mußte es wissen. Oder war entscheidender, wie man selbst die Sache fand? Und das mit acht.

»Sehr gesprächig sind Sie ja nicht«, klagt die Rumfrucht.

»Wissen Sie, meine Damen, der Kuchen war auch nicht so, wie ich ihn mir wünsche.«

»Was beschweren Sie sich da bei uns?«

»Ich beschwere mich nicht, das ist es ja.«

Das Croissant sieht mich maßregelnd an. Die Rumfrucht erkennt auch keinen Sohn mehr in mir und sagt, indem sie sich zu ihrer Freundin wendet: »Schönen Tag noch.«

»Schönen Tag«, sage ich, stehe auf und gehe zur Kasse, wo ich paßgenau auf die Bedienung treffe. Ich sage: »Die beiden Damen dort haben mich freundlicherweise eingeladen, auf Wiedersehen.«

»Ist recht«, sagt die Bedienung und hat vollkommen recht. Die Aktion ist nicht direkt erkennbar, aber wenn Rumfrucht und Croissant um die Rechnung bitten, dann wird die kleine Tischlerei mit Zeitzünder für ein großes Hallo sorgen.

Vor der Tür ziehen mich die Konsumtierchen in ihren Sog. Ich verschwinde in der Tarnung der Straße, gehe ein in den Strom der Fußgänger. Einer wie der andere. In anderen Straßen ist jeder ein anderer, manche sind sie selbst. Aber hier sind sie alle gleich. Alle gleich. Alle gleich beschissen. Ja, entrüste dich ein bißchen. Unterdessen kann ich den Plan weiter vorantreiben. Uhrenvergleich: neun Uhr achtundvierzig. Drei Dinge müssen heute im Studio zur Stelle sein, der Wein, die Munition und ich. Zwei muß ich sammeln, die Munition und mich. Den Wein muß ich unterwegs kaufen.

Der Rheingauer Riesling ist nicht spurlos an mir vorübergegangen. Die Erinnerung ist geblieben. An die Nacht zuvor, doch auch an die Ausgewogenheit von Säure und Frucht. Wenn ich mich recht entsinne, kaum mineralisch. Weniger als ich heute nacht noch dachte. Man kann dafür sein oder dagegen, nur halbtrocken darf er nicht sein. Ob sich der Eindruck aus der Erinnerung erst vervollständigt und dadurch meine Haltung zu ihm begründet? Oder soll ich mich auf das Ergebnis verlassen, das mir Nase, Zunge und Gaumen beim Inhalieren unmittelbar mitteilen? Der erste Eindruck ist untrüglich, aber trügerisch. Er drängt sich so in den Vordergrund, daß die Eindrücke davor, aus der Erinnerung von Jahren und Jahrzehnten, sich zunächst nicht melden, um mich mit mir zu vergleichen, um mir zu sagen, wer ich als Schmeckender, Riechender, gar nicht übel Riechender über die Jahre geworden bin. Wer ich also in diesem Moment mit meiner Weinerinnerung bin, um die mich all die Ahnungslosen beneiden und deshalb Kenner nennen.

Ich werde in Schnittkes Sendung, wo ich ein Gericht zubereiten soll, einen passenden Riesling mitbringen, den ich dann mit ihm verkoste. Dabei werde ich hoffend die Unterlippe nach vorne schieben, um den Wein leicht im Mund zu schwenken, die Backen benetzen, ihn bis ans Velum treiben, um ein Aromabündel in die Nase zu schicken, die zu den gebrechlichen Geschmacksfähigkeiten der Zunge das Untrügliche beitragen wird. Man will das von mir.

Schnittke wird, wie ich es kürzlich bei Wolfram mit einem Rauenthaler Baiken, der Rheingaulegende, im Fernsehen sah, den Wein des Gastes mit Begeisterttunsummen preisen.

Noch ist voranzukommen in der Fußgängerzone. Abendländische Ameisenstraße am Morgen. Die ersten erworbenen Güter aus dem Warentauschrausch des Kleinkonsumenten werden bereits wie Blatteile in den Bau transportiert. Noch kann ich mich frei bewegen, mich locker treiben lassen und abtauchen ins System, das zu groß und vielteilig ist, als daß ich es in Frage stellen könnte. Ich stelle keine Fragen mehr. Aber besiegt fühle ich mich nicht. Vorbei die fundamentale Auflehnung. Vorbei an Fassaden, Giebeln und Traufen, die man nie zu Gesicht bekommt, weil die Schaufenster und die dauernde Gefahr anzuecken den Blick regieren und ihn auf Augenhöhe halten. Kein Blick nach oben. Im zweiten Stock noch weisen Schilder auf den heiligen Anbieter hin. Im dritten wird's belanglos, auf dem vierten stehen die Funkmasten. Vorbei. Abbiegen nicht vergessen, die Richtung muß stimmen. Vorbei. »Verzeihung.« »Keine Sorge, ich schaue immer, wo ich hintrete.« »Nein, frech werden will ich nicht.« »Aha, was setzt's denn?«

Den Gast für die Nachmittagsproduktion kennt kein Mensch. Olli hat mir einen Fünfminüter gezeigt, der letzte Woche im Dritten lief. Ging um ein Buch, *Kafkas Kuchen* oder so. Alter Sack mit grauem Bart. Echt nicht der Hit. Tischler oder so. Meistens sind ja Autoren häßlich. Landen nur im Fernsehen, wenn sie gar keine Autoren sind. Moderatoren, die was geschrieben haben. Oder sie sind überraschend TV-tauglich. Aber direkt häßlich dürfen sie nicht sein, sonst will sie keiner sehen. Sonst will sich hier auch keiner Mühe geben. Wozu eine aufwendige Maske, wozu die Leute schön einleuchten, von vorne, von rechts, von links und Seidenglanz von oben? Verschwendung. Kraß war: der Beitrag fing damit an, daß der Autor in seinem Buch las. Klar: Cover, Titel und im selben Shot das Gesicht. Der Zuschauer ist rundum informiert. Aber hier beginnt der geglückte Fehlschlag: Da liest also ein alter Autor in seinem Buch. Nicht bei einer Lesung, einfach so, für sich. Warum liest ein Autor still in seinem eigenen Buch? Aus demselben Grund, aus dem Schnittke immer wieder seine eigenen Sendungen anschaut.

»Schau, Marcel, schau mal«, sagt er abends zu mir, wenn wir in seinem Büro bei einem Glas Wein sitzen. Wir schauen uns ohne ein Wort eine alte Sendung an. Dann schaut er mir ins Gesicht und sagt: »War's schön?«

»Ja, klar, Herr Schnittke«, sage ich jedes Mal.

Jetzt poliere ich einen der neuen Kochtöpfe. Solche hat sich Schnittke für seine echte Küche kürzlich in Italien gekauft. Schwört drauf, nur noch die, brennt nichts an, setzt nichts an. Mit einem feuchten Handtuch wische ich die letzten Streifen und Kalkränder ab und stelle den Topf auf den Gasherd der Studioküche, auch sie rein und weiß wie am ersten Tag. Perfekt: Topf und Küche streifenfrei und fernsehtauglich. Schnittke steht hinter mir, seine Hände väterlich auf meinen Schultern: »Ganz zerstickelt liegt's im Topf«, singt er leise und verschmitzt, »Küchenbub mit rottem Kopf fragt: Was soll damit geschehn, was soll ich hineintun noch, Väterchen Koch? Von mir aus was du willst tu rein, frißt doch kein Schwein.«

Ich lächle verlegen. Schnittke könnte mein Opa sein.

»Wie geht's denn der Pippa und dem Reinhold?« fragt er in einem Atemzug. Dabei leben sie seit zehn Jahren getrennt, reden kaum mehr miteinander. Nur noch über Berufliches oder lassen es sich von mir ausrichten, oder von Schnittke. Vor einem halben Jahr fragte mich mein Vater: »Glaubst du, deine Mutter hätte was dagegen, wenn du beim Guido ein Praktikum machst? Ich meine, das wäre doch das Richtige für dein Studium. Du mußt Praktika machen, sonst bist du später angeschissen. Bei mir in der Redaktion, das hätte so einen blöden Beigeschmack.«

»Nachrichten wären doch cool. Was soll ich bei Schnittkes Kochsendung?«

»Ja, aber bei mir, das geht nicht, sorry, Marcel, das kann ich nicht bringen. Und der Guido hat von sich aus den Vorschlag gemacht.« Genau dasselbe hat meine Mutter auch über ihre Redaktion gesagt: »Und der Guido würde sich riesig freuen, Spatz.« Kein Mensch braucht solche Eltern.

»Gut geht's denen, Herr Schnittke.« Zu gut, denke ich.

»Marcel, mein Küchenbub!« funkelt Schnittke hinter seiner Brille. Er ist wieder sehr, um nicht zu sagen, außerordentlich, ganz und gar zufrieden mit meiner Arbeit.

»Und was du wieder für flippige Haare hast.«

»Hängen doch einfach ins Gesicht, Herr Schnittke.«

»Ja, aber wie die hängen! So hingen die auch mal bei mir, als ich Student war. Gar kein schlechter. Ach, Marcel, du Küken du.«

Schnittke trägt die Haare kurz, seit ein paar Jahren auf fünf Millimeter, denn bei ihm würde nur ein schütterer Schopf stehen oder hängen, nichts zum Frisieren. Schnittke zwirbelt versonnen die Enden seines Schnurrbartes, unter dem sein Mund auftaucht und verschwindet. Lachend auftaucht, kauend verschwindet. Nach dem Essen müssen Krümel und Tropfen immer sorgfältig abgetupft werden, denn nur saubere, korrekt geformte Barthaare ergeben das gemütliche, genießerische Markenzeichen: Markenzeichen im makellosen Bild. Das ist nicht viel, aber man muß hart dran arbeiten. Bild für Bild.

An meinem ersten Tag schaute mir Hansi, der Regisseur, ins Gesicht und meinte, als ich ihm direkt vor dem ersten Take sagte, daß die Grautafel noch im Bild steht: »Mit dem Neuen wissen wir alles besser.« Als er dann hörte, daß ich durch Schnittke persönlich in die Sendung gekommen war, sagte er vor jedem Take ins Mikro: »So, wir können - wenn unser Praktikant einverstanden ist.« Fernsehen machen Profis. Die Pelati GmbH wimmelt nur so von Leuten vom Fach. Vom Feinsten, sagt man. Und Fernsehen zahlt gut.

Vorbei an einem Buchladen mit üppigen Auslagen von immergleichen Sonderangeboten, stapelweise Kochbücher und Romane mit Kobolden, Elfen und Zwölfen, Wühltische des Bescheidwissens und der Gefühle, die keiner braucht. Meine Bücher kennen keine Restposten. Sie sind Erfolge von Dauer. Besonders das Rossini-Buch, aber auch das Nietzsche-Buch ist schon über zehn Jahre auf dem Markt und hält sich. Es »erhebt das Kulinarische zur philosophischen Disziplin«, wie Ignaz Flohstern in der *ZEIT* schrieb.

> *Der Bleichspargel nämlich ist die wahrhafte »Synthesis aus Gott und Bock«. Er enthält das Dionysische der chthonischen Verborgenheit, das nach Jahren in der Erde gestochen wird, um gegart in den Mund geschoben zu werden, heiß, von den Lippen umschlossen, in die Mundhöhle geführt.*
>
> *Dionysos aus der Scholle. Nietzsche und der Spargel,* 1992, S. 23

Ich habe dir deinen chthonischen Pathos im Text gelassen, habe bei chthonisch erst mal nachgeschlagen, klang aber alles nach Nietzsche oder jedenfalls umwölkt, sagte dein Lektor, aber der Verleger will da doch mehr Breitenwirkung, verstehst du? Die Themen liegen auf der Straße.

Auf der Hauptstraße oder auch auf Nebenwegen? fragtest du.

> *Das entspricht genau dem phallischen Rausch eines vorbehaltlosen Dabeiseins. Wie die sexuelle Verborgenheit des Phallus in der abendländisch-christlichen Kultur als vorgestellte Erregung wirkt, so ist die bleiche Gestalt des nach Jahren ans Licht geholten Spargelschaftes eine Quelle mannigfacher Vorstellungen. Sowohl in der äußeren Erscheinung lichtferner Nacktheit als auch im Erscheinungsvorgang selbst. Und bei der Zubereitung enthüllt das Schälen der holzigen Außenhaut eine feuchte, weiche Konsistenz, die durch den Garvorgang zu einer wahrhaft erotischen Lutschbarkeit gewandelt wird.*
>
> *Dionysos aus der Scholle.*
> *Nietzsche und der Spargel,* 1992, S. 24

Uschi hatte beide Textstellen schon im Manuskript mit einem Ausrufezeichen versehen und sie Altmännerphantasien mit beschlagener Brille genannt, dabei war es sehr nah an den Quellen. Verstiegen? Ach Uschi. Sie meinte, früher, als du noch die kritischen Bücher gegen den ungehemmten Fernsehkonsum geschrieben habest, da hätten deine Bücher Biß gehabt.

Dein Lektor Doktor Schlinck meinte damals, bezogen auf das Manuskript *Der Mist aus der Kiste,* indem er mit Daumen und Zeigefinger seinen spärlichen Schnurrbart streichelte, die Ränder seiner Lippen suchte, Halt und Mut an Konturen fand und aus seiner großen Brille blickte: Also, das können wir nicht bringen. Das ist eine sehr emotionale Abrechnung, und dann am Ende der Aufruf, Fernsehgeräte zu zerstören! Da ist nichts mehr fundiert.

Den Biß von einst, sagte Uschi, haben allenfalls noch die Nudeln, mit denen du alle möglichen historischen Epochen und Gestalten umwickelst.

Ein einziges Nudelbuch habe ich geschrieben.

Das reicht auch. Ich weiß, es ist ungemein erfolgreich, und davon können wir uns auch unsere kulinarische Italienfahrt im Herbst leisten, mit allen Sternen.

Und Kochhauben!

Und Kochhauben.

Eine Gourmetreise, fünf Wochen mit dem Auto.

Ich freue mich. Macht das dein Volvo noch mit?

Er ist durch den TÜV gekommen, ein kleines Wunder, sagtest du und legtest deine Hand auf Uschis Hand, durchs Elsaß, die südbadische Freßecke, die Schweiz und dann erste Station in Mailand. Gianni hat uns zwei Abende einen Platz bei sich reserviert, einmal in der Lounge, einmal mit vollem Menü. Freust du dich nicht?

Doch, sehr. Im Ernst, ich freue mich.

Dann geht's weiter in die Toskana und nach Elba.

*Während seines ersten Parisbesuchs im November 1823 lernte er bei einer opulenten Tafel im Restaurant Veau qui Tette an der Place du Châtelet nicht nur seine spätere Ehefrau, die noble Kurtisane Olympe Pélissier, kennen, sondern auch die Primadonna Giuditta Pasta, die auf einem Stich von Joseph McGuire mit Rossini und Paganini musiziert. Besonders Paganini und die Pasta wirken angespannt desinteressiert, während der ins Leere blickende Rossini mit dem Klavierhocker schaukelt.*

*Um es gleich vorwegzunehmen und den Kennern seiner musikalischen Biographie Irritationen zu ersparen: Der Titel des Buches spielt nicht auf die Sängerin an. Aber Olympe Pélissier wird das Kapitel »Liebesküche« gewidmet sein, denn sie war eine begnadete Köchin.*

*La scala di pasta.*
*Nudelgerichte bei Rossini,* 1996, S. 11

Schnittke schaut mir entspannt zu, als ich das Gemüse wasche. Die benötigten Messer, Töpfe und sonstigen Kochgeschirre habe ich poliert und aufgestellt. Jetzt Gemüse abtrocknen und schön auf dem Dekokorb arrangieren. Besteck polieren. Blitzblank soll es sein.

»Na, das blitzt schon kolossal.« Schnittke lächelt: Hinter der Brille funkeln seine Augen im Chromglanz.

»Und den Broccoli darfst du kleinschneiden. Ich nehme immer nur die Röschen, bei allem, was ich mit Broccoli mache. Was machen wir denn mit dem Broccoli? – Olli? Olli? Wo ist der schon wieder?« fragt er wie immer, wenn er was wissen will, was er wissen sollte. »Marcel, komm mal mit«, sagt er. Wir gehen in sein Büro. »Schau mal.« Aus einer Tüte zieht er ein T-Shirt. »Mit unserem neuen Aufdruck. Probier mal an.«

»Jetzt gleich?«

»Aber ja. Immer gleich. Hier geht immer alles gleich«, sagt er und lächelt nicht. Er sagt es nicht fordernd, er stellt es ernst und konzentriert fest, als würde er sagen: »Ein Dreiminutenei ist immer weich.« Ich nehme das T-Shirt. Gelb, mit einer roten Tomate. Auf der Tomate steht: »Guido à la Carte«, darunter »Pelati GmbH«. Und darüber: »Neue Ideen aus Küche und Keller«. Ich ziehe mein Shirt aus, und Schnittkes Brille blitzt. Als die Tomate auf meinem Bauch strahlt, sagt er:

»Ich weiß nicht.« Aus einer zweiten Tüte holt er ein anderes T-Shirt.

»Probier das mal!«

Ich ziehe das T-Shirt aus, und Schnittkes Brille blitzt. Wieder strahlt eine rote Tomate auf gelbem Shirt. Wieder steht auf der Tomate: »Guido à la Carte«, darunter »Pelati GmbH«. Und darüber: »Guido und Gäste«. Er fragt, ob ich meine Brust rasiere. »Nein«, sage ich.

»Ich weiß nicht«, meint er und wiegt den Kopf hin und her. Enttäuscht. Liegt es am Spruch?

»Probier das mal!« Aus einer dritten Tüte holt er ein weiteres T-Shirt. Ich ziehe das T-Shirt aus, und Schnittkes Brille blitzt. Wieder strahlt eine rote Tomate auf gelbem Shirt. Wieder steht auf der Tomate: »Guido à la Carte«, darunter »Pelati GmbH«. Und darüber: »Meine Gäste sind mir heilig«.

»Das ist ja grauenvoll«, sagt er, »zieh das sofort aus!« Ich ziehe es aus. Er schüttelt den Kopf und betrachtet erleichtert meine Brust.

»Ohne Spruch ist es am besten«, sage ich.

»Ohne Shirt ist es am besten«, sagt er und lächelt traurig.

»Du hast völlig recht, kein Spruch taugt was«, sagt er, »meine ganze Redaktion taugt nichts.« Seine Redaktion hat der Werbeagentur drei Sprüche abgekauft, die alle nichts taugen.

Ich habe alle Zeit der Welt. Zunächst muß ein Rauenthaler Baiken her. Das Kaufhaus steht massiv wilhelminisch vor mir, hoheitsvolle kaufmännische Trutzburg, hinein, hinein. Es soll eine beachtliche Weinauswahl haben, im Untergeschoß, das hier Basement heißt, obwohl doch der Keller dem Wein am angemessensten wäre. Vor der Burg, bei der ich nicht um Einlaß bitten muß, die mich geradezu aufsaugt und in ihrem

Innern zum Konsumenten verarbeitet, sehe ich einen kleinen Turmbau, babylonisch gefährdet. Das Dach, die wippende Krone, bildet eine Pappschachtel, eine sogenannte Burger-Schachtel. Sie verheißt Burger-Rechte, tischlere ich unverhohlen. Ihr haftet eine gelbe Serviette an, beides im Balanceakt auf einer Bananenschale. Emporgewachsen aus einem überlasteten Abfalleimer. Wenn dieser Turm nicht bald zusammenstürzt. Allons, voyons cela.

Bevor ich ins Basement hinabsteige, zieht mich eine Rolltreppe nach oben, ins zweite Obergeschoß. Dort befindet sich die Spielzeugabteilung. Zeitgenössisches Spielzeug mit technischen Finessen lasse ich links liegen. Damit kann ich nichts anfangen. Für den Enkel, den ich nicht habe, würde ich so etwas auch nicht besorgen. Mich interessieren die zeitlosen Dinge. Die Stofftiere. Die Knopfaugen von Stoffgiraffen, Stoffflußpferden und von Stoffelefanten. Auch die haben sich verändert. Sind tatsächlich grau geworden und dulden keine farblichen Kapriolen. Rote Stoffelefanten mit weißen Stoffzähnen und unsichtbar berstenden Knopfaugen gibt es nicht mehr. Denn an Einsicht sind wir heute viel klüger als jene deren Zeit für immer vorüber.

Wolfram wollte seine Freundin Jutta in Frankfurt besuchen und fragte dich, ob du nicht mal mitschnuppern wolltest. Er sagte Mitschnuppern, putzig, aufrichtig und ganz arglos wie er selbst. Jutta war ein Jahr über euch, hatte schon Abitur gemacht und studierte nun, was Wolfram auf keinen Fall studieren wollte. Aber für dich sei das doch was.

Jutta winkte euch zu, als ihr am Ende des Bahnsteigs angekommen wart. Wolframs beige Socken blinkten bei jedem Freudenschritt, mit dem er dich deinem umständlichen Koffertrott überließ und zur bekanntlich pickeligen Jutta rannte. Nach der Umarmung wandten sie sich Arm in Arm dir zu.

Da rutschte dir dein Kunstlederkoffer, der dich bisher in bodenständigem Gleichgewicht gehalten hatte, aus der Hand. Vor dir stand Wolfram mit einer unbekannten pickellosen jungen Frau, deren Augen funkelten und die unmöglich erst letztes Jahr Abitur gemacht haben konnte. Der stets beschwichtigend abwägende Wolfram wirkte wie ein Milchbubi neben ihr. Es war unverkennbar Jutta, die aber ihre ebenso unverkennbare Herkunft als Godramsteiner Fahrschülerin, wie du sie beim täglichen Aussteigen aus ihrem Schulbus im morgendlichen Dieselqualm neben Wolfram in Erinnerung hattest, so was von hinter sich gelassen hatte, daß dir ohne erdendes Koffergewicht schwindelig wurde.

Ihr mußtet euch beeilen, um das Gepäck auf ihrem Zimmer abzustellen und sogleich die Vorlesung zu besuchen, deretwegen ihr eigentlich hier wart. Wart ihr? Auf Probe.

Das müßt ihr gesehen haben. Das müßt ihr einmal miterlebt haben, dann fangt ihr an zu denken, sagte Jutta, deren Stimme nun doch wieder an Jutta erinnerte, als ihr Viertel vor da wart. Viertel nach war Beginn.

Das Akademische Viertel, Ernst, gell, das ist immer so hier und heißt cum tempore, aber du mußt früher da sein, was auch nicht schwerfällt.

Nicht wie bei Doktor Schnepper, dachtest du, jede Minute ohne ihn ein Bildungserlebnis. Um Viertel vor zwängtet ihr euch in einen überfüllten Saal, für den der geläufige Begriff des Klassenzimmers nicht paßte, irgendwo im fünften oder sechsten Stock, jedenfalls hoch über der Stadt. Als du im Vorraum aus einem der großen modernen Fenster blicktest, sahst du plötzlich hinter Bäumen einen Fachwerkturm mit schwarzem Dach, der eher zu einer Ritterburg zu gehören schien als zur Frankfurter Uni. Du wolltest Jutta fragen, was das sei, konntest aber im Geschiebe weder einen klaren Satz formulieren, noch die Hand heben, um auf dieses unpassende, aber anheimelnde Türmchen zu zeigen. Es war ein Gedränge wie im Ostergottesdienst der Landauer Marienkirche, wo ihr bei schlechtem Wetter Vaters Ärger über die ins Wasser gefallene Burgenwanderung mit Feierlichkeit überspielet und Onkel Willi heimlich Schokoladenostereier an Kinder verteilte.

Drängendes Schreiten. Unbändiger Wille, dabeizusein. Dazuzugehören. Vielfach funkelten Brillen, einzelne Milchbärte vibrierten artikulierend. Aber alles gesittet. Gescheitelt, rasiert, frisiert, pomadisiert. Höchste erwartungsvolle Konzentration. Ungeplante Feierlichkeit wie bei der Zeugnisvergabe, aber ungleich empfangsbereiter. Ein zukunftsgewandtes Geschnatter. Aber ein Geschnatter in ganzen Sätzen. Papierflieger waren hier nicht zu erwarten. Die kleinen Gruppen, die ihre Plätze einnahmen und einander zugewandt dennoch ihren Platz immer in Winkel und Ausrichtung auf das zentrale Pult wie im Kino ausmaßen, raunten dir die hohe Gestimmtheit des Augenblicks zu. Und die Studenten siezten sich. Du sahst, wie Wolframs Zeigefinger in Juttas kleinen Finger eingehakt war, wo die Zärtlichkeit von der gemeinsamen Hoffnung auf gute Plätze überfangen wurde. Ein Tosen besiegelte die Überfüllung des Raumes und hielt an, bis dir fast die Ohren abfielen. Bis dir die gefühlten Tausend im Raum den Atem nahmen, während dein Herz aufgeregt den Takt beschleunigte. Du warst dabei. Wobei? Keine Ahnung. Aber für dich sei das doch was.

Plötzlich erstickte das Raunen und wohlformulierte Tosen. Es wurde still. Du Landei hattest nichts begriffen. Es wurde still, als ob der Heilige Geist über euch gekommen wäre. Nichts war zu sehen, nur die einkehrende Ruhe legte sich über den Saal, in dem nun gehört wurde. Hörsaal, das hatte die Tür zwischen den weißen Backsteinen geheimnislos verraten. Aus dem Nichts tauchte am Pult ein kleines Männchen auf, wurde erst unmittelbar am Pult Gestalt. Ein rundlicher alter Mann mit weißem kurzgehaltenem Flaum auf der beinahe grenzenlosen Glatze seines ruhig wiegenden Kopfes, eines ziemlich großen Kopfes. Unter kindlich runden Augenbrauen, die über der Brille schwebten, sah ein ängstlich-väterlich-freudig-freundlich blinkendes Knopfaugenpaar in den weiten Raum, der ihm zu lauschen begann, lange bevor die erwartungsvoll ruhenden Kinderlippen sich öffneten. Die braunen Knopfaugen, die hinter der Brille zu einer maßlos weitsichtigen Größe wuchsen und mit dem naß glänzenden Schein unausweichlicher Eindringlichkeit den Raum durchmaßen, waren die seit fünfzehn Jahren vermißten Augen deines Stoffelefanten.

Zwei Ministranten oder Assistenten (Nein, Ernst, das sind seine Hilfskräfte) schalteten ein Aufnahmegerät ein, denn da sollte der Flüchtigkeit einer Vorlesung etwas für die Ewigkeit abgetrotzt werden, und wie das Männchen plötzlich aufgetaucht war, so sollten die Hilfskräftehände es auf Band festhalten. Das Richten des Mikrophons knackte wie im Ofen, als dem brennenden Elefanten die überhitzten Augen brachen. Jetzt war er wieder da. Der Stofffreund mit den Murmelaugen, Quelle jeder Zuversicht. Das müßt ihr einmal miterlebt haben, dann fangt ihr an zu denken. Für dich sei das doch was.

Die Worte Meine Damen und Herren brachten den Raum endgültig zum Verstummen. Und der kleine Mann begann. Du warst zunächst überwältigt von dem Umstand, daß du nichts zu begreifen schienst von dem, was er sagte, nicht was er sagte: was er sprach. Er sprach mit angehobener Singstimme jedes Wort einzeln aus. Es klang zunächst stakkatohaft, aber durch das Singen wurde es zur Arie, die dich den Zusammenhang wohl nicht selbstverständlich begreifen und sogleich hinter den Worten sehen ließ, die aber die Worte so plastisch durch den Raum sandte, daß du sie vor dir sahst und nie wieder vergessen würdest. Später würdest du merken, daß die Sendungsgesänge der Studentenführer alle nach ihm gestimmt waren und zwischen dem Inhalt ihrer Worte und dem Gesang ein eigenartiger Schwebezustand bestand, der selbst zum Gegenstand und zum Sog wurde. Unentziehbar banden sie deine Aufmerksamkeit.

Hier, bei dem plüschäugigen Männchen, waren die Worte allerdings spürbar gelebt. Sie waren im Augenblick aus der Notwendigkeit des Denkens geboren. Du spürtest zum ersten Mal, wie folgerichtig aus einem Mund gesprochen wurde, der notwendige Gedanken in Form brachte. Dabei transportierten die Wortzwischenräume deren Klarheit ebenso wie der schluckartige Zungenschlag gegen den Gaumen am Ende eines jeden Wortes. Und die erstaunliche grammatikalische Vollkommenheit der Wortfolgen ohne jedes Innehalten, ohne jede Ablenkung, ohne jedes provinzielle Einkehren ins Überflüssige. Wie war solches Sprechen möglich?

Doktor Schnepper, der sich dem Deutschen mit anwaltlichem Selbstverständnis verpflichtet sah – meine Mandantin, die Muttersprache, nich wahr nich nich –, fiel jede Stunde von einer Nebensächlichkeit in die nächste, schweifte bei seinem mißglückten Auf- und Abflanieren vor der Tafel immer weiter ab und verfing sich in einem erwartungsvollen Blick aus dem Fenster. Das trieb dir eine Schläfrigkeit in die Augen, die den Kopf vom Denken abhielt und ihn mit unterdrücktem Gähnen beschäftigte. Reflexhaft ausgelöst von jedem dahergezischten Nichwahrnichnich. Bei Schnepper rieselten in ein resigniertes Ausatmen Wölkchen aus Wortkehricht. Erziehung zur Müdigkeit.

Hier war liturgischer Gesang. Genial, pontifikal. Und Wörter wie Sätze brannten sich dir auf Vorrat ins Hirn. Begreifen konntest du sie später noch – und würdest es sicherlich auch, doch jetzt galt es zu hören. Und selbst der Ausflug zu erschreckenden Worten wurde im Schrecken nachdrücklich bedenkenswert. Auschwitz war ein solches Wort. Im Geschichtsunterricht war noch Bismarcks Abiturzeugnis als Quelle zu interpretieren. Hier setzten Sätze sich fest. Wort für Wort. Vielleicht. Sind. Sie. Kaum. Noch. Fähig. Zu. Widerstehen. Wenn. Ihnen. Von. Etablierten. Mächten. Befohlen. Wird. Daß. Sie. Es. Abermals. Tun. Solange. Es. Nur. Im. Namen. Irgendwelcher. Halb. Oder. Gar. Nicht. Geglaubter. Ideale. Geschieht.

Du dachtest nur, Vater wird dich verprügeln und enterben, wenn nicht wenigstens du auf die Finanzschule gingst. Die nächste Generation. Dabei prügelte er immer seltener. Seine Druckmittel waren andere. Seine Perspektive hieß nicht Frankfurt, sondern Edenkoben. Sollte sie ruhig heißen. In den anderthalb Stunden der Vorlesung gewann, auch wenn noch wenig zu begreifen war, dein Denken Kontur. In neunzig Minuten wurde dir klar, woher du kamst – das war kein unglückliches Bisher – und zugleich wohin du wolltest. Nach Frankfurt, Mama.

Ich wäß jo net, des mißt doch de Vadder entscheide, oder? Awwer es klingt emol schä. Des mi'm Denke in Frankfurt.

Und dann hat sie ihn gefragt.

Der Bub will nach Frankfurt.

Ja, Germanistik. Philosophie. Soziologie.

Und dann? Jetz hammer widder die Tagesschau verquatscht, und gleich kommt der Kulenkampff. Dei Sohn studiert net son Scheiß, Frau Tischler.

Im Dialekt dokumentierte dein Vater, der Betriebsprüfer, seinen Standpunkt zu deinen Plänen, die er in der Regel als Ferz bezeichnete. Jetzt auch wieder: Unn ich soll zahle fer die Ferz? Er sprach mit Mama, nicht mit dir. Du wurdest verhandelt. Und die Ferz markierte er mit einem deutlichen

Akzent aus der Hose, wozu er immer sagte: Hinten hat gesprochen. Du dachtest immer nur: ein Arschloch eben. Er übertönte damit das Signal nach den hüpfenden Thermometern und der Wetterfahne.

Heute würde mich die Tischlerei retten: Jargon der Eigentlichkeit. Damals drohtest du zu zerplatzen, denn du kanntest nicht, was du kennenlernen wolltest. Du kanntest Landau und die Häuschen der kleinen Bürgerlichkeit in der Richthofenstraße, deren Teil du warst und deren Gartentor du als Zugang zu deinem Heim begriffst. Ja, auch dein Heim. Und dein Vater war im Umgang mit dir und deiner Phantasie, deinen Ideen, deinen Träumen und Träumereien ein ignorantes Arschloch.

Die Zuversicht, mit der du die Worte Germanistik, Philosophie, Soziologie einzeln zu deinem verdauenden Vater sprachst, war nicht nur dem theoretischen Teil deiner Reise nach Frankfurt geschuldet, dem krönenden, doch überwiegend ahnungslosen Moment, als der Stoffelefant nach einer deutlich gesetzten Pause sprach und sein Augenpaar beobachtend und nach dem Effekt seines Schlusses tastend im Hörsaal kreisen ließ: Ich. Danke. Ihnen. Hunderte Fingergelenke klopften knöchern. Anschwellend. Nicht enden wollend. Unendlich wertschätzend. Begreifend. Bis auf dich. Du hattest begriffen. Daß du begreifen wolltest. Hier. Bald. Ein halbes Jahr noch bis zum Abitur. Dann aber.

Die Zuversicht war auch dem Nachmittag im Café Laumer geschuldet, dem Zwetschgenkuchen darin und dem Kaffee dazu, inmitten frischer Pralinen und alter Damen und, ja, kaum zu glauben, auch seiner selbst. Der Professor aus dem Hörsaal, das Plüschaugenpaar, dessen Sprechmund mit dem fliehenden Kinn darunter auch bestens sich eignete, wie dir dessen Sprache bereits eignete, Kuchen und Torten von der Gabel aufzunehmen. Heute eine Engadiner, wie dir die weißgeschürzte schwarze Witwe auf diskrete Anfrage mitteilte.

Er saß euch abgewandt, als Gerd dazukam. Gerd, Juttas Kommilitone, ein paar Semester über ihr, der mit unergründlichem Lächeln zwischen den besetzten Tischen zu euch mäanderte. Seine Bewegungen hatten etwas ziellos Bestimmtes. Als wüßte er nicht, wohin er wollte, wollte aber genau das, was sich vor ihm auftat, was er in vollen Zügen einatmete, aufnahm, herbeiwünschte, an sich riß, wenn es sich ihm nur bot. Ein Lächeln, gegen das du instinktiv deinen Kuchen schützen wolltest, als es in Reichweite kam und von Jutta als Da-isser-ja-der-Gerd-gell angesprochen wurde. Da isser, sagte der Gerd, hatte bereits deine Gabel in der Hand und schaufelte dein letztes Stück Kuchen in sein Lächeln hinein. Du dachtest, du träumst wohl. Warst entsetzt von diesem Griff nach der Gabel, aber vor allem, daß du sie ihm widerstandslos überlassen hattest. Unwirksam empört. Und wie zur Erklärung blitzte die Gabel im Licht des Lüsters zusammen mit einem großen goldenen Ring auf, in dessen schwarze Siegelfläche ein Wappen eingekerbt war, auch wenn in diesem Augenblick deine Aufmerksamkeit vor allem dem Verbleib deines Kuchens galt. Gerd hatte eine Art, der du nichts entgegenzusetzen hattest, vor allem nicht als Oberprimaner, der in den Herbstferien den Semesterbeginn in Frankfurt ausprobierte. Deinem ungefähren Ausprobieren, einem Ausprobieren des Erwachsenseins außerhalb der Ordnung, außerhalb der Schule und des Elternhauses, die dich doch ständig zum Kind erklärten, stand Gerds deutliche Wahrnehmbarkeit gegenüber. Der funkelnde Ring prägte sich sofort ein. Gerd hatte starken Bartwuchs, den er, wie er deinem Blick gleich als großer Bruder antwortete, zweimal täglich rasieren mußte, und ein Grübchen im Kinn. Sein Hemd, zu dem er keineswegs wie die meisten einen Schlips trug, lenkte um zwei Knöpfe gelockert den Blick auf die behaarte Brust. Und das leger aufgeknöpfte Hemd, auch jetzt noch im Frühherbst, brachte präzise diese Brust zur Anschauung und mit ihr die Verheißung dahinter: was da doch für ein Mann darunter steckte, unter dem Hemd und unter dem Pulli mit V-Ausschnitt, denn er trug kein Jackett, sondern eine dunkelbraune, wie ein Jackett geschnittene Lederjacke.

Und wenn du dir Juttas empfangenden Blick anschautest, unterdrückte Überwältigung, daß da endlich der Gerd als Mann, Da-isser-ja-der-Gerd-gell als Mann, neben ihr saß. Der Gerd-gell, dessen Männlichkeit durch jede Pore seines Kinns, durch jede Naht und durch jeden geöffneten Knopf seiner Kleidung direkt nach außen drang, quoll, es war körperlich spürbare Feuchtigkeit dabei, um die Jutta zu umsummen, hier im Café nur zu umsummen, vielleicht auch näher heranzuflattern, die ein oder andere Schulter zu umfassen, die ein oder andere Wange zu küssen und ... Mehr wolltest du dir nicht ausmalen, mehr konntest du dir ehrlich gesagt auch noch nicht ausmalen, obwohl es sich unwillkürlich aufdrängte, mit diesem Grinsen und dem Kauen deines letzten weggeschnappten Zwetschgenkuchenstücks.

Du schautest nach oben, um nur nicht Wolframs Blick zu erfassen. Wolfram, der Gute, der Milchbubi, der in Gegenwart von Gerd so gar keine Chance hatte bei der Jutta, auferstanden aus pickeliger Asche. Das konntest du ihm nicht sagen, gerade du nicht, der ungekrönte König aller Landauer Milchbubis. Der Gerdstier, das Gerdtier funkelte mit den Augen, schnaubte lüstern, wenn er jetzt nicht mit leicht bayrischem Akzent so sanft und charmant plaudern würde, seine stahlblauen Augen auf Jutta gerichtet, man könnte sagen, aus- und abgerichtet, versenkt oder schon gebohrt. Und Jutta blieb nichts übrig, als wie ein Kaninchen im Schnabel eines Reihers (etwas hinkte an diesem Vergleich) große Augen zu machen, nicht weil sie mit Haut und Haaren verschluckt wurde, sondern weil ihr die Luft wegblieb. Dem Weibchen. Das konntest du keinem erzählen. So etwas beobachtete man einfach nicht, so etwas dachte man sich vor allem nicht. Diese Böe der Männlichkeit, die durch den Raum fegte und auch die ein oder andere Oma aufsehen ließ, wenn die Gabel wieder aus dem Mund war, schockierte dich, weil du das auch ohne dein Kuchenstück in seinem Mund nicht für möglich gehalten hättest, halten wolltest. Was war die große Erzählung von den trockenen Staubbeuteln der Blümchen, denen fleißige Bienchen weitere Stäubchen brachten und Leben schenkten, gegen den feuchten Stierleib, der unter der Rindslederjacke zuckte?

Du hattest mit all dem nichts zu tun. Dein grenzenloses Mitleid, ein seltenes Mitleid ohne die Schadenfreude, die dem Mitleid gerne zugrunde liegt, ergoß sich in Wolfram, der in argloser Freude die Buttercreme und den mit Erdbeerkonfitüre bestrichenen Kranzteig aus Biskuit mit der Zunge an den Gaumen drückte und lächelnd anzeigte: Es schmeckte ihm. Ist das nicht dufte? Der Kuchen und auch die süße Liebe zu Jutta. Das ist doch ’ne feine Sache.

Wenn ihm nur ein Krokantstückchen in den Gaumen pieken oder zwischen zwei Zähnen steckenbleiben würde, auf daß es eine alarmierende Irritation gegeben hätte. So verzückt konnte doch keiner deiner Freunde gucken, so schafsmäßig dämlich, so unbeirrt dabbisch konnte kein Pälzer Bu das unmittelbar bevorstehende oder vielleicht schon stattgehabte Ausspannen seiner Freundin mit ansehen.

Es war nicht auszuhalten: Jutta war entrückt, und selbst Wolfram war entzückt von so viel ungeahnter Persönlichkeit. Jedes Verrücken der Augen, von Blick brauchte man nicht zu sprechen, jedes mimische Muskelspiel vom Lächeln zum Grübeln wurde bestaunt. Mit engagiertem und anhaltendem

Artikulieren brachte Gerd relativ virtuose Satzsalven zustande, die auch bei Wolfram ihre Wirkung nicht verfehlten. Zum Körper der Geist.

Stoffzähne sind kaum mehr zu finden. Weiches glänzendes Plastik soll das Elfenbein imitieren. Und der Blick ist lieblos. Nichts Freundliches, Zutrauliches wie bei meinem. Schlurfen? Nennt man das Schlurfen? Ganz gewiß. Ich sollte längst im Basement beim Baiken sein. Ein Baiken muß es sein. Und statt dessen schaue ich in Erinnerung an den Professor das Stofftiersortiment im zweiten OG an. So was. Kloster Eberbach. Aber in jedem Fall Rheingau.

Über dem vibrierenden Vordergrund, in dem noch immer deine leere Gabel Gerds Gesten unterstrich, hattest du den Hintergrund aus den Augen verloren. Den Professor im Abseits der Engadiner Nußtorte, der schon zu Beginn versunken und dem Kuchenbetrieb abgekehrt vielleicht neuen Gedanken nachhing, die du vielleicht später vielleicht, wenn der Vater vielleicht doch vielleicht es gestattete ... Würde er nie. Vorsorglich dachtest du von ihm als Arschloch oder als so ein blöder bornierter Arsch. Was du zu Hause in den vier Wänden deines Vaters, an den vier Ecken seines Tisches, unter den du deine Füße stelltest, so hatte er schon begonnen, wenn du Pläne fürs Leben äußertest, solange du deine Füße unter seinen ..., wurde stärker. Es wurde stärker, was du zu Hause hinuntergeschluckt hattest, wenn Mama dir diesen Blick zuwarf, aus dem vor allem die Angst vor der Störung des häuslichen Friedens sprach, manchmal auch nur ihr Verständnis für dich, das im Frieden besser gedieh. Es wurde stärker in diesem Moment, im Café in Frankfurt, als du mit einem Schlag ein Stück Ideenwelt, ein Stück Kuchenwelt, ein Stück Stierwelt, ein Stück Universalwelt mit dem Haardtrand, Blick auf die Burgberge und Weindörfer und gegenüber die blauen Berge des Schwarzwaldes, vergleichen mußtest, als wäre sie dir vorsätzlich vorenthalten worden. Auch das wurde stärker. Niemand hatte sie dir vorenthalten, aber in diesem Vergleich zog die Vaterwelt den Kürzeren. Und zu Recht, wie du befandest, wie du befandest, als du die Schmach dazudachtest, die in der Gestalt des kleinen Professors wiederauferstanden war und zu wachsen schien. Diese wachsende Schmach hätte dir um ein Haar den Schwung aus der anschwellenden Wut genommen, aus dem geschwollenen Kamm, den Innendruck, den du erstmals im Freiraum des Café Laumer als etwas Grundlegendes erlebt hattest, etwas, was dir zustand, was du wohl denken durftest, wenn sich so ein Gerd-gell deines letzten Bissens bemächtigte. Dann bemächtigtest du dich eben eines klaren Gedankens, dem noch klare Taten folgen mußten. Bad drei in einer Wanne nicht. Die Stimme, der Triumph des Vaterwillens. Dieses gemeine Schwein. Der Elefant im Ofen. Die Endlösung der Elefantenfrage im Ofen. Wie konnte ein Vater derartiges tun? Wie konnte so ein Vater im Land der Dichter und Denker, zu denen du dich augenblicklich rechnetest, leben? Dein Nazi-Vater. Holla, da hattest du den Gegenzauber. Jetzt stand der Nazi im Raum, der steckte aber nur in einer Wehrmachtsuniform, die er auf dem Foto trägt, als er neben deiner strahlenden Mama mit Zopfkranz auf dem Kopf den kleinen gewickelten Wicht Egon im Arm hält. Dieser schief gewickelte Wicht. Kopfnuß für Egon, den Doofi. Was dein Vater mit den Nazis zu tun hatte, erfuhrst du erst viel später, als er zu reden begann und du nichts mehr von ihm wissen wolltest.

Der väterliche Professor hatte die Endlösung überlebt. Er wollte, erzählte Jutta nach der Vorlesung, eigentlich hierbleiben, aber ist dann doch wie der junge jetzige Direktor Fichtelzweig deiner Schule nach Amerika gegangen. Während der alte Fichtelzweig geblieben war, abgeholt und nicht mehr gesehen wurde. Oft sprach der Professor wohl von Auschwitz, nicht nur in der bemessenen Zeit der Vorlesung.

Aber der Professor war verschwunden. Er hatte das Café unbemerkt verlassen, unbemerkt von dir, der nun weiter den Gerd mit der Gabel erleben durfte, wie er sich aufspielte. Wie er fuchtelte. Und wie er dich aufspießte. Wie der dumpfe Bocksgeruch, den sein Rasierwasser nur unvollständig verdeckte, nicht nur den ganzen Kerl Gerd, sondern auch das ganze Café Laumer zu zerreißen drohte. Dann aber sagte er ein Wort, er sagte es dreimal. Das Wort entlockte ihm Jutta, und es drückte deine Pobacken plötzlich wie Senkblei in das weiche Laumerpolster.

Wenn man einen bestimmten Eindruck von einem Menschen bekommen hat und wenn dieser Eindruck erdrückend und erstickend und unerträglich ist. Wenn man sich von dem Eindruck losreißen will, auch auf die Gefahr hin, unhöflich oder sogar handgreiflich zu wirken, nur zu wirken, die Faust vorerst nur in der Tasche geballt. Wenn man also gerade nicht den unvermeidlichen Vater, sondern den Gerd-gell erlebt hat, dann konnte ein einzelnes Wort das Faß zum Überlaufen bringen. Kaum ein einzelnes Wort jedoch könnte die Stimmung wenden. Aber Jutta hatte es geschafft: Gerd, das ist der Ernst, dem du seinen Kuchen grade weggegessen hast. Der Ernst spielt auch Theater.

Theater! Theater? Theater? Aus Gerds Mund. Das erste Mal wie ein Losungswort, damit war er gepackt. Das zweite Mal als ungeahntes Glück, daß hier an diesem Tisch plötzlich die Welt des Theaters präsent wurde. Das dritte Mal mit bitter verzogenem Mund, Desillusion, denn Theater konnte ja alles Mögliche bedeuten, konnte ganz schön banal sein.

Echt? Wo? fragte er vorsichtig optimistisch.

Du warst zu überrascht, um etwas zu sagen. Ich?

In der Schule, zerstach Jutta die Illusion, die man sich hätte von dir machen können, die dieser Gerd hätte bekommen können von einem jungen Talent. In der Schule, gell, da hat der Ernst schon viel gespielt.

Jutta kam dir augenblicklich pickelig vor. Viel gespielt, dachtest du, das klingt endgültig so, als müßte der Gerd jetzt lachen und auf deine Rechnung ein Stück Kuchen bestellen.

Und was habt ihr da so gespielt, in der Schule?

Du hattest keine Chance: Also, ich habe mitgemacht beim *Zerbrochenen Krug* als Büttel, beim *Eingebildeten Kranken* als Thomas Diafoirus, bei *Hokuspokus* als Munio Eunano und im *Sommernachtstraum* als Schnauz der Kesselflicker.

Holla, das sind Rollen, das sind Stücke, ja. Und Kortner hat's inszeniert?

Nee, Doktor Schnepper.

Ah, Doktor Schnepper, sagte Gerd und wollte noch etwas hinzufügen, was Jutta dann glücklicherweise verhinderte.

Du, der Gerd hat hier 'ne Studententruppe aufgemacht, alles noch am Anfang, aber wir probieren so neue Dinge aus.

Du dachtest an Drogen und bekamst einen Schreck, wie ihn dir Mama vorgemacht hatte. Ein Stocken in der Atmung, sobald du dich mit etwas konfrontiert sahst, was nicht vorgesehen war zwischen den Wingerten und dem Haardtrand, was es nicht gab zwischen dem Prinzregenten oben auf seinem bewegungslos schreitenden Pferd, auf den die Tauben schissen, und den Marktständen auf dem Paradeplatz. Zwischen Stiftskirche und Marienkirche, zwischen Festhalle und Bahnhof. Zwischen den Festungsresten des Franzosen Louis und der Kaserne der französischen Besatzung, die den Vater wurmte, die bei jedem Ausflug ins Elsaß an ihm fraß und jedes Mal, wenn er die uniformierten Besatzer in der Stadt oder mit ihren sofort erkennbaren Besatzerkennzeichen über

Land fahren sah. Was es nicht gab zwischen der Fernbedienung, die in Vaters Hand hing, und dem neuen Fernsehgerät, zu dem ein schwarzes Kabel führte, das hin und her schwang, wenn Vater die Bedienung bediente und seine Frau vergaß. Nur aus der Spalte böser Kurznachrichten war über solche Dinge mit stockendem Atmen zu erfahren.

Kennst du Artaud?

Ato?

Nein, Artaud, den Franzosen. Das Theater und sein Double. Nervenwaage. Blutstrahl.

Die Tür fiel ins Schloß, und Gerd sagte in dein fragendes Gesicht, sagte dir auf den offenen Mund zu: Bubi, reden wir nicht vom Theater. Hast du 'ne Freundin? Dein Mund blieb offen.

Die weiteren Aussichten.

Hasch ghert, Frau Tischler? Zu fein fär die Finanzschul. Raus jetzt hier, alle beide. Ich will davon nix höre.

Eilig räumte Mama mit deiner Hilfe die Abendbrotbrettchen und die Tellerchen mit den Gürkchen zusammen, zog die Tür hinter euch zu, ging in die Küche und sah dich strahlend an. Du verstandest nicht.

Hätt ich jetzat net gedenkt.

Was?

Daß er eiverstanne is.

Er ist eiverstanne?

Hajo.

Und wieso isser eiverstanne?

Ei des wääß ich aach net. Awwer er isses.

Wie kommst du darauf?

Er hat gsaacht, daß du zu fein bisch fär die Finanzschul.

Ja, das hat er.

Und des hääßt doch, daß er des eigsehe hat, unn Schluß.

Wie? Du meinst?

Ich mään, der zahlt dir's Studium. Ich helf aach noch e bissel mit, awwer an sich is des doch, de Onkel Willi würd jetztat saache, eine überraschende Wendung.

Aber er hat gesagt, er will davon nix hören.

Ja, weil er jetzt de Kulekampff sehe will. Des hat sonscht nix zu bedeute.

Mama sah dich an, du sie. Sie dich mit einem spitzbübischen Lächeln, dem Lächeln, mit dem sie dem Vater zuprostet, das sie sich zum Likörchen genehmigt, wenn er's genehmigt, lächelnde Verlegenheit eines verheirateten Mädchens. Du sie wie ein Maikäfer, wenn es blitzt.

Dann sagte sie: Einundzwanzischzweiundzwanzisch, und du wußtest Bescheid. Du kanntest die Eheuhr der beiden. Den Stundenzeiger des Streits und den Sekundenzeiger der Versöhnung.

Aus dem Wohnzimmer rief dein Vater: Mutti, der Kuli! Im Grunde ein Jammerlappen, dachtest du. Und du ganz der Vater. Guten Abend, meine Damen und Herren. Heute sind wir zu Gast in der Festhalle in Frankfurt.

Zwei Jahre später sprachst du diesen Gedanken im Kreis der Kaderkommune in der Kiesstraße als Selbstkritik aus: Ich muß mich von meinem faschistischen Vater befreien. Und hier ist das Orchester des Hessischen Rundfunks. Dabei hattest du dir nichts vorzuwerfen. Begrüßen Sie mit mir acht Kandidaten aus acht Ländern. Meine Damen, meine Herren, darf ich bitten?

Ich schneide den Broccoli klein. Schnittke schaut mir zu, bis die Röschen vom Strunk geschnitten sind. Den Strunk nimmt er und wirft ihn in den Abfall, glücklich, daß ein kleiner Schritt bei der großen Produktion abgeschlossen ist, mit seiner Hilfe. Auch wenn die T-Shirts ein Reinfall waren, der Broccoli für die nächste Sendung steht bereit. Schnittke steht unter einem immensen Druck. Der Druck kommt von seinem ungebrochenen Willen zur Sendepräsenz, aber die Anstrengung nimmt zu, wenn die grundsätzliche Kraft abnimmt, wenn man auf Dinge mehr achten muß als früher, weil sie einem sonst wegflutschen. Bei ihm ist das voll kraß: Druck des Rotlichts. Konzentration sammeln. Durch alle Muskelfasern, alle Nervenstränge. Alles für die überzeugende Figur, die Schnittke aus seiner Sicht unverändert verkörpert. Aber die Verkörperung macht der Körper nicht mehr ohne weiteres mit. Das hat er langsam eingesehen. Er muß ein Bild abgeben, das man immer noch sehen will. Und in der Sekunde, in der das Rotlicht von Kamera zu Kamera springt, nicht willkürlich irrlichteliert, sondern von Hansi aus der Regiezone verantwortungsvoll gelenkt wird, um für Guido das Beste zu erreichen, muß Guido sein Bestes geben und alles können. So war das schon, als ich mit zehn oder zwölf seine Kunst des dezenten Talks vor dem Fernseher meiner Eltern bewunderte. Voyeurismus virtuos verschleiert. Jetzt bin ich in seinem Studio. Und Guido Schnittke kann immer noch fast alles, macht aber den Fehler, den so viele machen: Er unterschätzt mich. Ich gehöre zu denen, die machen können, was sie wollen, alle im Studio drehen sich um, die Maskenbildnerin, die Kostümbildnerin, der Gemüselieferant, der Kameramann, der Regisseur, der Aufnahmeleiter, der Produktionsleiter, die Gäste, denn ich verkörpere im Unterschied zu Guido Schnittke die Idealgestalt dieses Mediums. Und darauf kommt es an. Ziel ist doch, aus den Redaktionsräumen oder der Regiezone vor die Kamera zu kommen. Im Bild zu sein. Ans Licht zu kommen. Aber eine echte Lichtgestalt wird man nur mit guten Beleuchtern. Ein kollektives Ideal wie mich, nach dem alle anderen in ihren besten Teilen bemessen werden, muß es geben. Obwohl mein Vater Reinhold Lissitzky ist, der Chefredakteur, und meine Mutter Giuseppina, von der Maskenbildnerin und Freunden Pippa genannt, die Moderatorin von *Viaggio per l'Italia*, kommen kaum Angebote aus der Branche. Sehr wenige. Eigentlich gar keine. Hatte ein Casting. Für eine Kindersendung. Keiner traut sich, weil ich so prominente Eltern habe, oder man unterschätzt mich eben. Ein Fehler. Fataler Fehler. Fühle mich verarscht, verletzt, verkannt, verbraucht, verlassen und verraten, vergrault, verachtet. Ich verachte und verarsche den verfickten untrüglichen Blick. Er regiert unnachgiebig. Überall. Daumen hoch oder Daumen runter. In jeder Ecke lauert er. Hinter jeder Deko. In der Maske. In der Regie. Instinkthaft befolgt. Denn solange man ihn befolgt, ist man mit den Mächtigen. Ich bin mit den Mächtigen und muß mich daher nicht ermächtigen. Ich bin der Geist, der stets den andern fehlt. Ihnen allen. Mein Therapeut meint, ich sollte mich ehrenamtlich engagieren, das würde manchen Knoten lösen und helfen, das autoaggressive Grundmuster zu durchbrechen. Ich vertraue ihm.

Ich streife durch die grüngebeizten Weinregale, auf der Suche nach dem Baiken. Ich nehme eine Flasche trockene Spätlese vom Kloster Eberbach, denn im Gespräch bietet sich hier die schöne Geschichte um die Frage an, wo der Riesling ursprünglich beheimatet sei, hier am nördlichen Ufer des römisch besiedelten Rheinknies oder an der Donau, in der Wachau, wo im frühen dreizehnten Jahrhundert bereits ein Wein mit Namen *Ritzling* angebaut wurde. Als Pfälzer liegt mir der Rheinstrom mehr am Herzen als der balkanische Donaustrom. Und der beste Riesling kommt einfach aus dem Rheingau, da braucht man sich nichts vorzumachen, auch als Pfälzer nicht. Beim Einpacken an der Kasse merke ich, daß die Flasche weder hochkant noch quer in meine authentische Aktentasche paßt. So muß ich eine Tüte mit dem Kaufhausaufdruck nehmen. Verräterisch. Kein Kenner von Welt und Wein kauft im Kaufhaus, und der konsumkritische alt-linke Weinkenner schon gar nicht. Aber da ich den Kassenzettel zur Erstattung ohnehin vorlegen werde, wird es kein Geheimnis bleiben, wenn auch nur für die Buchhaltung, von der Schnittke sicherlich keine Mitteilung über die Herkunft des Weines erhalten wird. Also: Tüte verschwinden lassen im Studio. Nicht verwechseln mit der orangefarbenen Tüte, die behalten. Jetzt also wieder hinauf, hinauf. Munitionieren.

**Landau, 26. April 1967**

*Jutta, Wolfram und ich auf dem Schnellboot Kondor, Rheinfahrt mit Seeadler und Sperber. »Joi, Joi, Joi«, raunte mir Jutta ins Ohr und kicherte. Kränze, Soldaten, Gestecke, Bestecke und natürlich der offene Sarg. Unter uns lag der Alte. Im Frack. Im Sarg. Er hatte ein Auge zugekniffen. Das andere ließ er ununterbrochen kreisen. »Alles unter Kontrolle«, sagte ich zu ihm. »Na dann is jut.« Er hatte die Arme verschränkt. So lag seine rechte Hand auf seiner linken Brust. Und über der Hand lag eine Art leuchtender Kugel. Uns gegenüber stand mein weinender Vater, vor dem man einen Eimer aufgestellt hatte, damit er seinen Tränen freien Lauf lassen konnte. Daneben stand ein Uniformierter. Aber der trug nicht die Uniform der Bundeswehr, sondern der Wehrmacht und veränderte ständig seine Größe. Mal reichte er meinem Vater nur bis zur Schulter, dann war er plötzlich einen Kopf größer als er. Jetzt wieder nur so groß wie der Eimer vor meinem Vater. Es war der Holländermichel, und mir wurde schlagartig klar, warum er sich in dieser lauernden Stellung neben meinen Vater und dessen Eimer gestellt hatte. Er hatte es auf die leuchtende Kugel in den verschränkten Armen des Alten abgesehen – »Runzelkanzler« raunte mir Jutta ins Ohr. Die Kugel leuchtete rot, dann grün, dann blau, dann wieder grün. Der Holländermichel schnappte nach der Kugel, aber ein Soldat hielt ihn fest. »Laß ihn«, sagte da der Alte im Sarg, »dat is kei Herz, dat is nur ein vun inne beleuchtetes Stopfei.« Wolfram lachte hysterisch, und mein Vater trat vor Schreck den Eimer mit den Tränen um. Schweißgebadet aufgewacht.*

Jutta war Gerds Regieassistentin und Dramaturgin. Du hattest sofort eine Rolle.

Ja, gut, nicht die Hauptrolle, aber, schau, Ernst, da mußt du auch reinwachsen, in so 'ne Gruppe, das ist hier nicht mehr Landau, und der Gerd, der Gerd-gell, der wird mal ein ganz Großer. Der ist ziemlich streng, aber komm doch einfach mal.

Du hattest die Bockenheimer Probengarage hinter der Uni gerade betreten, eine Blechgarage mit zweiflügeliger Blechtür, in der geriffelte Glasscheiben tagsüber schummriges Licht von außen in das Räumchen und abends fahles Bühnenlicht von innen in den Hof träufelte, denn es gab eine Lampe, Scheinwerfer konnte man die armselige Leuchte nicht nennen. Die Garage hatte sogar ein kleines flaches Satteldach, und über der Tür gab es so etwas wie einen Blechgiebel. Mit viel Phantasie hatte Gerd das alles zu einem regelrechten Schauspielhaus erklärt. Ein Schwall Gras aus seiner Tüte zog dir beim Öffnen der Tür in die Nase. Einen weiteren blies er dir ins Gesicht und teilte dir deine Rolle zu: Du bist der Ausrufer. Wir machen Szene elf.

Hinrichtungen. Den, der den Coulmier spielte, den Direktor, in dessen Anstalt unter Anleitung des Herrn de Sade die Verfolgung und Ermordung Jean Paul Marats durch die Schauspielgruppe dargestellt wurde, eigentlich durch die Schauspielgruppe des Hospizes zu Charenton, aber natürlich durch euch, das Kollektiv Bockenheim, später kurz Theaterkollektiv Bockenheim, aber, meinte Gerd, Theaterkollektiv schränke die Aktivitäten des Kollektivs doch auf eine bourgeois-ästhetizistische Ebene ein, weshalb das Kollektiv in seiner allgemeinen Form, als kaderähnliche Aktionsgruppe, einen universelleren Anspruch hätte. Den, der den Coulmier spielte, den Direktor, der immer den rechten Arm zwischen die Knöpfe seiner Wollweste steckte und den Hintern weit nach hinten ausstreckte, wodurch er offenbar wie Napoleon aussehen wollte, denn die Geschichte spielte ja zu Napoleons Zeiten, als der Marquis eben die Revolutionsgeschichte um Marat vorführte, kanntest du von der Vorlesung des Professors, weil er sich in regelmäßigen Abständen und im Glauben, völlig unbemerkt zu bleiben, mit der Zunge über die Innenfläche seiner Hand geleckt und diese über seinen Scheitel gezogen hatte. Mit Namen kanntest du ihn nicht. Du nanntest ihn Coulmier, und er war es auch, der später den dämlichen Einfall hatte, die Gruppe *Die Roten Bembel* zu nennen, woraufhin Jutta anhaltend freundlich lächelte und auf Gerds Entscheidung wartete, und Gerd Coulmier fragte, ob er noch sauber ticken würde, so ein Agitpropschrott und so spießig. Jutta schüttelte nun auch den Kopf, und indem Gerd meinte, daß Coulmier einen dazu passenden Spießerscheitel hätte, fuhr er ihm über den Kopf und zerwühlte ihm das in der Vorlesung mit Spucke gebändigte Haar. In der Vorlesung des Professors, des Plüschaugenstoffelefantenmännchens, das du zu verstehen begannst und das bei allen hoch im Kurs stand, ein heiliger Mann, der im Sommer sogar, wie Jutta ganz gerührt erzählte, eine Gedenkminute hatte einlegen lassen in seiner Vorlesung, für den ermordeten Benno Ohnesorg. Damals war es heiß hergegangen an der Uni.

Wie im Krieg, sagte Jutta.

Der Krieg war eine sonderbare Größe. Das war eine Sache der Eltern, besonders des Vaters, der im Krieg gewesen war. Er war irgendwie schuld daran und hatte mitgemacht, hat aber eines Abends vor dem Fernseher plötzlich gesagt: Der Krieg, das war kein Wunschkonzert. Onkel Willi war gegen Ende abgehauen, war einfach aus dem Urlaub nicht zurückgekehrt. Die Feldgendarmerie hatte ihn gesucht, aber er war zu gut versteckt.

Ich habe meinen Arsch gerettet, aber Widerstand habe ich nie geleistet, sagte er dir kürzlich noch zwischen seinen großen Wasserbecken. Dann tauchten im algengrünen Wasser des großen Aquariums ein paar Fische auf, und eine Wasserschnecke war auf ihrem langen Weg. Man konnte, wie Onkel Willi dir zuflüsterte, als könnten die Wassertiere hinter der Glasscheibe hören, was er sagt, den Fischen beim Ficken zuschauen, aber auch die Ruhe und Friedlichkeit des sonstigen Unterwasserverkehrs bestaunen.

Eine gänzlich abgeschiedene Welt, aus dem muffig-modrigen Raum unter dem Holzdeckel des dörflichen Gartens betrachtet. Eine Gegenwelt in Zeitlupe. Wenn die rötliche Sumpfdeckelschnecke ihr schwarzbraunes Haus ein Schilfrohr entlang balancierte, dann konnte es nichts Erhabeneres geben, auch wenn dein Vater immer meckerte, daß es doch hinter diesen fast blinden Scheiben außer trübem Wasser nichts zu sehen gäbe, nach wenigen Minuten die Geduld verlor und jeden, der länger blieb, zu einem Simbel erklärte. Du ließt dir aber die Tänze der Schwebeteilchen und stillen Wesen, auf die man auch mal eine Viertelstunde warten mußte, nicht vermiesen.

Onkel Willi brachte dir eine aufblasbare Luftmatratze mit: Die Frau Knapp läßt so was nicht zu, schon klar, Verschaffung von Gelegenheit, aber vielleicht kommt ja doch mal jemand über Nacht, vielleicht auch ich, wenn ich mal Frankfurt unsicher machen will. Im Odenwald bleiben Hoden kalt.

Onkel Willi!

Gerade im Herbst. Schon gut, schon gut. Du wohnst da nicht, aber ich.

Die schlechtesten Kalauer waren schon immer die von Onkel Willi. Irgendwann dachtest du auch darüber nach, warum, aber diesmal blieb nur die Überraschung über eine weitere Entgleisung.

Als er dir die Matratze brachte und dich zum Abendessen einlud, da hast du ihm von der Studentenbewegung erzählt. Willi zündete sich ungläubig eine Zigarette an und vergaß in seiner Ungläubigkeit, dir eine anzubieten. Er sagte durch den Rauch: Studentenbewegung? Meinst du die Weiße Rose? Die sind doch alle tot. Aber bei dir alles in Ordnung?

Klar, Onkel Willi.

Mädchen?

Nein.

Wieso ist dann alles in Ordnung?

Kommt noch.

Wie dein Vater euch überhaupt zustande gebracht hat, frage ich mich. So verklemmt, wie der ist, sagte der Bruder deiner Mutter mit seinen zweiundfünfzig Jahren. Du konntest es kaum fassen. Aber es überraschte dich nicht im geringsten.

Erzähl von der Studentenbewegung.

Als ich vor die Glastür des Kaufhauses trete, um zum nächsten Taxistand vor der nahe gelegenen Oper zu gehen, bemerke ich, daß der Turmbau zu Babel auf dem Abfalleimer zusammengestürzt ist und die aufgesprungene Burger-Schachtel am Boden liegt. In der offenen Box hat sich ein Haufen summender Fliegen offensichtlich über ein eßbares Objekt hergemacht, Fast Food. Wie Schaulustige bei einem Unfall. Da muß man doch untersuchen, was passiert ist. Ich wimmle die Fliegen auseinander und entdecke ein Stück Hamburger. Mit einem wächsernen Käserest und einem schrumpeligen Salatblatt, das gerade mit der Serviette zu einem organischen Fähnchen zusammentrocknet. Objekt eins wandert in die orangefarbene Tüte.

Der Ausrufer, also du, sollte mit einem Stab in Coulmiers Worte hineinklopfen, was du bei dieser ansonsten dünnen Rolle immerhin als subversives Privileg empfandest, aber da sich kein entsprechendes Requisit in den Ramschecken der Probengarage fand, hattest du die Wahl zwischen einem Schmetterlingsnetz am Stiel und einer Angel mit rostiger Rolle. Du klopftest mit der Angel in Coulmiers Worte: Wir zeigen nur was sich in unserer Stadt einmal ohne Zweifel abgespielt hat So laßt es uns also in Ruhe betrachten weil wir die Taten von damals verachten Denn an Einsicht sind wir heute viel klüger als jene deren Zeit für immer vorüber.

Du zeigtest mit dem Stab, also mit der Angel, auf die Hinrichtungsszene. Die mußte man sich denken. Den langen Trommelwirbel auch. Aber den fand Gerd ohnehin obsolet, wie er es ausdrückte: Wir haben eine andere Ästhetik, da paßt kein Trommelwirbel rein. Wir machen das komplett modern.

Dabei war das Stück gerade drei Jahre alt. Auch die Opfer, die zum Sterben bereitstanden, dachtet ihr euch. Du hattest als einziger noch dein Textbuch in der Hand, weil das eigentlich keine Leseprobe mehr sein sollte. Leseprobe, sagte Gerd singend und verdrehte verächtlich die Augen. Dann erhob sich Charlotte Corday.

So wie ihr da oben unbeweglich steht und weiter blickt als die Augen eurer Henker reichen so werde auch ich dort stehen wenn alles vorbei ist, sagte sie mit geschlossenen Augen und leicht erhobenem Kopf. Konzentriert, aber in wohligem Ausatmen. Dabei fiel ihr eine Strähne ihres schwarzen Haares in die Stirn, bedeckte das linke Auge. Du wolltest sie intuitiv wieder nach oben pusten, aber Ursula (Ursula? – Ja, eine Kommilitonin vom Gerd-gell) verharrte reglos und blieb spürbar in der Rolle. Gerd sagte als Sade den Anschlußsatz: Sieh sie dir an Marat. Merkte aber, daß er es zu niemandem sagen konnte, weil der Darsteller des Marat fehlte. Der Depp. Enttäuschung. Alles verloren.

Du sahst sie dir an. Jede weitere Sekunde, in der ihre Augen geschlossen blieben, kostetest du ungeniert aus, hoffend, sie sei in einen Schlaf gefallen, in dem du neben ihr liegend sachte über ihr Gesicht streicheln konntest. Du spürtest weiche Haut auf deinen Fingerkuppen, obwohl die im Griff um die rostige Angelrolle schwitzten.

Erst als Gerd im Angesicht des fehlenden Marat Pause sagte und aus seiner Packung eine Zigarette schnippte, öffnete Ursula die Augen. Du nahmst Blick und gefühlte Fingerkuppen von ihrem Gesicht und schautest auf Gerd, in dessen Mund zwei Zigaretten steckten. Unter ihnen zog er die Flamme eines Benzinfeuerzeugs entlang. Ein Geräusch, das man heute kaum noch kennt. Erst das schrille Aufklappen des Deckels, das dir immer mißlang, weil du mit dem Daumen abrutschtest. Es mußte klingen wie kurzes Klirren von Glas. Alles andere war Gemurkse. Und dann mußte schon die Flamme des Heiligen Geistes kommen, die aus dem Docht atmete. Den Funken hättest du längst mit dem Daumen am Rädchen auf den Docht werfen müssen. Hattest du aber nicht. Gerd hatte. Und jetzt das beginnende Glutknistern des Tabaks. Wenn das nicht in einer sekundenbruchteilrichtigen Abfolge kam, warst du weder Alain Delon noch Michel Piccoli noch Humphrey Bogart, der du am wenigsten sein wolltest, sondern du warst der kleine Zitterarsch von der Uni.

Eine Zigarette steckte Gerd Ursula in den Mund und sagte: Sehr. Sehr gut. Uschi. Er sagte es anerkennend, professionell distanziert, auch steckte er die Zigarette nicht begehrlich zwischen ihre Lippen, es war Respekt zwischen Gerd und Ursula, also Uschi. Ihr hätte er kein Stück Kuchen von der Gabel geklaut. Da fiel ihr Blick auf dich. Zunächst war es nicht klar, ob sie nur einen Rauchring mit den Augen verfolgte, den Gerd als schnörkellos moderne Kreisform blies. Oder ob sie dich meinte. Nervös gabst du der Angelrute einen Ruck, die geriet in Wallung, und die Schnur schoß Gerd die Zigarette aus dem Mund.

Aufpassen, du Arsch, sagte er und hob sie lachend vom Boden auf. Ursula, also Uschi, lachte mit. Aber sie lachte dich nicht aus. Das Lachen war ein Anerkennen der komischen Situation, schon klar, das war Slapstick, ungeschickt, Tücke des Objekts, aber sie verband das Mißgeschick nicht mit deiner Person. So interpretiertest du jedenfalls ihren Blick, der zur genauen Analyse des Hergangs zwischen der Angel, der Schnur und der Zigarette in Gerds Mund hin und her wanderte. Am lautesten lachtest du. Und daß Gerd dich als Arsch bezeichnete, fandest du am witzigsten. Du warst ja nicht blöd. Wenn du eines wußtest, dann, was komisch war. Wer Munio Eunano gespielt hat, weiß, was komisch ist, weiß, was er wert ist. Slapstick ist eine hohe Kunst. Präzisionsarbeit. Du warst absolut präzise. Zugegeben, ohne anfängliche Absicht, aber mit Erfolg.

Die Zwetschgen haben ihre beste Zeit hinter sich. Bestenfalls ist in diesem Jahr noch gegorene Süße oder Runzelware zu erwarten. Aber da an einem solchen verhalten sonnigen, feuchten Tag mit dem Schlimmsten zu rechnen ist, erwarten mich in so einer Pappschachtel sicher andere Verfallserscheinungen. Sie bringen mich auf eine Idee und führen mich zu meinem Plan zurück. Die Präsenz von Zwetschgen in meinem Leben ist zu betonen. Unten in der Pappschachtel aus der Hand dieses hinterhältigen Händlers, der genau weiß, wie viele überreife, ach was, angefaulte Zwetschgen da drin sind, aus der schwitzigen Hand dieser finsteren Gestalt rheinischen Frohsinns, in der lochlosen, schlecht belüfteten Schachtel haben die ersten Schimmelbärte ihre Anker ausgeworfen nach dem geriffelten Pappboden. Der Händler wirft nach dem Verkauf seine Zigarette, die er die ganze Zeit über lustlos im Mundwinkel balanciert hat, weg und tritt sie halbherzig aus. Sie qualmt ersterbend eine Weile. Ich entferne die besten und festen Zwetschgen. Die andern wandern, Objektgruppe zwei, in die orangefarbene Tüte. Was gibt es da zu tischlern?

Uschi gab dir ihre Zigarette. Du wolltest sie nehmen, aber sie steckte sie dir in den Mund. Sie steckte sie dir in den Mund. Sie steckte sie dir in den Mund.

Du nahmst einen Zug und hättest lächeln können. Da nahm Gerd das Schmetterlingsnetz am Stiel und zog es dir über den Kopf. Er ging ein paar Schritte durch den Raum und zog dich hinter sich her. Die Zigarette hatte sich natürlich verbogen, knickte und drückte ihre Glut auf dein Kinn. Panisch versuchtest du dir das Netz vom Kopf zu ziehen, aber die Zigarette verfing sich darin, brannte ein kleines Loch hinein, berührte immer wieder mit der Glut dein Kinn, deine Wange, du jaultest auf. Es brannte. ES BRANNTE.

Unerwartete Hilfe kam aus dem Orbit hinter dem Netz. Ein Schwall kalter Milch löschte die Glut. Erlösung. Die Milch lief dir den Hals hinab in den Kragen deines Hemdes. Uschi hatte die Milchflasche in der rechten Hand, den Deckel in der linken und fauchte Gerd an: Arsch, dummer!

Okay, sorry. Wo machen wir weiter?

Wir machen gar nicht weiter. Wie heißt du noch mal?

Ernst.

Ernst?

Ja. Bessere Vorschläge? Du lachtest wieder, hattest dich in eine Tischlerei gerettet. Aber du hattest kleine Brandwunden im Gesicht. Das jedenfalls meinte Uschi.

Schau dir an, was du angerichtet hast, Gerd. Das sind Brandwunden.

Isses denn schlimm? fragte Jutta ungläubig.

Du wurdest unruhig, weil es keinen Spiegel gab und du Stiche im Gesicht spürtest.

Komm, Ernst - Ernst?

Ja.

Wir gehen in eine Apotheke, Salbe kaufen. Das muß versorgt werden.

Und die Probe? fragte Gerd.

Die kannst du dir sonstwo hinstecken, sagte Uschi.

Gerd war sauer, aber er merkte, daß er sich das Ende seiner Probe selbst eingebrockt hatte. Und über sich selbst konnte er sich nicht empören. Dabei schien der grundgefühlte Ärger Kraft zu geben, Muskeln anschwellen zu lassen, Gesichtszüge zu verhärten, Blicke zu schärfen, Blicke zu verschärfen, nachzuschärfen. Wiegebewegungen geprobter Wut, die aufgrund fehlender Legitimation verpuffen mußte. Und das wirkte insgesamt kindisch: Gerd wurde ärgerlich. Aber sein Gesicht beruhigte sich, seine Augen wurden klein und feindselig, und er stocherte vorwurfsvoll in geborgten Worten: Ohne ein Element von Grausamkeit, das jedem Schauspiel zugrunde liegt, ist Theater nicht möglich. Bei dem Degenerationszustand, in dem wir uns befinden, wird man die Metaphysik via Haut wieder in die Gemüter einziehen lassen müssen.

Was?

Artaud.

Fuck you.

Als trotziges Kind riß Gerd seinen Blick von den Anwesenden, schaute in eine dunkle Ecke, nahm seine Lederjacke und warf sie über die Schulter. Abgang. Uschi zog sich einen schwarzen Lackmantel an und einen breitkrempigen schwarzen Hut auf. Das war beeindruckend. Sie wirkte unglaublich reif, und mit ihren schwarzumrandeten Lidern und künstlichen Wimpern erschien sie wie eine Kunstfigur. Das war auf dem Garagenboden als Corday gar nicht so auffällig gewesen, aber nun machte sie die Robert-Mayer-Straße und schließlich die Bockenheimer Landstraße im Herbstregen zur Bühne. Du spürtest längst keine Brandwunde mehr, es spannte die Haut, du warst überall angespannt. Nervös. Trockener Mund. Warmer Hals. Heiße Ohrläppchen. Und ein warmer Luftschwall aus deinem Hemdkragen erinnerte dich mit dem Geruch eintrocknender Milch auf Baumwolle an Gerds überschäumende Spontaneinfälle.

Gerd ist ein Dampfkochtopf. Man muß aufpassen, daß er nicht mal explodiert, meinte Uschi, bevor ihr die Apotheke betratet. Du sagtest nur: Ja. Weil du nicht wußtest, ob sie dich warnen oder besänftigen wollte. Noch als die Ladenklingel ging, dachtest du darüber nach. Als die Apothekerin die Salbe brachte und Uschi sie dir auf die Brandstellen tupfte, war dir klar, daß hier eine fürsorgliche Freundin am Werk war, vielleicht aber auch eine gut gespielte Krankenschwester. Da mit fünf Salbetupfen im Gesicht kein Abend in Gesellschaft verbracht werden konnte, ohne daß man eine nicht allzu lächerliche Erklärung für die wunden Punkte hätte – wen interessierte schon ein Schmetterlingsnetz und ein Gerd-gell? –, war also der Abend praktisch gelaufen. Aber neben einer formal so berauschenden Frau, Schwarz-in-Schwarz, herzulaufen, gab dir mit Blick auf den Opernplatz den Mut dessen, der gerne gesagt hätte, wie eiskalt dies Händchen sei, aber der Sprühregen ließ kein Gefühl zu Operngröße anwachsen. Als Uschi plötzlich hustete, mußtest du wieder lachen, aber so plötzlich, daß sie dich verständnislos anschaute, und das konntest du nicht auf dir sitzen lassen. Also heraus mit den Worten: Hast du heute abend noch was vor? Dir wurde warm, nicht nur ums Herz, sondern vor allem um die Ohren. Die Zunge war trocken und klebte am Gaumen. Ob du dich schämen solltest, einfach die Uschi dumm angequatscht zu haben, oder ob du der Hoffnung auf ein zartes Ja mit großem Wimpernschlag ein bißchen Wärme aus dem Hemdkragen beifügen wolltest, wußtest du in diesem Augenblick genaugenommen nicht. Mit deinem Wolljackett und deinem grauen Stockschirm warst du bestenfalls Komparse und begannst zu frieren.

Wenn Schnittke mit seinen Gästen kocht, dann trocknet sein Mund schon in den ersten Sekunden des Rotlichts aus. Den ersten Schluck trinkt er wegen seiner trockenen Kehle zur Begrüßung. Es ist der Wein, den er in der Sendung vorstellt. Dann stößt er nach zehn Minuten mit dem Wein an, den der Gast mitbringt. Daß er das gemeinsame Essen als Abschluß einer Kochsendung ins deutsche Fernsehen eingeführt hat, also nicht nur die Zubereitung, sondern auch kauendes Lob des Gastes, ist sein großes Problem. Da er Rieslinge liebt und seinen Gästen meist einen Riesling anbietet, ja, nur Gäste einlädt, die auf Rieslinge stehen, da Rieslinge aber durch die Säure zu gesteigertem Speichelfluß führen, tropft bei Schnittke gegen Ende der Sendung Speichel mit Inhalt aus seinen Backentaschen von den Mundwinkeln. Seit zwei

Monaten. Die Lippen werden schlaff, verlieren den Halt und lösen flatternd die Artikulation auf. Habe das analysiert, beginnt zwischen Minute 22 und 24. Er kennt das Problem, aber er weiß keine Lösung. Weigert sich, eine Serviette am Gürtel zu tragen. Daher wird die Sendung seit kurzem als Aufzeichnung produziert. Takes werden immer häufiger wiederholt. Konnten bislang drei Sendungen am Tag produziert werden, ohne Unterbrechung unter »Live-Bedingungen«, sind es heute zwei, bei der Häufung der wiederholten Takes manchmal nur eine, und der zweite Gast muß übernachten oder ersetzt werden. Sie übernachten gerne, um in die Sendung zu kommen. Aber wer kann sich das leisten? Eine einzige Ausgabe von *Guido à la Carte* pro Tag? Das macht kein Sender auf Dauer mit.

Es brennt. Unwillkürlich will ich schlucken. Aber da ist er. Der Schmerz. Er hat mich ertappt. In meiner Hilflosigkeit bricht mir der Schweiß aus. Ausgeliefert. Ich fange mich. Zu Beginn dachte ich, eine Schmerztherapie bedeute eine Therapie durch Schmerz. Der Schmerz zur Förderung der Heilung. Ein Traum. Mönckemeyer, Wolframs ehemaliger Parteifreund und Fraktionskollege (Wolfram hatte die Liberalen tatsächlich verlassen, weil sie ihm zu hemmungslos kapitalistisch erschienen, selbst Wolfram!), hatte *La scala di pasta* angeblich über hundertmal im Freundeskreis verschenkt. Ich bin aus dem Signieren und Widmen gar nicht mehr rausgekommen. Er versteht was vom Essen und hat bei einer Blindverkostung von Saint-Emilion-Grand-Cru bei neun von zehn Weinen sogar Weingut und Jahrgang rausgeschmeckt. Ich mußte die Waffen meiner Papillen strecken, und wir waren am Ende des Abends ganz dicke miteinander (»Ernst« – »Anton« – »Anton?« – »Ja, bessere Vorschläge?«). Wolfram pinkelte von der klassizistischen Balustrade des Balkons auf die Terrasse und traf tatsächlich ein Ehepaar mit dem Strahl. Ich dachte noch: Absicht, wegen Jutta. Damals behandelte mich Mönckemeyer noch nicht. Die Klarheit und Offenheit, mit der er keinen Zweifel an Herkunft und Qualität des Weines ließ, fast ein bißchen unbarmherzig, wenn man selbst daneben lag, zeigte er auch später bei der Diagnose. In seinem Sprechzimmer hatte er Nulldreisiebenfünfer-Abfüllungen von Château Cléante-Pernelle, zwei Gläser standen bereit, wenn ich eintrat: »Biopsie, Sonographie, CT, kurz und gut, die Untersuchungen der letzten Tage haben eine vermutete Metastasenbildung nicht – findest du nicht, daß der Holzton sehr dezent ist, Ernst? Dafür deutlich Veilchen und Pflaume, oder? Trüffel?«

Der Schmerz geht vorüber, geht allmählich vorüber, ist immer vorübergegangen, fast immer. Also, geh schon! Mach! Ich schließe die Augen, um den Schmerz konzentriert zu vertreiben. Ein übler Stich noch, aber der Speichel macht sich auf den Weg nach unten. Dann kann ich ausatmen und wieder einatmen. Der Schmerz ist weg. Ich bin auf dem Weg. Ich habe noch was vor.

Klar habe ich was vor, sagte Uschi, ich gehe noch zu Gerd.

Wie? Du? Zu? – dachtest du zum Glück, ohne eine Silbe zu sagen. Einfach die Uschi dumm angequatscht zu haben, war ein erbärmliches Gefühl, das dir nicht die Füße unter dem Boden wegzog. Aber das kleine Zusammensacken des Oberkörpers und dazu das Pieken der Brennpunkte in deinem Gesicht, eins, zwei, drei, vier, fünf, vollzählig, bedeutete das Ende. Des Abends. Die großen Gefühle würden noch kommen, aber heute stellten sie sich nicht mehr ein. Nichts Richtiges im Falschen. Kurz darauf gingst du alleine zurück. Du warst seit einigen Wochen Student, schon in einer Theatergruppe, schon in einer Bude, die dir der zauberhafte Onkel Willi direkt bei deiner Ankunft in Frankfurt präsentiert hatte, auch wenn die aktivsten Studenten der Bewegung um die Ecke im Kolbheim wohnten. Du nun in der Schumannstraße, bei der Kriegerwitwe Knapp. Unweit der Uni. Das gab dir das Gefühl, daß die Zeit der kleinen Gefühle nun woanders läge, hinter dir. Hier seien andere Gefühle möglich. Hier sei eine Welt, die größer und befreiender wirke als Landaus Straßen und Gassen, als der enge Vorgarten, als die Drahtreihen am Putz neben und über der Haustür, an denen über den weißen Fensterläden des Erdgeschosses Wein ranken sollte. Tat er aber nicht. Rankte nicht, verkümmerte, ließ die Drähte kahl. Kein Wunder, bei dem Kleingärtner, der da am Werk war, hinter dem weißen Lattenzaun-mit-Zwischenraum-hindurchzuschaun.

Hier eine breite Straße, die in die Stadt führte oder zur Bude der Witwe Knapp. Du kehrtest um. Die Tupfen trieben dich auf die Bude. Die auf dem Tischlergesicht, nicht die auf Eunanos Kleid. So sei es. Heute. Morgen was anderes, was Neues. Jeden Tag was Neues. Und immer Text lernen. Leseprobe, wir doch nicht, sind doch viel weiter, wir können die Texte: Hier soll das Paradies sein und hier sollen sie wandeln und nach ungeahnt neuen Ordnungen handeln nur weiß er noch nicht wie er diese erreicht denn Handeln ist schwer und Reden ist leicht. Und Uschi jetzt bei Gerd? Corday bei Sade. Nütz deine Rolle nicht aus deine Liebe ist platonisch. Schön wär's.

Natürlich hattest du weder Uschis Adresse noch sonst irgendeinen Anhaltspunkt. In der Uni warst du ihr bisher nicht begegnet. Der Regen wurde stärker, und die Autos rauschten mit den Lichtkegeln ihrer Scheinwerfer im Wassernebel an dir vorbei. So gesehen achtlos. Jetzt kam dir die Straße vor allem groß und breit und voller Autos vor. Niemand schien an deiner Existenz Interesse zu haben. Landau war nicht schön, aber übersichtlich. Frankfurt schenkt dir nichts. Ein neuer Schlager quoll seit Wochen aus den Radios und Jukeboxen und haute dir in plumper Eindeutigkeit die Einsamkeit um die Ohren. Wenn ein Blatt, irgendein Blatt vom Baume fällt, weil der Herbstwind es so bestimmt, dann fiel genau dieses irgendeine Blatt vor dir im Regen auf den Gehsteig. Die Sonne, die immer immer wieder aufgehen sollte, würde für uns heute kein Licht mehr bringen. Auch die schlageranfällige Weinerlichkeit, die in dir hochkam, erinnerte dich daran, wo du herkamst. Bei dem alten Professor hattest du wenig Tröstliches über den Verkehr an der Bockenheimer gelesen: Die Menschen reisen streng voneinander isoliert auf Gummireifen.

Sei doch mal allein. Halt das doch mal aus. Du Fußgänger. Das ist Teil des Neuen. Vor drei Wochen warst du noch bei Mama, die ihren Quetschekuche mit einem Klacks Sahne und noch einem vor dich hinstellte. Das Stück war größer als das für den Vater. Jetzt waren die letzten Quetschen längst verbacken und gegessen. Es war kalt und naß, kalt und naß. Die Lichtkegel waren dir schon aufgefallen. Der Regen auch, und die schnulzigen Blätter fielen schon die ganze Zeit. Die Stimmung war noch nicht faßbar. Du wolltest dir noch dies und das vorstellen. Stimmungszutaten, die du noch nicht hattest besorgen können, um sie jetzt gefühlig zu verbacken. Backen konntest du schon gar nicht. Gefühlsbäckerei auf der nassen Bockenheimer Landstraße war nur bruchstückhaft möglich. Den süßen Uschikuchen hättest du gerne frisch gebacken gegessen, aber so schnell ging das nicht. Uschi war ein schwarzes Hutfragment mit glänzendem Mantel, auf dem Regentropfen perlten. Uschi war noch ornamentaler Besatz wie ihre schwarzen Lidstriche. Sie hatte in dir ein erwärmendes Gefühl ausgelöst, aber da hinein mischte sich die fünfköpfige Zigarettenglut, die sie verarztet hatte. Alles in allem überhitzt. Uschi war noch kein Gefühl, denn die Begleitumstände trieben dir die Schamesröte ins Gesicht. Vielleicht war auch das die ganze Wärme schon. Ein gehörig verunfallter Anfang. Anfang wovon? Was blieb, war ein leises Ticken im Motorraum. Ein leichtes Klopfen im Brustraum. Unter dem Hemd mit der eingetrockneten Milch. Es kreiste um neue, unbekannte Gefühle. Wenn nicht dieses Schmetterlingsnetz so erbarmungslos zugeschlagen hätte. Gerd hatte nicht an die Zigarette in deinem Mund gedacht, da warst du dir sicher. Wirklich nur ein Unfall, dessen Banalität aber über den Figuren im Spiel hing. Wie du's auch drehtest, wie du's auch wendetest, es konnte nichts werden.

Ein Abend zu Hause stand bevor, nachdem du dich unbemerkt bei Witwe Knapp in dein Zimmer geschlichen hattest, denn Fragen nach den wunden Punkten in deinem Gesicht hättest du für die Witwe nicht befriedigend beantworten können. Gerd und das Schmetterlingsnetz warfen kein gutes Licht auf deinen Umgang. Und eine andere Geschichte, die verhältnismäßig kleine Sorgen auslösen würde, fiel dir nicht ein. Pocken, Windpocken. Ausschlag. Die Krätze... Dabei war die alte Frau nicht so streng, wie ihr graumelierter Dutt vermuten ließ, sondern lächelte unentwegt, herzlich und so, daß ein goldener Backenzahn den freudigen Glanz in ihrem Gesicht unterstrich, dem Leben zugewandt, vom Schicksal hart angegangen, der Mann drei Wochen nach der Hochzeit gefallen, einen Tag nach dem Führer noch, also dem Vorgänger vom Adenauer, stellen Se sisch des emal vor. Sie nahm das Leben auf die rundliche Art. Trübe Gedanken wie Klöße in reichlich Soße ertränkt. Ein Brummer unter der Kittelschürze. Aber auf Ordnung und Anstand war sie bedacht. Theater und so etwas gehörte sicher zu dem, was sie dir gleich am ersten Abend, nachdem Onkel Willi wieder abgerauscht war, bei einem Likörchen (aber nur eins) für deinen neuen Lebensabschnitt ins Gewissen geredet hatte:

Und daß Sie mir nicht ins Milieu geraten, Frankfurt isse schöns Städtsche, aber es gibt auch Milieu. Ihr Onkel is übrischens ein ganz reizender Herr, der tut bestimmt gut auf Sie aufpasse.

Probe wieder nächste Woche.

Vor dem ersten Taxi bleibe ich stehen. Die Oper liegt erwartungsvoll im Hintergrund, Monumentalstil der fünfziger Jahre, große Foyerfenster, bekrönt von weißen Bühnenturmpylonen. Die Pylone sind nicht ohne, tischlere ich, da ich bedauerlicherweise nicht zum Opernbesuch gekommen bin, sondern nur zur Besteigung eines Taxis den Platz durchschritten habe, der benannt ist nach einem Sohn der Stadt, der aber anderswo seinen Ruhm begründete, wie die meisten Söhne der meisten Städte. In Landau hatte ich nie eine Lesung. Ich schaue auf den Boden, neben meine Sandalen, ins Abseits. Der Blick ist erholsam. Hinter der Windschutzscheibe des Taxis hat sich der Fahrer in Habachtstellung begeben, der mögliche Gast ist fixiert, ein Blickkontakt könnte den Vertragsabschluß beschleunigen. Schon klar. Mein Blick gleitet über den lichten Eiterton des Taxis, erfaßt wieder den Fahrer hinter der Scheibe, der in diesem Augenblick den Zündschlüssel dreht und den Motor anläßt. Ja, ich bin seinetwegen hier. Doch ich schaue ziellos weiter, entrinne meinem Schicksal oder nehme es jetzt um so ernster hin. Da landet mein Blick wenige Meter vor dem Taxi auf einem Abfalleimer. Ich schlurfe entschlossen hin. Entschlossenes Schlurfen ist eine contradictio in adiecto, ich weiß. Auch diesmal kann ich das Schlurfen von mir weisen. Schreiten? Ich gehe zum Mülleimer und schaue in die gefüllte Tiefe.

Hinter dem Mülleimer, mir genau gegenüber, steht plötzlich ein alter Mann mit Wollmütze. Steht da schon die ganze Zeit, habe ihn nur nicht gesehen, da er wie selbstverständlich zu dem Eimer gehört: kaut offenbar Kürbiskerne oder trägt ein schadhaftes Gebiß und hat gerade aus dem Mülleimer eine Bierflasche gezogen, die er nun in seine Tüte auf die anderen Flaschen legen will. Er schaut mich verwundert und verlegen an, vielleicht auch ängstlich, aber vielleicht auch verlegen, denn vielleicht ist es ihm peinlich, daß er da, wo andere etwas hineinwerfen, etwas herausgeholt hat, so daß die anderen womöglich noch auf die Idee kommen, er wolle, was sie gerade von sich geben, einfach an sich reißen. Klauen. Also gibt es sie doch, die Leute, die etwas herausholen. Auch ich bin bald im sogenannten Rentenalter. Ich höre die Rumfrucht zum Croissant sagen: »Die nutzen unseren Wohlstand aus.«

Der Flaschensammler ist grundehrlich, vielleicht auch ängstlich, weil er gleich was von einem wie mir zu hören bekommt. Wie mir? Ich bin nicht die Rumfrucht, war nur kurz die Zwetschge und bin doch einer wie er. Oder nicht? Er wirkt ängstlich, weil er womöglich eins auf die Schnauze kriegt oder sogar seine Tüte weggenommen, seine Tüte mit den Pfandflaschen. Meine Sandalen und meine Jeans könnte ich auch gerade bei der Kleiderspende abgeholt haben. Aber meine Tüte ist zu klein, um richtig und ausdauernd zu sammeln. Und was ist da überhaupt drin? muß er sich fragen, eine Weinflasche? Zieht die weiche Tüte sichtbar nach unten, also eine volle Flasche. Ist das gottgewollt? denkt er, oder hat er den Glauben verloren?

Ich lächle den kauenden Mann an. Er zieht seine Tüte besorgt zur Seite und wirft oder hält mir einen vorwurfsvollen Blick entgegen: sein Revier. Ich bleibe am Mülleimer stehen. Er geht einen Schritt zurück, vorbeugende Deckung. Klar, darf ich da mal reinschauen. Ich lange hinein. Mit den Händen muß ich mich umschauen wie der Flaschensammler, der Glas herausfingern muß, hart, kalt und glatt. Ich wende an: weich und feucht, hinein ins volle Leben. Eine halbe Banane, saftig braun, an der Bißkante angetrocknet, im müden schwarzen Schalenröckchen. Erweichte Fritten in Currysauce mit gekauter Kugel vom Kaugummi. Das Kügelchen läßt sich ohne weiteres wegschnipsen, die Bananenreste ohne Mühe von den Fingern lecken, aber die Currysauce hinterläßt Spuren. Und schon ist es passiert, ein Klecks landet auf meiner Jeans, und noch einer. Was soll ich machen? Nichts. Zu spät. Objekte in die Tüte. Ich gehe zum Taxi.

Doch schon als ich mit dem Flaschensammler am Eimer stand, hat der Taxifahrer abwartend den Motor wieder ausgeschaltet. Als ich dann sah, daß er sah, wie ich das Bananenröckchen in den Eimer zurückhüpfen ließ, hat er mich als Fahrgast aufgegeben. Und als schließlich die Currysauce auf meine Hose gespritzt ist, wird er sich wohl gewundert haben, wie er überhaupt auf die Idee kommen konnte, in mir einen Fahrgast zu sehen.

In den ersten Sendungen hat sich Schnittke eine kleine Holztafel neben den großen Dekokorb-1-Gemüse montieren lassen. Darauf klebt ein Blatt mit den Zutaten, weil er immer als Laie gelten wollte, der wie viele Zuschauer auch nach Rezept, also vom Blatt kocht. Natürlich kocht er, wenn er privat, in seiner echten Küche, Gäste hat, meine Eltern zum Beispiel, auswendig. Inzwischen stehen auf dem Blatt nicht nur die Mengenangaben, auch kurze Abläufe und Handgriffe sind aufgelistet. Am Nachmittag gibt er sie mir handschriftlich, ich tippe sie in den Computer ein und drucke sie in einer gut lesbaren serifenbetonten Antiquaschrift auf ein cremefarbenes 200-Gramm-Papier. Darauf legt er großen Wert, denn er schätzt wertige Papiere und dezente Farben. Schnittkes handschriftliche Notizen und die Ausdrucke habe ich gesammelt. Und auch alle Regiedispositionen mit Hansis Notizen. Da mach ich was draus. Hansi und Schnittke kennen sich seit vielen Jahren, sie haben auch schon *Guido & Gäste* zusammen gemacht. Den Handgriffen sind Moderationskürzel beigefügt, Textmodule, die seiner Meinung nach seiner Figur entsprechen und mit ihr verbunden werden. Und bleiben. Es gibt Kürzel für Salzwendungen, Pfefferwendungen, Parmesanwendungen, Knoblauchwendungen, Zimtwendungen und Muskatwendungen.

Ich gehe auf das Taxi zu. Der Fahrer macht keinen Hehl daraus, daß es ihm mulmig wird. Ich kenne euch Taxifahrer. Einer aus der Frankfurter Szene hat's weit gebracht. Andere erzählen ihr Leben lang von einer Fahrt nach Paris, unsicher und überfordert, wie man so was berechnet, inklusive Leerfahrt zurück. Ich winke ihm zu, der Motor springt an. Habe die Hand am Türgriff, da fährt das Taxi mit Blinker links aus dem Taxistand.

Knapp eine Woche später, am Donnerstag, noch vor der von Tag zu Tag ungeduldiger erwarteten und mit umfangreichem Textlernen vorbereiteten Probe hattest du dein erstes historisches Erlebnis. Du hast es erlebt, als in gewisser Weise Handelnder, wenn man das so sagen kann. Und damals war das ein Kriterium. Natürlich ging es um Uschi, die du erst einen Tag später, bei der Freitagsprobe, wiederzusehen hofftest. Doch da war sie auf einmal. In der Vorlesung des Professors über Ästhetik. Uschi und du in derselben Reihe, auch das historisch. Warum hattest du sie bisher nicht in der Vorlesung gesehen?

Du hast sie sofort fixiert, und dein Blick sollte nicht von ihrem Gesicht weichen, bevor sie nicht rüberschaute. Dein Blick begann zu kleben, doch sie schaute einfach nicht, winkte mal hierhin, mal dorthin, einmal sogar zu einem Kommilitonen direkt hinter dir, zu Bela, einem zugegebenermaßen sehr sympathischen, immerzu grinsenden Pfannkuchengesicht, das als Kind aus Ungarn geflüchtet war, aber einen Singsang in der Stimme beibehalten hatte und statt Schön immer Scheen sagte, direkt hinter dir, du hättest dich angesprochen fühlen können, hattest du auch, aber sie schien ihre Blicke so genau auszurichten, daß kein Platz für einen Neben- oder Zwischenblick blieb. Du erinnertest dich noch genau an den letzten, den du auf sie geworfen hattest, dann auf die Bockenheimer mit ihr als kleiner werdendem schwarzem Hutfragment, darunter Haar, darunter Lack. Uschi verschwand auf ihrem langen Marsch mit eindrucksvollen schwarzen Stiefeln, die ihr bis zu den Knien reichten, im Regenschleier, und dir klang wieder die Einsamkeit des Schlagers im Kopf, beschämend angesichts der bevorstehenden Vorlesung. Du mußtest das Wort Schnulze dazudenken, damit du jederzeit das Lied mit dem Gefühl, an das es sich absichtsvoll im Sinne einer ruhigstellenden kulturindustriellen Wirkungsästhetik geklammert hatte, wieder abschütteln konntest. Um den Kopf frei und klar zu bekommen von der Versuchung: Den. Geistigen. Anspruch. An. Sich. Selbst. Zu. Lockern.

Schnulze. Schnulze. Schnulze. Da schaute sie zu dir. Ihr Blick klickte in deinen Blick. Paßgenau. Sie schien irritiert, aber hob die Hand, als knackend am Mikrophon gefummelt wurde. Stille, Blicke, Konzentration. Der Professor sprach von einer Bitte, der er sehr gerne nachgekommen sei. Neben ihm wie ein Sohn, der sogenannte Genosse Krahl. AStA-Leute quakten und fragten sich warm. Da fand Uschi Zeit, dir ein Lächeln zuzuwerfen. Ich glaube, du lächeltest um dein Leben zurück. Ganz bei Uschi, auch wenn sich irgendein Blatt vom Baume noch dazwischenschob, das du aus deinem Gefühl wischen wolltest, obwohl es einfach dazugehörte, hier fehl am Platze war, aber einfach zu dir gehörte, denn echt ist doch nur, wovon man sich erinnert, daß es genau so gewesen ist. Und irgendein Blatt vom Baume war einfach dabei, als du merktest, daß die wunden Punkte mit Uschis Tupfen dich zu einem von Uschi Gesalbten gemacht hatten. Diese an Absurdität nicht zu überbietende Metapher konnte nur einem Erstsemester mit Hang zu Kritischer Schnulzigkeit entspringen, aber es war dein echtes Gefühl – und warum auch nicht? Wo lag die Gefahr? Wem hättest du davon berichten können? Uschi war weg, und die Witwe Knapp war nicht Teil der Gedankenwelt, die in dir im Entstehen begriffen war. Und wenn man beginnt zu begreifen, dann vergreift man sich auch gerne in den Bildern und Theorien, die man frisch aus Hörsälen und Bibliotheken mit in die umgebende Welt nimmt und darüberlegt.

Jetzt war Uschi kein Hutfragment mehr, sie war ein Blickfragment. Sie schaute und schaute nicht. Und an diesem historischen Donnerstag, dem 30. November 1967, hattest du das Gefühl, daß sich die Geschichte um eine dreifache Paarwerdung drehte. Die eine war wünschenswert, doch alles andere als gesichert, nicht einmal wahrscheinlich. Von der zweiten war zu schweigen, da sie mit Onkel Willi zu tun hatte und schon von daher in keine Schublade paßte. Die dritte war die eines Vaters und eines Sohnes. Der Vater war der alte plüschäugige Professor, dessen Sohn wolltest du gerne werden, aber dessen Sohn war längst der sogenannte Genosse Krahl, sein bester Schüler, der mit ihm in herzlichem Widerspruchsgeist zu diskutieren begann. Es ging wie immer um für dich noch verworrene Aktionen, um Dinge, die geschehen waren. Es geschah allenthalben etwas, was die einen angerichtet hatten und für das die anderen eine Entschuldigung oder Stellungnahme forderten. An sich ein guter Austausch: Man war im Gespräch, und der Ball ging hin und her, auch wenn zwischen den Worten seit Sommer ein Toter lag. Diesmal ging es um ein Go-in, das die Antwort auf ein

Flugblatt war. Und die Studentenbewegung (Nein, nicht die Geschwister Scholl, Onkel Willi) machte immer mehr in der Öffentlichkeit von sich reden, denn die Öffentlichkeit, die Staatsmacht, hatte einen von ihnen, einen von uns ermordet, hingerichtet wie die Geschwister Scholl. –

Also doch die Geschwister Scholl?

Nein, Onkel Willi, Benno Ohnesorg, in Berlin, im Sommer.

Aber da warst du doch noch gar kein Student.

Aber jetzt, Onkel Willi … –

Der SDS hatte zu diesem Go-in, nachdem er sich gegenüber dem Faschismusvorwurf, der gegen ihn erhoben wurde, rechtfertigen mußte, drei Thesen aufgestellt, sagte der Genosse Krahl. –

Was ist eigentlich mit den Mädchen?

Ja, da gibt es eins. –

Zum ersten sollte das Go-in dazu dienen, die an unserer heutigen Universität etablierte Trennung von Politik und Wissenschaft zu durchbrechen, wo die Politik in Feierabendveranstaltungen verbannt wird und der Entpolitisierungsprozeß der Wissenschaften dadurch weiterhin etabliert wird. –

Ja, und wie heißt sie? Körbchengröße?

Onkel Willi! Was sind das für Fragen?

Ich bin schließlich dein Onkel und muß so was wissen.

Danke, Onkel Willi, ich hätte es fast vergessen. Uschi heißt sie.

Vergiß nie, wo du herkommst. Deinen Vater kannste vergessen. Aber deine Mutter und deinen Onkel Willi, erinnere dich immer mit Güte an sie. Also an uns.

Onkel Willi, du bist total besoffen.

Und du bist eingeladen. Und du meinst, der SDS ist faschistisch?

Was? Nein! Quatsch!

Quatsch. –

Das zweite ist, man hat uns vorgeworfen, wir würden die Grenzen der Liberalität durchbrechen, indem wir einfach eine Vorlesung sprengen. Wir wollten erstens nachweisen, daß die liberalen Vernunftprinzipien, die einstmals die Regeln der praktischen Vernunft waren, wenn sie in Handlungsanweisungen übersetzt wurden, heute zu bloß technischen Regeln geworden sind. Das heißt, daß sie analytisch völlig formalisiert worden sind. Als praktischstes Beispiel kann man da die Bombenabwürfe auf Hanoi erwähnen, die als Gegenaktion, als Befriedungsaktion ausgelegt werden.

Uschi schaute gebannt auf den brillant singenden Genossen. –

Also, der SDS hatte Montag letzter Woche eine Gastvorlesung von Carlo Schmid gesprengt.

Dem Sozi?

Genau. Dem Notstandsminister. Und daraufhin wurde der SDS an der Uni vom Rektor verboten. Und am Dienstag wurde Kurras freigesprochen.

Der Polizist.

Genau. Und am Freitag habe ich Uschi bei der Theaterprobe kennengelernt.

Die Ereignisse überschlagen sich.

Genau.

Und wann habt ihr...? Onkel Willi steckte den rechten Zeigefinger in das Loch der linken Faust.

Onkel Uschi, Onkel Willi! Ich treffe sie erst übermorgen bei der Probe wieder. –

Ich. Möchte. Aber. Doch. Sagen. Gerade. In. Diesem. Zusammenhang. Daß. Ich. Den. Vorwurf. Faschistischer. Methoden. Nicht. Für. Gerechtfertigt. Halte. Und. Ich. Glaube. Daß. Man. Hier. Unterscheiden. Muß. Eben. Nicht. Nur. Auf. Formale. Ähnlichkeiten. Sich. Beziehen. Darf. Daß. Da. Der. Inhalt. Eine. Entscheidende. Rolle. Spielt. –

Erst übermorgen? Wollen wir noch mal um die Häuser ziehen?

Nein, ich habe dir deine Luftmatratze aufgeblasen, und außerdem habe ich morgen Vorlesung.

Das Stoffmuster der Matratze hatte entfernte Ähnlichkeit mit der Kittelschürze der Witwe Knapp.

Einen Klaren noch? fragte Onkel Willi, als es an der Tür klopfte. Noch bevor du Herein gesagt hattest, stand die Witwe Knapp ohne Schürze im Nachthemd und mit offenem Haar im Bild. Offenbar hatte sie eine illegale Paarwerdung vermutet und ihr Lächeln in ein strenges Gesicht gezwungen, die Mundwinkel nach unten und die Augenbrauen nach oben gezogen, was sich aber im Nu in Wohlgefallen auflöste, der Mund dehnte sich, bis zwischen den Lippen Gold funkelte und die Wangen neben den Augen eine Hügellandschaft von Krähenfüßen auffalteten: Da ist ja der Herr Onkel. Des is aber e Freud.

Und mit Blick auf die Luftmatratze: Des is aber ungemütlich, Herr Endres, da schlafe Se doch besser bei mir.

Du schautest Willi an, er dich.

Aufm Soffa, mein ich.

Willi hatte in seinem Suff noch nicht den Blick von dir zu ihr gelenkt, da zog sie ihn mit der Geste einer dienstbeflissenen Vermieterin auf den rechten Weg. Jedenfalls schloß sich die Tür hinter Witwe und Onkel, gab ein Alarmsignal, als das Türblatt mit quietschenden Scharnieren den Blick an der Zarge schloß. Eine Vorstellung schob sich monströs vor die Vorgänge, die sich dahinter abspielen konnten. Dabei wolltest du dir keine Vorstellung davon machen. Es war wie bei dem mutmaßlichen Paar Jutta und Gerd, nur fiel die Vorstellung des Fleischlichen hier ohne erotische Anklänge aus, sondern verhedderte sich direkt in einem Bild: Unter einem Nachthemd schob sich ein riesiger hellrosa Schinken hervor, der Witwenarsch, und erdrückte ein schwachbrüstiges Hähnchen, goldbraun gebraten, Willi im Sommer immer in guter Gartenbräune, nun in einem gelben Kissengewühl von Kroketten. Das Bild riß dich mit in einen ungemütlichen Fleischtraum, den du gar nicht träumen wolltest und von dem du nicht ein einziges sinnvolles Bild in Erinnerung behieltest. So doch nicht.

Aber wann hattest du schon einen weiblichen nackten Hintern oder gar die Scham einer Frau gesehen? Scham befand sich in deinem Gesicht. Du warst in Scham erstarrt. Deine Mama, nie nackt gesehen, deinen Vater, nie nackt gesehen. Einmal den Egon, als ihr nicht mehr in der Badewanne Schaumbärte formtet, da wuchsen ihm schon Haare nicht nur auf dem Kopf. Dir noch nicht. Und dann fragte dich ein paar Jahre später ein Mitschüler, der dabbische Klaus-Dieter, die dumme Nuß aus Nußdorf: Hoscht du schun Hoor do unne?

Eine offene Frage, auf die du keine offene Antwort gabst, du hättest sie wahrheitsgemäß bejahen können, aber stattdessen schautest du aggressiv-erhitzt an ihm vorbei, gabst ihm einen Stoß gegen die Schulter und warst so hilflos, daß du nicht einmal gemerkt hast, daß er dich keineswegs angegriffen hat, sondern einfach etwas wissen wollte.

Nur Onkel Willi war mal im Sommer splitterfasernackt ins Becken gesprungen, während du vor der Aquariumsscheibe saßt und auf Fische, Amphibien, Schnecken und Insektenlarven hofftest. Da tauchte aus dem grünen Nichts ein haariges Männerbein auf, dann kam Onkel Willis Gesicht mit zusammengekniffenen Augen. Ein Schwall Luftblasen aus dem irgendwie lachenden Mund. U-Willi drehte eine Ehrenrunde, und was Brust und Bauch nach sich zogen, war der haarige Sack. Ein haariger Schock. Dann aufgewühlte Schwebeteilchen jenseits der Scheibe und ein aufgewühlter Zehnjähriger diesseits. Schön war das nicht. –

Da würde ich zunächst die These aufstellen, daß eine faschistische Massenbewegung in den Metropolen des Spätkapitalismus nur möglich ist unter Bedingungen, wie sie zum Beispiel heute in Amerika herrschen, daß also ein imperialistisches Land wie Amerika sich mit brutaler Gewalt in der Dritten Welt engagiert und daß dieser Prozeß brutalisierend auf das Land zurückschlägt.

Krahl schien Uschi aus der Seele zu sprechen, denn sie war so bei ihm, daß sie ihre Strähne zweimal nacheinander hinters Ohr schob und vor dem dritten Mal sogar hinter dem Ohr hervorzog, um sie dann, in einer ans Nervöse grenzenden Scharrbewegung, mehrmals hinterm Ohr zu manifestieren, das dachtest du, sei das richtige Wort jetzt. Sie sprach dabei ein tonloses Genau und schrieb ein Wort in ihr Notizheft. Rechts schrieb sie, links manifestierte sie. Dabei rutschte sie auf ihrem Klappsitz hin und her, was ihr etwas Rhythmisches, beinahe Tänzerisches gab. Aktivistisch geradezu. Und im tiefen, halbartikulierten Ton des lauten Denkens glaubtest du von ihr zu hören: Kapitalismus muß weg. Ihre Bewegungen wurden mechanisch-koboldhaft. Und du machtest dir Sorgen, denn von einem Gedanken sich forttragen zu lassen, lerntest du nun mit beherzter Eindringlichkeit vom Professor, von einem freien, nicht zweckgebundenen Gedanken, einem Gedanken, der sich aufdrängt, wenn du etwas erlebst, erfährst, wahrnimmst, anschaust, ahnst, und der als Gedanke bedenkenswert blieb, war eine Sache. Aber in dieses Denken drängende rhythmische Bewegungen einzuflechten, war dir fremd.

Ich. Glaube. Daß. Nur. Dann. Der. Gedanke. Noch. Eine. Chance. Hat. Irgendwie. Praktisch. Zu. Wirken. Wenn. Er. Nicht. Von. Vornherein. Sich. Von. Den. Möglichkeiten. Und. Den. Postulaten. Einer. Sich. Daran. Anschließenden. Praxis. Gängeln. Läßt. Ich glaube, daß nur dann der Gedanke noch eine Chance hat, irgendwie praktisch zu wirken, wenn er nicht von vornherein sich von den Möglichkeiten und den Postulaten einer sich daran anschließenden Praxis gängeln läßt. Der Satz stand nun in deinem Heft.

Am Anfang war der Gedanke. Erst beim Professor, dann bei dir. Erst mal schauen, dann was machen – oder weiterschauen. Du schautest weiter. Auf Uschi. Und um ehrlich zu sein, war es fast nicht mehr erträglich, wie die Wichtigkeit, die von Vater und Sohn vorne am Pult zu dir raunte, mit der Aufmerksamkeit kämpfte, die du dieser rätselhaften, aber entsetzlich anziehenden Uschi für deine Verhältnisse besessen entgegenbrachtest. Die nervöse Nähe derselben Sitzreihe und die unüberwindbare Ferne ihrer umherschweifenden Aufmerksamkeit ließen die Fläche deines Klappsitzes schnell warm werden, und die Unruhe, mit der du hin und her rutschtest, war genauso ausgeprägt wie die Uschis beim Zuhören. Und als du es für einen Augenblick bemerktest, eine Sekunde lang, die du über allen Reihen des Hörsaals zu schweben glaubtest und dich selbst beobachtetest, da erschien dir das Rumgerutsche als partnerschaftlicher Ausdruck. Du warst in all deiner Gehemmtheit, der Gehemmtheit einer Landauer Jugend, mit den Ladeschwierigkeiten dessen, der auszog, das Neue zu erfahren, immerhin schon als Erstsemester in der Lage, der Aleatorik unruhig sitzender Menschen eine sinngebende Gemeinsamkeit überzustülpen. War das Verliebtsein? Oder war das beides, Verstand und Gefühl? Und wenn jetzt noch eine Erektion die Wärme in der Hose steigerte und die Enge der Situation verschärfte? Sie tat es.

Und wieso all das analysieren? Abwegig? Unfähigkeit zu lieben? Einfacher wäre es, wenn immer immer wieder die Sonne aufginge und ab und zu die Hose. Du mußtest ernüchtert lachen. Verstand, Gefühl, Libido konnten verkrampfend wirken, obwohl sie in einer Vorlesung über Ästhetik sicher nicht falsch waren. Dein ausgetrockneter Mund konnte ein Verlangen bedeuten.

Sie schaute plötzlich zu dir. Blickübertragung, tischlertest du für dich. Und sie lächelte dich an. Du vertieftest dich in ihr Lächeln, weshalb sie eine Grimasse schnitt, einmal wohl weil dein Blick klebte, aber vielleicht auch, weil sie wußte, daß du einen Sinn für so was hattest. Nach deinem Auftritt im Auftritt als Ausrufer. Du hattest. Du schmiegtest daz kinne und ein dîn wange in deine Hand und rutschtest gekonnt mit dem Ellenbogen von der Tischkante ab. In diesem Augenblick zu denken, wie man zer welte sollte leben, schien doch zuviel Theorie, vor allem weil Uschi darauf einen Zug aus einer Zigarette imitierte und sich dann hektisch mit den Händen übers Gesicht fuhr, als hätte sie die Zigarette verloren und würde ihr nachtasten. Nachtasten. Ein Wort für ein Leben. Schon klar, es fehlte nur das Schmetterlingsnetz. Minnesang, Manessische Liederhandschrift, nich wahr nich nich.

Dann zeigte Uschi dir die internationale Kampffaust der Genossen, und du zeigtest ihr, wie man einen Kapitalisten an einen Laternenpfahl hängte. Du zogst deine Krawatte in die Höhe und strecktest die Zunge heraus, als wolltest du dich strangulieren. Was für ein Mutzuwachs. Du zogst dich tatsächlich ein Stück nach oben, bis du merktest, daß du als einziger im Auditorium standest.

Eine Wortmeldung, murmelte einer vom AStA. Der Professor schaute dich an und holte mit seinem Blick den nervös hin und her springenden Hilfsblick des Genossen Krahl ein. Du hattest die Zunge wieder eingezogen und wolltest dich setzen, aber deine Hand hielt noch die Krawatte in die Höhe. Zumindest das Bild dessen, der sich mit seiner eigenen Krawatte würgend nach oben zog, stand mit dir im Raum. Du standest neben dir. Alles für Uschi. Du ließt die

Krawatte fallen, nesteltest daran herum, zupftest sie zurecht, machtest aus dieser Bewegung eine immer klarere Abstandsgeste, nein, du zogst deine Wortmeldung zurück. Dein Kopfschütteln. Der Professor und Krahl schauten sich an, schauten dich an. Du setztest dich. Applaus der zweitausend Knöchel. Die Vorlesung war zu Ende. Und Uschi war weg. Suchend taumeltest du im Vorraum des Hörsaalgebäudes umher, aber sie war weg.

Gutgemeinte Aktion in der Vorlesung, sprach dich von der Seite jemand an. Aber viel zu unreflektiert, um subversiv zu sein. So geht das nicht. Es war der Genosse Krahl, umringt von kopfschüttelnden Kommilitonen. Schon klar, dachtest du. War ja nur für Uschi. Aber das Private ist öffentlich. Ganz bestimmt in einem Hörsaal.

Du nahmst nicht den Aufzug, nahmst die Treppe, fünf Stockwerke, vielleicht konntest du einen Aufzug mit einer Uschi überholen und schautest unten nochmal nach. Nach dem fünften Aufzug gabst du auf. Das konnte doch nicht sein. Das macht einen doch wirr im Kopf. Man spielt doch nicht erst gemeinsam die Pantomime der Weltrevolution, um sich dann zu verkrümeln.

Heute morgen hattest du noch Onkel Willi auf dem Sofa im Wohnzimmer der Witwe Knapp vorgefunden. Über einem Stuhl hingen traurig seine Hosen nebst Hosenträgern. Sein Hemd hatte er anbehalten. Neben dir war aus der Küche die Witwe aufgetaucht, legte ihre Hand auf deine Schultern und meinte: Männer können schon schlunzig sein. Er hat geschnarcht wie einst mein Heinz. Ich hab ihn bis ins Schlafzimmer rüber gehört. Wissen Sie, es war da so was von einer Säge drin. Da müssen ganze Wälder gefallen sein. Und des alles in einer Nacht. Ich hab kein Auge zugemacht. Aber ob Sie's glaube tun oder net, und sie rieb deine Schulter unschuldig tantenhaft, es war mir net unangenehm.

Du bliebst bewegungslos vor dem Sofa mit dem mittlerweile leise sägenden Willi stehen. Inzwischen hatte die Witwe Knapp zwei Tassen Kaffee auf einem Tablett aus der Küche gebracht. Eine Tasse drückte sie dir mit Untertasse in die Hand, die andere nahm sie. Und so standet ihr wie zwei alte Kaffeetanten mit abgespreizten Fingern im Wohnzimmer und schautet euch den Schlafenden auf dem Sofa an.

Is jetzt e bißje wie im Zoologische Gadde beim Doktor Grzimek, gell, nur is da der Kaffee net so gut.

Gerne hättest du beim Gedanken an den Morgen vor der Vorlesung nach der Vorlesung Uschis Hand plötzlich auf deiner Schulter gespürt.

Er findet, seine Rezeptbücher sind jugendlich und frisch, ohne Schnickschnack. »Wie ein 2006er Riesling Kabinett trocken von Kappeler«, sagt Schnittke. Sein erfolgreichstes Buch ist immer noch sein zweites: *Guido & friends – Neue Rezepte und tolle Weine.* Die Fahnenkorrektur seines neuen Buchs betreue ich: *Meine Gewürzgeständnisse.* Die Bilder hat sein Adoptivsohn auf Reisen in Gewürzländer gemacht. Sie sehen aus wie Urlaubsbilder. Auf einem ist Schnittke im Hintergrund ohne Hemd zu sehen, aber auf ihn wurde unauffällig Unschärfe gelegt.

Zunächst sah ich in der Revolution die Möglichkeit zu einem ungeheuren Auswuchs an Rache zu einer Orgie die alle früheren Träume übertraf.

Uschi stand hinter Gerd, der mit entblößtem Oberkörper kniete und ihr seinen nackten Rücken darbot. Sie hatte sich über ihn gebeugt und schleuderte ihren Kopf rhythmisch hin und her. Dabei wischten ihre Haare über Gerds Rücken. Die Corday peitschte Sade aus. Gerd schnaufte und sah unter sich. Er atmete langsam ein und stand auf.

Jutta, knie du dich mal vor die Uschi, ich will sehen, wie die Uschi das macht.

Und wieder peitschte das magische Uschihaar über einen Rücken.

Sehr. Sehr gut. Uschi. Gut. Gut. Uschi. Sehr gut, sagte Gerd.

Der türkische Fahrer des Taxis hinter dem geflüchteten Kollegen, dem Fluchtwagen, denke ich vielstimmig, schüttelt mit aufgerissenen Augen und nervös vibrierendem Schnurrbart den Kopf: Besetzt, gerade Pause, nächstes Taxi bitte. Doch es gibt kein nächstes. Ich beuge mich hinunter zum vorderen Seitenfenster, das Schütteln des Kopfes im Innern wird heftiger. Da ist wohl nichts zu machen. Habe nicht mehr viel Zeit, muß mich aufmachen zu Pelati & Co, zu Guido Schnittke, in die Höhle der magischen Kanäle, zu den redaktionell abgesprochenen Klopsen bei *Guido à la Carte.* Mir wird schlecht.

Du warst zu spät zur Probe gekommen, denn Onkel Willi war einen Tag länger geblieben und hatte dich die paar Meter mitgenommen, bevor er zurückfahren wollte. Er war falsch abgebogen, und statt nach Bockenheim fuhrt ihr an der Opernruine vorbei. Die schwarzen Augen des Krieges glotzten tot, aber elegant über den Platz. Onkel Willi wendete waghalsig, und ihr standet im Stau, da eine Gruppe Kommilitonen mit Spruchbändern über die Straße zog. Fünf Minuten Verkehrsruhe gegen den US-Krieg in Vietnam. Onkel Willi hupte nicht. Er schaute aus seinem kleinen Prinz Tausend (Vierzylinder, dreiundvierzig PS, macht hundertfünfunddreißig, aber dann denkste, du sitzt mit deinem Lenkrad gleich im Freien). Ich daneben und schaute, wie er schaute.

Wann machst du eigentlich deinen Führerschein?

Er schaute von den Studenten zu dir. Das war klare Sympathie. Er nickte in Gedanken und sagte: Macht ihr mal!

Den Führerschein?

Nein, das hier.

Machen wir, sagtest du unverdient stolz.

Du bist zu spät, sagte Gerd zu dir, indem er sein Hemd zuknöpfte.

Ich war bei einer Demo.

Echt? sagte Uschi mit aufmerksamem Blick. Uschi.

Ja, fünf Minuten Verkehrsruhe gegen den US-Krieg.

Toll, sagte Uschi, erzähl!

Das war natürlich nicht in deinem Interesse. Und du legtest dir schon hektisch den ersten Satz zurecht, du müßtest dich in den Verkehr gestellt haben und Schluß mit dem Krieg in Vietnam! skandiert haben, sonst würdest du Uschis Interesse jetzt riskieren.

Du, wir proben hier. Können wir persönliche Gespräche bitte auf die Probenpause um achtzehn Uhr oder auf heute abend verschieben? sagte Gerd im beleidigten Ton des seit Minuten nicht Beachteten und brachte im Verwaltungsstaccato sogar geregelte Uhrzeiten ins Spiel. Aber du warst ihm dankbar, denn dir blieb ein erlogenes Gestotter erspart, das sich in angemessenem Zeitraum in die gut hörbare und glaubhafte kleine Geschichte eines engagierten Studenten verwandeln ließ, der du im Prinzip warst, nur noch nicht praktisch erprobt.

An diesem Taxistand ist kein Blumentopf zu gewinnen. Der verstockte, hysterische Türke verströmt die negative Energie eines dieser neuen zornigen Terroristen, und ich muß, indem ich mich auf das Schauspielhaus neben der Oper zu bewege, lachen, stelle mir vor, wie diese Energie das Taxi und seinen Fahrer hinter meinem Rücken dazu bringt, in einer heftigen und weithin hörbaren Detonation in tausend Stücke zu zerreißen, und wie mir dann lustige Einzelteile wie ein abgerissener Taxameter oder ein goldberingter Türkenfinger um die Ohren fliegen, freilich ohne mich zu verletzen, denn für dergleichen Fernsehbrutalitäten bin ich nicht zu haben. Aber ich erinnere mich an die tänzerische Form dieses Ausbruchs. Der fruchtbare Augenblick in Überlänge. Die Explosion in Zeitlupe vor klarem Himmel: ein gefüllter Kühlschrank, Hähnchenschlegel, Cornflakes, Lebensmittel aller Art aus der Konsumgüterfertigproduktion flanieren wie Meteoriten im All zur Musik von Pink Floyd. Nicht mit Uschi gesehen, mit Barbara im Delphi, bei einem Ausflug nach West-Berlin.

Mein Leben ist die Imagination die Revolution interessiert mich nicht mehr. - Marat? Marat? Jetzt sagt nicht, daß Marat schon wieder fehlt. Jutta, Seite achtundvierzig.

Jutta las: Falsch Sade falsch mit der Ruhlosigkeit der Gedanken - sie verrutschte in der Zeile - Mit der Schreib-, nee, gell? Läßt sich keine Mauer durchbrechen Mit der Schreib-. Feder kannst du keine Ordnungen umwerfen Wie wir uns auch abmühen das Neue zu fassen es entsteht doch erst zwischen ungeschickten Handlungen.

Jetzt ist die zweite Hauptrolle einfach nicht da. Wo ist der denn? Der Revolutionär einfach nicht da. Was soll denn das?

Vielleicht muß er die Revolution machen, sagte hinter dir die Stimme der Bedeutungslosigkeit, die Stimme des geleckten Scheitels. Ihr starrtet auf ihn, der sich die zur Gewohnheit gewordene Hand aus dem aufgeknöpften Hemd zog, auf den Coulmier. Er war so viel Aufmerksamkeit gar nicht gewohnt und lächelte sich aus der Sache heraus. Doch der Satz saß in einer Weise, daß Gerd und mit ihm Jutta, und du und mit dir, ja, mit dir, also mit dir, tatsächlich, das gibt's doch nicht, Mensch, das ist doch, daß mit dir Uschi in schallendes Gelächter ausbrach. Gerd wieherte, und es hörte gar nicht mehr auf. Eine Anspannung entlud sich in tränenreichem, sich schüttelndem Nichts. Jutta hatte vorzeitig ausgelacht, machte aber weiter, fand Gesten, die Zuneigung und Humor miteinander verbanden, legte ihren Ellenbogen auf Gerds Schulter und auf ihren Ellenbogen ihre geschüttelte Stirn. Sie mußte sich erholen, aber wenn's dem Gerd doch so gefällt, gell, dann kann man da schon noch eine Weile weitermachen und weiterlachen.

Richtig glücklich war der eine, der mittlerweile mit Schluckauf lachte, sich vor Lachen nicht mehr schüttelte, sondern geschüttelt wurde und den schon das erste Seitenstechen krümmte, der Auslöser, dem sein gescheiteltes Haar in die Stirn gefallen war. Seinen Namen weiß ich bis heute nicht.

Nach der Probe kam Uschi zu dir: He, Ausrufer! Ist doch alles gut verheilt. Wie heißt du noch mal?

Ernst.

Ja, klar, sorry. Also, jetzt erzähl doch mal von der Demo.

Sie hatte deinen Namen vergessen. Das gibt's doch nicht, dachtest du. Jetzt alles noch mal von vorne. In die Enttäuschung spielte Ärger hinein, in den Ärger mischte sich eine mikrobische Empörung über Uschis Ignoranz, Scham über deine Ignorierbarkeit. Das Landei funkelte einfach nicht. Und es war dieselbe Unzuverlässigkeit, mit der sie dich schon gestern nach der Vorlesung verlassen hatte. Dann solltest du wohl besser funkeln, das Landei mal aufpolieren, wie das mit Speck beriebene bemalte Osterei, auch wenn die Gefahr bestand, daß die Schale brach. Mit der Geschichte von der Demonstration ließ sich trefflich funkeln, wenn sie glänzend erzählt wurde. Du hattest ja Zeit gehabt, sie vorzubereiten, den Text zu eröffnen, mit dem Anfang zu beginnen, dann zügig bis zum Ende zu erzählen und danach sofort aufzuhören. Und du hattest Zeit gehabt, den Text, deinen eigenen Text, zu lernen, wie du den Text des Ausrufers nach einer Woche auswendig konntest. Der erste Satz war entscheidend. Er mußte dich in der Szene verankern, dem Zuhörer direkt ein Bild von der Situation vermitteln, du mittendrin und authentisch, und zwar mit Namen, damit die Uschi den nicht wieder vergaß.

Wir haben gestern abend (als du mit Onkel Willi den ganzen Abend beim Dornkaat saßt) noch schnell Transparente bemalt, und ich hab sie mit eifrigem Hämmern auf die Latten aufgezogen. Eine Kommilitonin hatte sich ein Sandwich gebaut, auf das ich mit roter Farbe geschrieben habe: Fünf Minuten Verkehrsruhe gegen den US-Krieg in Vietnam Ich hab absichtlich den Punkt weggelassen, um den Satz beim Passanten besser nachwirken zu lassen. Toll, Ernst, das mit dem Nachwirken, hat die Kommilitonin gesagt.

Und was stand auf der Rückseite?

Auf der Rückseite?

Auf der Rückseite, so ein Sandwich hat doch auch eine Rückseite, das ist doch der Witz.

Klar. Also auf die Rückseite habe ich geschrieben: Kurras Mörder! Zugegeben, ich hab erst Möder geschrieben und das R noch reingequetscht, aber mit dem Ausrufezeichen machte es sich ganz gut. Auf der Demo an der Oper haben wir immer wieder die Straße überquert und sind auch dann nicht verschwunden, als es Rot wurde, sondern haben mitten auf der Bockenheimer das Transparent entrollt, und die Kommilitonin mit dem Sandwich hat sich wie ein Kreisel gedreht. Da ist plötzlich ein Auto mit quietschenden Reifen angefahren, es war ein roter Prinz Tausend, und die Kommilitonin hat mir noch zugerufen: Achtung, Ernst! Aber ich hatte ihm schon auf die Motorhaube gehauen und Faschist gerufen. Da ist hinter mir von links die Straßenbahn gekommen und hat gebimmelt. Die Kommilitonin mit dem Sandwich hat geschrien: Ernst! Ich bin zur Seite gesprungen. Nochmal gutgegangen.

Und was stand auf dem Transparent? fragte Uschi.

Moment, dachtest du: Was stand auf dem Sandwich, was hattest du gesagt? Fünf Minuten Verkehrsruhe gegen den US-Krieg in Vietnam ohne Punkt. Mist, das wäre der Spruch fürs Transparent gewesen, für ein Sandwich viel zu lang. Auf dem Rücken: Kurras Mörder! Was stand jetzt auf dem Transparent? Was stand auf dem Transparent, wenn schon alles auf dem Sandwich stand? Dir fiel nichts ein.

Ja, was stand da denn drauf? wiederholte plötzlich Gerd Uschis Frage, aber in einem von dir als verhörmäßig empfundenen Rhythmus, als seien im Kader Zweifel an der Zuverlässigkeit des Genossen Tischler aufgekommen, die bei Ausbleiben einer plausiblen Erklärung zu Maßnahmen führen müßten.

Das Transparent. Hat. Jemand. Anders geschrieben.

Aber du weißt doch, was drauf stand, fragte Gerd, der sich eingemischt hatte und das Verhör an sich riß. Warst du nun Zeuge oder Angeklagter? dachtest du.

Ja. Friede. In. Nahost.

Friede in Nahost? Das ist aber ein blöder Spruch, und das auf dem großen Transparent, sagte Uschi.

Dem großen, ja, aber. Das. Hat. Ja. Jemand anders geschrieben. Ich habe es nur an die Latten gehämmert.

He, Ernst, du hattest eindeutig die besseren Ideen. Warum spielst du hier eigentlich nur den Ausrufer? fragte Uschi, sah Gerd dabei an, der wußte keine Antwort und verlor an Dominanz, ja, wurde in deinen Augen holländermichelhaft kleiner.

Also, die Jutta hat gesagt …

So viele gute Ideen. Ich werde dich mal Ernesto nennen.

Danke.

Ernesto, was machst du heute abend?

Da scharrte Gerd mit den Füßen, seine Lederschuhe quietschten, und er riß wie gewohnt als trotziges Kind seinen

Blick von den Anwesenden, schaute in eine dunkle Ecke, nahm seine Lederjacke und warf sie über die Schulter. Abgang.

Da treffe ich an einem Mülleimer neben dem Schauspielhaus den Flaschensammler mit der Wollmütze wieder.

»Wo gibt es denn noch Taxis?«

»Na, um die Ecke, am Neumarkt. Mülleimer gibt's da auch noch. Hier suche ich, du kannst dort suchen.«

Voller Kastanienlaub lag die Bockenheimer, die Bäume waren nach einem Herbststurm kahl. Es war Dezember, und unermeßliche Haufen von Blättern nahmen dir die Sicht auf die Straße. Sie bedeckten in ihrem rötlichen und gelblichen Braun den Bürgersteig, die Autos an der Straße. Nur dieses Braun war um dich herum. Dazwischen kroch das Schwarz eines Tintenfisches aus den Blättern. Es war ein bitteres Schwarz, das dir aber nichts anhaben konnte, denn es war nur für die anderen da. Du warst völlig befreit von aller Bitterkeit. Die Lichtkegel der Autos warfen fast weiße Helligkeit über die Straße, man konnte die eiskalten Hände förmlich daran wärmen. Und sie wurden warm und wärmer, während du den Joint, den der beleidigte Gerd in der Garage hatte liegenlassen, Uschi in den Mund schobst, und nach zwei Zügen sie dir, nach zwei Zügen, Ernesto, noch einen, sonst bringt's ja nichts, nach drei Zügen du wieder ihr. Sie in einem kastanienbraunen Wildledermantel, aus dem ein schwarzer Rollkragenpulli hervorkroch, und mit einem Tweedhut, ja, ungewöhnlich, aber ungewöhnlich war bislang das einzige Attribut, das du Uschi mit Sicherheit auf dem Weg zu einer genauen Definition der erfolgreichsten Gerdianerin zuschreiben konntest. Und in der schmalen Hutkrempe hing irgendein braunes Blatt vom Baume, als sei es für diesen Hut hergestellt worden. Das Laub der Straße war nach dem Sturm längst weggefegt worden von der Straßenreinigung. Und das

Ungefähre, das du an der Frau neben dir schätztest, war zugleich das Zentrum deiner Angst, die du vor ihr hattest. Aber ein Blick auf die Laubhaufen gab dir Mut, denn die Begeisterung mußte ja irgendwo hergekommen sein. Und Gerd konnte nicht irren. Sie war einfach sehr gut. Sehr. Gut. War es die Art, wie sie sprach, wie sie grimassierte, im Grunde kunstlos, ein Schielen, dabei den Mund kretinistisch nach vorne stülpend und die gerollte Zunge herausschiebend? Das reichte Cary Grant am Happy End von *Charade,* um den erstaunten Blick von Audrey Hepburn ins Lächerliche zu ziehen, um sich als gealterter romantischer Held noch mit dem Komischen zu schmücken. Für einen Munio-Eunano-Darsteller war das zwar unendlich banal, aber in Uschis Gesicht konnte es neben dem Lidstrich einen unwiderstehlich komischen Schmuck bedeuten, der ihr hinreißend stand, ja, der den sprühenden Witz, den sie haben mußte, den sie haben mußte, wenn du ihr als Ideal entgegenfiebern solltest und wolltest, in viel gesehener, aber nie gekannter Einmaligkeit (Dialektik?) unterstrich. Oder war es diese Präsenz auf der Bühne? War sie eine gute Corday oder eine bessere Uschi?

War es ihre strikte Anpassung an modische Klamotten? Ihr Lidstrich? Ihre Strähne, die ins Gesicht fiel? Ihr Gesicht, das ins Gewicht fiel?

Das Körperliche war es nicht allein, es war ein Aspekt. Ein Aspekt. Nach Aspekt wußtest du nicht mehr weiter. Du bliebst stecken im Aspekt und nahmst zwei Züge.

Die Tüte war schon kurz und heiß. Du dachtest an den Aspekt, und die Erektion, für die sich dein Ernesto entschieden hatte, als du das Körperliche weitergedacht hattest. Ernesto, Ernesto, der plötzlich ganze Mann in dir, den Uschi auf einen politischen und männlichen Nenner gebracht hatte. Ihre Brüste waren klein, aber spitz und pulloverbestimmend.

Pulloverbestimmend? Solche Worte ließen die Hose weiter werden, das Herz enger. Du kleiner provinzieller Ahnungsloser. Sie konnte eine pornographische Priesterin sein. Konnte sie? Sollte sie? Bitte!

Du hättest ihr sagen sollen, daß es dein erster Joint überhaupt war. Ich glaube, es wäre in einem größeren Sinne fair gewesen, so wie sie dir zehn Jahre später gesagt hat, daß sie nun mit absoluter Sicherheit ihren letzten Joint geraucht hat. Ach Uschi.

Ihr wart auf dem Weg in die Stadt.

Auf dem Weg zum Neumarkt, in einer halben Stunde soll ich Doktor Schnittke treffen, um das vorgeschlagene Rezept mit den frischen Einkäufen abzugleichen und die Gesprächsetappen festzulegen. Das wolle, wie mir der freundliche Redakteur bereits bei der Einladung am Telefon erklärt hat, Doktor Schnittke auf jeden Fall persönlich machen. Dann gebe es eine technische Einweisung, Maske, Auswahl des Kochgeschirrs, gegebenenfalls Kühlung der mitgebrachten Weine etc. und dann schon den ersten Take in der Küche. Unter Take stelle ich mir gerne einen Imbiß vor.

Schnittke ist in einer Redaktionsbesprechung. Gleich müßte der erste Gast der neuen Staffel eintreffen, dieser Autor, der da in seinem Buch gelesen hat, sitzt einfach rum und liest in seinem Buch, was er Tolles geschrieben hat, ich pack's nicht. Schnittke hat darauf bestanden, daß ich dabei bin, wenn er den Gast brieft.

»Marcel, mein Küchenbub mit rottem Kopf, kannst schön was lernen dabei«, hat er gesagt und die beringte Hand von meiner Schulter genommen. Beschwingt ist er in die Besprechung geschwebt.

Deutlich schlechter gelaunt kommt er wieder raus.

»Dann machen wir halt nur eine heute. Krank. Ich werde auch nicht krank. Hat sich vollaufen lassen. Ich mache ihm noch mal einen Auftritt, und er ist krank. Der kommt mir nicht mehr ins Fernsehen«, zischt er Olli zu, dem Redakteur. Und Hansi meint, so einen Schluckspecht wie den könne man jederzeit wieder auftreiben, dann nehmen sie eben jemanden aus dem Sender, irgend so einen Moderator aus der B-Kategorie. Heute bleibe nur noch der Autor.

»Fischer?«

»Tischler.«

»Richtig, das Rossini-Buch.«

Ihr wart auf dem Weg in die Stadt. Freitagabends in Frankfurt. Sie hatte plötzlich einen ziemlichen Stechschritt, und in ihren schwarzen Stiefeln vereinte sich eine politkommissarische Strenge mit der elfenhaften Audrey Hepburn. Sie antwortete immer nur mit einer Vierteldrehung des Kopfes. Du mußtest also einfach mitkommen, du mußtest Schritt halten. Ja, so Nebenhertrotteln war mit Uschi nicht. Bei der Sicherheit und Geschwindigkeit ihrer Schritte mußtest du erst mal Tritt fassen, schnell, aber gestaltet, elegant, sportlich, männlich, gerichtet, ausgerichtet, zielstrebig, nicht kurzatmig, nicht hechelnd kurzbeinig. Ein Blick auf ihre Strähne, die sie wieder einmal hinters Ohr schob, ließ dich ein letztes Mal aus dem Tritt kommen, kurzes Verheddern und Stolpern an einer aufragenden Gehsteigplatte, dann hattest du's. Allgemeine Lockerung. Aufwerfen des Mantelkragens, und du hattest ihren Blick. Du drehtest deinen Kopf nicht einmal ganz zu ihr, schautest sie nur im Augenwinkel an, der Blick streifte ihre Nase, ging vorbei, war aber cool und blieb es für die herausfordernde Sekunde. Das war der Dreh. Zufällig, aber im Augenblick an Richtigkeit nicht zu übertreffen. Man muß sich mit dem richtigen Blick einrichten neben seinem Gegenüber,

gegenüber seinem Daneben, damit der Blick nicht daneben geht, sondern als etwas ankommt, was der andere kennt, nicht von dir kennt, aber aus der Welt kennt und ihm unmißverständlich den kurzen, aber großen Augenblick verschafft, einzusehen, daß es sich lohnt, neben dir auf dem Gehsteig zu sein, neben dir zu sein, der Abgleich mit Delon, Belmondo, Piccoli, Brialy, Léaud muß blitzschnell erfolgt sein, um dann auf dich zu treffen, ohne daß die Spannung abfällt. Der Achsensprung bleibt mitgedacht, Wahrheit vierundzwanzig Mal in der Sekunde, dann die Chemie. Auspuffqualm, würziges Herbstlaub auf der Bockenheimer. Uschi drehte sich um und blieb stehen: He, Comandante, wer bist du eigentlich?

Du wußtest, daß jetzt nicht zu stottern war. Dein Text mußte Peter Weiss ebenbürtig sein, denn ihr machtet auf Kunstfiguren, Szene nähe Opernplatz: Das wollte ich dich gerade fragen, aber wir haben ja noch Zeit für ein paar Antworten.

Die haben wir, Ernesto, die haben wir.

Ich bin der zweite Sohn eines beamteten Finanzspießers aus der Pfalz. Das war kaderfähige Selbstkritik.

Ich bin die erste und bislang einzige Tochter eines ostfriesischen Dorfpfarrers mit volkstümlichem Hang zum Singen.

Du singst?

Nein, er, mein Vater. Ansonsten Gemütsmensch, aber kein Deut besser als dein Vater.

Bestimmt besser, du kennst meinen Vater nicht.

Ich kenne nicht mal dich.

Laß uns daran arbeiten. Bißchen Bewußtseinsbildung. Wenn dein Vater singt, kann doch der Rest auch nicht so schlimm sein.

Nein, Comandante, der Rest ist herzensgut. An Güte scheint er was von deinem Onkel Willi zu haben.

Onkel Willi? Woher kennst du Onkel Willi? Woher kennt sie Onkel Willi?

Jutta hat mir von ihm erzählt, als sie mir mehr von dir erzählte.

Hat sie eben gesagt: mehr von dir erzählte? Hat sie. Hat sie. Das ist doch, ich meine, das gibt's doch, also hat doch, um jetzt mal die ganze Überraschung gleich einigermaßen zu überspielen, hat doch also Uschi Jutta nach mir gefragt. Hat nach mir gefragt. Die Jutta, das konnte gefährlich sein, die Jutta nach so was zu fragen, die Jutta-gell, aber Onkel Willi war 'ne Info, die hier nicht verkehrt war.

Da fuhr ein hellgrauer Citroën mit gelben Scheinwerfern an dir vorbei, eine Déesse, als wären es die Champs-Élysées. Du wolltest sie anhalten und an die Scheibe klopfen. Die Scheibe würde heruntergekurbelt, und du hättest auf Uschi gedeutet und gesagt: Sie haben's gehört, Uschi kennt meinen Onkel Willi, meinen Onkel Willi, denn wissen Sie was? Sie hat meine Freundin Jutta, kennen Sie nicht? Hat die Jutta also nach mir gefragt, ist doch super. Und aus was wohl? Na? Aus Interesse! Connaissez-vous? L'intérêt. Glauben Sie nicht?

Die graue Déesse fuhr an dir vorbei, mit dem blauen Kennzeichen der Besatzer, über das sich nur ein bornierter Idiot wie dein Vater aufregen konnte. Es war ein tiefheiteres Himmelblau, die Zahlen in Silber, und am Ende tatsächlich die Ziffern fünfundsiebzig, Paris. Paris dachtest du ohne das S am Ende, also richtig französisch, dachtest du.

Du kennst also meinen Onkel Willi? sagtest du, ohne genau zu wissen, ob du das nicht schon mehrmals gesagt hattest.

Vielleicht lerne ich ihn ja mal kennen.

Er kommt am Samstag zu Besuch, also morgen.

Willst du mich verkuppeln? Dafür kommst du in den Knast.

Ich könnte da was arrangieren, brachtest du noch heraus, aber es war unklar, wer von euch als erster losprustete. Uschi, glaube ich, war es. Du glaubtest, ihr fingt in derselben Sekunde an. Uschi quietschte und wußte nicht mehr, wohin mit der ausgeatmeten Luft, sie löste sich auf, ergoß sich in dein Lachen, stützte sich auf deine Schulter, hielt im Kichern inne, brach wieder los, beugte sich nach vorne, ging in die Knie und lachte weiter. Aber du arbeitetest dich so an deinem eigenen haltlosen Lachen ab, daß du nichts weniger als ein Halt für Uschi warst, du nahmst sie in die Arme, um Halt zu finden. Ihr schütteltet euch, aneinandergeklammert, und beugtet euch nach vorne und wieder zurück, ein schwankender Gelächterturm auf vier Beinen. Du sahst den dunklen feuchten Gehsteig, unter dem Saum ihres Mantelrückens die schwarzen Stiefelabsätze und dann wieder den schwarzen Frankfurter Himmel, der ins Rötliche gequollener Wolken geraten war, vielleicht herabfallend auf die Stadtbeleuchtung, hinter blattlosen Ästen. Plötzlich gab Uschi Halt, denn sie stand gerade ohne zu schwanken.

Ernesto, jetzt mal im Ernst.

Du wolltest im alten Lachen erneut lachen, denn Im Ernst war dein Stichwort, nicht die beste Tischlerei, aber im Moment aufdringlich und unwiderstehlich. Dein Zwerchfell schmerzte, und du wolltest dich mit Seitenstechen zu einer Auszeit auf einer Bank abmelden.

He, geht's denn wieder?

Ja.

Du warst wach, und die Wärme der Ausgelassenheit stand neben der Kälte des beginnenden Dezembers. Du neben ihr.

Gerd und ich, wir ficken miteinander.

Ach ja?

Ja.

Aha.

Ja, und das hat einen Grund.

Wird es wohl.

Der Gerd. Hat was.

Das hat er, gell?

Ist dir auch aufgefallen?

Ja, hat einen Hang zum Kuchen anderer Leute.

Was?

Nichts. Schon gut.

Wie soll ich dir das erklären?

Du mußt mir nichts erklären.

Ich weiß.

Du, ich glaube, ich gehe mal nach Hause. Muß noch lesen.

Nein, geh doch nicht nach Hause. Der Abend hat erst angefangen. Gerd ist Gottesdienst, das ist alles. Gerd ist wie das Opium des Volkes, verstehst du?

Ich ahne was.

Nein, ich sage es dir ganz klipp und klar: Gerd elektrisiert einfach. Sonst bin ich ganz bei mir. Ich bin zurechnungsfähig. Mir ist klar, daß unsere Hoffnung für Vietnam nur der Vietcong sein kann und daß unsere Gesellschaft, gerade mal zwanzig Jahre nach dem Ende des Faschismus, wieder vor einer Notstandsfaschisierung steht. Meine Mutter saß in Ravensbrück, weil sie Flugblätter für die Bekennende Kirche unter dem Polster ihres Kinderwagens nach Leer geschmuggelt hat.

Oh. Das ist ja starker Tobak. Ich meine, allerhand, meintest du.

Ja, aber es stimmt nicht. Meine Mutter, Gerda Jensen, war nicht in Ravensbrück, und sie hat auch nie Flugblätter im Kinderwagen geschmuggelt. Sie hat die Orgel in den Gottesdiensten meines Vaters gespielt. Das war wohl alles. Alles war schief in dieser Kirche in Vitzum. So war die Vitzumer Kirchengeschichte von Anfang an zum Scheitern verurteilt, und daß mein Vater da jetzt noch Pastor ist, zeigt doch, daß wir auf den Hund gekommen sind. Vitzum ist ein Nest im Rheiderland, zwischen Hatzum und Critzum. Kennst du das Rheiderland?

Nee.

Ist nicht schlimm. Es ist ein Land, wo der Mensch kleingehalten wird, weil man gebückt am wenigsten umgeweht wird. Der Mensch geht am Sonntag in gedrungene Kirchen, die rot wie Feuerwanzen direkt über dem Boden kriechen. Die Kirche in Vitzum ist die herrlichste von allen. Diese Kirchen bestehen alle wie alles aus rotem Ziegelstein und haben alle wie alles weiße Fenster. Auch die ehemalige Kirche Sünt Ludgeri, wo der ehrwürdige Edzard Jensen Pastor ist.

Dein Vater?

Mein Vater. Die Kirche steht oder kriecht auf einem hingeworfenen Erdhaufen. Kein Fundament. Jede Ecke hängt in eine andere Richtung und will im Boden versinken. Darum bricht die Kirche irgendwann auseinander. Früher hatte sie mal Querarme, aber die hat sie verloren, weißt du, irgendwann im siebzehnten Jahrhundert waren sie plötzlich weg.

Nanu, sagtest du.

Nanu, wo sind denn die Querarme? haben sich die Vitzumer gefragt und ihre rechten Hände staunend auf ihre Münder gelegt. Irgendeiner hatte damit seinen Stall ausgebessert. Auf der Südseite sackte die Reihe der Kirchenbänke nach links ab, die nördliche Reihe nach rechts. So sieht man während der Predigt immer nur die halbe Gemeinde. 1766 wurde eine aufwendige Orgel eingebaut, aber die brach in der Mitte auseinander. 1773 riß der Anker des Kanzeldeckels aus dem Balken, der zwar für unverbrüchlich galt, aber doch erhebliche Risse schon seit Mitte des siebzehnten Jahrhunderts hatte. Da dies mitten in der Predigt geschah, starrten die Vitzumer mit Schrecken in den Augen auf die Kanzel, auf der die Predigt nicht zu Ende geführt werden konnte, denn Pastor Harm Heinders wurde mit heraushängender Zunge und zerquetschtem Brustkorb vom Kanzeldeckel über der Gemeinde gehalten. Sein letzter Satz blieb den Vitzumern im Ohr. Er hatte ihn wie alle wichtigen Merksätze seines Glaubens zuerst auf Latein verkündigt, um den Respekt der Bevölkerung vor der Bildung einzuheimsen. Gewöhnlich hob er dann den Zeigefinger und sagte ihn auf Deutsch. Er war im Studium konvertiert, damals schon, aber benutzte das Lateinische noch, weil er es so schön konnte. Der Kanzeldeckel auf dem rasanten Weg nach unten hatte die Übersetzung verhindert, und, so sagt man, die Vitzumer hätten bis heute den Schrecken im Blick, wenn sie an Pastor Heinders' letzte Worte denken: Quidquid agis, prudenter agas et respice finem. Statt Agis sagen sie natürlich Ogis und statt Prudenter sagen sie Prudentaa, wenn sie Harms Ende bedenken. Während der Kirchenbau sich fundamentlos nach Osten zu neigen begann, besonders der Chor, trieb der Glockenturm nach Westen ab. Da er durch zahlreiche Bogenöffnungen den Klang der Glocken weit tönend in die kuhbestandene Ebene entließ, was für viele Bauern und Landarbeiter den Tageslauf gesetzlich regelte, sah man die Entfremdung zwischen den beiden Gebäudeteilen als Bedrohung der Ordnung. Aber die Vitzumer wollten ja prudentaa handeln und haben, auch um den Schreckensblick zu verlieren, das schismatische Auseinanderstreben der Baukörper gewitzt aufgehalten, indem sie 1842 ein neues Satteldach errichteten, auch um die vielen Risse zu schließen, durch die bei Sonne die Sonne und bei Regen der Regen über die Gemeinde gekommen war. Und damit der Turm nicht einfach seiner eigenen Wege auf der Warf ging oder vollends umstürzte, hat man das

Turmdach einfach abgetragen und das Satteldach des Kirchenschiffs dem Turm über die Ohren gezogen. Jetzt hatten sie alles unter einem Dach.

Eine sonderbare, aber schöne Geschichte, sagtest du verlegen, eine schöne Geschichte.

Aber sonderbar, sagte Uschi, lachte dich an und setzte ihre Chronik, die noch längst nicht zu Ende schien, in einer Mischung aus hypnotischer Strenge und trockener Süffisanz, beinahe schwarzem Humor, fort: Die Vitzumer hielten die auseinandergebrochene Orgel mit Seilen zusammen, was schließlich mißlang. Sie wurde nicht mehr gespielt, die Orgelpfeifen dennoch frisch in Silber gestrichen. Statt dessen wurde im Chor, der durch die Orgelempore mit ihrer beeindruckenden grauen Holzwand abgetrennt war, ein Harmonium aufgestellt und wimmerte zaghaft bis 1887. Dann stiftete der reiche Ziegeleibesitzer Ubbo Lührsen, ein Ausbeuter vor dem Herrn, eine neue Orgel. Man hat sie auf die schiefe Empore schief draufgesetzt. Die Orgelpfeifen stehen zur Hälfte schief nach Süden, zur Hälfte nach Norden. Nur die neue Wendeltreppe, die zur Orgelempore führt, hat man versucht gerade einzusetzen, Neues wollte gerade sein. Aber die Treppe knarrte laut und stand unter Spannung, was in den Gottesdiensten immer knallartige Geräusche verursachte und den Vitzumern wieder den Schrecken von 1773 einjagte, weshalb man sie dann auch schief eingebaut hat.

Oh, sagtest du, oh. Du warst wie benommen von der Geschichte, die da in unfriesischer Beredsamkeit aus Uschi sprudelte, ungeahnt volkstümlich. Hätte in ihrer Ausführlichkeit aus dem Mund von Heidi Kabel stammen können, in einer der Übertragungen aus dem Ohnsorg-Theater, nicht Ohnesorg, die für deinen Vater Gottesdienst waren. Uschis kosmopolitischer Welt, die du ihr zuschriebst, konnte diese Geschichte unmöglich entspringen. Harm Heinders, Ubbo

Lührsen, Gerda und Edzard Jensen, Uschis Eltern. Der Name Ursula schien nicht so recht passen zu wollen, in diese Verwurzeltheit. Ja, die Geschichte erschien dir beim Nachempfinden der schiefen Kirche und der schiefen Orgel und der womöglich auch noch schief sitzenden Organistin, also Uschis Mutter, während der schiefen Gottesdienste ihres Vaters (ob der Kanzeldeckel sicher montiert war, hast du nicht gefragt) weit weniger glaubwürdig als eine Geschichte mit Flugblättern im Kinderwagen. Wie sah der Kinderwagen aus? Wie standen plötzlich die beiden Gestapo-Beamten Lührsen und Heinders mit ihren schwarzen Ledermänteln hinter der Pfarrersfrau? Wie wurde sie vom Bahnhof zur Gestapo gebracht? Wurde sie geschlagen beim Verhör? Was geschah mit dem Kind, unter dessen Windeln die Blätter lagen? Strohig blond, dickes Kinn mit Grübchen und rosa Warze, schiefstehende, grünlich ungepflegte Zähne, dazwischen fauler Mundgeruch, die Peitsche in der Hand, stand die Aufseherin vor Mutter Jensen und bezeichnete sie als Dreck. Schlug zu. Schlug sie. Schlug sogar Kinder. Trieb sie mit Hunden zur Arbeit an, poussierte mit den SS-Männern von der Lagerleitung. Schließlich mußte Gerda Jensen die KZ-Orgel spielen, damit man sie nicht ins Gas schickte. Die Orgel war gerade über dem Eingang angebracht worden. Sie war im Freien zu spielen, zum Einmarsch und Ausmarsch der Häftlinge. Und als dann in den geritzten und zerstochenen Armen und Beinen auf Anforderung der Eiter kam? Da ließ sich doch was machen. Wundverpflegung proben für die Soldaten. Und nur Himmler hatte bei seinem Besuch noch entschiedeneren Mundgeruch als Ida Runz, die Aufseherin, bei ihm schon fast säuerlich, wie Kotze. Wie war das also?

Du wolltest Uschi auf die Sprünge helfen, damit ihre Geschichte dabei rauskäme, die richtige, die ungeschönte. Die harte. Die schuldige. Aber war die Vitzumer Kirchengeschichte wirklich so beschaulich, wie sie dir aus dem Munde der bekifften Uschi vorgekommen war? Gerade von ihr hättest du. Oder lauerte auch da hinter jedem Satz der Abgrund?

Übrigens wird dir schwindelig in der Vitzumer Kirche, sagte Uschi, denn dein Körper sagt dir, daß du gerade stehen mußt, und auf Dauer kannst du auch gar nicht schief stehen oder schief gehen. Dann mußt du raus, vor die Kirche, wo dich die Grabsteine mit klugen Sprüchen bewerfen. Es ist alles entsetzlich, Ernesto. Du rauchst eine Zigarette, und meistens rauscht ein Wind durchs Pappellaub. Irgendwo im Hintergrund steht immer eine Kuh mit anderen Kühen auf der Weide. Und die stehen natürlich gerade, und du stehst auch gerade und ziehst gerade an deiner Zigarette. Und dann siehst du, wie Sonnenstrahlen die Wolkendecke durchschießen, und die ganze Ebene des Rheiderlandes zwischen den Deichen kommt dir vor, wie sie meinem Vater immer vorgekommen ist: wie ein großer enger Kirchenraum, durch dessen Risse ein heiliges Licht über Mensch und Kuh kommt. Obsolet, diese Welt.

Uschi äffte das wiederkäuende Gesicht einer Kuh nach, kicherte und zog zum letzten Mal am Joint, der wenig länger als der Pappfilter und kaum mehr in den Fingern zu halten war.

Laß uns was trinken gehen, meintest du.

Uschi kehrte auf dem Fuß um, und du liefst natürlich geflissentlich neben ihr her. Dackeltest neben ihr her, wie sie es später nannte. (Neben mir herdackeln und nicht wissen, wohin. – Nicht wissen wollen, wohin. – Achso.)

Die Straße, in deren Mitte ihr gingt, verneigte sich vor euch, Gehsteige, parkende Autos wichen auseinander, euch zur Ehre oder sich zum Schutz vor schwankenden Gestalten, die sich näherten, bekifft, weil nichts vertragend, torkelnd, aber mit weichen Kissen unter den Füßen, surrealistischen

Kissen, die ausgesetzte Schritte erforderten, alles federte, alles kicherte, weil Federn so lustig war, total komisch.

Und ihr wart im Kolbkeller, das konnte nicht anders sein, das war die Hölle, die enge schwarze Hölle, in der baumelnde Glühbirnen den Raum ins schwankende Unendlich vergrößerten. In der Körper sich näherten und aneinander rieben. Uschi war verschwunden. Wer cool war, hatte die Krawatte gelockert, den obersten Hemdknopf geöffnet und den darunter auch noch und sich den schmalkrempigen Hut ins Gesicht gezogen. Irgendwann beschlugen erste Brillen, Lider brannten im Qualm oder brannten nicht, aber Uschi blieb verschwunden. Musik schepperte mehr durch den schwarzen Raum, als daß sie zu hören war. Unklar, wer da sang, Procol Harum? Bob Dylans übersteuerte Blechstimme, die nicht von seiner Mundharmonika zu unterscheiden war? Die Luft blieb weg. Dir. Anderen. Allen. Nur Uschi nicht, denn Uschi war verschwunden. Schon nach den ersten Schlucken Bier, die den ausgetrockneten Hals von einer sandigen Wüste mit pelzigen Schleimhäuten rückverwandelten, drückten sich der gleitenden Kühle erste Rülpser entgegen, warme Luftschübe von unten, die hoffentlich Meldungen stickiger Luft blieben und nicht Schleim und Bröckchen aus dem Vulkaninnern in die Schwärze des Kolbkellers spritzten. Blick nach unten. Druck aufs Hirn. Grummeln im Bauch. Bloß jetzt nicht. Reiben über die Schläfen. Anbohren der Schläfen. Zukneifen der Augen. Es kam, was kommen mußte. Zähne zusammenbeißen, falls Flut übern Deich schwappt. Raus aus dem Keller, raus aus dem nach Heim stinkenden Treppenhaus, Muff in den Betten, Schimmel im Müll, Essen aus der Dose. Raus auf den Beethovenplatz ins Gebüsch vor der Kirche. Es kam, wie es kommen mußte.

Das ist der Alkohol. Bei Kiffen ohne Alkohol mußt du nicht kotzen. Also, gemerkt fürs nächste Mal, Knoten ins

Taschentuch: kein Alkohol. Entweder oder, sagte die Stimme hinter dir, so nah, daß Schattenwurf und Lufthauch schon denkbar waren.

Du mußtest dich noch sammeln. Wer sprach? Noch mal richtig ausspucken, die letzten Bröckchen. Half ja nix. Mußte raus. Sonst hättest du dich umgedreht, ohne zu Ende gekotzt zu haben. Und immer erst zu Ende kotzen, war schon gelernt. Wann hattest du zu Hause das letzte Mal gekotzt? Weiß nicht mehr. Ausspucken, Reste sammeln und raus damit. Dann umdrehen zu Uschi. Ja, schon an der Stimme erkannt. Ungefähr Uschi. Ganz sicher Uschi. Jetzt zu fragen, wo sie gewesen war: doofe Idee. Naheliegend, aber doof. Klar, da kotzte sich ein Vorwurf mit. Jetzt hieß es souverän bleiben. He, du warst frei. Keine Ahnung, wann du zuletzt gekotzt hattest in der Pfalz. Dir war immer zum Kotzen, aber gekotzt hattest du seit Jahren nicht. Kotzen war Befreiung. Grund zu kotzen gleich lockerer Lebenswandel. Also bitte mehr davon. Da riß es dich nochmal aus der Magengegend in die Krümmung, aber folgenlos. Alles blieb drin, oder alles war raus.

Uschi!

Ernesto!

Du hier?

Ja. War nie weg.

Habe dich aus den Augen verloren.

Nicht gut. War hier oben. Gerd war noch da, wollte aber nach Hause. Er fand die Probe schleppend.

Ach ja, die Probe.

They stone you when you try'a go home, sang Uschi weinerlich kichernd. But I would not feel so all alone. Everybody must get stoned. Das Gras läßt nach. Da werde ich immer zum heulenden Elend. Ich geh nach Hause. Aber wir sehen uns am Samstag, also morgen. Muß doch deinen Onkel Willi kennenlernen.

Ja, mußt du unbedingt.

Wo wohnst du denn?

Hier um die Ecke. Schumannstraße.

Nummer?

Sechsunddreißig, Ecke Kettenhofweg, über der Metzgerei, bei Knapp. Zweimal kurz. Einmal lang.

Heißt du Knapp?

Nein, Tischler.

Und wann?

Wie wäre es um drei?

Gut, um drei.

Und wo wohnst du?

In dieser Richtung.

Uschi machte eine Handbewegung, die du aber keiner Himmelsrichtung zuordnen konntest. Sie verbesserte sich und winkte in die entgegengesetzte Richtung.

Hier so, sagte sie, immer geradeaus und dann irgendwann. Links.

Neben dem Studioeingang schnippt Jürgen, der Aufnahmeleiter, seine Zigarette vor meinen Augen ins Blumenbeet. Dort sollte eigentlich auf meine Anregung hin – und mit der begeisterten Unterstützung von Schnittke – ein kleiner Kräutergarten angepflanzt werden: »Was der Marcel doch für fabelhafte Ideen hat!« hat er in der letzten Besprechung gesagt. Doch Jürgen hat Schnittke darauf hingewiesen, daß gerade in dieses Beet immer wieder Hunde pissen.

Jürgen gräbt die Zigarette mit seinen Füßen in die Erde ein und grinst mich an. Jürgen ist ein ausgesprochener Vollpfosten, simuliert tagtäglich die Kompetenz, die er nicht hat. Bedient ein Klischee, das er nicht durchschaut, bedient es im Blindflug und wird dadurch bestätigt, daß bisher nichts schiefgegangen ist, daß keiner seiner Mittelmäßigkeit auf die Schliche gekommen ist. Daß er in der Kranken- und Altenpflege tätig war, ehrt ihn, auch wenn er es so gehetzt ausspricht, daß ich zuerst Kanalpflege verstanden habe. Jürgen, ein mickriger, kahlgeschorener Mittvierziger, steht vor mir und moderiert seinen Triumph ab, indem er hinter der gelb getönten Brille die rechte seiner akkurat gezupften Brauen hochzieht. Im Produktionsprozeß unterstreicht er damit seine Entschlossenheit, mit der er immer gegen das Schneckentempo des übrigen Teams ankämpft (»Und geht das heute noch?«). Verzweifelte Versuche, seinem Scheitern und Untergang zu entrinnen. Seinem unehrenhaften Ende, seinem Versinken in den unteren Schichten unserer Gesellschaft, wo er herkommt und von wo er besser nie aufgebrochen wäre. Soll er dort sein wertloses Dasein fristen.

»Wie, die pissen da rein?«

»Ja, das habe ich schon mehrmals gesehen«, sagte Jürgen in der Besprechung.

»Und scheißen rein«, sagte der Produktionsleiter, dieser ungeschlachte Automechaniker aus der Mitte unserer Gesellschaft, klar, kann mich nicht leiden.

»Und kotzen sogar rein«, sagte Hansi, der Regisseur, Endfünfziger mit Schnäuzer, auf der gewölbten Brust unterm Hemd die Attribute des Machers vom alten Schlag: linke Brusttasche, Konturen der NIL-Schachtel. Hansi raucht NIL, weil auf der Schachtel unter dem Wappen das Wort *Regie* steht, was man aber durch den Taschenstoff seines Herbsthemdes nicht lesen kann. Rechte Brusttasche, Konturen des Handys, rechts, weil man es nicht in direkter Herznähe tragen soll, wegen der Strahlung, besonders wenn man wie Hansi schon einen Herzinfarkt hinter sich hat. Adipöser Wichsfrosch.

»Nein, dann lassen wir das mit dem Garten. Aber ihr müßt zugeben, daß das 'ne tolle Idee war von Marcel.«

»Ne tolle Idee, Herr Schnittke.«

Brummschädel, weiterschlafen bis die knarrenden Dielenschritte von Frau Knapp näherkommen: Ist der junge Mann auch wach, bereit für den samstäglichen Lebenswandel des Aufräumens und Fegens? Nicht bösartig aufseherisch, eher wohlwollend, anteilnehmend, mütterlich besorgt. Einmal hast du sie durchs Schlüsselloch gucken hören. Knarren von Dielen, Knacken von gebeugtem Rücken, pfeifendes Ausatmen am Schlüsselloch. Hörspiel. Du hattest horchend neben der Tür gestanden und förmlich die Böe aus der Nase durchs Loch gesehen.

Noch kein Grund aufzustehen. Später Uschi und Onkel Willi. Uschi und Onkel Willi! Der wollte nachmittags kommen und abends in Sachsenhausen was aufreißen oder Richtung Bahnhof abtauchen. Luftmatratze nicht nötig, hatte er am Telefon gesagt. Schon klar. Noch einmal umdrehen, einmal noch einnicken. Dann aber raus.

Und auf der Welt trugen sich zwei Revolutionen zu, von denen du natürlich nur eine mitbekamst, aber die ließ dein Herz bis ins Innenohr puckern.

Heute kann ich diese Erinnerungen gar nicht mehr voneinander trennen. Und es ist, als hätte ich beides miterlebt, obwohl ich im Frankfurter Westend war, ganz eindeutig und körperlich und ohne Zweifel. Und ich war lange nicht mehr da. Jetzt bin ich hier, in der fremden Stadt. Vor mir der Eingang in die Untergrundbahn. Ich könnte ohne weiteres abtauchen. Aber wen trifft man dort? Die Konsumtierchen der Fußgängerzone, die üblichen Verdächtigen.

Die Sonne kommt durch, und zwischen den Kaufhausfassaden tauchen Bäume auf, mit einem Stich ins Gelbe. Es ist soweit. Das Schattenreich der bewegten Bilder wartet. Sonnenstrahlen im Rücken wärmen. Ich bleibe im Licht.

Heute war Samstag. Zimmer bei Frau Knapp, Schumannstraße, Westend. Oder warst du nachmittags in Tamboerskloof, einem kleinen Vorort von Kapstadt? Als die Familie ins Auto stieg und Denise zeigen konnte, was sie für eine gute Autofahrerin war. In ihrem neuen Wagen, auf dem Weg zu Freunden. Als Denise mit ihrer Mutter aus dem Auto stieg, um Kuchen zu kaufen, saßt du auf deiner Bude, nicht allein. Und das war so: erst ein Blick von ihr, so ein ganz kleiner, dann ein Blick von dir, ja, aber was für einer. Nein, ein Blick von ihm war auch dabei, ein ganz großer, der zunächst die beiden Spitzen unterm Pulli erfaßte. Was sonst? Uschi merkte es und schob sich die Strähne hinters Ohr, sah dich mit einem maßregelnden Blick an, der fragte, ob es sein könne, daß deine Verwandtschaft ziemlich verkommen sei. So sah also ein unverfänglicher Nachmittag mit Onkel Willi aus. Ihr saßt bei geöffnetem Fenster zu dritt auf dem Boden und ließt die Tüte rumgehen, die Uschi von Gerd mitgebracht hatte, wieder von Gerd.

Onkel Willi hustete sofort und ging zum Fenster. Er hustete und hustete. Uschi ging zu ihm und klopfte ihm auf den Rücken. Rücken. Zur Linderung seines Hustenreizes steckte sich Onkel Willi eine Roth-Händle an. Die führte er mit rotem Kopf und geröteten Augen, aber ohne zu husten, im Mund und wagte eben den ersten tiefen Zug. Du lächeltest Uschi unverhohlen an: Klar ist meine Verwandtschaft verkommen, vor allem Onkel Willi, ein ganz schlimmer Finger, aber du wolltest ihn ja kennenlernen.

Uschi lachte und zog. Jetzt fing sie an zu husten. Dann überraschte Onkel Willi euch: Kinder, was ihr da macht, ist völlig richtig. In diesem Land laufen so viele Ärsche rum, junge und vor allem Ärsche in meinem Alter, aus der guten alten Zeit, und sang übermütig und harsch zugleich: Doch für die Naziknaben, die das verschuldet haben, Hat unser Staat viel Geld parat und spendet Monatsgaben, Wir sind 'ne ungelernte Republik, Ist ja kein Wunder, ist ja kein Wunder, Ist ja kein Wunder nach dem verlorenen Krieg.

Wow, Onkel Willi! sagte Uschi.

Für dich ohne Onkel, sagte Willi in einer frischen onkelfreien Diktion.

Onkel Willi, Onkel Willi, du bist ja ein Revoluzzer!

Da staunst du, Neffe Ernst Ewald, was?

Ewald? starrte dich Uschi an.

Ernst Ewald, ja. Das ist die Schuld meines Vaters. Mein Bruder heißt Egon Erwin.

Uschi wurde blaß, ein bißchen wurde sie blaß, ja, zumindest sah sie nicht mehr so souverän wie bisher aus: Das muß ich schleunigst wieder vergessen, du bist Ernesto, kicherte sie und gewann die Fassung zurück.

Willi zog zweimal tief, hustete und grölte: Che, Che, Hotschi Tung.

Onkel Willi!

Im Ernst, Onkel, also Willi. Was tun?

Pro-tes-tieren! Kinder, ich kenne diese Säcke alle. Alle alle alle. Ich bin damals abgehauen. Fahnenflucht. Nach dem Krieg wollte ich mein Medizinstudium wiederaufnehmen. Aber: Pustekuchen. Die haben mich nicht gelassen. Nix da. Hat sich rumgesprochen, daß da ein Kameradenschwein studieren wollte. Habe ich eben eine Schlosserlehre gemacht. Ich war natürlich heilfroh, daß irgendwann die Amis da waren. Konnte ich raus aus dem Keller. Mein Freund Viktor, Wandervogel und Kommunist, Faltbootfahrer vor dem Herrn, abgetaucht, aber immer erreichbar, hatte mich im Keller seiner Großeltern versteckt. Zwischen Eingemachtem und Marmeladen. Ich hatte zwei Notizhefte bei mir. Noch von den Vorlesungen und weil ich immer was festhalten wollte. An der Front und auf der Flucht willste ja immer was festhalten. Und da habe ich alle Einmachgläser und Marmeladen inventarisiert. Sogar die Kartoffeln. Sogar die Kartoffeln und Äpfel auf den Pritschen. Habe ich abgezählt. Und jedes Geräusch von oben notiert und versucht zu beschreiben. Das aber ins zweite Heft. Das Geräuscheheft. Und eines Tages habe ich durch die schmalen Fenster, durch die immer ein paar Gartenblumen oder eine Gießkanne zu sehen waren, plötzlich Soldatenstiefel gesehen, schwarz und blank poliert. Vier Paar. Also nicht irgendein zufälliger Besuch. Feldgendarmerie. Die sind hin und her gegangen. Zwei Stiefel hin, dann wieder vier her. Über mir Geräusche, das Haus abgeschritten. Den Riegel geschoben. Kellertür auf. Aber der findige Großvater hatte jeden Tag von Max, dem Hofhund, dessen Bellen Seiten im Heft füllte, eine frische Kackwurst auf den Treppenabsatz im Kellereingang gelegt, und keiner wollte runter. Also Riegel wieder vorgeschoben. Ich roch drei Monate täglich frische Kackwurst. Eines Tages wieder Stiefel am Kellerfenster, und ich dachte schon: Scheiße, Feldpolizei. Dann stand aber ein Stiefelpaar direkt vor dem Fenster, nicht glänzend, eher leger, und plötzlich klebte was Weißgraues am Fenster. Ich dachte, das ist doch ein Kaugummi, bestimmt ein Neger von der Army. Und so war es auch.

Willi, sagtest du, die Geschichte hast du mir schon fünfhundert Mal erzählt, und die geht anders.

Ich weiß, aber Uschi kennt sie noch nicht, und ich wollte sie mal so erzählen.

Nicht schlecht erzählt, Onkel Willi, aber frei erfunden. Und wie war's wirklich, Willi? fragte Uschi.

Warum willst du das wissen?

So halt. Bin immer für die Wahrheit, nein, bin ich nicht. Will noch 'ne Geschichte hören.

Also. Die ist aber nicht so schön kurz. Eines Tages hörte ich am späten Vormittag den Riegel der Kellertür. Ich hatte schon mein Geräuscheheft gezückt und die leere Seite aufgeschlagen. Das Riegelgeräusch war wie immer, und ich notierte: Gewöhnliches Riegelgeräusch elf Uhr dreiunddreißig. Da rief aber Viktors Großvater meinen Namen. Ich rannte zur Treppe, und er rief mir zu: Willi! – Ja, sagte ich. – Willi! – Ja ja, da bin ich. Er war schwerhörig. – Krieg ist aus! Er nahm eine Metallschippe und faßte mit einem Stück Zeitung die Hundekacke, sagte: Bäh, und hatte schon wieder den Riegel vorgeschoben. Ich wollte gerade fragen: Und wer hat gewonnen? Aber da war die Tür schon zu, und ich hörte den Rest des Tages nichts mehr. Auch die nächsten Tage blieben bis auf ein Schlagen der Haustür stumm. Keine Notizen. Und langsam bekam ich Hunger. Die Großmutter hatte immer um halb zwei, nach dem Mittagessen der beiden Alten, schöne Reste gebracht. Immer neben die Kackwurst gestellt, so, als würde sie selbst glauben, daß da unten keiner ist, wenn sie den Teller einfach ahnungslos abstellt. Alles Angebissene mit einer Soße drapiert oder Sonstiges in einer schaumigen Brühe versteckt. Aber heute nichts. Es roch fremd. Modrig. Keine Kacke mehr. Feuchter Sandstein jetzt. Alte Äpfel. Ich schrieb beunruhigt ins Geräuscheheft: zehn Uhr. Nichts zu hören. Zwölf Uhr. Nichts zu hören. Dreizehn Uhr. Nichts zu hören. Dreizehndreißig. Nichts zu hören. Ins andere Heft schrieb ich: erstes Marmeladenglas geöffnet. Gibt ja nichts. Erdbeere neunzehnhundertvierundvierzig. Die war übrigens ganz köstlich. Die Himbeere auch. Und sogar die Johannisbeere neunzehnhundertneununddreißig schmeckte noch. Abends was Herzhaftes. Gurken von dreiundvierzig. Und ich trank das Gurkenwasser. Mein Darm rächte sich, und ich kackte in eine Ecke neben einen Sack Blaukorn. Schlimmer als der Max. Dann hörte ich am fünften Tag das Geräusch der Haustür. Ich rannte zur Kellertür und klopfte ganz entschieden. Entrüstet. Flehend. Und vor mir stand nicht der Großvater mit der Blechschippe.

Sondern Viktor und lachte mir ins Gesicht wie ein Verkündigungsengel. So lachen die Kommunisten, wie Verkündigungsengel. Er hielt mich in den Armen wie ein warmer Bruder. War aber nur herzlich gemeint. Wir begingen tausend Dummheiten. Tranken Obstler und Trester und feierten, wie wir noch nie gefeiert hatten. Und ich kackte und kackte. Viktor rief: Die Scheiße ist vorbei. Ich murmelte: Noch nicht ganz. Aber sie war vorbei. Und ging munter weiter. Er hatte bei den Großeltern ein Hitlerbild gefunden und nahm eine Pistole, die er offenbar immer bei sich führte. Jetzt sah ich sie zum ersten Mal. Seltsam, der Viktor, wißt ihr, den kannte ich schon lange, aber ohne Waffe. Das war ein feiner Kerl. Seine Waffe fand ich unheimlich, obwohl ich doch wer weiß wie oft Sturmgewehr und Karabiner an der Front in der Hand hatte. Das Bild stellte er an die Mauer des Geräteschuppens und rief: Dem Schwein zwischen die Augen. Los! Zerschieß ihm die Fresse! Jeder Schuß saß. Die ersten Schüsse, die von Herzen kamen.

Uschi starrte in Erwartung. Als wäre Onkel Willi einer von euch, einer, der seine Geschichte erzählt, und zwischen ihren Lippen bildeten sich kleine Speichelbläschen, als wollte sie genau das auch erlebt haben. Dagegen war die Geschichte mit dem Kinderwagen fadenscheinig.

Onkel Willi hatte erzählt, was alle hören wollten. Und er legte in der Naivität bezeugten Erlebens nach: Ich war den Amis dankbar, daß sie bei uns einmarschiert sind, und Viktor auch. Aber jetzt, wo sie in Vietnam sind, kann ich mich nicht so recht freuen. Irgend jemand müßte einfach rechtzeitig die Kacke auf 'ne Schippe packen.

Er hustete und nahm den letzten Zug mit geschürzten Lippen, aber tief, tief, rein da, immer rein da. Die Lippen wölbten sich nach innen, als wollten sie den Joint in den Mund hineinziehen, und die Nüstern blähten sich verbissen. Onkel Willi brauchte Entspannung. Schien mitgenommen.

Du kichertest, obwohl die Komik der Geschichte was Unheimliches hatte. Eng ums Herz wurde dir, wurde dir schon, seit ihr bei dir auf der Bude saßt. Du warst eifersüchtig, aber kichertest. Onkel Willi machte Heinz Rühmanns dummes Entspannungsgesicht. Ihr saßt im Schneidersitz auf dem Boden und senktet die Köpfe, weil so ein Kopf ja schon schwer sein konnte, hatte sein Gewicht.

Aber ihr hattet alle drei eine Entspannung erreicht, in der man immer wieder in Zeitlöcher rutschte, in Raumfalten hing und sich am liebsten bei den Händen genommen hätte. Bis Onkel Willi tatsächlich sagte: Ihr Lieben, habt euch lieb, ich werde jetzt mal aufbrausen und wegstehen, also vielmehr aufstehen und ...

Schon gut, Onkel Willi.

Er erhob sich langsam, wie ein dürrer Buddha aus dem Schneidersitz, und der Rauch der Zigaretten umnebelte euch wie heiliger Tempelrauch. Als Onkel Willi die Tür hinter sich zuzog, sprang das angelehnte Fenster auf, und die Luft wurde klar und kalt. Ihr wurdet wach, und Uschi sagte: Jetzt gehen wir zu mir, da gibt es keine Frau Knapp, aber einen Rotwein.

Oh Gott, die müßte jeden Augenblick zurückkommen, sagtest du, und dein Herz klopfte dem bevorstehenden Abend entgegen.

Alles mußte schnell gehen und ging schnell. Ein Herzklopfen, das mir heute einen Stich gibt, denn der Nachmittag war anderswo noch viel dramatischer. Du erfuhrst es erst montags: In Kapstadt schob man Denise auf einer Rolltrage zum OP. Sie war hoffnungslos zerfetzt, Brüche, Blutungen, Quetschungen. Kein Kuchen wurde an diesem Tag gekauft. Gestorben wurde. Die Mutter sofort tot, als sie auf das Auto des Betrunkenen knallte. Denise noch am Leben.

Euch, mein Herz? schrie Peter mit Entsetzen. Da müßte ich ja sterben auf der Stelle! Nimmermehr!

Ja, wenn dir einer eurer Chirurgen das Herz aus dem Leib operieren wollte, da müßtest du wohl sterben; bei mir ist dies ein anderes Ding; doch komm herein und überzeuge dich selbst. Er stand bei diesen Worten auf, öffnete eine Kammertüre und führte Peter hinein. Sein Herz zog sich krampfhaft zusammen, als er über die Schwelle trat, aber er achtete es nicht, denn der Anblick, der sich ihm bot, war sonderbar und überraschend.

Du bei Uschi. In Kapstadt gab das Wiederbelebungsteam auf. Und man sprach es aus: Hirntod. Louis Washkansky, ein Kolonialwarenhändler, wartete auf ein besseres Herz.

Neun Uhr abends, dein Herzklopfen, das nicht nur den Brustraum ausfüllte, sondern wirklich bis in Mund und Schläfen zu spüren war und eigentlich Uschis Bude durchzog, in der du mit abgelegtem Blumenstrauß, mit abgelegtem Jackett, mit abgelegtem Tweedhut standst, ja, du hattest dir tatsächlich auch einen gekauft. Der Witz war natürlich, daß ein Tweedhut bei Männern gewohnt spießig und nur bei Frauen der letzte Chic war. Eigentlich war dein Blick noch mit ihrem Zimmer beschäftigt, in einer Wohngemeinschaft natürlich, wo keine Witwe Knapp und kein Paragraph lauerte, zumindest solange die Vermieterin nicht im Haus wohnte. Das Zimmer karg, der Schreibtisch hölzern, der Stuhl einfach, geradezu platonische Idee eines Stuhls, vier Beine, Lehne, Sitz, mehr nicht. Unspezifisch. Unbeschreiblich. Der Tisch voller Bücher und Zettel, aufgeschlagen übereinanderliegende Bücher. Ein Aschenbecher voller Kippen. Was hattest du erwartet? Begehbare Kleiderschränke? Aber das Ganze hatte einen Charme, den man heute als Altbaucharme bezeichnen würde. Kleinigkeiten schienen mit Sorgfalt an ihren Platz gelegt. Die Bücherstapel waren in sich wie zu einem Fächer gedreht, so daß die Ordnung von einer bündigen orthogonalen Auflage ins Spielerische verschoben schien, doch nicht ins Zufällige, sondern in eine gestaltete Form. Wie die Geschichte von der Vitzumer Kirche. Andererseits war nichts durchgestaltet, was Uschi den Vorwurf hätte einbringen können, oberflächlich zu sein oder das Wesentliche aus den Augen zu verlieren. Dann mit abgelegtem Hemd.

»Da ich dich als Weintrinker und Autor außerordentlich schätze und auch als Patient kenne, möchte ich dir als Freund nicht verhehlen, daß operative Eingriffe hier nicht weiterhelfen«, sagte Mönckemeyer, der Leser, Freund und Radioonkologe, und erhob sein Glas.

»Cléante-Pernelle, ein Weingut, das man sich merken sollte, Ernst, oder?«

»Nicht Trüffel, eher Lakritze, vielleicht auch etwas Unterholz«, sagte ich.

»Unterholz, natürlich, das ist es.«

> *In gesundheitlich angeschlagener Besessenheit schließt er im Sommer 1888 in Turin seine »Dionysos-Dithyramben« ab.*
>
> *Dionysos aus der Scholle. Nietzsche und der Spargel,* 1992, S. 47

Du wartetest noch auf den erhabenen Augenblick, während Uschi eindringlich von ihrem Solidarisierungsbedürfnis mit den sozialrevolutionären Befreiungsbewegungen der Dritten Welt aus dem Gefühl verschleierter Unterdrückung in den spätkapitalistischen Metropolen berichtete. Dem hattest du nichts entgegenzusetzen. Wenn sie dich nur endlich wahrnehmen, überhaupt zur Kenntnis nehmen würde. Nein, kein Publikum. Du. Ernesto. Du hattest die Hoffnung, daß hinter all den Uschimasken eine Uschi für dich zu finden wäre. Du warst überzeugt, und dein Ernesto war auch überzeugt, daß er etwas finden würde, in das er paßte. Erstmals hattest du über Blickabgleich und Gesprächsverschiebung vom Politischen ins nur noch Öffentliche, das schon das Private war, das Gefühl bekommen, daß sie auch wollen könnte, was du willst. Es war eine Art Schüttelfrost, in dem du alles abwarfst, was dich vorher gefesselt hatte, was dich vorher in Angst und Schrecken und Panik und Versagensängste und Zukunftsängste versetzt hatte. Vor dir stand eine Uschi, die du Hanswurst auf jeden Fall wolltest. Wirklich? Wirklich! Sicher? Ganz sicher! Nur ritterlich oder auch mit Haut und Haaren? Mit Haut und mit Haaren! Du. Sie. Das Bett. Mit abgelegter Hose du vor ihr.

Dein Herz zog sich krampfhaft zusammen, als du über die Schwelle tratest, aber du achtetest es nicht, denn der Anblick, der sich dir bot, war sonderbar und überraschend. Ihr BH zog sich von selbst aus. Magisches Sechs-Punkte-Programm: zwei lidstrichgedeckte Augen, ein Lippenmund, zwei Brustwarzen, ein Schamdreieck. Warndreieck. Nein.

Der Anblick, der sich ihr bot, war sonderbar und überraschend. Sie schaute nur noch auf deinen Schwanz, der unter ihrem Blick anwuchs, der zu nie gekannter Größe anschwoll. Weder von dir noch von ihr gekannt. Wie war das jeweilige Ermessen? Ungeahnte Möglichkeiten taten sich auf. Und du machtest alles richtig. Du küßtest ihren Mund, drangst mit deiner Zunge direkt zwischen ihre Lippen. Sesamöffnedich. Ihre Arme umschlangen dich. Ihr Körper drückte sich an deinen, als wäre es das Natürlichste von der Welt. Als wäre schon das gemeinsame Nacktsein natürlich. Deine Hände fuhren durch ihr Uschihaar, ihr magisches Uschihaar, her magic Uschi hair you know. Es war wie ein Mysterienspiel, ein Initiationsritus, und mit jedem Atemstoß warfst du die Taubheit deines ungelernten Körpers von dir, alles, was dir vorenthalten worden war, die Verschaffung von Gelegenheit wurde ein Taumel, du mittendrin, nicht nur in ihr, im neuen Gefühl der Freiheit. Muskeln, Sehnen, heiß, zuckend. Völlige Übereinstimmung. Unheimliches Kribbeln. Mehr konntest du nicht fühlen. Wohliges Jucken. Ungeübtes Ächzen. Angst des Novizen. Ungelenke Vergangenheit holte dich ein. Schob einen Ausbruch aus dem Innern allmählich, unaufhörlich und unausweichlich, hilflos vor sich her. Unaufhaltsam und unkontrollierbar. Finale in Blofelds erloschenem Vulkan. James Bond versucht das Böse aufzuhalten. Der Augenblick des Untergangs steht bevor. Keine Handlung mehr, alles passiert nur noch. Sie schob sich keine Strähne hinters Ohr. Karin Dor als Helga Brandt nicht, Ursula Jensen als Uschi nicht. Der Vulkan, dessen Vulkansee eine grüngestrichene Stahlabdeckung ist und eine Raketenabschußrampe tarnt, entläßt nicht pünktlich die geplante Rakete, die die bewohnbare Welt auslöschen würde, sondern explodiert einfach zuckend. Entspannung. Morgen wieder gerne wieder vielleicht einfach entspannter, jetzt erschlafft. Nacht.

Der Sonntagmorgen war so, wie du ihn dir erhofft hattest. Ihr schautet euch verschlafen mit brennenden Augen an. Keiner erschrak. Am Sonntagabend klingeltest du wieder bei Uschi.

Hier bin ich wieder.

Hier bist du wieder.

Der Montag ist nüchtern, und alles kommt in Erinnerung, was das Wochenende in Watte gepackt hat. Der Montag hat nichts zu verschenken. Noch trautest du diesem Tag nicht, denn ob sie am Montagabend noch bei dir war…

Denise war tot, und ihr Herz schlug in Louis weiter. Du lagst in Uschis Armen. Der Beginn einer Epoche. Auf mehreren Gesimsen von Holz standen Gläser, mit durchsichtiger Flüssigkeit gefüllt, und in jedem dieser Gläser lag ein Herz, auch waren an den Gläsern Zettel angeklebt und Namen darauf geschrieben, die du neugierig lasest; da war das Herz des Amtmanns in F.; das Herz des dicken Ezechiel, das Herz des Tanzbodenkönigs, das Herz des Oberförsters; da waren sechs Herzen von Kornwucherern, acht von Werbeoffizieren, drei von Geldmäklern - kurz: es war eine Sammlung der angesehensten Herzen in der Umgegend von zwanzig Stunden.

Sechs Kornwucherer, drei Geldmäkler, Fratzen des Kapitalismus, denke ich mir. Dachtest du damals noch nicht so scharf und zugespitzt. Uschi dachte es schon schärfer. Erotische Kaderschule: Ernesto, Organisationsfrage, verstehst du? Wir müssen handeln. Dein Professor muß seine Ideen noch auf die Füße stellen.

Genau, dachtest du, erst mal aufstehen, dann auf die Füße stellen, dann Kaffee, dann Zähneputzen. Du erfuhrst von Denise und Louis, und auf all den Wegen, auf denen du dich und Uschi und Gerd und Jutta und Onkel Willi sich befanden, schien dir die Organisationsfrage eine Herzensangelegenheit von Uschi zu sein, und da du Uschi gefallen wolltest, sollte sie am besten auch zu deiner Herzensangelegenheit werden. Es war ein Herz in der Art des blutig pumpenden Muskels. Aber die Herzensangelegenheit, in der du dich befinden wolltest, war das Herzklopfen, das du Schritt für Schritt auf den Wegen von der Schumannstraße zu Uschi und zurück spürtest. So ganz privat, das eigene Herz, das warm pochte.

Du dachtest an die Geschichte im Fackelschein zwischen den Wasserbecken. Der Kohlen-Munk-Peter gab sein Herz ins Glas des Holländermichels wie die sechs Kornwucherer, bekam ein steinernes, kaltes Herz dafür. Und großen Reichtum. Eine unendlich naive Geschichte mit einer biederen Moral, aber sie ging dich immer wieder an. Immer immer wieder ging die Sonne auf. Dort Schnulzverdacht, hier Herzensangelegenheit.

Und wenn dich Wolfram, der angehende jungdemokratische Jurist, immer immer wieder mit dem Vorwurf konfrontierte, du seist doch in deinem gesellschafts- und wirtschaftspolitischen Denken ein Sozialromantiker, dann kam dir das romantische Märchen vom Kohlen-Munk-Peter in den Sinn, sofort und so plastisch, wie Onkel Willi es vorgelesen hatte, so, als sei er und seist du der Peter, und du warst nah dran, die Geschichte in die Waagschale zu werfen, aber sie taugte nicht als politisches Argument. Das organische Herz der Organisationsfrage war nicht das Herz, das dich in Bewegung hielt, aber es kristallisierte sich eine unheimliche Erkenntnis dabei heraus. Die Erfindung des Hirntodes, der bei Denise festgestellt wurde, um den Zeitpunkt zu treffen, an dem der Mensch an seinem Ende noch frisch genug war, um die Organisationsfrage seiner Organe zu klären, war ein herzloser Moment. Das Herz der verunglückten Denise schlug nur drei Wochen in Louis. Du blühtest an Uschis Seite errötend auf.

Einen Tag nach Louis' Tod, in der letzten Freitagsprobe vor Weihnachten, fragte dich Gerd, ob du nicht den Marat spielen wolltest. Er fragte, weil du dich an Uschis Seite als unvermeidlich gegenwärtig erwiesen hattest. Er fragte auch, weil der Darsteller des Marat sich schon in den Zug nach Hause zu seinen Eltern gesetzt hatte, da er den Christbaum am Samstag mit seinem Vater schmücken sollte, wie Jutta berichtete: Weißt du, der Vadder, gell, der kann mit seinem einen Arm nur das Lametta werfen, aber die Kugeln, die muß halt auch einer aufhängen.

Wenn ein Marat nicht Revolutionär genug sei, um eine richtungsweisende Inszenierung dem Christbaumschmuck vorzuziehen, dann, so Gerd, sei er doch ein erbärmlich rudimentäres Talent oder eben ein Verräter. Also Ausschluß. Abgang Gerd.

Mit der Fahrt in die Weihnachtsferien verblaßte die Erinnerung an das Herz von Denise und Louis, deins schlug hörbar für Uschi. Erst Jahre später kam mit der Erinnerung die Bedeutung zurück. Umsteigen in Neustadt/Weinstraße, weiter nach Landau/Pfalz ohne Halt in Edenkoben. Zimtsterne, Elisenlebkuchen, Quittenpaste, Anisplätzchen, Vanillekipferl und natürlich die unvergleichlichen Nußterrassen. Kinner, isses net schää bei uns, wenns Chrischtkind kummt?

»Kinder, wer hat denn mal einen Riesling für mich?« verkündet Schnittke sein Lebensmotto, selbst in der angespannten Atmosphäre nach einer Redaktionssitzung mit Komplikationen. Ungeduld und Klimaanlage trocknen die Kehle aus. Wir gehen ins Studio.

»Der Marcel kann doch mal den Riesling von Kappeler aus dem Kühlschrank holen, der ist offen. Und drei Gläser, du trinkst doch auch mit, Hansi?« fragt er den Regisseur, der auch einen Nachnamen hat, den ich aber nicht kenne. Und der ist mir auch ehrlich gesagt Latte.

»Wenn unser neunmalkluger Marcel das kann, fänd ich's prima«, sagt Hansi.

Ich hole den Riesling von Kappeler aus dem Kühlschrank. Da fährt mich Jürgen echauffiert und nasal an: »Der Guido hat vor Stunden um eine Flasche Wein und drei Gläser gebeten. Ist das zuviel verlangt? Wir machen hier Fernsehen und keine schönen Augen.«

Ich stelle die Gläser auf die Arbeitsplatte und will einschenken.

»Nee, laß mal, wir brauchen das heute noch. Her damit.« Jürgen reißt mir die Flasche aus der Hand, zieht mit dem Mund den Korken raus, setzt sie an den Hals und schluckt. Kanalpflege, denke ich: voll der Banause, jedenfalls voll.

»Ist der Wein denn schon gekeltert?« fragt Schnittke mit aufgesetztem Schalk, aber mit einem Vorwurf im Unterton und sieht die Flasche an Jürgens Hals.

»Jürgen, jetzt sag mir bitte nicht, daß das der Kappeler ist.«

Jürgen blickt hilflos in den Raum, zu Hansi, zu Schnittke, zu mir, aufs Etikett. Die Mischung aus Gleichgültigkeit gegenüber dem Wein, Unsicherheit über das Ausmaß seiner Untat und Unruhe angesichts unabsehbarer Konsequenzen, die so was unter Schnittkes unterhaltsamer, aber unangefochten autokratischer Herrschaft haben kann, lassen ihn für Sekunden mit der gehobenen Flasche im Raum stehen. Schnittke reibt sich das linke Ohrläppchen und zwirbelt seine Schnurrbartspitze, als würde er eine dünne Schraube festdrehen. Dann nimmt er Jürgen die Flasche aus der Hand und sagt: »Das gibt eine Abmahnung, Jürgen, ich weiß noch nicht, was ich mit dir mache. Was soll ich denn mit ihm machen, Hansi?«

Hansi zieht die Schultern nach hinten, und der Bauch wird wie von selbst zum Ausdruck von Machtbefugnissen: »Laß ihn doch spülen«, sagt er und lacht. Wir alle lachen. Sogar Jürgen.

»Und der Marcel überwacht das. Nicht daß der Jürgen das nicht ordentlich macht«, sagt Schnittke.

Jürgen schaut mich an, und eine Braue zittert.

»Marcel, trinkst du einen Schluck mit? Der Jürgen hat schon.«

Ich sehe zu Schnittke rüber und denke: Der alte Fuchs weiß einfach, wie man so einen Laden beherrscht.

Uschi war wie vom Erdboden verschluckt. Zweimal erschien sie nicht zur Probe, und Gerd hatte keine rechte Lust ohne sie. Zwischen seinen Joints wurden einzelne Szenen angespielt und über ihren Gehalt diskutiert. Grundsätzliche Zweifel an der Inszenierung und an der Fähigkeit der Gruppe schienen ihn befallen zu haben. Und wie er zwischen tiefen Lungenzügen immer unverhohlener von einem Scheißholzweg sprach, auf dem ihr wäret, kam er dir gänzlich befallen vor. Du versuchtest eine ordentliche Theorie vom Sinn des Theaters hervorzubringen, aber die Gedanken begannen teigig zu werden, manchmal wie ein Kuchenteig, der dank ausreichend Mehl eine gewisse trockene Formbarkeit erreicht hatte und jetzt verbacken werden konnte, der dann aber zu bröckeligen Spänen auseinanderbrach, dann wieder ein Pfannkuchenteig, bei dem dir schon die letzten drei gesagten Worte aus dem Hirn gelaufen waren: Aber der Sinn von Theater, der Sinn ist doch. Genau. Nein, ich setze mal aus.

Komm, ich hab noch einen gebaut. Nimm einen schönen kräftigen Zug. Dann redest du auch nicht so eine Scheiße.

Scheiße?

Wenn ich schon Theater und Sinn höre. Da holst du dir besser zu Hause einen runter. Da brauchen wir doch gar nicht drüber zu reden. Wo es kein Theater gibt, ist es eh duster. Unser Alphabet ist kurz vor dem Theater entstanden und hat genau denselben Sinn wie Theater. Die Welt verfügbar zu machen, und den Menschen in ihr zu begreifen. Ernst, erklär du mir nix vom Theater.

Alphabet? Das klingt schlüssig. Oder zumindest überraschend. Sag nochmal. Den Gedanken. Das mit dem Alphabet.

Daß da Schauspieler in ihren Rollen auftraten, das haben nur die Griechen kapiert. Das ist das Genialste überhaupt. Intellektuell ist danach nichts Vernünftiges gedacht worden. Alles Kacke nach den Griechen. Und warum haben sie diese überschätzte, aber irgendwie auch geniale Demokratie erfunden?

Du saßt mit offenem Mund auf dem Garagenboden, vielleicht hast du sogar gesabbert. Kein Wort verstanden. Doch. Alphabet. Theater. Demokratie. Gerd sah seine Überlegenheit und kostete sie aus: Ist doch klar, Atomisieren der Worte in Buchstaben, völlige Abstraktion, dann der Schauspieler, der von der Rolle getrennt für die Zeit der Vorstellung in der Rolle aufging. Und dann die Demokratie, wo die Leute öffentlich die Sache der Polis vertraten. Was sie als Privatmänner taten, war scheißegal. Weißt du, was Privatmann auf Griechisch heißt?

Nee, was? Privatmann? Mir dreht sich alles. Hier stinkt's nach Altöl. Das wollte ich schon immer mal sagen.

Idiot.

Arschloch.

Nein, Idiot, idiotos, heißt Privatmann, du Arsch.

Leck mich.

Du mich auch.

Aber das mit dem Schauspieler und dem Alphabet und dem Privatmann klang gut. Der geniale Gerd, dachtest du. Da mußt du noch viel, aber am Anfang muß man immer viel. Später dann nicht mehr so, dachtest du.

Rolle hin, Rolle her, dieses Du-spielst-Marat und Uschi-spielt-Corday ist nachgeäffte Scheiße. Geht mir auf den Sack. Wir müssen zu was ganz anderem kommen. Die Metaphysik muß wieder via Haut, verstehst du? Du mußt dir so eine Szene denken, wo die Nacht plötzlich über die Bühne hereinbricht. Die Erde bebt. Der Donner wütet mit Blitzen, die nach allen Richtungen springen, und im Zickzack dieser Blitze sieht man alle Darsteller, die zu rennen beginnen, zusammenstoßen, niederstürzen, sich wieder erheben und laufen wie die Verrückten. In einem gewissen Augenblick ergreift eine übergroße Hand das Haar der Kupplerin...

Welche Kupplerin?

Die ist da halt.

Ach so.

Also, das Haar der Kupplerin, die in Brand gerät und zusehends größer wird.

Du dachtest noch, wo er das wieder herhat, dann dachtest du an, natürlich, an den Holländermichel.

Da öffnet sich, sagte Gerd.

Da öffnete sich die quietschende Blechtür der Garage, und Uschi stand im kalten Luftzug vor euch. Gerd versuchte taumelnd aufzustehen, fuchtelte mit dem Zeigefinger in der Luft herum, sagte zu Uschi Du und kippte zur Seite in die Ramschecke. Er kam kaum hoch und stützte sich mit Händen und Armen ab, krabbelte wie ein Käfer, der es nicht schafft loszufliegen. Dann fuchtelte er wieder mit dem Zeigefinger vor Uschi, aber jetzt tropfte Blut an seiner Hand herunter. Er hatte sich in der Ramschecke die rechte Hand aufgeschnitten.

Du, sagte er wieder, fuchtelte immer wilder und blutiger, du, sagte Gerd, du kannst gleich wieder gehen und brauchst gar nicht mehr wiederzukommen. Gar nicht mehr. Wir machen hier kein Theater mehr. Steck dir'n Finger in die Möse, aber laß das Theater in Ruhe.

Dann sammelte er sich und blieb konzentriert und sehend stehen: Sie beißt Gott ins Handgelenk. Ein ungeheuer großer Blutstrahl teilt die Bühne.

Uschi schaute verstört in die kleine Runde. Jutta machte ein beschwichtigendes Gesicht mit ein bißchen Grinsen und ein bißchen Leiden, Tränen in den Augen, das Kinn zitternd.

Wie ein trotziges zugekifftes Kind riß Gerd seinen Blick von Uschi, schaute in die dunkle Ramschecke, fiel in die dunkle Ramschecke, krabbelte wieder heraus, blutete jetzt wie ein Schwein, stand schwankend auf, nahm seine Lederjacke, beschmierte sie mit Blut, warf sie über die Schulter, zeigte in verschiedene Richtungen des Raumes, wie Frau Knapp, als sie den Möbelpackern beschrieb, wo das neue Vertiko und wo die Geschirrvitrine hinkommen sollten, tatsächlich wie die Knapp, schlimm: der Gerd wie die Knapp, und jetzt stand sie auch neben dem Gerd und wollte sich streiten, wo was hinkäme. Der Holländermichel wurde wieder kleiner neben der Lampe, und sein Lachen geriet zu einem Kinderkichern. Gerd schrie: Dann krabbeln unter den Röcken der Amme unzählige Skorpione hervor, und sie beginnen in seinem Geschlecht zu wimmeln, das anschwillt und sich spaltet, gläsern wird und glänzend wie eine Sonne. Der junge Mann und die Kupplerin rennen fort, wie gestochen.

Dabei stieß er den linken Flügel der Blechtür auf, blieb aber am geschlossenen Flügel mit dem Schuh hängen, und es riß ihn einen Schritt nach vorne, in dem er sich fing, ohne auf die Steinplatten im Hof zu fallen. Dann knallte er die Tür hinter sich zu. Abgang.

Uschi blieb für ein paar Sekunden in einer deprimierten Haltung reglos stehen, zog die Mundwinkel nach unten, so fest sie konnte, und wartete, bis der blecherne Nachhall der zugeschlagenen Tür verklungen war, genau so lange, keine Minute zu lange, sagte dann mit dem ursprünglich geplanten Lächeln: Dutschke ist in der Uni. Kommt jemand mit?

Funkeln brach aus ihren Augen. Du konntest dich nicht freuen, daß sie da war. Wochenlang nichts von ihr gehört, gesehen. Einmal hatte sie dir aus einer fernen Hörsaalecke zugewinkt, aber danach war sie weder im Vorraum noch im Erdgeschoß zu finden gewesen. Das Funkeln in ihren Augen gab dir einen Stich, machte dich wütend. Dutschke, Dutschke, als wäre er einer von den Beatles und Uschi ein kreischendes Groupie.

Dutschke befiehl, wir folgen dir, sagtest du trotzig und warst dir des Risikos bewußt.

Sie sah dich erwartungsgemäß mit großen Augen an, so als mündete ihre Enttäuschung von deiner doch echt miesen Gesinnung in eine Bilanz: Das ist nicht komisch, Ernst. Und setzte verächtlich hinzu: Ewald.

Sie ging, und du dachtest: Jetzt siehst du sie nie wieder. Aber nachdem du sie seit Wochen schon nie wieder gesehen hattest, war dir das scheißegal. SCHEISSEGAL! Als sich die Garagentür hinter ihr geschlossen hatte und an Uschi nur der blecherne Nachhall erinnerte, hättest du heulen können. Diese dumme, Fotze hättest du gerne gesagt, aber es war keins deiner Worte. Du sagtest: Diese dumme. Als Jutta große Augen machte, verstummtest du. Und dachtest weiter: Nuß, läuft dem Dutschke hinterher. Und in einer hilflosen Allmachtsphantasie, zu der dich der letzte kräftige Zug am Joint leicht über dem Boden schweben ließ, warst du für die Sekunden, die dir beim Kiffen für einen vollständigen Gedanken blieben, überzeugt: Ich bin der bessere Dutschke.

Du sahst sie nur in der Vorlesung, nicht davor und nicht danach. Natürlich hattest du versucht, sie anzusprechen, warst extra früher in den sechsten Stock gelaufen, um sie zu treffen, aber sie war nie da, immer erst in der Vorlesung, am anderen Ende des Hörsaals. Sah auch zu dir herüber, lächelte, winkte ein paarmal zurück, und als der kleine Professor mit seinen Assistenten, Hilfskräften und dem Aufnahmegerät den Hörsaal verließ, war auch sie verschwunden.

Dein erstes Semester war zu Ende. Du bliebst noch zwei Wochen, Selbststudium, schon klar. Dann fuhrst du in die Pfalz, hieltest es dort trotz frühlingshafter Verbundenheit, trotz einsetzender Mandelblüte und hellgrünen Schleiers, der sich über den grauen Astwald legte, nur ein paar Tage aus.

Anfang April, als nur noch Ostern zwischen dir und dem neuen Semester lag, gingst du zufällig am Beethovenplatz entlang, dem Übergang zwischen öffentlich und privat, zwischen Uni und Bude, den irgendwie alle ständig überquerten, vom und zum Kolbheim, wie ein Ameisenhaufen, vom und zum Institut, vom und zum Studentenhaus.

Da stand Uschi vor dir. Sie hatte eine frische Narbe über dem rechten Auge. Sie schaute dich an, als sei sie froh dich zu treffen, aber in ihrem glasigen Blick lag auch ein Lächeln, das nicht aus zugewandter Freude über den Augenblick bestand, sondern koboldhaft-schadenfroh über der Stadt zu liegen schien, als würde Uschi nicht vor dir stehen, sondern über der Stadt schweben und unheilvoll hin und her flattern.

Sie kicherte: Auf der Zeil hat's gebrannt.

Du deutetest auf ihre Narbe: Hast du einen neuen Freund?

Nein, sagte sie.

Dutschke?

Quatsch! Ich muß los. Aber wir sehen uns.

Du zeigtest noch auf ihre Narbe: Sieht nicht gut aus.

Von den Bullen. Vor dem Amerikahaus.

Sieht nicht gut aus.

Ich muß los.

Ich finde, der Fleck auf der Jeans ist zu einer gewissen Unauffälligkeit eingetrocknet, und gehe auf ein Taxi am Taxistand vor der Sparkasse zu. Mein Herz zieht sich krampfhaft zusammen, und ein leichter Stich in der Speiseröhre oder in dem, was von ihr übrig ist, befällt mich, als ich über die Schwelle trete, als ich die Tür öffne und meinen Augen nicht traue, aber ich achte es nicht, denn der Anblick, der sich mir bietet, ist sonderbar und überraschend. Der Taxifahrer ist ein junger Mann mit starkem, aber rasiertem Bartwuchs, einer Brille und braunen Locken, die unter seiner Schiebermütze hervorquellen. Einen grauen Fischgrätmantel trägt er, als wäre er selbst Fahrgast. Für die Jahreszeit zu warm. Er paßt nicht zu dem neuen Mercedesmodell, das er fährt. Er paßt in eine ganz andere Zeit. Und ich weiß, hier wird es einen Redeschub geben, da die letzten Worte, die vor über einer halben Stunde zu mir gesprochen worden sind, so funktional und formalistisch waren, daß sich keine bemerkenswerte Dialogsituation ergeben hat. Erbärmlich. Wir leben im Geist der Griechen, die in der Tragödie mit Protagonist und Antagonist, mit den Diskussionen auf der Agora eine dialogische Gesprächskultur und mit dem Chor einen Kommentator gesellschaftlichen Geschehens in die Welt gesetzt haben. Und darum kann sich auf dieser Welt doch einiges drehen. Die dürftige Schlußszene im Kaufhaus gerade schaudert mich und hat mir in der Erinnerung manchen Stich auf der Straße verursacht, der ohne diese fade Alltäglichkeit ausgeblieben wäre.

»Und vierundzwanzigzehn zurück. Danke.«

»Danke auch.«

Du mit Hegel auf dem Fahrrad unterwegs. Frisch war's. Noch e bissel kalt, gell? Gründonnerstagmorgen. Du fuhrst durch den Goethepark nach Hause zurück, denn das Mittagessen stand bevor, und Onkel Willi hatte sich traditionsgemäß angekündigt. Du mit Hegel im Kopf: Das Particulare ist meistens zu gering gegen das Allgemeine, die Individuen werden aufgeopfert und preisgegeben.

Aus dem Egon wird noch emol ebbes, sagte Vater beim Mittagessen und führte die Gabel zum Mund. In Landau alles ruhig. Die Welt soweit in Ordnung. Dann klingelte Onkel Willi. Hatte sich verspätet.

Wir haben schon mal angefangen, sagte Mama an der Haustür um halb eins. Onkel Willi steckte sich die Serviette in den Hemdkragen.

Heinz, der Ernscht machd aach sein Weesch, sagte Mama und glaubte mit Spinat auf der Gabel fest an dich.

Wenn der ebbes Gscheits studiere dät, sagte Vater und wühlte zweifelnd im Kartoffelpüree, dem Grumbeerestambes, der zum Spinat vor Ostern gefordert wurde.

Das tut er, glaub mir, das tut er, sagte plötzlich Onkel Willi, dessen Serviette wieder aus dem Hemdkragen gerutscht war. Vor der Linsensuppe des nachgefaßten ersten Ganges konnte er sie noch in Sicherheit bringen: Glaubt mir. Er nahm das Weinglas und prostete in die Runde, aber ohne wirkliche Hoffnung, jemanden zu überzeugen.

Da fühltest du eine aufmüpfige Stärke: Glaubt ihm, sagtest du, glaubt ihm einfach.

Egon in Uniform im Spinat. Teilnahmslos mampfte er gabelweise Grün. Mit Lätzchen, damit aus Grau nicht Grün wurde.

Die Raucher gehen ins Raucherzimmer, vor die Tür, sagte Vater.

Die Raucher standen vor der Tür, auf der Treppe, neben dem vergitterten Klofenster, dessen goldgerahmte Buntglasrauten dich beim Pinkeln immer an einen Kirchenraum erinnert hatten, als wäre es ein Strahl Weihwasser, der da bei Tag, erst violett, dann grün, in die Schüssel rauschte, ein Gedanke, der dir schon mit zwölf kam. Du, Egon und Onkel Willi draußen auf der Treppe. Onkel Willi schnippte dir eine Roth-Händle aus dem Päckchen. Egon zog zackig seine eigene Packung aus der Tasche seiner Uniformjacke. Von einem Fahnenflüchtigen – schon klar.

Da bot er Onkel Willi auf einmal eine von seinen an. Schnippte schneller als Onkel Willi und hielt ihm eine Ernte dreiundzwanzig vors Gesicht, schaute Onkel Willi dabei wie ein Dackel von unten an. Der leckte sich mißtrauisch den Zeigefinger und nahm die Zigarette. Steckte sie sich ins Gesicht, ins Jesichte, wie er immer sagte. Zog über dem Blick auf Egon skeptisch die rechte Augenbraue hoch, kramte ein

Streichholz aus der Schachtel und hielt es vor sich. Erst du, dann er, dann Egon, der sich dann aber zu beeilen hatte, denn die Finger wollte sich Onkel Willi seinetwegen nicht verbrennen. Egon beeilte sich und lächelte. Onkel Willi warf dir einen fragenden Blick zum Thema Egon zu. Du zucktest mit den Achseln.

Auf euch wartete das Dessert. Von wegen! Die Revolution! Von unverhoffter Seite, in unverhoffter Stärke. Drinnen war Egon wieder Egon, und Vater begann mit ersten Sätzen bornierter Dummheit: Klar, Notstandsgesetze, wichtig, gerade jetzt, e starki Hand muß widder her. Gammler und Kommunisten verseuchen unser Volk. Oder der stinkende Dutschke, ein Agent der SBZ, Vater sagte noch immer SBZ: Kinner, bei uns im Krieg waren harte Zeiten, aber es gab das Standrecht, und das war nicht das Schlechteste.

Dann mußt du mich mit an die Wand stellen, denn mir hätte das auch geblüht, sagte Onkel Willi, widerständiger, als er sich je vorgekommen war.

Willi, du warst halt feige. Ich hätte nie meine Kameraden im Stich gelassen. Aber wir hatten auch einen in der Kompanie, der den Glauben zersetzte, der sah den Rußlandfeldzug als Unrecht an. So ein Lockenkopf, bei dem man schon das Schlimmste befürchtete. Ich hab noch im Ohr, was der gesagt hat: Wir sind ganz falsch hier, hat er zu Kompanieführer Thomas auf dem Panzer gesagt. Hans Liparsky hieß der Mann. Drei Tage später standrechtlich.

Mich hätten sie auch erschossen, sagte Onkel Willi, worauf Egon vorauseilend dummschlau seinen Opportunismus gegenüber dem Vater ausdrückte: Da wär heut noch e Portion mehr für uns üwrisch.

Jenseits von Argument und Widerrede hättest du ihm einfach gerne in die Fresse gehauen. Aber so, daß ihm ein Schneidezahn rausgeflogen wäre und er in Zukunft gelispelt hätte und von keinem mehr ernst genommen worden wäre, nicht einmal vom Vater.

Onkel Willi erbleichte. Gerade hatte er ihm noch Feuer gegeben und von ihm eine Zigarette erhalten, was ihn ohnehin irritiert hatte, da erkannte er im eigenen Neffen einen Befürworter seiner Hinrichtung. Ein vorösterlicher Verwandtenbesuch mußte nicht unbedingt so bestialische Zweifel am eigenen Recht auf Leben bringen, selbst bei den Tischlers in Landau nicht. Du rutschtest in explosiver Empörung auf dem Stuhlkissen hin und her, um die Spannung zu entladen, damit die nicht weiter in deiner Faust an der Tischkante saß. Eine Handvoll Spinat hättest du dem Vater gern ins Gesicht gerieben, um ihm sein Gemüsegemüt vorzuführen. Schweißausstoß statt Prügelei, eine stille, aber nicht weniger spürbare Anfüllung des Raumes mit geballter Energie.

Mama kam geräuschlos ins Wohnzimmer, bereit, in den auch in der Küche hörbaren Streit einzugreifen, ohne ein Wort zu sagen, ohne mit Gesten und Blicken zu schlichten. Sie empörte sich. Sie empörte sich durch Unterlassung. Brachte die erwarteten Dessertschalen nicht mit. Unter Protest stand sie im Raum und ging zum Fenster, um es deutlich zu öffnen. Nach Ostern hättest du so etwas als zielgerichtete Aktion im Sinne notwendiger Agitation bezeichnet. Mamas stille Form enthaltsamer Empörung, bei der weder die Dauerwelle für die Auferstehung in Aufruhr geriet noch die Schürze aufgewühlt wehte, war Go-in und Teach-in genug. Du zwinkertest ihr heimlich und komplizenhaft zu, was sie aber mit abgewandtem Kopf zurückwies. Ihr Protest! Sie ließ sich durch niemanden vereinnahmen, auch nicht durch den Herrn Studenten aus Frankfurt, der sich anbiedernd solidarisch zeigte.

Die Sympathieverteilung war eine andere Frage, aber die Protestkultur war authentisch und auch ohne Prügelperser,

Hamburger Reiter, Berittene, Schlagstöcke oder Wasserwerfer aufgewühlt. Wie in einem Rezept erschloß sich dir das Backen der Empörung. Noch hattest du deine erste Demonstration nicht erlebt, für Uschi hattest du sie natürlich erlebt und gestaltet, aber um ehrlich zu sein, und das muß man natürlich, wenn man sich an diese Zeit angemessen erinnern will, hattest du eben nur in Onkel Willis kleinem Prinz gesessen. Deine Mama aber verweigerte in einem revolutionären Sabotageakt das Dessert. Die Dessertschalen standen auf dem Schlafzimmerschrank.

Vater merkte sofort, daß er nichts ausrichten konnte. Er starrte mit offenem Mund auf den Tisch ohne Dessert, legte seine Hände auf die Tischkante und schaute auf seine Finger, als wollte er sie abzählen. Das bedeutete Kapitulation: wenigstens alle noch dran, unversehrt. Was hätte er tun sollen? Die Dessertschalen erzwingen? Die Mama verprügeln? Appellieren an Mamas Friedfertigkeit, die den Gründonnerstag doch wohl nicht aus dem gefügten Familienlot bringen wollte. So selten käme man zusammen, und der Onkel Willi sei doch sogar extra gekommen. Was kümmerte ihn der Versager Willi, der alle charakterlichen Mängel der Mama zum Quadrat in sich und mit sich herumtrug?

In aussichtslosen Situationen war ihnen doch immer noch was eingefallen, was Strategisches, um den Feind zu täuschen. Also: Nach dem Essen sollst du ruh'n oder tausend Schritte tun. So rettete der Vater die Ordnung und rief zum Spaziergang auf: Wir nehmen das Auto. Sinn jo fünf, des geht in de Ford noi.

»Guten Tag.«

»Guten Tag.«

»Und, wie laufen die Geschäfte? Sind Sie Student?«

»Äh, der Herr, wo soll's denn hingehen?«

»Ach so, ja, also zur Pelati GmbH.«

»Das sagt mir grad gar nix. Haben Sie eine Adresse dazu?«

»Ja«, sage ich, »die ist aber in der Gesäßtasche.«

»Wenn Sie die da vielleicht hervorkramen wollen, dann kommen wir ins Gespräch – und vielleicht ins Geschäft.«

Ich versuche, meinen Hintern aus dem Kunstleder hervorzulupfen, gar nicht so einfach, wenn man sich direkt angeschnallt hat, was ich immer instinktmäßig tue. Ich setze mich und schnalle mich an. Das ist ein Teil der Setzbewegung. Beide Backen in den Sitz, dann die eine, je nachdem, ob man fährt oder Beifahrer ist, anheben, um die ausgreifende Hand mit dem gesamten Körper zu unterstützen, man ist ja eine Einheit. Kann verhängnisvoll sein. Besonders wenn man wie im Auto in eine eigentümliche Versenkung sich zu setzen versucht. Man denkt noch: Setz dich mal, und auf einmal ist der Sitz viel tiefer und gibt auch noch nach. Ist mir kürzlich in der Oper passiert. Ich setze mich und will mich anschnallen, da schaut mich mein Nachbar an, denkt offenbar, ich bitte ihn etwas ruppig um sein *La-Bohème*-Programm, und händigt mir direkt das Programm aus. Mein erstauntes Lächeln über diesen komplexen Verhaltensvorgang hat er für Höflichkeit gehalten und zurückgelächelt. Nonverbal, aber dialogisch einwandfrei. Das ist Kommunikation, nicht: »Und vierundzwanzigzehn zurück.«

Raus aus Landau, an den Haardtrand, auf die Madenburg vielleicht oder Neukastel. Stumm fuhr es sich nach Eschbach. Ihr standet auf einem der beiden Türme und schautet in die Rheinebene, die einen geräumigen Weitblick bot, mit Schwarzwald und Odenwald endete, und irgendwo hinter dem Horizont war auch das neue Frankfurt, unsichtbar, aber mit allem, was zu einem neuen Leben gehörte, mit den sich schließenden Kratern der zukünftigen Untergrundbahn, und zwischen Himmel und Hölle die Frauen Knapp und Uschi.

Auch wenn Uschi sich bei eurem letzten Treffen im Grunde erledigt hatte. Sagte: Ich muß los. Was sollte das? Kicherte was von einem Brand, als wäre sie selbst dabei gewesen. War sie? Als sie letzte Woche vor dir stand, ist dir diese Idee gar nicht gekommen. Du wußtest auch noch nichts von den Brandsätzen. Aber auch als du es wußtest, bist du nicht auf die Idee gekommen. Jetzt fernab in der Pfalz fiel es dir ein. Ein historischer Verdacht. Und Uschi war ohnehin ein historisches Ereignis, immer ein Ereignis, aber schwer einzuordnen, in die Weltgeschichte. Und vor allem in deine Gefühlswelt. Du hattest sie gestern gleich nach deiner Ankunft, als der Vater noch auf der Arbeit war, in aller Heimlichkeit, mit der deine Mama dir den Hörer in die Hand drückte, angerufen. Aber in ihrer Wohngemeinschaft ging niemand an den Apparat. Keiner da. Was für eine Erlösung. Was hättest du ihr gesagt? Ja, hallo, ich bin hier gerade in der schönen Pfalz angekommen und wollte dich recht herzlich von hiesigem Fernsprecher aus grüßen. So was in der Art wäre dir eingefallen. Um Kopf und Kragen. Und sie hätte gekichert und gesagt: Ich muß los. So wäre das gelaufen. Schief. Abschminken, das Ganze. Als sie letzte Woche los mußte, da war doch klar, wo sie hin mußte. Zum Gerdtier. Abschminken. Uschi ist nichts für einen einzelnen. Das solltest du ein für allemal.

Der Blick vom dünnen, aber starken Geländer der Madenburg macht nicht gerade schwindelig. Trotzdem ging Onkel Willi in Ruhe einen Schritt auf dich zu, legte seine Hand auf deine Schulter und klopfte dir auf den Rücken. Dann meinte er mit seiner immer wieder überraschenden Universalbildung, Madenburg komme nicht von Made, schon gar nicht, wie er mit geklautem Witz glänzte, von der Made in Germany, sondern von Maid, es sei also eine Maidenburg voller Jungfrauen gewesen, die das dort wohl nicht lange geblieben seien. Ihr lächeltet euch wissend an, und er sagte dir auf den

Kopf zu: Maiden also Mädchen, und die müsse man nicht meiden. Der Kalauer als Lebensentwurf.

Und als er dich und du ihn anlächeltest, und als er dir dann eine Roth-Händle aus seinem Päckchen zuschnippte, warf Mama einen strafenden Blick dazwischen. Vater stand abseits und suchte mit dem Feldstecher den Haardtrand ab, als wollte er vergessene Schützengräben ausmachen, wo noch immer deutsche Soldaten sich gegen amerikanische Tiefflieger verschanzten.

Vom Eise befreit war rückblickend auf die österlichen Ausflugsziele Landeck, Neukastel, Trifels, Rehberg, Meistersel das Familienglück der vergangenen Jahre unter Ostersonne im Glanz der hartgekochten Eier. Das Blühen will nicht enden. Ruhe in der Ebene wie eh und je. Jetzt schon Erinnerung. Aber nicht ohne Wärme: ein bissel Salz aus dem kleinen Streuer auf dem Butterbrotpapier, das Knistern der abgepiddelten Schalenstückchen wie die Jahre bisher. Die Welt wird schöner mit jedem Tag.

Was sagt die Eieruhr, Frau Tischler? Vaters Worte Jahr um Jahr am Samstagabend. Die Eieruhr schellte. Am andern Tag konnte es losgehen, in der Früh' um sieben.

Sind die Kinder eingepackt, Frau Tischler? Die linden Lüfte sind erwacht. Wo sind EE und EE? Die sachlichen Scherze eines entfernten Vaters. Abwesend, kalt, aber immer mit etwas beschäftigt, mit etwas im Kopf, was seine Aufmerksamkeit bannte, von dem alles andere im Leben nur Ablenkung war. Lebenserhaltende Ablenkung, so kam dir jetzt sein Feldstecherfernblick vor, wie du ihn seit Beginn deiner schriftlosen Aufzeichnungen jeden Sonntag gesehen hattest. Bei seinen Kollegen galt Hans Heinrich Tischler als wahrer Schelm, immer einen Witz auf den Lippen, an denen sie hingen, die Amtmänner und Amtmänninnen, besonders die Männinnen. Aber: immer korrekt, der Tischler. Zu Hause setzte es eine Ohrfeige oder mehr, gerne nach den Ausflügen, was schon im alten Lloyd zu Beginn der Rückfahrt angekündigt wurde: Kinner, mei Hand sacht mir, heut setzt's ebbes. Mit der Vorfreude wirkte der Gürtel oder Kleiderbügel um so plastischer auf dem Gesäß, wenn es was setzte. Und es setzte was, nicht nur mit dem Gürtel der Woche vor dem Bad am Samstagabend. Aber nichts, was nicht gerechtfertigt wäre, das müsse sie doch zugeben, Frau Tischler. Die Schläge waren unvergeßliche Zeichen einer Ordnung, die Vaters Konturen als rote Spuren auf der Haut der Knaben erkennbar ließen, Rituale eines weitergeführten Lebens, über die Abgründe neuer Zeiten hinweggerettet, wohl aus einer tiefsitzenden Angst, im Neuen zu zerlaufen wie ein Pfannkuchenteig, ein Vergangenheitsschleim. Ansonsten ein Schelm, der Tischler, beim Betriebsausflug des Finanzamtes Landau. In den Schwarzwald oder ins Elsaß, auch wenn dort der Franzos saß. Was haben sie gelacht. Selbst als der Lloyd (LD-T 126) 1961 gegen einen hellblauen Opel Rekord mit weißem Dach ausgetauscht wurde und vor drei Jahren gegen den Taunus, gab es noch immer die erbaulichen Ausflüge mit frischer Luft, in der Vaters schwarze Hornbrille unverwandt glänzte. Eigentümlich, Vaters Autos wurden größer, Onkel Willis kleiner. Noch hatte er den kleinen Prinz. Beide hatten mit dem Lloyd – wer den Tod nicht scheut – angefangen, dem Leukoplastbomber, Kräftemessen, aber auch wenig Geld, damals sogar dasselbe Modell, nur unterschiedliche Farben, sofern man von Farben sprechen konnte, du hattest einen grauen Schlammton und einen matten geronnenen Blutton in Erinnerung.

Jetzt spürtest du wehmütig den wohltuenden Schlußstrich, auf dem du seit einem halben Jahr balanciertest, endgültig Schluß mit dem Leben auf dem Lande, Schluß mit Uschi. Nein, nicht Schluß mit Uschi. Doch, Schluß mit Uschi.

Wenn auf dem Waldparkplatz noch mindestens drei andere Autos stehen, dann ist Schluß mit Uschi. Und wenn Vater nach seinem noch immer in der Rheinebene stochernden Feldstecherblick etwas besonders Doofes sagt, dann ist Schluß mit Uschi. Und wenn Onkel Willi in den nächsten dreißig Sekunden hustet, dann ist Schluß mit Uschi. Also entscheide dich.

Es hatte dich vereinzelt und hinausgedrängt, die Dinge hinter dem Dunst zu erleben. Vater nahm endlich den Feldstecher vom Gesicht, schien noch in seine eigene Welt versunken. Mama nannte das immer Verdaddert. Es war fast wie eine Lähmung, die der lange Fernblick in ihm hervorgerufen hatte. Eine Benommenheit, die man als doof ansehen konnte, die dir aber eher wie der übermächtige Eindruck vorkam, der sich aus Vaters Vergleich mit allen Fernblicken, die er je durch das Ding getan hatte, ergab. Und wenn du die notwendigen Blicke über die Frontlinie mitrechnetest, dann kamen sicher Erinnerungen hoch. Wer weiß, was er da angerichtet hatte. Er wühlte mit dem rechten Zeigefinger in der Luft herum, schien gesehene Orte in der Ferne markieren zu wollen, brachte aber außer einem Brummlaut nichts zuwege, und der Brummlaut war so wenig gesprochen, daß du ihn nicht als etwas Doofes werten konntest. Dieses Uschiurteil war abgewendet. Auch Onkel Willi hatte in den vergangenen zwei Minuten nicht gehustet, längst über die dreißig Sekunden hinaus. Jetzt fehlten noch die Autos später am Waldparkplatz. Aber die schienen dir schon nicht mehr tauglich als Gradmesser. Alles in allem lag Ostern wieder greifbar in der Luft. Und was lag sonst noch in der Luft? Die Revolution im Schlafzimmer, fünf Dessertschalen auf dem Schrank. Die waren noch zu leeren, am Abend. Durfte nichts verkommen. Morgen Karfreitag, Jesussandalen im Fernsehen. Keine Jesussandalen im Fernsehen. Dutschkes Schuhe im Kreidekreis.

»Also, Pelati GmbH, Hermann-Joseph-Sueper-Straße fünfunddreißig, Köln-Ossendorf.«

»Das sind doch klare Ansagen. Ich bin kein Student, ich bin Studierender. Medienkulturwissenschaft und Islamwissenschaft. Studenten gibt es nicht mehr. Mache gerade meinen Master.«

»Studenten gibt es nicht mehr?«

»Nein, nur noch Studierende. Der Student war ja eine Lebensform, aber der Studierende ist …«

»Eine Verlaufsform.«

»Eine Backform, rein mit dem Wissen und ab in den Ofen.«

»Na, dann fahren wir doch mal ab. Schaffen wir das in zwanzig Minuten?«

»Locker.«

»Daß man heute noch Taxi fährt, um zu studieren.«

»Machen die wenigsten, aber ich fahre einfach unheimlich gern Auto.«

»Keine Angst vor Unfällen?«

»Angst vor Joblos-mit-Master. Aber ich studiere trotzdem.«

»Interessante Kombination.«

»Ja, die meisten denken, man sei dann abgeschlossener Islamist. Aber ich schreibe über die spärlichen Spuren des Theaters im Islam.«

»Nicht möglich!«

»Doch, warum?«

»Ungewöhnlich.«

»Stimmt. Mein Prof hat da eine Theorie. Die soll ich illustrieren. Aber ich habe meine Zweifel. Und ich wußte nicht, wie wenig Theater es im Islam gibt. Dabei interessiert mich das Theater viel mehr.«

»Jetzt sagen Sie nicht, sie spielen in einer Studententruppe.«

»Kennen wir uns?«

»Glaube nicht. Vielleicht kenne ich Sie.«

»Woher?«

»Das ist genau die Frage an diesem Tag.«

»Ich bin tatsächlich in einer Studierendentruppe.«

»Und was spielen Sie?«

»Wir schreiben die Stücke selbst, Collagetechnik mit DJ.«

»Und was ist das für eine Theorie, die Ihr Professor da hat?«

»Die Theorie?«

»Ja, und natürlich Ihre Zweifel. Sie haben zwanzig Minuten, um mich zu überzeugen. Vielleicht werde ich dann Ihr Doktorvater.«

»Das wird schon mein Prof.«

»Sie promovieren?«

»Habe ich vor.«

»Gut. Also, was glaubt Ihr Professor?«

»Er sieht das Problem des Islam in seiner fehlenden Theaterkultur.«

»Kein Theater im Islam?«

»Kein nennenswertes, das vor dem Kontakt mit dem Westen dort entstanden wäre.«

»Und was fehlt ihm dadurch?«

»Der Geist des Theaters natürlich, denn der Geist des Theaters ist der griechische Geist der Demokratie.«

»Nun, die Theorie kennt man. Ist Gelb, schaffen Sie noch.«

»Danke für's aktive Beifahren. Die Theorie kennt man?«

»Ja.«

»Ich finde, die Theorie ist ziemlich krude, und ich kenne sie nur von meinem Prof.«

»Ich kenne sie«, sage ich und hätte um ein Haar gesagt: »von Gerd«, aber das war keine Referenz wie sein Professor, das war eine Fata Morgana aus anderer Zeit, als Taxifahrer flächendeckend aussahen wie dieser Student der Islamwissenschaft neben mir.

»Ich kenne sie«, wiederhole ich ratlos und fange mich. »Es geht um die strukturelle Verwandtschaft und gleichzeitige Entwicklung von Alphabet, Demokratie und Theater, ausgehend von der phönizischen Schrift, die weiter in Phoneme zerlegt wurde, ausgehend von aristokratischen Strukturen der Polis und von dithyrambischen Kultumzügen, aus denen die agonalen Prinzipien der Lenäen und Dionysien hervorgegangen sind.«

»Wow, ja, so ungefähr erklärt das mein Prof auch. Spooky, was?«

»Ist er Altphilologe?«

»Ja, er hat Griechisch studiert.«

»Ich habe so was geahnt.«

»Kennen Sie ihn?«

»Nein. Und was gibt es an Theater im Islam?«

»Um ehrlich zu sein, nicht viel. Eine kuriose Sache, die mein Prof mit einer gewissen Verbissenheit verfolgt und über die ich bislang nur in Bibliotheken gelesen habe, denn es ist nicht leicht, eine Einreise in den Iran zu kriegen, und eigentlich will ich da auch gar nicht hin. Es ist ein schiitisches Passionsspiel, mit dem ich mich beschäftige, es heißt Taziya. Das Ganze ist eingebettet in das Trauerfest Muharram, irrsinnige Trauerprozessionen, denn der Enkel Mohammeds, Hussain, ist in einer Schlacht gefallen. Jeder vernünftige Muslim fällt in einer Schlacht, meint mein Prof.«

»Klingt zynisch.«

»Nein, überhaupt nicht. Das Muharram-Fest dient auch dazu, Leuten das Märtyrertum schmackhaft zu machen. Und da geißeln sie sich und spielen auch tatsächlich Theater.«

»Tatsächlich?«

»Ja, eine Tradition, die im neunzehnten Jahrhundert ihre Blütezeit hatte. Wurde von Reza Pahlavi verboten.«

»Ach, dem Schah vom Schahbesuch?«

»Schahbesuch?«

»Siebenundsechzig.«

»Achso, nein, dem Vater des Schahs vom Schahbesuch. Waren Sie in Berlin dabei?«

»Ja, klar.«

»Im Ernst?«

»Ja.«

»Und wie war das?«

»Ich stand da vor der Deutschen Oper mit Tausenden und traf auf diese Prügelperser, zu Tausenden, die mit schwarzen Schnurrbärten und Holzlatten auf Kritik an ihrem Schah-Schah-Scharlatan reagierten, da schlug mir einer seine Latte auf die große Zehe. Mein Blick durch den Tränenschleier, der sich darüber legte, auf den lachenden dicken Perser, der triumphierte und zu seinem lachenden doofen Komplizen schaute, dann wieder zu mir, in mich hineinlächelte, bis zum Zentrum meines Schmerzes, wie auch der Komplize, bevor sie ihre schwarzen Melonen zogen und grinsend grüßten, als signierten sie ihre Arbeit. Dann der stechende Fuß. Die Zehe abgeschlagen, geplatzt, zumindest gebrochen. Vormarsch unmöglich. Ich humpelte taumelnd zurück und entkam dem Inferno des Kessels.«

»Verrückt, klingt ja wie bei Dick und Doof.«

»Na und?«

Dutschkes Schuhe im Kreidekreis. Dahinter sein Fahrrad an der Bordsteinkante. Entsetzen. Aufruhr. Schon am Abend in der Tagesschau erste Berichte. Dann Onkel Willi und du vor der elterlichen Haustür. Eine nach der anderen aus der Packung geschnippt, an der Kippe der gerauchten angezündet. Keine Worte, keine Fassung. Auf und ab im Vorgarten. Osterunruhe. Osterunruhen.

Soll ich dich nach Frankfurt fahren? fragte er.

Wieso? fragtest du und warfst die Kippe auf die Treppe des Hauses, obwohl der Vater forderte, die Stummel aufzuheben und nicht in seinem Garten liegen zu lassen. Seinem Garten! In Gedanken hattest du schon deinen Koffer gepackt und fuhrst mit Onkel Willi im kleinen Prinz nach Frankfurt.

Es wäre der zweite Tote und der erste, den du hautnah miterlebt hattest. Hautnähe und Augenhöhe. Er am Bordstein des Ku'damm, du auf der Treppe in Landau. Noch lebte er. Jetzt konntest du nicht mit österlicher Familientradition kommen. Jetzt war der Schlußstrich eine Frage an dich. Jetzt warst du dabei. Als seist du auf dem Ku'damm gewesen, als hättest du mit ihm auf dem Fahrrad gesessen. Auf dem Gepäckträger, deine Arme um ihn gelegt, um die Lederjacke, während seine Aktentasche am Lenker baumelte. Du mit ihm gestorben. Deine Schuhe im Kreidekreis. Morgen Karfreitag. Du spürtest Wundmale. Kopfschuß. Kurzschluß.

Ob Uschi in Frankfurt war? Oder bei ihren schiefen Eltern in Vitzum? Drang zu ihr - Drang zu ihr? Drang zu ihr -, Drang zu allen, die nun anstelle von Rudi für die Zukunft kämpfen mußten. Klar war Uschi dabei. Sie war immer dabei, wo du nicht dabei warst. Da mußtest du hin. Deine Eltern? Bild-Leser wie dein Vater hatten Dutschke auf dem Gewissen. Also Schlußstrich. Aber die hartgekochten Eier. Kippe um Kippe fiel auf die Treppe. Trance stellte sich ein, aus zu vielen Zigaretten und dem Gefühl, nun im Ernst der Lage Ernst zu machen mit dem Kampf, der gegen euch Studenten eröffnet worden war, staatlicherseits und von Springer, denn der hatte gehetzt wie der Stürmer. Aufgerufen zur Lynchjustiz.

Du drücktest deine Kippe an Vaters Hauswand aus und hinterließt einen Aschefleck, der da irgendwie auch hingehörte. Kleinstmögliche Sachbeschädigung. Fahren oder nicht fahren. Mama wäre enttäuscht, das Osterfest bedeutete ihr viel. Ostersonntag auf dem Trifels, Vaters alter Reichsburg, trutziger Nazikitsch, das wäre schwer erträglich, immer schwerer, kaum mehr. Da muß man doch aufstoßen. Österlichen Feldstecherfaschismus mit Vaters Fernblick fandest du zum Kotzen. Onkel Willi drückte seine Kippe neben deiner aus und verband die beiden Ascheflecke mit einem schwachen Aschestrich, in den sich erste Tabakkrümel mischten. Signatur der Revolution.

Da stand Mama in der Tür und trat unsicher einen Schritt heraus aus dem Haus. Sie sah euch im Sammelblick an, die Schwester ihren Bruder, die Mama ihren Sohn, und sie hatte zwei Dessertschalen in der Hand, die reichte sie euch mit einem Lächeln zwischen Verlegenheit und Verwegenheit. Und dann sagte sie, und das war aber auch: Ernscht, ich hab dein Koffer gepackt und noch e bissel was zu esse reigetan, Brot unn Worscht. Unn ebbes Sießes. Schogglaad.

Sie strich dir über den Kopf, wo sich der Scheitel befunden hatte. Er war noch da, aber der Schopf buschiger, und einzelne Strähnen hingen lang herunter.

Ich glaab, ihr missen los. Gudi Fahrt, gell?

Onkel Willi blickte erst ungläubig, dann stolz. Seine Schwester. Du holtest deinen Koffer, saßt drei Minuten später im Prinz und kurbeltest die Scheibe runter.

Kummschd halt an Pfingschde widder, sagte deine Mama und begann zu winken, denn Onkel Willi hatte den Motor gestartet. Und wenn Onkel Willi den Motor zündet, kann man schon mit dem Winken beginnen. Mama wurde schnell kleiner, als würde sie beim Winken an Größe verlieren. Nicht so wie der Holländermichel, der vom Riesen zum Kobold werden konnte, wie er wollte. Mama verlor an Größe, weil sie sich beim Winken im Abschiedsschmerz verausgabte. Und zwischen Wehmut und Übermut, als würdest du auf dem Schlußstrich noch das Gleichgewicht verlieren, schwanktest auch du. Schlußstrich mit Schogglaad.

Wenn du deinen Vater mit seinem Feldstecher vor der Hornbrille sahst, dann war das Private zugleich politisch, ein Fall von hoffnungsloser Gestrigkeit, obwohl in Fragen des Autos und des Fernsehapparates immer kostspielig heutig. Kategorie Technokraten, Positivisten. Vor allem die Guckinstrumente, wie Onkel Willi mit hochgezogenen Augenbrauen lästerte: Fernseher und Fernglas.

Bei Mama blieb das Private privat, so war das einfach. Wozu sich schämen? Und dabei war Mama unendlich politisch, fiel dir jetzt auf, und du warst überwältigt. Genau, unendlich politisch, deine Mama. Wie sie dir vom Koffer erzählt hatte, den sie gepackt und natürlich mit mütterlichen Überraschungen beschwert hatte, da standen dir die Tränen in den Augen, jetzt schon wieder. Auch müßte man von einer Dessertschalenrevolution sprechen, und wie sie dich mit Onkel Willi in deinen Kampf ziehen ließ, wie sie dich ohne zu zögern unterstützte, ja, dich in den Kampf schickte, denn die Möglichkeit von Familienostern bestand für dich ehrlich gesagt trotz Attentat und Reichsburg bis zuletzt. Aber deine Mama traute in jeder Situation ihrem Jüngsten zu, das Richtige zu tun, sogar wenn es darum ging, die Revolution zu machen.

Über der kleingewinkten Mama tauchte das Straßenschild auf, und schon wart ihr um die Ecke. Du dachtest, jetzt mit der roten Fahne in der Hand in den Krieg ziehen. Die Fahne würde im Fahrtwind aus dem Seitenfenster flattern, und du überlegtest einen Augenblick lang, wo man auf die Schnelle roten Stoff und eine Holzlatte herbekommen könnte. Nirgendwoher. Die rote Fahne wehte als rötliche Abendsonne. Noch hatte sich niemand angeschlossen, aber vielleicht würde sich ein rotbeflaggter Corso nach Frankfurt zusammenfinden. Die Straße war schwach befahren. Ein hellblauer BMW, ein dunkelgrüner Mercedes, ein nagelneuer Ro achtzig. Nichts für einen Revolutionscorso. Dann links oben das Hambacher Schloß, das ihr zugleich auf dem Berg saht und nickend für das passendere Osterziel gehalten hättet. Du schlucktest. Da kam zum leichten Druck aufs Hirn wieder der schale Zigarettengeschmack auf Zunge und Lippen, ein trockener, bitterer Ekel.

Onkel Willi, ich muß kotzen.

Mußt du oder willst du?

Ich muß. Wer will schon?

Also kein freier Wille?

Nee, Onkel Willi, und wenn wir nicht anhalten, dann hast du gleich keine freie Sicht mehr.

Uhh, sagte Onkel Willi und hielt in einer Haltebucht an.

»Was ist das Problem an diesem Passionsspiel? Kennen Sie Oberammergau?«

»Klar, die christlichen Fundamentalisten haben auch ihre Spielwiese, aber Taziya hat ein Problem gezeigt, das kein christliches Passionsspiel hat, und jetzt sind wir wieder bei Ihrem Griechentum.« Er schaut auf den Taxameter.

»Machen Sie sich um den Taxameter keine Sorgen, ich bekomme das Geld erstattet, wir runden das Ganze ordentlich nach oben auf.«

»Sehr freundlich.«

»Kostet das Gespräch extra?«

»Nee, ist drin.«

»Na, sehen Sie. Also erzählen Sie vom Passionsspiel.«

Das muß am Vergaser liegen, sagte Onkel Willi, als er hinten die Motorhaube aufklappte. Du hattest dir die Seele aus dem Leib gekotzt. Den Wegerich, den Sauerampfer, zitternde Gräser am Straßenrand mit Mutters Küche bedeckt, vorneweg mit dem Milchreis und den Schattenmorellen aus der Dessertschale. Noch immer standest du darüber gebeugt, und Onkel Willi lachte mitleidend.

Ohne jeden Ekel hatte er dir über die Schulter geschaut, als hättest du ein Werk vollbracht: Was hast du denn alles zugekotzt? Breitwegerich, Ackerhellerkraut, Vogelknöterich.

Sehr wi…

Nicht auf deine Schuhe, Ernst!

Der Prinz sprang nicht mehr an. Ihr stelltet ein Warndreieck auf, ließt das Gepäck im Wagen und machtet euch zu Fuß auf zum nächsten Dorf. Ein mürrischer Bauer in Diedesfeld ließ euch neben seinem bis zum Zahnfleisch fletschenden Hund telefonieren, zu einem stolzen Preis. Die Schmach (ein Vaterwort) hätte größer nicht sein können, als Vater euch mit dem Taunus abschleppte und ihr nach Mitternacht wieder in Landau am Wohnzimmertisch saßt. Niemand triumphierte. Dir war zum Heulen. Wenn du nicht hättest kotzen müssen, wärt ihr in Frankfurt und hättet euch sicher dem Protest angeschlossen. Kotzen kann man nur müssen.

Du konntest ja nichts dafür, sagte Onkel Willi, und Mama brachte dir Kamillentee, während Vater Onkel Willi immer knapper bemessene Gläser Obstler einschenkte. Your little world won't let you go. Neben deiner besorgten Mama trankst du in deiner popligen kleinen Welt Kamillentee aus einer maserkranken blassen Tasse mit teebraunem Sprung.

Der Anblick, der sich dir bot, war sonderbar, aber nicht überraschend. Natürlich hatte weder an Karfreitag noch am Samstag (Onkel Willi: Christi Brückentag) eine Werkstatt offen, und ihr saßt fest und immer fester im Familienschlamm.

Wir müssen die Organisationsfrage klären, bevor wir hier versauern, flüstertest du Onkel Willi am Samstagmorgen beim Frühstück zu.

Nicht mit dem Auto, also mit dem Zug, sagte er.

Klingt überzeugend, sagtest du, und Mama beugte sich von hinten zwischen eure Stühle und sagte: Morgen früh fahren wir euch zum Bahnhof.

Sonntags um acht Uhr, Bahnhof Landau ab. Vater fuhr euch mit dem Taunus, obwohl es eng war, denn Onkel Willi mit Gepäck und du mit deinem waren mit Familie auf dem Weg zum Trifels eine räumliche Herausforderung. Und so stand auf deinen Knien Vaters Rucksack, darin Thermoskanne, Worschtbrote, das Glas Gewürzgürkchen und die hartgekochten Eier. Egon schaute dich nicht an beim Abschied, nur einmal ganz schnell, als solltest du es nicht merken oder als sollte es Vater nicht merken, als wollte er dir etwas mitteilen, von dem er aber außer einem Blick nichts mitteilen konnte, denn der Trifels wartete und mit ihm die väterliche Osterordnung, der er sich fügen wollte, der er sein bisheriges Leben verdankte und seinerseits auch geweiht hatte. Seine Ordnung war an die gegebene gebunden. Er war Sohn. Er war Soldat. Er war eines Soldaten Sohn. Und der jüngere Bruder war nun auf dem Weg in eine Welt fremder Gesetze. Unhaltbar, wie es schien, wenn sogar der Ostersonntag an Heiligkeit und an Trifelsfestigkeit eingebüßt hatte. Egon krallte sich mit dem Blick am Haardtrand fest. Reichstreue Vaterliebe. Vatertreue Reichsliebe. Vaterreiche Treuliebe. Liebreiche Vatertreue. Liebreiche Vatertreue, ja, laß ihn liebreich vatertreu auf die Berge schauen. Wenn's ihm im Verteidigungsfall hilft.

»Das Problem ist die Darstellung der Schlacht von Kerbela. Da gibt es also Hussain, und Hussain ist der Märtyrer in dieser Schlacht, aber in einer Schlacht gibt es immer die einen und die anderen. Und die anderen müssen auch dargestellt werden.«

»Das haben die Griechen sehr geschickt gemacht, sie

haben eine Schlacht gar nicht gezeigt, sondern einen Beobachter auftreten lassen, der von einer Mauer aus dem Publikum erzählt hat, wie es war oder wie es ist. Der mußte alles, aber auch alles erzählen. Wie ein Fußballreporter im Radio. Was hatten die Perser für Trikots? Was sagte der Schiedsrichter bei Marathon, als der persische Fußsoldat den athenischen Hopliten foulte und ihm, da lag der schon am Boden, die Lanze in den Bauch stieß?«

»Nach der Schlacht ist vor der Schlacht. Und dann kam das Zwei zu Null bei Salamis in der Verlängerung.«

Gut getischlert, denke ich. Das entschädigt für den bisherigen Morgen. Der Taxifahrer ist genau die Figur, die mir heute noch gefehlt hat. Sein Auftreten scheint eine logische Konsequenz, nicht nur für diesen Tag. Wenn man schon unentwegt in Gespräche verwickelt werden muß, dann doch bitte in solche.

»Ja«, sagt der Taxifahrer, »das Problem des Islam ist vielleicht der fehlende Sportreporter. So muß alles raus, auf die schiitische Bühne, und die ist karg. Da gibt es einen Moderator, so eine Art Ausrufer...«

»Ach, so einen Ausrufer!«

»Ja, kennen Sie?«

»Kenne ich.«

»Der erklärt alles, was passiert und wie man sich das vorzustellen hat. Haarklein, nicht daß jemand auf die Idee kommt, da geschehen Dinge unkontrolliert und ohne daß der Imam Bescheid weiß. Alles streng symbolisch, das Wasser des Euphrat ist ein Wasserbottich, gehacktes Stroh ist der Wüstensand. Man denkt, da kann nichts passieren. Pustekuchen.«

Nachmittags Frankfurt an. Ostermarsch, zwölftausend Leute auf den Beinen. Aus der friedlichen Ostereierpfalz wart ihr ins Kriegsgebiet marschiert. Transportiert worden. In

Mannheim hattet ihr den Zug verpaßt und mußtet zwei Stunden warten. Jetzt bevölkerten Ostermarschierer den Frankfurter Bahnhof.

Das ist ja wie Frontverschickung, sagte Onkel Willi bei der Ankunft.

Grüppchen summten We shall overcome, Zugdurchsagen schnarrten dazwischen. Die große Solidarität stand bevor.

Onkel Willi, wir sind hier nicht im Krieg, sagtest du, aber der machte ein Gesicht, das du nicht an ihm kanntest. Mit flakkernd umherschweifenden Augen musterte er den Bahnhof, starrte auf die Perronhalle, als könnten jeden Augenblick Bomben einschlagen. Die gewohnte rudernde Beweglichkeit seines Oberkörpers, die du auf seine Zeit als Faltbootfahrer zurückführtest und die ihm eine fast clowneske Note gab, seine absolute Harmlosigkeit unterstrich, ihn nicht lächerlich erscheinen ließ, vielmehr friedfertig, und Vertrauen schuf, fehlte plötzlich. Es fehlte das Ungefähre, mit dem er den Raum durchmaß, den freien Raum, der ihm zustand und den er immer wieder mit staksigen Schritten und ausholenden Gesten durchmaß, um rechtzeitig Gefahren zu begegnen, Gefahren, die er kürzlich tatsächlich mit Marcuses Wort der Repression umschrieben hatte, als würde er Marcuse lesen. Gerade dachtest du noch, ist doch viel zu alt, um sich mit Marcuse zu beschäftigen, dabei war Marcuse schon steinalt, sogar älter als der Professor. Jetzt nichts mehr von alledem. Zum Staksigen kam Stechendes. Funktionsschritte. Sein Regenmantel, den er schon im Zug angezogen hatte, obwohl es nicht regnete und seit über einer Woche nicht geregnet hatte, erschien wie ein Uniformmantel. Es waren Stiefelschritte, mit denen er sich vor dem Bahnhof auf die Straßenbahn zubewegte. Da drehte er sich um, sagte: Hol deinen Regenmantel aus dem Koffer. Wir schließen den Koffer hier ein und gehen direkt zur Truppenzusammenführung.

Was?

Zur Kundgebung. Los geht's.

Ihr nahmt nicht die Bahn, sondern lieft im Marschtritt die Kaiserstraße entlang zum Römerberg. Tausende schlugen denselben Weg ein, und Tausende warteten schon vor dem Rathaus. Menschentrauben drängten sich, Transparente spannten, Fahnen wehten. Eine Beatband, die im Angesicht des drohenden Notstands nicht nur dir schnulzig vorkam, wurde ausgebuht und verschwand in einem erbarmungslosen Pfeifkonzert bleichgesichtig von der Bühne. Statt dessen wieder und diesmal feierlich, fast soldatisch: We shall overcome. Nun wurde plärrend und hallend vorgetragen, was zu sagen war, die Stimmen bellten aus den Lautsprechern, dann pfiff die Übersteuerung dazwischen. Aber es waren Warnungen vor dem, was bevorstand, sowohl politisch als auch im Kessel der wogenden Massen, die sich die Angst und Bedrohung zu eigen machten, die sie spürten in ihren brummenden Schlagadern. Sie suchten eine spontane Form, den Unbilden, die von oben über sie gegossen werden sollten, mit Widerstand zu begegnen. Gegossen von der repressiven Politik der Großen Koalition, und Große Koalition klang wie eine feindliche Übermacht. Sie versuchten, durch jede Muskelfaser zuckend, Gegenwehr, Notwehr gegen Notstand. Dann wurden sie gezügelt von einem, der zur Sprache brachte, was für alle längst zum eigentlichen Grund ihres Zusammentreffens geworden war: keine gewalttätigen Aktionen nach dem Attentat, kein Wasser auf die Mühlen der Notstandsgesetze.

Du hattest deinen Regenmantel ausgezogen und über deinen Arm gehängt. Onkel Willi stand für den Verteidigungsfall weiter im Regenmantel neben dir, und du hattest bei einem flüchtigen Seitenblick plötzlich einen Schreck bekommen, als Willi einen Karabiner schulterte. Es war die Latte eines Transparents hinter ihm. Onkel Willi war beeindruckt von einem deutlich älteren Mann, einem Professor aus

Marburg, der wie ein Dirigent mit grauem Haar und schwarzer Hornbrille gestikulierte und bei kassandrischer Warnung vor dem Notstand im Springer-Konzern das große Übel und den wahren Attentäter sah. Er sprach in einem SDS-Teach-in und meinte, der Konzern sei in die Luft zu sprengen, in die Luft zu sprengen.

Die Zeichen standen auf Zoff. Gedruckt wurde das hiesige Springerorgan in der Societäts-Druckerei in der Frankenallee. Das sollte nicht ausgeliefert werden, oder? Frontkämpfer Onkel Willi stand entschlossen in seinem Regenmantel, der gepanzert schien, wehrhaft wie ein Kettenhemd, als richtete der Kater jetzt das Fell auf und legte die Ohren an.

»Die Schlacht ist das Problem, denn aus unerfindlichen Gründen will das Publikum, die Anhänger des gefallenen Hussain, sich nicht damit abfinden, obwohl alle wissen müßten, daß es nur ein Spiel ist. Der Ausrufer sollte ihnen doch erklärt haben, daß das nur Spieler in ihren Rollen sind.«

»Und das wollen sie nicht akzeptieren?«

»Nicht akzeptieren oder vielleicht tatsächlich nicht kapieren. Wenn du richtig in Trauer bist und deinem Schmerz freien Lauf läßt und dann kommen die Feinde von Mohammeds geliebtem Enkel und töten ihn auf der Bühne, dann brennt dir der Turban durch.«

»So richtig mitzufühlen scheinen Sie mit den Muslimen nicht, oder?«

»Doch, besonders mit denen, die Hussains Feinde spielen und auf offener Bühne von den Zuschauern verprügelt werden. Religionen, die sich kloppen, sind nicht so meins.«

»Und ihr Professor scheint dieses Passionsspiel auch nicht zu mögen.«

»Na ja, er ist Theaterwissenschaftler und findet das klassische europäische Guckkastentheater mit seiner griechischen Herkunft einfach unschlagbar. Da gab's früher auch Übergriffe, aber daß die nicht unterscheiden können zwischen Spieler und Rolle, zwischen Wahn und Wirklichkeit, das ist doch Wahnsinn.«

»Wahnsinn, ja, unglaublich.«

»Diese Übergriffe haben letztlich dazu geführt, daß Taziya unter dem Schah, also dem Vater, verboten wurde. Unter Khomeini ging's wieder los.«

»Bekommen die Darsteller der Feinde Gefahrenzulage?«

»Gute Frage. Ich hätte keinen Bock, mich als Feind Hussains von meinem Nachbarn verkloppen zu lassen, obwohl ich doch genauso um ihn trauere.«

»Man fragt sich, wo die Läuterung bleibt.«

»Ach was, Läuterung. Die sind geläutert, wenn sie genug getrauert haben, und die Zähne, die sie den Darstellern der Falschen ausgeschlagen haben, tun ihnen auch leid. Aber ich vergleiche das Ganze im Rahmen des Muharram-Festes mit den letzten höfischen Festen unter Ludwig dem Sechzehnten, also den letzten Schäferspielen vor dem Schafott.«

Eine vielleicht unbewußte, aber erkennbare Tischlerei, denke ich. Ein Trost. Ein hilfloses Schmunzeln spüre ich um meinen Mund. Es gibt nichts Trauriges im Komischen. An diesem denkwürdigen Tag.

Frankenallee. Frankenschlacht. Du wurdest gegen einen Hamburger Reiter gequetscht, eines der Absperrgerüste, die, mit Stacheldraht umrollt, eine Barriere, die Frontlinie, bildeten. Da half dir dein Regenmantel wenig. Onkel Willi versuchte dich wegzuziehen, faselte etwas von Raus aus der Hauptkampflinie, wurde aber selbst gegen ein Gerüst geschoben. Die Stahlrohre drückten auf deinen Brustkorb, stechend, als sollte er brechen. Panik ergriff dich, wie unterm Schmetterlingsnetz, nur mit einer universellen Angst, die du in der kleinen Garage nicht hattest. Jetzt preschten die Berittenen heran. Große Nüstern bei Pferden und Reitern, dann gingen die Schlagstöcke nieder.

Noch Minuten zuvor hattest du im Nebelschwall der ersten Wasserwerferattacke Bela gesehen, deinen ungarischen Kommilitonen aus der Ästhetikvorlesung, wie er tropfnaß nach seiner Brille suchte, seiner neuen Brille, mit diesen Metallbügeln, wie sie der Krahl auch hatte. Daß sie im Getrampel der Gejagten längst zertrümmert war, schien auch für ihn eine unausweichliche Erkenntnis, die sich aber zwischen den Hamburger Reitern und den Berittenen nicht sogleich einstellte, denn Erkenntnis stellt sich in Kriegssituationen, so sah das jedenfalls Onkel Willi, nicht in reflektierter Anschauung ein, sondern gar nicht. Gar nicht, schrie er, als ein Schlagstock neben ihm niedersauste und der Wasserstrahl um Haaresbreite an ihm vorbeischoß. Mit Regenmänteln, mit Bauhelmen und Motorradhelmen wirkten Studenten hilflos heldisch wie David im Kampf gegen Goliath.

But first, are you experienced? Have you ever been experienced? Bela hatte, bevor du ihn im Nebel eines ziemlich scharfen Wasserstrahls aus den Augen verlorst, entrüstet und ängstlich, fast weinerlich gebrüllt: Es gibt es fier alles eine Gränze.

Als es nicht vor und nicht zurück, sondern nur noch drauf auf die zerbrechlichen Studenten, rein in die Fressen der Gammler und Revoluzzer ging, Auge um Auge, als erste Zähne auf den Boden gespuckt wurden und Brillenglas von Stiefeln und Hufen zermahlen wurde, als Schädelkalotten beim Aufprall der Schlagstöcke gelernte Leitsätze philosophischer Dissidenz in gehirnerschütterter Schnelligkeit fahren ließen, als Wut und Mut und freie Gedanken aus den Hirnen geprügelt wurden, klemmtest du fest, und es starrte dich zwischen den Backsteinen des Druckerei-Eingangs, zu dem du immerhin vorgedrungen warst, ein Lockenkopf an.

Seine Locken gehörten zu einer Perücke und fielen über seine Schultern. Er hieß Thomasius, und unter seinem vorwurfsvollen Blick im gelben Steinrahmen waren seine Lebensdaten in Stein gemeißelt. Er war der einzige, dessen Gesicht sich dir einprägte, weil er für Sekunden innehielt, ein Leichtes für eine Steinfigur, stillhielt für die Sekunden, bevor dir ein Schlagstock von der Seite das Gleichgewicht weghieb. Daran ein Polizist, dessen letzter Schlag das nicht gewesen sein sollte, der dich verfolgte und dachte, daß er dich am Arsch kriegte, und nach dessen zweitem Schlag dumpfer Blutgeruch eine Platzwunde an deiner linken Schläfe zur Gewißheit machte. Sie goß sich über dein Gesicht aus, deine Wimpern verklebten, Blut lief ins Auge und verhärtete deine Gesichtszüge. So, are you experienced?

Onkel Willi, der unbekannte Soldat, der gute Kamerad, der nicht von deiner Seite gewichen war, zog dich aus der Schußlinie, wie er es nannte. Einem der Sanitäter, die sich ringsum eingefunden hatten, rief er Sani hierher! zu und sagte, er habe einen Kameraden gerettet, der dringend einen Verband benötige.

Trumpets and violins I can hear in distance, I think they're calling our names.

Es war deine erste Ohnmacht. Sie war nur kurz und wurde von Momenten unverbindlichen Wachseins unterbrochen. Die Stiche beim Nähen der Schläfenwunde in der Krankenhausambulanz waren wieder bezeugt. Dein Regenmantel war Rüstung genug, wenigstens das Blut von deiner Kleidung fernzuhalten. Er sah aus wie ein Metzgerkittel. Onkel Willi sagte, als der Arzt einen Verband um deinen Kopf wickelte: Danke, Herr Stabsarzt, jetzt sieht das Ganze so richtig nach Feldlazarett aus. Die deutsche Polizei hat's immer noch drauf.

Als du Onkel Willi neben dir sahst, kam dir die Erinnerung wieder, was nach dem Blickkontakt mit Thomasius geschehen war. Der Polizist hatte dir empfindlich in die Seite geschlagen, ein Schlag, der tief in den Eingeweiden nachwirkte und dir eine Krümmung deines Körpers aufzwang. Der Schmerz hielt sich zwar die Waage mit dem Brummen des Kopfes, aber eiliges Davonrennen war unmöglich, ja, du hattest das Gefühl, dein linkes Bein nachziehen zu müssen. Da hatte hinter dem Polizisten Onkel Willi einen Berittenen vom Pferd gezogen, war aufgesessen, hatte die Zügel in die Hand genommen, als wäre er so ein deutscher Herrenreiter, ausgerechnet Onkel Willi, reitet für Deutschland. Das Pferd bäumte sich auf, aber Onkel Willi saß mit wehendem Regenmantel sicher im Sattel. Seine Vorderbeine schlug das Pferd gegen den Rücken deines Peinigers, der mit einem Gesicht, als sei er soeben von einer feindlichen Kugel getroffen worden, zur Seite sackte und reglos liegenblieb. Das Gesicht, mit dem er dich eben noch im breiten Grinsen körperlicher Überlegenheit zur Strecke bringen wollte, der Schlagstock schwang schon im ausgestreckten Arm, dieses lustvolle Prügelgesicht landete nun auf der Straße. Und du konntest nicht umhin hineinzutreten, einen saftigen Tritt in die Fresse, die in Selbstekel schmatzte.

Onkel Willi setzte einen schwarzen Zweispitz auf, während sein Apfelschimmel sich abermals aufbäumte und seinen nun roten Umhang in Wallung brachte, hinter ihm das Massiv des Großen Sankt Bernhard und Soldaten, die Kanonen über vereisten Fels schoben, vor ihm der Hofmaler, der alles im Atelier nachpinselte, ohne einen einzigen eisigen Windhauch zu spüren. Du tratst noch einmal nach. Jetzt glitt nur noch wie bei einem zähen Kotelett verwachsenes Fleisch dumpf über den Knochen. Wenigstens Nasenbluten.

Da sagte dein neben dir stehender knopfäugiger Professor, der sich vom Tränengas leise weinend die Augen rieb:

Den. Kaiser. Diese. Weltseele. Sah. Ich. Durch. Die. Stadt. Zum. Rekognoszieren. Hinausreiten. Es. Ist. Eine. Wunderbare. Empfindung. Ein. Solches. Individuum. Zu. Sehen. Das. Hier. Auf. Einen. Punkt. Konzentriert. Auf. Einem. Pferde. Sitzend. Über. Die. Welt. Übergreift. Und. Sie. Beherrscht.

Allseitige Beliebtheit des Charismatikers, ekelhaft, dachtest du. Da zog dich Onkel Willi aufs Pferd und konnte einem Berittenen, der merkte, daß hier kein Kollege auf dem Pferd saß, den schlagfertigen Stock aus der Hand reißen und die weiße Mütze vom Kopf, um sich damit als keulenschwingender germanischer Polizist oder Filmsiegfried der Frankfurter Polizei den Weg zu bahnen. Ihr rittet die Mainzer Landstraße bis zum Hauptbahnhof entlang. Umjubelt von Tausenden von Demonstranten. Man hatte entlang des Weges eigens hölzerne Tribünen und buntgestreifte Zelte errichtet, und vor dem am reichsten geschmückten Zelt mit roten Bannern und wie Kreisel sich drehenden Kindern mit Sandwich-Plakaten stand Uschi als Jungfrau Ursula von Vitzum, ganz in Weiß, einen Siegerkranz in den Händen, den sie nun feierlich dem Siegreichen umhängen wollte. Du schlossest die Augen, um sie erst wieder zu öffnen, wenn der Kranz auf deinen Schultern läge. Aber darauf wartetest du vergeblich. Uschi hängte ihn Onkel Willi um und sagte, daß bei seinem Sohn die Wunde an der Schläfe genäht werden müsse.

Du warst so tief enttäuscht und wolltest kaum glauben, was du sahst, als du doch noch einen Blick auf den kranzbehängten Onkel Willi warfst. Und der Stich, den er dir beigebracht hatte, indem er dich offenbar bei Uschi ausgestochen hatte, wurde gemildert, denn es war ein Trauerkranz, auf dessen Schleife stand: Im Gedenken an den Nichtsnutz Willi von seinem Schwager.

Gerupft und zerzaust stand Onkel Willi mit dir an der Mainzer Landstraße und sagte: Das muß genäht werden. Du hattest keine Ahnung, wo ihr wart. Eine Straßenbahn war nicht zu erwarten. Du tropftest und sagtest: Ja.

Jetzt sagte Uschi als Krankenschwester Renate, die sie immer deutlicher wurde und blieb, ermutigend zu dir, daß sie mit ein paar Stichen nähen müßten, ansonsten sei alles in Ordnung. So war das also.

Uschi hattest du nicht gesehen bei der Demo. Es wäre auch ein zu großer Zufall gewesen, in dieser gnadenlosen Unübersichtlichkeit. Und wolltest du überhaupt noch? Auf dem Waldparkplatz hattest du vier Autos gesehen. Die genähte Platzwunde unterm Verband juckte, als du ihr kurz nach Ostern begegnetest, natürlich am Beethovenplatz.

He, wie siehst du denn aus?

Bei diesem einen Satz zur Begrüßung hattest du den Verdacht, sie habe deinen Namen wieder vergessen. Hatte sie? Du sahst sie hilflos blinzelnd an. Und blinzelnd sieht man mit Verband noch hilfloser aus.

Unfall?

Demo.

Wow, Ernesto, du warst dabei?

Ja, du nicht?

Nee, ich war bei meinen Eltern im Rheiderland.

Ich war auch bei meinen Eltern, aber als ich dann von dem Attentat hörte, bin ich gleich nach Frankfurt.

Echt? Mit Onkel Willi, oder?

Wie kommst du darauf?

Nur so. Ich sehe euch vor mir, im Kampf Mann gegen Mann.

Sie ging einen Schritt auf dich zu und fuhr mit ihrer Hand vorsichtig über deinen Verband, dann über deine Wange, legte ihren Zeigefinger unter dein Kinn und zog dich zu sich. Achtung, vier Autos auf dem Waldparkplatz unterhalb der Madenburg! Und hatte Onkel Willi sich nicht doch leicht geräuspert? Das ginge doch als Husten durch. Und das Gebrabbel vom Vadder war ein gebrummter dummer Spruch.

So zärtlich hatte sie dich noch nie geküßt, einfach so, auf offener Straße. Minutenlang stand sie da, und du auch, und sie küßte dich mit unangestrengter Dauer und, wie es dir anstößig durch den Kopf fuhr, mit Zunge.

Daß es an diesem Tag über den Spitzbögen der neugotischen Kirche, die zwischen den Bäumen und Sträuchern nicht aufstrebend, sondern gedrungen wie eine Schildkröte im Salat saß, kein nennenswertes szenisches Wetter gab, störte dich nicht im geringsten. Daß eine geschlossene, aber nicht sehr schwere Wolkendecke ein diffuses, gleichgültiges Licht ans Westend abgab, ließ die Leidenschaft, in der du dich unzweifelhaft befandest, um so deutlicher zum Vorschein kommen. Das Rätselhafte, das Uschi aus deiner Sicht umgab, war vielleicht der Umstand, daß du ihr bisher mehr in Szenen als in Situationen und dann häufig gar nicht begegnet warst. Und jetzt, auf dem Beethovenplatz bei Tag, nicht viel los da in Omsk, nicht in Imsk und nicht in Umsk, selbst am Kolbheim alles ruhig, graues vergeßliches Tageslicht, ein ganz dünner Lidstrich auf ihren Augen, ihre Schneidezähne leicht gegeneinander verschoben (schon immer?), ihre Lippen trocken gesprungen, aber jetzt natürlich befeuchtet und durchblutet. Die Narbe über ihrem rechten Auge war gut verheilt, ein rosa Schimmer, aber der Wulst und die Knubbel der Naht waren kaum mehr zu sehen. Du mit Verband und blaugrau kariertem Jackett.

Jetzt sahst du nichts mehr, denn beim Küssen hattest du die Augen geschlossen. Und diesmal ging auch nichts Verarztendes oder Mitleidmäßiges von Uschi aus. Verunfallte Anfänge schienen aufgehoben, als seien es nur Haupt- und Generalproben gewesen. Aber dies war keine Aufführung, sondern eher ein gemeinsames Verlassen des Theaters nach der Vorstellung. Unklar, ob durchs Foyer oder durch den Bühneneingang. Aber gemeinsam. Jetzt war auch das Gefühl eindeutig. Es gab Konturen eines Uschigefühls. Waldparkplatz. Vier. Warm und ruhig. Und doch ein unterdrücktes Husten bei Onkel Willi. So, als hätte gerade etwas seinen Anfang genommen. Ohne Hast, ohne Angst, ohne schwitzige Kurzatmigkeit. Als hätte eine Zeit begonnen.

Statt zu dir oder zu ihr gingt ihr ins Café Laumer. Kuchen war jetzt ein Zugeständnis an die Situation, die auch Uschi ungläubig und um Worte ringend als unbekannt zugab: Wir sind gerade so normal.

Normal?

Ich weiß, ein Schimpfwort, mit dem ich nur noch schiefe Orgeln und schiefe Predigten bezeichnen wollte.

Ich weiß, und ich nur noch Steuerprüfer.

Bei Engadiner und Schwarzwälderkirsch, den Schnulzen unter den Torten, bei Kaffee und Zigaretten lachtet ihr viel. Aber auch was euch bewegte, geriet dank der Teigschichten und der dichten Nußmasse der Engadiner wenig thesenhaft, sondern wurde fließend zur Sprache gebracht. Mitunter mit Krümeln im Mund, die aber den Wortfluß nicht hemmten, sondern ins Leben hineinflochten. Das spießige Laumer, das durch die Güte des Kuchens bestach, brachte geradezu dialektisch die Lebenswelt mit jeder Gabel in den Mund. Und Worte wie Repressive Erziehungskonzepte und Kapitalistische Unterdrückungsmechanismen wurden klar formuliert, aber nicht aufgesagt. Der Kuchen gehörte auf die Gabel und die Gabel in den Mund. Worte verließen wohldurchdacht den Mund. Und auf einmal war dir klar, weshalb der Professor seinen Kuchen aß. In den Mund und aus dem Mund. Wohlschmeckendes und Wohldurchdachtes.

Findest du nicht auch, daß wir ein Anrecht auf gut zubereitetes Essen haben?

Uschi war überrascht von dieser Frage, die keine war.

Was ißt die Revolution? Nicht nur ihre Kinder, oder? fragtest du.

Uschi schaute kurz auf deinen Verband, als vermutete sie größere Beschädigungen darunter als angenommen.

Da mußtest du lachen und stecktest sie an. Vielleicht waren diese Gedanken zu revolutionär. Sie waren vor allem unausgegoren. Dir schwebte eine Theorie vor, die sich nicht nur der notwendigen gesellschaftlichen Veränderungen bewußt werden wollte, sondern auch der – ja, was denn nun? Es ging um Quetschekuche, um Engadiner, aber auch um das Wahrhaftige eines Königsberger Klopses. Und da ging es auch um die Frage: Kapern oder nicht Kapern? Aber nicht nur. Es ging um ein Universum, in dem du dich schmeckend bewegtest, unsicher tastend, aber von deiner Mama angeregt, dein bisheriges Leben lang, wenn du es dir recht überlegtest. Und darum ging es: es sich recht zu überlegen. Klarheit gab es nicht nur im Denken um die Verstrickungen des Großkapitals, um den Goliath Amerika und den David Vietcong. Um die Naziherrschaft, die, kaum abgeschüttelt, sich in einem Ermächtigungsgesetz wieder ermächtigen würde. Klarheit gab es auch im Schmecken.

Wie schmeckt dir die Schwarzwälder? fragtest du Uschi, und jetzt sag nicht nur: gut.

Äh, verband sie mit einem Drehen des Kopfes, während der Blick dich fixierte, ihren Unterkiefer schob sie leicht nach vorne.

Ich meine, kannst du das beschreiben?

Schokoladig und kirschig und kirschwäßrig und sahnig.

Jetzt zählst du Zutaten auf, aber an was erinnert es dich, was macht es mit dir, wie füllt es deinen Mund aus? Wenn ich mir vorstelle, daß der alte Professor auch diese Engadiner ißt und sie ihm wohl schmeckt, weil er wohl schmeckt. Ich finde, das schafft schon Nähe, oder?

Ernesto, willst du dich über gutes Essen solidarisieren?

Nein, vielleicht eher darüber mit der Welt Kontakt aufnehmen.

Du, das paßt aber in kein Konzept. Dialektisch-materialistisch ist das schwierig zu diskutieren. Findest du das echt relevant angesichts des Umbruchs in unserer Gesellschaft?

Irgendwie schon.

Schau dir deinen Kopf an! Die Ordnungsmacht hat dich fast totgeprügelt.

Na ja, tot...

Man kann auch Dinge zerreden. Ist es nicht wichtiger, daß der Speichelfluß angeregt wird, und fertig? Du kannst auch einen Orgasmus zerreden.

Bei Orgasmus drehten sich die ondulierten Frisuren an den Nachbartischen.

Laß uns zu mir gehen, sagte Uschi, und es war klar, daß in ihrem Zimmer nichts zerredet werden sollte. Es war auf selbstverständliche Weise klar. Vier Autos.

Als ihr am Kolbheim vorbeigingt, kam euch Bela entgegen. Er schaute dich ohne Brille wie versteinert an und ging auf deine Anrede nicht ein, ging stumm an dir vorüber. Seine Gesichtszüge hatten sich verhärtet, das kindliche Lachen, das sonst mitglänzte, war verschwunden, seine Wangenknochen waren harte Kanten über eingefallenen Wangen, der linke Knochen aufgeschürft, unter seinem linken Auge ein Bluterguß, auf der rechten Wange eine verkrustete Schnittwunde. Dir war nicht klar, ob er dich unbebrillt einfach nicht erkannt hatte. Ein kalter Luftzug ging mit ihm an euch vorüber. War es überhaupt Bela? Das Gefühl des Unheimlichen befiel dich in ähnlich halsschnürender Weise wie vor einigen Jahren in der meistbeschneuzten Kinovorstellung deines Kinolebens, in der Szene am winterlichen Gleis, als der Zug nach Warykino am Nebengleis warten muß und aus der unruhigen Stille ein gepanzerter Revolutionszug mit flatternden roten Fahnen vorbeirast. Und Uschi fragte auch noch: Das war doch nicht Bela, das war doch jemand anders? Du sagtest: Ja, das war Strelnikow. Und Strelnikow war früher der sympathische revolutionäre Wirrkopf Pascha, und Pascha war Laras Verlobter. Und du warst Uschis verhinderter Freund, und Jutta war Wolframs Freundin und Jutta war Gerds Freundin. War sie? War sie nicht. Oder doch? Hatte Gerd sie flachgelegt? Und Pascha wollte Lara heiraten. Dann kam der bewaffnete Kampf.

Belas Blick ließ dich noch eine Weile frösteln. Uschi merkte es und schob ihre warme Hand in deine, drückte sie und schloß, indem sie dir den Ermutigungsblick einer großen Schwester zuwarf, kurz die Augen. Dann blieb sie stehen und küßte dich. Nicht wie eine große Schwester.

In ihrem Zimmer rauchtet ihr einen Joint, den sie Gerd, immer Gerd, abgeschwatzt hatte. Der Abend wurde krautig und gehaltvoll. Es war keine Filmszene, es war überwältigend. Uschi und ihr Joint hauten dich um: Sie wanderte durch den Gartenzaun und sagte: Ich habe dir einen kostbaren Trank mitgebracht, der dich garantiert von all deinem Leiden erlöst.

Und du sagtest noch: Dich gibt's doch gar nicht, da hat sie dich auch schon voll am Handgelenk gepackt und auf den Rükken geworfen und an ihr Folterbett gefesselt. Und ohne weitere Diskussion, fandest du, war dein Geist auch abgedreht und so auf dem falschen Weg, daß alles noch viel schlimmer wurde. Sie sagte: Aha, du kannst nicht sprechen, ist deine Stimme denn so schwach? Oder ist deine Zunge schuld? Oder schämst du dich so, daß du nicht sprechen kannst? Oder ist dein Gehirn auch so faul und will gerade nicht denken?

Du wolltest rasch antworten, aber du konntest irgendwie nur lügen, und wie so ein Trottel warst du dir sicher, daß du jemand anders warst. Aber sie konnte natürlich sehen, wer du warst, und ließ dich allein.

Sie lag neben dir und umarmte dich. Du sagtest: Mannomann, Kiffen und Ficken, und mußtest kichern.

Ist doch alles gut, sagte sie. Alles ist gut.

Dein Mund und deine Kehle waren ausgetrocknet, wie immer nach einem von Gerds Joints. Aber es fiel dir schwer, in die Küche zu gehen und ein Glas Wasser zu trinken. Du dachtest es dir, überlegtest, wie du es schon in den Händen halten könntest, wie sich deine Finger um das Glas schlossen und dein Arm dabei war, mit dem Anheben zu beginnen. Und das Glas schien schon deine Lippen zu berühren. Aber du lagst noch neben Uschi und zogst deinen Oberkörper nach oben, bis dir kleine Sternchen um die Ohren flatterten, obwohl sie in den Augen flimmerten. Da war Uschi weg. Deine mehrsprachige Geschäftsfreundin hatte ihre Taschen gepackt und war abgehauen, hatte nur einen vollen Aschenbecher dagelassen. Und das zerwühlte Bett voller Lippenstiftflecken. Wo war sie nur? Natürlich war sie auf dem Bett liegengeblieben. Jetzt hattest du sie mit einem gekonnten Blick nach unten wiedergefunden. Da unten in der Tiefe. Die Aufschläge deiner Hose waren schmutzig, und deine Schuhe waren falsch gebunden. Du warst nackt, und dein Präser klebte noch, rutschte aber schon. Gefährliche Situation. Mannomann. Die Uschi. Da war sie wieder. Du mußtest lachen, denn du warst froh, daß sie wieder da war. Da rutschte dein Verband vom Kopf und fiel auf Uschis Busen.

Oh, sagtest du, konntest ihn aber nicht greifen. Du fingst an zu kichern und bekamst nach einem Lachanfall Schmerzen beim Atmen.

Heraus kam ein Montagmorgen, wie du ihn kanntest. Montag. Montag. Der Montag ist nüchtern, und alles kommt in Erinnerung, was das Wochenende in Watte gepackt hat.

Der Montag hat nichts zu verschenken. Du wachtest auf, und sie war schon wach. Ihr wurdet nicht zur selben Zeit wach. Der erste Unterschied. Zweiter Punkt: erotische Kaderschule. Ernesto, Organisationsfrage, verstehst du? Wir müssen handeln, sagte sie nicht.

Sie sagte zuerst nichts, ließ dir Zeit, die Augen zu öffnen und auch einen Blick hineinzusetzen. Ja, kreisend. Da bist du. Guten Morgen. Du erinnerst dich? Sie lächelte. Sie lächelte dich an. Sie lächelte ohne den koboldhaften Ausdruck. Sie lächelte ohne den bevorstehenden Mehrwert. Ein neues Lächeln. Gerdfrei und ungeschminkt. Den Lidstrich mußte sie nachts entfernt haben. Der Mund, aus dem sie morgendlich verkatert roch, war distanzlos bei dir. Ohne Scham. Jetzt lächelte sie schon seit drei Minuten.

Ernesto?

Ja.

Stört es dich, daß ich älter bin als du?

Nein. Stört es dich, daß ich jünger bin als du?

Nein.

Dann ist doch endgültig alles gesagt.

Ihr mußtet lachen.

Endgültig, sagtest du. Und jetzt sag mir noch: Was habe ich, was Gerd nicht hat?

Ah, das ist die entscheidende Frage, die dich wurmt?

Nein, aber ich möchte ihn gerne ausstechen.

Du bist der bessere Gerd, aber das bleibt unter uns.

Ich bin verschwiegen wie ein Kindergrab.

Genau das ist es.

Das Kind?

Ja.

Ich wußte es.

Nein, das ist es ja. Du weißt, was du nicht weißt, und bist neugierig. Gerd ist nicht neugierig. Gerd will immer wieder dasselbe. Er will bumsen und denkt, wenn er kommt, dann hat er Amerika entdeckt.

Dabei hat er es doch schon entdeckt.

Nein. Er denkt nur, er sei Entdecker, und setzt die anderen in einem kleinen Boot aus. Dann guckt er, ob sie überleben.

Gerd ist einfach Charismatiker. Und er führt eine Herrschaft, an die man glauben muß oder nicht.

Wow, Ernesto. Das ist Gerd, ja. Ein bißchen aus der Sicht von Max Weber.

Ein bißchen. Das Charisma ist die große revolutionäre Macht in traditional gebundenen Epochen.

Ein bißchen Ernesto.

Und ein bißchen Ernst.

Den habe ich ganz vergessen.

Aber der ist immer dabei.

Der Ernst, der eine Revolution des Essens machen will, also ein Eigenbrötler.

So gesehen ja.

Unser täglich Brot. Amen. Duschen?

Duschen.

Mönckemeyer sagte vor vier Wochen im Sprechzimmer zu mir: »Da machen wir glatt noch ’ne Pulle auf. Unterholz ist klar, aber ob das auch Lakritze ist?«

»Gerne Anton, aber ich würde doch gerne wissen, ob das jetzt das Ende ist.«

»Das Ende, Ernst?« sagte Mönckemeyer, »die Untersuchungen der letzten Tage, also Biopsie …«

»Sonographie, CT und so weiter, ich weiß«, schob ich den zähen Wortfluß seiner Schmecklippen an, denn Mönckemeyer konnte ziemlich fahrig werden, wenn man vom Wesentlichen abkam.

»Kurz und gut …«

»Genau.«

»Die Untersuchungen haben eine vermutete Metastasenbildung nicht nur bestätigt, sondern ihre Ausmaße festgestellt.«

»Der Krebs ist also zurückgekommen.«

»Ja. Da ich dich kenne und schätze, möchte ich dir nicht verhehlen, daß operative Eingriffe, wie sie vor zehn Jahren Steinhieb vorgenommen hat, jetzt nicht weiterhelfen. Übrigens weilt Professor Steinhieb schon seit zwei Jahren nicht mehr unter den Lebenden.«

»Ach.«

»Ja. Karzinom in der Lunge.«

»Oh.«

»Ja. Auch Radiotherapie oder Zytostatika halte ich zum gegenwärtigen Zeitpunkt nicht mehr für sinnvoll.«

»Warum nicht?«

»Sie bedeuten Unwohlsein, Haarausfall und halten nichts auf.«

»Hoppla, Anton, das sind ja großartige Neuigkeiten.«

»Trink noch ein Glas. Als Altersgenosse empfehle ich dir die Möglichkeiten der Palliativmedizin.«

»Anton, Anton!«

»Unterholz, völlig richtig, und auch ein bißchen Lakritze, aber nur im Nachhall.«

»Wie lange noch, Anton?«

»Einen Zeitraum vorherzusagen, ist nicht seriös. Es geht vielleicht um mehrere Wochen oder einige Monate.«

»Der Tod kommt rasch auf Freiersfüßen.«

»Und deshalb gilt es, diese Zeit ausgefüllt zu leben. Also: rauche, iß, trink. Aber iß exquisit und trink deine Lieblingsweine. Auf zum letzten Gefecht, Ernst!« Er klopfte mir auf die Schulter. Arschloch, dachte ich.

»Ja, immer den Tumor bewahren«, tischlerte ich, und mir blieb die Stimme weg. Mönckemeyer mußte herzlich lachen, konnte sich gar nicht mehr einkriegen und fing an zu husten. Wer hustet, stirbt, dachte ich.

Dann war Uschi wieder weg. Gerd sagte mit einer Kruste auf der Lippe durch den halbgeöffneten Mund, als dürfe niemand sehen, daß er mit dir spricht, sie sei mit Freunden in Paris, um den Deutschen zu sehen, der die Menschen mobilisiert, der das verkrustete de-Gaulle-Regime zum Zittern bringt. Gerd meinte, sie habe ihn als roten Wildfang bezeichnet, als Dany-le-rouge, den unvergleichlichen Sommersprößling, den frischen Franzosen mit dem jüdischen Esprit, er sei doch der eigentliche, der Kraftvollste. Krahl und Amendt stünden ja auf Jungs, die Wolff-Brüder seien Milchgesichter, kleine Jungs mit großer Klappe, für die Revolution ein Segen, aber für sie als revolutionäre Frau doch eher was fürs Radio. Wer will die schon sehen?

Das hat Uschi gesagt?

Ja, sagte Gerd. Du, ich muß los. Muß noch einen Artikel abgeben.

Was Gerd von Uschis Ansicht zu den Revolutionären gewußt haben wollte, hatte nichts mit Uschi zu tun. Oder doch? Warum hatte sie dir nichts von ihren Reiseplänen gesagt? Warum verkündete dir Gerd so triumphal, daß Uschi in Paris sei? Als würde das Wissen darum bedeuten, die betreffende Person zu besitzen. Als freier Mensch, als der freieste Mensch konnte Gerd doch nicht von Eifersucht geplagt sein, diesem Ausfluß an Besitzdenken.

Für wen schreibst du? Für Diskus?

Nee, für den Kulturteil der Bild-Zeitung.

Deinen fragenden Blick löste er auf, indem er sagte: Haste schon mal den Kulturteil gelesen?

Nein, lächeltest du. Ich lese die Bild-Zeitung nicht. Du etwa?

Klar, ich muß doch wissen, was in den Spießerhirnen tausendfach vorgeht. Ich hab 'ne Kolumne bei Konkret.

Echt?

Ja.

Ist mir noch gar nicht aufgefallen.

Ist neu, unter Pseudonym, sagte Gerd grinsend. Brauche Geld für Indien.

Willst du da tatsächlich hin?

Klar, und weiter nach Bali, muß den Kopf frei kriegen. Alles auf dem Landweg, verstehst du?

Bali ist 'ne Insel.

Gerd grinste nur, und dir fiel auf, daß ihm ein Eckzahn fehlte.

Schnittke ist beim Einleuchten dabei. Müßte er nicht. Hat eh keinen blassen Schimmer von Technik. Aber es ist alles seins. Alles, was hier geschieht, gehört ihm. Seine Stufenlinsen und Lichtwannen bringen das kleine Studio mit Tausenden von Watt zum Glühen. Nach dem Grauabgleich, dem er zur Salbung des Augenblicks beiwohnt, weicht er aus dem schreienden Licht der gesättigten Scheinwerferdecke. Macht eine Geste wie alle mächtigen alten Männer. Zwischen militärischem Gruß und Verscheuchen einer Fliege. Das Rieslingglas hält er in den verschränkten Händen auf dem Rücken und verläßt das Studio.

Mitte Mai spürtest du zum ersten Mal, daß du nicht immer nur zufällig, von der Menge mitgetragen, Widerstand leisten konntest. Außerparlamentarische Opposition meinte jeden, auch dich, und mußte initiativ geleistet werden, von jedem einzelnen. Zugegeben, du warst gegen alles, was dir von außen aufgedrängt schien, eigenständig bis widerständig, eigenwillig bis widerwillig, oder wie du selbstbewußt tischlertest: eigenborstig. Es waren nicht immer die allgemeinen Signale des Menschen in der Revolte, die du aussandtest, es waren deine eigenen. Deine Haltung war jedenfalls für dich erkennbar. Und wenn du dich trotzkistischen und maoistischen Haarspaltereien ausgesetzt sahst, dann war dir das zuwider. Dennoch galt es nicht die großen Lager aus den Augen zu verlieren. Den Blick für das, was auf dem Spiel stand. Es schien das gesamte Parlament zu versagen. Pressefreiheit und Bürgerrechte sollten im Notstand eingeschränkt, aufgehoben, durch staatliche Willkür ersetzt werden. Und der Notstand konnte jederzeit erklärt werden, sobald es zwischen Ost und West endgültig knallte. Notstand war NS. Das Grundgesetz aus den Angeln gehoben. Ermächtigung. Ermächtigung des Faschismus. Also mußtest du der Ermächtigung zuvorkommen. Eure Freiheit wäre sonst futsch. Viele große Worte wurden allzuoft gesprochen, vom Chor nachgesungen, pathetisch wie bei Nabucco. Chorisches Skandieren nimmt dem lebendigen Geist die Energie, es ist ein Initiationsritus, und wenn die Revolution zum Mysterienspiel wird, fragtest du dich, wo bleibt dann das gelebte Leben in der alternativen Gesellschaft? Aber wenn der Krahl sang, dann gingen die Worte tief. Wie er die Schatten der Vergangenheit heraufbeschwor. Die Schatten, die du nicht kanntest, die monströsen Schatten, die im Schweigen vor dir verborgen blieben. Nach den Auschwitzprozessen hieltst du auch den Vater zumindest für einen Lagersadisten. Aber er war nicht bei der SS, da schüttelte sogar Onkel Willi den Kopf: Wehrmacht, schlimm genug.

Du warst mobilisiert, da gab es keinen Zweifel. Man konnte nicht alles den Charismatikern und dem Revolutionsbetrieb der Redner überlassen. Und da der große Führer sprachlos in einem Krankenhaus lag, da die geballte Faust Lenins und das Aufknüpfen der reaktionären Ordnung an der

Laterne nicht deiner Anatomie entsprachen, kam dir das Bild des Widerstands aus dem erleuchteten Indien in den Sinn. Die Gandhihände vor der Gandhinase, brahmanisch, friedlich, aber entschieden. Und entschieden hattest du dich, weniger um Uschi zu imponieren, denn sie war ein Schmetterling der Revolution, die vom roten Mohn zur roten Rose flog, ein Schmetterling, eine bunte Motte. Kann man als Aktivist passiven Widerstand leisten?

Dein Widerstand war Gandhis Idee: Hungerstreik. Manche sammelten sich in Zelten dazu. Du hängtest einen Zettel in der Uni aus. Zu besichtigen Schumannstraße sechsunddreißig/Ecke Kettenhofweg bei Knapp. Und sie kamen, und du streiktest. Du trankst nur noch. Die Witwe war aufgebracht und rief Onkel Willi an. Der sagte, das ginge so in Ordnung, auch ihre Freiheit würde dadurch gerettet, und so brachte sie dir täglich Tee, öffnete den solidarisierten Studenten die Tür und stellte eine Spendenkeksdose auf, wovon dir Jutta erst später erzählte. In den ersten Tagen nahmen dich Gespräche, Diskussionen und Respektsbezeugungen in Beschlag, und du warst überrascht von der Resonanz. Gerd kam vorbei und sagte: Großer, wie geht's? Er kam mit der universalen Dankesgeste, Verbeugung, Gandhi-Hände vor dem Gesicht, äffte er dich nach? Aber Gerd wollte ja immer nach Indien und sagte: Ernst, Gandhi ist gut, aber Hegel sagt: Es ist alles dasselbe, was der Inder, wenn er äußerlich bewegungslos, und ebenso in Empfindung, Vorstellung, Phantasie, Begierde, und so fort regungslos jahrelang nur auf die Spitze seiner Nase sieht, nur Om, Om, Om innerlich in sich, oder gar nichts spricht, - Brahma nennt. Dieses dumpfe, leere Bewußtsein ist als Bewußtsein aufgefaßt, - das Sein. Aktueller denn je. Halte durch, der Kampf geht weiter.

Dann verschwand Gerd mit seiner Rindslederjacke und hinterließ einen Bocksgeruch. Nach drei Tagen ließ der Besucherstrom erheblich nach, und die Stille, die dich umgab, wäre beim Selbststudium nicht störend gewesen. Du besuchtest keine Vorlesung, was ohnehin nicht möglich gewesen wäre, denn der Rektor hatte die Uni, die jetzt Karl-Marx-Universität hieß, geschlossen. Nur dein knurrender Magen und der schwächer werdende Kreislauf bevölkerten deine Bude mit allerlei Leuten und Begebenheiten, die sich schon aus Platzgründen unmöglich dort eingefunden und ereignet haben konnten. Doktor Schnepper brachte dir einen Zwetschgenkuchen und behauptete, er habe ihn von deiner Mama. Und das war der verhängnisvolle Beginn einer Folge von Speisen, die dir dargebracht wurden. Doktor Schnepper argumentierte, es seien ja nur wenige Schritte vom Neusprachlichen in die Richthofenstraße, nich wahr nich nich, und da habe er einfach den Kuchen von der Mama schon verpackt erhalten und sei nach Frankfurt gefahren, was Ende Mai achtundsechzig schon nicht ohne weiteres möglich gewesen ist, denn, so sagte man, Doktor Schnepper war von Direktor Fichtelzweig junior, als Einzelheiten aus Schneppers Vergangenheit – Napola-Schulleiter und Berater von Reichsjugendführer Schirach – zu ihm gedrungen waren, durch einstweiligen Ruhestand von der Schule entfernt worden. Daraufhin hatte Schnepper sich Anfang März aus einer Kurve des Wellbachtales tragen lassen und war mit seinem Opel Admiral in einer Fichtenschonung aufgefangen worden, selbst aber durch die Windschutzscheibe weitergeflogen und im Wellbach gelandet, wodurch zwar seine Schnittwunden ausgewaschen wurden, er aber in seiner Ohnmacht ertrunken war. Seine Vermieterin hatte ihn zunächst für entführt erklärt, dann aber einen seltsamerweise kuvertierten und frankierten Abschiedsbrief gefunden.

Auf Doktor Schneppers Zwetschgenkuchen folgte am sechsten Tag eine Schüssel Flääschknepp, die dein Vater mit einem sadistischen Lächeln und SS-Runen auf dem Revers seines grauen Jacketts vorbeibrachte. Um dir zu beweisen, daß sie der Mama besonders gut gelungen waren, also Festigkeit und Elastizität besaßen und nicht zu zerfallen drohten, begann er mit dreien zu jonglieren, nahm einen vierten hinzu, ohne den Kreis, den die Knöpfe in der Luft bildeten, zu stören, fing den ersten mit dem Mund auf und schluckte ihn wie ein Graureiher ohne zu kauen.

Mama verdrängte den Vater, als er schon fünf der zwölf Knepp gegessen hatte, und brachte dir in der maserkranken Tasse, die immer ganz links im rechten Oberschrank der Küche stand, Kamillentee.

Am nächsten Tag standen Jutta und Wolfram vor der Tür. Da sie nichts zu essen bei sich hatten, keine gefüllten Schüsseln vor sich her trugen, keinen Kuchen vom Tablett nahmen, gingst du davon aus, daß sie tatsächlich vor dir standen. Jutta machte das Victoryzeichen, Wolfram sagte nur: Ho-Ho, ha-ha-ha. Nicht feindselig, einfach in einem Anfall von Humor, der ihn sonst ebensowenig auszeichnete wie Häme oder unkontrollierte Leidenschaften. Er lächelte treu und sah zu Jutta rüber, ließ sich von ihrem entgegnenden Blick unterstützen. Partnerschaftlich. Hand in Hand. Ja ja. Die beiden. Und sie hatten dir was zu sagen, das zeigte jetzt sein Daumen, der auf ihren Handrücken drückte, damit sie ihren Einsatz nicht verpaßte und den Text aufsagte: Ernst, wir haben dir was zu sagen.

Ja, sagte Wolfram, der seinen Text besser konnte, wir haben uns verlobt.

Unwillkürlich schautest du Jutta in die Augen, und sie schauten schon in deine. Ja, wir haben uns verlobt, dabei vögele ich ja noch mit dem Gerd rum, gell, schien dir dieser Juttablick zu sagen, kindlich mit wulstigen Lippen und zugleich abgebrüht und genüßlich mit einem Funkeln in den

Augen, das bei Jutta immer unerwartet entstand, wenn sie die Lider nach oben zog und über der Iris wie ein Himmelszelt der bläulich-weiße Augapfel sichtbar wurde. Sie funkte funkelnd, und Wolfram schaute trübtreu gemäßigt. Die Zukunft würde wunderbar, na klar. Konnte nur besser werden. Auch und gerade im Politischen. Die Große Koalition schmeckte dem Jungdemokraten ganz und gar nicht. Da mußte was anderes her. Notstandsgesetze waren reaktionär. Ihr einer Meinung! Er lächelte.

Ernst, ich bin da solidarisch.

Solid arisch? fragtest du überspitzt, schlecht getischlert.

Arsch, sagte er gut getischlert und boxte dir freundschaftlich gegen die Schulter, der scheißliberale liebe Freund. Das Knurren, Gluckern und Grummeln deines Magens fiel dir immer öfter ins Wort. Es hatte eine ungeahnte Lautstärke angenommen. Am elften Tag sahst du den Schatten eines Schattens auf deinem Gesicht, unter den Augen ein dunkler Schleier, kaum wahrnehmbar, aber vorhanden. Auch die Wangen bekamen mehr Kontur. Konnte nicht schaden, machte unverwechselbar.

Bald darauf kam Frau Knapp in dein Zimmer, sah sich ungläubig dein Gesicht an, hielt ihren Zeigefinger an dein Kinn, um genau gucken zu können, schüttelte den Kopf und sagte: Jetzt isses aber genug, des bekommt Ihne doch gar net. Ich muß mal mit ihr'm Onkel spreche.

Und abends hörtest du: Hier ist die Frau Knapp, nabend, Herr Endres. Du konntest die Tür zum Flur, wo das Telefon stand und davor nun Frau Knapp, nicht öffnen, denn Scharniere und Zarge hätten unweigerlich die Witwe gewarnt. Sie erläuterte ihm wohl ihre Sicht der Lage. Worte wie Besorschniserreeschend und Verhungert-mer-noch konnten nicht mehr ohne weiteres mit dem Hinweis auf den notwendigen Kampf für die Freiheit entkräftet werden. Hören konntest du wieder ihre letzten Worte, die besonders ältere Menschen immer besonders laut und langsam wie ein Ritardando sprechen, um das Ritual der angehaltenen Rede einzuleiten, Ende des Textes, Verabschiedung, Also dann. Wiederhören. Zuvor hatte sie gesagt: So mache mers, Herr Endres, in Theorie und Praxis, genau. Also dann, Herr Endres, ja. Herr Endres, ich mach das ganz unauffällig, genau, Herr Endres. Von meiner Großmutter. Ja, also. Ja. Ebenso. Ja. Wiederhören.

Ein verdächtiger Schluß. Beunruhigend, geradezu verschwörerisch. Am andern Morgen kam Frau Knapp gegen acht zu dir ins Zimmer, brachte dir eine Kanne Tee, sagte, daß sie dir eine Kanne Tee bringe, Kamillentee – unn e Tässje Kaffee. Den brachte sie dir extra. Da du ein Waschbecken im Zimmer hattest, konntest du den Tag beginnen, ohne dein Zimmer zu verlassen, ohne Frau Knapps weitere Warnungen angesichts deines Gesundheitszustandes anhören zu müssen. Nur, gleich nachdem sie dir den Kaffee gebracht hatte, wurden in der Küche Töpfe aus den Schränken und unter anderen Töpfen und Pfannen hervorgezogen. Ungewöhnlich viel Kochgeschirr wurde ungewöhnlich früh und ungewöhnlich laut bewegt. Dann verließ die Witwe die Wohnung. Du wartetest, bis ihre Schritte im Treppenhaus leiser wurden, gingst dann in die Küche, wo tatsächlich ungewöhnlich früh verschiedene Töpfe bereitstanden. Du sahst, wie die Witwe aus der Haustür kam und direkt nebenan die Metzgerei betrat. Sie kochte eben was Größeres heute, und du dachtest daran, was Onkel Willi kürzlich zu dir gesagt hatte: Du hörst das Gras husten.

Bevor Schnittke seinen Gast trifft, wird er mit Olli noch die biographischen Details durchgehen. Dinge aus dem Leben des Gastes, die er beim Kochen einstreuen kann, die Prise Gesprächspfeffer und Plaudersalz, die dem Zuschauer die intime Illusion verschafft, dem Promi *en passant, en mangeant* doch das ein oder andere Geheimnis abzulauschen, nicht so sehr brisante Details, eher Mosaiksteine, die das Bild eines entspannten Menschen ergeben, der seine Nähe zum Zuschauer zementiert, indem er ihm plötzlich ähnlich wird. Ach, auch mit dem Korb auf dem Markt? Auch mit der Marktfrau am Ratschen? Auch mit dem mühseligen Lesen des Verfallsdatums befaßt? So tritt bei allen die behagliche Erkenntnis ein, die für Guido Schnittkes Einschaltquote sorgt, daß nämlich das Mittelmaß das Maß aller Dinge ist.

Die Sonne schien auf deinen Schreibtisch, an den du dich einigermaßen konzentriert setzen wolltest. Im Lichtstrahl durch den Vorhang tanzten erleuchtete Staubkörner wie Wesen einer höheren Ordnung, die dir plötzlich eine altmodische Gelehrtenanwandlung gaben. Wer, wenn nicht du, sollte der heilige Hieronymus im Gehäus sein? Fehlte nur der Löwe, aber die Gelehrtenklause mit dem Sonnenstrahl und den tanzenden Stäubchen, im Vorgarten eine Tanne, es hätte nicht sinnträchtiger sein können. Und der Bücherstapel zur Linken, der für eine philosophische Hausarbeit beim Professor von oben nach unten wegzulesen war, eine Arbeit zur Frage der Normativität in der Poetik des Aristoteles, ein Thema, das den Professor zunächst erstaunt hatte, denn er erwartete eins aus der Neuzeit, zumindest einen dialektisch-kritischen Ansatz, Hegel, Marx. Deine Ausführungen zum Begriff der Normativität, aber auch zur Demokratie als Grundlage des Theaters beziehungsweise zum Theater als Grundlage der Demokratie schienen ihn vor allem aufgrund des emphatischen Vortrags für dein Vorhaben eingenommen zu haben. Er nahm seine Brille ab, schaute an ihrem Bügel auf und ab, im Geiste ganz bei deinem Thema, kratzte sich mit dem Zeigefinger andeutungsweise am Hinterkopf und sagte dann mit einem Zuspruch in den Augen: Nein. Aber. Versuchen. Sie. Sich. Darin. Vielleicht. Ja. In. Einem. Vergleich. Zu. Hegels. Tragödientheorie.

Zu dem, was Gerd dir über Alphabet, Demokratie und Theater erzählt hatte, fandest du nichts, ganz und gar nichts, in der Literatur. Und so lag Hegel auf dem Stapel, abgegriffener blauer Leineneinband. Doch obenauf, sonnenbeglänzt und hausstaubumtanzt, lag ein braunes Buch. Jugendstilgerahmt, in silberner Antiqua blendete geradezu: KOCHBUCH, darüber in Schwarz: PRAKTISCHES. Darunter: von Davidis-Holle. Du schlugst das Buch auf, wie man automatisch ein vorgefundenes Buch aufschlägt. Und warst inmitten unentrinnbarer Vorstellungswelten. K. Plinsen, Omeletten, Pfannkuchen, M. Gelees und Gefrornes, III. Gefrornes oder Eis, E. Pasteten, S. Backwerk, und da war er, der Kuchen von Hefeteig auf einer Platte mit frischen Zwetschen. Man gibt das Mehl in eine Schale, in die Mitte Butter, Zucker, Eier, Milch, etwas Salz und in die Milch zerrührte Hefe, macht alles zu einem lockeren Teige, welchen man langsam aufgehen läßt, rollt ihn dünn aus und legt ihn auf eine gut abgeriebene und bestrichene eiserne Platte; dann bestreicht man ihn mit geschmolzener Butter, streut Zucker und Zimt darüber, läßt recht reife, gute ausgeputzte und ausgesteinte Zwetschen in einem Topfe mit etwas Butter warm werden, legt sie dicht aneinander, mit der Innenseite nach oben darauf, kleine Stücke Butter und Zimt darüber, stellt den Kuchen so lange an einen warmen Ort, bis er gut aufgegangen ist, und bäckt ihn schnell gar, weil sonst der Teig austrocknen würde. Dein Lieblingskuchen. Aber gerade war dir nicht danach. Eher. Etwas. Herzhaftes. Wäre. Jetzt. Zu. Gemüte. Zu. Führen. Kräftig, salzig, saftig. Wildschweinskopf. Man schickt den Kopf zum Schmied, um ihn über starkem Feuer und mit glühendem Eisen gehörig absengen zu lassen. Nein, das nicht gerade. Sauerbraten. Zu einem Sauerbraten eignet sich ein gutes, fettes Schwanzstück, namentlich das Blumenstück. Es gluckerte. Die Vorstellung kam. Der Hunger auch. Junge Tauben mit Spargelspitzen. Was die Jahreszeit gerade bietet, großartig. Man bereitet die Tauben vor, brüht sie in siedendem Salzwasser eine Minute, kühlt sie in frischem Wasser und salzt sie. Dann brät man sie mit Butter überall gelb, fügt nun eine Zwiebel, eine Rübe, Petersilie und, nachdem man Mehl über die Tauben gestäubt, auch eine Tasse Fleischbrühe an und schmort die Täubchen weich. Dann lasse man sie sich gebraten in den Mund fliegen, indem man ruhig auf dem Dielenboden in Frau Knapps Zimmer liegenbleibe. Farcierte Kalbfleischwurst. Aus der Tragödientheorie wurde Tragödienpraxis. Wie ein Hund littest du auf einmal, ein Hund, dem man eine saftige Wurst hinhält und sie, wenn unter seinem tränentreuen Blick Speichelfluß einsetzt und er zum unaufhaltsamen Sprung auf die Wurst ansetzt, wieder wegzieht.

»Na und?«

»Kritisch.«

»Kritisch?«

»Na ja, in diesen Büchern, die aber nicht mehr zu kriegen sind, hat er eigentlich gegen das Fernsehen gegeifert.«

»Gegeifert?«

»Gegeifert, Herr Schnittke. In einer Weise, die man nur als aggressive Polemik bezeichnen kann.«

»So was nennt man geifern, ja.«

Der Magen knurrte vielstimmig, Protestgesang. Doch psst! Was war das? Frau Knapp war zurückgekehrt und wirkte in der Küche. Ganz entschieden wurden Töpfe gerückt. War das Zwiebelschneiden? Ein einziges Brett bedeutete die Welt,

Frau Knapps großes Schneidebrett. War das dumpfe Gurgeln der Chor garender Kartoffeln? Die Küchentür schien nicht geschlossen. Durchs Schlüsselloch deines Zimmers drang unverkennbar sahnig Herbes in deine Nase. So unverkennbar, daß dich ein Krampf im Magen durchfuhr. Angstkrampf. Dein Körper schien zu kapitulieren. Wollte zum Feind überlaufen, fordern, was als demagogische Parolen bei Davidis-Holle zu lesen war. Ein Gespenst ging um in deinem Zimmer, ein kulinarisches Manifest und skandierend gurgelnder Magensaft wirkten umstürzlerisch. Kaum standzuhalten war dieser Übermacht, und dann dein geschwächter Kreislauf. Dir wurde klar, daß hier theoretisches Manifest und praktische Witwenküche komplotthaft Hand in Hand gingen, Davidis-Holle hatte sich mit Knapp verschworen. Die alte Hexe Knapp hatte dir das Buch auf den Stapel gelegt. Der Kittelschürzenterror und der Produktionsprozeß für die gewöhnliche und feinere Küche bildeten eine konterrevolutionäre Übermacht, der du dich nur beugen konntest. Beugen beim nächsten Krampf. Dir wurde schwindelig.

Die Sonnenstrahlen stachen dir ins Gesicht, als du schon auf den Dielen deines Zimmers lagst. Du schlossest die Augen, unter den Lidern wiegte dich warmes Rot in eine angenehme Lähmung. Und jetzt Ente mit Klößen, Kalte Hasen-Pastete, Kalbskeule im Ofen, Kalbsbraten im Topf, Krusteln nach der Mode, Filet Rossini, geheimnisvolle Zauberformeln oder einfach Rippchen, Spiegeleier, Grie Soß oder Königsberger Klopse, dein uneingeschränktes Leibgericht, das die Mama mit einer vollendeten weißen Soße – und mit Kapern nicht knausernd – auf den Tisch brachte, immer wieder auf den Tisch, wie oft schon auf den Tisch gebracht, in den vergangenen Jahren, in den bisherigen Jahren deines Lebens, noch beim Osterbesuch dir zu Ehren. Mit Schwimmbewegungen flogst du durch einen Traum, von Frankfurt in die Pfalz, Verkündigungsengel der Revolution, voller Leichtigkeit. Kein Wunder, du hattest sechs Kilo abgenommen. Überall bei Wirbeltieren sind die Organe des Geschmackssinns kleine, knospenartige Gebilde, die als Geschmacksknospen bezeichnet werden. Darin sind sekundäre Sinneszellen mit Stützzellen organartig vereinigt. Jede Sinneszelle trägt ein feines, kurzes Härchen, das man Schmeckhärchen nennen kann. Beim Knurrhahn – einem Fisch des Meeres – sind die vordersten Strahlen der Brustflossen zu gliederartigen, beweglichen Teilen geworden und an ihren Enden mit Geschmacksorganen übersät. Beim Herumkriechen am Boden wird der Fisch sofort aufmerksam, sobald er damit auf etwas Genießbares stößt. Etwas Genießbares durchzog deinen Traum, etwas so eindeutig Genießbares, daß du am Boden liegend zum Herumkriechen übergingst wie dein Alter ego, der Knurrhahn. An der Zungenspitze ist die Süßempfindung am ausgeprägtesten. Am vorderen Zungenrand wird besonders eindringlich salzig, am mittleren dagegen sauer wahrgenommen. Und schließlich zeigt der Zungengrund eine ganz ausgesprochene Empfindlichkeit für bitter. Die Gepilzförmigen Papillen am Zungenrücken sind frei von Geschmacksknospen. Hier wird also nichts geschmeckt. Hier wird also das Nichts geschmeckt. Negative Ästhetik. Eßtätig, wie Onkel Willi mal auf einer Postkarte aus Freiburg, dem Zentrum der alemannisch-elsässischen Freßecke, schrieb (absichtlich? Und ob), das Kartenmotiv war Heideggers Hörsaal. Wie das Nichts schmeckt, hat Hegel in seiner *Phänomenologie aufgetragener Speisen* beschrieben, dachtest du am Boden.

Aber während im Liderrot die Wärme auf deinem Gesicht gegen die Kälte deines zusammenbrechenden Kreislaufs an Zehen und Händen stand und dir gerade Grundlagen einer Theorie aufgetragener Speisen im Kopf herumspukten, konntest du auf einmal den Kopf mühelos von der anstrahlenden Sonne wegdrehen und im Schatten die Augen öffnen. Die Augen folgten der Nase, die Nase wies aber den Augen den Weg der Aufmerksamkeit, denn der Ort der Geruchswahrnehmung ist die Nasenschleimhaut. Rätselhaft ist bislang, wie die große Mannigfaltigkeit der Geruchsstoffe auf der Nasenschleimhaut zur Geltung kommt; denn an der Vielheit der Gerüche ist jedenfalls nicht zu zweifeln. Jetzt warst du hellwach. Eine große Kraft war durch diesen Raum gegangen. Die Riechzellen sind mit einer feinen Schicht von Phosphorfetten und darüber mit einer ansehnlichen Schleimschicht zugedeckt, durch die alle Geruchsstoffe hindurchtreten müssen. Erst mal hindurchtreten da. Hindurch trat das Bittere, Feuchtsandsteinige gekochter Salzkartoffeln, die säuerliche Note einer weißen Soße und die beim Kochvorgang sich verdichtende Wirkung der Sardellen in der Hackmasse. Durch den Spalt unter der Zimmertür, durch die ansehnliche Schleimhaut traten unsichtbare Schwaden vollendet zubereiteter Königsberger Klopse. Du standst auf. Es flimmerte das Zimmerbild, nur der Geruch hielt treulich an, dann Klarheit im Sehen, Gleichgewicht im Gehen. Stille. Das mutmaßliche Gurgeln kochender Kartoffeln war verschwunden, Töpfe wurden nicht mehr gerückt. Du öffnetest deine Tür. Da war ein Gurgeln, das aber bei genauerem Hinhören ein glucksendes Tuscheln war, als würde stille Freude geteilt im Angesicht der Küchenherrlichkeit. Brummen. Kauen. Mampfen. Wohligkeit. Wohlsein. Tatsächlich. Gläser. Anstößig klirrend. Du öffnetest die Küchentür. Die klingenden Gläser wurden mit Prosit zurückgezogen, nochmals leicht angehoben, und erst nach dem zweiten Blickkontakt wurden die Köpfe dir zugedreht. Deine Verschwörungstheorie war nicht nur bestätigt, sondern von ungeahnter Tragweite. Denn auch dir wurde demonstrativ zugeprostet, von Frau Knapp und Onkel Willi.

Die Klopse dampften vor ihnen in kaperngespickter weißer Soße. Diese Schweine. Lachen oder Weinen?

Ei, vielleicht fange Se mit'm Süppche an, Herr Tischler, des is bekömmlicher. Es is noch Suppe da, Spargelcreme.

Was die Jahreszeit gerade bietet, sagtest du bleich, in betäubter Ironie.

Ganz genau, sagte die Witwe und ging mit einem Suppenteller, es war für drei gedeckt – für drei! Für drei! Abgekartetes Spiel, für drei! –, zum Herd, wo die Suppe im Nu im Teller dampfte.

Vor dem Fenster schwebte Uschi, die in Paris sein mußte, hin und her, klopfte eine Wolke aus und winkte. Du führtest mit zitternder Hand einen Löffel dampfender Spargelcremesuppe an deinen Mund. Ob du ihn essen konntest, wußtest du nicht. Du würdest dir die Zunge verbrennen.

»Wer zu spät googelt, den bestraft das Leben«, seufzt Schnittke und fühlt sich, indem er dieses Wort benutzt, aus der Zeit gefallen, der er doch angehören will, in der er bestehen und bestehen bleiben will.

Olli meint, das müsse alles nichts bedeuten, der Joschka Fischer habe früher immerhin mal mit Steinen geworfen.

»Das tut hier nichts zur Sache, der Joschka Fischer ist schon in der Sendung gewesen, der ist nun wirklich über jeden Zweifel erhaben.«

Unter der lauen Brause, die kalt sein sollte, aber durch den langen Marsch des Wassers schon keine erhoffte Kühlung mehr brachte, die Kühlung des Morgens nach einer ungehemmt durchschwitzten Nacht, unter der lauen Brause der entkorkten Nacht standest du nackt neben ihr und wolltest nicht nur die zum Wasser hingestreckte Stirn erquicken, sondern auch das Hirn unter der Stirn, dann den Rücken, über den das Wasser Wirbel um Wirbel in die Pofalte lief, denn deren Kühlung vollendete das Gefühl der Frische, die der Verausgabung folgen mußte, um den Tag wenigstens im Schatten auszuhalten. Benommenheit und Erwachen. Und nackt stand sie neben dir, wollte nicht nur die zum Wasser hingestreckte Stirn erquicken, sondern auch das Hirn unter der Stirn, dann den Rücken, über den das Wasser Wirbel um Wirbel in die Pofalte lief, denn deren Kühlung vollendete das Gefühl der Frische, die der Verausgabung folgen mußte, um den Tag wenigstens im Schatten auszuhalten. Umschlungen wie Laokoon und die Schlangen unter der Brause, um Kühlung bemüht.

Neben euch stieg Onkel Willi nackt lachend ins Becken. Kein Faun. Nur Onkel Willi. Im umherspritzenden Schwall Wasser und Wasserlinsen, den er aus dem Becken verdrängte, ging seine Zigarette aus. Er fluchte, stieg wieder heraus und stakste tropfend zur Packung Roth-Händle.

In der Umarmung, die eure Körper als Einheit begriff, aber vor allem den eng bemessenen Raum unter der Brause zweckmäßig solidarisch und gerecht verteilte, schützte euch vor der Sonne, die es nach ersten hochsommerlichen Tagen im April jetzt noch einmal geschafft hatte, der Schatten einer Pergola, um die sich wilder Wein und Blüten der Klettertrompete wie Gerüchte rankten, als wollten besonders die Klettertrompeten lauthals vom nackten Paar und vom nackten Onkel herumerzählen, im Dorf und weiter durch den Wald sich windend, bis auch Frau Knapp davon erfuhr, und wenn sie es nicht weitererzählte, wer dann? Unter der Pergola glühten die Lichtflecke auf dem kiesigen Sandboden. Bis zu diesem wohltuenden Schatten hatte Onkel Willi einen Schlauch verlegt und die Dusche gebaut wie in einem Badezimmer am Ende eines langen Gartenflurs. So gesehen eine Wohngemeinschaft unter freiem Himmel. Eine Gartenkommune der Sommerfrische. Die Kommunarden dachten an kühlende Getränke, die folgten, und an ein Mittagessen. Das hatte Onkel Willi versprochen.

Er lag im Becken schwebend mit Kippe und *Odenwälder Kurier,* vor dem einen Meter weiter zwei Zehenreihen aus dem Wasser ragten, und zischte nach zwei Seiten Lektüre das Wort Käsblatt an der Zigarette vorbei, um entnervt und vor aller Augen die Zeitung im Wasser zu versenken: Das kannste den Fischen geben.

Weitere Aktivitäten fanden nur verlangsamt statt. Onkel Willi schlug Tomatensalat vor: Tomaten, Salz, Pfeffer, Prise Zucker, Essig, Olivenöl, seit ich in Italien war, nur noch Olivenöl. Aber das Besondere ist: Unter die Tomaten wird ein schöner saftiger Rettich gerieben.

Er hielt Uschi Rettich und Reibe hin. Du schnittst die Tomaten. Willi ordnete Zigarettenpackung, Salzpackung, Pfeffermühle, Essigflasche, Ölflasche nebeneinander an und setzte ein Stück Würfelzucker dazu. Mit einer Muskatreibe rieb er den Würfelzucker in die Salatschüssel, was Uschi kaum fassen konnte, als sie es sah, goß dann in magischen Bewegungen, bei denen er die Ölflasche nach oben zog, senkte und wieder nach oben zog, dünne Fäden zu einem Kreismuster in die Schüssel. Auch Salz hattet ihr Jungen noch nie so virtuos aus einer Packung rieseln sehen. Und die Pfeffermühle drehte er wie ein italienischer Dirigent, ein Maestro, der bei einer Rossini-Ouvertüre das Crescendo fordert, fünf Sekunden lang: Nur aus der Mühle, Ernst, merk's dir fürs Leben.

Ja, sagte Uschi keck, und den Zucker nur aus dem Würfel.

Onkel Willi schaute auf, schaute Uschi scharf an, mit Pfeffer im Blick, mit leicht angezogener Braue und, wie sich zeigte, mit Pfeffer in der Nase. Er hatte sich über seinen nackten Oberkörper eine Schürze gebunden und stand hinter seinen Ingredienzien wie einst Freitagabends der sogar vom Vater geschätzte und Mama zur Nachahmung aufgezwungene Fernsehkoch, der mit schütter pomadisiertem Haar und strizzihaftem Menjou-Bärtchen alle möglichen Primitivgerichte zusammenrührte, deren Zutaten oft der Konservenbüchse entnommen waren, um sie mit launig dahergeplauderten Geschichten und exotisch klingenden Namen zu verfeinern. Onkel Willi war sich dessen sicher bewußt, und im nächsten Augenblick war dir nicht mehr klar, ob nicht das ganze Rezept und die Herstellungsweise seines Tomatensalats eine Parodie auf jenen schmierigen Fernsehkoch waren, der nichts als ein erfolgloser Schauspieler war. Oder parodierte er jemand ganz anderen?

Tomaten und Rettich verrührte der Dirigent mit seiner Soße, gab jedem von euch einen tropfenden Salatlöffel, nahm die Schüssel wie eine Monstranz und ging mit großen Schritten in den Garten, während ihr ihm den Rücken mit Salatsoße besprengtet wie mit Weihwasserwedeln. Diese Umkehrung aller liturgischen Ordnung und der Tomatenrettichsalat als Hostie waren eine private, aber politische, ja, blasphemische Aktion. Die reformierte Pastorentochter und der Sohn eines Kleinkatholiken emanzipierten sich. Onkel Willi hatte ohnehin den Glauben verloren. Er kasperte voller Überzeugung, denn er glaubte an die Freiheit des Ungläubigen.

Er stellte die Schüssel auf den Tisch, den einfachen Holzklapptisch mit seinen rostigen Metallbeinen, dessen Wachstuchtischdecke zu einem deiner frühesten Kindheitsbilder gehörte, inzwischen eingewachsen in die Maserung des Holzes. Dann wies er euch je einen Stuhl zu und sagte: Liebe Feinschmeckergemeinde, ecco: Pomodori alla Toscanini. Dieses Rezept verriet mir der große Dirigent persönlich, als ich ihn in der Scala bewunderte und er mich nach dem ersten Akt der *Seidenen Leiter* im Publikum ausgemacht hatte, das Dirigat unterbrach und mir zurief: Ah, Signor Guglielmo, aspetti, ho una ricetta per lei, un'insalata al pomodoro e rafano. Das Publikum raste vor Begeisterung, schrie: Rafano, rafano! Denn natürlich wollten alle ein Tomaten-Rettich-Rezept von Toscanini. In der Pause hat er mich zu sich in die Garderobe gebeten und mir das Rezept umständlich diktiert, in einem parmesanischen Dialekt mit Reibe- und Knacklauten.

Knacklauten?

Knacklauten.

Onkel Willi machte ein ernstes Gesicht, als wollte er die Geschichte verteidigen. Er hatte noch immer die Schürze vor seine beigen kurzen Stoffhosen und seinen nackten Oberkörper gebunden. Die Schüsselprozession in den Garten war der einzige gemeinschaftlich gestaltete Vorgang. Ihr mampftet auf den Stühlen. Privat. So privat wart ihr euch selten begegnet.

Dagegen hatte selbst die Nacktheit unter der Gartendusche und im kleinsten der Willibecken noch etwas Manifesthaftes. Schlüpfriges Bildmaterial für eines der Sexbücher hätte es abgegeben. Ja, Zotiges war auch dabei, das konnte nicht anders sein bei Onkel Willi. Besonders als ihr gestern nackt unter der Pergola entlanggingt und er gerade mit seiner verblichenen blauen Batschkapp, wie er sie nannte, seinem Becken entstieg. Uschi und er stellten zugleich fest, daß er mit dreiundfünfzig und trotz Kühlung im Wasser noch einen richtigen Steifen bekommen konnte. Und ob er könne, meinte er, könne eigentlich immer. Und er nahm es mit dem Wort eines richtigen Steifen sehr genau: Ein richtiger Steifer steht mehr als neunzig Grad ab, hundertzehn, verkündete er. Er grinste euch an und hängte seine Kappe darüber. Sie blieb hängen. Zu diesem Thema gab es auch einen furchtbaren Witz über den heiligen Antonius von Padua, den Onkel Willi immer erzählte, der mir aber ums Verrecken nicht mehr einfällt.

Jetzt, am Tisch nach dem leichten Mittagessen herrschte glastiefe Vertrautheit. Nach dem Salat kam die Siesta, danach fuhr Onkel Willi zum Metzger und holte das Grillfleisch für den Abend. Ihr hattet verschlafen und wachtet im Schweiß eurer Umarmung auf. Zärtlichkeit war eingetrocknet und juckte. Die Bettdecke war auf den Stuhl verbannt, denn unter dem Dach des alten Backsteinhauses, in dem auch deine Mama aufgewachsen war, herrschte Backofenstimmung. Als ihr den Garten betratet, war Onkel Willi schon fleißig gewesen, hatte Fackeln entlang des Weges unter der Pergola und den Grill an den Wasserbecken aufgestellt. Ein leichter Abendwind strich, scheinbar selbst ermattet, durch die Ranken, das Pampasgras, das Schilf und das Laub der Pappeln, die den großen Garten nach außen völlig abschirmten. Außer einem kurzen Rascheln im Pappellaub und einem nicht einmal hörbaren Zittern einzelner Weinblätter der Pergola tat sich nichts. Die Kohle glomm, und erste Würste lagen rosa auf dem Rost.

Ihr kommt gerade recht, sagte Onkel Willi, öffnete wunderbar zischend und ploppend zwei Flaschen Bier und drückte sie euch in die Hand. Es standen drei Teller mit Besteck und ein Glas Senf auf dem Tisch. Eine ehrliche Wurst, so Onkel Willi, oder ein ehrliches Kotelett sei von solcher Souveränität, daß man es nicht in einem Morast von Beilagen ertränken sollte. Der Geschmack gebratener Wurst, die Röstaromen, die knakkige Bräune außen und der saftige Brät innen machten erst, so nannte Onkel Willi Arbeit wie Ergebnis, ein artiges Wurstwerk. Beim Fleisch sprach er von manierierter Marinade und panierter Panik und grinste Uschi an. Kalauer rutschten ihm aus dem Mund wie ein nicht zu haltender Ausfluß. Immer wieder raus. Er hatte keinerlei Ehrgeiz, auch nur das Geringste an sich zu unterdrücken. Genauso hatte er vor euren Augen seinen steifen Schwanz im Garten wippen lassen, und daß er seine Batschkapp drübergehängt hatte, war kein Zeichen von Scham gewesen, sondern unterstrich das, was er in dem Witz mit dem heiligen Antonius erzählte, ich glaube, die Pointe lautete: ein Wunder, ein Wunder!

Wurst satt, Wurst pur, war sein Wahlspruch.

In den anderthalb Stunden, in denen konzentriert gegrillt wurde, folgten auf die Wurst im zweiten Akt Koteletts, und der letzte Akt waren wieder Würstchen, diesmal allerdings um einiges schärfer als die Anfangswürste. Willi, einstiger Wandervogel und Faltbootfahrer, war ein begnadeter Grillmeister. Im Nu türmten sich Berge von Krakauer, feiner und grober Bratwurst, geraden Würsten und zu einer Schnecke gespießten auf den Tellern. In den anderthalb Stunden waren von jedem Teilnehmer dazu vier Flaschen Bier zu trinken. Was vorher zaghaft mit der ersten oder zweiten Flasche bezwungen worden war, wurde nach den scharfen Sachen des dritten Aktes hastig nachgeschüttet, denn die Würze trieb einem die Tränen in die Augen.

Arrabbiata, sagte Onkel Willi und rollte gekonnt das R. So nennen das die Italiener, Wut in der Wurst. Noch einmal wiederholte er: Arrabbiata. Ihr nicktet und schlucktet, die Flasche wurde nicht mehr abgesetzt. Dann kam der ebenfalls unverzichtbare Zwischenakt. Onkel Willi stützte sich lasziv mit dem linken Ellenbogen auf den Tisch, drehte seine Hüften so, daß er nur noch auf der linken Pobacke saß, und fing an, laut, aber modulierend zu furzen. Er lächelte euch an, besonders Uschi, die solches an ihm vielleicht geahnt, aber noch nicht erlebt hatte, und sagte: Ich furze gern.

Als Willi gegen halb neun aufstand und die Fackeln anzündete, zuerst die um euch herum, dann die entfernteren, die den Weg ins Haus wiesen, und als er im Haus verschwand, da kam dir eine Erinnerung, da war dir klar, was nun passieren sollte. Der Moment und die gestische Art, mit der Onkel Willi sich entfernte und dabei wie ein chinesischer Mönch den Garten Fackel um Fackel erleuchtete, regte wohl auch Uschis Phantasie an. Als sie und du ihn durch die offene Haustür im Flur die Schürze ausziehen saht, da erwartete sie sogleich, daß er auch seine Hose ausziehen würde.

Ernesto, flüsterte sie, der zieht sich aus. Womöglich sollen wir da mitmachen.

Tatsächlich zog Onkel Willi seine Hose aus, unter der er keine weitere trug. Sichtlich ängstlich sagte Uschi: Schau mal, ob er einen Steifen hat.

Onkel Willi verschwand im zweiten Stock. In seinem Schlafzimmer ging Licht an.

Glaube ich nicht, sagtest du. Der kommt gleich wieder. Uschi, was ist los?

Uschi hatte gerade ihre gesamte Souveränität verloren, ihre Rätselhaftigkeit, ihr Geheimnis, das eine mit allen Wassern gewaschene sexuell und politisch aktive Frau zu umgeben schien. Sie hatte Angst wie ein kleines Mädchen. Du nahmst sie in den Arm und warst zum ersten Mal souveräner als sie. Rührend. Schließlich kanntest du Onkel Willi. Auch die dunkle Seite an ihm.

Wir sind eine Sippe von Triebtätern bis ins achte Glied.

Ins achte Glied?

Ins steife Glied. Huaa!

Uschi schrie auf, begann aber im selben Augenblick zu lachen. Alles schien gut. Keine Gefahr. Und du merktest, daß sich in diesen wenigen Sekunden eine eigentümliche Dramatik eingenistet hatte. Auf Schrecken folgte Klärung und Läuterung. Einerseits Aristoteles, andererseits du, dein Leben, immer wieder. Und auch du und Uschi.

Da knackte der Kies. Schritte im Kies. Näherkommend. Zu nah, um noch einem Dolchhieb oder einem Schlag mit der Axt auszuweichen. Panik ergriff Uschi. Sie schrie. Was, wenn du und Onkel Willi unter einer Decke stecktet und jetzt euer williges Opfer Uschi zur Strecke brachtet, vergewaltigtet und dann zur nächsten Grillwurst verarbeitetet? So oder so ähnlich. Dabei hatte sie noch nichts geraucht.

Vor euch stand Onkel Willi, in einer langen Hose, mit schwarzem Hemd und seidenem Halstuch. Er sah Uschis Zittern und die Gänsehaut auf ihren Unterarmen, er sah wie du, daß sie hier alles abgelegt hatte, was ihre für die Jahreszeit zu starke Künstlichkeit ausgemacht hatte, und sagte liebevoll: Schreckhaftes Wiesel inmitten Kiesgeriesel.

Unter seinem rechten Arm klemmte ein Buch, unter seinem linken zwei Decken, in den Händen hielt er vier Flaschen Wein.

Ist es das? fragtest du.

Natürlich, Ernst.

Die Flaschen legte er an den seichten Rand des Beckens ins Wasser, die erste öffnete er, hatte im selben Augenblick drei Weingläser gefüllt, die er plötzlich irgendwo hervorgezaubert hatte, Rheingauriesling mit farbenprächtigem Schloßbild und Wappenschilden auf dem Etikett, und schlug das Buch auf. Du hattest es seit damals nicht mehr gesehen. Brauner Ledereinband, goldgeprägte Buchstaben, noch aus dem letzten Jahrhundert, vom Vater seines Vaters, also deinem Urgroßvater, während der Inflation alles verloren, Anfang Januar vierundzwanzig bei Freunden drei Straßen weiter den Kummer weggetrunken, auf dem Nachhauseweg beim Pinkeln umgefallen, eingeschlafen, eingeschneit und erst zwei Wochen später im tauenden Schnee wiederentdeckt, mit offenem Hosenstall. Onkel Willi steckte eine Fackel neben sich in den Boden und schlug das Buch auf.

Seit wann genau, Onkel Willi?

Seit dreizehn Jahren, als deine Eltern im Sommer fünfundfünfzig in der Steiermark waren.

Mehr als die Hälfte meines Lebens.

Uschi hatte zumindest schon verstanden, daß sie in diesem Garten und mit diesen beiden Männern unversehrt weiterleben würde. Und du merktest, daß auch der vorangegangene Abschnitt zur Dramatik gehörte, auf die Entspannung war abermals der Schrecken gefolgt, ausgerechnet in Form von Schritten im Kies, einem geradezu billigen dramaturgischen Kniff. Schon Scharfenstein aus der Obersekunda hatte als Präsident im ersten Akt, nachdem die Uhr abends elfmal geschlagen hatte, damals zu sagen: Schritte auf dem Kies? Und Doktor Schnepper forderte, er solle es langsam und geheimnisvoll und vor allem mit rollendem R in den Schrrritten artikulieren, und mit tiefer Stimme: Das steigert die Spannung ganz ungemein, nich wahr nich nich.

Onkel Willi las nach der dritten Flasche Wein bei schwächelnd flackernder Fackel: Frau Lisbeth stürzte sich zu seinen Füßen, und bat um Verzeihung, aber das steinerne Herz kannte kein Mitleid, er drehte die Peitsche um, die er in der Hand hielt, und schlug sie mit dem Handgriff von Ebenholz so heftig vor die schöne Stirne, daß sie leblos dem alten Mann in die Arme sank. Als er dies sah, war es doch als reuete ihn die Tat auf der Stelle; er bückte sich herab zu schauen, ob noch Leben in ihr sei, aber das Männlein sprach mit wohlbekannter Stimme: Gib dir keine Mühe, Kohlen-Peter; es war die schönste und lieblichste Blume im Schwarzwald, aber du hast sie zertreten, und nie mehr wird sie wieder blühen.

Im Frühjahr hatte Uschi bei Laumer Schwarzwälderkirsch gegessen. Nomen est omen, dachtest du in deinem besoffenen Kopp. Du kipptest seitlich vom Stuhl, gute Nacht, und decktest dich mit Kies und Sand zu.

Am anderen Morgen wachtest du als erster auf. Gegen fünf glänzte der Himmel schon vielsagend blau durch die schwarzblättrige Pergola, aber ein frischer, ja geradezu fröstelnder Windhauch gefährdete den Sommer, der gerade erst begonnen hatte. Onkel Willi hing sägend im Stuhl. Uschi schnarchend, erstmals an ihr zu erleben, nicht auratisch, nicht charismatisch, asthmatisch auch nicht. In eine Decke gehüllt. Gewöhnlich. Privat. Und es war klar, ihr wart ein Paar.

Das Buch stand aufgeschlagen auf dem Boden, Onkel Willis herabhängende Hand hatte noch für alle Fälle die gelesene Seite zwischen die Finger geklemmt. Instinktiv nahmst du es mit verklebten Augen. Er hatte bis zur letzten Seite vorgelesen.

Du weigertest dich, einer Amsel wach in den Morgen zu folgen, und schliefst ein. Aber die Tage der Kommune waren gezählt. So unbehelligt konnte es nicht weitergehen, denn die Revolution war machbar, Herr Nachbar. Wenn man statt von Weltrevolution von einer lokalen Situation spricht, dann muß man viel bescheidener werden, man hat es zu tun mit ökonomischen, mit Strukturproblemen, mit einer vorhandenen Bevölkerung, die so ist wie sie ist, aus den Gründen, die wir kennen, sagte der revolutionäre Spaßvogel Enzensberger, als läge er bei Onkel Willi unterm Gartentisch.

Würdet ihr sagen: es ist gar nicht möglich, in einem solchen abgezirkelten, lokalen Terrain überhaupt von Befreiung zu sprechen? Das wäre eine Antwort, aber es wäre eine vernichtende Antwort für eure eigene Arbeit.

Ich will und will nicht aussteigen. Eine rote Ampel gibt mir Halt in diesem Abschnitt meines Lebens. So ein Gespräch ist ein würdiger Abschied. Besseres kann nicht kommen. Die Kraft ist nicht mehr bei mir. Zwanzig Minuten habe ich noch einmal über das grundsätzliche Weltproblem sprechen können, habe wie in einem Traum, an den ich mich immer erinnern möchte, endlich erfahren, was den Konflikt zwischen den Kulturen verursacht. Was die Welt im Innersten zusammenhält. Vielleicht habe ich nur einem irren Studierenden zugehört, der an den Ideen seines ebenso irren Professors zweifelt.

Zu mir ist schlecht.

Wieso? Ist doch Nachmittag.

Stimmt.

Die Ladenglocke der Metzgerei ging, und der austretende Duft ehrlicher Würste ließ euch an die vergangenen Wochen denken. An die lokale Situation im Odenwald, an den Garten der vorhandenen Bevölkerung.

Eigentlich ist Willi ein total antiautoritärer Typ. Und dabei ungewöhnlich triebgesteuert.

Gerade so wie ich.

Na, du bist doch kontrolliert, Ernesto.

Im Moment.

Zwei Leute hatten die Metzgerei verlassen, und im Seitenblick, der mit einem Interesse gefüllt werden mußte, das dem Nachträumen der Wurstgerüche standhielt, sahst du unpassende Proportionen. Du hattest einen Blick für Proportionen im Gesamteindruck, einen geradezu gnadenlosen Blick. Ein Konturabgleich sagte dir, daß der Seitenblick geboten sei: ein kleinerer älterer Herr mit Strohhut und eine größere jüngere Dame mit weißem breitkrempigen Hut, wie ihn Uschi in Schwarz hatte. Ein dicklicher Mann, der väterliche Freund, mit seiner Nichtnichte, dem exquisiten Mannequin. Artig, die beiden, aber so viel Angezogenheit seitens des älteren Herrn konnte nicht auf Verwandtschaft schließen lassen. Da reichte der Mann aus der Tüte der Freundin eine dünne Jagdwurst, kaum zu glauben, einen geräucherten Imbiß von ungefähr, und die junge Dame biß ab und war außerordentlich schön, mit länglichem Kinn, einer Stupsnase, die große Nasenlöcher als Ventile der Leidenschaft betonte, einer Leidenschaft, die sicher dem Mann mit der knackigen Jagdwurst entgegengebracht wurde. Und wie sie ihn kauend anstrahlte und er ihr ebenfalls ins Gesicht lachte und nun seinerseits von der Wurst abbiß, da durchfuhr es dich mit kaltem Schauer. Keine Analogie zu Anwesenden: Uschi war älter als du, und du hattest weder Bauch noch Doppelkinn, noch kurzen weißen Flaum unterm Hut, noch Brille, noch glasig flutende Knopfaugen darunter. Der väterliche Freund: der Professor. Das Mannequin: seine Geliebte. Jetzt fragte sie ihn: Wann fährst du in die Schweiz?

Übermorgen, sagte er. Die. Gretel. Packt. Seit. Tagen. Die. Koffer.

Du schautest Uschi an, ohne Hut, aber sie könnte, wenn sie wollte, denselben in Schwarz tragen, nur ein Zufall und eine Frage der zufälligen Witterung, daß sie es nicht tat, heute in der Hitze dieses Julitages. Sie hatte die beiden auch bemerkt.

Na klar, Ernesto, sagte sie halblaut, denn sie gingen nur vier, fünf Meter vor euch, der wohnt doch hier um die Ecke, da drüben, glaube ich.

Aber sie! Ist das nicht unglaublich? zischeltest du zwischen den Zähnen hervor.

Wieso? sagte Uschi, laß sie doch glücklich sein.

Ja, dachtest du: Laß sie doch glücklich sein. Was für ein überwältigender Uschisatz. Uschi grinste und machte die Faust der Internationale. Wie im Reflex zogst du dich an einer Krawatte, die du seit Beginn der Semesterferien nicht mehr trugst, an einer imaginären Krawatte, an einem unsichtbaren Requisit, dessen Fehlen deinen Haarwuchs zu fördern schien, nach oben. Und das imaginäre Würgen stelltest du mit einer gar zu deutlich zur Schau gestellten Zunge dar, einer Zunge, die den ganzen Mund schief nach rechts unten zog und vor- und zurückschnellend nur für Uschi ein begehrliches Zungenspiel andeutete. Der keuchende Kehllaut, den du zur Abrundung als unmäßiger Komödiant einsetztest, Gerd hätte es als nachgeäffte Scheiße bezeichnet, geriet so laut, daß sich die beiden umdrehten. Der Professor schaute dich an und holte mit seinem Blick den Hilfsblick der Geliebten ein. Du hattest die Zunge wieder eingezogen und wolltest dich setzen, aber deine Hand hielt noch die imaginäre Krawatte in die Höhe. Zumindest das Bild dessen, der sich mit seiner eigenen Krawatte würgend nach oben zog, stand mit dir auf der Straße. Du standest neben dir. Schnell merktest du, daß es keineswegs galt sich zu setzen. Du ließt die Krawatte fallen, nesteltest daran herum, dann wischtest du sie wie ein Illusionist aus der allgemeinen Vorstellung. SIE WAR NICHT DA. Machtest aus dieser Bewegung eine immer unklarere Geste, denn dir fiel nichts ein. Und wenn einem narrativ nichts einfällt, dann muß man mit einer Attraktion kommen, wie in der Oper eine schöne Arie singen oder wie im Film eine Aktionsszene mit ein paar waghalsigen Kaskadeuren zeigen oder eine Kußszene. Entweder Wohlanständigkeit oder etwas wie letzte Woche im Kino, dieser unverschämte Kuß zwischen Steve McQueen und Faye Dunaway, die in dem ansonsten aseptischen Film auch so einen Hut trug wie die Geliebte des Professors oder deine Freundin. Deine Freundin, aber die Geliebte des Professors, dachtest du, zweierlei Maß. Eine Frage des Alters? Aber jetzt du als Steve McQueen. Zwar saßt ihr nicht beim Schachspiel, aber ihr wart ein Liebespaar. Du strecktest deine verdrehten Arme aus und umarmtest Uschi, die sich nicht wehrte. Und ihr küßtet euch mit allen Zungen, die dazugehörten, mit leidenschaftlichem Durch-die-Nase-Atmen. Lange. Ohne Unterbrechung. Immer noch. Eine leichte Drehung. Dann weiter.

Jetzt schautest du zu dem Professor und seiner Geliebten herüber und stauntest, stelltest das Küssen ein. Auch Uschi staunte. Sie hatten sich nicht abgewandt oder entrüstet den Blick entzogen. Sie standen da und schauten euch lächelnd und offen wie die freiesten Liebenden an. Als ihr euch den beiden selbstbewußt zuwandtet, da mag im Blick des Professors, in seinen durch die Brille vergrößerten wäßrigen Augenknöpfen resignativer Neid mitgeschwommen sein, aber die Anerkennung, die er euch mit seinem Lächeln entgegenbrachte, war nicht nur kein bißchen verklemmt, er verband sie mit einer Geste, die dich ehrlich gesagt zu Tränen rührte, so daß du Uschi fest an dich drücktest: Er zog den Hut. Lächelte euch an, dann die Frau an seiner Seite, und sie gingen weiter. In diesem Augenblick warst du dir sicher, daß du von ihm promoviert werden wolltest. Du wolltest nicht nur die Flegeljahre bei ihm verbringen, du wolltest ihn zum Doktorvater. Du bliebst stehen, Uschi im Arm, und standest mit deinem frischen Plan so schön an der Straßenecke, daß dir die Weltrevolution gerade scheißegal war. Und Uschi blieb. An deiner Seite. Auch so ein Wort der älteren Generation. Zumindest für ein Jahr.

Du bist jung. Anfang zwanzig. Wenn die Welt, die Welt, auf die du dich freust, die Welt, die dein Leben in einem neuen Sinn erscheinen läßt, einem Sinn, der über dich kommt und dich beflügelt, einem Sinn jenseits der lauten Stimmen, die dich übertönen mit Worten, die ihn dir besser erklären wollen, als du ihn in ihren Augen ergriffen, begriffen und vielleicht belebt hast, die Welt, die sich dir allemal leidenschaftlicher erschließt als die aufgehende Patience deiner verstorbenen Großtante Friedel und dein Leben zur lustvollen Aufgabe macht, ohne deine kämpferische Kraft im Einsatz fürs Ganze aus dem Blick zu verlieren, bißchen Militanz wurde dir schon abgerungen, wenn diese Welt zerbröselt wie ein altes Brötchen, dann macht sich Fassungslosigkeit breit. Dann steht man vor Scherbenhaufen, vor

Brandruinen, vor Autowracks, vor zerschnittenen Gesichtern, vor verbrannter Haut, vor Knochensplittern, vor Hirnbrei, vor Weckmehl. Vom Sinn erwartet man sich Gestalt, Form. Formen besseren Lebens, alternative Lebensformen, gangbare Wege, für einen selbst, für andere. Nichts weiter. Ist ja so viel nicht. Gerechtigkeitssinn. Freiheitsliebe, das muß doch möglich sein.

Weckmehl muß ma net ubedingt wegwerfe, sagte deine Mama, des kannschd noch in de Küch verwende, ohne Weckmehl gäb's dein geliebte Kerscheblotzer net.

Wenn sich alles zerkleinert hat, auch die Mandeln und Haselnüsse, dann muß Butter rein und Milch, Eier, Zucker, Zimt, das bindet und schmeckt. Jetzt alles zu einem Teig rühren, in den man dann die Kirschen blotze lasse dut. Und wenn die Kirschen hineingefallen sind, dann wird weitergerührt. Aber was macht das Weckmehl? Gibt ein bißchen Halt. Schmecken kann man es nicht. Und dabei ist es dein Leben, das du da reingebröselt hast. Es sind doch die Kirschen, die schmecken, die Mandeln, der Zucker.

Also, das mit dem Leben, das klingt nach den Leidenschaften der Individuen.

Moment, bin ich ein Individuum? Achso, ja.

Und die Leidenschaften der Individuen ficken im Sinn der Idee.

Hast du eben ficken gesagt? Die Leidenschaften der Individuen ficken?

Wirken! Die Leidenschaften der Individuen wirken im Sinn der Idee. Sie werden losgeschickt und treffen aufeinander, werden aufgeopfert, bleiben auf der Strecke. Das ist das, was Hegel die List der Vernunft nennt.

Also funktioniert Hegels List der Vernunft im Prinzip wie ein Kerscheblotzer.

Im Prinzip ja.

Na, dann geht's ja.

Was geht?

Na, dann bleibt etwas von mir im Ganzen. Geschmackloses Weckmehl meines Soseins.

So wird's sein. Noch Angst?

Jetzt weniger.

»Olli, laß uns mal die biographischen Details des Gastes durchgehen.«

»Noch mal?«

»Was könnte ich ihn als erstes fragen, diesen Fischer?«

»Tischler. Lassen Sie mich überlegen.«

»Nein, nein, zum Überlegen haben wir keine Zeit mehr. Marcel, mein Küchenbub, was soll ich den Gast fragen?«

»Vielleicht nach seinem Rezept und dann nach dem Rossini-Buch.«

»Toll, Marcel.«

Der Professor und seine mutmaßliche Geliebte gingen am mutmaßlichen Haus des Professors vorbei, die Straße entlang, immer weiter, wurden immer kleiner. Gehende weiße Punkte auf dem Bürgersteig. Bürgerliche weiße Punkte auf dem Gehsteig. Daß du ihnen so lange nachschautest wie Fischen in Onkel Willis Unterwasserwelt, merktest du erst, als Uschi dich schon einige Zeit lächelnd angesehen hatte. War das Träumen? Und war Träumen Stillstand? Hattest du dich nicht vielmehr zu entwickeln, um eine Umkehrung der Produktionsverhältnisse voranzutreiben? Eine sichtbare Entwicklung? Und zu handeln. Sagte dies nicht deine dir einstimmig zugesprochene neue Rolle, in der du sagtest: Mit der Ruhlosigkeit der Gedanken läßt keine Mauer sich durchbrechen Mit der Schreibfeder kannst du keine Ordnungen umwerfen. Aber wie gerne hättest du Fische und Sumpfdeckelschnecken auf ihrem Weg in die grünliche Transzendenz beschrieben, ihnen deine Worte gegeben, stumm, wie sie waren.

Uschi las in deinem Gesicht wie in einem Buch, in dem das bürgerlich-individualistische Prinzip jegliche Umwälzung verhinderte, ja, schon das Umblättern erschwerte.

Ernesto, die Philosophen haben die Welt nur verschieden interpretiert, es kommt darauf an, sie zu verändern, sagte sie.

Ach Uschi, sagtest du und erbleichtest.

Der Taxifahrer biegt von der großen Straße ab in eine kleinere, und mir wird die Unausweichlichkeit meiner Situation bewußt. Ich habe einen Plan, aber Träumen war schon immer das Ziel. Ich wollte ein guter Träumer werden. Immer besser. Rechenschaft in Träumen. Nur mir. Wem sonst? Jetzt gleich aussteigen?

Der Zug von Neustadt nach Mannheim hatte Verspätung. Du hattest Uschi halb im Ernst, halb im Scherz versprochen, über Ostern einen Rechenschaftsbericht über deine Umsetzung der elften Feuerbachthese von Marx zu schreiben. Und du schriebst, während die Familie auf den Trifels wanderte. Du schriebst um dein Leben. Du schriebst über dein Leben. Aber nichts nahm Gestalt an. Du konntest die Wege, die zur Umwälzung beschritten wurden, begreifen, aber nicht überblicken. Du konntest bei einem Rückblick auf das letzte halbe Jahr keine Folgerichtigkeit sehen, weder in deinem Leben noch in der Studentenbewegung. Da war ein Rausch des Augenblicks, den du bei der Demonstration an Ostern vor einem Jahr hautnah mit Wundnaht miterlebt hattest, aber auch wenn der Professor sprach oder die Leute vom SDS, der Krahl, der Amendt, die Wolffs, und wie all diese permanent präsenten lauten Stimmen hießen.

Ein Rausch des Augenblicks, wenn die Organisationsfrage geklärt war und Aufgaben verteilt wurden, wenn Plakate gemalt und Flugblätter gedruckt wurden, wenn Mehrheitsbeschlüsse umgesetzt wurden, wenn du beim Blick über die Schulter die Mehrheitsverhältnisse an den gehobenen Händen abgelesen hattest, einerseits mit Spannung erwartet, wieviel dafür, wieviel dagegen, andererseits auch eine untrügliche freiheitliche und im Moment zählbare Entscheidung. Eine praktische Grunderfahrung. Ein Rausch des Augenblicks, wenn ihr was zu rauchen hattet, sowieso, Schamanenekstase. Das Einzelne erregt und beflügelt, eine Aktion im Rektorat, eine auf der Straße, und noch eine und noch eine. Jede unvergeßlich und immer aufregender als die vorige. Nur fehlte die große Erzählung von der Revolution. Sie geriet aus dem Blick oder war nie da. Statt dessen, das merke ich jetzt, die Stimmen von Jungs. Auch der Umgang miteinander. Jungs. Bißchen rotzig, bißchen laut. Schwanzvergleich. Jungs. Fregattvögel mit rotglänzenden Kehlsäcken wie bei Sielmann und Grzimek im Wohnzimmer der Eltern. Jeder will Idol sein, ergreift die ihm angemessene Aufgabe und verlangt Gehorsam und Gefolgschaft kraft seiner Sendung. Ob er sie findet, entscheidet der Erfolg. Charismatische Herrschaft. Wer wird Klassensprecher?

Um erwachsen zu wirken, ergründeten sie die Organisationsfrage und saßen wie bürokratische Institutionen zusammen. Und du dazwischen. Ausgerechnet du. Der Eigenbrötler. Vom. Betrieb. Ausgeschaltet. Wird. Er. Leicht. Der. Unzulänglichkeit. Überführt. Der einzelne bleibt friedlich. Aber der einzelne bleibt auch unterdrückt.

Und mit Hilfe der elften Feuerbachthese aus Sicht von Marx fandest du heraus, daß du eigentlich zu den Leuten gehörtest, die die Welt zunächst mal verschieden interpretierten (Uschi interpretierte sie schon wieder ganz anders) und über konkrete Aktionen zur Veränderung nur nachdachten. Aber war das der richtige Ansatz an Uschis Seite?

Ernesto sollte sich über seine eigenen Aktionen definieren, könnte doch mal auflisten, wie aktiv er tatsächlich ist, sollte nun doch mal auflisten, wie er zum Aktivisten geworden ist, müsse doch zugeben, daß es dringend geboten ist, aufzulisten, was er denn als Handelnder so geleistet hat, seit dem letzten Sommer bei Onkel Willi. Der hatte eine historische Tragweite im uschologischen Weltbild bekommen. Denn die Einordnung der frühen Sommertage achtundsechzig in die Geschichte von Emanzipation und revolutionärem Kampf schien gerade durch die Dialektik, für die Onkel Willi stand, gleichermaßen notwendig wie aussichtslos. Weder vom bourgeois-individualistischen Ansatz, mit dem er statt politischer Ernsthaftigkeit zu viel Schabernack in die gemeinschaftlich verbrachten Tage hineingeschmuggelt hatte, noch von der glaubhaft gelebten antiautoritären Grundhaltung, deren eigentümliche Triebstruktur allerdings stutzig machte, konnte ohne weiteres eine exemplarische Lebensform als Modell abgeleitet werden.

Auch der Zug von Mannheim nach Frankfurt hatte erhebliche Verspätung. Aufgrund eines Personenschadens. Das Wort Selbsttötung machte am Bahnsteig die Runde. Uschi wollte schon gestern wieder aus Osterfriesland, wie sie gesagt hatte (Lernen von Onkel Willi), zurückkommen. Eure Bockenheimer Wohngemeinschaft war zum Ort einer funktionierenden Partnerschaft geworden. Deine Mama hatte dir wieder Schogglaad in Eier- und Hasenform mitgegeben, für die auch Uschi jenseits aller soziologischen Geradlinigkeit empfänglich war. Im August hatten sich die beiden kennengelernt. Und auf Anhieb gemocht (Isch e ganz Liewi, awwer do musch dich uff die Hinnerbää stelle).

Du würdest ihr den Bericht vorlesen, bei einem Glas lieblichem Pfälzer Silvaner, den du im Gepäck hattest. Keine leichte Aufgabe für dich, einen lieblichen Silvaner zu trinken, aber er würde Uschi den Bericht versüßen. Eigentlich warst du sicher, daß sie ihn dir um die Ohren hauen würde: Unbeholfen, unscharf, richtungslos. Doch die Ereignisse, in deren Fängen du dich zu rechtfertigen hattest, waren genau dies. Als würde dir die Zeit zwischen den Fingern zerrinnen, nicht mal für einen Gedanken faßbar.

Wie Weckmehl.

Genau, Onkel Willi.

Die Ereignisse überschlagen sich.

Genau. Sie überschlagen sich. Ich glaube, das trifft es. Als wäre es ein Unfall. Das Auto kommt von der Fahrbahn ab und überschlägt sich mehrmals.

Was macht der Führerschein?

Ich bin dabei und habe bald Praktische. Die Theoretische habe ich bestanden.

Da hatte ich keine Zweifel. Reicht das Geld?

Ja, vielen Dank, Onkel Willi.

Keine Ursache. Und die Praktische bei Uschi? Kommt ihr auch dazu? fragte Onkel Willi und steckte den rechten Zeigefinger in das Loch der linken Faust.

**Rechenschaftsbericht**
**September 68 bis Ostern 69**

*Punkt 1. Am Beginn des in Frage stehenden Zeitraums stand das Problem des Elternbesuchs. Die bourgeoisen Ansichten konnten nicht durch eine Diskussion im Sinne einer Gegenkultur entkräftet werden, also wurden sie im Sinne wochenendlichen Einvernehmens mit den Gästen beim Sachsenhäuser Brunnenfest als Kritikpunkt von der Tagesordnung genommen. Die lokale Situation verhinderte die Austragung jeglicher Konflikte, jedoch*

*hätte eine Austragung keinerlei progressive Impulse setzen können, sondern das gesamte Ereignis des Besuchs sofort beendet. So wirkten der väterliche Äppelwoikonsum und die Begegnung mit der Quetsche-Lili, einer dickleibigen, aggressiv grinsenden und Witze reißenden Zwetschgenhändlerin, die den Rang eines Originals bei der vorhandenen Bevölkerung hat, konfliktverschleiernd, denn der Vater liebt Volkstümliches.*
*Punkt 2. Eine Tomate traf den Genossen Krahl auf der Delegiertenkonferenz am Hals und mit ihr der Vorwurf, er sei ein Konterrevolutionär. Das scheint mir aus Sicht der Frauen völlig gerechtfertigt. Mit dem Berliner Aktionsrat zur Befreiung der Frau solidarisierte sich die Genossin Uschi vollends, warf spontan einen mitgebrachten Apfel nach dem Delegierten Krahl, traf ihn aber nicht. Der Apfel, ein rotbäckiger Boskoop, blieb in der Kante des Rednerpultbrettes stecken. Das Wurfgeschoß ist vor allem den Gesetzen der Physik verpflichtet, nicht immer dem Willen der Werfenden. Es trifft nach seinem Geworfensein irgendwo auf. Die Definition des Zieles ist dabei nicht der einzige Faktor. Das Wurfgeschoß ist durchaus Symbol einer kämpferisch geschleuderten Faust, aber der Apfel in der Pultkante führt zu nichts anderem als dazu, daß die eingerissene Schale dem Fruchtfleisch keinen Schutz mehr bietet. Der Apfel beginnt zu faulen. Ist der Apfel an sich schon tot wie der abgetrennte Kopf eines konterrevolutionären Delinquenten, so ist der geplatzte, angebissene oder angeschnittene Apfel binnen einer Stunde schon braun verfärbt, wodurch bereits die Fäulnis eingeläutet*

*wird. Die Zersetzung bis zur Unkenntlichkeit ist eine Frage der Zeit. Der tote Apfel wirkt dabei mit seinen roten Bäckchen lebendig, wie der Kopf der Charlotte Corday, die der Henker nach ihrer Enthauptung noch ohrfeigte, die Frevlerin, wodurch, wie umherstehende Gaffer bestätigten, sich ihre Wangen röteten. (Was? Der hännse noch uff die Backe gschlache? sagte mein Vater sichtlich entrüstet, als ich es ihm beim Brunnenfest erzählte. Aber Du warst ja dabei.)*

*Punkt 3. Ich schloß mich dem Resolutionsentwurf an, daß nämlich die Revolution als Ziel des Klassenkampfes weniger eine Frage der Machtübernahme sei, als eine Frage der Verwirklichung dessen, was sich in der bestehenden schlechten Gesellschaft antizipatorisch als Gegengesellschaft abzeichnet. Dies beinhaltet, daß der Anspruch auf Glück – jetzt abgetrennt in die Privatsphäre, aber noch nicht einmal dort befriedigt – in gesellschaftlicher Aktion eingelöst werden muß. Auch mir schwebt das Bild der Berliner Frauen von einer zukünftigen Gesellschaft vor, die sowohl alle Lebensverhältnisse erotisiert als auch Aggressionen produktiv macht.*

*Punkt 4. Nachdem ich mein Zimmer bei Frau Knapp mit Hilfe von Willi ~~und seinem neuen Auto, einem hellblauen R 4, in den meine Bücher und Habseligkeiten gerade so hineinpaßten,~~ geräumt hatte (die Witwe weinte beim Abschied, ich fragte mich nur, um wen), kochte ich unser erstes gemeinsames Abendessen, während vor Deinen Augen an der Paulskirche Dany-le-rouge in polizeilichen Schwitzkasten genommen wurde und der*

afrikanische Unterdrücker Senghor unbehelligt den Friedenspreis entgegennehmen konnte. Du föhntest Dir die Haare, zogst die nassen Sachen aus und tupftest die geröteten Augen mit lauwarmem Wasser ab, als ich das zweite Telefonat mit meiner Mama beendet hatte und nun um die Zubereitung der Lebensmittel genau Bescheid wußte, auch um die Sardellen. (Hier gehe ich bei der Beschreibung der häuslichen Situation zum Du über: Deinen, Du föhntest Dir, zogst, tupftest. Ist okay, oder? Siehe auch die weiteren Punkte.)
Punkt 5. Da ich von der Situation eines möblierten Zimmers her kam, beschlossen wir im Sinne einer antizipatorischen Gegengesellschaft außer einem Bücherregal keine weiteren Möbel anzuschaffen, sondern Reismatten, die gerade im großen Stil aus Ländern der Dritten Welt importiert wurden. Das Bücherregal bauten wir schließlich in Eigenarbeit durch Aufeinanderstellen von Obstkisten. Ich besorgte mir eine Matratze und legte sie an Deine Matratze an, so daß wir einen gemeinsamen Aktionsraum hatten. (Onkel Willi hatte noch einen alten Teppich auf dem Dach seines R 4 aus dem Odenwald gebracht. Ich weiß, zu viele Abschweifungen und erzählerische Elemente bisher, die in einem Bericht nichts zu suchen haben. ~~Ich kann das nicht schreiben. Es klingt unendlich hölzern und ist voller Floskeln. Ich kann so was nicht, das bin ich nicht.~~)
Punkt 6. Das fernmündlich übermittelte mütterliche Rezept der Königsberger Klopse mit der sämigen weißen Soße und den Kapern, die ich wie du liebe, wurde nach Klärung der Beschaffungsfrage zur

*Zufriedenheit des Plenums ausgeführt und vom Teller abgearbeitet. (Du magst sagen, ich mache mich lustig über die Sprache der Revolution und ziehe unser neues Leben ins Lächerliche. Nein! Ich habe nur ein natürliches Widerstandsbedürfnis, wenn Leben zu formelhaft organisiert werden soll. Das hatte ich lange genug. Ich will was Neues. Mit Dir.)*

*Punkt 7. Auf der Buchmesse stellte ich mich Franz Josef Strauß in den Weg. Mit Hunderten anderen. Wir verstopften die Gänge, aber ich sah den schmierigen fettglänzenden Strauß für einen Augenblick ungefähr drei Meter vor mir, und er änderte seine Richtung. An mir kam er nicht vorbei.*

*Punkt 8. Ich war aus dem Institut herausgetreten, um über die Straße in die Mensa auf dem Campus zu gehen. Die Ampel an der Senckenberganlage, die sich weigerte, grün zu werden, steigerte mein antizipatorisches Hungergefühl. Es entstand Ungeduld. Ein Schritt nach vorne. Da war schon das Vorderrad eines Radfahrers über meinen Zeh gefahren.*

*Ich hielt den Schmerz im Tränenschleier aus. Du lieber Himmel, is Ihne was passiert? Der große Zeh meines rechten Fußes war gebrochen. ~~(Und steht, wie Du weißt, nach links ab.~~)*

*Punkt 9. Für den bandagierten Zeh trug ich eigens eine für die Jahreszeit unpassende Sandale. Er stand zwar weiterhin vom Fuß ab, aber schmerzte nicht mehr. ~~Ich nannte ihn Che. Der große Che. (Eine Idee von Onkel Willi.~~)*

*Punkt 10. Ein schwerwiegender Fehler ist mir unterlaufen, als Du nach der Urteilsverkündung gegen die*

*Kaufhausbrandstifter vom Landgericht zurückkamst. Der Tumult im Gerichtssaal setzte sich versehentlich zu Hause fort, weil ich vergessen hatte, das Bügeleisen auszuschalten, und sich in meiner Abwesenheit ein Schwelbrand ereignet hatte, der die gesamte Wohnung in einen dichten Rauch hüllte. (Ich kam zum Glück kurz nach Dir vom Einkaufen zurück, aber wir husteten erst mal kräftig, gell?) Punkt 11. Ich bestand den Führerschein auch im Praktischen. Und das bei meiner Schusseligkeit (Selbstkritik!). Prüfer und Fahrlehrer sagten unabhängig voneinander, aber enttäuscht, ich sei entsetzlich langsam gefahren, geschlichen sei ich. Eigentlichvielzulangsam, selbst in geschlossenen Ortschaften würde das eher zu Gefahren führen. (Aber da sie ja gute Bekannte von Onkel Willi seien, der mir den Führerschein spendiert hat, hätten sie Hoffnung, an seiner Seite würde ich eine ordentliche Fahrpraxis erhalten. ~~Der Prüfer lachte auf und sagte: Ach, der Willi.~~) Punkt 12. Daraus ergibt sich, daß die Revolution als Ziel des Klassenkampfes weniger eine Frage der Machtübernahme ist. Ende Januar besetzte Krahl das Institut. Ich stand, als sie alle reinkamen, beim Pförtner und fragte, ob mein Regenschirm, ein schwarzer Stockschirm mit einem rötlichen Griff aus Ahorn, an dessen Innenseite ein schwarzer Lederstreifen entlanglief (ein Geschenk von Onkel Willi, aus England, wie er sagte), abgegeben worden sei. Ich war mir sicher, daß ich ihn im Institut stehengelassen hatte. ~~Für dieses Schirmmodell hatte ich eigentlich schon zu lange Haare.~~ Der Professor und ein weiterer Direktor riefen die Polizei. Ich solidarisierte mich mit den Kommilitonen, auch weil der Pförtner mir sagte, daß so ein Schirm nicht bei ihm abgegeben worden sei. Wir wurden umstellt und festgenommen. Wir riefen im Angesicht des Professors, der mir zwischen den weißbehelmten Polizisten selbst wie ein Festgenommener vorkam: Scheißkritische Theoretiker! Ich schämte mich sofort und fühlte mich wie ein Verräter beim Blick zurück zum Professor, der diesmal nicht den Hut zog. Er hatte gar keinen auf. Und sein weißer Haarflaum war über seinem dunklen Mantel in Verwirrung geraten, als sei er eben erst aufgestanden, als sei er aus dem Schlaf geschreckt, als hätten sich die Haare an seinem Hinterkopf gegen ihn erhoben, als nähmen sie sich Rechte heraus, die ihnen nicht zustehen, als unterstünden sie nicht mehr seinem Willen, seiner Vorstellung, als sei er im Begriff, vom Weg abzukommen oder gebrechlich zu werden, als sei er gestürzt oder von den Beamten geschlagen worden,was absurd war. Ich wußte nicht, woher meine augenblickliche Wut kam. Krahl gestikulierte wild, schaute noch wilder mit seinem einen Auge umher, denn das zweite, hieß es, habe er als kleines Kind im Krieg verloren. Dabei war der Krieg vor der Haustür. Der Krieg war schon ins Institut getragen worden. In dem Geschiebe kam mir der Krahl klein und groß vor, nah und fern, ~~als könnte er seine Größe verändern wie der Holländermichel~~. Es war kein Handgemenge, es war ein Wortgemenge, in dem er sich befand. Ich war Gefolgsmann und wußte nicht, ob ich es sein wollte. Wir gingen bei Regen (ich glaube, es regnete, und ich hatte keinen Schirm) die Stufen vor dem Institut hinunter zu den Einsatz-*

wagen. Wenn man verhaftet wird, hat man nie einen Schirm, oder? Hatte ich revolutionären Biß? (~~Uschi, Du darfst mich fragen, ob ich revolutionären Biß habe.~~ Du darfst revolutionären Biß bei mir in Frage stellen.)

Punkt 13. Die Zukunft des Bockenheimer Kollektivs scheint unsicher bis unabsehbar. (Gerd war am Mittwoch da. Er wußte nicht, daß Du schon in Vitzum warst, und meinte, ob wir nicht eine rauchen wollten, er hätte auch mir was zu sagen. Sein Joint hatte mich schon nach den ersten Zügen umgehauen. Ich lagerte mich vorsorglich auf die Matratze und dachte, ich kippe jeden Augenblick nach hinten. Und er faselte von der Pest. Es war ein perfekt gelernter Text, nicht von ihm, wieder von seinem Theateridol. Gerd ist ein begnadeter Schauspieler, aber er wirkt beunruhigend echt und textsicher. Sinngemäß müsse das Theater wie die Pest werden, die im Angesicht des Todes eine völlige Freiheit und ein absolutes Denken der Möglichkeit freisetzt. Dann: Ein wirkliches Theaterstück stört die Ruhe der Sinne auf, setzt das komprimierte Unbewußte frei, treibt zu einer Art virtuellen Revolte. Die Worte hatten von Gerd Besitz ergriffen, sie formten sich aus seinen Lippen zwischen den bedrohlich knisternden Zügen aus der Tüte. Die Glut glomm bedeutsam auf, wie auch Gerds Augen sich im Rhythmus der Inhalation weiteten. Mit aufblitzendem Siegelring reichte er mir den Joint, kam mir dabei so nah, daß er mir seinen Rauch förmlich in den Mund blies, und sagte: Und wenn wir uns auf dem Höhepunkt des Grauens, des Blutes, der verhöhnten Gesetze wähnen, kurzum auf dem Höhepunkt der Poesie selber, die von der

*Revolte geheiligt wird, so sehen wir uns gezwungen, sogar noch weiter zu gehen, bis in einen Taumel, den nichts zur Besinnung bringt. Man kann jetzt sagen, daß alle wahre Freiheit schwarz ist und unausbleiblich mit der Freiheit des Geschlechts verschmilzt. Beim Abschied lachte er mir ins Gesicht, sagte, daß er Marat/Sade vom Spielplan genommen habe. Spielplan, dabei war es bisher nicht einmal zu einer Probe mit allen Rollen gekommen. Und er zitierte wie ein alter Oberlehrer, aber kichernd, als dessen Parodie, Büchners Danton: Geht das nicht lustig? Ich wittere was in der Atmosphäre; es ist, als brüte die Sonne Unzucht aus. Möchte man nicht drunter springen, sich die Hosen vom Leibe reißen und sich über den Hintern begatten wie die Hunde auf der Gasse? Jetzt hat Gerd zwar nur rumzitiert, seinen Guru und sogar Büchner. Und es ging auch nur um Theater. Aber ich hatte das Gefühl, ich weiß, das gehört nicht in einen Rechenschaftsbericht, ich hatte bei Gerd das beunruhigende Gefühl, es ging um etwas ganz anderes. Vielleicht trennt er nicht mehr die Ebenen voneinander. Wäre ja nicht der erste. Ach Uschi. Gerade sitze ich im Zug und habe Punkt 13 geschrieben. Gekrakelt, aber ich werde Dir vorlesen. Habe drei Stunden in Mannheim gewartet. Der reguläre Zug ist ausgefallen. Ich werde mit vier Stunden Verspätung nach Frankfurt kommen, viel zu spät, um mit Dir meinen Rechenschaftsbericht durchzugehen und den Wein zu trinken.)*

Um halb elf statt um sechs fiel endlich hinter dir die Haustür zu, und du knarrtest schlapparmig die eitrigen Treppenstufen am kackbraunen Geländer hinauf. Doch du kamst gut gelaunt mit einem Schokoei in der Hand an der Wohnungstür im dritten Stock an. Eigentlich solltest du klingeln, dachtest du, dann würde sie aufmachen, das Ei wäre nur wenig geschmolzen, und du könntest es ihr mit den Worten Frohe Nachostern in die Hand drücken. Dann würdest du sie auf den Mund küssen, oder sie dich. Dann würdest du sie in die Wohnung drängen, sie würde sich drängen lassen, du würdest den Koffer abstellen und hinter dir die Tür zutreten wie ein Handlungsreisender, der auf der Reise seine Handlungen aufgelistet hat.

Andererseits warst du ja nicht zu Gast bei ihr. Du würdest eigenständig den Schlüssel im Schloß drehen. Vielleicht las sie, und du würdest sie so nicht stören, nicht auffordern, jetzt gefälligst zur Tür zu gehen und dem Männe zu öffnen, so ja nicht gerade, gerade so nicht, sondern der Schlüssel im Schloß und das Öffnen der Tür, bei einer konzentriert lesenden Uschi vielleicht auch erst das Zuschlagen der Tür, würden sie mit Freude den Blick von ihrer Lektüre nehmen lassen. Sie würde einfach liegenbleiben, warten, bis du dir die Schuhe ausgezogen und den Mantel auf den Hocker im Flur geworfen hast, würde aufschauen aus ihrem Buch, das Ei in deiner Hand anlachen und dich auch. Du würdest in der anderen Hand schon mit den Blättern deines Berichtes wedeln, sie auf die Matratze werfen, zurück in den Flur gehen, die Schnallen des Koffers öffnen, in der frischgewaschenen Wäsche nach der kalten Flasche wühlen, stadtkalt, besser als zimmerwarm. Und dann versüßte Rechenschaft.

Also die zweite Variante. Selbst aufschließen. Licht anmachen. Licht anmachen? Ja. Koffer abstellen. Zettel aus der Tasche. Ach ja, Flasche aus dem Koffer. Zettel unter den Arm klemmen, Flasche in die linke, Ei in die rechte und direkt ins Wohnzimmer, die Tür hattet ihr ausgehängt, spießige Relikte, einschließende Abgeschlossenheit. Auch im Wohnzimmer war kein Licht. Kalte Würze von Gras hing im Raum. Du legtest den Schalter um, und deine Welt flog in Fetzen. Die Blätter flatterten auf den Boden, die Flasche zersprang auf der Reismatte, der Silvaner ergoß sich, das Ei in deiner Hand wurde von deiner Faust zerdrückt. Blut auf bespritzter Matratze. Zerwühltes Laken, zerknautschte Kissen. Kampf. Sterbliche Überreste eines Liebesnests. Und in der Mitte lag etwas wie in einer blutigen Gloriole, die ins Laken eingezogen war, ein kleiner Pilzkopf, eine Hautkappe, Hauthut, Fleischhelm, runzelig, abgeschwollen, abgerissen, leerblutend, während aus einer Öffnung Schleim quoll, leichter Glanz. Du ließest liegen, was dort lag, und nahmst die rot getropfte Spur ins Bad auf. Uschi lag zwischen Kloschüssel und Badewanne. Hatte die Beine angezogen. Schrie auf. Dann erkannte sie dich. War erleichtert. Fing an zu zittern. Du hobst sie auf, klapptest den Klodeckel runter, setztest sie drauf und holtest eine Decke.

Als du mit der Decke kamst, sagte sie ruhig und sachlich wach: Ich glaube, ich brauche einen Arzt.

Du riefst Notarzt und Polizei und öffnetest alle Fenster.

Was ist passiert?

Kannst du dir das nicht denken? Ihre Worte wurden von Speichel und Blut erstickt. Sie versuchte ein Lächeln, rote Spucke lief ihr übers Kinn.

Sie spie auf den Boden: Das ist nicht mein Blut.

Gerd?

Erst schüttelte sie den Kopf, dann nickte sie. Dann wütendes Schreien, Weinkrampf, Schluchzen, Ohnmacht. Notarzt.

Und dann?

Dann habe ich die Tür hinter mir geschlossen und den Koffer abgestellt.

Und die Blutstropfen auf der Treppe haben Sie nicht bemerkt?

Nein.

*Das Opfer, eine 25jährige Studentin, trug neben Prellungen, Rippenbrüchen und Schnittverletzungen im Gesicht schwere Verletzungen im Unterleib davon. Sie ist noch nicht vernehmungsfähig. Offenbar ist es zum Kampf gekommen, denn der Täter verlor bei der Flucht erhebliche Mengen an Blut. Wieder war das Opfer eine dem SDS nahestehende Studentin. Der Tat dringend verdächtigt wird der 26jährige Doktorand Gerd von K.*

Neben den Matratzen fandest du am andern Morgen einen zerknitterten Zettel, krakelige Handschrift.

*Zu Photo Gaby/Renate/Fenster Nummer 94/69:*

*Wogen und Räkeln*
*~~Uschi und Jutta~~ Gaby und Renate sind oben ganz Fara Diba und unten ganz Eva. Und man kann sie kaum unterscheiden, wenn es wohlig wogt beim geregelten Räkeln. Hoffentlich verschwindet das doppelte Evchen nicht gleich hinter den Gardinen.*

Unbändiger Zorn zerriß den Zettel und warf die bestialisch getischlerten Gerdiaden aus dem offenen Fenster. Dann Reue. Du ranntest auf die Straße und fandest die beiden Teile tatsächlich wieder. Stolz warst du auf die wehrhafte Uschi. Kräftig zubeißen, dachtest du. Das Gerdschwein mußte früher oder später bei der Notaufnahme eines Krankenhauses auftauchen, denn gerade an dieser empfindlichen Stelle war hoher Blutverlust unvermeidlich, dachtest du. Allein die Schwellkörper. Er könnte die Vorhaut nach vorne ziehen und zubinden, die hatte sie nicht erwischt. Aber das mußte trotzdem ärztlich versorgt werden. Und dann würde es an den Tag kommen. Es würde an den Tag kommen, oder die Sau würde ausbluten.

Du hattest gewacht vor dem Krankenzimmer im Bürgerhospital. Die Wunden waren versorgt, und sie schlief dank einer Spritze ohne Zittern ein. Als du im fahlen Neonlicht das Hospital verließt, verschwamm in den Tränen, die sich bei jedem Gedanken an gestern in deinen Augen sammelten, die spärlich beleuchtete Nibelungenallee, und du hattest Mühe, dein Fahrrad zu finden. Von dem Zettel hast du Uschi nie etwas gesagt. Und daß Gerds dolle Geschichte mit der Konkret-Kolumne in diesem Zettel verpufft schien, war nicht genugtuend, sondern unterstrich die Niedertracht dieses blasierten Theaterarschs.

Am andern Tag brachtest du natürlich Blumen ans Krankenbett. Als du hereinkamst, hatte sich etwas verändert im Zimmer. Uschi war wie mit dem Bett verwachsen. Sie hatte einen Verband, der ihren Kopf bedeckte, denn man hatte auch eine längliche Platzwunde am Hinterkopf genäht, und du konntest dir immer weniger vorstellen, was gestern abend genau passiert war. Uschi sah unter ihrer weißen Bettdecke, die ihr bis zu den Ohren reichte, aus, als suchte sie gänzlichen Schutz vor allem, was sie umgab, ein für allemal. Und mit ihrem weißen Verband wurde sie zur Nonne, einer französischen Filmnonne, in bläßlicher Unnahbarkeit, vermutlich von Jeanne Moreau gespielt, mit trocken gepuderten und fahl geschminkten Lippen. Auch das Pflaster auf ihrer linken Wange zeigte ihre Blessuren an. Wundmale einer Heiligen. Fehlte nur noch, daß sie ihre Hände auf der Brust faltete und sich in ein Gebet einmurmelte. Das tat sie nicht. Sie sprach wenig. Und du hieltest ihr zugute, daß jedes Wort nicht nur anstrengend wäre, sondern auch um das Thema des gestrigen Horrors kreisen müßte.

Erst wolltest du ihr den Rechenschaftsbericht zur Vertreibung trüber Gedanken und als Ausdruck deiner harmlosen persönlichen Erlebniswelt bieten, das wäre doch, das könnte vielleicht, erheitern, andere Gedanken, dann vermiedst du aber jedes Wort, das die Dimension des Krankenzimmers im Jetzt verließ, weil jedes Verlassen des Augenblicks automatisch die Dimension der Erinnerung in sich barg, der Erinnerung an alles, was davor lag. Die Zäsur zwischen Jetzt und Einst war nicht die vergangene Minute, sondern der gestrige Abend, als irgendwann Gerd aufgetaucht sein mußte, mit einer ordentlichen Tüte, und womöglich von seinem Theaterheini gefaselt hatte. Von der Haut. Von der Pest. Von Indien. Von Bali. Dann.

Deine Worte hatten den Raum im Jetzt nicht zu verlassen. Uschis Gesicht zu streicheln wagtest du nicht, denn körperliche Berührung würde Folgen haben, die du nur als fatal denken konntest. Ob das Schokoladenei nun durch übermäßige Hitze zerlaufen war oder durch das Ballen deiner Faust zerdrückt, war einerlei. Aber die Zerstörung dieser Frau, die du liebtest, mußte aufgehalten werden. Mußtest du aufhalten, du allein. Nur keinen Fehler jetzt. Die Blumen in der Vase am Fenster, hinter dem der frische grüne Flaum faltiger Blätter das Astgrau aufputzte, verstärkten die Klosteratmosphäre, und dich umlauerte christliches Schnulzbekenntnis im Angesicht des heiligen Leids. Du warst der Sohn eines Kleinkatholiken, eines götzendienerischen Mitläufers. Uschi dagegen war die reformierte Pastorentochter. Reformiert wie deformiert. Du maltest dir das Krankenzimmer zur Zelle und Uschi zur Klosterfrau mit süßlichem Melissengeist aus, anstatt nüchtern zu sehen, daß deine Freundin, die dich wie du sie liebte, Opfer einer Vergewaltigung geworden war. Behutsamkeit im Umgang hatte die Schwester vorhin angemahnt, da ja der Täter auch ein Mann war. Eine andere Schwester hatte gestern die Wollust beiderseits gesehen, denn es sei ja ein Freund gewesen, dem sie Einlaß gewährt habe, so etwas kenne man.

Wenn Uschi nicht auf schwesterliche Fürsorge angewiesen wäre, dann hättest du dieser Schwester deutlich gesagt, daß sie als vertrocknete alte Jungfer, als ungefickte alte Hexe solche Verdächtigungen für sich behalten solle, sonst würdest du ihr die doofe Haube in ihr ebensolches Gesicht schieben und mit der flachen Hand auf ihre Nase schlagen, bis das Blut durch die Haube suppte. Schwestern von gestern, Zornestischlerei, Faustballung hinterrücks.

Am nächsten Besuchstag kamen Worte auf. Sie wurden gewechselt, und Uschi sprach mit dir, du mit ihr. Worte, die aber über die Durstfrage, die Frage fortschreitenden Laubflaums vor dem Fenster und die Brauchst-du-was-von-zu-Hause-Frage nicht hinausgingen.

Doch wahrlich am dritten Tage fragte sie dich: Ernesto, wie war denn Ostern bei den Eltern?

Sehr schön, soweit. Ich soll dich von meiner Mama grüßen.

Grüß sie doch zurück.

Mach ich. Ich habe übrigens über Ostern einen kleinen Rechenschaftsbericht, also Rechenschaftsbericht in Anführungszeichen, verfaßt.

Verfaßt?

Ja, für dich.

Hast du ihn dabei?

Ja. Soll ich ihn vorlesen?

Klar.

Und du lasest vor. Doch bereits unter Punkt eins hakte ihre Kritik ein. Sie sprach kühl, wohlüberlegt und erbarmungslos überlegen. Sowohl die Konfliktvermeidung bei den Eltern als auch die Erwähnung der Quetsche-Lili seien verweichlicht individualistisch, im Sinne einer geradezu zersetzenden ironischen Brechung mit Abgleitung ins Anekdotische. Und das Anekdotische sei doch schlechthin die bourgeoise Verniedlichung durch die Hintertür. So könntest auch du infiziert werden von dem Geist, den du verneinst. Dem des Vaters. Des Konsumenten der Kulturindustrie, hoffnungslos kontaminiert bis zum Sendeschluß.

Ja, zugegeben, bis zum Sendeschluß. Du hast recht, er führt ein Leben zwischen Fernglas und Fernsehgerät, hab's über Ostern wieder erlebt, wird immer schlimmer.

Und ob die Quetsche-Lili nun leibhaftig ihre zwetschgenhafte Maske zeigt oder ob das eine Frau Wirtin, eine Fernsehstubenwirtin des deutschen Spießers, beim Blauen Bock tut, das sei einerlei und jedenfalls entschiedener zu bekämpfen, als es bei dir anklinge. Ernesto, du mußt die niedlichen Reste deiner Existenz abschütteln.

Auch die folgenden Punkte wurden einschüchternd analysiert und du in deinem kleinbürgerlichen Verharren demontiert: Die Diffamierung des Genossen Krahl in der Beschreibung der mehr als überfälligen Institutsbesetzung...

Ja, überfällig im Wortsinn, geradezu überfallartig...

Institutsbesetzung, Institutsbesetzung, Ernesto, Institutsbesetzung, die Beschreibung ist doch infam. Du gerierst dich als zufälliger Trittbrettfahrer. Du mußt noch sehr viel lernen, bist geradezu bedauerlich ungeschult beim Sprechen über unsere Aktionen.

Du hast ihn noch letzten Herbst mit einem Apfel als Konterrevolutionär beworfen.

Das ist eine Unterstellung.

Ich stand daneben.

Das war etwas ganz anderes.

Dein Mund stand offen, du spürtest, wie deine Zunge im Desinfektionsgeruch zu trocknen begann, in deinen Händen zitterten die Blätter deines Berichts. Punkt dreizehn hattest du, um den Genesungsprozeß nicht zu gefährden, gar nicht erwähnt.

Wenn ich dich nicht besser kennen würde, könnte man doch tatsächlich auf die Idee kommen, du torpediertest die Haltung des gesamten SDS vorsätzlich, im Sinne eines, ich nehme dieses Wort nicht gerne in den Mund, konter-...

Guten Tag, Frau Jensen, wie geht's uns denn heute? fragte die ansonsten lautlose Schwester.

Die solchermaßen erstickte Generalabrechnung mit dem Genossen Tischler, du warst der Schwester dankbar, löste eine unbehagliche Erinnerung an das Landauer Universum-Kino in der Königstraße aus: Wieder sahst du das winterliche Nebengleis vor dir, an dem der Zug nach Warykino warten muß, und hörtest aus der unruhigen weißen Stille den gepanzerten Revolutionszug mit flatternden roten Fahnen heranrauschen. Und als der an den umherstehenden Wartenden vorüberrast, werfen sie die Mützen in die Schneeluft und rufen vollkehlig: Strelnikow!

»So, da wären wir, Hermann-Joseph-Sueper-Straße fünfunddreißig. Das macht dann fünfzehnachtzig.«

Nach einer Woche durftest du Uschi abholen. Mit einem Strauß Rosen warst du ins Zimmer gerauscht wie der junge Frühling, den du für sie in deiner Hand hieltst, auf den du sie wie auf den grünen Flaum vor den Fenstern an jedem Besuchstag aufmerksam machen wolltest. Sie stand mit gepacktem Koffer neben dem Bett. Hut, Uschihaar, less magic, more revolutionary you know. Der Mantel, deine Mama hätte von Übergangsmantel gesprochen, war mit einem Gürtel streng um die Taille gebunden. Geradezu gegurtet, der Hut nicht lasziv oder bardothaft keck aufs Köpfchen geschoben, sondern auf das gescheitelte Haar gesetzt zwecks haltgebender Festigkeit, akkurat bis zur Militanz. Die Stiefel, die über die Knie reichten, waren nicht twiggylike püppchenhaft, das waren sie bei Uschi auch bisher nie, aber sie hatte immer mit der Möglichkeit gespielt, daß ein entsprechend einfältiger Tropf sie so sehen könnte, Uschis viele Dimensionen, ihre mannigfache Deutbarkeit. Die Stiefel gaben politkommissarischen Halt. Du hieltst die Luft an und bliebst zwei Meter vor ihr stehen. Vielleicht um dich deines Blickes zu vergewissern, vielleicht weil du an Liebesgrüße aus Moskau dachtest und Rosa Klebbs giftigem Liebesstachel, der ihr in erotischer Erstarrung aus dem Schuh fährt, aus dem Weg gehen wolltest.

Dein Verharren war wie eine eingefrorene Bewegung und strengte an, denn du hattest in Erwartung deiner einigermaßen wiederhergestellten Freundin schon den Arm mit den Blumen zum Vorzeigen und Überreichen in ihre Richtung gehoben. Und wenn deine Füße aus Angst vor Klebb weiterhin zurückgezogen und der Blumenarm vorgestreckt blieben, dann würde es dich an die Grenzen des Gleichgewichts bringen. Du drohtest Opfer der banalen Schwerkraft zu werden, umzufallen, vor deiner Freundin auf die Fresse zu fliegen. Mit gelben und mit roten Rosen. Die Schwerkraft ist immer schon da, wenn man im Leben schwankt. Und sie ist es dann, die dir sagt, wo's langgeht. Eine Scheiße ist das.

Hallo Uschi, hier, sagtest du, abgeschnürt von weiteren Worten, um die du sonst nicht verlegen warst, und gabst ihr die Blumen.

Danke, sagte Uschi ohne ein weiteres Wort, ohne einen weiteren Blick, ohne einen Kuß, ohne deine Hand zu berühren, nicht einmal die Fingerspitzen, als du ihr die Rosen reichtest. Es war eine mechanisch bewältigte Straußübergabe. Sie ging neben dir, um Jahre und Kriege entfernt. In ihrer Aufmachung hätte sie ebensogut andächtig durch das Leninmausoleum defilieren können, sie war nicht minder wächsern als Lenin in seinem gläsernen Schneewittchensarg, als ihr zu Hause auf den Matratzen lagt, jeder auf seiner, dazwischen ein Graben, wie ein Siel da oben im Rheiderland. Zur Entwässerung. Zur Entwässerung der Liebe. Der Graben zwischen den Matratzen blieb unangetastet. Staub legte sich auf die darunter hervorscheinenden Reismatten, Lakenflusen, Haare, vermutlich auch Hautschuppen, die einen immensen Anteil am Hausstaub ausmachen sollen. In den nächsten drei Wochen mochten sich Hautschuppen von deiner Matratze mit Hautschuppen von ihrer Matratze im Graben mischen. Anderweitig gab es keine Hautberührung. Ihr lagt auf Matratzensektoren und drohtet zu vertrocknen, schautet euch an, immer weniger Tränen in den Augen, schautet euch an, nachdem ihr stumm an die Decke gestarrt hattet und die Gesichter, der Schwerkraft folgend, hattet zueinander fallen lassen. Die Pupillen fielen einander zu. Der Blick konnte aber auch weiter abrutschen und auf der Matratzenkante jenseits des Grabens hängenbleiben. Noch weintest du bei diesem Blick, wenn er den anderen streifte und dann wegrutschte. Du weintest jedesmal und hobst ihn, hieltest ihn so lange, bis Uschi dir wenigstens noch einmal in die Augen gesehen hatte. Dann starrtest du an die Zimmerdecke, ließt den Kopf nicht wieder zu Uschi gleiten, suchtest die Gemeinsamkeit im gleichen Blick auf dieselbe Decke mit dem abgeschlagenen und dürftig überpinselten Stuck. War früher doch sehr hübsch, dachtest du.

»Das macht dann fünfzehnachtzig«, wiederholt der Taxifahrer, »ich würde unser Gespräch auch gerne weiterführen, aber Sie müssen aussteigen, und ich muß weiterfahren. – Hallo?«

Kein Ballett jetzt, kein Ballett jetzt, stört Erzählung kolossal, nein, ich will hier kein Ballett jetzt, Himmel, Sakrament noch mal!

Die Zeit des freien Falls. Ereignisse überschlugen sich, wie Onkel Willi das historische Fazit gezogen hätte. Die Rosenblätter auf dem Laken flogen wenige Tage später deinem Professor um die Ohren, kurz nach Beginn seiner Einführung in dialektisches Denken. Aber bevor drei Frauen mit Lederjacken ihn am Pult umringten, ging ein Student an die Tafel und schrieb wortlos einen Satz.

Also, wie ein unaufhaltsamer Geist, mit einer Nickelbrille, gell? Und seine Krawatte trug er eng um den Hals gebunden, aber den Hemdkragen weit geöffnet, sagte Jutta, die dabeigewesen war: Wer nur den lieben Professor läßt walten, der wird den Kapitalismus sein Leben lang behalten.

Als hätte die Kreide sich ermächtigt und den Satz ganz allein geschrieben. Der alte Kampf zwischen Theorie und Praxis. Grauenvoll gereimt, ohne Gefühl für Takt und Metrum. Wohin führt Protest, der so schlecht gereimt ist? fragtest du.

An Jutta ging die Frage vorbei. Sie zuckte mit den Achseln und blies ausdruckslos Luft durch die Lippen. Was dann geschah, Busenzeigen und Küßchengeben, komm Professor, Küßchen, das war ein Schabernack, den Onkel Willi nicht besser hätte ersinnen können, und der kostete den Professor, der zumindest letzten Sommer mit einer Geliebten aus der Metzgerei gekommen war, sicher nicht die Fassung. Dennoch begann eine Zeit der verlorenen Fassung. Alles geriet aus den Fugen, und was euch Studenten bewegt hatte und was ihr zu bewegen hofftet, zerrann wie Weckmehl, rieselte zu Boden und legte sich wie Staub auf die Zeit. Wurde aufgeopfert und preisgegeben wie die Individuen. Alles wirkte verdaut und bereits gesagt, bereits getan, nur noch nicht von allen. Selbst die Kultur- und Textilindustrie hatte sich schon bei der individuell aufgeladenen Hippiekleidung auf Massenproduktion eingefahren. Und allenthalben Zoff.

Das Particulare ist meistens zu gering gegen das Allgemeine, hegeltest du Uschi vor. Sie schwieg. Und es begab sich, daß auch der Professor verstummte. Seine Vorlesung setzte er zunächst aus. Dann wurde sie immer wieder unterbrochen, Kommilitonen forderten ihn zu Stellungnahmen und Selbstkritik auf. Und du dachtest, ja, eine Vorlesung ist öffentlich, das hattest du damals gemerkt, als du noch die Pantomime der Weltrevolution und die Uschiliebe als leichtsinniger Kopffüßler probtest. Aber eine Vorlesung ist kein Tribunal. Und die lauten Stimmen der Kritik begannen sich gegenseitig zu zerschreien. Rudis Gesang war verstummt, und sein Hofstaat hatte nicht das Zeug, eine eigene charismatische Herrschaft zu errichten. Die Stimmen wurden gegeneinander erhoben. Schriller Diskant, höhnisches Lachen, meckerndes Zurechtweisen, gutturales Skandieren, die schnarrende Verkrächzung der Stimme durchs Megaphon. Das alles hatte keinen Sound mehr. Und auch keinen Sinn. Technische Regeln. Völlig formalisiert. Wie Fastnacht im Kindergarten. Jeder will der beste Cowboy sein. Schießen kann eh keiner. Und Kühe hüten schon gar nicht. Will auch keiner. Viele Stimmen sind großartig, aber wenn sie sich gegenseitig niederschreien. Und wenn sich jeder für den größeren Star und gefestigteren Ideologen hält, dann geht es nicht mehr um die Sache. Um welche Sache? Ehrlich gesagt war eine sozialistische Räterepublik nicht zwangsläufig deine Sache. Nichts war zwangsläufig. Das war deine Sache.

»Hören Sie, guter Mann, ich muß hier die Biege machen. Sprechen Sie nicht mehr mit mir?«

»Was? Doch, doch, natürlich. Entschuldigen Sie, es ist das reinste Vergnügen, mit Ihnen zu sprechen. Sprechen Sie weiter.«

»Das macht fünfzehnachtzig.«

Die Alarmglocke meiner preußischblauen elektrischen Uhr klingelt, sie wird nicht aufhören, und es ist kein Ende in

Sicht, und ich suche vergeblich im Kerzenschein nach einer langen Straße, die nirgendwohin führt, nach einem Schild, das es nicht gibt. Und sogar mein vernebeltes Hirn scheint hell, ziemlich krank. Die Zeit des Niedergangs schritt voran. Sie zeichnete sich durch nicht enden wollendes Klingeln aus, und es fanden sich in eurer Wohngemeinschaft mehr und mehr Personen ein, die teilweise blieben, teilweise verschwanden. Dann verunglückten, überlebten und starben.

Der erste Tote, den es zu beklagen oder mit Genugtuung zu quittieren galt, kündigte sich Mitte Juni durch mehrfaches, schrilles Klingeln an der Haustür an. Es war Jutta, die kein Ende fand beim Drücken auf den Klingelknopf und auch nicht innehielt, als sich längst die Tür summend geöffnet hatte. Dann stand sie aufgelöst vor eurer Wohnungstür. Zitterte verheult, aber zugleich aufgeregt und beseelt von der Kunde, die sie brachte, ja, elektrisiert wie eine klatschbeflissene Nachbarin.

Stell dir vor, was passiert ist, sagte Jutta und hielt dir einen Zeitungsschnipsel hin. Eine ausgerissene Nachricht, die ein Butterfleck zum Schimmern brachte. Da war Jutta wohl beim Frühstück das Messer aus der Hand gefallen.

Da ist mir echt das Messer aus der Hand gefallen, gell? sagte sie mit sich überschlagender Stimme.

**Leiche in Altbau**

*In einem leerstehenden Altbau im Westend wurde gestern die Leiche eines jungen Mannes entdeckt. Bauarbeiter fanden den Toten bei einer Begehung unmittelbar vor dem geplanten Abriß. Unklar sind die Todesumstände. Der Tod muß bereits vor einigen Wochen eingetreten sein, denn der Tote war in einem vertrockneten Zustand vorgefunden worden.*

*Er saß gegen eine Wand gelehnt auf dem Boden. Vor ihm fanden sich Reste einer eingetrockneten Blutlache. Die Obduktion hat ergeben, daß er aller Wahrscheinlichkeit nach aufgrund starker Verletzungen im Genitalbereich verblutet ist. Offenbar hat der starke Blutverlust den Verwesungsprozeß aufgehalten. Über seine Identität herrscht noch Unklarheit. Auffälliges Merkmal ist ein Siegelring am linken Ringfinger. Es handelt sich um einen goldenen Ring mit graviertem Onyx. Sachdienliche Hinweise nimmt die Kriminalpolizei Frankfurt entgegen.*

Klingt nach Gerd. Ich dachte, er sei nach Indien. Wer hat das denn kürzlich noch gesagt?

Ich war vorhin bei der Polizei, sagte Jutta. Sie haben mir ein Foto des Toten gezeigt, das war unglaublich lebendig. Er war so gut konserviert, daß ich ihn sofort erkannt habe. Und das Gräßlichste dabei war, daß es aussah, als würde er lächeln. Vielleicht ist das aber auch die vertrocknete Haut gewesen. Ledern sah er aus.

Wie seine Jacke.

Du bist geschmacklos.

Mein Mitleid hält sich in Grenzen.

Du bist herzlos. Es war halt doch der Gerd, gell? Der Polizist hat mir übrigens angedeutet, welche Verletzungen er genau hatte. Gell, da hat ihm, also, da hat ihm doch jemand…

Sag's nicht.

Was? Wieso nicht?

Ich will's nicht wissen.

Oder er sich selbst?

Auch möglich. Wie geht's eigentlich Wolfram? Wollt ihr nicht mal zum Essen kommen?

»Wieviel Uhr ist es?«

»Kurz nach elf.«

»Wissen Sie was?«

»Nein.«

»Fahren Sie mich noch eine Viertelstunde durch die Gegend und lassen Sie mich dann hier aussteigen. Und ich runde auf.«

»Ja, das machen wir doch glatt. Vielleicht reden wir auch nicht mehr über Passionsspiele, vielleicht schweigen wir einfach.«

»Für einen Taxifahrer sind Sie sehr einfühlsam. Sobald ich aussteige, werde ich aus dem Reden nicht mehr rauskommen. Fragen Sie nicht, worüber.«

Mehrfaches, schrilles Klingeln an der Haustür, dreimal sehr lang, siebenmal kurz, hektische Schritte, zwei Stufen auf einmal, und verschwitzt stand dein Bruder vor der Tür.

Du mußt, ich meine, kann ich? Es ist nur.

Komm rein.

Dein doofer Bruder stand vor dir. Der Soldat auf Zeit, eines Soldaten Sohn, sonst nichts zu bieten, diese dumpfe Seele. Ohne Hirn, ohne Takt, ohne jegliche Geschliffenheit, bis auf das, was ihm beim Schleifen durch nicht minderbegabte Kackärsche auf dem Kasernenhof an Menschsein geblieben war, knapp an der Grenze zum Rindvieh, etwas zakkiger, aber sonst. Ohne Takt. Hattest du schon. Ja, und ohne Uniform. Ohne Uniform. Ohne Uniform? In einem Bundeswehrparka, aber den trugen immer mehr, besonders Leute wie ihr trugen den, verschleierte, ausgeleierte Militanz.

Sach mol, wo haschn dei Uniform?

Die hab ich nicht mehr.

Und warum sprichst du auf einmal Hochdeutsch?

Ernst, jetzt mal ohne Scheiß, ich brauch deine Hilfe. Kann ich bei dir übernachten?

Klar, sagtest du, denn es war dein Bruder, der dich mit einem mehr als anderen Blick um einen Gefallen bat, einen Gefallen, von dem mehr als nur die kommende Nacht abzuhängen schien. Als er dir jovial, mit ungelenker Bewegung, die er für einen probeweise brüderlichen Ausdruck hielt, von der Seite auf die Schulter klopfte, da war die Sache klar. Reden konnte man später noch, aber hierbleiben, klar.

Ernst, sagte Egon, da ist was passiert.

Ja, denke ich mir.

Da ist was passiert, was alles irgendwie ...

Was alles anders macht?

Genau.

Kein Zurück mehr?

Genau, kein Zurück mehr.

Mir ist es eigentlich egal, aber da es gerade einen Toten in unserem Bekanntenkreis gegeben hat: Hast du jemanden umgebracht?

Was? Ich meine, nee, ich hab doch keinen umgebracht!

Schön. Kaffee?

Ja, schon. Also, Ernst, wie soll ich's sagen?

Einfach, kurz und bündig. Hauptsätze oder Stichworte, dann kann nichts schiefgehen.

Ich bin erwischt worden.

Wobei?

Ich habe mit nem Kameraden, also, ja, wir haben uns bei einer Übung im Wald, also, erwischen lassen.

Beim Wildern?

Nein, beim Küssen. Hinter einer Buche. Hauptmann Rauff hat's gesehen und vor der gesamten Mannschaft. Ich bin schwul, Ernst, 'ne Schwuchtel, ein Arschficker.

Und du bist abgehauen.

Ja.

Wow, Egon.

Scheiße, was?

Überhaupt nicht. Du bleibst erst mal hier.

Ein angenehm elendes Industriegebiet, in dem es zum ergrauten Himmel passende Mauern und Einfahrten gibt, barackenartige Gebäude mit Blechverkleidungen, wo die Fassaden genau anzeigen, welch Krämerseelen darin ihre elektronischen Peitschen schwingen. Angenehm verkommen, zum Vorbeifahren schön. Und weiter. Immer weiter.

Beim nächsten Mal wurde nicht geklingelt, sondern der Schlüssel im Schloß gedreht. Spätabends. Uschi kam herein, nicht allein. Neben ihr stand ein junger Mann, was die Sache nicht ganz traf. Er war jung, aber dein Vater hätte ihn als rothaarigen Rotzjungen bezeichnet, Uschi schien er an Dany-le-rouge zu erinnern. Und wie er sich so im Flur umsah, warst du schon voreingenommen. Ein gnadenlos taxierender Blick, der auf verwertbares Material jeglicher Art zu lauern schien, hin und her, hektisch, wie beim Krahl, nur der Krahl hatte ja ein Glasauge, und da war das verständlich.

Das ist der Rüdiger, sagte Uschi.

Unser Sohn? fragtest du schelmig.

Uschi äffte dich in der abfälligen Grimasse des ironischen Konterrevolutionärs nach. Und da war nichts mehr spielerisch. Statement im Blick: So nicht, Ernst Ewald. Sie hatte an Rüdigers Seite etwas Gouvernantenhaftes, nicht im großbürgerlich-rottenmeierlichen Sinne, war eher die strenge Aufseherin, die aber in der Aufnahme des Zöglings ein revolutionäres Werk sah, ihr Vater hätte von einem guten Werk gesprochen, aber ihr Vater war in einer anderen Welt.

Uschi hatte sich seit April in eine Top-Aktivistin verwandelt, mit einem charmanten Hauch von Militanz. Eure Wohngemeinschaft war zu einer Zelle revolutionärer Diskussion geworden, reger Besuch von SDS-Größen, von denen es immer mehr gab, du dabei, als Diskutant, neuerdings auch, um Uschi zu gefallen, als Protokollant. Und da verwunderten dich die vielen beschriebenen Seiten des Verlaufsprotokolls doch sehr, wenn du neben den einzelnen Standpunkten das Ergebnis knapp und präzise aufschreiben konntest, in einem Halbsatz, der als Diskussionsgrundlage fürs nächste Plenum diente.

Heute abend im Kolbheim hatte sie den Rüdiger übernommen. War den ganzen Tag über mit bei der Aktion, der Kampagne vor den Heimtoren am Wald, wo Hessen am dunkelsten ist. Und der Rüdiger fragte: Woisn der Andy?

Den Andy siehst du morgen wieder.

Rüdiger lächelte und sagte in monoton gehobener Stimme, völlig mechanisch: Noch ist es unmöglich, Erziehungsheime abzuschaffen. Deshalb bleibt uns im Augenblick nichts anderes übrig, als Änderungen zu erkämpfen.

Dann heulte er auf wie der Motor bei deiner ewigen Suche nach dem Schleifpunkt. Er rannte ins offene Wohnzimmer, drehte dort mit ausgestreckten Armen und geballten Fäusten brummend eine Runde und kam boxend auf dich zu: Wir fordern den Rausschmiß aller Erzieher, die prügeln beziehungsweise geprügelt haben.

Da tauchte Egon neben dir auf und fragte verschlafen, was denn los sei. Und weil er nur ein weißes Unterhemd und eine hellblaue Unterhose anhatte, wirkte er unpassend gekleidet. Uschi warf ihm einen entsprechenden Blick zu und sagte: Kleines Plenum.

Nee, sagte Egon sichtlich genervt, ich geh' pissen und penn' weiter.

In diesem Augenblick hatte er deine Sympathie, denn beim allabendlichen Plenum hatte sich die tägliche Lebensführung einer Diskussion zu stellen. Und daß Uschi da streng ins Gericht gehen konnte, hatte sich in der SDS-Familie rumgesprochen, weshalb auch Kommilitonen oft tagelang in eurer Wohngemeinschaft übernachteten, um dazuzugehören und im Plenum von der zunehmenden Säuberungsrhetorik und stringenten Härte der Genossin Jensen zu lernen. Auch Jutta war unter den Lernenden.

Als du bei Jutta und Wolfram zum Essen eingeladen warst, er bestand darauf, daß du vorbeikommst, gab es nicht nur herrlichen Saumagen, den Jutta aus einer Godramsteiner Metzgerei beim letzten Elternbesuch mitgebracht hatte, sondern Wolfram wartete mit einem exquisiten Bordeaux auf. Du nanntest so was damals noch Schweren Bordeaux-hoh, dabei war es ein Saint-Emilion Grand Cru von 1961, und Wolfram hatte extra große Gläser dafür. Diese erwachsene, ihm erwachsene Kennerseite kanntest du gar nicht an ihm. Ihr stießt an, und Wolfram sagte: Ja, du bist gefragt in der Szene, man spricht über eure Wohngemeinschaft in den höchsten Tönen, die Schauprozesse in der Kiesstraße machen die Runde.

Du schautest auf seinen Mund, auf sein Glas, auf dein Glas. Schauprozesse, ja, es waren Schauprozesse. Du als Zeuge, Genosse Munio Eunano. Und wenn du bedachtest, daß es so in vielen Wohngemeinschaften und Kommunen zuging, dann hattest du es in Bockenheim und im Westend mit flächendeckendem Stalinismus zu tun.

Beim Abschied begleitete dich Jutta zur Tür, mit einem Lächeln, das Wolfram getrost seinem Lernen fürs erste Staatsexamen überließ, dir aber im Abklingen bedeutete, daß sie dir noch etwas sagen müßte, sie wischte mit dem Blick hin und her, du solltest dir noch einen Augenblick Zeit nehmen. Ablenkungsgrimasse, aber du als erfahrener Schauspieler des Ex-Bockenheimer Kollektivs wußtest: mitmachen und den normalen Abschied spielen. Sie gab, während sie diesmal einen zerknüllten Zettel aus der Manteltasche wühlte, den Texteinstieg vor.

Also dann, Ernst, und grüß mir schön die Uschi.

*Die Identität des vor zwei Wochen in einer zum Abriß freigegebenen Westend-Villa aufgefundenen Leichnams, eines blonden jungen Mannes von circa 25 Jahren, ist weiterhin ungeklärt.*

Ja, mach ich. Du trautest deinen Augen nicht. Mach ich, und besten Dank für Speis und Trank.

Gern geschehn, gell?

Dein Blick forderte Aufklärung. Jutta fiel nichts anderes ein, als dich zu umarmen, Also dann zu sagen, du entgegnetest: Also dann, und sie flüsterte dir mit kitzelndem Atem zu: Ich habe ihn kürzlich bei der Polizei, gell, also ich habe ihn nicht, habe gesagt: Nein, isser nicht, kenn ich nicht. Ich dachte, das ist besser für euch.

Und nochmals besten Dank für Speis und Trank, sagtest du.

Dir fiel es wie Schuppen von den Augen, die Verbindung war sofort und für jeden erkennbar. Gefahndet wurde nach Gerd aufgrund von Uschis Aussage. Und so wurde der Täter Gerd nie gefaßt, denn die Polizei kam durch verschiedene Zeugen zu dem Schluß, er habe sich ins nichteuropäische Ausland abgesetzt. Noch Jahre später, als du zufällig den Coulmier, dessen Namen du nie erfuhrst, im Mentz-Krenz gescheitelt an der Theke trafst, war er sich sicher, daß Gerd jetzt in Indien lebte, was von verschiedener Seite bestätigt worden sei. Er sei in einem Aschram stellvertretender Chefguru, ein Bild, das dir so bürokratisch deutsch vorkam wie der brave Scheitel von Coulmier. Aber es hatte auch etwas Tröstliches: Du mußtest dir keine Sorgen um dein Leben machen, selbst wenn du verlorengingst oder dein Leben verlorst in diesen harten Zeiten, so sorgten andere dafür, daß deine Geschichte weitererzählt würde. Du lebtest in ihren Herzen weiter, als Lebender unter Lebenden. Irgendwann fragten sie sich, was du wohl machst, lange nichts mehr gehört, und dann vermutete einer, daß du wohl immer noch da und da bist, wie damals. Du stelltest dir vor, wie Gerds Siegelring in der Asservatenkammer verwahrt wurde und vielleicht irgendwann aus seinem Tütchen genommen und von einem nicht ganz korrekten Beamten getragen würde, eine ekelhafte Vorstellung, einfach unhygienisch. Aber nichts geht verloren.

Das übermüdete Nee-ich-geh-pissen deines Bruders war nicht nur konterrevolutionär, sondern vor allem befreiend. Uschi fuhr mit dem Revolutionszug zu Strelnikow. Ihre Wunden hatten übergegriffen auf ihre gesamte Existenz. Sie waren der gesamten Existenz beigebracht worden und vielleicht nicht mehr zu heilen.

Als ich vier Wochen später das Krankenhaus verließ, kam Professor Steinhieb ins Zimmer, drückte meine Hand und sagte fast verschämt, aber stolz, daß er einem »regen und amüsanten Geist« wie mir das Leben erhalten konnte. Zumindest mir, dachte ich. Er hielt mir *La scala di pasta* unter die Nase, ich hatte keinen Stift zur Hand, er nahm einen Montblanc-Füller aus seiner Kitteltasche, schraubte ihn auf und reichte ihn mir mit der Akkuratesse des Bittenden, der keiner ist, und da das jeder weiß und da seine Bitte eine so charmante Geste ist, kann man sie nicht nur nicht ausschlagen, sondern gewährt sie ihm heiter, als wäre man nicht eben dem Tode von der Schippe gesprungen und müßte sich damit abfinden, daß einem das Leben erhalten worden ist.

»Für Elke Steinhieb.«

»Sehr gerne«, sagte ich und schrieb.

Draußen herrschte herbstliche Vergeßlichkeit und Kraftlosigkeit. Die letzten Roßkastanien fielen vom Baum auf den Parkplatz des Klinikgeländes. Ich wartete auf das Taxi und glaubte kaum, daß ich mit meiner Reisetasche und den juckenden Narben auf der Brust die Bühne verließ, die ich als Todgeweihter betreten hatte. Unter dem Kastanienbaum stand ein weißer Opel, den ich erst wahrnahm, als vom Baum eine Roßkastanie darauf fiel. Sie prallte auf das Autodach und verursachte einen hohlblechernen Ton, ohne den Lack zu beschädigen, oder doch? Vom Autodach schoß die Kastanie auf die Straße und überquerte sie in trockenem Aufschlag, geschwind, ohne Zögern. Mir schien es, als habe sie etwas vor, die rollende Kastanie, als führe sie etwas im Schilde, wie sie so hüpfend glänzte, weiß und dunkelrot. Als hätte sie einen Plan. Unaufhaltsam überquerte sie die Straße und strebte ihrem Ziel zu, einem Gullydeckel. Das Ganze gewann den Anschein von Billard, und ich bewunderte für eine Sekunde die Präzision, mit der die Kastanie nun paßgenau zwischen den Gittern des Deckels verschwand. Schon war sie nicht mehr zu sehen, schon war sie wie vom Erdboden verschluckt, gänzlich, ohne eine Spur hinterlassen zu haben, ja, womöglich, ohne dem Autodach zumindest eine kleine Delle oder dem Lack einen winzigen Kratzer zugefügt zu haben. Widerstandslos, eine ganz und gar opportunistische Kastanie.

Als du damals im R vier und, kaum zu glauben, mit Onkel Willi als Beifahrer, hinter einem Fahrmischer herfuhrst, da sagte Onkel Willi: Die Trommel dreht sich und dreht sich, nur damit der Beton nicht hart wird.

Meinst du das jetzt symbolisch, Onkel Willi?

Nee, Betonmisch. Ernst, du mußt in den Dritten schalten. Ist eure Studentenbewegung nicht mehr beweglich?

Du stocherst in tiefen Wunden. Die Studentenbewegung, hm.

In Bewegung bleiben, Ernst! Kannst ruhig etwas mehr Gas geben, nicht so schleichen, das hält der schon aus.

Ich versuche es. Er brummt.

Er vibriert, und das Vibrieren ist eine ziemlich lebendige Angelegenheit. Wenn eine Bewegung nur noch aus Betonköpfen besteht, dann gibt's Risse im Beton, dann rappelt's im Karton, dann rollen wieder Köpfe.

Symbolisch jetzt?

Betonmisch jetzt.

Mehr Respekt, Onkel Willi, mehr Respekt vor uns!

Ernst, vor dir habe ich den größten Respekt. Sonst würde ich dich gar nicht ans Steuer lassen, so wie du fährst.

Was habe ich falsch gemacht, Onkel Willi, was habe ich eben falsch gemacht? War doch alles richtig. Beschleunigt, rechtzeitig hochgeschaltet, nicht zu dicht aufgefahren, rechtzeitig geblinkt.

In der Theorie, Ernst, da bist du unschlagbar. Aber in der Praxis. Und trotzdem bist du der einzige, der so eine neue Gesellschaft einigermaßen entspannt hinkriegen würde. Schon Uschi, so süß sie ist oder war und hoffentlich wieder wird, ist da auf dem Holzweg. Und allein kannst du das vergessen. Also, vergiß es. Mach was anderes. Lern was Ordentliches oder mach Hörspiele.

Onkel Willi, was ist denn das für ein Vorschlag? Hier geht es um eine alternative Gesellschaft, und ich soll Hörspiele machen! Das meinst du doch nicht im Ernst.

Im Ernst meine ich nie was, aber für dich wäre das was, Ernst.

Professor Steinhieb war eine Koryphäe auf dem Gebiet der Visceral- und Gefäßchirurgie, das hatte mir jedenfalls Mönkemeyer nach der Ösophagoskopie gesagt. Die Schlauchinvasion war ein derartiger Übergriff, daß ich am liebsten sofort gegangen wäre. Wozu das alles nach allem? Ich hätte so gar nicht auf die Körpersignale geachtet. Ein früheres Erscheinen beim Arzt hätte vielleicht die Chirurgie überflüssig gemacht. Die histologische Untersuchung werde genau zeigen, was unternommen werden müsse, aber die Symptome seien deutlich.

Der Röntgenkontrastbrei war ein kulinarischer Absturz. Plattenepithelkarzinom. Die Welt wird schöner mit jedem Tag. $T_2N_1M_0$. Das war noch nicht vernichtend. Professor Steinhieb, in der Linken einen kleinen Messingteller, in der Rechten eine filterlose Roth-Händle, hauchte den Rauch in einer sachlichen, schlanken Fahne aus, die er zur Seite blies: »Der Tumor erstreckt sich«, mit der Flanke seines Zeigefingers strich er einen Tabakkrümel von der Zunge, »nicht nur auf die Schleimhaut der Speiseröhre, auch ihre Muskulatur ist betroffen. Ebenso benachbarte Lymphknoten. Zum Glück keine Metastasenbildung.« Im Sessel gegenüber beugte ich mich weit nach vorne, um den kleinen Messingteller des Professors mit der langen Aschenstange meiner Zigarette zu erreichen.

»Transthorakale en-bloc-Speiseröhrenresektion.«

»Schnippeln also, und das nicht zu knapp.«

»So ist es, Herr Tischler, am besten noch diese Woche.«

Nicht einmal drei Wochen lagen zwischen der Abfahrt von Elba und all den Formalitäten, die das Ungeheuerliche als banal bürokratischen Akt erträglich oder um so ungeheuerlicher machten.

Dumpfes Auftauchen aus meinen Träumen als anästhesierter Weltenbauer, der aus dem rotgrünen Reich von Brustraumeröffnung und Magenhochzug in die weiße Tropfwelt des Einzelzimmers zurückgekehrt war. Über mir eine schleierhafte Schwester: »Wo bin ich, Schwester? Habe ich überlebt? Wie geht es meiner Frau?« Meine Lippen waren ausgetrocknet, ein Glas Wasser wäre schön.

Als Egon auf dem Weg zu seiner Luftmatratze an Rüdiger vorbeischlurfte, machte der auf einmal ein schönes Gesicht, ja, ein schönes Gesicht. Nicht rotzig, kein brummender Kindermotor, lächelte, Lippen glänzten, Augen strahlten. Aber Egon sah nichts, stöhnte genervt, furzte verspätet und zog die Nase hoch, nur noch zum Schlafen tauglich.

Kein Plenum heute, sagtest du.

Bedauerlich, sagte Uschi. Sehr bedauerlich.

Wenn sie Schade gesagt hätte, wäre es noch begreiflich, aber Sehr-Bedauerlich war ein Wort, das dir Angst machte. Es klang wie der unvergeßliche Sowjetkommissar, der zu Schiwago sagt: Diese Einstellung kann üble Folgen haben. Ich werde mir das gut merken, Doktor.

In Pisa legte sich die Panik, und die Schmerzen gönnten mir zwischenzeitlich Benommenheit. Ich hob die Hand, mit der ich den Klorollenhalter umkrallt hielt, und ordnete meine Extremitäten in Richtung einer Mitte, mit der ich meinen Körper in Sitzposition brachte. Noch nie hatte ich dermaßen das Gefühl gehabt, mich zu sammeln. Noch einen Augenblick dumpfes Sausen. Du bist da. Ich wischte mir den angetrockneten Speichel von Kinn und Hemd und merkte, daß die Gaumensperre sich schmerzfrei lockern ließ. Nach ruhig tastendem Atmen passierte schließlich ein Schluck Wasser meinen Hals, wischte die Speichelkruste weg und gelangte ohne Schmerzen in den Magen, kühlend, wohltuend.

»Noch nicht da?«

»Nein, Herr Schnittke.«

»Also wenn der Fischer auch krank ist und sich nicht mal abgemeldet hat, kann der was erleben. Und auch Verspätung muß ich ahnden. Auf keinen Fall bekommt er die Parmesanreibe geschenkt. Das ist doch die Höhe.«

»Da fährt ein Taxi vor. Das wird er sein.«

»Herrlich, herrlich, Leute, der Marcel hat das Taxi gesehen. Auf geht's.«

Um halb elf statt um sechs fiel endlich hinter dir die Haustür zu, und du knarrtest schlapparmig die eitrigen Treppenstufen am kackbraunen Geländer hinauf. Doch du kamst gut gelaunt mit einer Flasche Rotwein, trocken, Bordeaux, genauer gesagt Haut-Médoc, Premier Cru 1964, in der Hand an der Wohnungstür im dritten Stock an. Und die wolltest du in guter Gesellschaft trinken, also allein. Rüdiger und Egon würden erst später kommen, wenn Rüdiger überhaupt kam (Enge seine Freiheit nicht unnötig ein, Ernesto, er muß die Freiheit leben lernen). Uschi wollte ein paar Tage bei Jutta und Wolfram bleiben, denn drei Männer in der Wohngemeinschaft waren ihr auf Dauer zu unberechenbar und drohten, ihre Autorität zu untergraben. Dabei war der unberechenbarste noch ein Kind, und Egon, der älteste, war der unschuldigste. Oder der unschuldigste nach dir. Nein, der unschuldigste, denn eigentlich warst du doch experienced.

Als die Tür ins Schloß fiel, rumpelte es aus dem Wohnzimmer hektisch. Einbrecher im Haus. Keine Einbrecher im Haus. Nur Egon und Rüdiger. Egon vor dir in der Hocke, gebückt und wie ein Kaninchen auf der Flucht zu dir aufblickend, hielt angestrengt ein Kissen vor seinen Bauch, schwitzend, nackt. Hinter ihm der aufgeschreckte Rüdiger, fuchtelte hektisch mit seinen ausgestreckten Armen, als hielte er verbissen ein imaginäres Lenkrad und wüßte nicht, wohin, zunächst instinktiv rückwärts raus, dann unentschlossen hin und her, jetzt auf der Flucht, und mit seinen Armen wippte glänzend sein steifer Schwanz. Eine Batschkapp hatte er nicht zur Hand. Rüdiger, nicht viel älter als damals Klaus-Dieter, die dumme Nuß aus Nußdorf, doch Rüdiger brauchte nichts zu fragen, wußte, wie's geht.

Als stürmten die Bullen die Bude, schnappten die Ertappten nach ihren Klamotten, hier eine Unterhose, da ein Hemd, Socken ließen sie liegen, liefen dabei in kleinen Kreisen umeinander und verschwanden im selben Augenblick beide im Bad. Und im nächsten Augenblick schienst du allein in der Wohnung. Du hättest gute Lust gehabt, dich mit deiner sündhaft teuren Flasche wohlverdient und ungestört auf den Boden zu setzen und in dein großes neues Rotweinglas einzugießen. Einfach dazusitzen und die Nase wie Wolfram ins Glas zu halten und zu riechen, was der normale landläufige Gruppenfusel nicht hergab, als sei nichts geschehen und könnte dich auf absehbare Zeit auch nichts ernstlich davon abhalten.

Heraus kam ein Fünfzehnjähriger mit malignem Lächeln auf dem strahlenden Gesicht, der, dachtest du in diesem Moment, womöglich die Idee hatte, seine virilen Fähigkeiten auch beruflich einzubringen. Aber er merkte, was du denken könntest, und schob sein gescheiteltes schulterlanges Haar, was Onkel Willi bei dir eine John-F.-Dutschke-Frisur nannte, artig aus dem Gesicht, nahm das Lachen zurück, setzte seine vollen Lippen ernsthaft aufeinander und gab einen kleinen Engel ab. Dieser Engel ging zwar devot nach vorne gebeugt und ließ die Schultern hängen wie zusammengelegte Flügel, hatte aber schon einen tadellosen Joint gezückt, den er dir anbot, und du würdest ihn sicher annehmen, zeigte sein neu aufflackerndes Lächeln, du könntest doch gar nicht anders: Ich habe zwar gerade deinen älteren Bruder gefickt, aber jetzt habe ich einen Joint, und da bist du so was von dabei, daß du gar nicht so zu tun brauchst, als wolltest du mein älterer Bruder sein, du rauchst jetzt den Joint. Und mit einem Seitenblick auf deine Flasche hatte er auch von ihr schon Besitz ergriffen. Er schob den Joint vor deinen Augen hin und her, als wollte er dich hypnotisieren. Einen Moment lang dachtest du, daß du Gerd als Kind nicht begegnet sein wolltest, dann holtest du noch zwei Gläser.

Gegen diesen Joint waren Gerds Theatertüten wie Schokoladenzigaretten. Bereits nach dem dritten Zug mußtest du dich aufstützen und lagst zum Abschuß bereit. Du strecktest im Wortsinn alle viere von dir, und mit dem linken Fuß kipptest du die Flasche um, und der Haut-Médoc lief gluckernd davon, leise gluckernd, geheimnisvoll, elegant, und der teure Wein ließ dich allein, und sein Bukett und seine Tannine und seine Frucht und sein Körper sickerten ins Bett, und das Kissen wurde rot und röter, dunkelrot und dunkelröter wie venöses Blut, und den nächsten Zug solltest du mal richtig kräftig nehmen, sonst bringt's das ja nicht, Mann, und der vierte Zug aus der Tüte, gib Gas, Mann, noch mal, war schon richtig cool, und der Raum zerlegte sich, aber die Einzelteile hattest du voll im Griff, und sie schwebten, wie du es wolltest, und da war der Stuhl, und da war die Flasche, ein Auslaufmodell, lief dir eine letzte Tischlerei aus dem Mund, und da war, da war der Egon, hallo Egon, und der Rüdiger hatte sich schon wieder sein Hemd ausgezogen, ja, mächtig heiß hier, und der Egon auch, und alles in allem ist doch alles beim alten, ruf mich an, wenn's was Neues gibt, und der Rüdiger geht dem Egon an die Hose, und du lagst auf dem Rücken und starrtest an die Decke, denn etwas passiert hier gerade, aber du weißt nicht was, und die Alarmglocke meiner preußischblauen elektrischen Uhr klingelt, sie wird nicht aufhören, und es ist kein Ende in Sicht, und ich suche vergeblich im Kerzenschein nach einer langen Straße, die nirgendwohin führt, nach einem Schild, das es nicht gibt, und sogar mein vernebeltes Hirn scheint hell, ziemlich krank, und alles in allem ist doch alles beim alten, ruf mich an, wenn's was

Neues gibt, und du drehtest den Kopf zur Seite, denn an Heben war nicht zu denken, es war überhaupt an nichts zu denken, und da kippte der Raum aus den Latschen, und die Fenster standen Kopf, und der Mond schien dir von unten ins Gesicht, meine Mondstrahlen, paßt auf, daß man euch nicht sieht, und jeden Tag versuchst du ihre Gedanken zu lesen und herauszufinden, was da in ihr so drin ist, und die Zeit vergeht, und du weißt nicht einmal, wo sie ist, und schon gar nicht, wie du sie finden kannst, und neben dir konntest du dem Egon auf den Kopf sehen, und er lag da, alle viere von sich gestreckt wie du, und der engelsgleiche Rüdiger schaute dich mit großen Augen an, mit einem Blick wie ein Sonderangebot, wie ein fleißiges Kerlchen, das eben seine Arbeit tut und deinem Bruder einen bläst, und das war kein Blick für dich, und du weißt nicht einmal, wo sie ist, dabei war sie bei Jutta und Wolfram, und schon gar nicht, wie du sie finden kannst, und wieder drehte sich das Zimmer einmal um die eigene Achse, und mit den tastenden Fingern hattest du gerade deinen neuen Rotweinkelch umgeworfen, und der fiel auf die umgestürzte Flasche und zerbrach, und du dachtest, ist doch alles Scheiße, und alles in allem ist doch alles beim alten, und dir ging gerade nix mehr durch den Kopf, denn alles verschwand gleich wieder, und der Stuhl versteckte sich hinterm Sofa, und die Bücher in den Obstkisten drehten dir den Rücken zu, dabei hättest du ihnen gerne ins Gesicht gesehen, und der Egon atmete wie im Fiebertraum und stöhnte, immer hektischer sein Atem und sein Ja, und alles in allem ist doch alles beim alten, und du drehtest den Kopf zur Seite, denn an Heben war nicht zu denken, es war überhaupt an nichts zu denken, und da kippte der Raum aus den Latschen, und die Fenster standen Kopf, und der Mond schien dir von unten ins Gesicht, meine Mondstrahlen, paßt auf, daß man euch nicht sieht, und jeden Tag versuchst du ihre Gedanken zu lesen und herauszufinden, was da in ihr so drin ist, und die Zeit vergeht, und du weißt nicht einmal, wo sie ist, und schon gar nicht, wie du sie finden kannst, und der Egon stöhnte und kam, und du sagtest: Schnauze. Schnauze. SCHNAUZE!

»Im übrigen sterben immer die Anderen«, steht auf Duchamps surrealistischem Grabstein. Sollte auch bei mir draufstehen, fand ich. Noch immer am Leben, wußte ich nicht, ob ich wirklich froh darüber sein sollte. Nach so einer Attacke denkt man immer, man müßte froh sein. Dann kommen doch berechtigte Zweifel. Der Zug rollte. Was sollte er sonst auch tun zwischen den Bahnhöfen Liguriens?

Dann klingelte das Telefon, und der Tod wurde dir durchgesagt. Weißt du schon? Du wußtest nicht.

Uschi sagte dir, sie werde direkt von Jutta und Wolfram aus zum Bahnhof fahren und sich in den Zug nach Leer setzen. Nun sei der Punkt gekommen, an dem sie dich in deiner Trauer allein lassen müsse. Denn Trauer sei nicht ihre Aufgabe, sie müsse sich auf den Kampf vorbereiten. Aber sie werde dir die Zeit zur Trauerarbeit lassen, auch wenn eine Verwandtschaft nur ideell gegeben sei. Aber sie sei es dir schuldig, diese Zeit wolle sie dir nicht nehmen.

Ernesto, wir sehen uns wieder, aber nicht jetzt.

Ob sie mit der Zeit des Wiedersehens das Wintersemester meinte oder eine unbestimmte Zeit in einer unbestimmten Zukunft, schien ununterscheidbar in diesem Moment, als die Verbindung knackte, obwohl es ein Ortsgespräch war. Und sie legte auf.

Es war ein Tod, der dich hart traf, weil er so folgerichtig schien, weil er das Verstummen vollendete, das dir Schritt um Schritt den Vater genommen hatte. Den Vater, an den du geglaubt hattest, dem du geglaubt hattest, den ersten Vater, der du dir ausgesucht hattest, in diesem Moment schien dir sagbar: den du erkoren hattest. Ein plötzlicher Tod in einem Schweizer Krankenhaus. Nun warst du zurückgeworfen auf den anderen Vater, von dem dich ein tiefer Graben trennte, der dir genommen hatte, was der andere dir wieder gab: Vertrauen. Hoffnungslose Hoffnung. Gewißheit deines Denkens. Der Professor war nicht mehr. Kaum zu glauben. Kaum zu ertragen. Zeit für die Heimreise, die unentrinnbar wurde, obwohl nichts Außergewöhnliches in der vorlesungsfreien Zeit im August, wo alle ihre Hemden zu Hause ließen und sich ein Stirnband umbanden, gefühlt ganz Bockenheim. Du bandest dir ein schwarzes Stirnband um und gingst mit deinem schwarzen Hemd, ungebügelt, aufgeknöpft, und zugegebenermaßen mit einer schwarzen Sonnenbrille in der Sonne über Bockenheim.

Don't slip away, oh no, don't slip away. In freiem Fall, Herzanfall im Wallis, fingen dich deine flinken Füße schon im Treppenhaus nur um Haaresbreite auf, und du tratst auf dem Weg durch die Uni wie ein Betrunkener daneben, stolpertest traurig ins Westend, zum Trauerhaus der Sozialforschung, zum Trauerhaus vis-à-vis seiner und deiner Metzgerei.

Don't slip away, oh no, don't slip away. Nein. Allein. Jetzt. Uschi weg. Der Professor weg. Dir war zum Heulen. Du heultest unter deiner Sonnenbrille, dezent und unbemerkt. Ein stummer Schrei unter der Maske der Befreiung.

Wie ein Seil, das sich im Nu am Fels des Matterhorns zerrieb, drohte die Verbindung zum Jetzt zu zerreißen. Als würde der primitive, aber gnadenlos wirksame Gummizug in die Landauer Vergangenheit dich in mechanischem Schnarren aus deiner Stadt schleudern. Vaterlos. Aber mit einem Bruder, mit dem du nun Trauer teilen konntest. Er liebte, und seine Liebe schwebte wie er in dieser Stadt, engelsgleich und minderjährig, auf dem Bahnhofsstrich oder in einer flotten Kiste vom Andy. Und dein Bruder hing wie du am Gummizug, gespannt in Richtung Pfalz. Die ungezügelte Borniertheit konnte dich jeden Augenblick im Genick fassen. Die Knopfaugen des kritischen Stoffelefanten waren endgültig geschlossen.

**Frankfurt, 7. August 1969**

*Ich saß vor der Metzgerei, und aus dem Flimmern sprach eine Stimme zu mir, die von der schwarzen Witwe mit dem schwarzen Kapotthütchen zu mir drang, aus der Nachbarschaft, meinem ehemaligen Zimmer: »Herr Tischler, sinn Sie's? Also des mi'm Tod vom Herr Professor is mir direkt ans Herz gange, des sach ich Ihne.«*
*Sie hielt vor sich auf einem Tablett zwei Tassen Kaffee und setzte sich zu mir auf den Gehsteig. Eine Tasse drückte sie mir mit Untertasse in die Hand, die andere nahm sie. Und so saßen wir wie zwei alte Kaffeetanten mit abgespreizten Fingern am Kettenhofweg und schauten uns den Schlafenden an. Selbst jetzt beim Leichenschmaus kam kein Lächeln auf. Sie nahm mich in den Arm, sagte, daß alles nur ein Traum sei, denn: »Zu eim echte Leicheschmaus gehört 'n Kuche.« Und so saß ich allein und ohne Trost an der Bordsteinkante, bis mich ein Auto, das parken wollte, anhupte.*
*Die. Menschen. Reisen. Streng. Voneinander. Isoliert. Auf. Gummireifen. Wisperte eine Pappel, die dort nicht stand, in beredsamem Windstoß, wiederholt, aber wohlüberlegt.*

Von Feldjägern faselte dein Vater statt einer Begrüßung, mit Blick ins Leere oder eben dorthin, wo ihm die Feldjäger gegenübergestanden und nach dem Egon gefragt hatten. Er habe ihnen geraten, bei Onkel Willi nach Egon zu suchen. Er habe keinen Sohn namens Egon mehr, ein Fahnenflüchtiger in der Familie sei schlimm genug, aber jetzt noch so ein Versager. Alles unverständlich. Das sei Muttis Familienteil, der an allem schuld ist. Keine brauchbaren Gene, alles degeneriert.

Dei Sohn!

Deiner aach, Vadder, sagtest du, noch bevor deine Mama sich angegriffen fühlen konnte, und solidarisiertest dich erstmals im Leben vor deinem Vater mit deinem doofen Bruder. Der erst seit einigen Wochen zu einem nennenswerten Bruder geworden war. Wenn er ihn jetzt schon verstoßen hatte, dachtest du, dann würde die Vaterschmach sich ins Unendliche steigern: Dimensionen! Ausmaße!, sobald er den Rest der Geschichte kennt. Du sahst deine Mama an, ohne etwas mitzuteilen. Sie ahnte, daß da noch was sei.

Gerade war noch alles in Ordnung, der Kulenkampff hatte noch nicht seine Sendung eingestellt, und der Egon war noch nicht verschwunden. Jetzt waren doch erhebliche Löcher im Leben deines Vaters aufgerissen. Fürs Buntfernsehen hatte er ein Vermögen ausgegeben. Deiner Mama wurde es schwindelig, als sie die Zahl nannte: Zwäädausendäähunnert. Und dein Vater sagte auch noch spontan, er würde dir seine monatlichen Zuwendungen für dein Studium verdoppeln, denn jetzt müßte ja wenigstens aus dir was werden, auch wenn deine Plattfüße dich nicht zum Soldaten gemacht hätten. Demnächst solltest du mal zum Kameradschaftstreffen mitkommen, so was könne für die Zukunft nützlich sein. Und wenn Hopfen und Malz verloren wären, dann würde er in Ermangelung einer Zyankalikapsel vom Strick oder vom Trifelsturmsprung Gebrauch machen. Galgenhumor, denn dein Vater sah sich körperlich angegriffen von den Ereignissen, die sich überstürzten, dem schändlichen Untergang seines Sohnes Egon. Stattgehabt. Verstorben. Aber seine eigene tadellose Uniform, seit Kriegsende jährlich von der Mutti gebügelt, und das Eiserne Kreuz würdest jetzt du bekommen. Da platzte dir der aufgeknöpfte Kragen: Vadder, deine Scheißnaziuniform will ich net. Die kannsch dir sonschwo hinstecke.

Dein Vater riß die Augen auf, entsetzt, hilflos, Mamas Blick suchend, aber sie blieb stumm. Mit seiner Uniform hattest du auch ihre jährliche Bügelarbeit entwertet. Sie sah dich an, aber ihr Blick sagte etwas ganz anderes. Ihr langsames Einatmen, das leichte Heben von Schultern und Brust, schien eher Befreiung zu unterstreichen. Diese schmutzige Uniform des schmutzigen Krieges sollte nicht weiter die Schuld, die der Vater auf sich geladen hatte, in einer Kleiderordnung aufheben. Die gebügelte Uniform war die bestialische Kostümierung eines Mörders auf Montage. Mama sagte nichts, und der Vater bemerkte zunächst ihre Haltung nicht. Sicher warst du dir auch nicht, aber so würde dir deine Mutter gefallen. Er redete sich ihren Blick zurecht: Jetzat beleidigsch dein Vadder und dei Mudder. Du kriegsch kään Penning mehr vun mer. Gstriche! Ferdisch! Aus!

Jo, alla hopp, kontertest du in provozierender Gleichgültigkeit.

Dodefür kaaf ich mer glei 's nägschde Modell vun Grundig.

Mach des!

Mama verließ das Wohnzimmer energisch und schlug die Tür so hinter sich zu, daß die dunkelrote Vase auf dem Schrank zu brummen begann. Dein Vater zog die Augenbrauen hoch, gefährliche Druckwelle, und sagte verunsichert: Ei, was hat's'n jetzt?

Ach, Vadder, sagtest du.

Da fiel auch die Haustür ins Schloß. Du schnapptest deine Schuhe und ranntest deiner Mama hinterher.

In Frankfurt öffnete dir, als du den Schlüssel ins Schloß steckest, gleich Onkel Willi die Tür. Er erzählte dir alles, was du auch schon wußtest. Er war seit zwei Tagen in Frankfurt, weil Egon ihn gebeten hatte zu kommen: Stell dir vor, sagte er und zwinkerte dir zu, aber als die Feldgendarmerie bei mir aufgetaucht ist, da war klar, daß der Egon vom falschen Weg abgekommen war.

Ihr wart allein, und Onkel Willi hatte dir tatsächlich in seinem philosophisch-prophetischen Gemüt einen Bordeaux der besseren Sorte mitgebracht. Es war noch mehr als die Hälfte für dich übrig. Egon und Rüdiger waren in der Stadt unterwegs.

Rüdiger!

Ja, ich weiß, Onkel Willi, Dany-le-rouge in echter Pubertät.

Rüdiger, ein Teufel, sagte Onkel Willi, und wiederholte in französischer Aussprache: Rüdiger-le-diable, aber der arme Egon ist ihm verfallen.

Onkel Willi hielt dir einen Joint hin und sagte stolz: Den habe ich der kleinen Fickmaschine geklaut.

The devil came from Kansas. Dir war nach Betäubung, denn was an klaren Gedanken zu fassen war, das ließ dich in ein tiefes Loch fallen, aus dem man nur schwebend wieder entkam. Schwebeteilchen waren nicht nur die zarten Erinnerungspartikel an Onkel Willis Aquarium, dessen linke Scheibe übrigens letzten Winter im Frost zerbrochen war und unbemerkt den kleinen Beobachtungsraum unter Wasser gesetzt hatte. Und die Mischwesen, die aus dem eisigen Grün sich nun über dich ergossen, die Dinge, die neben dir standen, schwebten, hüpften und keinen Sinn ergaben, dir in deiner Verzweiflung kaltschnäuzig ihre Gegenwart aufdrängten wie der Hund des alten Salamano, das Aas, der Schweinehund, der seinen Herrn zur Verzweiflung bringt, nur weil er da ist: Immerfort ist er da! sagt er bei Camus. Die Gegenwart aller möglichen Dinge läßt einen nicht zur Ruhe kommen, keinen klaren Gedanken fassen. Alles kommt über einen, überkommt einen, befällt einen. Und bevor du das mehlige Wort des allgemeinen Zerbröseltseins wieder in den Mund nehmen wolltest, schaltete ein kräftiger Zug aus der Tüte um auf den zweiten Kanal, dort lief das übliche: Und alles in allem ist doch alles beim alten, und die Zeit vergeht, und du weißt nicht einmal, wo sie ist.

Du saßt aufrecht vor Onkel Willi, der damit nicht gerechnet hatte, denn dir war schlagartig klar, und das für wenige Sekunden, also mußtest du Zeugen schaffen, die es dir später wieder mitteilen konnten: Ich muß sie wiedersehen. Muß Uschi wiedersehen. Ich muß. Muß sie wiedersehen. Muß Uschi. Muß ich. Muß. Ongel. Onkel. Willi.

Sie wird sich schon melden.

Was?

Im Zug von Piombino nach Livorno und weiter nach Pisa kam ich nicht mehr zur Ruhe. Als wäre mein Hals zugeschnürt, als sollte ich von nun an nicht mehr essen, nicht mehr trinken, nicht mehr trauern. Schweißgebadet hatte ich mich in die Zugtoilette eingeschlossen, war erschrocken über diese Augen, die mich weit aufgerissen aus dem Spiegel anschauten. Man erschrickt, wenn man sich selbst so im Spiegel sieht, besonders wenn man nicht augenblicklich zu sich kommt und die Augenlider wieder in eine normale Lage zurückschlagen kann, wenn man grimassiert, ohne es zu wollen. Dann sieht man sich und sieht zugleich eine groteske Figur. Und es bleibt einem nichts anderes übrig, als zu röcheln, als ungestört zu röcheln. Man schließt sich ein, um sich erst nach seinem Ableben in sanfter Ruhe entdecken zu lassen, ohne Publikum, wenn der Zug am Abend nach der letzten Fahrt gereinigt und eine verschlossene Tür mit dem Vierkant geöffnet würde. Oder um ungesehen aus dem fahrenden Zug in die Küstenlandschaft zu springen, wenn sich nur das Fenster öffnen ließe.

Ich befand mich in der Todeszelle. Vogliate lasciare, las ich auf der Tür, und ich dachte, klingt wie eine Arie, laß fahren dahin, wollt ihr mich in Ruhe lassen, einfach in Ruhe, dann setze ich meinem Leben ungestört ein Ende. Der Speichel lief mir aus dem Mund und tropfte in zähen Fäden in das Aluminiumbecken. Und durch den Spiegel in Spiegelschrift wieder das Vogliate lasciare, wie eine Grabinschrift, die noch unlesbar unwiderruflich über allem schwebte. Mein Hirn arbeitete in ungeheurer Aggressivität, ersann in Bruchteilen von Sekunden den größten Unsinn, ersann eine Welt von Ideen, die ich gar nicht registrieren konnte, eine Art Durchfall. Wie Geschosse zischten die Ideen mit jedem Stich in der Kehle durchs Hirn. Anhalten! Anhalten! Und wie der Schleim am Kinn immer zäher wurde, so wurde auch der Gedankenbrei immer zäher. Schließlich verklumpten die Ideen zu einer Masse, und ich konnte keine einzige festhalten, verschwunden im Bruchteil einer Sekunde und doch von funkelndem Einfallsreichtum, da war ich sicher. Der Denksumpf verklumpte zu einem Druck im Kopf, bei dem sich ein Kotzgefühl einstellte. Ich sackte auf die Klobrille und blieb dort sitzen, den Kopf übers Waschbecken gebeugt, falls es raus will. Dann konnte ich keinen Sinn mehr feststellen. Lasciate ogni speranza.

Als du nach sechs Wochen nichts von Uschi gehört hattest, kein Anruf, keine Karte, kein Brief, da war die Wut nicht so groß wie die Sorge. Denn zweifelsfrei wart ihr ein Paar, das sich neu finden mußte, nach einem tragischen Einschnitt, und sie mußte sich vielleicht am dringendsten finden. Egon sagte dir gerade, daß er den Rüdiger in der Stadt treffen wolle, und ob du es glaubtest oder nicht, aber der Rüdiger sei jetzt viel aufgeschlossener. Dir kam das zwar noch immer wie eine Fehleinschätzung vor, aber daß Egon mit einem Wort wie Aufgeschlossen hantierte, war revolutionär. Als er beseelt das Treppenhaus hinuntergepoltert war, riefst du Onkel Willi an und batst ihn vorbeizukommen. Drei Stunden später klingelte es einmal entspannt. Onkel Willi stand vor dir und sagte zwinkernd: Meine Ehre heißt Treue. Du freutest dich. Du hattest einen Plan: Wir müssen Uschi suchen.

Ja, ich habe meinen Regenmantel dabei.

Regenmantel? sagtest du und dachtest an die Frankenschlacht letztes Jahr an Ostern, als Onkel Willi mit dir in den ersten Krieg gezogen war, der sich lohnte. Und er hatte wieder die Entschlossenheit im Gesicht, aber nicht so soldatisch wie damals.

Klar, in Ostfriesland brauchst du den.

Onkel Willi hatte natürlich schon den ersten praktischen Schritt bedacht. Und diesmal wolltest du auch den theoretischen Willen des Wiedersehens nicht bei der Anschauung des Willens belassen. Uschi wiedersehen! Nach zwei rätselhaften Monaten.

Am andern Morgen, einem Dienstag, saßt ihr im R vier auf der Autobahn. Du warfst alles in die Waagschale, dein privates Glück und deine parlamentarische Bedeutung, die dir einerseits herzlich egal war, die aber – ganz praktisch gesehen, und das war dir fast zuwider – erstmals eine Chance bot, das Gespenst der Großen Koalition abzuschütteln, am kommenden Sonntag, deinem zweiundzwanzigsten Geburtstag, und in der Tat wieder einmal ein Sonntag, denn du warst ein Sonntagskind. Wolfram, der liberale Weinkenner, hatte bei einer Flasche Bordeaux, wieder ein Saint-Emilion, an deinen Willen zur Veränderung appelliert. Die Freien Demokraten seien das Zünglein an der Waage, denn sonst ginge es weiter wie bisher. Du seist kein Reformist, sagtest du am Ende der ersten Flasche. Am Ende der zweiten, einer aus Juttas Fuselecke, als Wolfram von der Couch gerutscht war und seine Rede an die Nation vor seinem Couchtisch im Schneidersitz auf dem Boden zu halten begann, mußtest du mal und hattest dich dann auch gleich verpißt, wie Rüdiger das nannte.

Ihr wart nicht die Schnellsten auf der Autobahn, aber das Geräusch der Plattenfugen gab euch auf die Nordfahrt einen Rhythmus mit, der ein angemessenes Vorankommen signalisierte. Und, soviel Zeit mußte sein, Onkel Willi gab an einer Raststätte im verrußten Ruhrgebiet eine ehrliche Currywurst mit Fritten aus. Nanu, sagtest du zu Onkel Willi in Erinnerung an den glücklichen gemeinsamen Sommer im vergangenen Jahr, den Grill- und Ficksommer im Garten. Du machst dir was aus Beilagen?

Fritten sind bei einer Currywurst keine Beilagen. Sie sind Teil der Wurstidee, erklärte er dir.

Als ihr abends in Leer eine Pension suchtet, lag die Stadt unter Dauerregen, ein Wind fegte durch die Gassen. Am anderen Morgen besorgte sich Onkel Willi brauchbares Kartenmaterial. Und ihr machtet euch auf in das Land westlich der Ems. Du erinnertest dich plötzlich plastisch und lückenlos an Uschis Erzählung, als ihr vor beinahe zwei Jahren auf der Bockenheimer entlanggestakst wart, vollgekifft, na ja, teilbekifft. Schwarzweiße Kühe, der Deich, rote Häuser mit weißen Fenstern, eins wie das andere, Jemgum, Midlum, Critzum und dann Vitzum. Ein Sturm peitschte Regenschwaden in Onkel- und Neffengesichter. Seit ihr die Pension verlassen hattet, war ein Leben ohne Regenmantel undenkbar. Nun standst du also in Vitzum, vor der Kirche. Das Dach, dem Turm über die Ohren gezogen. So war es. Genau so stand sie da, auf einem Erdhaufen. Der Kirchhof. Schwarze

Grabsteine. Und der prächtigste von allen war der von Ubbo Lührsen, 1832 bis 1905, Ziegeleibesitzer. Und direkt an einem notwendigen Stützpfeiler lehnte der älteste Stein, der von Pastor Harm Heinders, 1711 bis 1773, auf der Rückseite stand: Quidquid agis, prudenter agas et respice finem. Du warst fassungslos. Es stimmte offenbar alles.

Der nächste und schwerste Schritt war der zur Tür des benachbarten Pfarrhauses. Onkel Willi klingelte. Es öffnete eine Frau von Anfang fünfzig, ihr langes braunes Haar hochgeschraubt, halb Farah Diba, halb Gouvernante, strenge Haarnadelpracht. Konnte an schiefen Orgeln Choräle spielen. Aber Flugblätter schmuggeln? Nein. Auch ihr brav gerüschter Fliederkragen, nein, so stelltest du dir keine Widerstandskämpferin, keine Verfolgte des Faschismus vor. Enttäuscht und erleichtert, daß er nicht vor Uschi stand, stotterte Onkel Willi etwas von einem Schlüssel zur Besichtigung der Kirche, und sein Zeigefinger ging wie im Beatrhythmus hin und her zwischen der Kirche und dem Pfarrhauseingang. Hätten Sie den wohl?

Das Vertrauen der Frau hielt sich in Grenzen. Du verfolgtest seinen Finger hin und her und lächeltest dann die Frau freundlich an. Sie schaute dich unverwandt skeptisch an, wie vielleicht du den süßholzlächelnden Rüdiger.

Den hab ich wohl, aber den werde ich Ihnen nicht aushändigen.

Onkel Willi schien sichtlich keine Lust auf eine Diskussion um einen Schlüssel zu haben, und er wiederholte, indem er sich aus seinem Päckchen, das er wie von Geisterhand plötzlich in Händen hielt, schon eine Zigarette ins Gesicht schnippte: Nicht aushändigen, ja. Würden Sie uns denn Ihr Fräulein Tochter aushändigen?

Oh nein, dachtest du, Onkel Willi ermächtigt sich. Die Frau trat einen Schritt zurück, um zur Not mit einem kräftigen Schwung die Tür zuschlagen zu können, fühlte sich aber herausgefordert: Glauben Sie, daß ich meine Tochter einem dahergelaufenen Hausierer ausliefern würde?

Das gefiel Onkel Willi sichtlich, denn er lehnte sich nun mit seiner Zigarette an die Hauswand, als sei es sein Haus, vor dessen Tür er eben mal schnell eine rauchte. Jetzt war es an dir, einzugreifen, nur keine Ahnung, wie. Das Lächeln der Frau mit Seitenblick zu Onkel Willi könnte der nächste erfolgreiche Schritt sein bei einem Onkelwilliversuch, die mutmaßliche Pastorengattin flachzulegen. Du mußtest Onkel Willi dringend loseisen. Die Frau strich sich schon über ihre Frisur, als wolle sie zeigen, daß sie doch wie Farah Diba aussehe, oder? Oder wollte sie einfach ihre Würde unterstreichen?

Onkel Willi, sagtest du, ich glaube, wir müssen zur nächsten Kirche.

Onkel Willi? sagte die Frau. Sie sind Onkel Willi?

Nun ja, nur aus der Sicht meines Neffen. Ansonsten einfach Willi, angenehm.

Ich wußte doch sofort, daß mit Ihnen was nicht stimmt. Ich habe schon viel von Ihnen gehört. Und Sie müssen Ernst sein, Ullas Freund.

Ulla?

Meine Tochter Ursula.

Frau Jensen?

Genau.

Sehr erfreut, sagtest du und erwidertest einen kräftigen Händedruck.

Trinken Sie einen Tee?

Sehr gerne, sagtet ihr im Chor.

Auf der bestickten Tischdecke standen im Nu Zucker- und Sahnetopf. Doch nach volkstümlicher Niedlichkeit war dir nicht zumute. Onkel Willi, der sich schon beim ersten Schluck die Zunge verbrannte, versuchte dies mit einem

Lächeln zu kaschieren und sagte: Der Tee ist ungemein köstlich. Assam?

Wo ist Uschi? Also Ursula? fragtest du, denn das war die Frage, die dringender geklärt werden mußte, die Frage, die euch in diese Gegend verschlagen hatte.

Sie ist nicht da, sagte Frau Jensen.

Das habe ich mir fast gedacht, sagtest du. Und wo ist sie?

Lieber Ernst, jetzt wundern Sie sich bitte nicht, aber ich weiß es nicht. Sie ist Anfang August hier angekommen, ist zwei Wochen geblieben. War bis auf einen Spaziergang sehr verschlossen. Aber sie hat mir gesagt, was passiert ist.

Frau Jensen fing unvermittelt an zu weinen, so unvermittelt, daß Onkel Willi Tee verschüttete. Ebenso rasch versiegte in ihrem Auge die letzte Träne wieder, der Blick festigte sich, Leid wurde Stärke. Und so mag sie vor der Aufseherin gestanden haben. Du schautest wohl ziemlich verwirrt, denn sie lächelte dich mit einer ausgesprochenen Klarheit an. Du hattest gedrungene Menschen in gedrungenen Kirchen erwartet, die einem den Schlüssel zur Kirchenbesichtigung verweigerten oder einsilbig wie eure Pensionswirtin den Zimmerschlüssel aushändigten.

Wissen Sie, sagte Frau Jensen, Ulla, also Ursula, sieht das Unglück, das ihr widerfuhr, als Ausdruck unserer Gesellschaft. Der Täter war, soviel ich weiß, ein Freund, der selbst im Kampf mit dem System stand. Das entschuldigt gar nichts, aber eine kämpferische Haltung, so notwendig sie heutzutage sein mag, reißt die Leute auch zu Gewalt hin. Dabei schließt die Gewaltlosigkeit, die durch unsern Herrn Jesus Christus gelebt wurde, einen Protest gegen das kapitalistische System keineswegs aus, ein System wie das der Tempelhändler. Jesus hat sie einfach rausgeschmissen. Eine handgreifliche Tat. Aber gut!

Und als der Tee in ihrer Tasse über den Kandiszucker lief, knackte und knisterte es, und der Würfel war dabei, in tausend Stücke zu zerbrechen. Und die Sahnetropfen, die Frau Jensen mit ihrem Sahnelöffel wie seit Jahrtausenden geübt über das Tassenrund träufelte, verschwanden und kamen als Muster einer Explosion wieder an die Oberfläche. So einfach, dachtest du, sollte man sich kein Bildnis noch irgendein Gleichnis von einer Teestunde in einem ostfriesischen Pfarrhaus machen.

Das letzte, was ich von ihr erhalten habe, ist eine Postkarte aus Paris. Sie schrieb nur, daß es ihr besser geht. Ich denke, dann wird sie bald wieder bei Ihnen sein.

Da kam Herr Jensen zur Tür herein, ein hagerer, hochaufgeschossener grauhaariger Mann, dessen Kopf sich in die Länge zog und zwei kräftige Hasenzähne zur Geltung brachte. Rotwangig und rotnasig. Er begrüßte jeden einzeln mit Handschlag, bleiben Sie sitzen, schien aber von einem Gedanken gefangen auf dem Weg in sein Arbeitszimmer zu sein. Er ging etwas unausgewogen, als störte der rechte Arm sein Gleichgewicht.

Kurz darauf öffnete sich eine Tür, und du hörtest Jensens Stimme: Gerda, Liebes, kommst du mal? Frau Jensen ging zum Pastor, und der Pastor sagte halblaut: Da, der Knopf, der klemmt, kannst du den mal?

So war das also. Auf dem Rückweg spracht ihr kein Wort. Jeder starrte auf die vor euch liegende Straße, Onkel Willi, weil er mußte, weil die nächtliche Straße im Schein der Scheinwerfer genau zu beobachten war, und du, weil deine Augen eingerastet waren, nichts mehr sehen wollten als den aufscheinenden flackernden Mittelstreifen, in seinem Rhythmus, die Stimme, während die Plattenfugen den Beat gaben. So war das. So war das zu ertragen. Mehr brauchte das Leben gerade nicht zu bieten.

Ihre Jeans saß, ein grüner Streifen auf ihrem Hintern, Moos? Flechten? Ein Schuh fehlte. Ich drehte mich zum Azurblau des Tyrrhenischen Meeres, felsige Küste, Ferne. Im Dunst verschwinden. Vogliate lasciare questo posto nello stato in cui lo vorreste trovare.

Der Taxifahrer hält vor dem Firmenlogo, das aus einer roten Tomate auf gelbem Grund besteht, und ich würde mich gerne im Fußraum verstecken. Dort so lange kauern, bis er mich weiterfährt. Die letzte Zeit bei ihm im Fußraum wohnen, mit ihm über die letzten Dinge sprechen, mit wem, wenn nicht mit ihm?

Mit Glatteis ist nicht zu spaßen, besonders nicht bei diesen Nußschalen, Renault vier oder Ente. Allein die dünnen Reifen. Mit Onkel Willi bist du noch kürzlich durch den Odenwald geschliddert, heil angekommen. Das Leben erfordert nichts anderes, als in der Spur zu bleiben. Sonst kracht's. Er war wohl sofort tot. Nur Beifahrer. Der Fahrer starb auf dem Weg ins Krankenhaus. Der Lastwagen faltete die entgegenkommende, der Kurve entglittene Ente einfach mit Mann und Maus zusammen. Das bißchen Gestänge, das bißchen Stoffdach zerwurstelte sich am Kühlergrill.

Da du keinen Platz mehr im AStA-Bus gefunden hattest, fuhrst du mit Ulf, einem Freund von Uschi, und weiteren vier Leuten, die sich ins Auto quetschten, Uschi natürlich neben dir. Schaute dich nicht an, schaute nach vorn, legte aber ihre schwarze Pelzmütze auf den Schoß und ihren Kopf auf deine Schulter. Die Trauerfeier fand in einem grauen Vorort des grauen Hannover statt. Alle starrten ohne Fassung und im Blick ohne Hoffnung, sie je wiederzuerlangen, auf den Redner, einen Kommilitonen, den du auch schon beim Professor hattest sitzen sehen: Der Tod unserer Genossen Hans-Jürgen Krahl und Franz-Josef Bevermeier enthält nichts, was einer nachträglichen Mystifizierung fähig wäre. Er bezeichnet den brutalen und dürftigen Tatbestand eines Verkehrsunfalls, ein kontingentes Geschehen des Alltagslebens, das sich nur schwer in einen zwingenden Zusammenhang mit den gesellschaftlichen Zuständen bringen läßt.

Gegen zwei Uhr nachts kamt ihr nach Frankfurt zurück. Ulf, der Fahrer, hatte bei einer Verkehrskontrolle nahe Marburg seine Fahrzeugpapiere gezeigt, aber seinen grauen Personalausweis vor den Augen des Polizisten zerrissen, mit dem Hinweis, daß er gravierende Probleme mit uniformierten Autoritätspersonen habe, außerdem gehöre er nicht zum Personal, sondern sei ein freier Mensch, was auf diesem Ausweis leider nicht vermerkt sei. Der Polizist war jung, ohnehin nervös im Umgang mit Gleichaltrigen und überfordert mit dieser Art von Renitenz, vor allem weil Ulf es kaum schaffte, den widerspenstigen Leinenbezug zu zerreißen, und deshalb aggressiver wirkte, als er es meinte.

Der Polizist zog seine Pistole und befahl Ulf auszusteigen: Los, los, umdrehen und Hände aufs Dach! Sein älterer Kollege kam hinzu, hörte sich an, was vorgefallen war, fragte ins Auto hinein, woher und wohin, hob dann die am Boden liegenden Teile des Ausweises auf, drückte sie Ulf mit unterdrückter Aggressivität in die Hand und sagte, daß sein Sohn auch so ein langhaariger Affe sei wie er, aber er schlüge ihn deswegen nicht. Und zu seinem Kollegen sagte er: Die Kinder sind auf Trauer. Und wieder zu Ulf: Weiterfahren. Ulf stieg ein, jeder von euch saß noch in Schockstarre. Kalt. Niemand sagte ein Wort. Niemand hatte sich eben mit dem nahezu verhafteten Ulf solidarisiert. Bis Frankfurt kein weiteres Wort. Es war, als sei bei der Beerdigung alles Gemeinsame im Erdloch verschwunden, und den Beweis dafür lieferte die Verkehrskontrolle. Im Nordend hielt Ulf seinen Käfer an und sagte: So, tschüß zusammen. Müdes Brummen ging in gebrummtes Tschüß über, ihr stiegt aus, Ulf knatterte davon, und als ihr wußtet, wo ihr wart, machte sich jeder stumm in die Richtung auf, die er für richtig hielt. Uschi und du stapftet über einen schwarzen Schneehaufen am Straßenrand und lieft durch verschneites Moskau, die villenumsäumten Straßen im Nordend und im Westend entlang. Um diese Zeit brannte nur noch vereinzelt Licht, manche Häuser standen leer. Da sprach Uschi das erste Wort seit Hannover, verträumt, versonnen, ja, eigenartigerweise versonnen, nicht aggressiv. Sie deutete sachlich auf die heruntergelassenen Rolläden: Barrikaden des Großkapitals, trotz Wohnungsnot, Spekulantenpack, geschützt von Bullenschweinen, solchen wie heute, die um ein Haar den Ulf abgeknallt hätten.

Hätten sie? fragtest du, nicht um etwas in Frage zu stellen, sondern weil du dir eben erst Gedanken darüber machtest, was passiert wäre, wenn der Jungbulle geschossen hätte.

Um ein Haar. Aber das wäre ihnen nicht gut bekommen.

Nee, wir hätten gegen sie ausgesagt.

Wäre vielleicht gar nicht nötig gewesen, sagte Uschi und öffnete in deinen fragenden Blick ihre Handtasche. Sie zog eine handliche, fast damenhaft handliche schwarze Pistole heraus. Deine Beine wurden weich, deine Knie knickten weg.

Hättest du etwa?

Ich habe geübt.

Uschi!

Falls mir noch mal jemand zu nahe kommt. Außer dir natürlich, Ernesto, außer dir.

Schön, daß du mich nicht schon längst abgeknallt hast. Woher hast du die?

Bela hat sie mir besorgt.

Bela?

Ja, der hat Kontakte.

Und einen Waffenschein hast du wahrscheinlich nicht.

Wahrscheinlich nicht.

Am liebsten hättest du ihr die Pistole aus der Hand gerissen und sie in hohem Bogen ins schwarzgraue Nirgendwo eines Vorgartens geworfen, aber es hätte zwischen euch sicher ein Gerangel gegeben, sie hätte sie nicht losgelassen, Wort- und Handgemenge, eure Hände hätten sich um die Pistole verheddert, und es hätte sich ein nächtlicher Schuß gelöst, bei dem mindestens einer von euch niedergestreckt worden wäre, und fahles Blut liefe jetzt in den schlecht beleuchteten Schnee. Wenn Uschi blutend am Boden läge, ihre schwarze Pelzmütze vom Kopf gerutscht, dann würdest du dich über sie beugen, fassungslos, überfordert, würdest um Hilfe rufen und müßtest eine komplizierte Geschichte einfach erzählen und hoffen, daß du nicht wegen Mordes aus Eifersucht in Preungesheim verschwinden würdest. Wenn du blutend am Boden lägst, dann wärst du mit deinem Schmerz beschäftigt, auch dann noch, wenn Uschi vor dir stünde, dir und den Vorgärten erklärte, das sei nicht ihr Blut, und davonrennte. Du in deinem Blute.

Was ist mit dir? Alles in Ordnung, Ernesto? Willst du hier festfrieren?

Sie hatte die Pistole weggepackt. Jetzt fiel dir ein Blick auf Uschi schwer, ein Graben kam in Erinnerung. Er hatte sich zwischen die Matratzen gelegt. Letztes Jahr am Donnerstag nach Ostern hatte er begonnen, als du nach Hause kamst. Er wurde breiter und deutlich sichtbar, als sie aus dem Krankenhaus nach Hause kam, er schien unüberbrückbar, als sie verschwand, er schien zugeschüttet, als sie dann wieder vor dir stand, direkt aus Vitzum, gerührt, lächelnd, Tränen in den Augen, denn ihre Mutter hatte ihr sofort von deinem Besuch erzählt, und am nächsten Tag war sie zu dir gefahren. Kein mädchenhafter Uschikuß, eher ein Unikurs, tischlertest du, denn es war eine deutlich erarbeitete und in jedem Einzelschritt transparent durchgeführte Umarmung, mit der sie dich da begrüßte. Tür zu, Schuhe aus, Koffer ab, Mantel aus. Schritt zu dir. Ausfahren der Arme. Umarmung. Schulterdruck. Schulterschluß. Du gerade mit Schürze beim Backen eines Zwetschgenkuchens, eigentlich für dich und Jutta und Wolfram, aber die waren nach einem bittenden Uschiblick so schnell, als hätte Jewgraf mit den Fingern geschnipst, wieder ausgeladen. Frisch aus dem Ofen. Zwei Kilo Zwetschgen, die besten und festen, eine Prise Salz, Zucker und Zimt. Uschis schwarzgetuschte Wimpern klappten auf und zu, und ihr klarer Blick dazwischen konnte sich dem Projekt ihrer Liebe zu dir ebenso widmen wie den Fragen einer außerparlamentarischen Zukunft. Der Zwetschgenkuchen schmeckte ihr derartig, daß sie zu keiner Zeit von bourgeoisen Backtraditionen sprach, wie sie das bei deinem Erdbeerkuchenversuch im Sommer getan hatte. Da war dir aber der Guß mißlungen, milchig rosa statt leuchtend rot.

Jetzt wart ihr aus der klirrendkalten Februarnacht in die Kiesstraße entkommen. Der Tag war nicht nur traurig gewesen, sondern deprimierend. Und die Zukunft schien dir nicht geheuer. Auch wenn es an dir lag, progressiv zu werden. Dir fiel die prophetische Zeile eines großen Denkers ein (Onkel Willi?): Früher war alles besser, auch die Zukunft. Uschi legte ihren Kopf auf deine Schulter, du deinen Arm um ihre Schulter. Deine Nähe schien sie auch körperlich wieder zu ertragen. Die Wärme kam sicher nicht aus dem kalten Kohleofen, ihr hattet ihn nach eurer Rückkehr aus Hannover gar nicht erst angezündet, sondern euch ins Federbett verkrochen. Sie kam von euch selbst, jeder gab dem anderen davon ab und bekam Wärme zurück. Uschi war von ihrer Matratze zu dir auf deine gezogen. Nur die Füße hattet ihr separiert, denn die Zehen wirkten selbst auf den vertrauten Partner wie kleine Eiswürfel. Und in der Kälte des Wohnzimmers, von Uschi seit kurzem Wohnraum genannt, konntet ihr, wenn ihr euch die Bettdecke ein wenig über den Kopf zogt, und das hatte nichts mit Feigheit vor der Zukunft oder mit Kopf-in-den-Sand-Stecken zu tun, auch den anderen riechen, zunächst mit kalter Nasenspitze, aber dann kam doch der Uschioriginalgeruch. Und der war so zart und friedlich, daß du die Pistole, mit der Lara Antipowa hätte Viktor Komarowsky angeschossen haben können, in ihrer Handtasche vergaßt. Jedenfalls für die Nacht. Und irgendwann griff ihre Hand in deine. Erst hattest du Angst, es sei ein kameradschaftlicher Gruß, ein komplizenhaftes Einverständnis, aber sie küßte dich dann so, dir fiel nur das Wort Echt ein. Nicht heißblütig, nicht kaltschnäuzig, nicht mit für die Jahreszeit zu großer Geste. Warme, winterrauhe Lippen, kalte Zungenspitze, warmer Atem, das war, was du dir merken mußtest, das war der Uschikuß, der auch in Zukunft nicht besser sein konnte. Einen besseren und geeigneteren Kuß konnte es auf der Welt nicht geben. Er wurde nicht ausgeführt, sondern sie gab ihn dir einfach, und du ihr, und ihr wußtet, daß ihr so schmecktet und fühltet, der eine den anderen, unzweifelhaft, unverwechselbar, unverzichtbar. Ohne Schnulzverdacht. Das winterliche Moskau hatte man damals bekanntlich in Spanien aufgebaut, aber Matratze und Federbett im verschneiten Bockenheim, trocken und warm, das war euer Wissen, vielleicht ein Geheimnis, aber euch sicher. Vielleicht das große Geheimnis. Und bei allem, was euch trennte, und das war nach den sechzehn Monaten, die ihr euch kanntet, einiges, war genau dieser Moment verbindlich und unterlief jede Verzichtserklärung zugunsten des großen Kampfes. In Worten oder bewaffnet, wer wußte das schon? Unter der Bettdecke war jede ausgiebige Umarmung riskant, denn sie konnte die Decke in die Höhe ziehen, und ein Spalt genügte, um den Winter einziehen zu lassen. Aber sie gelang euch. Es war die Anschauung der Liebe, ohne daß einer fror. Mehr brauchte das Leben gerade nicht zu bieten. Gähnend sagtest du: Könnte kälter sein. Und sie murmelte müde, aber zutiefst überzeugt: Ernesto, wenn du wüßtest. Uschikuß. Schluß.

Gut's Nächtle, sagte deine Tante Friedel, wenn du zu Besuch warst und sie dich ins Bett brachte, nach einem Nachmittag im Café und einem Abend aufgegangener Patiencen. Und dir gingen die Worte des Trauerredners durch den Kopf: Ein kontingentes Geschehen des Alltagslebens, das sich nur schwer in einen zwingenden Zusammenhang mit den gesellschaftlichen Zuständen bringen läßt. Die Worte hatten einen niederschmetternden und zugleich tröstlichen Nachhall, zumindest dann, wenn du Tante Friedels Patiencen mit in den Gedanken aufnahmst. Brutal. Dürftig. Kontingent. Das Leben selbst. Der Redner hatte dennoch, und auch das mochte tröstlich erscheinen, wenngleich eher magisch oder nur rhetorisch, die utopische Möglichkeit beschworen: Dieser Tod, der Betroffenheit und Ratlosigkeit in gleicher Weise bei Angehörigen und Genossen hinterläßt, ist sinnlos, ohne lebensgeschichtliche Logik. Gleichwohl ist er ein politisches Faktum. Denn unsere gemeinsame Erfahrung und die in politischer Tätigkeit gewonnene Einsicht in die Notwendigkeit revolutionärer Praxis bilden jenen Zusammenhang, der uns die Möglichkeit gibt, angesichts des erschütternden Ereignisses dieses Todes nicht gänzlich verstummen zu müssen.

Und dir fiel ein Freitagabend ein, nach einer Probe, als ihr ein Feierabendbier beim Nuttenlouis an der Bockenheimer Warte trinken wart, Gerd, Jutta, Uschi, du und auch der Coulmier, der, wie hieß er noch? Der wäre noch beinahe von der Straßenbahn überfahren worden. Jedenfalls stand der Krahl schon besoffen neben der Jukebox und starrte unter sich, während Heintjes Maaamma aus der Box dröhnte, diese hellgelbe Goudastimme, und der Krahl trällerte still mit, und eine fettige Strähne fiel ihm ins blaßglänzende Gesicht, und du mußtest an Schnulzverdacht und, wie jetzt auch wieder, an die Worte von Robespierre bei Büchner denken: Die soziale Revolution ist noch nicht fertig; wer eine Revolution zur Hälfte vollendet, gräbt sich selbst ein Grab. Schnulzigkeit stört den Revolutionär also nicht. Da sang er Maaamma, und jetzt war er tot.

Und gerade waren deine Füße warm geworden, kätzelwarm, wie deine Mama das nannte, vielleicht keine lebensgeschichtliche Logik, aber ein großer Augenblick im Winterbett. Traumschwer. Uschi schlief bereits und mußte diese Gedanken nicht mit dir teilen.

»Das macht dann achtundzwanzigzwanzig.«

»Sagen wir vierzig, und eine Quittung bitte.«

»Vielen Dank, vielen Dank.«

»Ich habe zu danken.«

»Und hier Ihre Quittung.«

Es ist der erste Taxifahrer, dem ich nachwinke. Und er winkt zurück, läßt die Scheibe runter und winkt, während er langsam beschleunigt, ganz langsam, als könnte ich noch zu ihm aufspringen und in einem halsbrecherischen Sprung auf die geöffnete Beifahrertür mit ihm fliehen. In Teheran dieses Passionsspiel anschauen, oder in Bagdad, da gibt es das Taz-, das, Gott wie hieß das noch? Taz-? Alles keine Orte, wo man wirklich hin will, denke ich. Aber auch da leben Millionen von Menschen. Und es wird prächtig gestorben, also doch ein Ort für mich. Oder Indien, warum nicht Indien? Da gibt es auch Schiiten. Ich stehe vor der Tür, daneben das Klingelschild. Jetzt ist es zu spät, jetzt bin ich allein. Jetzt bin ich endgültig allein. In einer fremden Stadt, in einem Industriegebiet, das ich ohne fremde Hilfe nie wieder verlassen könnte. Ich würde mich bei dem Versuch heillos zwischen den Schuppen, Hallen, Bürobatterien verlaufen.

Das Schreiben hat mich am Leben gehalten. Das Schreiben. Das kann ich nur alleine. Trotzdem ist seit dem Rossini-Buch kaum mehr was erschienen. Das Rossini-Buch war der große Erfolg, ein Bestseller. Um den Preis, den Ruhm ohne meine Koordinaten durchstehen zu müssen. Nur ein Buch ist noch entstanden. Das intimste und mir nächste, das traurigste, *Kafkas Kekse.* Also, ich klingle bei Pelati.

Das Klingeln hatte schließlich aufgehört. Ein Schwung neuer Leute war in der Kiesstraße in dein Leben getreten, ein alter Bekannter war anonym verwest, und du hattest still gehofft, daß Uschi nach einem Jahr wieder gefestigt wäre. Du hattest ihr von Gerds Ende nichts erzählt, auch von Juttas vereitelter Identifizierung nicht. Die Indienvariante schien dir leichter erklärbar. So eine plötzliche Materialisierung des Grauens in einer Leiche schuf noch größeres Grauen. Andererseits wäre das definitive Ende im Tod eine Möglichkeit für Uschi, abzuschließen. Man hätte von Nemesis im Spekulationsobjekt sprechen können und damit Uschis Empörung über den Verfall eines Stadtviertels, dessen Bewohner systematisch aus ihren Wohnungen vertrieben wurden, in die alte Geschichte eingebaut. Die Situation war vertrackt, und der erste Jahrestag des Schreckens stand am kommenden Freitag bevor. Das Geheimnis um Gerds Tod, das nur du und Jutta kanntet, war für dich zugleich die vorstellbare Möglichkeit, die Inzidenz eines flüchtigen Vergewaltigers in Bockenheim und einer Leiche im Westend durch dein Wissen aus ihrer Zufälligkeit in die Ebene eines logischen Zusammenhangs zu überführen, ihr einen Sinn zu geben, sie in eine Geschichte zu gießen, und die hätte auch deine sein können: als hättest du ihn aus Rache getötet. Dabei hat ihn der Fluch der bösen Tat getötet. Nemesis ist weiblich. Es war Uschis Verdienst. Und ihr das zu sagen, drängte es dich auf einmal an diesem Freitag.

Es wäre eine Zäsur, aber du konntest die Folgen nicht abschätzen. Also hast du ihr nichts gesagt. Und so blieb für Uschi die Nachricht des Tages, und sie erzählte sie dir am Abend, aber du kanntest sie schon: Paul McCartney verkündete das Nein zu weiteren Auftritten mit den Beatles. Und als ihr über das Ende der Beatles redetet, war das nur ein Rahmen, in dem ihr Jahre eures Lebens von anderen Jahren abtrennen konntet, so daß sich ein Sinn umreißen ließ, der euch immer wieder an sie erinnerte, wenigstens rückblikkend. Wie auch sonst? Als Uschi ihr Abitur machte, war gerade *Please Please Me* erschienen, das erste Album, und als du Abitur machtest, hatte die coole Jutta, das muß man sagen, ihrem Wolfram die Doppel-Single mit *Strawberry Fields Forever* und *Penny Lane* geschenkt, die du bei ihm wieder und wieder angehört hast, bis Wolframs Vater ohne anzuklopfen ins Zimmer kam und sagte, er gehe jetzt schlafen, und Wolframs Mutter im selben Augenblick wie ein Echo zur Tür hereinschnellte und sagte: Ja, wir gehen jetzt schlafen. Du hattest keinen eigenen Plattenspieler. Und Vaters alter aus den Fünfzigern spielte nur die wenigen Platten aus seiner Sammlung, Rudi Schuricke, mal Heimat, mal Capri, mal Sorrent, mal Napoli, mal Florenz, eine Platte mit Märschen, darunter sein Lieblingsmarsch, der Badenweiler Marsch, aber auch der Bayerische Defiliermarsch, Hohenfriedberger, Königgrätzer (Harzer, Appenzeller, Emmentaler – Des isch net witzisch – Jo, Vadder!). Penny Lane hatte für dich etwas angenehm Schnulziges. Sie war in deinen Ohren und in deinen Augen. Man könnte sagen, da wurden ein Beat und ein Sound vorgegeben, der euch gab, was ihr von euch träumen wolltet. Andere gaben Bilder und Szenen und Worte vor, in die ihr euch einlebtet. Woke up, fell out of bed. Ihr nahmt sie begierig auf und setztet sie mehr und mehr in dem Glauben ein, sie selbst erlebt und erfühlt zu haben und nun nicht anders zu können, als diese Worte zu sagen, aus Szenen Situationen zu machen. Zugegeben. Denn erlebt hattet ihr nichts, Spießerärsche, tauben Faschismus in einer ungelernten Republik, Banalität des Bösen wie des Guten im Abseits der Weinberge und Deiche. Schlimmstenfalls Uniformbügeln, bestenfalls schiefer Pastor mit schiefer Orgel. Wenn da nicht Frau Tischler und Frau Jensen gewesen wären.

Beim Reden über die Beatles stand jetzt der Beat des Lebens im Zentrum, keine kritischen Fragen bezüglich kapitalistischer Kulturindustrie. Beschwörung, du und sie im Lauf der letzten Jahre, der Jahre des Aufbruchs, aus Vitzum und Landau, bis zu dem Moment, als ihr gemeinsam die Apotheke betratet. Du verwundeter Verkünder der Französischen Revolution, sie die erste mordende Krankenschwester, die du liebtest. Und seither warst du verdammt verliebt in sie, bis heute: Uschi in the sky with diamonds. Forever. It's easy. Help!

Und der zaghafte Sommer achtundsechzig, der Uschionkelwillisommer, eigentlich nur vier Tage Ende Juni in Waldkastenhausen, war der schönste von allen bisher. So könnte doch der Sommer siebzig wieder werden. Das würde ihr guttun. Und dir erst. Auch wenn sie dachte, er wollte sie vergewaltigen. Absurder Gedanke. Der Täter kam aus dem Bekanntenkreis.

Der April hielt still, aber der Mai war dabei. Lenins hundertster Geburtstag ließ Uschi gelassen. Aber Andys Befreiung aus der Berliner Bibliothek mit Maskierten und Schußwaffen ließ Uschi nervös den Wohnraum auf und ab schreiten. Nicht einmal eine Tasse Kaffee wollte sie annehmen beim Auf und Ab. Sie schüttelte den Zeigefinger und den Kopf. Sagte kein Wort, als wäre ihr klar, daß die kommende Zeit nicht nur eine neue Sprache von ihr erwartete, denn die außerparlamentarische Zukunft hatte die Frage des bewaffneten Kampfes auch an Uschi gestellt. Selbst du hörtest das Signal, aber beantwortetest die Frage mit fragendem Blick.

Egon hatte sich im Juli, ein Jahr nach Rüdigers Befreiung, mit seinem kleinen, mittlerweile immerhin sechzehnjährigen Gespielen, Geliebten, Freund zu Onkel Willi in den Odenwald aufgemacht, um einen Liebessommer zu verbringen. Rüdiger stand unter Strom, als Uschi und du mit Ulfs geliehenem Käfer durch Willis Hofeinfahrt fuhrt. Er war ganz begierig darauf, Uschi zu treffen, und Uschi schien auch das Gespräch mit Rüdiger zu suchen. Der mäßige Sommer und der von Rüdiger sichtlich genervte Onkel Willi ließen keine wohltuende Erinnerung an damals aufkommen. Die Becken spiegelten ruhig den Himmel wider oder bildeten grüne Seerosenfelder, das Aquariumbecken war repariert, der Holztisch mit der festgewachsenen Wachstuchtischdecke stand unter der Pergola. Allein es fehlte die Stimmung. Statt dessen gingen Uschi und Rüdiger durch den Garten, schienen sich die Becken anzuschauen, waren daran aber keineswegs interessiert. Als du ihnen von weitem zuwinktest, drehte Uschi den Kopf weg. Onkel Willi hatte dir gerade einen menschlichen Schädel gezeigt, den er im Garten gefunden hatte, er sagte, aus den Napoleonischen Kriegen, ein ganzes Skelett hatte er ausgegraben, mit rostigen Nägeln zwischen den Rippen. Napoleon im Odenwald? Seine These: ein füsilierter Deserteur, denn Blücher traf Napoleon ja erst auf der linken Rheinseite: Der arme Preuße düngte vorbildlich meinen Garten.

Uschi und Rüdiger waren näher gekommen, noch immer in konzentriertem Gespräch. Du winktest erneut und gingst nun erste Schritte auf Uschi zu, wurde auch Zeit, du und Uschi in Onkel Willis Garten, das mußte vorbildlicher zweisam werden. Aber Uschi drehte wieder den Kopf weg, und Rüdiger, der unheimliche Spaßvogel, machte die Pantomime deiner Erschießung, seine Hand ein Revolver. Wie man das so macht in seinem Alter. Oder so. Du bliebst stehen, überlegtest noch, die Pantomime des getroffen zu Boden Sinkenden zu machen, um der ganzen Situation (Szene?) die Möglichkeit humoriger Entspannung zu geben, nähertest dich aber statt dessen einen weiteren Schritt. Rüdiger nahm seine linke Hand zu Hilfe, ballte Fäuste, und aus seiner Pistole wurde eine schnatternde automatische Waffe. Dann eben nicht.

Du wolltest ins Aquarium steigen, um ein paar Minuten stilles Grün mit stillen Wesen um dich zu haben, da deine Gesellschaft außerhalb nicht gesucht wurde, als Egon hinter dir sagte: Ich weiß auch nicht, der Rüdiger ist wie ausgewechselt.

War er denn je anders? fragtest du Egon.

Jo, schunn. Awwer seit kurzem isser so, ich wääß aach net wie.

Beklaut er dich?

Was? Quatsch! Nee, der hat immer Geld. Mehr als ich.

Des isch kää Kunscht.

Jo, ich wääß. Er saacht nur immer: Kaputtmachen die Schweine.

Das sagt man so in seinem Alter. Das hast du damals zu mir auch gesagt.

Nee, ich hab gsaacht, ich verklopp dich, du Sau.

Genau.

Du wolltest dich zum Deckelgriff herunterbücken, da sahst du Uschi am Holztisch unter der Pergola sitzen. Rüdiger stand neben ihr. Sie zog ihre Strumpfhose aus, rollte sie sorgfältig ein, legte sie auf den Tisch. Rüdiger nahm sie. Uschi hatte ihre Strumpfhose ausgezogen, zusammengerollt und auf den Tisch gelegt. Und Rüdiger hatte sie genommen? Und in die Hosentasche gesteckt. Der war doch schwul, oder was war mit dem? Eigentlich hättest du Ey! rufen, die

Strumpfhose aus seiner Hosentasche ziehen und fragen sollen: Was soll das, hm? Dann einfach rechts und links auf die Backen schlagen und sagen: Laß das, du kleiner Wichser. Aber die Situation war nicht klar, nur eines war klar: Hier war kein gemeinsamer Sommer zu erleben. Hier hatten sich Gruppen neu formiert, auf dem Weg zur eigenen Dynamik.

Awwer er hat was vun Ausbildung gsaacht, die er mache will.

Na, immerhin, antwortetest du mit fahrender Hoffnung auf eine Wendung zum Ordentlichen, zum Banalen, zum Spießigen, das du für dich ablehnen, aber einem Rüdiger gerne nahelegen würdest. War das schon zweierlei Maß? Oder mußte man so einem kleinkriminellen Stricher nicht einfach mal in den Arsch treten, damit er vom falschen Weg abkäme?

Jo, hab ich aach gedenkt, unn gsaacht: Beim Opel? Unn er hat gsaacht: Nee, bei der El Fatah.

Scheiße!

Onkel Willi, der jetzt mit euch im Aquarium saß und dich gerade auf eine Sumpfdeckelschnecke aufmerksam machen wollte, hatte schnell die Stimmung erfaßt. Du schautest ihn an, er dich. Du dachtest an all die Becken, an die Batschkapp, an den Kohlen-Munk-Peter, an das Refugium inmitten dörflicher Spießigkeit. Aber eben auch an die alles zerreißende Strumpfhose. Ihr wart abgetaucht in dunkles Grün. Doch die Stille schien längst den Tritt verloren zu haben. Modergeruch seit letztem Winter, als die Scheibe brach, nicht rauszukriegen. Angenehm betäubend. Grotte, Höhle, Bunker. Schutz und Obdach: Alles in allem ist doch alles beim alten. Fatalismus, Defaitismus. Schluß. Kampfzeit. Strumpfhosenzeit.

Im Sommer vor drei Jahren hatte dich die Anschauung des grünen Fensters in die Welt, windows of the world you know (halt, Schnulzverdacht!), von der alten Zeit des Abiturs in die neue Zeit des Studiums gerettet. An dem Tag, als du hier auf dem Hocker gesessen hattest, hatte sich in Berlin ein besonnener, neugieriger, frisch verheirateter Student (Uschi heiraten?) die Protestkultur seiner Kommilitonen angeschaut und ein Bild gemacht von der Gewalt der prügelnden Polizei, bevor er voller Fragen und Bilder im Kopf noch eine Kugel dazu bekam, von einem kaltblütigen Bullen mit sportlicher Freude am Töten. Und du?

Also, ich klingle bei Pelati. Was soll ich sonst tun? Eine Wahl habe ich nicht mehr. Ich habe keine Wahl, aber ich habe einen Plan. Den muß ich befolgen. Also, ich klingle bei Pelati.

*In Band neun der Alterssünden finden sich schließlich »Marsch und Erinnerungen für meine letzte Reise«. Rossini an der Himmelspforte. Sie ist verschlossen. Er klopft vergeblich. Schon will er weitergehen, spielt aber Petrus als Rechenschaft seines Lebens die Ohrwürmer seiner Opern vor. Doch die Tür bleibt zu. Und er spielt sein »Portrait«: »grazioso e leggero«. Es wird ihm aufgetan, und es folgt das Requiem. Dies schrieb Verdi für ihn. Doch bleiben wir noch ein wenig im Leben Rossinis. Noch ist es nicht zu Ende, noch verwöhnt ihn Olympe im Haus in Passy. Ach Olympe!*

*La scala di pasta.*
*Nudelgerichte bei Rossini*, 1996, S. 201

Und heute sahst du dich bei der Anschauung. Erlebtest dich im Unterwassertheater deines Onkels. Erinnertest dich an das große Geheimnis, das dir nicht der Professor, sondern der Gerd mit seinem Graecum, der Wahnsinnige mit seinem wahnsinnigen Wissen, erklärt hatte. Theorie und Theater teilen sich die erste Silbe, und die bedeutet im Griechischen Anschauen. Der nicht unerhebliche Unterschied zwischen einem Theater und Onkel Willis Aquarium ist natürlich der, daß die Schnecken, Fische, Wasserkäfer und Larven nicht wissen, daß Onkel Willis Verwandtschaft ihnen zuschaut. Oder doch? Wissen sie es und machen sich einfach nichts draus? Der Geruch von feuchter Erde, feuchter Wärme, der grünlichdumpfe Schimmelgeruch waren Indikatoren für ungestörtes Schauen. Im Erfassen von Konturen und selbst kaum merklichen Bewegungen war es eine kritische Theorie, zu der du hier deine Gedanken schärfen konntest, ungestört. Nur Uschis Strumpfhose hatte sich in deine Gedanken eingeschlichen.

Wenn du jetzt den Klappdeckel aufmachst, sind Jahre vergangen, aber hier drin hast du nichts gemerkt, bist nicht älter geworden, bist gleich Jahre jünger als alle anderen, sagte Onkel Willi, an keinen von euch gerichtet, vor sich gegen die Scheibe gesprochen, die beschlug.

Das glaube ich dir gerne, sehr, sehr gerne, sagtest du neben deinem teilnahmslos ins zähe Grün stierenden Bruder, der sich mit der Hand versonnen übers Gesicht fuhr, wie über einen fehlenden Schaumbart. Die Sumpfdeckelschnecke hatte sich bisher nicht bewegt. War sie tot? Oder gab es in ihrem weichen Kopffuß eine eigene Dimension der Veränderung, die sich unserem gehäuselosen Ringen nach Spürbarkeit entzog? Sie hatte einen moosartigen Überzug auf ihrem Haus.

Ich besorge mal Grillgut, sagte Onkel Willi, wenn's Krieg gibt, sagt mir Bescheid.

Ihr bliebt sitzen, und das Tageslicht, das für den Augenblick, da Onkel Willi den Deckel nach oben geklappt hatte, graue rissige Zementwände mit Farnbesatz um euch herum aufscheinen ließ, störte die Theorie durch die Sichtbarmachung der praktischen Mittel oder ließ sie vielleicht dadurch erst kritisch werden. Episches Theater im Algenreich. Doch V-Effekt der Strumpfhose. Als ihr aus dem Untergrund wieder ausgestiegen wart, zog sich dein Herz krampfhaft zusammen, aber du achtetest es nicht, denn der Anblick, der sich dir bot, war sonderbar und überraschend. Uschi und Rüdiger standen im Kieshof vor dem Haus und sprachen angeregt mit Onkel Willi. Nur war das nicht Onkel Willi. Ihr kamt näher, und es war Bela mit der Wangennarbe des ungleichen Kampfes. Ihr winktet, doch sie drehten die Köpfe weg. Uschi schaute noch einmal zu dir, als du in zehn Metern Entfernung wild winktest und verzweifelt lächeltest. Dann gingen die drei zügig zum Hoftor und verließen das Grundstück. Im Gleichschritt lieft ihr hinterher, immer schneller, und wart schon dabei, Flüchtige zu verfolgen.

Also, ich klingle bei Pelati. Bin ohnehin zu spät. Ich drücke mir einen Furz in die Hose, denke an Onkel Willi und klingle bei Pelati. Die werden mich noch ausschimpfen. Und gerade heute will ich nicht ausgeschimpft werden. Ich schaue mich um, schaue in die Fenster, ob mich das Fernsehen schon beobachtet, ausspioniert. Eingeschlichen. Keiner zu sehen.

Als ihr durch das offenstehende Hoftor die schotterige Straße erreichtet, drehte ein kleiner orangefarbener BMW vor der gegenüberliegenden Tankstelle, zwei rotweiße Zapfsäulen vor einem schwarzbraunen Scheunentor, und rauschte mit quietschenden Reifen davon. Ja, das war Uschi. Neben ihr Bela am Steuer. Hinter ihr Rüdiger, der mit den Armen fuchtelte. Staub wirbelte um das Auto auf.

Vor zwei Wochen noch warst du mit Uschi im Kino gewesen: Zuerst sieht man das Rad, und zwei Kinder sagen: Sieh mal, sieh mal das Rad, sie werden von ihren Eltern zurückgerufen. Autos haben sich inmitten einer Landschaft von

Feldern und Äckern gestaut. Dann kommentieren Wartende, die aus ihren Autos ausgestiegen sind, das Geschehen: Den hat's aber erwischt. War'n da viele drin? Nein, soll nur einer drin gewesen sein. Ist der Mann tot? Nein, nein, er ist nur bewußtlos. Da hat er Glück gehabt. Ich denke, ich komm da noch rüber, da bleibt der Motor weg, Scheiße, ich starte, nichts zu machen, und weil ich plötzlich stand, sagt er sich, dann fahr ich weiter, wenn der nicht will, aber da kommt er angeprescht, er also auf die Bremse, aber der fuhr mindestens hundert Sachen, und da, ssst, rutscht er ab und kommt ins Schleudern, da war's auch schon passiert, ich seh noch, wie der in mich reinrauscht, aber dann, im letzten Moment, er war noch zehn Meter von mir weg, da fängt er sich wieder und flutscht an mir lang, ich sag noch, Mensch, meine Fresse, und peng, erwischt er mich am Arsch, und dann war er... Ein anderer Zeuge ergänzt: Dann passierte es eben, er dreht sich um sich selbst, knallt mir in die Seite, und ab in den Graben mit ihm, gleich mit zwei Rädern, der konnte überhaupt nichts machen, er überschlägt sich ein paarmal und dann rein in den Baum.

Ein Polizist nähert sich einem silbernen Alfa, der in Flammen steht. Und da beginnt der Vorspann, und alles spielt sich rückwärts ab, das Feuer verschwindet, der Baum richtet sich wieder auf, das Auto überschlägt sich zurück auf die Straße, der Fahrer kämpft, die Räder bremsen und fahren rückwärts aus dem Unfall heraus. Rückwärts die Straßen entlang, rückwärts bis zum Morgen zurück, bis zum Abend davor, und du dachtest, genauso passiert es, so banal ist der brutale und dürftige Tatbestand eines Verkehrsunfalls, das kontingente Geschehen des Alltagslebens. Darf das so banal sein? Was ist das Gegenteil dieser Unfalldürftigkeit? Privat die Liebe, öffentlich die Revolution, zu zweit der Eros, für alle die Kunst.

Du schautest zu Uschi, die neben dir in deinem alten Volvo saß. Du fuhrst langsam den nächtlichen Weg entlang, denselben, hofftest du, den du gekommen warst. Konnte man sich auf dieser kleinen Insel verfahren? Ja, sagte sie, sonderbar, und wischte sich ihre fast unsichtbare weiße Strähne aus dem fast unsichtbaren Gesicht.

Sie schaute auf die Leinwand, und du sahst in ihren Augen nur das bewegte Bild gespiegelt, Reflexe des Lichts im Dunkel des Kinosaals. Und alles beginnt in der dunklen Wohnung, im dunklen Bett, wo sie nackt liegen, besonders Hélènes nackter Hintern ist dezent, aber unausweichlich dargestellt, Romy Schneider hatte ihn mitgebracht, und der haarige Rükken von Pierre, dem Mann im Auto, der Michel Piccoli gehörte, liegt neben ihr, dachtest du noch, mußtest schmunzeln, als du das dachtest, aber dir war klar, daß das Paar in seiner Liebe einer unsicheren Zukunft entgegengeht, ganz abgesehen von einem wahrscheinlich bevorstehenden Unfall, der ein Ding des Lebens ist wie die Liebe, die natürlich in einer anderen zeitlichen Kategorie sich abspielen muß und dadurch lebendigen Sinn bekommt. Die Endlichkeit des Lebens kennt keine Grenzen. Kennt nur das Bevorstehende. Keine Angst vor dem Tod, aber vor dem Sterben.

Im aufwirbelnden Staub konntest du nicht einmal das Kennzeichen von Belas BMW entziffern. Das Kennzeichen? Instinktiv wolltest du dir das Kennzeichen merken. Wolltest du sie melden? Was würden sie verbrochen haben? Keine Ahnung. Rüdigers Freund Andy war untergetaucht, also war doch alles geklärt. Und aus der Staubwolke, die nun schon haushoch die Sicht verhinderte, tauchte Onkel Willis hellblauer R vier auf.

Was war das? fragte Onkel Willi nach einer Vollbremsung vor Egons Füßen. Egon trat einen kleinen Schritt zur Seite

Geht schon, Egon, laß dich nur überfahren, sagte Onkel Willi. Was war das eben?

Der BMW?

Ja, der wäre mir beinahe reingefahren.

Keine Ahnung, Strelnikow?

Strelnikow?

Nein, es waren Uschi, Rüdiger und ein Kommilitone.

Rüdiger ist weg?

Ja.

Na, darauf trinken wir einen.

Lustlos saßt ihr zu dritt beim Grillen im Garten. Ein kühler Wind fuhr durchs Laub, aber Onkel Willi hatte in weiser Voraussicht – und in seiner intuitiv richtigen Einschätzung der Gesamtlage – zwei große Flaschen Obstler mitgebracht. Ein erlahmender Hunger trieb die Wurst hinein. Koteletts und scharfe Würstchen blieben ungegrillt. Onkel Willis letztes Grillwort sprach er mit Kopfschütteln: Arafat. Die Aufmerksamkeit kreiste um die obligatorischen Flaschen Bier und die beiden Schnapsflaschen, vom Heiland geschickt. Die wurden im solidarischen Gefühl beschissener Ratlosigkeit (So beschissen! sagte Onkel Willi, runter mit dem Zeug. Ex und hopp!) gekippt. Nach zwanzig Minuten schon war die erste leer. Und euch war nicht mehr kalt. Trotzdem gingt ihr ins Haus, ohne Fackelschein. Und während er die Gläser vor euch aufstellte und in der Mitte die zweite Flasche, sagte Onkel Willi: Moment mal, und verschwand im Nebenzimmer. Er kam wieder und sagte: Na Gott sei Dank. Neben die Flasche legte er eine Pistole: Die haben sie nicht gefunden.

Egon bekam große Augen und sagte: Wow, des isch e Walther P achtedreißisch.

Was, die gehört Walther P. Achtedreißisch?

Onkel Willi und Egon schauten dich im Chor verächtlich bis maßregelnd an.

War ein Scherz, okay?

Die gehört mir, sagte Onkel Willi. Viktor hat sie mir geschenkt. Mit der haben wir nach der Befreiung rumgeballert.

Uschi sahst du nicht mehr wieder. Sie blieb verschwunden. Du nahmst Ulfs Käfer, den hatten sie stehenlassen, der Schlüssel lag auf dem Wohnzimmertisch. Egon und Onkel Willi sahst du vor dem Hoftor bedröppelt winken, während du im Straßenschotter auf die Landstraße fuhrst, stotternd im ersten Gang, der Schleifpunkt, dein Schicksal. Zwei ratlose Verwandte zitterten sich in deinem Rückspiegel kleiner und kleiner. Du schaltetest ratlos in den zweiten Gang, in den dritten. Auf den Landstraßen vom dunklen Tann in die helle erntereife Ebene riefst du als Sonntagskind laut und raumfüllend die Beschwörung: Schatzhauser im grünen Tannenwald. Dann sprach in dir auf der Fahrt von dir zu dir mit dir und nur mit dir, eigentlich in guter Gesellschaft, aber vollkommen außer dir, die Erinnerung mit deiner Stimme den beruhigend deprimierenden Satz deines Professors: Die Menschen reisen streng voneinander isoliert auf Gummireifen. In diesem Moment begriffst du einmal mehr das Prophetische an deinem zukünftigen, vor einem Jahr verstorbenen Doktorvater. Vielleicht drängte sich aber der Gedanke auch einfach auf wie ein Automatismus, dem du gar nicht ausweichen konntest. Und die Endlosschleife dieses Gedankens machte ihn mürbe, brachte ihn vom Leben zum Tod, zum Tod eines Gebetstextes, den du, nachdem er ein für allemal durchleuchtet war, nur noch nachbeten konntest. Hypnotisiert von einem überschaubaren Gedankenrepertoire.

Und wo blieb dein Protest, wo war, wie Onkel Willi gesagt hätte, die Frontabstellung deiner Empörung? In der Sicherheit von Ulfs dunkelgrünem Käfer, in der du erfreulich einsam über den Asphalt gleiten durftest, sahst du dich wieder unter kader- und kommunardenhaftem Druck, Rechenschaft abzulegen. Also mal ehrlich. Wo ist die Leidenschaft für den Aufruhr? Was hindert dich daran, aus eigenem Antrieb der Vatergesellschaft Paroli zu bieten? Deine erste Demo: frei erfunden. Deine zweite Demo: reingerutscht und dann vom Bullen verprügelt. Das wäre ein passendes Zornkostüm. Maßgeschneidert. Exemplarisch.

Das Problem war ein banales, aber unsagbares: Du konntest Menschenansammlungen nicht ertragen, Menschenmassen schon gar nicht. Schon im Kolbheim waren die Partybesucher nicht artgerecht zusammengepfercht, du hattest ins Gebüsch gekotzt. Angesichts der wogenden Zehntausend am Ostersonntag vor zwei Jahren war dein Zorn gehemmt von der Angst vor den unmittelbar dich umgebenden Unbekannten. Studenten, Gewerkschafter, Schüler, schon klar, aber selbst das solidarische und durchaus überwältigende Skandieren von Ho-Ho-Ho-Chi-Minh und Vietnam-den-Vietnamesen verhustetest du im Gefühl, der Hals würde dir zugeschnürt inmitten der Köpfe und Transparente, hinter denen zum Glück die Stufengiebel des Römer aufragten und die Unendlichkeit des Ausgeliefertseins linderten. Und als du unter der Führung von Veteran Onkel Willi die Schlacht in der Frankenallee schlugst, da war dir klar, wie Wehrmacht, SS und alles, was sich an grauenhaftem Faschismus in den brutalen Geist der deutschen Polizei hinübergerettet hatte, auf euch Studenten losgelassen wurde, KZ-Schergen wie Bluthunde. Und daß solche kranken Typen wie Kurras lustvoll Benno Ohnesorg hingerichtet hatten, das gab dir überhaupt und im Kampf nur für Sekunden Energie. Dank dieser Kraft und Treffsicherheit konntest du dem Bullenschwein, das dich verfolgt und dir die Schläfe blutig geschlagen hatte, in die Fresse treten. Diesem Bullenschwein, das durch plötzliches, unerklärliches Straucheln, als hätte ihm jemand ein Bein gestellt (Onkel Willi?), zu Boden gegangen war und sogar den Schlagstock verloren hatte, in die Fresse treten! Diesem Bullenschwein kraftvoll, obwohl voller Angst vor Notstand und Krieg als der unerträglichsten aller Massenveranstaltungen, in die Fresse treten! Darauf konntest du stolz sein. Der Tritt kam von Herzen, und du bereutest ihn nicht eine Sekunde, bis heute. Bevor dir die Platzwunde das Blut in die Augen trieb und du mit dem Blick auch die Erinnerung verlorst. Sani hierher! hörtest du noch.

Ruhige Kurven der Landstraße Richtung Darmstadt. Zeit für eine Bilanz? Nein. Denn Bilanz war am Ende zu ziehen und nicht am Anfang. Und wenn deine Freundin mit dem Freund deines Bruders und einem nicht mehr lächelnden ungarischen Pfannkuchengesicht in einem orangefarbenen BMW um die Tankstelle von Waldkastenhausen herumsauste, um ohne weiteren Kommentar abzubrausen, dann mußte das ein Anfang gewesen sein, der Anfang einer neuen Epoche, den du als Aktivist offensichtlich verschlafen hattest, denn du konntest dir keinen Reim drauf machen. Sancta simplicitas! Denn an Einsicht sind wir heute viel klüger als jene deren Zeit für immer vorüber. Eine Pfarrerstochter und ein Fürsorgezögling. Da waren die falschen Leute im falschen Spiel. Dir wurde unwohl bei dem Gedanken, und du korrigiertes das Lenkrad, weg von der rollsplittbestreuten Seitenlinie, die ohne Leitplanke eine Böschung eröffnete. Du rissest, bremstest, rissest. Zweiter Gang. Warum ist die Geschichte immer so wohlgeordnet und die Gegenwart so unübersichtlich? Wenn die Gegenwart klarer wäre, dann wäre nicht nur die Zukunft besser, sondern du könntest auch viel besser an deiner lebensgeschichtlichen Logik arbeiten.

Ein Brummen nähert sich, ein Rauschen. Brummend und rauschend fährt ein Auto um die Ecke, und es ist der Taxifahrer, und er läßt die Scheibe runter. Ich drehe mich zu ihm und beginne zur Begrüßung zu winken. Er ist es, er ist es tatsächlich. Er kommt zurück, um mich zu holen, zu retten von den magischen Kanälen, dabei verstehe ich sie doch, durchschaue sie, nur zu gut. Habe sie selbst erlebt, eingeschlichen in die Familie, hineingesendet ins soziale Gefüge. In meine eigene Familie, die Tischlers aus Landau. Zerstört wurde diese Familie, ausgelöscht. Die künstliche Züchtung von Bedürfnissen bewirkt reflexhaftes Konsumverlangen und geht einher mit der Auftischung scheinbar gelöster Konflikte durch scheinbar handelnde Personen. Sie ist von unerträglicher Beschissenheit. Sie ist zum Kotzen. Jetzt ist Kampfzeit. Ach herrje.

Der Taxifahrer stoppt den Wagen und hält mir eine Plastiktüte entgegen: »Ihre Tüte. Mit dem Wein. Habe nachgeschaut, ein Rauenthaler Baiken, eine gute Wahl.«

»Sie kennen ihn?«

»Wer kennt ihn nicht?«

Da öffnet sich die Tür von Pelati. Ein junger Mann steht vor mir. Mein Herz zieht sich krampfhaft zusammen, als ich über die Schwelle treten will, treten muß, aber ich spüre in meiner linken Hand die Aktentasche und nehme die Tüte aus den Händen des Taxifahrers, der im Auto sitzengeblieben ist. Ich bin im Begriff, ihn dem jungen Mann vor mir als guten Freund vorzustellen, aber ich kann es nicht, ich zwinkere dem Taxifahrer dankend zu, ergriffen und hilflos, hoffnungslos, denn ich kann nicht zurück. Ich achte es nicht, denn der Anblick, der sich mir bietet, ist sonderbar und überraschend. Der junge Mann, der vor mir steht, hat Sommersprossen, einen borstigen Rotschopf. Er lächelt mich blinzelnd an wie ein kaum Achtzehnjähriger, hat etwas rotzig Verdrehtes im Gesicht, eine ungesunde Blässe, und er bewegt sich schon mit dem einen Schritt, den er auf mich zugeht, mit ausgestreckter Hand, um mich zu begrüßen, so linkisch, daß ich sofort den Eindruck habe, er sei verwachsen, habe zumindest einen Buckel, fehlt nur tuberkulöses Husten, dann könnte er einem Roman von Dickens entsprungen sein. Ein chimney sweeper mit Staublunge, wie sie in den Kamin hinabgelassen wurden, um zu kehren, wo sonst keiner kehren konnte. Sein linkes Augenlid zuckt. Wenn ich nicht diese unangenehme Befallenheit spürte, wie sie Juckpulver, Flöhe oder Milben verursachen, dann hätte ich Mitleid mit ihm. Als stünde ich wie Goethe in Rom auf der Piazza Navona einem Betteljungen gegenüber, der sich kaum auf seinen Krücken halten kann, weil er die eine Hand bittend ausstrecken muß. Der junge Mann von Pelati sieht aus wie eine verbogene und verzogene, irgendwie mißglückte Wiedergeburt von Rüdiger. Ein koboldhafter Außenseiter.

»Guten Tag. Herr Tischler?«

»Ja.«

»Ich bin Marcel Lissitzky, der Praktikant. Ich darf Sie herzlich bei der Pelati GmbH begrüßen, auch im Namen von Guido Schnittke«, sagt er, und es liegt etwas Gepreßtes in seiner Stimme, seinem Stimmchen, möchte man sagen.

Mit deinem blöden Bruder saßt du in Onkel Willis R vier. Der Herbst hatte den schwierigen Sommer im Nieselregen bis zur Unerträglichkeit aufgeweicht. Und dieses Unerträgliche hatte dein Bruder am Abend mit einer Schnapsflasche am Becken ertränkt, sich selbst, da er die Last des neuen Lebens, die Isolation in Waldkastenhausen, Vaterlosigkeit, Freundlosigkeit, nicht mehr ertragen konnte, im Becken versenkt und einen Schwall Wasserlinsen eingeatmet. Onkel Willi hatte den fehlenden Egon und die fehlende Abendflasche bemerkt und ihn bewußtlos aus dem Becken gezogen. Vom fiebrigen Schüttelfrost der Unterkühlung war ein Niesen geblieben, Verrotzung, wie Onkel Willi das nannte.

Eine akute Verrotzung hat er sich zugezogen, nicht den Tod, sagte er, als er dich am Bahnhof des Nachbardorfes abholte. Und als er dich vertrauensvoll mitsamt seinem Auto und mit Egon und dessen Habseligkeiten losschickte, sagte er: Ich brauche hier jetzt meine Ruhe, kannst die Kiste erst mal fahren. Fahr sie nicht gleich zu Schrott.

Der Praktikant bemüht sich und legt viel Energie in seine Augen, mit denen er mir in meine schaut, professionell, verbindlich. Aber selbst wenn man dem Fernsehen mit einer gewissen Reserviertheit, einer kritischen Distanz, einem gesunden Mißtrauen, einer behutsamen Opposition, einer unüberwindlichen Abneigung, einem scharf umrissenen Willen zur Heimzahlung gegenübersteht, so möchte man doch auf das klischeehafte Erlebnis des Glamourösen nicht verzichten, des Gewandt-Geschwätzigen, des Ebenmäßig-Schnittigen, des deutlich Relevanten, des makellos Sendefähigen, des gutaussehenden geschmeidigen bewegten Bildes. Mir könnte der junge Mann gleichgültig sein und wäre es ohne weiteres, wenn er nicht die irritierende Anmutung dessen hätte, was Mama immer ein »armes Wurm« nannte. Dabei funkeln seine Augen, starren nicht, wie sie noch im ersten Moment schienen. Einerseits Rüdiger, andererseits Munio Eunano, *ein rothaariger, aufgeregter junger Mensch.*

Besorgniserregend nannte deine Mama die Momente, in denen dein Vater neben ihr saß und plötzlich den Kontakt abbrach. Er nahm keine Schnittchen mehr, kein Gürkchen, auch das Bier rührte er nicht mehr an.

Du kannst doch nicht erwarten, daß er permanent Gürkchen und Schnittchen ißt oder Bier trinkt.

Wieso net? Die mit Lewwerworscht? Nein, ich mein, er isch wirklich net da, er isch abwesend. Und dann beschrieb sie dir den Zustand, wenn er die Fernsehkiste mit den Augen ganz und gar als Gegenwart heranzog. Sie sagte: 'S zieht'n noi, und dann isser weg. Selbst bei den Umschaltpausen sei er völlig eingetaucht. Als wenn er uff ebbes waade dät.

Klar wartet er, auf die Umschaltung. Beim Fernsehen muß es, sagtest du, als würdest du überhaupt regelmäßig fernsehen, immer weitergehen. Die Unendlichkeit ist doch das Ideal. Und der Anschluß ist die Verheißung. Und der Sendeschluß verheißt einen neuen Anfang.

Was du dir da zammedenkschd, Ernst, ob des stimmt? Mit dem Fernsehen sei es so wie auf den Ausflügen, wenn er ins Fernglas schaute, dann entfernte er sich plötzlich, der Blick saugte sich fest, und er entzog sich.

Ein Entfernglas, tischlertest du.

Was? fragte die Mama.

De Vadder hat eine zwanghafte Sucht, eins zu werden mit dem, was nicht ist. Aber warum?

Kää Ahnung, sagte deine Mama, während die Herrenoberbekleidung des Kaufhofs Bügel für Bügel begutachtet wurde. Sie zog einen Bügel heraus und dachte an was Ordentliches. Du nicht. Aber eine graue Hose mit Bügelfalte und ein blaßgelbes Hemd – sie mußte über deinen skeptischen, ja, offen ablehnenden Blick lachen. Sie lachte herzlich in zwei Schüben und hielt sich die Hand vor den Mund, denn du trugst dein Stirnband und hattest dein Hemd bis zur Brust aufgeknöpft, dein Haar fiel bis über die Schultern.

Also, redde mer offe, sagte sie. Dein Vadder kommt mit der Welt net mehr zurecht. Er guckt Kwizzsendunge und reddt ääfach nimmi mit mir. Manchmal Abende lang. Einen Kollegen vom Finanzamt habe sie kürzlich getroffen und mal so um die Ecke nachgefragt. Aber es sei alles in Ordnung. Der Heinz sei wie immer. Unn er guckt viel iwwern Krieg. Ganz genau guckt er da, steht manchmal uff und geht'n Schritt nach vorn zum Gerät.

Er hat da halt mitgemacht.

Jo, des hatter. Unn wääsch, was ich alls denk?

Was, Mama?

Daß er Angscht hat, er könnt sich im Fernsehe sehe. Verstehsch?

Wieso Angst?

Jo, des isch die Frooch.

Du meinst die Frage, was er da genau gemacht hat?

War halt im Krieg. Wie geht's'n'm Egon?

Der ist beim Onkel Willi. Geht ihm gut, logst du beim Schleckeis am Schwanenweiher im Ostpark, den ihr mehrmals umrunden mußtet, um alles zu erzählen. Nicht alles. Daß Uschi und Rüdiger seit zwei Monaten verschwunden waren, ja, daß es Rüdiger überhaupt gab, davon war zu schweigen, dachtest du mit Blick auf einen stoischen Schwan unter dem weißen Schleier der Fontäne. Und sie befragte dich auch nicht.

Das wär so's Wichtigste, sagtest du zu ihr.

Und alles Weitere zu seiner Zeit, sagte sie vieldeutig.

Abends dann *Drei mal Neun* mit Wim Thoelke, spiel mit, heute sagt Fortuna nicht No. Du fandst die Sendung peinlich, betulich, altmodisch, dabei war es eine Premiere, und der Vater war aufgeregt, ob sie ihm gefallen würde. Als kein Schnittchen und kein Gürkchen mehr gegriffen wurde, wußtest du: Sie gefiel ihm. Sie erinnerte ihn an den unvergessenen, aber noch besseren Kulenkampff.

Mutti, fast wie beim Kuli, sagte er mit einem infantilen Schmatzen, das dich auf die Palme brachte, denn die Sendung war stinklangweilig. Udo Jürgens, Wencke Myhre und Politiker sangen, Stücklen, Mischnick und der unvermeidliche Mainzer OB Fuchs, und du sagtest: Klassenkampf statt Kulenkampff! Deine Mama räusperte sich beim Lachen, das sie zu einem verlegenen Lächeln zurückbaute, wie sie das auch bei ausgewählten Pointen der Mainzer Karnevalssendungen mit dem OB Fuchs immer getan hatte. Vater starrte dich bedrohlich an, nur der Gürtel der Züchtigung fehlte, aber seinen Arm drehte er nach hinten, wie zum Ausholen, wie das Bullenschwein mit seinem Schlagstock. Bullenschwein. Dein Vater war so verkrampft in seinen Bewegungen, erstarrt hinter seiner schwarzen Hornbrille, daß er dir vorkam wie der Ammonit aus Onkel Willis Gesteinssammlung. Nur stand dir der Ammonit näher, Kopffüßler wie du. Der Ammonit war groß und stand verstaubt auf dem Schrank. Das ist die Rache der Erdgeschichte, dachtest du, erst versteinern und dann noch verstauben. Aber als der nervöse Griff zu Gürkchen und Schnittchen ausblieb, als ihm die Sendung zu gefallen begann, wirkte dein Vater gelöst und weich, geradezu geschmeidig und entspannt. Völlig abwesend. Wenn er mit Herrn Thoelke in seinem Wohnzimmer stand. Gestatten Sie, Herr Thoelke, das ist meine Frau oder so, die ist gerade etwas unaufmerksam, Verzeihung, schwatzt mit meinem Sohn, dem Ernst Ewald, aber Ihre Sendung gefällt mir jetzt schon ganz außerordentlich gut, möcht ich meinen. Und er würde Hochdeutsch sprechen, weil das Fernsehen Hochdeutsch spricht, wie auch alle Passanten, die sich auf der Straße ins Mikrophon äußern dürfen, Haltung annehmen, den regionalen Zungenschlag zurückdrängen, als machten sie kurz und bündig, zackig grüßend, Meldung: Jawoll! Das Gerät steht in ihrem Wohnzimmer, unmittelbar vor ihnen, auf einem Sockel, in einer Truhe, ein Haushaltsgerät, das sie betrifft, wie einst die Autorität des Hauptmanns, Majors, Generals. Und dein Vater war ein sportlicher Angeber, gerade vor Leuten wie Thoelke, die ihm den aktuellen Sport näherbrachten: Die Schrankwand haben wir sechsundsechzig gekauft, Sie sehen, noch kein Kratzer in der Glasvitrine, kään änzischer Kratzer. Kään änzischer Kratzer seit vier Johr, unn du alder Simbel gehsch mi'm Tablett vorbei, unn schun isch'n Kratzer drin.

Jo, alla, Vadder.

Vor mir steht ein alter Mann, nicht ungepflegt, nicht direkt verwahrlost, Dreitagebart, Pony, lebhafte Augen, in Ehren ergrauter Edelpenner. Und ein Fleck auf der Hose, und was für einer. Ich hab schon einige Gäste abgecheckt. Aber der hier. Wie ist der denn drauf? Der hat was vor. Das ist kein Gast. Der gehört einfach nicht ins Fernsehen. Gar nicht mal wegen seiner äußeren Erscheinung. Es ist der Gesamtorganismus, der sich verweigert. Und der soll mit Schnittke kochen?

Der einigermaßen alphabetisierte Mensch steht mit seinem griechischen Erbe, also einer phonemischen Schrift mit Konsonanten und Vokalen, die in unteilbare Buchstaben zerlegt ist, unter dem Eindruck einer großen Last. Er hat einiges zu kapieren, bevor er das Haus verläßt. Das Haus in der Richthofenstraße, das Haus Schumannstraße/Ecke Kettenhofweg, das Haus an der Senckenberganlage, die hausförmige Probengarage in der Robert-Mayer-Straße, das Haus in der Kiesstraße, das Vitzumer Pfarrhaus, Onkel Willis Haus an der Oberdorfstraße. Der Buchstabe wird zur Wortkette aufgereiht, zu einem Text, und der repräsentiert die Welt. Das Theater repräsentiert auch die Welt, weil es nun einmal auf dem Text beruht und von Figuren bevölkert wird, denen man auf der Straße als dem Schauspieler Gründgens oder Werner oder Fischer oder Tischler begegnet, aber während der Vorstellung sind sie ganz klar Mephisto oder Hamlet oder Der Schwierige oder Der Ausrufer. Ja, auch in Nebenrollen wird man gezwungen. Das hat man hinzunehmen, sonst klappt's mit dem Theater nicht. Und der Parlamentarismus beruht auf denselben Gesetzen, da hatte der Gerd schon recht, wenn er von Dithyramben, Dionysien, Didaskalien und von der Demokratie in der Polis Athen sprach. Aber irgendwann konnte er die beiden Ebenen nicht mehr auseinanderhalten, die Grenze schien zu verschwimmen. Von wegen. Er war einfach eine miese Ratte, die alles rammeln mußte, was nicht bei drei auf den Bäumen war. Oder weigerte er sich, die Ebenen auseinanderzuhalten, die bestehenden Grenzen anzuerkennen? Wenn er sich widersetzte, dann war er ein Revolutionär, vielleicht einer der konsequentesten, die du dir vorstellen konntest: Gerd, der die Verschmelzung von Leben und Probebühne mit Haut und Haaren durchleben wollte. Und wenn er da von Artaud faselte und seine Visionen ausstieß, dann war es der unbedingte Wille, den Grenzen zu entgehen. Das Theater der Grausamkeit meinte nichts Blutrünstiges, es beschwor die blanke Notwendigkeit. Und Gerd hatte auch nichts Blutrünstiges, das brutale Schwein. Mit seinem Körper und seinem Geist drückte er unentwegt gegen jede Grenze, die er vorfand. Es fiel dir schwer, Uschis Vergewaltigung als revolutionäre Praxis zu sehen, aber wenn sie es war, dann war Gerd für seine revolutionären Ideen gestorben. Er hätte ein Krankenhaus aufsuchen können. Lächelnd zu verbluten und zwar im Gefühl, die Grenzen des Theaters, des Lebens, des Todes überschritten zu haben, das war ein starker Abgang. So gesehen ein künstlerischer Akt. Ein schlüssiges Meisterwerk. Brutal war die kleinliche Uschi, die einfach zugebissen hatte. Oder hatte er sie dazu genötigt? Jetzt war sie weg, und du konntest ihr eine solche Frage nicht stellen. Du hättest ihr ohnehin eine solche Frage nicht gestellt. Jetzt war sie verschwunden, hatte sich mit Rüdiger und Bela verkrümelt. Ärger und Sorge lähmten das Denken. Der Gerd-gell, ganz groß. Was aber, wenn der Artaud nur einen Sinn fürs Theoretische gehabt hatte? Mit Praxis nichts am Hut? Du sahst den Gerd im Staub auf dem Dielenboden einer leeren Altbauwohnung sitzen, nur eine Stehlampe leuchtet ihn von der Seite an, während er die Aufhebung der Repräsentation feiert, lächelt, ihm der Schwanz brennt und das Blut ausläuft, ausfließt, als hätte er sich die Pulsadern geöffnet, und der Lebensstrom verläßt ihn langsam. War dieser Moment vielleicht das praktisch gelebte Theater der Grausamkeit, dieser Moment vor dem Ende? Gerd hatte euch allen viel voraus. Er hatte vielleicht das Entscheidende in seinem Leben erlebt. Oder fiel er, vor Schmerz gekrümmt, auf den Boden, versuchte den Blutfluß abzubinden, hatte, gefangen im Augenblick, Angst vor den Fragen im Krankenhaus, Panik angesichts der Schuld, keine Grenzüberschreitung, nur Schweißausbruch und Blutverlust? In der Dunkelheit stolperte er in den ersten Raum, drückte vor Schmerzen den Rücken gegen die Wand und rutschte geschwächt auf den Boden. Die Regeln der Anschauung brechen konnte nur ein einigermaßen alphabetisierter Mensch. Theater. Theorie. Gerd, die Bestie, hatte das Graecum und war seit über einem Jahr tot.

Die andere Variante war die ungelernte, die Überforderung mit dem Reich der Repräsentation, vor allem, wenn es aus der Kiste flimmerte, vor der man mit Gürkchen, Schnittchen und Bier Platz genommen hatte, du in den Herbstferien in Landau. Wieso schon wieder in Landau? Vielleicht weil deine Verhältnisse in Frankfurt dir zerrüttet vorkamen. Alles in allem ist doch alles beim alten. Mal Landluft, Weinlese, Spaziergänge durch die Felder, durch die Wälder. Da waren diese Eltern, deine Eltern. Schon als du die Maximilianstraße überquertest, hinter dir der Bahnhof, vor dir der Kaufhof, war dir klar, daß die Beklemmung, die dir in Frankfurt die Ruhe, die Konzentration und die Lust, ohne Uschi zu leben, nahmen, der Beklemmung in der Richthofenstraße weichen würde. Alles in allem. Alles in allem ist doch alles egal. Der letzte Quetschekuche war für Sonntag versprochen. Dabei brauchte dich deine Mama mit derlei gar nicht zu locken. Deine Mama war die Frau mit der Fackel. Die Mutter eines untauglichen Revolutionärs. Immerhin auch die Mutter eines Deserteurs, von dessen Schicksal es ihr beim Spazierengehen zu berichten galt. Jetzt beneidetest du deinen Bruder um seine revolutionäre Tat. Ja, das war sie, allerdings.

Du ein passiver Aktivist, ein zaudernder Zeuge der Welt. Vielleicht war Landau eben doch die paßgenaue Stadt für den paßgenau Angepaßten. Was ist der Unterschied zwischen Uschi und dir? Wenn du Uschi fragst, wo sie zur Tatzeit war, dann sagt sie: Am Tatort. Sie weigert sich, ein Alibi zu haben. Wenn man dich fragt, wo du zur Tatzeit warst, dann sagst du: In einem Kaffeehaus in der Nähe. Oder eben: In Landau. Und das ist immer ganz woanders.

Abends nach dem Kuchen – zerging im Munde, gab den Früchten festen Halt, mit leichtem Hefeton, saftiger Übergang von Frucht zu Boden, süße Röstaromen, à point gebacken – Sesselfurzen vor der Flimmerkiste. Erstes Programm. Wir hoffen, im Laufe des Abends ein gutes Showdown Ihnen zu servieren. Sie wissen, was passiert. Ich muß es Ihnen nicht noch einmal erklären. Eine Spielshow mit einem schnellschwatzenden Moderator namens Uhlenhorst. Die Aufgabe, die der Kandidat zu lösen hat: sieben Tage einer Verfolgergruppe von drei anderen Kandidaten zu entkommen, deren Aufgabe: den Kandidaten zu erschießen. Sie haben dazu einen Revolver und zwei automatische Waffen bei sich. Der Kandidat sieht aus wie ihr, ein Student mit wulstigen Lippen wie die von Ulf. Dein Vater schloß sich der Meinung einer interviewten Passantin an, daß es sich bei dem Kandidaten Lotz nicht um seinen Wunschsohn handelte.

Ungepfleescht, verloddert sieht der aus. Grad so wie du.

Da war dir klar, daß er mit den Verfolgern mitfiebern würde, denn die bekämen, wenn sie Lotz möglichst kurz vor

Schluß erschössen, einen Batzen Geld, bis zu hundertzwanzigtausend Mark. Und Lotz, wenn er's überlebte, eine Million.

Ei Heinz, is des jetzat in echt? Du schautest zu deiner Mama und schütteltest beruhigend den Kopf.

Ja, also Rosel, des is grad die Frooch. Der Moderator sieht aus wie de Heck vun de Hitparad. Also, des ist de Heck vun de Hitparad. Awwer, der Vater geriet ins Straucheln. Bei Awwer warst du alarmiert. Der Vater preßte die Lippen aufeinander und drückte Luft hinter seine Oberlippe, sah aus wie ein Frosch in der Paarungszeit, wie ein nachdenklicher Frosch in der Paarungszeit. Du merktest, daß er eine Autorität benötigte, die ihn aus seiner Zwickmühle befreite, entweder durch das Wissen um die Wahrheit (Wie's rischdisch gheert) oder durch ein Zeichen, daß jetzt wieder die Ordnung ins Recht gesetzt würde. Sehr modern finde ich das, ganz prima, ausgezeichnet. Alles klingt wie immer, wenn die freundliche Ansagerin spricht: Sollte der Kandidat jedoch vorzeitig den Tod finden, so erwartet Sie ein umfangreiches Unterhaltungsprogramm mit vielen beliebten Künstlern.

Es konnte also nichts passieren, selbst wenn etwas passierte. Und wie Vaters Hände sich die Hose rieben, wenn die drei Verfolger, die er schnell mit Namen kannte, wie du den des verfolgten Bernhard Lotz, ihm dicht auf den Fersen sind, in Schußweite: Also wenn de Köhler, de Hensel und de Witte des rischdisch anstelle, dann krischn se den.

Schon die erste Unterstützung durch eine Zuschauerin empörte den Vater. Die aufgeregte, ja, aufgebrachte Gabriele Steinfurth aus Delmenhorst, die dasselbe Abendkostüm wie deine Mama hat, helles Türkis, auch die Locken genauso gewickelt, hilft Lotz mit zwei Rauchbomben, die ihn einhüllen, als Köhler gerade seinen Revolver abdrücken will, angebracht an einer Garage von einem befreundeten, jungverheirateten Bekannten, einem Pyrotechniker aus der Feuerwerkskörperfabrik ihres Mannes. Spätestens da war der geradezu kabarettistische Anstrich des Ganzen klar. Dir jedenfalls. Also doch ein Unterschied. Du wußtest Bescheid und füttertest deine Mama mit mimischer Gewißheit.

Dein Vater hatte die Gürkchen weggestellt, weil er es infam fand, wie eine Gruppe von Fernfahrern Köhler, Hensel und Witte an der Verfolgung und Ermordung des Bernhard Lotz hindern, indem sie deren weißen Lieferwagen mit ihren LKW umzingeln. Die drei haben nun wirklich keine Chance mehr und hätten doch eine verdient. Denn was wäre eine Jagd ohne Jäger? Als Lotz zum Schluß durch eine panzerverglaste Röhre im Studio zum Ziel gelangen soll, haben Köhler, Hensel und Witte doch noch eine Chance, alles halb so schlimm, denn es gibt drei ungeschützte Einschußlöcher, und Vater gab die Hoffnung nicht auf.

Jetzat uffgepaßt, de Köhler, wie beim *Goldne Schuß!*

Aus dem Hintergrund müßte Köhler schießen. Köhler schießt. Und trifft. Vater klatschte in die Hände.

Ich küßte sie. Wir schliefen miteinander. Im Bett in Portoferraio, Signor Tischler e la Signora. »Grazie. Wann gibt es Frühstück? Quando è l'ora di colazione?« Sie schöner denn je. Und dann die weiße Strähne, la ciocca bianca, sapete, wunderschön, einfach so, als hätte sie früher gefehlt, vollständig: Uschi, jetzt sind wir vollständig.

Das ist ein Apoopa. So einer von denen. Von den faltigen Althippies, völlig verpeilt, aber nicht ungefährlich. Und nicht unsympathisch. Ein Schluffi. Rainer Langhans ohne Mähne oder, nein, anders. Wie hieß der noch mal? Wie hießen die alle damals? So einer ist das. Aber er sieht müde aus. Die müden Knochen der Revolution. Und der Style ist total strange. Aktentasche, dann die Karstadt-Tüte. Abgewetzte

Lederjacke und, nein, ich pack's nicht: Sandalen und Socken! Ein Öko, oder was? Gutmensch, hundertprozentig biologisch abbaubar.

Ich gebe Lissitzky die Hand: »Sehr erfreut.« Er führt mich einen Gang entlang, der mit grauem Teppichboden ausgelegt ist, während sich die Glastür langsam schließt und den rauschenden Nachhall des endgültig abgefahrenen Taxis aus der Innenwelt von Pelati verdrängt. Hier ist alles gedämpft, Spuren der Außenwelt werden neutralisiert, um im Sinne medialer Eigengesetzlichkeit neu aufgebaut zu werden, ich zum Beispiel. Ich werde schon beim Gehen manipuliert. Ist der Teppichboden überhaupt echt? Und ist die orangefarbene Tüte in meiner Aktentasche? Oder fährt der Taxifahrer meine Munition spazieren? Jetzt ist Nachsehen unmöglich, obwohl dringend geboten. Und vor mir der Praktikant. Sag mal, der humpelt doch: Munio Eunano wird von Richard dem Dritten in ein Kochstudio verschleppt.

Die Katastrophe kündigte sich im Sommer bereits an. Vielleicht kündigte sie sich auch schon seit vielen Sommern an. Man könnte von einer Familientragödie sprechen, die sich in Landau zutrug, denn an einem Spätsommertag, den du an sicherem Ort verbrachtest, wurde die Familie Tischler ausgelöscht. Du hattest die Wohngemeinschaft in der Kiesstraße verlassen, hattest Uschi auch nicht mehr die Untermiete bezahlt, denn du hattest sie seit ihrer Flucht aus Waldkastenhausen nicht mehr gesehen, und das waren beinahe zwei Jahre. Sie hatte sich an deinem Geburtstag einundsiebzig kurz gemeldet, die Leitung knackte und knisterte, ihre Stimme schien unendlich fern, sie sagte, sie sei ganz in deiner Nähe, herzlichen Glückwunsch, und es gehe ihr gut, dir auch, schobst du zwischen das Knacken, komm doch vorbei, sie legte auf.

Im Herbst warst du mit Onkel Willi noch einmal in Vitzum, wo Mutter Jensen weinte, euch herzlich umarmte und wo Pastor Jensen euch im Arbeitszimmer gegenübersaß und stumpf vor sich hinschaute, sich mit einem erhobenen Zeigefinger aufraffte zu den Worten: Das Reich Gottes gleicht einem Sauerteig, den eine Frau nahm und unter drei Scheffel Mehl mengte, bis er ganz durchsäuert war, heißt es im Lukasevangelium.

Frau Jensen erzählte euch, wie sie Ulla, also Ursula, also Uschi, in Berlin zur Welt gebracht hatte. Und da warst du auf einmal ziemlich von den Socken. Sie stammte aus Breslau, und Ullas Vater war ein arisch versippter Jude, dessen Frau sich von ihm getrennt hatte. Er lebte nun illegal, viele lebten so, weil klar war, was im Osten geschah. Alles keine dreißig Jahre her, wie gestern. Mit ihm hatte sie eine Art Untergrundversorgung für versteckte Juden aufgebaut, während sie weiter ihre Ausbildung zur Krankenschwester machte. Vorne der werdende Bauch, und hinten der grüne Leinenrucksack mit den Lebensmitteln. Jeder wußte, wann wo die Versteckten warteten. Sogar Hans Rosenthal aus dem Fernsehen versteckte sich damals in einer Laubenkolonie. Frau Jensen wußte sogar wo. Ich wünsch mir eine kleine Ursula, summte Kurt, der werdende Vater.

Zufällig traf sie in der Charité einen jungen, am Arm verwundeten Feldprediger, dem sie sich anvertraute (Der vertrauenswürdigste Mensch, den Sie sich vorstellen können). Er nahm ihr Kind, gab sich als Vater aus und brachte es in seinen Heimatort Vitzum, als die Organisation im Sommer vierundvierzig aufflog und sie mit ihrem Freund verhaftet wurde. Ihren Freund sah sie bei der Verhaftung zum letzten Mal. Er leistete keinen Widerstand. Sie sahen sich in die Augen, und es lag in seinem Blick eine hoffnungslose Güte. Können Sie sich das vorstellen? Eine hoffnungslose Güte? Dann kam sie nach Ravensbrück und überlebte. Wenige Wochen nach dem Krieg fuhr sie nach Vitzum, wo der junge Prediger, Edzard Jensen, Pastor geworden war und mit der Tochter auf seine Frau, wie er sie allen vorstellte, ausgebombt in Berlin, wartete. Die verlorenen Heiratsunterlagen wurden neu ausgestellt, zwinkerte Frau Jensen.

Und wenn er von einem Menschen hoffte, sagte der Pastor, daß er das Richtige tue, dann von seiner Tochter. Er habe seit einem halben Jahr nichts von ihr gehört, aber die Hoffnung sei doch im Leben das Wichtigste, denn die komme von Gott.

Im Redaktionsbüro stellt sich mir der Redakteur vor, er sei der Olli.

»Tischler.«

»Ich freue mich sehr, daß Sie bei uns in der Sendung sind.«

Ich nehme die Flasche hastig aus der Tüte und setze mich auf die Tüte. Sie knistert. Alle in diesem Raum merken, daß die Tüte knistert, und sehen in der dunkelgrünen Flasche mit dem weißgrauen Etikett nicht mehr das, was sie ist, eine ausgesprochen edle Rieslingspätlese aus dem Rheingau, sondern hören im Knistern den Zusammenhang ihrer käuflichen Erwerbung, stellen sich womöglich die Frage nach dem Tütenaufdruck des Kaufhauses, der die unmittelbare Aura der Flasche beeinträchtigt.

Mit Egon hattest du zwei Zimmer im zweiten Geschoß eines Hauses im Grüneburgweg besetzt. Ihr hattet euch einigermaßen häuslich eingerichtet, und Egon bildete so etwas wie eine Kampfgruppe aus, eine Art Hausbesetzerbürgerwehr, die er nicht nur in Nahkampftechniken schulte, sondern auch in Barrikadenbau und Verteidigungsstrategien bei Belagerung. Er dachte umfassend und fürsorglich und erwies sich als strenger, im Befehlston schnarrender Ausbilder, vor dem alle Bewohner, auch der besetzten Häuser der Nebenstraßen, erstaunlich zackig stillstanden. Du nicht, nein, das konntest du beim besten Willen nicht, und nicht einmal den hattest du. Du stiegst auf dein Fahrrad, winktest und fuhrst davon, um die Ecke oder weiter, ins Eppstein-Eck oder zu Mentz-Krenz oder eben zu Laumer. Egon hatte schulterlanges Haar, trug eine blaugetönte Nickelbrille und einen zerbeulten Stahlhelm, dazu eine Schafspelzweste und eine Lederhose, die mit ihren trapperhaften Lederbändern an die Indianerkriege erinnerte. Unsichtbare Tomahawks, Haarbüschel von Irokesen und Schrumpfköpfe von Spekulanten umschwirrten seine Aura. Darüber ein dunkelgrünes Leinenhemd mit weitgeschnittenen Ärmeln. Sein Oberlippenbart war ebenfalls alles andere als zackig, aber Egon war in Sachen Disziplin eine Autorität. Er führte sogar eine militärische Grußpflicht ein: die geballte linke Faust mit abgespreiztem Daumen, der den Tragus des linken Ohres berühren mußte (Onkel Willi sagte mir später, er habe das damals vorgeschlagen, aber nur im Scherz). Samstagnachmittags machte Egon im Taunus gemeinsam mit Leuten vom Putz Geländeübungen. Ihn nervte ein rothaariger Angeber namens Dany, der davon ausging, daß ihn alle kannten. Egon kannte ihn nicht, aber er erinnerte ihn schwer an Rüdiger. Dany bezeichnete die Grußpflicht als foutaise, und sein Freund Jockel oder so ähnlich näselte meckernd und nörgelte quäkend: So'n Käs.

Die Tragödie nahm ihren Lauf, als dich deine Mama Ende Juli anrief und von seltsamen Vorgängen sprach, du solltest doch vorbeikommen, oder solle sie vielleicht nach Frankfurt kommen?

Nein, das ist bestimmt nicht nötig, und im Moment wäre es ungemütlich für dich.

Besser isch's aach, wenn de dir mal vor Ort so e Bild mache kennsch, verstehsch?

Ja, ich guck mal, wann ich komm. Nägschdi Woch vielleicht.

Was ist da los? fragte dich Uschi, die neben dir hektisch in den roten Plastikaschenbecher aschte.

Uschi hatte Anfang Juni wie eine Erscheinung vor deiner Wohnungstür gestanden, also im Treppenhaus des besetzten Hauses im Grüneburgweg, schwitzend, ihre Haut wie aus weißem Milchglas, fast durchsichtig, ihre Augen klein und müde. Deine Freundin einen Meter vor dir, ganz aufgelöst, wie man sagte, was besonders ihre vormals akkurat sitzende Frisur gut bezeichnete. Ob sie bei dir übernachten könne, fragte sie, ging ohne Scheu durch alle Zimmer, schaute aus den Fenstern auf Hof und Straße und fragte nach einem Kaffee.

Den Andy haben sie geschnappt.

Ich weiß, seit heute morgen geht's hier um nichts anderes mehr. Wie geht's? Und wo sind Rüdiger und Bela?

Rüdiger und Bela?

Ja, Uschi. Ich habe euch zuletzt zusammen gesehen.

Du sprichst wie bei *XY*. Bela ist unterwegs. Und Rüdiger ist tot.

Tot?

Ja. Der ist mit Belas BMW von der Fahrbahn abgekommen, schon vor Jahren.

Vor Jahren?

Na ja, kurz nachdem wir bei deinem Onkel die Biege gemacht haben.

Die Biege. Herzlich willkommen, Uschi.

Da stand sie also vor dir, aufgetaucht aus dem mutmaßlichen Grau der Militanz. So kam sie dir vor und blieb erst mal. Egon wurde kommentarlos ausgelagert in Uschis noch immer angemietete und von Pastor Jensen bezahlte Wohnung. Darin wohnte auch häufig Onkel Willi, der ein Bleiberecht genoß, seit er dir seinen R vier geschenkt hatte. Dafür kaufte er sich in Erinnerung an seine glücklichsten Wochen in Frankreich ein französisches Auto. Eine Ente, in Grau. Daß er seine glücklichsten Wochen in Paris verbracht hatte, Sommer einundvierzig, als es noch keine Ente gab, störte ihn nicht in seiner nostalgischen Wahl, denn die Umstände, die ihn nach Frankreich gebracht hatten, waren ihm mehr als zuwider, kein Citroën, ein VW-Kübelwagen. Mit seiner Ente kurvte er nun durchs Land und brachte in regelmäßigen Abständen Camembert und dieses unvergleichliche Baguette mit, für das in Deutschland selbst noch so schöne stangenförmig gebackene Weißbrote keinerlei Ersatz boten. Daneben Kisten von Rotwein, Fusel bis edel. Dauerwurst vom Esel.

Und die erste Nacht mit Uschi. Jeder auf seiner eigenen Matratze, sie murmelte im Schlaf Unverständliches im Befehlsstaccato. Nur Los geht's! war zu verstehen und einmal Go! Und wie du sie in den schwachen Ausläufern des Lampenscheins über dein Buch hinweg minutenlang ansahst, zunächst neugierig, dann schließlich angefremdet: Es war eine andere Uschi. Natürlich war es eine andere Uschi, nach fast zwei Jahren. Du warst ein anderer, obwohl Uschi bei der ersten gemeinsamen Tasse Kaffee sagte: Du bist ja noch ganz der Alte. Und du wußtest nicht, ob sie es als Floskel, Kompliment oder Vorwurf meinte. Und wenn man das nicht mehr weiß, was weiß man dann noch von seiner Freundin?

Es gab eine Barbara, November einundsiebzig, studierte Kunstgeschichte und Philosophie, schrieb in der Zeit eurer Zweisamkeit eine Hausarbeit über Bruegels *Turmbau zu Babel* als Weltlandschaft, das heißt, sie schrieb das Resümee ihrer Erkenntnisse und, wie du ihr rietst, daraufhin die Einleitung, dann gab sie ab und machte Schluß, grünes Samtband im langen schwarzen Haar, Perlenohrring, schmale rote Lippen, die überlegenes Lachen ermöglichten, hatte noch mit Gerd gefickt. Der Tod hat einen langen Arm und Schwanz. Es gab eine Vera, Januar und drei Tage Februar zweiundsiebzig, Herrenoberbekleidung beim Kaufhof, promovierte über das Charisma und die hieratische Gesellschaft bei Max Weber, kurzes braunes Haar, Uschistupsnase. Und es gab Beate, deine Libidohaushälterin, Fastnacht zweiundsiebzig, sie kicherte zwar beim Sex, Mutterwitz, alleinerziehend, aber ihr Busen war griffig, wurde gerne von den Kindern im Kinderladen mit Farbtupfen versehen und war von einer prallen Spannung, ihre Brustwarzen hatten etwas Zitzenhaftes, so daß sie nicht nur eine sexuelle Erfahrung, sondern auch eine kulinarische war. Noch wenn sie sich nach einem Schluck Kaffee in deiner Küche mit der Zunge über die Lippen fuhr, war das reine Pornographie. Du spültest direkt ihre Tasse und kamst dir danach sexistisch und verklemmt vor.

Größe und Gradzahl deines Gemächts waren außerordentlich, und du hattest über die Reaktion von Barbara, Vera und Beate Zotiges zu berichten, kamst dir dabei aber vor wie einer dieser schwitzigen Schmierlappen beim Verlassen eines Sexshops am Bahnhof, das letzte Aufgebot an Haupthaar über dem rechten Ohr gescheitelt, seitliche Kotelettenstütze. Beate hatte das meiste Zeug zum Glück.

Mit Ulf, dem schmächtig-käsigen Käferfahrer, den du bei der Beerdigung des SDS durch seine Paß-Aktion schätzengelernt hattest, du als kläglicher Versager im Fond des Wagens, Ulf der Frontmann, verband dich eine Schmächtigenfreundschaft, denn ein Muskelpaket warst auch du nicht, immer noch nicht. Auf seiner kolbenförmigen Nase saß eine große Brille, er hatte große Schneidezähne, sein Bartflaum hatte was von Spinnweben, schulterlanges, großzügig gescheiteltes Haar. Und er hatte immer unglaublich attraktive

Freundinnen dabei, denn sein spitzmaushaftes Gesicht und sein käferartiger Körperbau verbanden sich zu einer unwiderstehlich komischen Gesamterscheinung, die sich, nach vorn gebeugt, langarmig in einem Parka verlor und dadurch wie eine Handpuppe wirkte. Dazu der immer geschoßartig geäußerte Witz, oft hörtest du die spottbewaffnete Stimme, bevor du Ulf sahst. Zeitweise versuchte er diese Gabe beruflich einzusetzen, erst in einer Reklamefirma, dann in der, wie er es nannte, einzigen P-Gruppe in einem Meer von K-Gruppen, der *Pardon*-Redaktion, später als erfolgreicher freier Grabredner, überraschend einträglich.

Seine schönen Mädchen, einmal auch deins, teiltet ihr euch in eurer schlimmsten Phase, und zu dritt konntest du dann mit deinem Schwanz punkten, denn er hatte zwar auch einen großen, aber seine Eichel wurde immer so dunkelrot, fast blau. Sie saß obenauf wie die Nase einer Comic-Figur, und das machte bei den Mädchen oft die erotische Vorstellung kaputt. Solche Treffen gab es nie ohne Hilfsmittel wie Obstler und Eckes Edelkirsch oder eine Tüte von Ulfs Hand, Werkstatt oder Umgebung, letztere Bemerkung kam von der prätentiös-kecken Barbara bei einem Dreiergespräch über den Turmbau zu Babel, das als Gespräch unvollendet blieb, wie der Turmbau eben, zwinkerte dir Ulf zu. Allein die alkoholischen Zutaten zeigen, daß es sich um vergeßliche Szenen mit eigentlich unvergeßlichen Personen handelte. Szenen oder Situationen?

Das Zotenhafte, das sich als verschleiertes schlechtes Gewissen zwischen dich und Uschi schob, war zugleich auch ein Aufbegehren gegen eine Freundin, die verschwunden war, du ahntest wohin, und ohne Kommentar Monate, schließlich zwei Jahre weggeblieben war, um dann wieder ebenso kommentarlos aufzutauchen, aus Küchen- und Wohnzimmerfenster hinauszuschauen, als würde sie beobachtet.

Bevor dein Bruder in Frankfurt auftauchte, hattest du fast zwanzig Jahre keinen nennenswerten Bruder gehabt, also waren zwei Jahre Uschipause auch zu überwinden. Nun lag Uschi wie ein Stein im Halbdunkel des Zimmers, neben dir wäre zuviel gesagt. Wie dein Vater seine riesige Zimmerantenne immer wieder ausrichtete und in unterschiedlicher Höhe einem Zauberer mit Zauberstab gleich in den Raum hielt, mal hierhin, mal dorthin, immer den Blick auf den Fernsehschirm gerichtet, dabei eine Vase von der Schrankwand fegte, so wolltest du deinen Uschiempfang einstellen.

Aus Situationen machtest du Szenen. Schwarzwälderkirsch und Engadiner im Laumer. Nur Uschis lakonische Bemerkung Der gehört zu mir verschaffte dir trotz deiner Haare Einlaß. Aber es kam nichts auf und nichts zurück. Weder bei dir noch bei ihr. Es erschien dir, als hätte ihre Zeit (Sagen wir einfach, eine Zeit aktiven Handelns, Ernesto) sie grau gemacht, sogar ihre Augenfarbe. Auch was sie trug, hatte nichts mehr von dem konturierten Hutfragment, das sie mal gewesen war. Sie schien dir, und das war sicher ihre angemessene Strategie, unauffällig.

Dann abends im Club Voltaire die alte Debattenstimmung, die allerdings versteinert und kraftlos wirkte. Kampfparolen zwischen Maoernst und Spontiwitz. Da hinein plötzlich ein Uschizitat, das einen Funken Hoffnung aufglimmen ließ: Zwischen Kader und Kandis. Sie schaute dich an, denn das waren Vorwürfe, die sie dir machte, lachte kurz, als du lachtest. Und du lachtest guter Hoffnung. Da wich für Sekunden das Grau von ihr, das Untergrundgrau des bewaffneten Kampfes, die einheitliche Kargheit konspirativer Wohnungen, der unbehauste Zwang zur Unsichtbarkeit. Alles was stattfand, hatte nie stattgefunden. Die Zellen, in denen Andy, Ulrike, Gudrun, Jan und Holger saßen, waren nicht weniger geräumig, dachtest du und legtest deine Hand auf Uschis

Hand in der Mitte eines der runden Holztische, eine auch formal gelungene Szene, wenn Uschi nicht sofort ihre Hand zurückgezogen hätte. Ach Uschi. Sie nahm auch den Blick von dir, denn gerade schlurfte Ulf im Parka zu euch, und du versuchtest krampfhaft die Szene zu retten, den aufgeblitzten Witz bei Uschi zu beschwören, fingst an, einen Text zu sprechen, den du dir vor Sekunden ausgedacht hattest, ein Unterschied zum normalen Sprechen, dachtest du, denn du versuchtest, an die letzte Szene anzuknüpfen: Hi, Ulf, wir hatten's gerade vom Kampf zwischen Kader und Kandis.

Kader und Kandis?

Uschi schien es nicht recht zu sein, mit Kalauern in Verbindung gebracht zu werden. Aber Ulf reagierte darauf wie eine Jukebox auf einen Groschen. Es ratterte mit jedem Wimpernschlag hinter der Brille, er setzte sich aufrecht an den Tisch, schaute zu dir, schaute zu Uschi, hielt wachsam nach zu großer Neugier von außen Ausschau, krümmte sich wie ein Käfer nach vorne, ihr tatet automatisch dasselbe und traft euch konspirativ in der Tischmitte. Ulf legte los: Zwischen Kant und Kantine.

Zwischen Partisan und Parmesan. Auflachen mit hochgezogenen Brauen bei Ulf, als kennte er das schon. Uschi innerlich im Aufbruch. Ulf wackelte mit der rechten Hand am Ohr, als stünde das Beste noch bevor. Und das konnte nur von Ulf kommen. Er schaute wieder dich, dann Uschi, dann wieder dich, dann die Umgebung an, beugte sich nach vorne wie du, nur Uschi blieb gerade sitzen: Zwischen Frankfurter Schule und Frankfurter Kranz. Das war groß. Sogar durch Uschis Nase zischten kurze Luftströme, was du als Mitlachen wertetest.

Sagt mal, ein sehr hagerer Mann mit Oberlippenbart, Pferdeschwanz und wesentlichen Falten um den Mund, dennoch nicht viel älter als ihr, möglicherweise magenkrank, beugte sich vom Nebentisch herüber: Könnt ihr euch vielleicht woanders organisieren? Das Lachen finde ich total störend.

»Und wie ich sehe, haben Sie einen Wein mitgebracht, das wird Herrn Schnittke besonders freuen.« Der Redakteur schaut nicht einmal aufs Etikett, kein Kenner, keine Sorge, keine Aura.

»Ich werde ihn direkt kalt stellen«, sagt der Praktikant, dessen Name mir schon wieder entfallen ist. Traurig, daß die armen Würstchen, die von der Natur benachteiligt sind, auch vom Gedächtnis der anderen benachteiligt werden. Ich sollte ihn vorläufig Coulmier nennen.

Auf dem Weg zum Kühlschrank treffe ich Schnittke, stoße fast mit ihm zusammen. Schnittke sucht den Gast. Schnittke legt die Hände auf meine Schultern und sucht den Gast.

»Der sitzt bei Olli im Büro.«

»Und du bist nicht dabei, wenn wir jetzt alles durchsprechen?«

»Ich bringe nur eben schnell den Wein in die Kühlung.«

»Ach, zeig doch mal her! Was hat der Fischer denn da mitgebracht?«

»Tischler.«

»Richtig. Hier hab ich sogar sein Rossini-Buch, schau mal!«

Schnittke zeigt mir ein Buch mit dem Kopf eines dicken Mannes mit schwarzen Haaren und kleinen Schweinsaugen, vor seinem Mund ein Kochlöffel, hinter dem Mann hängen verschiedene Nudelsorten von einer Stange herunter. Schnittke schaut sich die Flasche an. »Hm. Ja. Immerhin, ein Rauenthaler Baiken. Gut-gut.«

Das Verhängnis wurde ahnbar, als du Anfang August mit deinem R vier in die Pfalz gefahren warst. Dein Vater umrundete dein Auto, die Hände in den Hosentaschen, trat prüfend gegen den rechten Vorderreifen, wunderte sich, daß so was in Hausschlappen wehtat, unterdrückte den Schmerz aber und rieb unauffällig den rechten Fuß an der linken Wade: Da laust einen doch der mit dem langen Zottelfell.

Was sagte da dein Vater? Er fügte hinzu: Das Schwein trügt. Du versuchtest das Ganze noch einmal richtig zu hören, aber es ergab keinen Sinn. Du tratst einen Schritt zurück, und als er im Windfang an deinem Koffer vorbei wollte, tat er ausgiebig so, als verstelle ihm der Koffer den Weg, er genoß es sichtlich und sagte: Schmusebacke, würden Sie Ihren Kachelofen freundlichst beiseite stellen? Man möchte passieren.

Vater ging ins Wohnzimmer, du schautest deine Mama an. Verständnislos, aber fragend. Sie nickte und sagte zu dir: Du, mir gehn ewe nochmol schnell de Gadde gieße.

De Gadde gieße?

Jo, alla, jetz kumm schun.

Sie drückte dir eine Gießkanne in die Hand, ihr fülltet am Hahn der Hauswand zwei Kannen und stelltet euch an den fernsten Punkt im Garten: Beiläufig kipptet ihr das Wasser übers Beet, du dachtest noch: Total die Tarnung.

Unn was häb ich dir gsaacht?

Was reddt'n der fär e Zeich?

Aus'm Fernseh.

Aus'm Fernseh?

Jo, guckt do so e Serie, und do redden se all so. Des isch jo ganz witzisch, awwer wenn de Vadder so reddt, des nemmt ihm doch kääner ab. Die denken, der isch plemm-plemm. Des hat schun vor a paar Johr agfange, do hat er de Kulekampff nochgemacht, awwer nur so e paar vun dem seine Reddensarde.

Ja, das ist ganz natürlich, das mach ich auch so. Und der gesamte SDS hat das gemacht.

Die hänn de Kulekampff nochgemacht?

Nää, sagtest du, de Klassekampf.

Du schautest deine Mama an, sie schaute dich aus den Augenwinkeln an, halber Blick aufs Gießen. Dann lachte sie dir ins Gesicht, wie du deine Mama lange nicht mehr hast lachen sehen. Sie fand überhaupt kein Ende, wie ein kleines Mädchen, kichernd, kieksig, piepsig, beugte sich nach hinten, so daß dir ein Schwall Wasser über die Schuhe spritzte. Da lachte sie noch mehr.

Seit Jahren warst du zum erstenmal wieder im Garten, die Beete am Rand, in der Mitte der Rasen, die weiße Bank vor dem Geräteschuppen.

Im Ernscht, dein Vadder macht mir Sorge. Ich glaub, er, wie saacht ma do, er verliert de Bezuch?

Ich weiß, was du meinst.

Dann war es soweit: Dienstagabend. Eigentlich wolltest du am Nachmittag fahren, aber deine Mama bat dich, noch einen Tag zu bleiben. Neun Uhr. Ihr saßt vor dem Zweiten Deutschen Fernsehen, und die inkriminierte Sendung begann. Es war eine englische Serie, in der ein englischer Lord und ein amerikanischer Ölmillionär mit schnellen Autos, der Lord mit einem Aston Martin (was der Vater alles wußte!), der Ölmulti mit einem Ferrari, vorwiegend in Südeuropa, wo es am schönsten und wärmsten ist, Verbrecher jagen oder von Verbrechern gejagt werden. Die Folge hieß *Drei Meilen bis Mitternacht* und begann in Rom. Es war natürlich ein ausgemachter Blödsinn, aber Vater saß im Sessel wie ein Kater, dem im Traum noch die Pfoten und die Schnurrhaare zucken. Vater lachte mit, als sei er mit Lord Sinclair und Danny Wilde in Italien, in Farbe, prostete ihnen sogar zu, wenn sie sich zuprosteten (im Schloß eines falschen italienischen Grafen), und fuhr mit, wenn sie fuhren, und wenn es knapp wurde, wenn es rasant wurde, dann rieb er die Oberschenkel mit den Handflächen, um vielleicht Reibungsenergie ins Fernsehen zu senden und den beiden Geschwindigkeit zu schenken. Diesmal müssen sie viel laufen, durch italienisches Gebirge, gemeinsam mit dem untergetauchten Frank Rocco, der gar nicht Frank Rocco ist. Und mit einer zotigen Photographin namens Sid, die gemeinsam mit Danny Wilde Salven von schnodderigen Bemerkungen herausschleudert. Hoffentlich merkte sich der Vater nicht den ganzen Blödsinn: Lord Segelbewahrer. Schnuppelchen. Kein Schimmer, was du da sabbelst. Und mach dir nicht ins Höschen, mein Häschen. Vielleicht mußte er mal für Königstiger. Schnabulieren. Welch liebliche Stimme in der Wildnis, Oppa. Lord Segelverkleber. Schnuckelpuppe, wo bleibt denn dein Sinn für Humor? Und zu einem Fernglas, das Danny aus dem Handschuhfach holt, sagt er: Ah, da sind ja die Stielaugen.

Bevor du wieder nach Frankfurt fuhrst, beruhigtest du deine Mama, denn du hattest in der geprüften Sendung keine rechte Bedrohlichkeit gesehen. Ein fataler Irrtum. Das mußtest du dir später eingestehen. Denn gerade Komik und Leichtfüßigkeit im Fernsehen ergeben eine perfide Mischung, die von der manipulativen Kraft ablenkt. Eingeschlichen in die Familie, deinen Vater mit seinem reflexhaften Konsumverlangen voll erwischt. Vielleicht doch eine bedingte Schuldfähigkeit bei ihm?

Bis heute hat sich dir der Dienstag zwei Wochen darauf eingebrannt. Nachmittags ein komisches Intermezzo beim Bügeln. Der Vater noch auf der Arbeit, die Mutter mit dem Bügelbrett im Wohnzimmer. So sahst du es später, als du dich erinnertest, und fragtest dich, ob dir das so erzählt worden war, denn dabei warst du nicht. Die *Zwischenmahlzeit, ein heiteres Unterhaltungsmenü serviert von Gisela Schlüter,* hätte kurz vor halb fünf vom Bügeln ablenken und das Eisen achtlos auf einem Ärmel oder Handtuch stehenlassen können, aber Gisela Schlüter war nicht geistreich genug, um Mamas Blick dauerhaft auf den Fernsehschirm zu bannen. Kein weißes Hemd fürs Amt, keine Unterhose und kein Bettbezug liefen Gefahr, verbrannt zu werden.

»Herr Tischler, ich grüße Sie.«

»Das ist Herr Schnittke«, sagt der Redakteur.

»Natürlich bin ich Herr Schnittke, das weiß doch jedes Kind.«

»Guten Tag, Herr Schnittke.«

»Herr Fischer, trinken Sie einen Kaffee?«

Fischer? Meint der mich? Hat mein Buch unterm Arm und kennt meinen Namen nicht. Na warte!

»Aber gerne doch, Herr Schlittke.«

Coulmier, der Praktikant, der gerade das Büro betreten will, wird zum Kaffeeholen geschickt mit einer Herzlichkeit, die ich als Gast gern erleben würde.

»Marcel, mein Küchenbub mit rottem Kopf, mit rottem Schopf, Kaffee für den Herrn Fischler und für mich wäre ganz zauberhaft«, sagt Schnittke zu mir. Jetzt nennt er ihn Fischler, ist auf dem richtigen Weg.

Marcel heißt der arme Coulmier, richtig. Man muß ihm Achtung entgegenbringen.

»Sie sehen, ich kenne die Heilige Schrift, das schöne Rossini-Buch. Wunderbar. Bevor Sie mir unbedingt eine Widmung hineinschreiben, können wir vielleicht den Ablauf absprechen, ich weiß nicht, ob Sie häufig Auftritte im Fernsehen haben.«

»Nur kurze Interviews zur Buchmesse, aber das Rossini-Buch ist auch schon lange auf dem Markt. Wissen Sie, es erschien zu Rossinis einundfünfzigstem Geburtstag.«

»Einundfünfzigstem Geburtstag? Ich wußte gar nicht, daß Rossini jünger ist als ich, viel jünger, ja, wer hätte das gedacht.«

»Das war vor über zehn Jahren. Er wäre natürlich schon längst über zweihundert Jahre alt gewesen, wenn er nicht am neunundzwanzigsten Februar eines Schaltjahres geboren wäre. Und darum hat der Verlag das Buch an einem neunundzwanzigsten Februar herausgebracht.«

»Schaltjahr, ist ja unerhört. Na, das müssen Sie gleich in der Sendung noch mal erzählen, das mit dem Geburtstag und mit dem Schaltjahr, unerhört.«

»Das tue ich gerne, Herr Schnittke.«

»Aber jetzt müssen wir den Ablauf absprechen. Sie kochen für uns ja, was kochen Sie denn für uns? Olli, was kochen wir denn? Und da ist ja unser Kaffee, der Marcel hat ihn schon gebracht, toll, Marcel.«

Wenigstens lobt er den Praktikanten, der steht zitternd mit dem kleinen Tablett vor uns, darauf die schlabbernden Tassen. Arme Socke.

Wolframs Buntfernsehgerät war ein Geschenk seiner Eltern, zum bestandenen Staatsexamen, ein Überflieger vor dem Herrn, genial, aber liberal. Scheißliberal. Gerd, die Bestie, auch genial, awwer links bis dortnaus, wie dein Vater über seinesgleichen sagte, hatte das Graecum und war seit über drei Jahren tot. Und es gab noch immer die gelernte und die ungelernte Variante der Überforderung mit dem Reich der Repräsentation, vor allem, wenn es aus der Kiste flimmerte, vor der man mit Gürkchen, Schnittchen und Bier Platz genommen hatte oder in eurem Fall mit französischem Weichkäse, Brie de Meaux und Camembert, einem gereiften Ziegenkäse aus den Pyrenäen und einem kräftigen Rotwein aus dem Roussillon. Denn immer immer wieder stand Onkel Willi mit vollgeladener Ente im Westend oder in der Kiesstraße.

Mais il faut cultiver notre jardin, sagte er letztens und sagte auch, er müsse sich unbedingt mal wieder um seinen Garten kümmern, oder um den von Arlette. Du begriffst nicht ganz, was er meinte. Er warf dir einen Blick zu, als wollte er sagen, daß du das auch noch begreifen würdest.

Wolframs Rotwein war ein achtundsechziger Bordeaux, um einige Klassen besser als Onkel Willis Roussillon, vier Jahre alt, eigentlich zu jung, könnte noch drei Jahre liegen, meinte Wolfram. Auch ein Geschenk seiner Eltern zum bestandenen Examen. Sonntagabend. Zweites Staatsexamen. Zweites Deutsches Fernsehen. Einundzwanzig Uhr.

Und das fand deine Mutter besorgniserregend? Ist doch ein harmloser Blödsinn, gucke ich eigentlich ganz gern, sagte Wolfram.

Ich eigentlich auch, gell?

Also, die bisherigen Folgen fand ich jetzt auch net sooo …

Du immer mit deinen Verharmlosungen, wenn's um deine Familie geht, Ernesto.

Bei einer Überlandfahrt in Lord Sinclairs Aston Martin sagt zu Beginn sein Beifahrer Danny Wilde: Tja, das wär's für heute. Sechs Rennen, sechsmal gesetzt und sechsmal verloren.

Ist doch 'ne glänzende Serie. Ist es ein Wunder, wenn sie uns die Wohltäter der Buchmacher nennen?

Morgen mach ich's mal ganz anders. Da werd ich versuchen, auf den Gewinner zu setzen. Übrigens, da wir gerade von Pferden sprechen, was hältst du denn von der Stute hier? Halt doch mal an, Junge, halt an, HALT DOCH MAL AN!

Fahren an einer Frau vorbei und nennen sie Stute, Ernesto, geht dir da kein Licht auf?

Der weiße Spider ist schick, und die Frau trägt kein Röckchen, oder?

Wolfram, Hauptsache schnelle Autos und lange Beine.

Also e bissel bische schun'n Macho, gell?

Hört, hört, was meine emanzipierte Frau von mir hält.

Die Frau trägt Stiefel bis zu den Knien und Beine bis zu den Hüften.

Du etwa nicht, Uschi? Wo genau enden deine Beine?

Ich zeige sie aber nicht so, so schamlos, wie der Regisseur es im Produktionsprozeß von ihr verlangt hat. Der stellt sie an den Straßenrand wie eine Hure.

Im Herbstwald, gell, da isses doch schon kalt.

Sie trägt Strumpfhosen.

Hure wäre jetzt eine Unterstellung, Uschi, damit kommst du bei Gericht nicht durch.

Will ich auch gar nicht.

Der Rückwärtsgang ist oben links. So, sehr gut, und nun halbe Kraft zurück, wenn ich bitten darf, aber nicht rein in die Dame. Das wird nicht lange dauern. Warten Sie, Kunibert. Meine Teuerste, gibt es irgendeine Möglichkeit, wie ich Ihnen meine Hilfe anbieten könnte?

Nein.

Es ist so schön heut', wollen Sie sich die Antwort nicht noch mal überlegen?

Nein!

Nein. Dann entschuldigen Sie.

Also des Röchle aus'm Wald, gell, des is mir jetzt awwer grad durch Mark und Penning gange.

Oh, da scheint ein Hirsch in der Brunft zu stehen. Ich werd' ihm Hilfestellung geben.

Klang wie ein unterdrückter Schrei, meinte Wolfram.

Oh, sieh da, ein Mützchen. Und da haben wir ja auch den dazugehörigen Träger. Scheint sich allerdings weniger um einen Hirsch zu handeln. Oder? Ein toter Hirsch.

Entschuldigen Sie, daß ich Sie anspreche, Gnädigste, aber verraten Sie mir: Was haben Sie meinem Freund ins Ohr gegeben, daß Sie ihn so schnell loswerden konnten?

He, Brett! Du, Lord, trab doch mal an!

Entschuldigen Sie mich.

Hast du gesehen, wie die Frau seufzend einatmet? Das zeigt nicht nur, daß ihr das Ganze unheimlich ist, sondern daß sie was mit dem rothaarigen Toten zu tun hat.

Ernst, willst du uns jetzt hier den Film erklären?

Dramaturgisch nicht sehr subtil, Ernesto.

Nein, Holzhammer, aber was erwartest du?

Mehr.

Ja, das hilft jetzt auch nicht weiter.

Willsch abschalte?

Nee, Jutta, wir schauen uns das jetzt an.

Nun mach doch mal nicht den müden Krieger!

Was ist denn?

Na, komm schon, ich will dir was Interessantes zeigen.

Wollen wir Pilze schießen?

Was?

Dein Prachtexemplar macht sich auf die Socken.

Ach was, ich werde dir einen Mann zeigen.

Einen Mann? Ich weiß doch, wie ein Mann aussieht.

Das Interessante ist, daß der Gute einen ziemlich toten Eindruck macht. Der Gute hat schütteres Blondhaar und trägt einen Schnurrbart wie Einstein nach der Wurmkur. Außerdem zeichnet er sich durch ein ganz besonderes Merkmal aus.

Was redest du da?

Er weilt offenbar nicht mehr auf dieser Welt.

Hier, guck ihn dir mal an, hinterm Baum, da hat er sich versteckt.

Ja, er ist tot. Ganz zweifellos. Was ich vermisse, ist der Einsteinsche Schnurrbart. Dafür sind die Ohren ein bißchen länger.

Was? Das versteh ich nicht.

Also, ein toter Hase ist doch eine schwache Pointe.

Barbara würde jetzt sagen: wie bei Dürer.

Aber jetzt ist doch klar, daß sie die verschwundene Leiche finden müssen.

Ich finde den Vorspann elegant, violett und orange. Uschi, genau wie deine Hosen.

Die sind eher Flieder. Der Vorspann ist sexistisch. Was für ein Titel, Der Tod kommt live.

Es klingelte. Ulf, der immer zu spät kam. Hatte die ersten zwanzig Minuten verpaßt. Kam gar nicht mehr rein in die Geschichte, als er zur Tür rein kam. Zur Tür rein kommt auch der Hotelportier, begleitet von einem Inspektor im Trenchcoat und einem uniformierten Polizisten.

Rotwein?

Haste auch 'n Bier für mich?

Danke Meister, wir brauchen Sie nicht mehr.

Ich bin wie immer in der Halle.

Ich hol dir eins, gell?

Was ist bisher passiert? fragte Ulf und ging mit Jutta in die Küche.

Das wird dir hier keiner erzählen, brummte Wolfram unwirsch, trank aber einen versöhnlichen Schluck und sagte: Also, es geht um einen toten Journalisten, der angeblich...

Psst, sagte Uschi.

Ulf hatte seinen Parka an, obwohl es August war, legte sich quer vor das Sofa, auf dem ihr saßt, und stützte sich mit dem rechten Ellenbogen auf, mit der linken Hand führte er das Bier zum Mund. Und konnte in dieser Stellung sogar trinken.

Sie sollten sich bei der Polizei bewerben. Wo haben Sie denn diesen gepflegten Ton her?

Ich sehe leidenschaftlich gern fern. Und jetzt Ihren Autoschlüssel. Darf ich bitten?

Sie möchten wen?

Den Autoschlüssel.

Da ham Sie den Autoschlüssel.

Also Teet ist ein Journalist, der an einer politischen Story dran war und mit seinem Wagen tot aus dem Wasser gezogen wird, sagtest du zu Ulf.

Was für ein Wagen?

Wie, was für ein Wagen?

Na, Marke, Farbe und so.

Ist doch wurscht.

Denkst du, Ernst, is aber gar nicht mal so interessant.

Also, willst du jetzt hören, was passiert ist?

Nee, ich will gucken, was passiert. Kumma, da sind se sich schon wieder am Verfolgen.

Aber du mußt doch wissen, wer die beiden Männer da sind.

In dem blauen Ford?

Genau, in dem blauen Ford, sagtest du.

Des is der falsche Inspektor Ryder und der falsche Sergeant, gell? sagte Jutta.

Der Sergeant trägt aber keine Uniform, sagte Ulf.

Natürlich nicht, er ist ja auch kein Sergeant, sagte Wolfram. Jetzt seid doch mal leise.

Ist doch laut genug, sagte Ulf. Eh, kumma, jetzt sind se sich am Überschlagen.

Der Fahrer verliert im nächtlichen Wald bei der überhöhten Geschwindigkeit, mit der sie vor den Verfolgern Danny und Brett fliehen, denn was wäre eine Jagd ohne Jäger, die Kontrolle über den blauen Ford. Das Auto überschlägt sich.

Berstendes Autoglas, zerquetschendes Blech, schreiende Männer. Der Ford landet auf dem Dach auf einem Feld, liegt dort eine Sekunde.

Und WUMM! sagte Ulf grinsend.

Der blaue Ford explodiert und geht sofort in Flammen auf. Die Flammen leuchten den Verfolgern Danny und Brett rotgelb ins Gesicht. Nichts mehr zu machen.

Cool, sagte Ulf. Die beiden Typen hat's erwischt. Und siehste, die sind jetzt gar nicht mehr so wichtig.

»Herr Schnittke, Sie machen diesmal Verdure miste e frittate«, antwortet ihm der Redakteur.

»Quatsch, ich mache fritiertes Gemüse, lassen wir doch diesen Jargon der, wie sagt man?«

»Jargon der Eigentlichkeit«, sage ich.

»Ja, der Eitelkeit, immer diese italienischen Modebegriffe.«

»Und Sie, Herr Tischler, wollen uns das Leibgericht Ihrer Mutter machen?« Der Redakteur formuliert das Feststehende als Frage, Rhetorik der Höflichkeit. Aber er irrt sich, hat nicht genau gelesen, was ich ihm geschrieben habe.

»Nein, ich will Ihnen mein Leibgericht nach dem Rezept meiner Mutter machen.«

»Genau. Wir haben alles eingekauft für die Klopse, auch Anchovis und Kapern. Einen Teil der Klopse haben wir schon vorgeformt, damit wir die Sendezeit nicht überschreiten.«

»Klopse? Sie machen Klopse?«

»Ja, Herr Schnittke, Königsberger Klopse.«

»Und warum erfahre ich das jetzt erst? Warum sagt mir meine Redaktion so was nicht rechtzeitig?«

»Wir sind doch vor zwei Wochen bei der Staffelbesprechung alle Rezepte durchgegangen«, verteidigt sich der Redakteur.

»Sind wir das? Marcel, sind wir das?«

»Ja, Herr Schnittke, sind wir.«

»Na, wenn der Marcel das sagt, dann sind wir wohl. Und ich habe schon gesehen, Sie haben einen Rauenthaler Baiken vom Kloster Eberbach mitgebracht. Schön-schön. Ich habe einen 2006er Oberhorbacher Kapellenkranz, Kabinett trokken, von Kappeler.«

»Oh, von Kappeler, alle Achtung.«

»Ja, Herr Fischler, hier wird nicht gekleckert.«

»Das will ich hoffen, Herr Schnittke, wäre schade um den Kapellenkranz. Sie wissen ja, daß ich aus der Pfalz stamme. Da ist der Kappeler ein Heimspiel.«

»Aus der Pfalz, schön, Marcel, hast du gehört? Ein Heimspiel, ja. Und haben Sie denn auch eine schöne Geschichte zu den Klopsen mitgebracht? Ohne Geschichte, das wäre ja wie ohne Soße, hi-hi.«

»Zu den Klopsen fällt mir folgende Geschichte ein: Nach dem großen Erfolg meines Goethe-Buches ...«

»*Wie Goethe in Italien. Reisen und Speisen mit Vater und Sohn*«, sagt der informierte Redakteur.

»Genau.«

»Richtig, das Goethe-Buch«, sagt Schnittke.

»Da wollten wir eine naheliegende Reihe starten: Kulinarische Streifzüge durch die europäische Aufklärung.«

»Hm, ja, aber erzählen Sie mal weiter.«

»Gefällt Ihnen nicht?«

»Doch, doch, Herr Fischer, ganz und gar.«

»Mein Lektor und ich fuhren für das nächste Buchprojekt, *Kant und Klopse,* nach Kaliningrad. Aber die Reise war ein kultureller Absturz. Statt kulinarischem Imperativ gab es nur Plattenbau und Plinsen. Kaliningrad ist eine ganz und gar gräßliche Stadt.«

»Herr Fischler, meinen Sie, die Geschichte trägt?«

»Ich könnte auch erzählen, wie mal ein Freund durch Königsberger Klopse von einem Hungerstreik abgebracht wurde.«

»Das klingt ja spannend, erzählen Sie das doch. Wann war das?«

»Im Mai achtundsechzig.«

»Ach, damals.«

»Damals, ja.«

»Waren Sie dabei?«

»Ich habe ihn besucht, als er gerade den ersten Klops mit der Gabel in die Kapernsoße tunkte. Wollte ihn eigentlich als Solidaritätsbekundung besuchen.«

»Nein, ich meine, politisch.«

»Konnte man da auch nicht dabei sein?«

»Ich hab damals Jura in Bonn studiert und auch mal ein Flugblatt für den SDS verteilt. Ein Freund hatte Grippe. Der war da sehr engagiert und fragte mich fast weinend, ob ich den Stapel nicht unter die Leute bringen könnte. Es stand nichts Schlimmes drauf, ging um Mitbestimmung und so. Ich war eben jung und naiv, da habe ich ihm den Gefallen getan. Und wie ich sah, daß die Hälfte der Studenten und Passanten das Flugblatt in den nächsten Abfalleimer warf, habe ich das mit der anderen Hälfte des Stapels auch gemacht, hi-hi. Ja, ich war naiv. Ich hab dann ein irrsinnig gutes Staatsexamen gemacht, Prädikatsexamen, und bin in eine Verbindung eingetreten. Danach ging alles sehr schnell, und nach dem Flugblatt hat nie wieder ein Hahn gekräht. Aus so was kann einem ja ein Strick gedreht werden, wissen Sie?«

»Ein Strick?«

»Ja, Herr Fischer. Aber ich sage immer: Wer mit zwanzig kein Kommunist ist, hat kein Herz, und wer mit dreißig noch einer ist, hat keinen Verstand.«

Er nennt mich immer noch Fischer, das muß aufhören. Das muß ihm noch jemand sagen vor der Sendung. Ich trete hier doch nicht unter Pseudonym auf. Ich bin zur Tatzeit am Tatort, endlich angekommen. Bin ein Studiogast mit Bekennerschreiben in der Tasche.

Er nennt ihn immer noch Fischer. Der alte Küchenmeister, Suppenpanscher, Nudelkoch. Aber mit dem Tischler stimmt was nicht. Das ist kein Plaudersalz, was der zu erzählen hat, das sind Geschichten, die eine solche Sendung sprengen. Wenn ihn Schnittke nicht zügeln kann, dann knallt's im Format. Ob Schnittke das noch kann? Der Tischler wird ein harter Brocken.

»Das haben schon andere gesagt, mindestens Theodor Fontane, George Bernard Shaw, Georges Clemenceau, Benedetto Croce und Winston Churchill«, sagt er und wirkt gereizt dabei. Schnittke sieht ihn verwundert an.

»Die haben es von mir, hi-hi«, erwidert Schnittke und wirkt fad.

Lord Croxley drückt einem blonden, blasiert wirkenden jungen Mann im Anzug verabredungsgemäß ein Buch mit dem Titel *The Dove of Peace* und Eintrittkarten für ein Fernsehstudio in die Hand. Es klingelte. Egon, der sich sonst nie verspätete.

Komm rein, sagte Jutta hastig, wollte nichts versäumen.

Egon kam zur Tür hinein, vom Plenum mit einem beiläufigen Hallo bedacht.

Hallo, sagte Egon und deutete auf einen neben ihm stehenden jungen Mann, das ist Volker.

Alle schauten gebannt auf Lord Croxley, der mit einer Reihe älterer Honoratioren seines Clubs den Raum betritt. Alle erwarteten gespannt, was er nun zu verkünden hat, als Anführer eines Staatsstreichs.

Mein Freund, fügte Egon hinzu, und jetzt starrten alle auf Volker. Egons neuen Freund. Rote Haare, Sommersprossen, einen Schnurrbart, der nach unten weiterlief wie bei einem mongolischen Krieger, Koteletten, Grübchen im Kinn, männlich, wohl in Egons Alter. Ein bißchen wie Robert Redford in *Zwei Banditen.* Dir fiel ein Stein vom Herzen. Denn seit Uschi wieder aufgetaucht war, schlugst du dich mit der Frage herum, ob du Egon von Rüdigers Tod erzählen solltest. Jetzt, dachtest du, hatte sich das erledigt.

Hallo, sagten alle im Chor.

Gastgeber Wolfram nahm den Blick nicht vom Fernsehschirm, moderierte aber launig (er hat doch Humor): Volker, wir werden uns später alle einzeln vorstellen, mit Alter, Beruf und Hobbys, aber jetzt müssen wir hier noch die Sendung zu Ende schauen. Gläser stehen in der Küche, Bier auch, danke.

Wir stellen somit die Elite der neuen Regierung vor, nicht wahr? Uns unterstehen die Streitkräfte, die Presse, der öffentliche Dienst et cetera. In ein paar Stunden sind wir an der Macht, meine Herren. Wir werden jeden beeinflussen, der in diesem Staat etwas zu sagen hat. Wir sind neun Männer, neun Männer, die eine Regierung stürzen werden und die Zukunft dieses Landes verändern wollen.

Flaschenöffner? fragte Egon.

Ist hier, sagte Wolfram.

Das hier wird der endgültige Text meiner improvisierten Ansprache sein. Die Themen sind: Anarchie, Streiks, Demonstrationen und die Unruhe der Jugend. Aber der entscheidende Teil, also das Stichwort für unsere Aktion gewissermaßen, wird sein, wenn ich sage, daß wir schon zu lange in einer Gesellschaft leben, die Gewalt nicht nur duldet, sondern darüber hinaus sogar noch fördert. Und dann kommt der Satz: Wir müssen die Herrschaft des Rechts wiederherstellen.

Sie können sich felsenfest auf uns verlassen. In ein paar Stunden wird der Ausnahmezustand ausgerufen werden.

Ich danke Ihnen, meine Herren.

Viel mehr werden wir nicht zu hören kriegen, also schleichen wir uns.

Was sie auch vorhaben, es wird in den Fernsehstudios passieren.

De Vadder hat ja am dreiunnzwanzigschde Geburtstag, unn der hat sich den Kuche gewünscht. Ich hatt die letscht Quetsch uffs Blech gsetzt. Unn uff ämol war ich mir nimmi sicher, ob ich net doch e bissel zu viel Salz in de Teig getan hab. Awwer mit Zucker und Zimt hättsch des wieder ausgleiche könne. Jo, des war mein letschter Gedanke, Ernst. Dann hab ich des Blech uff de Backofe gstellt. Awwer die Streichhelzer warn net do. In de Vorratskammer hab ich e Schachtel gholt.

Ich wäß net, Ernst.

Vadder, jetztat saach net, ich wääß net. Wie is des passiert? Wo warst du?

Ich war do mi'm Lord Croxley. Also der hat grad gesaacht: Ich danke Ihnen, meine Herren, und do rumpelt's.

Wo rumpelt's?

'S kam vun de Kich. Un die Vas uff de Schrankwand hat gewackelt.

Und dann?

Und dann halt, also, de Lord Croxley hat grad die Där uffgemacht unn is iwwer so'n roode Deppich nausgange, so stolziert, gell. Do kam de Schrei.

Weller Schrei? An dere Stell gebbt's kää Schrei, Vadder, an dere Stell sieht ma Danny und Brett, wie se aus ihr'm Versteck schleiche.

Was du alles wääscht. Der Schrei kam vun de Kich.

Unn du?

Jo, dann sinn de Danny und de Brett vun dere Fraa.

Mary?

Jo, die, wo schun am Anfang uffdaucht, do, an dem Wäldche, wo de Danny dann den Schrei hört.

Den Schrei von Teet?

Des wääß ich nimmi.

Und der Schrei aus der Küche?

Dann beginnt Applaus in einem Fernsehstudio, und ein Dirigent gibt dem Publikum genau Einsatz und Tonlage des Applauses vor, dann Pause, dann Einsatz für den Solisten, den Moderator. Einsatz der Mittel: Nichts blieb dem Zufall überlassen, selbst wenn der Tod live kam. Er mußte vorstellbar stattfinden.

Wenn der Tod live kommt, dann muß er in einer dramaturgischen Rahmung konsumierbar sein, sagte Uschi.

Ey, Fernsehstudio, cool, sagte Ulf.

Fernsehen im Fernsehen, Film im Film, Theater auf dem Theater, ein alter Topos, wandtest du ein.

Jetzt haste aber klug geschissen, sagte Ulf.

Versuch macht kluch, sagte dein Vater.

Versuch macht kluch? Was für ein Versuch?

Des war nur so'n Spruch vom Danny.

Und du?

Unn ich?

Dein Vater wurde kleinlaut, sein Blick wurde kleinlaut, seine Körperhaltung wurde kleinlaut, sein Gesicht sank in sich zusammen. Er war den Tränen nahe. Das Wort Ich schien ihm unbehaglich, als liefe eine ungeheure Schuld in seinem Ich zusammen. Und sein eigener Sohn machte ihm auf dem Klinikparkplatz den Prozeß. Ein kurzes Aufflackern von Widerstand in seinen Augen, kaum zu sehen durch die Brille, dann kamen die Tränen.

Danke, vielen Dank. Guten Abend, meine Damen und Herren. Ich begrüße Sie auf das herzlichste zu unserer Sendung *Von Mann zu Mann.* Das von der Regierung vorgelegte neue Gesetz für Recht und Ordnung ist vielleicht das umstrittenste Gesetzgebungswerk dieser Legislaturperiode. Die Gegner dieses Papiers bekämpfen es als den Tod der Demokratie. Befürworter bezeichnen es als die Rückkehr zur Vernunft. Zu der Diskussion in unserer Sendung *Von Mann zu Mann* darf ich Ihnen heute als Gegner des Gesetzes Mister Bill Benton vorstellen. Neben ihm habe ich die Ehre, Lord Croxley auf einem seiner seltenen, aber willkommenen Ausflüge in die Politik zu begrüßen. Lord Croxley wird später begründen, warum er noch strengere Maßnahmen verlangt als die bereits von der Regierung vorgeschlagenen. Und auf unserem berüchtigten heißen Stuhl habe ich heute die besondere Ehre, den Premierminister Ihrer Majestät begrüßen zu dürfen, Professor Doktor Norman Randall. Herr Premierminister, darf ich Sie heute ausnahmsweise mal bitten, die Diskussion zu beginnen und die Hauptziele ihres Gesetzes zu umreißen?

Alla, ich hab de Kuche in de Ofe gschowe. Und da hab ich noch gedenkt, riecht e bissel muffig, awwer bin net uff die Idee kumme, daß des Gasgeruch is. Des Streichholz hab ich an des Loch ghalte, wo ich's halt immer hinhalt.

Die Antwort des Premierministers ist über einen Fernsehschirm zu sehen, der sich im Wäscheraum des Koalitionsklubs befindet. Vor ihm sitzen Danny und Brett, bewacht von den bewaffneten Kellnern und von Mary, der verwickelten Frau: Ich glaube, es wird niemand leugnen können, daß in den vergangenen zehn Jahren die Verrohung der Jugend und der Hang zu Gewaltanwendungen beängstigende Formen angenommen haben. Wenn es auch im Moment zwischen den Großmächten politisch …

Stellen Sie den Ton ab. Wir müssen ja nicht diesen Unsinn hören, sagt Mary.

Und die Flamm hat mich rischdisch umghaue, e riesischi Flamm. Ich bin irschendwie durch die Kich gfloche, gesche de Tisch, und da sinn mir die Backforme unn Backbleche, die sonsch halt im Backofe sinn, die hatt ich uff de Kichetisch gstellt, und die sinn mir uff de Kopp gfalle.

Soll das das Startsignal sein, der Tod des Premierministers?

Ja.

Jo, de zwädde Schrei kam, als son bärtiger Student aus'm Publikum, verfilzte Hoor, so e beschi Hoos unn e braunes Jackett, lauthals protestiert hat.

Was passiert denn hier überall mit den Studenten? Eure Antwort auf unsere Fragen sind Knüppel und Gefängnisse.

Unn die Haut hat gebrennt, die Aache hänn gebrennt. Die Wimpern warn abgsengt. Ich wollt mit de Händ fühle, was los war, awwer als ich mei linki Back beriehrt hab, da war die naß und hat gebrennt, daß ich richtig schreie mußt. Ich hat ja kää Haut mehr im Gsicht. Unn des riecht, daß es dir schlecht werd. Als ich die Aache uffmache wollt, hat des gejuckt und gebrannt, unn's ging gar net mehr.

Und so was laßt ihr euch gefallen? Ihr habt doch selber gehört, was er gesagt hat, schreit der Student, als zwei Polizisten zu seinem Platz stürmen. Ah, da kommen sie ja schon, wenn man hier die Schnauze aufmacht, wird man niedergeknüppelt. Freiheit! Wir fordern Freiheit für alle! Seht her, was mit mir passiert, das kann mit jedem passieren, der seine Meinung sagen will.

Ein Abziehbild, dieser Student, sagtest du.

Was erwartest du? fragte Uschi.

Hömma, sagte Ulf ganz aufgebracht, dat is doch total undifferenziert hier dargestellt.

Unn du, Vadder?

Was, unn ich?

Was hast du gemacht?

Jetzat hosch jo erschd widder den Typ gsehe, dem de Lord Croxley des Buch gewwe hot. Und der war als Student verkleidt, mit so're braune Fellwescht. So änni hosch du doch aach, nur dem seini war dunkelbraun. Der klappt sei Buch uff unn holt da e Pischtol raus.

Der Typ mit der Pistole im Buch sieht ja e bissel aus wie der Gerd, gell?

Also, Gerd sah ganz anders aus, und wie der seine Puste in der Hand hält, der hat ja keine Ahnung, sagte Uschi.

Ich bin am Bää vum Kichetisch abgerutscht unn umgekippt. Ich seh noch de offene Backofe, Rauch, riech den Gestank. Dann war ich weg.

Dann kam de Danny unn hat'm die Pischtol aus de Hand zu reiße versucht. Schüss warn zu höre, awwer er hat's dann doch gschafft. Und de Brett hot sich schützend uff'n Premierminister gstürzt unn sein Stuhl umgschmisse. Unn wääsch was?

Nein.

De Premierminister hot se eiglade, in die Street do, wie hääßtse?

Downing Street.

Jo, genau.

Und der Schrei aus der Küche?

Jo, awwer nochher hän de Danny und de Brett sich noch gstritte, weil de Danny als Amerikaner nadürlich alles falsch gemacht hat, was geht. Saacht der zum Brett: Also die Kekse waren doch alt, das staubte ja beim Sprechen. Ist doch herrlich, oder? Das staubte ja beim Sprechen, stell dir vor, so trocke warn die, daß es gstaabt hat.

Vater, was war mit der Mutti in der Küche?

Jo, Ernscht, des war kään schääner Anblick.

Vater, du hast die Mutti in der Küche einfach liegenlassen. Bewußtlos. Ohne Haut im Gesicht. Du hast ihren Schrei gehört und bist nicht zu ihr gelaufen. Du hast noch den Abspann bis zum Ende geschaut. Und bist bis um zehn im Wohnzimmer sitzengeblieben. Hast das Fernsehgerät ausgeschaltet und dein Bier ausgetrunken. Stimmt's?

Ernst, ich ...

Sie kam zu sich, bevor du in die Küche gekommen warst, ihre Schmerzen waren unerträglich. Und als du endlich bei ihr warst, hast du gesagt: Wo is'n die Salb? Du hosch doch so e Salb, hast du gesagt. Und sie hat auf dem Boden gelegen und gewinselt, hat dich angewinselt, daß du sie ins Krankenhaus fährst. Du hast was von Benzinpreisen gefaselt. Vadder, du bist ein Dreckschwein.

Ernst!

Halt den Mund! Du wirst dafür bezahlen. Du wirst deine Schuld abbezahlen, das soll ich dir auch vom Egon sagen.

Vom Egon? Wo is'n de Egon?

Du bist der einzige, der das nicht weiß.

'S hat mir kääner gsaacht.

Ich sag's dir jetzt. Ich erzähl dir alles vom Egon. Du ignorantes Arschloch.

Schon während des Abspanns wolltest du Ulf fragen, wie er denn seine intellektuelle Schärfe mit dieser bekifft breiten Freude an den Attraktionen des Fernsehens in Einklang bringt, aber als du ihn immer noch in Querlage mit der Bierflasche auf dem Boden liegen und gerade rülpsen sahst, zogst du die Frage zurück. Ein harmloser Spaß, diese Serie. Aber gerade Komik und Leichtfüßigkeit im Fernsehen sind eine perfide Mischung, die von der manipulativen Kraft ablenkt. Das mußtest du dir später eingestehen. Eingeschlichen in die Familie. Eingebrannt in die Familie.

Deine Mama war noch in der Nacht nach dem Unfall vom Städtischen Krankenhaus Landau in die Ludwigshafener Klinik gebracht worden. Als sie dort Wochen später unter den

Verbänden ihres Gesichtes auftauchte, fiel es dir natürlich schwer sie anzusehen, denn ihr lachender Mund, ihre roten Apfelwangen, ihr feingeschnittenes Gesicht, das dich immer entschädigt hatte für die tumbe Visage deines Vaters und dich später hatte fragen lassen, warum diese Frau mit diesem Mann – alles war verschwunden. Faltige Hautflicken und gefleckte Wülste markierten ungefähre Gesichtszüge.

Durch ein geschicktes Make-up könne man einige markante Züge wieder darstellen. Ihre vertraute Stimme half dir sofort über die Irritation hinweg. Diese Stimme war in Mamas einsamer Unsichtbarkeit stark geblieben. Lag jetzt genau in der Mitte zwischen Landau und dem Odenwald ihrer Jugend, obwohl sie seit ihrer Begegnung mit einem verschmitzt lächelnden Heinz aus Landau kurz vor dem Krieg dessen Sprache angenommen hatte. Das war eine rigorose Form der Selbstaufgabe, selbstverständlich geforderte Unterordnung. Damals.

Ihre Stimme klang glockenhell, Verkündigungsstil, ihre Sprache war klar und bestimmt: Ernst, ich hab mit dem Willi einen Plan gemacht, sagte sie, und du stauntest nicht schlecht, als sie sagte: Il faut cultiver notre jardin.

Mama, das ist Französisch.

Ich weiß, soll ich's dir übersetzen?

Nein.

Also, ich werde die nächste Zeit bei Willi bleiben, er holt das Nötigste aus Landau.

Ich helfe dir dabei.

So schlichen Anfang Januar ein hellblauer R vier und eine graue Ente bei Glatteis und Schneegestöber fünf Stunden lang von Landau nach Waldkastenhausen. Wolfram erzählte dir später, welche neuen Redensarten dein Vater an diesem Abend in seinen von nun an einsamen Wortschatz aufnehmen würde. *Der Lord ist fort* hieß Vaters Abend, während ihr durch Dunkelheit und erstaunlich heftiges Schneetreiben fuhrt. Eigentlich lebensgefährlich. Und während deine Scheibenwischer flatterten und klapperten, die Wischblätter hilflos quietschten, ein ewiger Tropfen an deiner Nase juckte und du merktest, daß die Reifen sich zwar bewegten, aber nicht immer in der erhofften Spur, schossen dir Leitsätze eines Buches durch den Kopf. Es war noch nicht geschrieben, aber es würde nicht nur eine Verbeugung vor deinem Professor werden, sondern eine Abrechnung mit der Verdummungsindustrie, deren Opfer dein Vater geworden war, bevor er diesem System deine Mutter opferte. Zugegeben, zur Verdummung brachte der Vater schon beträchtliches Talent mit, aber das Fernsehen konditionierte selbst gebildete Schichten wie jungdemokratische Juristen zu einer kritiklos aufsaugenden Masse. (Ach, Ernst, wenn du mich für kritiklos hältst, dann muß ich schmunzeln. – Dann muß er schmunzeln, der Wolfram, gell? – Und weißt du, weshalb noch? – Nee. – Jutta, sag du's ihm. – Also, wir bekommen Zuwachs, gell? – Und was heißt das? – Ernst, jetzt stell dich doch nicht so an. Was kann das denn heißen?)

Der Vater: im Sessel. Sein Leben: im Eimer. Wenn du das Beinkleid voll haben solltest, schreib ein Kärtchen, ich komme dann mit dem Polizeipräsidenten persönlich. Die Kommunikation mit der Familie: eingestellt. Die Hose: stark berieben. Die Seitenlehne des Sessels: abgegriffen. Das Polster: vollgefurzt. Mit neunundfünfzig: verwahrlost? Und die fünfzehn Jahre, die ihm noch blieben? Die Sendung mit der Maus. Aus.

*... eingeschlichen in die Familie, hineingesendet ins soziale Gefüge. Die künstliche Züchtung von Bedürfnissen bewirkt reflexhaftes Konsumverlangen und geht einher mit der Auftischung scheinbar*

*gelöster Konflikte durch scheinbar handelnde Personen.*

*Per Knopfdruck zur Willenlosigkeit*, 1974, S. 37

Halt doch mal die Gichtkralle ruhig.

*Gerade Komik und Leichtfüßigkeit im Fernsehen sind eine perfide Mischung, die von der manipulativen Kraft ablenkt.*

*Per Knopfdruck zur Willenlosigkeit*, 1974, S. 75

Wenn es etwas gibt, was ich nicht leiden kann, dann sind das Leiden, die man vermeiden kann. Haben Sie soeben diesen kleinen feinen Reim bemerkt?

»Dann wäre ja alles klar«, sagt Guido Schnittke und bittet mich um eine Widmung, indem er das Rossini-Buch aufklappt, mich anlächelt und versucht, aus seiner Jackettinnentasche einen Kugelschreiber zu befreien. Sein Schnurrbart ist grauer als vermutet.

»Können Sie schreiben: ›Für Doktor Guido Schnittke‹? Vielleicht mit einem Zusatz wie ›Von Koch zu Koch‹.«

Ich schreibe »Von Koch zu Koch für Doktor Guido Schnittke«, Ort, Datum, Schluß, Wort für Wort, wie er's befiehlt, nicht aus Gehorsam, sondern weil ich mir als Fischler keine Gedanken um eine Widmung von Tischler mache.

»Marcel, mein Küchenbub, jetzt zeig mal dem Herrn Fischer, wo seine Garderobe ist, da kann er sich noch etwas zurückziehen«, sagt Schnittke zu mir und reibt mir zärtlich die Schulter. Tischler steht auf und folgt mir, lächelt sogar.

»Hier können Sie sich frisch machen und kurz ausruhen, Bad und WC sind hinter dieser Tür. In einer halben Stunde hole ich Sie zur Maske ab«, sagt der Praktikant geschäftsmäßig.

»Danke«, sage ich, und mir ist schon wieder sein Name entwischt. John Wayne sagte in seinem letzten Film *Der letzte Scharfschütze,* in dem er krebskrank einen krebskranken Revolverhelden spielt, der sich bei einer Witwe und deren Sohn einquartiert, einfach: »Danke, mein Junge.« Das geht heute nicht mehr, aber da fällt es mir ein: »Danke, Marcel.«

»Gerne, Herr Tischler. Ich weiß, daß Sie Tischler heißen, auch wenn ich Herrn Schnittke ungern widerspreche.« Er grinst. Er wirkt zum ersten Mal entspannt, als er diese ironische Bemerkung bei mir loswird. Marcel, genau, Marcel hat eine Falkennase und einen langen, relativ dicken Hals, als hätte er etwas mit der Schilddrüse. An diesem Tag endgültiger Urteile könnte ich sagen, er sieht aus wie Schiller, als er zwischen den Lengefeldschen Schwestern oszillierte, er, der beim Ficken bis zu fünfundzwanzig Prisen Tabak schnupfte, faule Äpfel im Tisch verwahrte und aus ihnen im Wortsinn Inspiration schnüffelte, doch dazu mehr in einem anderen Buch. Ob der kleine Marcel auch solche Eskapaden unternimmt, fragt sich. Ob er überhaupt körperlich dazu in der Lage ist, so schmächtig und spindelig, wie er ist? Wenn er nicht so etwas ängstlich Boshaftes im Gesicht hätte.

Tischler sieht mich freundlich an. Um seinen Mund hat er richtige Lachgrübchen. Und seine Zähne sind überraschend weiß. Keine Jacketkronen wie Schnittke. Echte Zähne, gut in Schuß. Aber er ist gezeichnet. Seine Haut ist wie Leder, gelber Schimmer, eingefallene Wangen, ungesund. Irgendwie stehen die Richtigen in diesem Raum, in diesem Refugium inmitten des Schnittkeimperiums. Tischler ist alles andere als doof. Ich auch nicht. Da sind wir schon zwei.

Der Kleine lächelt. Er zwinkert mir zu. Ich zwinkere zurück. Neurotisches Teufelchen.

Er hat mir zugezwinkert. Aber nicht wie Schnittke. Der hier will Gesellschaft. Oder einen Komplizen?

»Sind Sie Student oder vielmehr Studierender?«

»Ich bin Studierender. Aber eigentlich bin ich Student.«

»Ja, das dachte ich mir. Und was studieren Sie?«

Du tratst aufs Gaspedal.

Hochschalten! Hochschalten! Ärnst, bittä!

Ich bin nicht so vertraut mit der Schaltung hier.

Kupplung durchträten!

Ich weiß, ich weiß, weiß ja schon, alles klar, ja, oh, ja-ja-ja, jetzt – jetzt!

Bela zog die Strumpfhose vom Kopf und fuhr sich mit der Hand durchs Haar, was ihm signalisierte, daß der Kopf noch dran war. Hinter euch saßen die beiden Ungenannten, eine Frau und ein Mann, beide im Parka, zogen auch die Strumpfhosen vom Kopf und legten ihre Waffen auf den Sitz. Du hattest keine Schüsse in der Sparkasse gehört und gingst davon aus, daß alles reibungslos und ohne Blutvergießen verlaufen war. Die Tasche mit dem Geld hielt die Ungenannte hinter Bela wie ein großes Stofftier in den Armen. Angeblich seine Freundin.

Das Ortsschild hattet ihr schon hinter euch, als ein Polizeiauto mit Blaulicht entgegenkam. Und das keine zehn Minuten nach dem Überfall. Offensichtlich hatte sofort jemand Alarm ausgelöst.

Die Bullen! Runter! rief die Ungenannte.

Nein, nicht runter, nicht runter! So bleiben! Die schäpfen soffort Värdacht.

Da hatte Bela natürlich recht. Wenn an einem Polizisten ein Auto vorbeifährt, in dem sich plötzlich alle ducken, dann macht der sich seine Gedanken. Euer Audi achtzig hatte jetzt einen BMW der Polizei hinter sich, also du hinter dir. Sofort trockene Kehle, heiße Ohren und ein panischer Bela.

Schnäller! Ärnst, schnäller! Schalten!

Es ging um eine leichte Kurve, die euch für Sekunden aus der Sicht der Bullen nahm. Du kurbeltest die Scheibe runter, griffst vorsichtig in die kleine orangefarbene Plastiktüte neben deinem Sitz, und etwas stach dir in den Daumen.

Scheiße!

Was machst du, Ärnst?

Du versuchtest, etwas aus der Tüte zu ziehen, aber alles verhakte sich im weichen Plastik. Während du mit der rechten Hand ruhig lenken wolltest (Und schalten, Ärnst, schalten!), zuppeltest du mit der linken in der Tüte herum, bis sie zerriß. Dann warfst du den ersten Krähenfuß aus dem Fenster, den zweiten, den dritten, den vierten, den letzten. Du schautest in den Rückspiegel, die anderen drehten ihre Hälse nach hinten und starrten. Und tatsächlich wurde das Bullenauto plötzlich langsamer und hielt an. Du dachtest noch, daß dort drei wie Köhler, Hensel und Witte drin saßen, verlorst aber in der nächsten Kurve deinen Erfolg aus den Augen. Die Ungenannte verharrte mit demselben ausdruckslosen Gesicht, mit dem sie heute morgen eingestiegen war, sagte aber mit tiefer Stimme: Das war ja wie im Fernsehen.

Häld, du! sagte Bela. Du lutschtest deinen blutenden Daumen. Die Krähenfüße hatte kürzlich Ulf mitgebracht, angeblich gefunden.

Moment mal, dachtest du, als ihr eure Parkauniform abgelegt, den Fluchtwagen am Bahnhof abgestellt und in den D-Zug nach Frankfurt eingestiegen wart, als buntes Quartett von jungen Biologen oder Biologiestudenten, mit Rucksäcken und sogar mit einem Schmetterlingsnetz (deine Idee). Nach reiflicher Überlegung hattest du doch noch, sieben Jahre nach Bennos Tod, dem System eine Form von bewaffnetem Kampf angesagt. Deine ertüchtigte Zorneskraft hattest du gewandelt in die organisierte Empörung gegen eine zwiespältige Gesellschaft. Das Schicksal deiner Mama hatte dir nicht nur die Augen geöffnet, es hatte einen echten, grundsätzlichen und brauchbaren Zorn in dir angereichert. Diese Gesellschaft, und das war für dich auch das geistige Vermächtnis deines Professors, machte einerseits mit Latenz wie Fernsehunterhaltung vom betäubenden Gift des Spätkapitalismus Gebrauch. Andererseits rüstete sie brachial auf mit der kollektiven Verdächtigung aller kritisch Denkenden, die den Mut zur Veränderung hatten oder auch nur das Andenken einer Alternative wagten. Der Kapitalismus war an seinem empfindlichsten Punkt zu treffen, an den Besitzständen. Ein Bankraub war theoretisch probat und praktisch hilfreich, denn die Organisation mußte sich ernähren, am besten, indem sie zugleich das System schwächte. Das war soweit logisch. Aber es war auch ein Kampf um Uschi. Und die grundsätzlichen Zweifel, die dir am Abend kamen, waren nicht grundsätzlichen Überlegungen geschuldet, sondern einem Auftritt der Ungenannten, Belas Freundin. Als sie in eurer unsichtbaren Wohnung, einem Apartment in einer Neubauanlage mit Autobahnanbindung im fahlen Schein einer gerade eingeschraubten Glühbirne besser sichtbar wurde, sich aus ihrem Parka schälte wie eine lustlose Banane, da wurde aus Entschlossenheit Zweifel, unterdrückte Panik.

Ihr saßt im Kreis auf dem Boden, und du fragtest so, wie andere erschöpft ausatmen: Und was jetzt? Die Ungenannte sagte: Den Vierundzwanzigstundentag auf den Begriff Haß bringen! Ohne Parka war sie ein schmächtiges blasses Mädchen mit hellblauen Latzcordhosen, Nickelbrille, Zöpfen und Sommersprossen. Und als sie sich setzte, erschien dir wie ein

Menetekel, daß sie sich zum Zeichen ihrer besonderen Verzweiflung und Entschlossenheit auf die Arschtaschen je ein blaßrotes Stoffherz aufgenäht hatte. Aber obwohl sie so aussah, war sie keine komische Nudel. Das Mädchen war so abgrundtief traurig und erfüllt von Haß, daß du Mitleid und Angst bekamst.

Die Wege der Revolution zeigen sich. Unsere Verantwortung ist größer, sagte der Ungenannte.

Ärnst, du hast dich heute zum bäwaffneten Kampf bäkannt und hast ihn gäkämpft, sagte Bela.

Habe ich? Ach ja, klar, sagtest du. Und wie schön, daß alles ohne Zwischenfälle geklappt hat.

Geklappt? sagte die Ungenannte.

Ja, kein Blutvergießen und so, sagtest du.

Verfalle nicht dem Mitleid! Wir fragten: Bist du einverstanden, und du warst einverstanden und gingst eilig hin und verfielst sofort dem Mitleid, sagte der Ungenannte.

Ja, aber es ist doch schön, wenn niemand verletzt wird, sagtest du.

Wer für den Kommunismus kämpft, hat von allen Tugenden nur eine: daß er für den Kommunismus kämpft, sagte die Ungenannte.

So ein Schalterbeamter muß ja nicht unbedingt dran glauben, oder eine Omma, die was vom Sparbuch abheben will, sagtest du.

Könntest du die Welt verändern, wofür wärest du dir zu gut? fragte der Ungenannte.

Ja, sagtest du, da fängt es schon an. Da gäbe es wahrscheinlich einiges.

Fünfzig, siebzig, achtzig, neunzig, einhundert, zählte der Schalterbeamte vor und gab dir dein Sparbuch zurück.

Moment, dachtest du, könnte auch ein Traum gewesen sein. Die Gesichter auf dem Fahndungsplakat im Schalterraum der Sparkasse hatten dich gefangengenommen, und du sahst erst nach der Zählung die Scheine vor dir liegen. Der Schalterbeamte hätte dich bescheißen können, hätte gesehen haben können, daß du nicht hinschaust, und dir das Blaue vom Himmel zählen. Die Gesichter auf dem Fahndungsplakat schienen so abgrundtief traurig und erfüllt von Haß, daß du Mitleid und Angst bekamst. Andererseits wußtest du bei einigen genau, wie sie in Wirklichkeit aussahen, wie du und ich. Als sich eure Blicke begegneten und dir der Schalterbeamte mit seinem Scheitel und seinem Schnurrbart hinter der Brille in die Augen schaute, sahst du keine betrügerische Absicht in seinem Gesicht. Da kam dir die Idee: Hände hoch, das ist ein Überfall! Aber das sagtest du nicht. Du lächeltest und gingst, ohne das Geld nachzuzählen.

Am nächsten Tag solltest du aus deinem neuen Buch lesen, *Per Knopfdruck zur Willenlosigkeit*. Und du dachtest: Untertitel, ein autobiographischer Roman.

Der Schalterbeamte verkaufte dir die vier Fahrkarten von Fulda nach Frankfurt, denn für den Ablauf der Flucht warst du zuständig, Bela hatte nur das Fluchtauto, den beigen Audi achtzig, und die Nummernschilder organisiert.

»Medienkulturwissenschaft.«

»Ach«, sage ich, »ich dachte, das studieren nur Taxifahrer.«

»Wie bitte?«

»War ein Scherz. Hier in Köln?«

»Nein, in Düsseldorf.«

»Und wie weit sind Sie?«

»Ich beginne mit der Promotion.«

»Oh, ein Ernsthafter.«

»Ja, oder dachten Sie, ich mache das nur so hier?« Marcel ereifert sich, sowohl in der Stimme als auch im Blick, als auch an den Schläfen, die bleich zu schwitzen beginnen. Ich muß ihn beruhigen, sonst heult der mir noch.

»Nein, wir verstehen uns.«

»Wir müssen uns nicht verstehen. Das war euer Ding.«

»Unser Ding?«

»Ja, damals.«

»Achso, damals, ja.«

»Waren Sie dabei?«

»Klar war ich dabei.«

»Als was?«

Als der bessere Dutschke, denke ich und frage mich, wie ich auf diesen Blödsinn komme. Marcel scheint wirklich keine Ahnung von damals zu haben. Wie auch?

»Als Freund von Dutschke. Kennst du Dutschke?«

»Klar, kennt man doch. Und wie war das so als Freund von Dutschke?« fragt er, und ich weiß nicht, ob es eine aufrichtige Frage an den Zeitzeugen ist. Da klingt ein Unterton des Zweifels mit. Das kenne ich. Wir merken sofort, wenn man uns nicht glaubt.

»Na ja, ich mit Dutschke auf dem Fahrrad unterwegs am Ku'damm. Gründonnerstag achtundsechzig. Dutschke fuhr, ich auf dem Gepäckträger. Dann fragte dieser Bachmann, ob Dutschke Dutschke sei. Dutschke sagte ja, und Bachmann schoß. Ich hielt noch sein Fahrrad, weil er gerade in die Apotheke wollte, sein kleiner Sohn, der Hossea Che, war krank, und da schoß dieser miese kleine Bild-Leser Bachmann.«

»Wie oft?«

»Wie oft?«

»Ja, wie oft.« Jetzt habe ich ihn. Er weiß nicht, wie oft auf Dutschke geschossen wurde, war eben doch nicht dabei.

»Dreimal.«

»Okay. Stimmt.« Wow. »Habe einen Film darüber gesehen, über die Raf.«

»Aha, und Sie glauben, was da gezeigt wird?«

**Frankfurt, 11. Mai 1976**

*»Die Bullen! Runter!« rief Jutta.*
*»Nein, nicht runter, nicht runter! So bleiben! Die schäpfen soffort Värdacht.«*
*Da hatte Bela natürlich recht, wenn an einem Polizisten ein Auto vorbeifährt, in dem sich plötzlich alle ducken, dann macht der sich seine Gedanken. Unser Audi achtzig hatte jetzt einen BMW der Polizei hinter sich, also ich hinter mir. Sofort trokkene Kehle, heiße Ohren und ein panischer Bela.*
*»Schnäller! Ärnst, schnäller! Schalten!«*
*Es ging um eine leichte Kurve, die uns für Sekunden aus der Sicht der Bullen nahm. Ich kurbelte die Scheibe runter, griff vorsichtig in die kleine orangefarbene Plastiktüte neben meinem Sitz, und etwas stach mir in den Daumen.*
*»Scheiße!«*
*»Was machst du, Ärnst?«*
*Ich versuchte es mit Brustschwimmbewegungen, die mich im Traum immer fliegen ließen, aber wir flogen nicht. Ich versuchte, etwas aus der Tüte zu ziehen, aber alles verhakte sich im weichen Plastik, während ich mit der rechten Hand versuchte, ruhig zu lenken (»Und schalten, Ärnst, schalten!«), zuppelte ich mit der linken in der Tüte herum, bis sie zerriß. Dann fuhr ich in die Mitte der Fahrbahn und warf den ersten Krähenfuß aus dem Fenster, den zweiten, den dritten, den vierten, den letzten. Ich schaute in den*

*Rückspiegel, die anderen drehten ihre Hälse nach hinten und starrten. Aber das Bullenauto wurde nicht langsamer und war immer dichter hinter uns. Jutta verharrte zwar mit dem lachenden Muttergesicht, mit dem sie heute morgen schon eingestiegen war, sagte aber mit zitternder Stimme: »Das ist ja wie im Fernsehen, gell?« Da machte ich die Brustschwimmbewegungen des linken Armes und sagte Bela, er solle rasch die Brustschwimmbewegungen des rechten Armes machen, aber wie ich durch das Fenster hindurch, so daß die Bullen es sehen und wissen, daß wir jetzt abheben und sie uns nicht mehr kriegen können. Bela machte recht theatralische, ich fand, operettenhafte Brustschwimmbewegungen des rechten Armes. Aber wir hoben ab. »Häld, du!« sagte Bela. Ich lutschte meinen blutenden Daumen. Daumenlutschend aufgewacht.*

»Die haben sich genau an die Fakten gehalten.«

»An die Fakten gehalten? Ich habe Rudis Fahrrad gehalten. Er hatte seine Aktentasche an den Lenker gehängt.«

»Ist es die hier?« fragt Marcel und deutet auf meine Aktentasche, die ich auf den kleinen weißen Tisch gelegt habe.

»Möglich«, sage ich.

»Im Film war er allein, als der Mann auf ihn schoß.«

»Ja, da weiß ich eben mehr. Bin dabeigewesen.«

Echt kraß, denke ich. Was für ein Typ. Die Geschichte ist erstunken und erlogen, aber cool. Er weiß, daß ich weiß, aber es ist ihm scheißegal, so gesehen ist er frei. Da sind wir schon zwei. Macht hier einen auf Happy Hippie.

»Ich bin zu jung. Aber meine Mutter saß als Sechsjährige bei Freunden auf einem Sofa zwischen ihren Eltern, die bekifft direkt auf den Boden kotzten. Sie hatte schreckliche Angst um ihre Schuhe, weiße Schnallenschuhe, die ihr ihre Oma geschenkt hatte.«

Der kleine verwachsene Marcel. Ein Schlaukopf. Klein-Zack mit großem Verstand. Die erste Runde ist an ihn gegangen. Dabei ist er nicht mein Feind. Wir sind Verbündete. Komplizen, schon immer gewesen. Eine Weltseele ohne Pferd. Mein Königreich für ein Pferd. Nur lernen wir uns leider gerade erst kennen.

»Ich bin der Ernst.«

»Ich bin der Schalk.«

Gut getischlert. »Im Ernst, ich heiße nur so, ich heiße Ernst Ewald Tischler.«

»Ich weiß, steht auf Ihren Büchern. Auf deinen Büchern. Marcel, angenehm.« Er gibt mir die Hand. Schwitziger, aber fester Händedruck.

»Stimmt, Sie haben ja gerade das Rossini-Buch gesehen. Die Kritiker sagen, es sei mein bestes, und wer will schon den Kritikern widersprechen? Aber wenn Sie mich fragen, wenn du mich fragst, dann ist *Kafkas Kekse* mein bestes.«

»Ich kenne dich vom Bibliographieren für meine Diss.«

»Über was schreibst du?«

»Über die Performanz medialer Konstruktionen.«

»Sagt mir nichts.«

»Über das Medien-Ich als kollektives Bewußtsein.«

»Klingt irgendwie, also, im Grunde, nach aktuellem, quasi Diskurs, oder?«

*Die passiv-adaptive Konsumhaltung kann so weit gehen, daß der Konsument in einer Verschiebung sinn-*

*voller Rezeption jargonartige bis vulgäre Sprachelemente in seinen Wortschatz aufnimmt. Dabei ist zu vermuten, daß er mit der Sprache auch Elemente aus Handlungsweisen und Einstellungen der fiktiven Figuren im Sinne einer Identifikation in sein Persönlichkeitsmuster übernimmt (passive Appropriation). In einem Fall versuchte ein 62jähriger Konsument bei einem Sonntagsspaziergang auf einer Burgruine den riskanten Sprung eines US-amerikanischen Serienhelden auf ein Geländer anzuwenden. Dabei stürzte er mehrere Meter in die Tiefe und brach sich ein Bein und mehrere Rippen. Selbstüberschätzung, der Verlust der Koordinaten des eigenen Lebens und eine Entfremdung vom persönlichen Umfeld können also vom Lächerlichen leicht ins Lebensgefährliche übergehen. Auch hier ist die Dimension entscheidend.*

*Schiefer Haussegen und Schnodderton*, 1976, S. 42

Mitte März war Fernsehabend bei Jutta und Wolfram und ihrem kleinen Paul. Für dich ist das doch was, gell? Und du sahst Köhler wieder. Es war schockierend. Du hattest ihn noch genau in Erinnerung, den Komplizen deines Vaters, der den Schuß auf Lotz abgegeben und getroffen hatte. Lotz, ja, so hieß er, der so aussah wie einer von euch, damals, wie sah er heute aus? Ein Schuß, vor fast sieben Jahren. Und jetzt tauchte er wieder auf, als Didi und war so irrsinnig blödsinnig, daß du nicht mithalten konntest im Gelächterschall der Freunde, und der Dreijährige kiekste mit.

Es war ein Kind, ein fröhliches Kind, ein fröhliches Kind mit blauen Augen, das dich so genau anschaute, als habe es ernsthafte Schlüsse gezogen über deine Existenz. Du kamst dir entblößt und ertappt vor, dein Blick ging immer wieder zu Paul, der gleich ins Bett mußte, nach dem nächsten Lacher, und noch ein Lacher, na, schon wieder einer, aber nach dem nächsten dann. Und der dich nach jedem Lacher anschaute, ob du auch lachtest wie Mami und Papi, und der irgendwann nur noch lachte, wenn du lachtest, denn Mami und Papi lachten zusammen und immer, aber du schienst mehr vom Lachen zu verstehen, lachtest nur an einigen Stellen. Was schien also aus der Sicht des Kleinen deine Kompetenz zu sein, dein eigentliches Element? Nonstop Nonsens? Blutig war nur der Ernst (nicht du). Damals ein Streifschuß mit Millionengewinn. Jetzt ein vollendeter Blödel zum Totlachen.

**Frankfurt, 16. März 1977**

*Wieder erschien mir Hegel im Traum. Er stand auf einer Berliner Kreuzung, trug ein orangefarbenes Pepitahütchen, dazu ein blaues Jackett und hielt den Verkehr auf. Gerade hatte er mit seinem Auto ein anderes Auto gerammt. Sag mal, Sie träumen wohl, hatte man zu ihm gesagt. Er fragte Passanten und Autofahrer, die nun in immer größerer Zahl stehenblieben, ob sie den Mittelteil von Doktor Schiwago kennen. Und irgendwann fragte ein Polizist, ob diese Protestdemonstration eigentlich angemeldet sei. Jetzt erst wußte ich, an wen mich Hegel erinnerte, wenn er mir im Traum erschien. Ich fragte mich, ob es Hegel wohl unangenehm war, daß er mir in dieser Gestalt erschien. Als Knallcharge aus dem Fernsehen. Ausgerechnet aus dem Fernsehen. Aber dann saß Hegel im roten Hausmantel und mit der roten Mütze der Revolution, die er verwegen wie ein Sansculotte in die Stirn geschoben hatte, in seinem Berliner Arbeitszimmer und schaukelte mit dem Kopf. Eine fehlende Pfeife hielt er in der rechten Hand, stützte sich mit dem linken Ellenbogen auf seinen Schreibtisch und schüttelte jetzt unentwegt den Kopf. Er wirkte traurig und unsicher und hatte verweinte Augen. Er schwieg.*

Mit unglaublicher Zähigkeit jagte er Verbrecher - dabei war er privat ein jovialer und heiterer Mensch. Wenn er Gäste einlud, bereitete er den Salat meistens selbst. Er band sich eine Schürze um und zauberte aus Zwiebeln, Fleischkäse, Schinken, Wurst und Äpfeln seinen Buback-Salat - stets in riesigen Mengen. Ich weiß, daß ich ein paar Pfunde zuviel drauf habe, sagte er oft nach üppigen Mahlzeiten, aber meine Frau wird schon dafür sorgen, daß ich wieder abnehme. Deshalb fuhr er lange Zeit mit dem Fahrrad ins Büro und kletterte im Urlaub mit seiner Frau, die er über alles liebte, in die Berge - bis zu dreitausend Meter hoch. Buback: Meine Frau hält mich auf Trab.

Während der Bürozeit wurde er häufig wieder schwach. Er ging in der Mittagspause gern in eine Konditorei und kaufte sich eine riesige Tüte Kuchen. In seiner Freizeit sammelte der gebürtige Sachse Meißner Porzellan und Briefmarken und arbeitete in seinem Garten - in schlichter Arbeitskluft.

Was heißt riesige Mengen? fragte Ulf.

Sagen wir, zweihundert Gramm Zwiebeln, fünfhundert Gramm Fleischkäse, dreihundert Gramm Schinken, fünfhundert Gramm Wurst und vierhundert Gramm Äpfel. Dann wären wir bei zwei Kilo, sagtest du. Das sind zwei große Schüsseln.

Ne Menge, verehrte Trauergemeinde.

Aber der Ansatz hat was. Eine Person der Geschichte aus der Sicht des Essens.

Essen kann aber nicht gucken. Hömma, du sitzt hier aber auch bequem in deinem Büro und liest die Blöd-Zeitung und pflegst deine Gehirnfürze.

Ehe sie flohen, sahen sie nach, ob er tot war.

Lies lieber mal mein Stück.

Hab ich, Ulf, hab ich.

Ja und?

Zu komisch. Wir wollten eine freie Adaption von *Michael Kohlhaas*, Kleist zum Zweihundertsten, verstehst du? Wir wollen nicht den zerbrochnen Krug.

Nee, ist doch Kohlhaas.

Bringst du deine Trauergemeinde am Ende auch immer zum Lachen?

Klar, die lachen immer Tränen, sagte Ulf, sichtlich enttäuscht, seine Stirn zerfurcht zu dicken Falten, und der Mund hing offen im Zimmer. Ulf drehte sich zur Seite, schütteres Haar wie Spinnweben, hatte das alles bestimmt in einer Nacht geschrieben. Wenn du es nicht schon vor zwei Wochen bekommen hättest, dann könnte es letzte Nacht gewesen sein, so wie er aussah, dunkle Augenränder, nach vorn gekrümmt, das Kinn in die Hand gestützt, um nicht ins Bodenlose zu fallen.

Ich könnte mir vorstellen, daß man den Kohlhaas, wenn er sich zusehends in seine Rache verstrickt, im schalltoten Raum aufnimmt, verstehst du? Hörbare Isolation. Dann, wenn er Amnestie bekommt und wieder mit den Herrschenden spricht, weil er ja nur sein Recht einfordert, dann gibt's wieder Hall und Atmo.

Ja, klar, dann ist das hier zu komisch.

Bisher höre ich da zu viel Pferdegetrappel und knisternde Brände. Und dann das Gespräch mit Luther, der mampft und schmatzt bei dir die ganze Zeit. Wir wollen das am Geburtstag direkt senden, achtzehnter Oktober.

Is ja noch wat hin.

Wir wollen aber in drei Wochen produzieren.

Scheiße, Scheiße, aber schaff ich, Ernst.

Und wenn du das hinkriegst, dann darfst du was ganz Eigenes machen.

Ulf hatte gerade das Buch auf deinem Tisch gesehen. Du nahmst es und sagtest: Ich will was über Baader bringen.

Scheiße, Scheiße, macht doch jeder.

Nein, kennt keiner: Johannes Baader.

Wat?

Kennste? Oberdada. War Architekt, dann Bürgerschreck, Anfang der zwanziger Jahre, berüchtigter Dadaist in Berlin. Hat im Reichstag ein Flugblatt verteilt, das *Die grüne Leiche* hieß, und Reichsministerpräsident Scheidemann hat er in der Straßenbahn getroffen und dort zum Ehrendada erklärt. Er war Präsident des Erd- und Weltballs, Leiter des Weltgerichts, Wirklicher Geheimer Vorsitzender des Oberdadaistischen Intertellurischen Völkerbundes. Später viel Klapse. Klingt doch wie vor zehn Jahren.

Könnte mein Onkel sein. Vor zehn Jahren, hör auf!

Aber schau mal, wie der aussieht.

Mensch, ja, der sieht aus wie der, der Dingenskirchen.

Ja, genau. Der Blick, der Bart. Na?

Ja, ich sach mal…

Wie der Kunzelmann von der Kommune, oder?

Achso, der. Hm. Ja, nee, findse? Zeit, was trinken zu gehen?

Baaders Reinkarnation.

Meinse?

Machste?

Klar. Eppstein-Eck?

Hauptsache raus hier aus der Funköde.

Und wie mir Marcel von seiner Diss erzählt und wie ich ihm von meinem Dutschke erzähle, scheint für die Sekunde eines Gedankens das Rahmenwerk des Tages auf. Und ich merke, als wäre ich besäuselt von einem schweren, gehaltvollen und komplexen, mindestens siebenjährigen Ribera del Duero, daß es mir gleichgültig ist, ob ich sterbe. Ich frage mich, ob es die Situation ist, die mich in einem Augenblick festhält, in dem noch ausschließlich und ohne Zweifel gelebt wird, oder ob der Organismus zum Ende hin den Toaster einfach hochdreht, damit er knusprig bleibt, nicht so labbrig wird wie damals der Toast Hawaii vor Vater im Fernsehen. Denn obwohl er im Backofen gebacken wurde, suppte unter dem Glanz des Schmelzkäses die Dosenananas durch die Schinkenscheibe aufs Toastbrot. Und der Kreis der Tageserinnerung schließt sich sogleich zu Franzens Zwetschgenkuchen, das alte Problem der Lebensbilanz: von außen widerborstige Körnigkeit, innen schleimige Ungestalt statt saftigem Übergang.

Den Schwindsüchtigen - ein theatralischer, aber ins Schwarze der Lunge treffender Name - sagte man nach, daß sie in permanenter Aufwallung das, was blieb, in Cinemascope erlebten, einen Taumel der Gefühle, Geschmäcker, Gesichte, Gerüche. Und so geht es mir bei meinem Auftritt hier und heute. Gestärkt durch die Möglichkeiten der Palliativmedizin. High sein frei sein. Bißchen Terror muß dabei sein, verehrte Trauergemeinde. Ach Ulf, ach Uschi!

Ulf wollte sich zu den Grabreden, die noch nicht so liefen, mit literarischen Werten beim Funk was dazuverdienen. Er hatte mitbekommen, wie das mit Uschi und dir war, als du mit Grauzonen der Anarchie beschäftigt warst, aus denen sie gerade wieder aufgetaucht war, um ihren Kurs zu korrigieren, wie sie das nannte, weg von der Selbsterhaltung materialistischer Militanz, hin zu denkbaren Veränderungen. Geradezu militant macht sie alles richtig, dachtest du, auf alle Fragen weiß sie die passende Antwort. An ihrer Seite – an ihrer Seite? Ist es schon soweit? –, mit ihr scheint das Leben weniger kompliziert als gedacht, aber komplizierter, als man denkt. Kuscheln mit Uschi, daran war nicht zu denken, da hättest du die lachende Beate mit ihren getupften Brüsten wieder ansprechen müssen, die dir ab und zu beim Spazierengehen mit ihren drei Mädchen begegnete. Barbara hattest du nicht in der weitläufigen Weltlandschaft wiedergesehen, sondern auf einem der neuen Fahndungsplakate. Landete irgendwann jeder Kommilitone auf so einem Plakat? Generalbundesanwalt. Generalverdacht.

Da fand sich Uschi im Nu in einer Redaktion wieder, die Gesellschaftsfragen mit Fragen der Kunst verband. Du hattest ziemlich schnell ziemlich genug von den Haßspielen verbitterter Kinder. Vor allem lagen ihnen jegliche Ideale fern. Dinge, für die es sich lohnte. Klar, eine andere Gesellschaft, aber was für eine, davon hatten sie keinen blassen Schimmer, nicht mal die blasse Ungenannte. Sie kiekste bloß kassandrisch, daß es ihre Aufgabe sei, an dieser Gesellschaft zugrunde zu gehen, aber nicht ohne ihr den Haß zurückzugeben. Und Bela führte dir irgendwann seine Sammlung von indirekten und direkten Sprengsätzen vor. Einmal Materialien, Zutaten, wie er sagte, die nach Räzept zusammengerührt werden mußten, Phosphor, Kaliumchlorat, Schwefel und die Rohrstücke. Dann gab es die direkten Sprengsätze, die Bela in einem Baumhaus im Taunus lagerte. Eine bunte Strickleiter führte hinauf, und selbst auf der Metallkiste lag noch eine leicht vergammelte Ausgabe vom *Räuber Hotzenplotz*, daneben ein paar Mickymaus-Hefte und zwei leere Schachteln Kinderschokolade, mit Blick fürs Detail arrangiert. In der einen Kiste Handgranaten und sogar eine kleine Panzerfaust, in der darunter Faustfeuerwaffen (Feierbärd!) und automatische Handfeuerwaffen mit Munition.

Als dir Bela eines Tages auf dem Rückweg nach Frankfurt vorschlug, doch einen Fuhrpark aufzubauen, ein paar Autos zu knacken, am besten wenn der Ungenannte von der Aktion in Schweden wieder zurück sei, und in einer unter falschem Namen gemieteten Lagerhalle zu sammeln, stiegst du aus. Du hattest am Steuer gesessen und stiegst einfach aus. Bela, der keinen Führerschein hatte, rief dir erst bittstellerische Befehle zu. Als du Leck mich! sagtest, Leckt mich doch alle, rief er dir Verwünschungen nach, während du dich zu Fuß auf der Landstraße zum nächsten Dorf aufmachtest. Er kam mit dem Auto nach, fuhr neben dir her, würgte aber die Karre ständig ab, bequasselte dich, öffnete das Handschuhfach, wo, wie du wußtest, eine Pistole lag, ihr saht beide die Pistole im Handschuhfach, er knallte das Fach wieder zu, sagte: Du bist Arschloch, Ärnst, und fuhr im stotternden Audi davon. Du fragtest dich noch, ob er Arschloch für ein Adjektiv hielt und deshalb den unbestimmten Artikel unterschlug, wo er doch sonst so gut Deutsch sprach?

Im übernächsten Dorf fandst du eine Bushaltestelle, und eine Stunde später kam ein Bus. Im Bus, wo es nach nassem Hund und Dieselabgasen roch, wurde dir schlecht. Nur ein Magen, den man nicht merkt, ist ein guter Magen. Unser Magen kapituliert immer häufiger vor Belastungen, die unsere Lebensweise mit sich bringt. Der Kommunismus war ein Weg der Erkenntnis, ein Weg, auf den sich der Denkende begibt. Aber Erkenntnis stellt sich in Kriegssituationen, so sah das jedenfalls Onkel Willi, nicht in reflektierter Anschauung ein, sondern gar nicht. Die nervliche Anspannung durch Beruf und Umwelt, unregelmäßige Mahlzeiten, Rauchen und Alkohol sowie Bewegungsmangel belasten den Magen. Der Magen protestiert: Magendruck, Sodbrennen, Völlegefühl, saures Aufstoßen und andere Beschwerden machen uns unwohl und führen zur Leistungsminderung. Die pharmazeutische Industrie hält viele Mittel bereit, die helfen. In bemühter Stille und gebotener Unauffälligkeit kotztest du unter dir den Bus voll. In der S-Bahn fühltest du dich schon unbeschwerter.

Da suchte Uschi einen Redaktionsassistenten. Du dachtest: So trifft man sich wieder, im Wortsinn. Denn eure Beziehung, Beziehung? Was war es denn nun? Da war was, aber es war nicht synchron. Eure Beziehung bestand zu sehr aus Erinnerungen und Wünschen. Zuviel Vergangenheit und Zukunft. Es fehlte die Prise Gegenwart.

»Sag bloß, du hast *Per Knopfdruck* gelesen?« fragt Ernst.

»Sicher, es ist zwar etwas stark auf die Beispiele dieses seltsamen Rentnerehepaars ausgerichtet, aber wenn man bedenkt, daß das schon in den Siebzigern so schlimm war, als es noch gar kein Privatfernsehen gab.«

»Verrückt, gell? Heute ist das Buch immer noch aktuell, aber mein Verlag will nichts davon wissen. Ich habe mal eine Wiederauflage angeregt, aber die halten das zurück. Zu brisant.«

»Na, es hat ja auch Schwächen.«

»Schwächen? Welche?«

»Wie gesagt, es geht allzuoft um das Ehepaar, von dem wird zu ausführlich berichtet, ja, fast schon erzählt. Als ginge es um deine Eltern.«

»Das ist ein Sachbuch.«

»Eben.«

Richard der Dritte wird anmaßend. »Des Bürschel«, würde mein Vater sagen. Jetzt zitiere ich schon meinen Vater.

»Ich denke, ich werde mich hier noch etwas erholen, so ein paar Minuten. Wann holen Sie mich ab?«

»Ich wollte dich, ich wollte Sie nicht beleidigen, entschuldigen Sie. Nur Sie sind hier ehrlich gesagt der erste Lichtblick der neuen Staffel.«

»Bin ich das?«

»Ja, deshalb stehe ich hier noch vor Ihnen.«

»Ein Lichtblick? Ich?«

»Erfreulich anders zumindest.«

»Marcel, wieviel Zeit haben wir noch?«

»Zwanzig Minuten, Ernst. In zwanzig Minuten Maske und dann Studio. So läuft das.«

Ihr saßt im Eppstein-Eck an der Theke, die von einer Leuchte in einem Holzkasten befunzelt wurde. Die ROCK-OLA-Box spielte nicht, obwohl euch gerade nostalgisch zumute war. Zehn Jahre waren ein Stichwort, das euch an zehn Jahre Frankfurt erinnerte, eure zehn Jahre Frankfurt, deine, seine.

Ihr Funkheinis denkt immer in Jubiläen. Zehn Jahre, was heißt das schon?

Wie denken denn die Ulfs? fragtest du, erwartetest den unvermeidlichen Witz, besser an der Theke als im Manuskript.

Ernst, im Ernst, im Ernst, Ernst, bemerkte Ulf lustlos lustig. Gab es eine einzige Situation, wo du persönlich gegen das System richtig aufbegehrt hast?

Viele, habe ich doch erzählt. Anfang Dezember siebenundsechzig zum Beispiel, bei der Demo an der Alten Oper.

Wo dich der Faschist mit dem roten Prinz angefahren hat?

Ja, das ging damals groß durch die Presse.

Ach ja? Hatte dein Onkel Willi nicht auch mal einen roten Prinz?

Oder Ostern achtundsechzig.

Da bist du mit deinem Onkel zufällig reingeraten.

Ich bin da absichtlich hin, nach dem Attentat.

Schon, aber der Bulle war halt zufällig ein brutales Schwein. Ich meine, wo hast du der Repression mal als erster in die Fresse getreten, weil du dachtest: So, jetzt! – Wo?

Total oft.

Wo?

Die Repression ist ja eine Sache, die hinter der Alltagswelt steckt. Soll ich jetzt dem Bäcker die Brötchen klauen, weil Lebensmittel kostenlos sein sollten?

Du bis ja 'n ganz fiffigen Demagogen bisse. Ich habe dich nach deiner Haltung gefragt, deiner persönlichen Haltung, und du kommst mir hier einfach mit 'ner Gegenfrage.

Ja, genau, Ulf. Ich kann diese Fragen nämlich alle nicht mehr hören. Und stellen kann die jeder. Weißt du, ich habe all diese Kackärsche satt, die sich in Grüppchen organisieren, irgendwelche bürokratischen Regeln aufstellen, sich zu Kadern erklären und dann die anderen abkanzeln. Dieses ganze maoistische Pack. Alles autoritäre Strukturen, und ich bin gegen autoritäre Strukturen.

Und ich erst. Konsens auf ganzer Linie, Ernst.

Ich finde die ganzen Wortführer schon unerträglich. Wie der Name sagt, alles krankhafte Charismatiker, die mir sagen wollen, wo's langgeht. Vielleicht will ich das ja gar nicht wissen.

Und in den Kellern ihrer Kommunen haben sie schon Arbeitslager eingerichtet.

Uschi ist übrigens beim KBW.

Is nich wahr?

Doch. Aber sie scheint nicht der Oberstrelnikow zu sein.

Da stand Uschi vor euch, genau zwischen den Reflektorenscheiben an der Wand und sah aus wie eine Darstellung. Darstellung von was? Oder Erscheinung? Nein, doch eher eine Darstellung, dachtest du bei deinem Bier, dem fünften, dem fünften?

Das wievielte, Ulf?

Dein sechstes, mein siebtes.

Uschi, da ist Uschi, Ernst, sagte Ulf.

Ich weiß, sagtest du und rutschtest mit dem Hintern vom Hocker. Küßchen. Schön, daß du da bist.

Warum warst du nicht in der Besprechung mit dem Programmdirektor?

Oh, wir besprechen hier das Kleistprojekt.

Ja, das K-Projekt, lachte Ulf in sich hinein und sagte sachlich zu Uschi: Freunde des Lebens, laßt uns träumen von normannischen Apfelbäumen! Drei Calvados?

Ja, so läuft das, denke ich.

»So läuft das«, sage ich, »die Zeit läuft ab.«

»Ja, Maske ist eben um zwölf Uhr dreißig. Aber wenn wir da ein paar Minuten später sind, ist es auch nicht schlimm, so lange braucht die Doris nicht. Nur der Herr Schnittke dauert länger.«

Ich stelle mir bei dem Wort Maske einen maskierten Täter vor.

»Na, soviel kann man bei mir auch nicht mehr machen, und es lohnt auch nicht. Aber bei dir, Marcel, da könnte man noch was machen.«

»Ich muß nicht in die Maske, ich stehe ja nur neben der Kamera.«

»Stimmt, du bleibst unsichtbar.«

»Genau, aber warum sollte bei mir die Maske was machen?«

»Nur so. Na ja, die Natur hat dich jetzt nicht wie Alain Delon ausgestattet ... «

»Was soll das heißen, Herr Tischler?«

Ich rede mich um Kopf und Kragen, muß die Kurve kriegen: »Aber du machst das durch deinen Charme und deine Intelligenz wieder wett.«

Ich bin intelligent, und ich bin eloquent, und ich sehe supergeil aus, und der alte Schnittke ist scharf auf mich, und ich habe die Ausstrahlung des Mediums, um die mich alle beneiden, und ich bin der Sohn von Pippa Lissitzky, der Moderatorin von *Viaggio per l'Italia,* und mein Vater ist Chefredakteur, und der alte Schnittke sagt, ich sei hinreißend schön. Hinreißend schön, der Küchenbub.

Marcel preßt die Lippen aufeinander, und sein Kinn beginnt zu zittern. Der wird mir hier doch nicht gleich losheulen. Da habe ich was angerichtet. Könnte mir alles egal sein, aber es ist wie mit den Socken und dem Schlurfen. Man muß sich mit dem vergleichen, wie man gesehen werden will, wie man bezichtigt wird zu sein. Wer nicht konformiert, wird vom Betrieb ausgeschaltet, wird leicht der Unzulänglichkeit überführt.

Vater hat sich von Pippa scheiden lassen und fickt die Programmdirektorin. Wenn ich in einen Riesling von Kappeler etwas Strychnin rühren würde, wären auf einen Schlag der Jürgen, der Hansi und der alte Schnittke konkret tot. Mein Praktikum wäre rum, und ich könnte mich meiner akademischen Karriere widmen. Ich würde über etwas Konkretes, Klassisch-Schönes promovieren, über das Weiße Rauschen im Videoclip der Neunziger. Wenn sich Guido Schnittke unbeobachtet fühlt, dann summt und brummt er unentwegt.

Vielleicht verschärfe das Praktikum im Fernsehen das multiple Talent meiner Persönlichkeit, sagt mein Therapeut, vielleicht mal ein Praktikum in einer Steuerkanzlei, seinetwegen mit Mandanten aus der Medienbranche, das konsolidiere meine bipolare Kompetenz.

Ich muß lachen. Der Kleine zittert, und ich sehe, wie er an sich arbeitet, wie er Mantras in sich abspult, um die Fassung zurückzugewinnen. Die magischen Kanäle lassen wie durch Zauberhand sämtliche Sicherungen durchbrennen. Kopf und Seele des kleinen Marcel kochen. Er schwitzt überhitzt. Und schweigt.

Das Wunder gelang, ihr brachtet Uschi dazu aufzuholen, und gegen Mitternacht hatte sie euch und ihr sie, synchron, dachtest du noch, aber ihr gröltet nach, was aus dem Lautsprecher plärrte, und Uschi grölte am lautesten, ja, sie sang trotz Schnulz- und Dümmlichkeitsverdacht, den sogar du nach elf Bieren und vier Calvados noch hattest: Ich verliere still und leise, Taschentücher bündelweise, Und tut er dann immer noch ganz unschuldsvoll, Fahr' ich ohne lang zu zagen, Frontal in seinen Wagen, Und als Unfallgrund geb' ich zu Protokoll: So ein Mann, so ein Mann Zieht mich unwahrscheinlich an, Dieser Wuchs, diese Kraft Weckt in mir die Leidenschaft, So ein Mann, so ein Mann, Macht mich zapplig und nervös, Und schon ist es passiert, Bitte sei'n Sie mir nicht bös'.

Im Grüneburgweg hatten insgesamt neunundzwanzig Biere, die alle Uschi zahlte, und zehn Calvados, die du zahltest, das K-Projekt, alle K-Projekte, in den Hintergrund treten lassen. Und Ulf war so ein Mann. Und du warst so ein Mann. Und als Uschi Ulfs Eichel sah, mußte sie beknüllt kichern, zeigte sogar staunend mit dem Finger darauf, anstatt ihm einen zu blasen. Du sahst es mit Genugtuung, denn dein kleinbürgerliches Besitzdenken konnte Entwarnung geben: Uschi und Ulf, so gut ihre Namen zusammenpaßten, hatten in den vielen Jahren, die sie sich kannten, offensichtlich nichts miteinander. Und ihre Namen klangen auch eher nach einem Liedermacherpaar als nach einem liederlichen Paar, tischlertest du noch still, während Ulfs Schwanz erschlaffte. Ulf bekam ihn trotz guten Zuredens nicht mehr hoch, so ist das bei gutem Zureden. Schuld war wohl, wie er dir kurz vor seinem Tod verriet, der Anblick eures Umschlungenseins, das auf ihn plötzlich so organisch und selbstverständlich wirkte, daß kein weiteres Umschlungensein möglich war.

Uschis Busen war greifbar, straff, mädchenhaft, noch immer, als du ihn umfaßtest, als du ihn küßtest, ihre Brustwarzen wie Schokoladengebäck daraufgesetzt. Uschi nahm, wie sie keck sagte, ihren Spielkameraden Ernesto bei der Hand und erkannte ihn mit den Lippen wieder, immer wieder, in sicherer Entfernung zu ihrer schmerzhaften Tabuzone. Ach Uschi.

Willst du mich heiraten?

Was?

**Kapstadt, 6. September**

*Professor Barnard hat in Kapstadt einem Mann ein zweites Herz eingepflanzt. Es soll das kranke Herz entlasten.*

Er hatte schon Trauerkleidung an - schwarzer Anzug, schwarze Krawatte: Auf der Fahrt zum Staatsakt für den ermordeten Arbeitgeberpräsidenten Schleyer ist der Gewerkschaftsvorsitzende Heinz-Oskar Vetter gestern früh um Haaresbreite dem Tod entgangen. Auf der Autobahn hinter Augsburg hat sich sein metallicgrauer Mercedes vierhundertfünfzig SEL zweimal überschlagen und blieb dann auf dem Dach liegen. Der Gewerkschaftschef konnte sich aus dem völlig demolierten Fahrzeugwrack selbst befreien und wurde dann mit blutender Platzwunde am Kopf und schmerzhaften Rippenprellungen ins Krankenhaus gefahren.

Nachmittags saßt du mit Mama in der Küche beim letzten Quetschekuchen des Jahres, dem allerletzten, wahrscheinlich dem letzten, der in Deutschland in diesem Jahr gebacken worden war. Ende Oktober. Es war morgens kurz nach acht Uhr passiert. Plötzlich ein Wolkenbruch, der schwere Mercedes wollte überholen, kam in einer Pfütze ins Schleudern, schrammte an der linken Leitplanke entlang, raste dann quer über die Fahrbahn auf einen Parkplatz. Dabei überschlug sich der Wagen.

Sowas, gell? Da denkt ma an nix Böses, und dann so e Pfütz.

Aber sie waren alle angeschnallt, sagtest du.

Die Zwetschgen hatte Mama extra im Kühlschrank aufbewahrt, weil du seit Sommer nicht mehr da warst, nicht einmal an deinem dreißigsten, vor einem Monat. Den hattest du im Studio verbracht, und Uschi und Ulf hatten dir je ein Stück Zwetschgenkuchen mitgebracht, Ulf sogar noch eine Tortenkerze, Totenkerze reingedrückt. Weil du soviel beim Funk um die Ohren hattest. Beim Schnitt von Ulfs Hörcollage hattest du dich verausgabt und mit dem Autor überworfen, Titel: *Der Engel des Gerichts fährt also vom Himmel herab.* Dann wurde am Dienstag letzter Woche das Ganze wegen der Ereignisse in Stammheim aus dem Programm genommen. Und dabei hätte das doch gerade gepaßt, an dem Tag.

Wie Arsch auf Eimer, schrie Ulf ins Telefon, nur weil die drei Irren sich ausknipsen, diese Raf-Faschisten.

Was?

Haben doch nur Scheiße gebaut, diese Arschlöcher, sagte Ulf schon sachlicher.

Und wenn es Mord war? fragtest du.

Ulf war wütend, nicht zornig. Erwischt. Eruptiv im Affekt gefangen. Aber dir erschien sein Ärger wie eine angebrachte Ernüchterung, denn auch du warst enttäuscht von der plötzlichen Programmänderung, die du der Nachrichtenredaktion zu verdanken hattest. Für solidarischen Ärger warst du empfänglich. Er überkam dich plötzlich und wie ein kurzer

Schüttelfrost, ließ dich für einige Zeit aus deinem Fenster im Funk schauen. Den schreienden Ulf hängtest du auf die Gabel und standst vom Schreibtisch auf, nahmst deinen Kaffeebecher, Steingut mit eingeprägter kahler Baumgruppe, und schautest nach draußen. Wände, Baumstamm, Astwerk, Rasen, Parkplatz, der blaue R vier, Himmel, gelbes Blattwerk, Himmel, Nadelwerk. War das der Anblick für ein Resümee? Logik? Bilanz? Zweifel gab es immer. Aber oberhalb der Tannenspitze und jenseits aller politischen Argumente und des seelenlosen Funktionärsgeschwätzes von der fdGO verursachten die Anarchisten und ihr Umfeld dir ein graugewölktes Unwohlsein. Mangelnde Klarheit? Zu viel Klarheit? Wenn Bela nur ein Kleinarschloch war, dann war Baader ein Riesenloch im Herbstwald, und diese piepsige Ensslin. Den beiden Ungenannten wolltest du auch nicht im Mentz-Krenz begegnen. Arschlöcher. Aber ist das Arschloch eine hinreichende Kategorie, um dem gewaltsamen Kampf ein Gesicht zu geben? Ein Arschgesicht? Ein Arsch mit Ohren? Was hätte dein Professor gesagt? Zu dieser erbarmungslosen Praxis des Menschen in der Revolte? Oder liegt das mögliche Böse einfach näher als das unmögliche Gute? Camus, Todesopfer im Straßenverkehr. Sartre jedenfalls hatte nach seinem Besuch in Stammheim vor drei Jahren seine Einschätzung geäußert: Was ist er doch für ein Arschloch, dieser Baader! War die Frage der Aktion kategorial oder dimensional? Hatte das erste linke Attentat vor zehn Jahren eine verabscheuenswerte Dimension? Geplant von Kommunarden in der Wohnung von Uwe Johnson, gerichtet gegen Vizepräsident Humphrey, aber nur mit Pudding und Mehl angedacht, niemals ausgeführt. Johnson wurde im fernen New York aufgeschreckt, als er von den gefährlichen Chemikalien hörte. Eintägige Untersuchungshaft für die Kommunarden. Keine Arschlöcher, oder? Fazit: Das Arschloch ist eine ethische Größe.

Ulf hatte mit der bewaffneten Sache nichts zu tun. Auf einem Kinderspielplatz hatte er nur mal Krähenfüße in einer Tüte gefunden, er spinkst hinein und sagt: Meine Fresse!

Goldfische?

Ja, drei Stück, 's Glas steht uff'm Fernsehgerät. Zwää rote unn'n gelwer: Köhler, Hensel unn Witte.

Du schautest deine Mama offenbar fassungslos an, denn sie zuckte mit den Schultern und sagte: Er nennt sie seine stummen Freunde und mich immer noch Schnuppelsche. Sonscht sagt er net viel. Jawoll, Herr Hauptmann, der Gelbe ist der Witte, ist gelb wie 'ne Quitte. Geh mal zu ihm rein und sag Guten Tag.

Ach Mama, sagtest du und wolltest lieber noch ein Stück Kuchen, als das Rumpelstilzchen mit seinen Goldfischen anschauen. Die Schmerzen, die deine Mama plagten, an diesem Ort, mit diesem Mann, sie müssen immens gewesen sein, waren aber schwer zu erkennen in ihrem maskenhaft verzerrten Gesicht, um das sie eine ondulierte Perücke wie Anneliese Rothenberger trug. Alles in allem hatte sie den Anflug einer schönen alten Dame, obwohl erst achtundfünfzig. Da bin ich heute älter. Die Würde, die sie ausstrahlte, stärkte selbst dich, der sich in der unübersichtlichen Freiheit seines Lebens noch nicht freigeschwommen hatte. Immer noch nicht. Immer noch nicht? (Dein Leben nimmt keine Konturen an, Ernesto. – Findest du? – Wo bleibt die lebensgeschichtliche Logik? Statt dessen Geschlurfe.)

Und deine entstellte Mama war nah und fern. Nah machte sie dich wütend auf den Mann vor dem Fernseher. Fern machte sie dir angst, denn sie schien dir abhanden zu kommen. Das Leben in der Richthofenstraße hatte nichts mehr mit dem im Grüneburgweg zu tun. Und der Mann mit den Goldfischen war zum Besten aller in den Vorruhestand versetzt worden, bevor sich die Anzeichen auch beruflich verdichteten. Die sprachlichen Lockerungen hatten bei Betriebsprüfungen zu Irritationen geführt, sowohl bei Kollegen als auch bei den Geprüften: Wir werden 'n Stückchen Käsekuchen essen und alles vergessen. Ein Kollege hatte sich die Frage gestellt, ob das Anzeichen von Bestechlichkeit seien.

Wenn man im Strom des Lebens ins Schwimmen gerät, dann, so jedenfalls dein getischlerter Seufzer an diesem lichtfernen Herbsttag, sollte man den Freischwimmer haben und nicht nur das Seepferdchen. Und was fragt einen da das geliebte Weib? Willst du Redakteur werden?

Unn de Egon?

Der is immer noch mi'm Volker zamme, dem Architekt.

Jo, schää. De Volker is hochanstännisch, unn so'n Hübscher, sagte deine Mama, unn die Uschi?

Die macht Karriere beim HR. Stellvertretende Programmdirektorin.

*Sprecher 1: Man legte die Leiche unter der allgemeinen Klage des Volks in einen Sarg; und während die Träger sie aufhoben, um sie anständig auf den Kirchhof der Vorstadt zu begraben, rief der Kurfürst die Söhne des Abgeschiedenen herbei und schlug sie, mit der Erklärung an den Erzkanzler, daß sie in seiner Pagenschule erzogen werden sollten, zu Rittern.*
*Sprecher 2: Mit unglaublicher Zähigkeit jagte er Verbrecher – dabei war er privat ein jovialer und heiterer Mensch.*
*Sprecher 3: Mutti, denkst du denn auch, daß ich erschossen werde?*

Er muß etwas sagen. Zur Befreiung. Marcel muß mich ansprechen, sonst implodiert er wie eins von den alten Fernsehgeräten, die ollen Dinger vom Vater. Mit Zimmerbrand und züngelnden Flammen in der Gardine. Versuch einer Reinigung. Versuchung. Gewalt gegen Sachen, aber der Zweck heiligt die Mittel.

Kann jetzt nicht losheulen. Aber ich kann diesem Scheißhippie mit seinem Pony und seinem Fleck auf der Hose nicht trauen. Kann ich nicht. Trau keinem über dreißig.

»Auf einmal seh' ich Rat und schreibe getrost: Im Anfang war die Tat. – Es klopft? Herein! Wer will mich plagen?«

»Ich bin's.«

»Herein!«

»Du mußt es dreimal sagen.«

»Herein denn.«

Wir lächeln. Wir geben uns die Hand und klopfen uns auf die Schulter. Geste des Menschen in der Revolte.

> *Diese Verschärfung durch überdimensionierte Zusatzangebote, die sich bisherigen Qualitätskontrollen entziehen, führt zu anhaltenden Totalidentifikationen und in schweren Fällen zur Einstellung jeglicher Kommunikation. Im Fall eines 72Jährigen oder besser gesagt im Fall der 67jährigen Ehefrau, denn sie muß hier eindeutig als Leidtragende betrachtet werden, mündete der haltlose Konsum in die Situation eines Pflegefalls. Der Rentner verließ auch zu den Mahlzeiten nicht mehr den Fernsehsessel, mußte gefüttert werden, zwang seine Frau allerdings unter Androhung körperlicher Gewalt dazu, dabei weder ein Wort zu sagen noch in irgendeiner Weise, sei es durch Haltung des Tellers oder Handhabung des Bestecks*

*beim Füttern, die Sicht auf den Schirm zu versperren.*

*Die Büchse der Pandora.*
*Am Enterhaken privater Sender,* 1986, S. 48

»Ja, *Die Büchse der Pandora.*« Habe ich natürlich gelesen. Da war es, das Private.

Hat er daran was auszusetzen?

»Die Beschreibung ist zu intim, aber auch monströs, übertrieben. Das sind deine Eltern, oder?«

»Nein, das ist eine repräsentative Sozialstudie.«

»Ich dachte schon. Wir müssen in fünf Minuten in die Maske.«

»Mein Vater war ein Arschloch. Deiner auch?«

»Meiner lebt noch.«

»Ich nicht mehr lange.«

»So was habe ich mir schon gedacht, du siehst nicht gerade blühend aus.«

»Danke!«

»Krebs?«

»Im Endstadium.«

»Hast du Schmerzen?«

»Habe Tabletten.«

*Da die geistige Lockerung mittlerweile kellertief auf das Niveau der schimmelbehafteten Unappetitlichkeit abgesackt ist, fällt es immer schwerer, die erbarmungswürdigen Opfer zu beklagen. Sind sie nicht längst zu Tätern geworden? Wer sich sein Hirn über Jahrzehnte so mutwillig abbauen läßt, sollte am Ende wenigstens die Größe haben, seine Demission als Mensch zu geben, anstatt zum*

*Beispiel seine Ehefrau zu verprügeln. Und das nur, weil sie für wenige Sekunden beim Darreichen des Mittagsmahls die Sichtachse zum Fernseher gekreuzt hat. Ein Tritt in den Hintern, und die Frau verliert das Gleichgewicht, Schweinebraten und Knödel fliegen mit dem Teller durchs Zimmer, die Frau fällt über den Couchtisch, verletzt sich an der Hüfte, die Soße ist über den Teppichboden gespritzt, Knödel rollen unters Sofa, die beiden Fleischlappen liegen auf dem Läufer mit Täbrismuster. Doch damit nicht genug. Ein schräg aufgetroffener Soßenspritzer auf dem Schirm, und der ansonsten stumme Mann wird zur Bestie. Er zieht der Frau die Perücke vom Kopf, packt sie bei den Büscheln Echthaar und zerrt ihr Gesicht dicht vor den Bildschirm, um sie auf den Soßenspritzer hinzuweisen. Daß er sie dabei mehrmals ruckartig gegen den Bildschirm drückt, bis sie aus der Nase blutet, scheint er zunächst nicht zu bemerken, aber als die erste rote Schliere am Schirm herunterläuft, dreht der Mann vollends durch und tritt der um Gnade winselnden 68jährigen Ehefrau in die Rippen. Nur das gefährlich wackelnde Glas mit Goldfischen auf dem Fernsehgerät bringt den Mann von weiteren Mißhandlungen ab.*

*Der Mist aus der Kiste,*
*Maschinentyposkript, unveröffentlicht,* ca. 1987

Dein Lektor, Doktor Schlinck, sagte, indem er mit Daumen und Zeigefinger seinen spärlichen Schnurrbart streichelte, die Ränder seiner Lippen suchte, Halt und Mut an Konturen fand und aus seiner großen Brille blickte: Also, das können wir nicht bringen. Das ist eine sehr emotionale Abrechnung.

Und am Ende der Aufruf, Fernsehgeräte zu zerstören! Da ist nichts mehr fundiert.

Was heißt fundiert, Ulf? Natürlich ist das ein Pamphlet, aber aus gutem Grund.

Es müßte vielleicht komischer sein.

Komisch?

Ja, vielleicht mehr ins Kabarettistische.

Also, komisch ist das natürlich nicht. Will es auch nicht sein. Und wird es auch nicht.

Ja, dann.

Also nicht?

Ulf schüttelte den Kopf, drückte seine Nasenflügel zusammen und atmete dabei saugend durch die Nase ein, suchte hörbar nach einer Lösung: Aber diese Sache, von der du damals erzählt hast, das Essen und die historischen Personen. Das wäre was Neues, und wir suchen so einen Blickwinkel auf historische Themen. Der Verleger ist zu feige, ein Kochbuch zu machen, aber er ist ein erfahrener und gewaltiger Esser und sagt immer, auch Koch- und Haushaltsbücher aus der Reformationszeit zeugten vom Geist ihrer Epoche. Wenn du mir da was anbieten willst, dann könnte ich mir vorstellen, daß wir direkt Ja sagen.

So ein Humbug.

Ernst, das war mal deine Idee.

Ja, aber keine Haushaltsbücher. Mehr im Sinne großer Geister und großer Mägen oder von Geist und Erotik des Essens. Also Wertschätzung guter Speisen. Im Sinne von neuem Bewußtsein.

Wir beginnen, fabulierte Ulf im Bann einer ersten Vision, mit *Alles in Butter bei Luther* und enden mit *Frankfurter Schule und Frankfurter Kranz.*

Ohne mich.

Ja, nee, nicht wörtlich, ich mein ja bloß, die Richtung darf schon unterhaltsam sein.

»Ernst, wir müssen langsam los. Ich will nicht drängen, aber weißt du, Maske und so weiter.«

**Gleisbach-Rohrhofen, 18. März 1987**

*Schwankend lief ich durch den Laderaum, während meine Mama die Bugklappen eigenhändig schloß, weil der Matrose eingeschlafen war. Der Raum war voll mit Vaters Fernsehern. Sie standen in zwei Reihen, zwischen denen meine Mutter mich wie eine Fremdenführerin geleitete. Der dritte war der erste, an den ich mich erinnern konnte, der Nordmende-Präsident, aber die Fernbedienung fehlte. Daher lief immer wieder dasselbe Bild. Es zeigte meinen Vater in Uniform, wochenschaugrau, tonlos schnarrend in obertöniger Kommißsprache, die alles übertönte und nicht zu hören war, die den ungehorsamen Volksgenossen, den Abweichler, Zersetzer und Aufwiegler meldete, melden mußte, ging doch gar nicht anders. Tut ihm leid. Hätte der mal bloß nicht. Die ganze Truppe in Gefahr, wenn ein einzelner den Glauben verliert, den Glauben zersetzt. Und wem hilft's? »'M Iwan hilft's.« Da sagte der Lockenkopf, den ich nicht kannte, der aber Onkel Willi war, obwohl er es nicht sein konnte, die Wehrmachtsbrille uniform um die Ohren geschnallt wie beim Vater, zum blonden Kompanieführer im Eiswind zwischen brennenden Dörfern, daß sie ganz falsch hier seien. »Stellen Sie sich vor, Herr Hauptmann.« Davon müßte er ihn in Kenntnis setzen. Mußte*

*er doch. Konnte nicht anders. Na klar. War doch klar? »Wer?« fragte der Hauptmann.*
*»Liparsky vom Ausbildungsbataillon dreiundsiebzig.« Auch die anderen Fernseher zeigten meinen Vater. Er hatte unterschiedliche Gesichter, aber er trug immer die schwarze Hornbrille. Jeden Tag ein neuer Fernseher. Also dreihundertfünfundsechzig mal neunundzwanzig Fernseher standen im Laderaum. Es waren also. Viele. Wieviele? Eben dreihundertfünfundsechzig mal neunundzwanzig. Oder achtundzwanzig? Kopfrechnen im Traum funktioniert nie, dachte ich. Auch Ulf war mein Vater. Die Brille stand ihm. Als Onkel Willi wieder mein Vater war, auch in Uniform in einem russischen Dorf mit eingemummten Bewohnern, schaltete ich um aufs Zweite. Mein Professor wie ein wirbelnder Erdgeistzwerg, Weltgeistgnom im Grundig-Farbfernseher, unter Palmen, die sich langstämmig wiegten, tanzende kleine Kronen im kalifornischen Seewind des stillblau rauschenden Ozeans, Sand, der die kleinen Zehen versinken ließ, hell und weich, weißschäumende Gischt, grüngelbe Palmkronen im Technicolor-Leuchtton. Der Kleine als Badehosen-Napoleon mit Studentinnen flirtend, ließ sich von seinem Kollegen, der mit hellem Sommeranzug im Strandkorb saß, eine Sandform geben. Beide trugen Vaters Brille. Vor dem benachbarten Strandkorb saß im Leinenklappstuhl, auf dem sein Name stand, ein schwarzhaariger Berliner, der mit verbissenen Lippen die Zigarre bespeichelte, auf dem Kopf den mützenlosen Schirm, Brülltüte vor dem Mund. Wenn ich nicht hinsah, war es Gerd, wenn ich hinsah, mein Vater und brüllte: »Nicht einschlafen, Mutti!«*

*Am Ende des Laderaums öffneten sich, weil Mama eingeschlafen war, die Bugklappen, die Fähre bekam Schlagseite, und ich konnte nur ertrinken. Keine Chance. Das Wasser drang mir in Nase und Mund. Recht so, dachte ich, der Traum war viel zu lang. Lachend nach Luft schnappend aufgewacht.*

Sie stand vor dir, und du standst vor einem Hauswurz, der sich in deinen Augen prächtig entwickelt hatte, wie ein Stern war die Rosette gewachsen, mit saftigen roten Ecken, zwischen den Fugen der kleinen Trockenmauer am Tümpel hatte sie genau das getan, was du nicht von ihr erwartet, was du dir von ihr gewünscht hattest. Sie war gewachsen und hatte die Fuge ausgefüllt, sie war dabei, ein Polster zu begründen. Die roten Sandsteine hattest du im Feld und im Wald gefunden und im Auto in dein Kleinreich mitgenommen, in dem alle Pflanzen und Tiere das durften, was sie am besten konnten: gedeihen. Sie stand, wo sie noch nie gestanden hatte, in der Hauptstraße siebenundzwanzig von Gleisbach-Rohrhofen, vor dir, als du gerade mit einem Weidenzweig Algenbärte aus dem Teich gefischt hattest und nun abzuschütteln versuchtest, auf den Weg, ihr vor die Füße, wie du jetzt merktest.

Auf der Trockenmauer konnte man sitzen, wenn man es vorsichtig tat und keinen der Bewohner allzu sehr irritierte oder etwa eine Pflanze quetschte. Deine Freunde gaben acht, und du warst ohnehin ein ausdauernder Meister des behutsamen Sitzens auf artenreichen Mauern. Du warst der Neffe deines Onkels und konntest das Risiko eingehen, eine Städterin sitzenzulassen. Neben dir. Bei dir. Das kleine Haus, ein krutzisches Häuschen, ein Hexenhäuschen, ein windschiefes Lebkuchenhäuschen, hattest du zunächst von den Eternitplatten befreit, und es schien aufzuatmen, es war Musik im Gebälk, das sich nun reckte und streckte. Du hattest es einigermaßen bewohnbar gemacht, in traditioneller Bauweise, das meiste so gelassen, wie es war, Tapeten durch Kalkputz ersetzt und ein neues erdfarbenes Badezimmer eingebaut, eine chthonische Brunnengrotte, in der es nicht mehr nach dem Atapulver der Bauernwitwe roch, von der du es gekauft hattest. Die hatte selbst noch seifig und scharf gerochen, als sie zu ihrem Sohn zog. Birnenrinde und Salbeiextrakt paßten besser zum neuen Bad als die scharfe Reinlichkeit der Landfrau. Es hatte noch nicht allen modernen Komfort, aber einer Lehmhütte des Bauernkriegs war es haushoch überlegen.

Deine Nachbarn hatten dich schnell den Öggo aus Frankfurt genannt, das sagte dir jedenfalls unter vorgehaltener Hand Frau Heyd in ihrem Lebensmittelladen, als sie dir den Schnittkäse abwog, sie wog auch deinen Wert, mene mene tekel u-parsin, wie dir schien, und die Zeit, die ihr blieb, bis sie den Laden aufgeben würde. Das sagte sie dir jedes Mal. Der Schnittkäse hieß Schnittkäse und hatte keinerlei Geschmack, undefinierbar salzig, eine Zumutung für jeden, der Onkel Willis Beute von den Frankreichfeldzügen erlebt hatte. Aber es ging bei Frau Heyd auch nicht um die Lebensmittel, sondern um das Gespräch als Ermutigung und Lebenserhalt.

Ulf nannte dich den Vitruv der Trockenmauer. Du suchtest vor allem Vielfalt. Die Spekulanten hatten zwar deinen Frankfurter Stadtteil nicht gänzlich zerstört und mit Wolkenkratzern bestückt, aber über der überschaubaren Stadt hatte eine zweite Stadt zu wachsen begonnen. Über dem Domturm und allen ähnlich gelagerten Zinnen und Spitzen aus Vormoderne und Nachkrieg war zwischen herbstlichen Wolkenbänken eine Fassadenfront, Geschoß um Geschoß aus Beton und Glas, in den Wolken zu sehen, und das war erst ein Anfang. Was da den Blick aufs Sternbild verstellte, im Graublau als wabenartiges Gehäus des Freefloating, wie Wolfram das nannte, erinnerte dich zunächst an den Busen der schönen Barbara und an ihre Schlußbemerkung zu Bruegels Turmbau, dann nur noch an die biblische Geschichte, die dich umgab und als Geflecht von Pfeilen jede Wolke anzustechen drohte. Es wurde hoch und eng in der Stadt. Es hatte am Gemütsgebälk genagt. Bewegung schien nur zähfließend möglich. Vertikal in Geschoßschritten. Dazwischen langsames Ersticken, so langsam, daß man es gar nicht merkte. Und es gab ein gefährliches Wort in deinem Leben, das die ganze Sache auch noch verniedlichte: der Trott. Doch der Trott ist etwas für Trottel, betontest du ungewohnt scharf, so daß auch deine Freunde darin mehr erkannten als eine Tischlerei.

Ist ja gut, sagte Ulf immer, erfinde dich täglich neu, aber du mußt auch am Kacken bleiben.

Hinzu kam die nicht für möglich gehaltene Zählebigkeit eines fettleibigen Kanzlers. Wohl setzte sie Zorn und Willen zum Widerstand frei, aber zum ersten Mal dachtest du an innere Emigration. Politik als körperliche Zumutung. Flucht vor epidemischer Flatulenz. Innere Emigration war ein Onkelwilliweg, den dieser immer wieder genannt hatte, den sogar deine Mama genannt hatte, es war nicht der Keller mit Eingemachtem, es war Candides Satz: Mais il faut cultiver notre jardin. Der Weg zurück zur Vielfalt der Arten. Stärke erlangen, um dann wieder loszuschlagen. Wann hattest du je losgeschlagen?

Vielfalt war nur noch in einem biologisch sensiblen Garten zu finden, der sich als Lebensort erweisen mußte, wofür du nun das Wort Biotop gebrauchtest. Diese Vielfalt mußte ein Gartenteich ebenso beherbergen wie eine Trockenmauer. Und mit Amphibien, Insekten, Vögeln, Würmern, Mäusen und Maulwürfen warst du in einer Gesellschaft, die eigenwillig war wie du. Gleichgesinnt war nicht das richtige Wort, aber es drückte das Gefühl aus, die Illusion eines richtigen

Gefühls, das diesen Ort als Paradiesgärtlein erscheinen ließ. Dieses Paradiesgärtlein hatte vor ungefähr fünf Minuten Uschi betreten.

»Gib mir fünf Minuten, ich muß nochmal abschalten.«

»Abschalten?«

»Fünf Minuten, Marcel!«

»Okay.«

Sie saß neben dir auf der Trockenmauer. Du hattest einen löchrigen Wollpullover (doch Motten im Schrank?) übergezogen und eine blaue Arbeitshose an, dazu ausgeleierte matschbespritzte Stiefel. Sie ein dunkelviolettes Jackett, an den Schultern gepolstert und dadurch wie zu einer Uniform gefestigt, die Ärmel hochgerollt, auf der Innenseite gelblicher Seidenglanz. Ihre Jeans betonten weder ihre Figur, noch hatten sie den flamboyanten Schlag von einst. Das Haar schulterlang und von kleinen Löckchen durchdrungen, darunter eine vielfach gewundene weiße Strähne. Erst dachtest du: adrett, dann dachtest du: jedenfalls nicht so schäbig und bäurisch, wie du da in deinen Stiefeln um den Teich zu ihr geschlurft warst. Dein Haar auch schulterlang. Dein Bart lag auf dem Wollpullover. Du wolltest ihn längst stutzen, aber zuerst hattest du die Schlehenhecke zur Straße hin ein wenig gestutzt, nicht zuviel, nur so, daß sich die Passanten nicht stachen oder die Kleider zerrissen. Du dachtest an: ordnungshalber gestutzte Hecke im Sinne friedfertiger Nachbarschaft. Mit dem Bauern vis-à-vis hattest du eine Initiative für eine Dorfumgehungsstraße begründet. Jemand hatte Umleitungsschilder organisiert, und eines Nachts standen sie am Ortseingang und leiteten bis zum nächsten Abend insbesondere den Schwerverkehr auf landwirtschaftliche Nutzungswege um, was zwar wütende LKW-Fahrer schuf, aber manchem Einwohner ein spitzbübisches Lächeln ins Gesicht trieb, subversiv-rustikal, begleitet von einem süffisanten langsamen Nicken. Erfrischend anders als Frankfurts subversive Zellen.

Neben den Dornen trug die Hecke, die deinen gesamten Garten auch gegen den Hügel hin abschloß, blaue Beeren, aus denen sich ein hervorragender Brand herstellen ließ. Der Bauer vis-à-vis hatte dazu passendes Gerät. Und wie du neben ihr und sie neben dir saß, dachtest du an den Satz deines Professors, daß das Landleben auf Dauer dumm machte. Vielleicht sah Uschi dir das gerade an. Aber du hattest mit einem Mal das Gefühl, daß dir alles ins Gesicht geschrieben stünde, deine Herkunft vom Land genauso wie deine Zukunft auf dem Land, die selbstgewählte: Allein es gilt unseren Garten zu bebauen. Du sahst nach dem aus, was man sich zu dieser Zeit von dir denken konnte. Du gabst ein allgemeingültiges Bild ab. Du warst stolz. Du kamst dir gesammelt, konzentriert und folgerichtig vor.

Ist das bärtige Verstiegenheit?

Was?

Dein Leben auf der Scholle.

Verstiegenheit? Nein. Es ist eine kleine Gemeinschaft, eine unaufdringliche Nachbarschaft. Zusammenleben ohne Ideologie und trotzdem nicht anonym, anonym kann jeder.

Anpassung?

Nein, ja, schon, aber nicht die Anpassung, die wir hassen.

Aber ohne Ideale.

In gewisser Weise.

Also stumpfsinniges Spießertum, Ernesto?

Nein, ganz und gar nicht.

Klingt aber so.

Ich habe sogar eine Theatergruppe im Dorf gegründet.

Echt?

Ja, und stell dir vor, wir sind schon sechs und proben.

Und was probt ihr?

Kein Bauerntheater.
Handke? Kroetz?
Goetz.
Rainald.
Curt. *Doktor med. Hiob Prätorius.*
Das ist doch Boulevardtheater.
Hier eher Mundart.
Bauernboulevard.

Ich öffne meine Aktentasche und will die orangefarbene Tüte herausziehen. Sie knistert hinter der abgewetzten Lederfront. Marcel sieht mich an wie ein Kind, das bisher herzzerreißend geweint hat und jetzt, wo der Onkel ihm einen Zaubertrick vorführt, damit das Weinen aufhört, ganz still und konzentriert schaut. Nur ein Lid zuckt. Vielleicht ziehe ich die Tüte raus und erkläre ihm meinen Plan. Bist du wahnsinnig, Ernesto? Einen Fremden, den du vor wenigen Minuten erst kennengelernt hast und der psychisch instabil und keineswegs vertrauenswürdig ist, in deinen Plan einzuweihen!

Das hier, das Gelbe, siehst du das?

Ja, klar.

Das ist eine Sumpfdotterblume. Herrlich, was?

Ja. Schön. Gelb. Und mit ihr verbringst du schöne Stunden?

Nein, schöne Stunden verbringe ich mit der blaugrünen Mosaikjungfer.

Ist das die Dorfschönheit?

Wenn man so will.

Wo wohnt sie denn?

Hier überall. Mal auf dem Schachtelhalm, mal auf dem Laichkraut, mal auf dem Wasserfenchel, mal im Schilf. Die blaugrüne Mosaikjungfer ist eine Libelle.

Klingt wie eine Minderjährige, die von ihrem Vater geschlagen wird. Aber das hier in deinem Tümpel sind Wasserlinsen, die kenne ich noch von Onkel Willi. Ein Wunder, ein Wunder! Wie ging der Witz noch?

Wenn ich das wüßte. Es war der heilige Antonius von Padua, und vor ihm standen zwei Jungfrauen.

Gibt's was Neues von Onkel Willi?

Nein, sagtest du. Und es war schwer, das Nein zu erklären. Onkel Willi war von den Grundlagen seines glücklichen Lebens abgeschnitten, seinem Haus und seinem Garten. Seit zwei Monaten lag er und hustete.

Hat er Schmerzen?

Er bekommt Medikamente.

Hat er eine Chance?

Nein. Jetzt sag nicht, er sei selber schuld.

Sag ich doch gar nicht, Ernesto. Armer Onkel Willi.

Für dich ohne Onkel, sagte Willi in einer frischen onkelfreien Diktion in deiner Erinnerung.

Er würde jetzt sagen: Für dich nur Willi, sagte Uschi.

Nein, er würde sagen: Für dich ohne Onkel.

Ja?

Ja, genau so. Er röchelt immer von seinem Garten.

Sein Garten, ich war Ewigkeiten nicht mehr da. Was ist das für ein Steinhaufen da drüben?

Das gibt eine zweite, etwas höhere Trockenmauer zum Hang hin. Wenn du magst, können wir die zusammen bauen.

Ich, eine Trockenmauer bauen?

War nur so eine Idee. Und sonst? Was macht der Funk?

Bestens.

Wann wirst du Intendantin?

Ja, Ernesto, das ist eine gute Frage.

War nicht ernst gemeint.

Man hat mich vorgeschlagen. Könnte sein, daß ich es werde.

Im Ernst? Das ist doch, das wäre doch...

Und du könntest Hörspielleiter werden.

Was?

Ja.

Laß das doch den Ulf machen.

Der Ulf ist ein erfolgreicher Lektor. Was soll der beim Funk?

Was soll ich beim Funk?

Für dich wäre eine feste Stelle nicht schlecht. Bei aller Liebe zur Freiheit, du kannst auf der Strecke bleiben.

Ich weiß, aber ich bin für eine feste Stelle einfach nicht gemacht.

Ich bitte dich, beim Funk, wer da alles mitgefüttert wird. Wenn mich jemand fragt, wieviel Leute eigentlich beim Funk arbeiten, sage ich immer: dreißig Prozent.

Sehr schön, eine Tischlerei, und nicht von mir.

Die Aufregung über ihren Besuch schnürte dir die Kehle zu. Durst war zu stillen. Ihr setztet euch an deinen dicken Eichentisch, den dir der Schreiner aus Rohrhofen zugeschnitten und nur mit Leinöl bestrichen hatte. Du schenktest euch Apfelsaft in zwei Gläser. Uschi fragte: Naturtrüb?

Ja, sagtest du und sahst den ironischen Anflug, mit dem sie die Lippen schürzte, aus der Apfelpresse vom Bauern vis-à-vis, da hinten, siehst du den Hof mit dem Fachwerkgiebel?

Uschi lachte, aber sie lachte weniger das Klischee aus, für das sie ein Gespür hatte, sondern sie zwinkerte dir wie eine alte Vertraute zu. Komplizenhaft, aber ohne Waffe. Ohne Waffe, das war dir nicht geheuer. Was fehlte Uschi?

In einem hellen Holzrahmen hing an der Wand ein Druck von Bruegels *Bauernhochzeit*, wie in Frankfurt in identischem

Rahmen ein Druck seines *Turmbaus zu Babel* hing. Ein wohlanständiges Bier stand auch bereit. Es fehlten nur noch das Grillgut und Onkel Willi, der nun im Krankenhaus lag und, hattest du den Eindruck, an seinem Lungenkrebs Zelle um Zelle verschwand, während es in ihm wucherte, wortlos, geräuschlos, rettungslos. Seine Stimme war kaum mehr zu hören. Immer den Tumor bewahren.

Im Vordergrund hielt ein Mann mit einer weißen Schürze und einer hellblauen Jacke, die dieselbe Farbe wie dein noch immer fahrender R vier hatte, zwei Holzstangen. Das andere Ende der Stangen hielt ein zweiter Mann mit kurzer roter Jacke und Löffel am Hut, darauf eine alte Holztür als großes Tablett für flache Suppenteller. Der Mann in der hellblauen Jacke sah aus wie Wolfram, der noch immer etwas Jungenhaftes im Gesicht hatte, obwohl er mittlerweile Richter am Frankfurter Oberlandesgericht war. Einer der beiden Sackpfeifer schaute verdächtig sehnsuchtsvoll auf die Speisen. Aber er spielte weiter. Eine Wand aus Strohballen war mit einem grünen Tuch geschmückt, davor saß die Braut mit einem kleinen Krönchen im langen Haar, stumm, teilnahmslos, mit geschlossenen Augen und gefalteten Händen, so wie es Brauch war, nicht essend, nicht sprechend. Da fiel ihr eine Strähne ins Gesicht. Willst du mich heiraten?

Was?

Heiraten?

Heiraten, Ernesto, ja, mich.

Ja, will ich. Also, ich will.

Dann erkläre uns doch bitte mal jemand zu Mann und Frau.

Wir feiern hier im Dorf.

Der Brautvater wandte sich nun zur Brautmutter und schien zu sagen: Gerda, Liebes, der Knopf da, kannst du den mal? Der klemmt irgendwie. Jetzt fing die Braut an zu lachen.

Du zogst mit den Musikanten ein und setztest dich zu ihr vor die Strohwand, die du neben der Apfelpresse in der Scheune des Bauern vis-à-vis errichtet hattest. Die Sackpfeifer spielten auf. Ihr hattet sie auf einem Mittelaltermarkt gesehen und engagiert. Dazu und dazwischen sang ein bärtiger Liedermacher in weißem Leinenhemd und Lederwams, der sich Der Lieder-Jan nannte, eine Art Bänkelsänger zwischen Bauernkrieg und Atomschlag. Deine Mama saß neben dir und unterhielt sich mit Uschi und Gerda Jensen, die im Begriff war, deine Schwiegermutter zu werden. Die Stimmung war so ausgelassen, daß sogar deine Mama plötzlich mit Pastor Jensen in einen bäuerlichen Kreistanz hüpfte und klatschte. Sie hatte ihr türkisblaues Kleid an und einen untrüglichen Sinn für Rhythmus. Die Steingutkrüge, die Pierre und Yvette, ein befreundetes Pärchen aus dem Elsaß, in Eigenproduktion nach Originalgefäßen aus Umbrien brannten, kreisten mit Saft und Wein gefüllt durch die Scheune und konnten auch käuflich erworben werden. Ein veritables Spanferkel wurde auf einem Spieß über offenem Feuer gebraten. Paul, der Sohn von Jutta und Wolfram, saß stillvergnügt auf dem Boden und schleckte seine Schüssel Graupensuppe aus. Wolfram wollte ihn auf die Eßgewohnheiten des späten zwanzigsten Jahrhunderts einschwören, aber Jutta meinte: Guck doch, wie's ihm Spaß macht, gell?

Mama, Uschi, Egon und du stießt schon beschwipst, aber voller Würde zwischen Lieder-Jans Protestsongs aus dem Bauernkrieg und den Tantzereyen der Sackpfeifer auf Onkel Willi an. Volker und Wolfram, deine Trauzeugen, und Ulf und Jutta, Uschis Trauzeugen, traten zu euch und erhoben die Gläser. Uschi weinte. Dir brach die Stimme, denn wer hätte diese Hochzeit miterleben wollen und müssen, wenn nicht Onkel Willi? Er war aus dem Krankenhaus ausgebüchst, hatte einen Zettel hinterlassen, den keiner lesen konnte, auf Französisch. Du hattest sofort begriffen und warst nach Waldkastenhausen gefahren. Aber Willi hatte sich schon in sein Aquarium zurückgezogen, um seinen stillen Wesen im stillen Grün so nah wie möglich zu sein, hatte sich direkt vor die Scheibe gesetzt, den Hinterkopf dagegen gedrückt, die Walther P achtunddreißig genommen und sich in den Mund geschossen. Die Scheibe zerbrach, und Onkel Willi ging in den Fluten ein ins stille Grün. So stelltest du dir das vor, als du vor dem nur zur Hälfte gefüllten Becken standst und beim Öffnen des Deckels am Grund des Aquariums schemenhaft ein dürres Männlein sitzen sahst, im fahlen grünen Schimmer des Wassers, zerbrechlich wie das Glasmännlein.

Schatzhauser im grünen Tannenwald, sagtest du, während du den Deckel des Aquariums festhieltst und in die Tiefe blicktest, bist schon viel hundert Jahre alt, dein ist all' Land wo Tannen stehen, läßt dich nur Sonntagskindern sehen. Du weintest und mußtest zugleich lachen, während du den zur Seite gesackten Kopf von Onkel Willi jetzt deutlich unter der ruhiger werdenden Wasserfläche erkennen konntest. Davongestohlen, dachtest du, na warte!

Ernst will was aus seiner Dutschketasche holen, aber er zögert. Vielleicht ist es Zahnputzzeug, und ich soll keinen Blick auf die Haftcreme werfen. Oder es ist das ganz große Geheimnis. Wir verstehen uns. Wenn ich hier im Raum bliebe, dann würde ich ein Geheimnis erfahren und dabei den Freund, den einzigen Verbündeten, verlieren. Es wäre eine Enttäuschung, eine große Enttäuschung, eine vernichtende, verstörende, verhalten beginnende und dann entscheidend sich verschlimmernde, enthemmte, entwässerte Enttäuschung. Mit trockenem Mund stehe ich vor Ernst. Der mit seinen Fingern in seiner Aktentasche auf etwas Knisterndes gestoßen ist, von dem ich nichts sehen kann, das ich aber für ein fatales Geheimnis halten kann. Und muß. Und will.

Der kleine Marcel hält sich hartnäckig hier im Raum. Er müßte mich fünf Minuten alleinlassen, damit ich die Munitionierung ausführen kann. Fünf Minuten. Die fünf Minuten, die mir zustehen, die er mir versprochen hat.

»Dann komme ich in fünf Minuten wieder.«

»Danke, Marcel, mach das.«

Sie stand vor dir mit einer schwarzen Mütze, einem schwarzen Wollkleid und einem dunkelgrauen Mantel. Hatte den Bus von Landau genommen. Früher Tag im Frühling. Bei den laubabwerfenden Gehölzen ist es die Tataren-Heckenkirsche *(Lonicera tatarica),* die schon ganz früh austreibt, während die anderen noch dabei sind, die Zellen ihrer wintertrockenen Knospen mit Wasser zu füllen. Sie stand vor dir neben der Trockenmauer. Im Arm ihre schwarze Handtasche und in den Händen das Glas mit den drei Goldfischen, Köhler, Hensel und Witte.

Da hamse's besser als in dem enge Glas, sagte sie.

Eigenartige lebensgeschichtliche Logik.

Was für eine Logik?

Ach nichts, Mama, nur befreien wir ausgerechnet die drei Verfolger.

Ernst, weißt du, sagte sie in makellosem Hochdeutsch, wir befreien uns selbst. In deinem Tümpel erholen sie sich bestimmt. Den Köhler haben wir ohnehin vor zwei Jahren ausgetauscht, der schwamm tot oben, den Hensel schon dreimal, achtzig, dreiundachtzig und fünfundachtzig, und auch den gelben Witte. Das war immer ein Drama mit dem Heinz. Sie machen keinen glücklichen Eindruck.

Meinst du, sie trauern?

Ich weiß es nicht, ein Hund würde trauern, aber Goldfische? Und der Heinz war ja nicht unglücklich.

Dein Vater war vor kurzem während der Tagesschau plötzlich erstarrt, hatte sich aufgebäumt und eines der wenigen Worte der letzten Jahre gesprochen: Mutti. Er hatte auf den Fernseher gedeutet, als kurz vor dem Wetter der Tod von Bernhard Grzimek bekanntgegeben wurde. Kaum zu glauben, ein harter Schlag. Der zweite Infarkt. Kein Platz mehr für Tiere, dachtest du angesichts der Banalität, mit der im Haus in der Richthofenstraße die Vergangenheit mustergültig deinen Vater eingeholt hatte. Zwei Wochen zuvor, nach dem ersten Infarkt, hattest du ihn besucht. Der Tod schleicht schon ums Haus, meinte dein Vater plötzlich und fing ganz normal an zu sprechen. Er erzählte dir von einem Hans Liparsky, den er nicht hatte retten können. Denn der Hans Liparsky habe Dinge gesagt, die man nicht sagen durfte. Er habe den Kampfgeist der Truppe gefährdet, und das war doch alles, was man hatte. Wo käme man denn hin? Aufgesessen auf den Schützenpanzer, habe er dem Kompanieführer Thomas gesagt, daß sie hier ganz falsch seien. Alle hatten es gehört. Gerade noch Partisanen gejagt, mit Erfolg, und da kommt einer von der eigenen Truppe. So geht das doch nicht. Das mußte gemeldet werden. Zum Schutze aller.

Was mache ich eigentlich mit den Fernsehern? Der Heinz hat die alten Fernseher alle gesammelt, jetzt stehen zwanzig im Keller.

Einen, der noch lief, stelltest du bei dir auf, ein altes Modell aus den frühen Siebzigern, der Rest wanderte auf den Sperrmüll. Sonderbar, dachtest du, jetzt lebte dein Vater hier in Gleisbach-Rohrhofen weiter, in deinem Teich und in deinem Wohnzimmer. War das richtig so? Nach allem?

Egon und Volker hatten nach Onkel Willis Tod die Landluft für sich entdeckt. Waldkastenhausen lag zwar weitab vom Schuß, aber ein Architekturbüro brauchte freie Denkräume. Und sie bauten das Haus um. Wohnraum, Büro unterm Dach, das sie durch eine Glaskonstruktion ersetzten. Im Erdgeschoß, in Onkel Willis ehemaligen Wohn- und Sammelräumen, konnte noch jemand wohnen, praktisch, ohne Treppensteigen. Sie hatten deine Mama gefragt, ob sie mit ihnen wohnen wollte. Sie sagten nicht: bei ihnen, sie sagten: mit ihnen.

Als Köhler, Hensel und Witte im Gartenteich verschwunden waren, war dir kurz mulmig, denn Goldfische in einem Gartenteich trübten das Wasser ein. Sie störten die Ruhe deiner staksigen Libellenlarven ebenso wie die rudernde Gefräßigkeit deines Gelbrandkäfers und vor allem die unbeirrbare Reisetätigkeit deiner Sumpfdeckelschnecken. Aber der symbolische Akt, das Bild deiner Mama, wie sie das Glas langsam kippte, wie die Fische ins Wasser rauschten und deine Mama sagte: Viel Spaß in der Freiheit, ließ alles wie eine erfolgreiche Befreiungsaktion erscheinen.

Schau mal, da ist ein roter, der Köhler oder der Hensel, sagte sie noch, dann tauchte keiner von den dreien mehr auf, als wollten sie nach der exponierten Sichtbarkeit, in der sie im Überbau des Fernsehers gelebt hatten, alles verweigern, was sie an ihre Haftbedingungen erinnerte. Ihre Dissidenz schien dir zunächst ein vergnügliches Erklärungsmuster, und ihre Befreiung eine bedeutsame Handlung, aber als du am nächsten Tag einen Graureiher am Teich stehen sahst, da mußtest du schlucken, denn auf einmal bekamst du eine Ahnung von den Gefahren einer realexistierenden Freiheit im Teich, dem banalen Tatbestand eines Lebens, das nach dem Happy End einfach weitergeht. Aber vielleicht hatte er nur einen der drei erwischt. Du klatschtest in die Hände, und der Reiher wippte in mechanischer Folgerichtigkeit kurz mit seinem Beingestänge, breitete gestenreich seine Schwingen aus und wurde auch schon von einer unsichtbaren Kraft in die Luft gehoben. Du setztest dich auf deine Trockenmauer und bewachtest bis zum Einbruch der Dunkelheit den Teich. Aber so oft du auch hineinschautest, du sahst nie wieder einen der Goldfische. Und dennoch hatte die Stunde des Reihers nicht den Augenblick der Befreiung durch deine Mama in Frage gestellt oder gar entwertet. Leben bis zum Tod. Pausenlos. Dann direkt Schluß.

Ich gehe zur Vorsicht ins Bad, um ungestört zu schlucken, was ich besorgt habe, was ich mir angeeignet habe zur Bewaffnung. »Häld, du!« sagt Bela. Ich greife vorsichtig in die Plastiktüte und versuche, etwas herauszuziehen, aber alles verhakt sich im weichen Plastik, alles ist weich und glitschig. Der abgestandene Fettgeruch, der von den Fritten ausgeht, setzt mir zu. Ich muß mich ordnen, muß das ordentlich machen, ordentlich munitionieren. Zunächst muß das Material vollständig sein. Neben der Kaugummikugel gibt es circa zehn Fritten mit Soßenspritzern, eine angebissene Banane, die mittlerweile entscheidend nachgedunkelt ist. Das ist alles noch nicht ausreichend. Aber aus einer Ecke der Tüte kann ich mit Zeige- und Mittelfinger den Hamburgerrest herausschaben, von allen Fliegen verlassen, nur mir gehörig. Bei den Zwetschgen war ich erfolgreicher, habe einige gesammelt, sieben nur runzelige, aber acht aufgeplatzte mit Schimmelbart. Folgendes ist zu beachten: Die Befüllung des Magens setzt zu einem Zeitpunkt ein, an dem es unklar ist, ob die gewerblich servierten Speisen vom Morgen noch im Magen zu meiner Verfügung stehen, der Zwetschgenkuchen und der Kaffee mit Milch von Franzen, die beiden Brötchen im Hotel nebst Butter (gute Schmierung, wichtig beim abermaligen Passieren der Speiseröhre), Schnittkäse im Sinne Frau Heyds, eine normierte Unsitte bei Hotelbüfetts, sowie eine angebliche

Mailänder Fenchelsalami, die sich aber als ordinäre geräucherte Mecklenburger Dauerwurst entpuppt hat. Auf die gesammelten Objekte kann ich mich in jedem Fall verlassen. Eine differenzierte Geschmacksentwicklung im Bereich Zunge und Gaumen mit Geruchsabgleich muß ich vermeiden, also wie ein Reiher, ohne zu kauen. Schlucken. Wenn ich nun meinen bürgerlichen Restekel beiseite lasse, eine bourgeoise Attitüde, für die Uschi sicher kein Verständnis gehabt hätte, dann müßte wie folgt vorgegangen werden: Grundlage und Katalysator, der von unten für die Explosion sorgt, sobald das Startsignal dazu gegeben ist, müssen die verschimmelten Zwetschgen sein. Darauf die nur runzeligen, dann Hamburger, Fritten, Soße und obenauf das Kaugummi, das eine ulkige Geschoßwirkung erzielen und wie Napoleon auf dem Apfelschimmel die Attacke anführen könnte, Zierat. In der Theorie, Ernst, da bist du unschlagbar. Aber in der Praxis. Ich glaube, daß nur dann der Gedanke noch eine Chance hat, irgendwie praktisch zu wirken, wenn er nicht von vornherein sich von den Möglichkeiten und den Postulaten einer sich daran anschließenden Praxis gängeln läßt. Denn unsere gemeinsame Erfahrung und die in politischer Tätigkeit gewonnene Einsicht in die Notwendigkeit revolutionärer Praxis bilden jenen Zusammenhang, der uns die Möglichkeit gibt, angesichts des erschütternden Ereignisses dieses Todes nicht gänzlich verstummen zu müssen. Mer werde de Ernst Ewald Tischler nie vergesse, der hot ball zwanzisch Johr in unsrer Gemäände gelebt unn war immer e engagiertes Mitglied, im Gemäänderat, in de Laiespielgrupp unn eweso unvergeßlich im Initiativkreis Dorfteich. Runter damit! Bela macht operettenhafte Brustschwimmbewegungen des rechten Armes. Aber wir heben ab. Ich reiße, bremse, reiße und hänge im scharfen Gurt.

Ulf zog den widerspenstigen Grashalm aus der Brissago,

die in seiner Jackentasche auch noch angeknickt war, und schwenkte einen Camus Extra in seinem Cognacglas, das dich an seine großen Brillengläser erinnerte und wie ein drittes Auge vor dem ansonsten vertrauten Ulf schwebte. Der Camus schien jeden Augenblick aus dem Glas zu schwappen, und beim Anrauchen mußte Ulf husten. Umgeben von den neuen Attributen einer lukullischen Heiligenfigur, wirkte er lustlos und überfordert, obwohl ihm Branntwein und Zigarre schmeckten, besonders schmeckten. Er hatte eine Finesse im Schmecken und vorbehaltlosen Genießen, aber über die zugehörige Etikette, bei der er linkisch wirkte, sagte er, als die erste Wolke aus seinem Mund quoll und aus dem Mundstück ein kleines Fähnchen rauchte: Dat geht mir sowat von am Arsch vorbei.

*Reisen und Speisen mit den Goethes* sollte das nächste Buch heißen. Dafür bewilligte euch die Kritische Edition Frankfurt einen überraschenden Reiseetat, da der Erfolg des Rossini-Buches durchschlagend war. Aber auf der Piazza Grande von Palmanova, dem einstigen Palmada, wo ihr zwischen Carabinieri und Post einen Espresso trankt und eine rauchtet, signalisiertest du Ulf schon Widerstand.

»Herein! Wer will mich plagen?«

»Ich bin's.«

»Herein!«

»Du mußt es dreimal sagen.«

»Herein denn«, sage ich und öffne die Tür. Marcel kommt herein, wir lachen. Ich finde wieder zu meinem Gesicht von vor fünf Minuten. Es liegt eine große Kluft zwischen der Zeit davor und der Zeit, die jetzt bevorsteht. Es ist nicht leicht zu essen, wonach mein Sinn nicht steht, weil der Sinn für Eßbares geschärft ist und die Speiseröhre gerade passiert hat, was da nie hinuntergehen sollte. Verdorbenes und Vergammeltes zu essen entspricht nicht der menschlichen Natur. Sogar das Eintönige läßt sich nur widerwillig schlucken und birgt überdies große Gefahren.

*Johann Caspar Goethe, der promovierte Gastwirtssohn, hatte sich mit Hilfe des italienischen Sprachmeisters Domenico Giovinazzi intensiv auf die Sprache des Landes vorbereitet. Als er endlich aufbrach, zunächst nach Wien fuhr und von dort gen Venetien reiste, widerfuhr ihm das Schrecklichste, was ein Reisender erleben konnte. Er wurde angehalten und eingesperrt. Nicht von Wegelagerern, sondern vom venezianischen Grenzposten zu Palmada, aus Angst, der junge Jurist bringe die Pest mit, die hinter Wien, in Ungarn, aus der Türkei eingeschleppt, wütete. Man hielt ihn sich vom Leibe, selbst der höfliche, korpulente Direktor ließ sich Goethes Empfehlungsschreiben nur »mittels eines schaufelähnlichen Geräts« reichen. Er wurde in einen Quarantäneverschlag gesperrt: »Was das Essen angeht, so wurde ich aus dem Hause des erwähnten Direktors bewirtet; für die Tafel, sowohl für Fastenspeisen wie für gewöhnliche Kost, war reichlich gesorgt, aber das Essen war so eintönig, daß es Woche für Woche dasselbe gab, genau so wie in den Armenhäusern bei uns zu Hause, wo die Bewohner auch schon jedes Jahr im voraus wissen, was man ihnen auf den Tisch stellen wird.« Die Ironie der Geschichte, das drohende Verhängnis, lag in Goethes Verdruß über die langweilige Küche, die ihm auf Gemüt und Magen geschlagen war. Der Wärter hielt die Appetitlosigkeit des Reisenden indes für mögliche Anzeichen einer Pesterkrankung. Erst als Goethe seiner kulinarischen Enttäuschung Ausdruck verlieh, indem er einen Teil des Essens aus dem Fenster den Hunden zum Fraß vorwarf, glaubte man ihm, und er durfte im Februar 1740 seine italienische Reise fortsetzen oder vielmehr beginnen.*

*Wie Goethe in Italien.*
*Reisen und Speisen mit Vater und Sohn*, 1994, S. 19 f.

Ein weiteres Buch sollte den Themenkreis der Aufklärung behandeln. Es sollte im Herbst zur Messe erscheinen. Aber die Reise nach Kaliningrad war ein kulinarischer und kultureller Absturz, und das geplante Buch *Kant und Klopse. Kulinarische Streifzüge durch die europäische Aufklärung* ist nie erschienen. Dafür dann das Rossini-Buch.

*Ulf Schlinck war nicht nur mein Lektor bei der Kritischen Edition Frankfurt, sondern ein Freund. Seinen Tod verursachte ein kontingentes Geschehen des Alltagslebens. Seine Wurzeln als Arbeiterkind hat er immer als Grundlage seines Handelns begriffen. Dabei hat er eine erstaunliche Gradlinigkeit, wenn man das Wort überhaupt auf die Dinge des Lebens anwenden kann, erlangt, indem er einen herzerweichenden Humor mit einem messerscharfen Verstand verband. Auch die Jahre unserer beruflichen Zusammenarbeit waren geprägt von einer Begegnung in Offenheit. Sein Credo prägte mein Weltverständnis wie das vieler unserer Generation, ja, verehrte Trauergemeinde, lassen Sie mich von unserer Generation sprechen. Das Credo hatte er einer Rede des Dramatikers Dürrenmatt entlehnt, den er stets sehr verehrte: »Uns kommt nur noch die Komödie bei.« Und man muß diesen Satz ernst nehmen, denn er läßt sich nicht nur auf*

*Theaterprobleme anwenden, sondern bezeichnet eine Wahrnehmung unserer Welt, in der das Tragische seine Würde verloren hat, in der angesichts der Monstrosität des Ganzen der Einzelne nur noch resignativ ausatmen kann. Und dieses Ausatmen kann in ein Seufzen münden oder eben in das überraschende Eingeständnis, daß man gerade begonnen hat zu lachen. Und dieses Lachen ist nicht die distanzierte Wahrnehmung eines komischen Tatbestands, sondern Trauer und Wehmut, eine Form des Leids, mit dem man nun dreierlei anfangen kann. Einmal das Eingeständnis des Unabänderlichen. Einmal die subversive Herausforderung des Unabänderlichen. Aber die dritte Variante hat Ulf wie kein zweiter gelebt, er hat sich als Existenz begriffen, die sich dennoch und trotz allem mit ihrem Lebendgewicht in die Waagschale wirft: ohne Illusionen, mit unvergänglichem Spieltrieb, sein Lebenselixier.*

*Als ich Ulf vor über fünfundzwanzig Jahren kennenlernte, war er gerade im Begriff, sich von einem jungen, unsicheren und dadurch unberechenbar aggressiven Polizisten erschießen zu lassen. Er hatte seinen Personalausweis vor dessen Augen zerrissen, mit dem Hinweis, daß er Probleme im Umgang mit Autoritätspersonen habe. Diese sensible Bemerkung, mit der er sein Handeln im Augenblick schlüssig erklärte, stieß natürlich auf Unverständnis. Ein komischer Konflikt nahm das soziale Ausmaß der Konfrontation an, gesteigert durch den Umstand, daß Ulf an der materiellen Beschaffenheit des leinenbespannten Ausweispapiers beim Zerreißen beinahe gescheitert wäre. Sein Leben stand*

*auf dem Spiel. Es war ein Auftritt und zugleich eine Auseinandersetzung, die existentielle Konsequenzen haben konnte.*
*Danach sind wir uns immer wieder auch schöpferisch begegnet. Zunächst 1977 bei der Zusammenarbeit an einer Hörcollage über Michael Kohlhaas. Die Produktion, die uns beide an die eigenen Grenzen der Dialogbereitschaft trieb, wurde vereitelt durch die politischen Ereignisse. Andreas Baader, Gudrun Ensslin und Jan-Carl Raspe nahmen sich das Leben, und unsere intensive gemeinsame Arbeit wurde nicht gesendet. Dafür konnten wir nach einer zweimonatigen freundschaftlichen Sendepause mit dem Stück* Der Oberdada spricht über Dada. Johannes Baader, Vater aller Bürgerschrecke *ein großes Publikum und verschiedene Juroren begeistern. Und schließlich habe ich meinen Erfolg mit Büchern wie* Hat sich ein Ränzlein angemäst't – bei Luther zu Tisch, Wie Goethe in Italien, La scala di pasta, Kafkas Kekse *und* Dionysos aus der Scholle *Ulf Schlinck zu verdanken. Für diese Publikationen haben wir zahlreiche gemeinsame Reisen durch Italien, die Tschechoslowakei und die Deutsche Demokratische Republik unternommen, auf denen wir nun gezielt und mit detektivischer Freude gemeinsam gegessen und getrunken haben. In Prag nicht nur Knödel und Wildbret, auch die überraschenden Spezialitäten süßen Backwerks auf der Kleinseite, in Pesaro nicht nur die hinlänglich bekannten Ravioli, sondern auch die getrüffelten Makkaroni. In der Deutschen Demokratischen Republik haben wir uns um den Breuler herumgemogelt und tatsächlich das Rezeptbüchlein der Katharina von Bora gefunden, welches sie stets mit*

*sich führte, auch bei ihrem tragischen Verkehrsunfall, dem Bruch ihres Rollwagens vor Torgaus Toren im Spätherbst 1552. Die Archivarbeit über Goethe und Nietzsche in Weimar konnten wir stets ergänzen durch konspirative Treffen mit Köchen und Historikern. Und jede unserer Recherchen haben wir tief in der Nacht abgerundet. Daß sich über unserer gemeinsamen Essensarbeit die Deutsche Demokratische Republik abgeschafft hatte, mußte auch mit der elenden Essensfrage zu tun gehabt haben. Genießbares konnte man nur im Geheimen essen, und natürlich war es Ulf, der es auf den historischen Nenner brachte: »Eine erbärmliche Diktatur, wo man sich sogar vor dem Essen und denen, die es bringen, fürchtet«, sagte er. Mit diesem berühmten Kalauer überraschte er mich im letzten sozialistischen Sommer. Und als wir uns dann die Füße vertraten und in eine Gasse jenseits der Weimarer Klassik einbogen, da ließ uns der aberwitzige Verfall Blicke wechseln, man hörte förmlich Putz rieseln und Fensterfarbe abspringen, Balken sich biegen, ob vor Gelächter, war unklar. Ulf sagte: »Ruinen schaffen ohne Waffen: Vierzig Jahre DDR.« Da bogen sich die Balken vor Westgelächter. Und der Archivar erzählte nun in sommermilder Ermutigung eine kanonische Reihe von DDR-Witzen. Meist materielle Mangelwitze, so wie wir zu jener Zeit intellektuelle Mangelwitze erzählten und sie auf den Namen des Kanzlers münzten. Später fragte ich Ulf, wie ein solcher Kanzler bloß in der Lage gewesen sein konnte, ein Land zu befreien, und er gab mir die Antwort: »Hat er doch gar nicht.« Ich komme mir vor wie ein lausiger Laie. Ulf hat, was ich hier stümperhaft für ihn übernommen habe, als Profession ausgeübt. Nun hat er auch einmal das Vergnügen und ich die Arbeit. Einmal behauptete er im Scherz, daß bei ihm die Trauergemeinde am Ende immer Tränen lache. Und genau dies hat mich Ulf logisch-philosophisch gelehrt: »Was sich überhaupt sagen läßt, läßt sich klar sagen; und worüber man nicht weinen kann, darüber muß man lachen.«*

Ich klopfe an und melde den Gast bei Doris an. Sofort wird Ernst vor dem Spiegel plaziert.

»Wir decken nur ein bißchen ab. Der Rest geht.«

»Was decken Sie ab?«

»Ein paar Unebenheiten, die üblichen Verdächtigen.«

»Ja, verschleiern Sie meine Unzulänglichkeiten.«

Der alte Spaßvogel Ernst, denke ich, aber die Zeit der Freundschaft läuft ab. Ich bin ein Teil des Teils, dem auch Doris angehört. Ich leiste den Dienst, und der Dienst ist stärker als ich. Ich komme nicht mehr an ihn ran. Ernst, Herr Tischler, sitzt neben mir im Stuhl, und Doris nimmt den Pinsel. Er ist unendlich fern. Gleich wird er mit Schnittke kochen, als wären es die ältesten Freunde, als hätten sie sich erst kürzlich wieder getroffen beim Edelitaliener und im Sommer bei Pepe in Siena. Aber ja.

Marcel grinst mich an, aufmerksam, jederzeit bereit einzugreifen, sollte ich mich in den Worten vergreifen. Jetzt sehe ich es, er hat Angst. Er hat Angst vor der Invasion der Aussätzigen in die heiligen Sendehallen. Er ist nicht der hinkende Herrscher, er ist das bucklige Faktotum, das treu ergeben für die reibungslose Maske und die Verbringung des sendefähigen Gastes vor die Kameras sorgt, auch wenn mir die Maskenbildnerin einen leichten Braunton ins Gesicht wischt, den ich nicht ohne weiteres als zugehörig empfinde. Dann mit der Puderquaste einmal drüber.

»Fertig ist die Laube. Haare sind in Ordnung.«

Was ist das für eine Aussage: »Sind in Ordnung«? Sie lächelt und ist zufrieden. Ich lächle, weil sie lächelt, wie sie lächelt, nachdem sie ihr Bestes getan hat, mehr müsse man nicht machen, könne man vielleicht auch nicht, denn sie hat einen Typ vor Augen, dem ich bereits zu entsprechen scheine. Und sie schaut über die Landschaft meines Kopfes, Schläfe links, Schläfe rechts, Ohren (sauber?): »Sonst stimmt alles.«

»Na, fertig?« fragt ein unangenehmer Kopf mit einer gelben Brille und einer Alkoholfahne, der zur Tür hereingestreckt wird.

»Ja. Schnittke war schon hier.«

»Ach, hier steckt unser superschlauer Student. Ab ins Studio, Schätzchen.« Der Kopf rülpst und vervollständigt den schlechten Eindruck, den er zusammen mit dem dumpfen Geruch anverdauter Fritten im Raum hinterläßt. Er hat etwas von einem faden Unterteufel, der es nicht einmal zu einem ordentlichen Schwefelgeruch gebracht hat. Ich stoße ähnlich auf, atme aber ungesehen zur Seite aus und habe meine Gründe.

Tischler sieht mich an: komplizenhaft. Er lächelt mir Trost zu. Tischler wie frisch aus dem Urlaub. Wir schweben den Teppich entlang, um die Ecke, zur blauen Studiotür.

»Dahinter liegt das Studio«, sage ich zu Tischler.

»Du meinst, dahinter beginnt die Welt, die nun in Tausenden Haushalten die Geschichte von Schnittke und Tischler zeigt, vielleicht auch Fischler oder Fischer, man ist ja nicht nur eine Person, und sie zeigt die beiden alten Haudegen beim letzten Kochen.«

»Für den Tischler oder Fischler wird es vielleicht das letzte Kochen sein«, sagt Marcel zu mir, sieht mich aber zugleich mit einem so herzerwärmend freundschaftlichen Blick an, daß die Rührung nun, im letzten Moment unserer Komplizenschaft, nicht vom Mitleid mit der Kreatur bestimmt wird, mit mir und mit ihm, auch wenn mir ohne Erbarmen das Shakespeare-Zitat durch den Kopf jagt, »so lahm und ungeziemend, Daß Hunde bellen, hink ich wo vorbei« – so häßlich ist der kleine Marcel auch wieder nicht. Ganz sicher hat mich die Erinnerung an Rüdiger zu einem voreingenommenen Beobachter gemacht. Doch jetzt geht es daran, diese Tür zu meinem Auftritt zu öffnen. Alle guten Geister sind bei mir.

Wolfram hatte das Restaurant empfohlen und zugleich davor gewarnt. Er war letztes Jahr dort gewesen, als er sich mit Paul getroffen hatte, der mit seinen Kommilitonen auf Sardinien gezeltet hatte (Und gekifft, meine Herren, wie wir damals, also eher du und Jutta, ich ja nicht so, sagte Wolfram) und auf die kleine Nachbarinsel rübergesegelt war. Man bekomme in diesem Restaurant eine sehr authentische elbanische Küche. Er habe selten besser gegessen und getrunken, aber da sei etwas kaum Erträgliches gewesen, asketisch und zugleich monströs – auch beim Essen. Ein Kollege bei Gericht habe von dem Restaurant geschwärmt, als frühabendlicher Ausklang nach der Besichtigung der Villa Napoleons. Wolfram, der stets seinen Standpunkt zu etwas, vor allem natürlich zu etwas Politischem oder Juristischem, besonders bedacht darlegte, schien zu schwanken, ja, er machte große Pausen beim Beschreiben des Restaurants. Alles beginne damit, daß es ungefähr auf halber Strecke zwischen San Martino und Portoferraio liege, aber man müsse eine leicht zu übersehende Abzweigung nach links nehmen, die sich serpentinenartig in ein Tal schraube. Er wiederholte, daß es auf halber Strecke liege, aber dennoch scheine es viel näher bei San Martino zu sein. Und von San Martino nach Portoferraio seien es fünf Minuten. Es habe ihn erstaunt, wie lange man dann von diesem Restaurant namens Al Polpo noch fahren müsse, bis man wieder den sicheren Hafen von Portoferraio erreicht habe, obwohl diese Insel doch so winzig sei. Er sagte Sicherer Hafen, um sich und den Zuhörenden in einen Scherz zu retten und der ganzen Sache das Unbehagen zu nehmen. Alles an diesem Restaurant, das in einer Art Turm geführt würde, habe etwas Unausweichliches.

Unausweichlich war am Nachmittag Napoleons Villa in den Bergen bei San Martino. Den Kaiser – diese Weltseele – sah ich durch die Stadt zum Rekognoszieren hinausreiten; – es ist eine wunderbare Empfindung, ein solches Individuum zu sehen, das hier auf einen Punkt konzentriert, auf einem Pferde sitzend, über die Welt übergreift und sie beherrscht, hatte Hegel an einen Freund geschrieben. Bei der Enge der Insel war es vor allem die Frage, wie diese Weltseele nun in ihrem Landhäuschen als Herrscher von Elba gelebt hat. Auch hier kostete es viel Anstrengung und Anwendung von Vorstellungskraft, um sich alles wegzudenken, was damals noch nicht da war. Und das kleine Häuschen mit den dunkelroten Fensterläden war nur im Geflatter der Touristen zu erleben. Du mochtest nicht verweilen. Uschi meinte, sie wolle hier nicht Josephine gewesen sein. Dabei war Josephine nie auf Elba. Sie lebte schon längst geschieden und starb einen Monat, nachdem Napoleon sehr widerwillig in Portoferraio angekommen war, in ihrem Schloß den Erstickungstod.

Den Erstickungstod?

Immerhin einen natürlichen Tod. Ihr erster Ehemann verließ diese Welt überstürzt, aber da waren sie auch schon geschieden. Sie war eine Scheidungskünstlerin.

Und weshalb überstürzt?

Kopflos, könnte man sagen.

Achso, im französischen Stil.

Ja, und damals saß Hegel mit Hölderlin in einem Tübinger Jakobinerclub. Im Zweifelsfall bin ich ja für Hegel. Hegel war der einzige von uns Achtundsechzigern, der eine Revolution miterlebt hat.

Ach, diese Zahl, Ernesto. Fühlst du dich mit dieser Zahl verbunden? Ich denke kaum mehr dran.

Aber du erinnerst dich noch? Es waren die unbedeutenden Begleitumstände, die uns zufällig umgaben, als wir uns kennengelernt haben.

Im Theaterkollektiv bei Marat/Sade.

Du sagst Marat/Sade, als wäre es ein Café oder Restaurant.

War es nicht ein Hotel? fragte sie und wußte, daß du dich in solchen Situationen immer entsetzt vergewissertest, ob sie das jetzt ernst gemeint hatte. Und du hattest tatsächlich schon die Augen von den Wäldern genommen, auf die auch Napoleon geschaut haben mußte. Ihr lachtet. Über dasselbe. Über deine Unsicherheit, die du einfach nicht ablegtest. Dann öffnetest du einen Knopf deines Hemdes und schobst deine rechte Hand hinein. Du legtest sie auf deinen Bauch. Wie einst er. So liefst du mit Hohlkreuz ein paar Schritte an der Balustrade entlang, die Weltseele mit dem Seepferdchen. Die warme Hand auf dem Bauch schaffte Zuversicht. In der Villa zeigten sparsame Wandmalereien Ausblicke auf ägyptische und sonstige antike Tempelchen und Pyramidchen. Du dachtest: Alles nur gemalt. Der Lack war ab damals. Nix mehr Empereur. Elba, ein Fitzelchen vom benachbarten Korsika.

Ich habe Hunger, sagte Uschi.

Wolframs Empfehlung?

Warum nicht, war doch unausweichlich, oder? Findest du nicht, daß er dick geworden ist?

Uschi wurde ungeduldig, als ihr die beschriebene Abzweigung nach links nicht finden konntet: Das Unausweichliche ist wohl unauffindbar.

Zum dritten Mal fuhrst du bereits zurück in Richtung San Martino. Da saht ihr im Schritttempo einen verblichenen Holzpfosten, von dem das Schild herabgefallen war und auf dem Boden lag. Ihr stiegt aus. *Rist.* stand auf dem Schild, dessen spröde Maserungen die Farbe abblättern ließen. Ihr fuhrt einen staubigen Feldweg entlang, vorbei an Farn, Ginster und Verkrüppelten Kiefern (Uschi), Schirmkiefern (du) und an Juniperus phoenicea.

Ernesto, du immer mit deinen lateinischen Namen, kannst du die deutschen überhaupt noch?

Der würzige phönizische Wacholder.

Dann tauchtet ihr plötzlich durch eine Art Hohlweg in einen Kastanienwald ab, als wollte sich die Landschaft zunächst vielsagend um euch legen, um euch mitzuteilen, daß hier auf Elba alles seinen ganz besonderen Reiz habe und ihr kleinen Touristenscheißerchen aus Deutschland euch glücklich schätzen solltet, bevor ihr entweder verschluckt würdet oder, wenn Elba eurer überdrüssig sei, wieder von der Fähre aufgegriffen und in Piombino ausgespuckt würdet, mitsamt eurem Volvo und dem sehnsuchtsvollen Blick zurück auf die Insel im Dunst des Tyrrhenischen Meeres, für immer unzugänglich. Dieselbe Landschaft eröffnete euch dann genauso plötzlich, daß der Kastanienwald nun zu Ende sei: Mehr gibt es nicht, sucht euch was anderes, um euch in Sehnsucht zu suhlen, wir sind nicht für euren Seelenhaushalt zuständig, wir stehen mal hier, mal dort, mal als Farn, als Ginster, als gelbe Flechten auf grauem Stein, als flaumige Eiche, als Hopfenbuche, mal eßbar, mal ungenießbar, als schnarrende Zikaden, als wimmernde Mücken, die sich von eurem Blut nähren, als Staubkörner, die euch in die Augen fliegen und die Sicht auf das Sehnsuchtswürdige nehmen, die sich zwischen euch und euren perfekten Blick fürs pittoreske Detail schieben und dabei zu Tränen rühren. Denn ihr geht und wir bleiben und kennen euch nicht.

Ernesto, sagte Uschi, du klebst so verbissen an deinem Lenkrad. An was denkst du?

Ach Uschi, ich denke an passiven Widerstand aus dem Tier- und Pflanzenreich. Im Ernst, ich frage mich gerade, ob wir hier richtig sind. Osmunda regalis stand am Wegesrand und winkte vielsagend. Und um ehrlich zu sein, habe ich ihren deutschen Namen vergessen.

Uschi schwieg. Vielleicht hielt sie dich für verrückt, Land- und Pflanzenkoller. Aber da ihr seit genau zehn Jahren Haus und Garten in Gleisbach-Rohrhofen regelmäßig an den Wochenenden bewohntet und bebautet, war ihr dein Vernarrtsein in die Natur, die mittlerweile gestutzte bärtige Verstiegenheit vertraut und teuer, so sagte sie jedenfalls.

Ich glaube, wir sind da, sagte Uschi nach der nächsten Kurve ängstlich mit tonloser Stimme und schob sich hastig ihre weiße Strähne hinters Ohr.

Vor euch ragte aus buschigem Macchiengestrüpp ein turmartiges Gemäuer. Es stand auf einem Felsen, der nicht felsig-schroff, sondern fleischig-weich wirkte. Als hätte jemand Lappen grau gewordener roher Leber aufeinandergelegt und darauf Mauern gesetzt. Wie Fäulnis verrottendes Fleisch hatten schwarze, gelbe und weiße Flechten die Steinlappen besetzt. Unterhalb waren in den Geröllboden grobbehauene Steine zu einer möglichen Treppe eingelassen. Daneben stand an einen Stein angelehnt ein verheißungsvoll glänzendes Holzschild, dessen rote Buchstaben allerdings verblichen und zum Teil nur noch als bräunliche Konturen zu erahnen waren: Al Polpo. Die Mauer entlang kletterte die rauhe Stechwinde. Auf dem kleinen muldenartigen Plätzchen vor dem Anwesen stand bereits ein Auto, ein Golf mit deutschem Kennzeichen. Durch eine Maueröffnung gingt ihr in einen kleinen Innenhof.

In Portoferraio konnte man sich selbst jetzt im Frühherbst nicht retten vor Wirten, die an ihrer Wirtshaustür herumlungerten und einem mit kurzem Hello-Willkomm die Menükarte in die Hand drücken wollten, das letzte Geschäft, die Saison längst vorüber. Hier aber schien nicht nur der Holzpflock am Straßenrand das Schild in den Staub geworfen zu haben, hier schien die Mauer des wohl einige hundert Jahre alten Turmes nur widerwillig zugelassen zu haben, daß man den Bau durch eine Öffnung erschloß.

Also wenn der Wirt genauso herzlich ist wie das Gemäuer, dann werden wir unter Flüchen davongejagt, sagtest du zu Uschi.

Ich weiß genau, was du meinst. Eigentlich müßte jetzt der Turmhund anschlagen. Aber ist das nicht ganz nach deinem Geschmack?

Vielleicht. Wieso?

So widerständig.

Asketisch hat Wolfram das Restaurant genannt.

Wohltuend. Ich habe Hunger.

»Bitte nach Ihnen«, sage ich zu Tischler.

»Aber nein, nach dir«, sage ich zu Marcel, und Marcel öffnet die Tür. Ich stehe in einem Gewirr von gleißendem Scheinwerferlicht. Vom Limbus der dunklen Gänge bin ich im Fegefeuer angekommen. Ein irres Licht, das sticht. Ich schließe die Augen und bleibe stehen. Feuerrot durchscheint es meine gepuderten Lider. Augen auf. Alles Licht. Eine eindringliche Vision unter der schreienden Lichterdecke: Eine weiß geflieste Küche taucht auf. Blinkende Armaturen vor feuerroter Backsteinwand. Weiß leuchtende Regale mit weiß leuchtendem Geschirr schießen mir in die Augen und brennen sich ein. Eindringlich. Unvergeßlich. Banal. Ich muß lachen.

Der Turm war eine dachlose Ruine, Quadersteine, fensterloses Mauerwerk mit Balkenlöchern. Den Gastraum bildete eine kleine Hütte, die sich an eine Ecke im Turminnern lehnte. Wände und Dach bestanden aus Holzlatten sowie Bambus- und Bastmatten. In dem Raum standen fünf Tische mit Stühlen. Fahles Neonlicht, dessen Quelle hinter einem Balken verborgen blieb, ergoß sich über die Tische, darauf rotweißkarierte Stofftischdecken, achtlos darübergeworfen, nicht sorgsam aufgelegt.

Geworfensein der Tischdecke, murmeltest du Uschi zu und rettetest euch in eine Tischlerei, denn dir wurde mulmig, als du die öde Askese sahst. Sie war erleichtert und strich dir über die Schulter, aus Zuneigung, aber wohl eher, um sich zu vergewissern, daß sie nicht allein in diesem Gastraum stand. Keine Gäste, kein Wirt. Kein Besteck auf den Tischen.

Aus dem schwarzen All hängen die Sonnen und erleuchten die kulinarische Kulisse. Marcel dreht sich zu mir um.

»Das himmlische Jerusalem.« Er zwinkert mir zu. Mir wird schwindlig im Licht. Ich bin geblendet, schaue mich aber dennoch im Studio um, muß alles sehen, Lichthunger, Sichthunger. Ein Kabelsalat.

»Drei große Kameras auf Stativen, zwei hängen von der Decke«, sagt Marcel.

»Aha. Es wird alles, aber auch alles gesendet.«

»Nein, ein Teil versendet sich auch.«

»Versendet sich?«

»Ja, ein paar Kleinigkeiten bekommt der Zuschauer nicht zu sehen auf seinem Schirm.«

»Darf man sich aussuchen, was er nicht zu sehen bekommt?«

»Nein, das bestimmt die Technik. Die Maskenbildnerin hat ja dafür schon dein Gesicht abgedeckt.«

»Achso, nur Äußerlichkeiten. Ich dachte, ich dürfte bestimmen, daß das Publikum meine schlechten Charakterzüge nicht mitbekommt.« Marcel lächelt mich, ich möchte sagen, liebevoll, an.

»Die mußt du verstecken, sobald an einer Kamera das Rotlicht aufleuchtet. Am besten, du beginnst alles mit einem leichten Lächeln. Schnittke schaltet bei Rotlicht auch immer sofort um auf Grinsemodus«, flüstert mir Marcel zu.

»Ich werde mein lächerliches Sosein hervorkehren.«

»Ja, aber bitte keine Grimassen schneiden.« Wir schauen uns an. Dann kreist mein Blick weiter durch die Hexenküche. Kahle Wände mit Kabelrollen, Anschlüssen, Steckdosen. Die Bühne: die blitzblanke Arbeitsplatte, das gewaschene Gemüse. Appetitlich. Am Gasherd, da hockt er, der alte Schnittke. Die schimmernde Glatze, eine Gloriole im Altarbild aus verchromtem Zierwerk und reinweißen Reliquien. Er fummelt an seinen blauen Flämmchen herum. Marcel neben ihm: Der Vater, der Sohn, der Heilige Geist.

»Herr Tischler«, sagt Schnittke freundlich zu mir, als wollte er mir seine Spielzeugeisenbahn zeigen, müßte nur noch ein Signal stellen, dann ginge es los. Und er ist frisch maskiert, wirkt aber hier im Studio plötzlich wie auf den Punkt gebracht. Hat meinen Namen richtig gesagt. Hat ein gutsitzendes gebügeltes Hemd. Wirkt privat und ungezwungen, dies aber hochprofessionell. Seine Bewegungen sitzen, seine Mimik wird nicht von flatterhaften Lippen unterm verschleiernden Schnurrbart beherrscht, konkrete Gesichtszüge wechseln präzise den Ausdruck.

»Schön hell hier. Wann geht es los?«

»Wir haben noch ein paar Minuten. Wir haben Ihnen alles für die Klopse zusammengestellt. Drei Töpfe, Bretter zum Schneiden, Messer und natürlich die Zutaten. Da ich einen von Ihren Klopsen am Ende der Sendung essen muß, waschen Sie sich doch bitte geschwind noch mal die Hände.«

»Sie müssen ja nicht.« Schnittke sieht mich maßregelnd an, als sei ich frech geworden.

»Natürlich. Das ist das Konzept. Und das Konzept ist einzuhalten, weil es gut ist. Ich habe es genau ausgearbeitet. Schauen Sie bitte, ob alles vollständig ist. Zutaten, Kochgeschirr.«

Der Redakteur eilt zu Hilfe und erklärt mir alles: »Hier ist das Gehackte, vom Kalb, wie Sie es gewünscht haben, da die Karaffe mit der Brühe, die Brötchen haben wir schon zerkleinert und in die Milch eingelegt, auch die Salzkartoffeln hat unser Praktikant schon aufgesetzt. Es ist der Topf hinten rechts. Sagen Sie einfach: ›Ich habe da was vorbereitet‹, oder sagen Sie gar nichts.«

»Ich habe da was vorbereitet«, sage ich zur Probe.

»Ja, aber das muß später natürlicher klingen«, sagt Schnittke, »sagen Sie am besten gar nichts, also dazu, meine ich. Verstanden?«

»Anchovis sind hier. Da die Kapern«, sagt der Redakteur.

»Und das hier ist Crème double und kalte Butter, falls Ihnen beim Montieren der Soße was mißlingt, dann hilft so ein Klacks davon immer. Und schmeckt. Hm«, sagt Schnittke, denn er ist der ungekrönte König aller Liebhaberköche, auch wenn mir seine Hinweise bei meinen laienhaften Erwartungen (das Glamouröse und das Leidenschaftliche des Fernsehens möchte ich schon erleben) recht lieblos und leidenschaftslos, ja, ich möchte fast sagen, gleichgültig, ja, ich möchte fast sagen, angewidert vorkommen. Der brummende und summende alte Maikäfer auf Freiersfüßen, den er außerhalb des Studios verkörpert, scheint sympathischer, trottelig und arglos, was er keineswegs ist, nicht sein kann als Beherrscher der Geister. Als der Meister. Der Maître seiner Kochkulisse.

Ihr wolltet euch in dem Raum umsehen, aber es gab nichts zu sehen. Der Raum war bis auf die fünf Tische leer. Die Wände waren geweißelt, obwohl nur aus Bast und Bambus. Von innen sahen sie massiv aus. Nichts an ihnen, woran sich das Auge festsetzen konnte. Du glittst immer wieder ab, dein Blick fiel auf den Fußboden. Uschi erging es ähnlich, und eure Blicke trafen sich wie die von zwei Schülern, die gerade beim Rauchen erwischt worden waren und sich im Wortsinn in Grund und Boden schämten (Leer 1959, Landau 1963). Natürlich wolltet ihr lachen. Da sagte in deinem Rücken jemand: Allora. Es klang scharf, mit rollendem R, als hätte Onkel Willi Arrabiata gesagt.

Ihr drehtet euch um, und mit einem Blick, mindestens so reduziert wie die Einrichtung, wies euch jemand, der der Wirt sein mußte, einen Tisch neben sich zu. Zweimal Serviette, Messer und Gabel darauf, hinter eurem Rücken schon gedeckt. Im Nu saßt ihr und hörtet abermals Allora. Du warst fasziniert von Mann und Stimme, beide dunkel und massig. Aufgedunsen. Das Allora ging in ein kräftiges Husten über, bei dem die Augen überquollen. Das ganze Gesicht war ohnedies schon so rot, daß sich farblich darin nichts mehr steigerte. Aber unter dem blauweißgestreiften Hemd wogten Gewölbe hin und her, während die Beine sicheren Halt behielten, in bordeauxroter Hose mit Bügelfalte. Der Mann war zwielichtig, er hätte bei den Roten Brigaden an Politikerentführungen beteiligt gewesen sein können, vielleicht einem veritablen Mord, aber auch an Kindesentführungen der organisierten Kriminalität oder eben so gut elbanischer Wirt, der sich jetzt auf den Besuch seiner Enkelkinder freute? Was sollte man ihm ansehen? Was sah man dir an?

Als du nichts sagtest, weil du dich noch sammeltest, sah dich Uschi an, sah ihn an, er sah sie an. Du immer noch ihn. Man sah ihm nichts an.

Il menu per favore, sagte Uschi.

Non c'è.

Non c'è?

No. Er hustete wieder.

Uschi war in Überraschung verstummt. Du sahst den hustenden Wirt an. Jetzt sprang das Wort im Raum zu dir: Allora, sagtest du. Langsam und geheimnisvoll und vor allem mit rollendem R, und mit tiefer Stimme: Das steigert die Spannung ungemein, nich wahr nich nich.

Okay, sagte der Wirt und verschwand hinter einer unlackierten Holztür mit abgebrochenem Griff in einem Nebenraum. Es mußte die Küche sein.

Ist er jetzt verschwunden, damit wir in Ruhe auswählen können?

Ohne Karte?

Doch da war er auch schon wieder. In der einen Hand zwei Gläser, in der anderen eine Flasche Rotwein, mit der er im Gehen bereits die beiden Gläser füllte, stellte sie in derselben Bewegung auf den Tisch, die Flasche daneben, sagte Allora und verschwand wieder hustend hinter der Holztür. Toll, dachtest du.

Wein ist deine Sache, sagte Uschi. Allora. Sie kicherte.

Beim ersten Einatmen am Glasrand fandst du wieder Mut. Es war eine würzige Muskatnote, und die Schlieren verrieten, daß es ein mindestens absolut süßer Wein war, gehörig likörig. Als du lächeltest, steckte sie die Nase ins Glas, während du den ersten Schluck über die Zunge laufen ließt. Das Etikett bestätigte deine Vermutung. Aleatico, der Likörwein aus

Portoferraio, der durch seine Muskatnote, wie man sie eher von einer weißen Traube erwartet, und durch die tiefrote Farbe eine ungewöhnliche Mischung ergab. Du hattest davon gehört, aber noch keinen getrunken. Daß er so süß war, erstaunte dich und erfreute Uschi.

Schmeckt, sagte sie, sehr.

Du sahst ihr in die Augen, bedauertest dabei, daß du ihr in all den Jahren keinen Sinn für trockene Weine hattest näherbringen können. Ausgerechnet bei ihrer geistigen Schärfe süße Weine wie eine alte Oma aus den Fuffzigern, wie deine Tante Friedel, bis sie eine Flasche Likör über ihre Patiencekarten verschüttete, die rettungslos verklebten. Konnte sie wegschmeißen. Jene, die man ihr nach zwei heiklen Tagen gekauft hatte, waren natürlich nicht annähernd so schön wie die alten, und Tante Friedel war eine Woche später tot. Selbst deine Mama schätzte trockene Rieslinge, Süßwein nur nach dem Essen, besonders seit sie in Waldkastenhausen mit dem weltgewandten Volker und dem gelehrsamen Egon aufgeblüht und schließlich mit über siebzig als von allen geschätzte Sekretärin bei Boehlke & Tischler Architekten in ein ungeahntes Berufsleben eingestiegen war. Nur ein Kunde, der die beiden zur Teilnahme an einer Ausschreibung für ein vielbeachtetes Bauprojekt in Darmstadt drängen wollte, ihre Chancen stünden nicht schlecht, machte eine Bemerkung über die Gesichtszüge der Sekretärin. Da packte Egon, der eben noch erste Entwürfe ausrollen wollte, den Mann am Kragen, sagte, er solle sein dummes Maul halten, und schmiß ihn raus.

Schnittke steht neben Tischler und beginnt mit den Vorbereitungen zu seinem fritierten Gemüse. Er sieht sich die einzelnen Stücke genau an, nimmt sie in die Hand, dreht sie, dreht Paprika und Broccoli, dreht Auberginen- und Zucchinischeiben, dreht Champignons und Pfifferlinge, Blumenkohlröschen und Kürbisblüten, wendet sie, als müßte er sie genau kennen, um gleich mit ihnen zu arbeiten.

Neben mir geht Schnittke seine Zutaten durch. Ich müßte alles haben. Da zwinkert er mir zu und macht eine Geste, die ich bisher nur als Bühnengeste kannte, denn je nach Abstand zur Rampe müssen Gesten verdeutlicht dargestellt werden, damit auch in den hinteren Reihen noch Zuschauer begreifen, was vorne wie gemeint ist. Und Schnittke lockt mich tatsächlich mit dem Zeigefinger seiner rechten Hand zu sich. Eine Geste, die an Deutlichkeit nichts zu wünschen übrig läßt. Man folgt ihr, überrascht von ihrer plötzlichen Anwendung im eigenen Leben, wie eine Klapperschlange der quäkenden Flöte ihres Beschwörers, fühlt sich für Sekunden wie auf einem iranischen Gewürzmarkt, der in unmittelbarer Nähe zu dem Trauerfest Mu- und dem Passionsspiel Taz- stattfindet, wird aber wie ein weiterer Zuschauer für die Quote hypnotisch von Guido Schnittke zu sich gezogen, um von dem legendären Menschenfänger verbucht zu werden, als was?

»Herr, ähm, Tischler, ich weiß, daß dies nicht zu meinen Aufgaben gehört, aber ich mache Ihnen folgendes Angebot – und erwarte keinerlei Gegenleistung, ich betone, keinerlei Gegenleistung – ich sehe nämlich gerade, daß Sie bei Ihren Zutaten, und das mag Ihre eigene Schuld oder die Nachlässigkeit meiner Mitarbeiter gewesen sein, über keine Schnittlauchröllchen für die Garnitur Ihres Gerichts verfügen.«

»Stimmt, Herr Schnittke, jetzt, wo Sie es sagen, stehe ich ganz ohne Schnittlauchröllchen da«, sage ich mit einer auch ironisch ausdeutbaren Eloquenz, unsicher, ob Schnittke gerade einen kleinen Scherz zur Auflockerung macht.

»Ich wäre also bereit, Ihnen von meinen Schnittlauchröllchen, die mir der Marcel ganz toll geschnitten hat, welche abzutreten. Was halten Sie davon?«

»Herr Schnittke, das wäre, also, eine Freude und eine Ehre, und Sie würden mir wahrhaftig aus der Klemme helfen.«

Schnittke zwinkert und lächelt großmütig: »Na dann machen Sie mal die Hand auf. Die Hände haben Sie doch gewaschen, oder?«

»Habe ich, Herr Schnittke.« Ich mache die Hand auf, und Schnittke schüttet zwei Löffel Schnittlauchröllchen hinein: »Zwei Eßlöffel sollten genügen. Falls das nicht reicht, dann können Sie folgendes machen: Sobald gegen Ende der Sendung die Kamera vier, das ist die, die hier vor Ihnen von oben auf die Teller schielt, meinen Teller zeigt, das wird so gegen Minute dreiundzwanzig sein, die Minutenzahl sehen Sie hier als rote Zahl auf dem Display, dann können Sie geschwind aus meinem Schälchen noch einen, vielleicht auch zwei Eßlöffel von den Röllchen stibitzen. Das darf nur die Kamera nicht mitkriegen, verstehen Sie?«

Ich weiß, wir hätten nie heiraten dürfen. Sie nippte vergnügt am Glas, als ihr die Strähne in die Stirn fiel: Man muß aber nicht aus allem eine Ideologie machen. Sie ließ die Strähne in der Stirn.

Du prostetest Uschi zu und legtest deine Hand auf ihre. Sie nahm sie und küßte sie. Eigentlich dein Part, zumindest wenn du aus einem weißen Mercedes ausgestiegen wärst und mit Slippern, Blazer und Halstuch einer Frau wie Uschi gegenübergesessen hättest. Einer verdammt attraktiven Frau. So gab sie dir einen Handkuß, sagte, was sie seit eurer Hochzeit immer dazu sagte: Küß die Hand, und nahm einen großen Schluck, den sie lange im Mund behielt und mit Süffisanz durch die Backen schwenkte, als würde sie nach dem Zähneputzen den Mund ausspülen. Sie grinste mit aufgeblähten Backen, und du konntest sie nur lieben.

Im Nebenraum war so etwas wie ein schwaches Zischen oder Rauschen zu hören. Es könnte die Flamme eines Gasherdes gewesen sein, auf dem etwas kocht. Du warst dir sicher, daß alles seine Richtigkeit bekam. Ihr hattet den Aleatico. Alles Weitere würde sich fügen. Uschis Magen knurrte.

Also, bekommen wir hier noch was zu essen? Soll ich mal in der Küche schauen?

Nichts überstürzen, sagtest du, einfach abwarten.

Vom Warten werde ich nicht satt.

Du hörtest schon die alte, liebgewonnene Standpauke: Du seist so ein verharrender Bedenkenträger, ein ewiger Theoretiker. Aber Hunger fordere Praxis, fordere Aktion. Nicht nur in der Dritten Welt.

Manchmal muß man den Dingen ihren Lauf lassen, sagtest du und wolltest ihr damit imponieren, daß nun genau das geschehen würde, worauf ihr wartetet. Das Konzept konnte schiefgehen.

Wir haben nichts bestellt, also wird auch nichts kommen. Und in Italien schon gar nicht. Da kommt mitunter nicht mal was, wenn du bestellt hast.

Du schautest auf die Tür, die einen Spaltbreit geöffnet war und dieses leise Rauschen in den Raum ließ. Du sahst förmlich das Gasflämmchen. Ein Pfingstwunder. Aber es war Herbst. Der Raum hatte in seiner Askese tatsächlich etwas Monströses. Er war aufgeladen mit zwingender Bedeutsamkeit. Mit wachsender Enttäuschung hofftest du auf das Unausweichliche. Nichts geschah.

Du goßt euch nach. Einmal. Zweimal.

Großes steht bevor, sagtest du mit einem Grinsen, das immer breiter wurde, sich über jeden Muskel des Gesichts zog, Verlegenheit, vielleicht wie ein ungeübter Zauberer, der sich immer sicherer wurde, daß auch der unmittelbar bevorstehende Trick mißlingen würde. Uschi erhob ihr Glas und sagte, als sich dein Grinsen wieder erholt hatte: Auf dich, Ernesto. Ihr stießt an.

Auf uns, sagtest du.

Das Rauschen von nebenan schwoll kurz an und verstummte plötzlich.

Tischler geht mit seiner Handvoll Schnittlauchröllchen zwischen der Arbeitsfläche und den Schränken auf und ab, orientierungslos, streut dann die Röllchen neben die Kapern und leckt ein letztes Röllchen vom Daumen.

»Herr Tischler, als Gesprächsetappen schlage ich folgendes vor: Wir trinken zunächst von Ihrem Rauenthaler Baiken. Wir werden anstoßen, sobald Kamera eins läuft. Ich werde kosten und begeistert fragen, wie Sie als Pfälzer zu einem Rauenthaler Baiken kommen. Können Sie denn etwas Qualifiziertes über den Riesling sagen?«

»Kann ich, Herr Schnittke«, sage ich und kürze ab, was auch in eine Beschimpfung hätte münden können, beginnend mit der kraftvollen Setzung: »Hören Sie mal, Herr Schnittke!« Aber mir helfen die physiologischen Vorgänge: ein leichtes, beiseite ausgeatmetes Aufstoßen von Fritte, Zwetschge und einem irritierend fahlen Zimtgeschmack (zunächst unerklärlich, vermutlich aus der Kaugummikugel) erinnert mich an den nächsten Schritt in meinem Plan.

»Gut-gut. Später werde ich Ihnen dann den Kappeler einschenken, und Sie werden begeistert sein und zum Ausdruck bringen, daß ich Ihnen als Pfälzer damit ein großes Vergnügen bereite.«

»›Großes Vergnügen‹ würde ich nicht sagen, eher ›eine große Freude‹.«

»Nein, sagen Sie ›großes Vergnügen‹! Dann erzähle ich, was wir machen, und dann kommen Sie mit Ihren Klopsen. Die Achtundsechziger-Geschichte mit dem Hungerstreik können Sie ja erzählen, aber es gibt zwei Dinge zu beachten:

nichts Politisches in meiner Sendung und nichts Schlüpfriges. Das dulde ich nicht, und im Vertrag haben Sie außerdem bereits unterschrieben, daß Sie politische und schlüpfrige Bemerkungen unterlassen.«

»Das habe ich unterschrieben?« frage ich und lächle. Schnittke lächelt nicht, schaut mich mißtrauisch an. Er ist Jurist.

»Das wäre es im Grunde, kann doch nichts schiefgehen, oder?« Er schaut mich eindringlich an, mit Wollmund und Schmollmund, mit Zuckerbrot und Peitsche.

Es polterte, dann flog die Tür auf, als hätte es eine Explosion gegeben, als sei der Gasherd in die Luft geflogen. Und eine gewaltige Stichflamme in schreiendem Orange, die sofort auf Bast und Bambus überspringt und im Nu die ganze Bude in ein Inferno aus Flammen verwandelt, in dem ihr, gerade noch ahnungslos und erwartungsvoll kichernd, versengt und pulverisiert werdet, hätte dich nicht überrascht.

Statt dessen quoll Dampf in den Gastraum, und ihm entstieg der Wirt, mit einem großen Teller, den er behutsam in beiden Händen trug. Die letzten Schritte zu euch an den Tisch hatten ohne Zweifel etwas Liturgisches, als trüge er eine Monstranz vor sich her. Ihr schautet euch an, vielleicht weil ihr an dasselbe dachtet: an einen heißen Sommertag. Uschi flüsterte: Ein Wunder, ein Wunder. Du lachtest, obwohl sich dir der Onkelwilliwitz um den heiligen Antonius von Padua, der zwei Jungfrauen begegnet, wieder nicht in Gänze entrollte. Der wirbelnde Wirt machte den stärkeren Eindruck: Seht her, was ich euch bringe. Er stellte den Teller zwischen euch auf den Tisch.

Allora, il polpo.

Du sahst, wie Uschis Augen groß wurden, wie sie angezogen wurden, wie ihr Kopf sich nach vorne schob, während der Körper nach hinten wich. Dir ging es ähnlich. Der Wirt war wieder in der Küche verschwunden, und es war der Moment, wo ihr euch mit dem Ausdruck des Verwunderns, des fürbaß Erstaunens ansaht, um euch zu vergewissern, daß ihr beide zugleich dasselbe saht, aus einer zusammenhängenden Welt hier herabgefahren wart und mit dem Staunen, aus dem ihr nicht mehr herauskommen wolltet, nur gemeinsam fertig werden konntet. Du staunst, und ich erst. Vor euch lag auf einem makellos weißen Teller ein ganzer Krake. Sein rotvioletter Körper, von dem sich die Krakenarme auf den Tellerrand zuzubewegen schienen, ja, vom Teller herabwinkten, sah aus wie ein rasierter Kopf ohne Nase, Mund und Augen, aber dennoch mit einem unbeirrt konzentrierten Blick. Selbst die Tischlerei, die dir durch den Kopf schoß, ecce polpo, war der liturgischen, ja, biblischen Dimension geschuldet, mit der ihr dreifaltig und gefühlt unendlich einfältig am Tisch saßt, so gesehen zu dritt. Dies ist mein Leib.

Da stand der Wirt wieder vor euch, hielt in der einen Hand eine Karaffe mit Olivenöl, in der anderen eine halbe Zitrone, und du wurdest von einer Erkenntnis zutiefst erschüttert: Was Onkel Willi einst bei der Zubereitung des Tomatenrettichsalates aufgeführt hatte, war die Travestie, die Parodie ebendieses Wirtes. Wie konnte das sein? Wie konnte das Original dir erst rund dreißig Jahre nach der Parodie begegnen? Wie konnte die Parodie dem Original vorausgehen? Da Onkel Willi nie auf Elba war, war es unwahrscheinlich, daß er den Wirt des Al Polpo je gesehen hatte. Also mußte der Wirt Onkel Willi gesehen haben, um der Parodie nach dreißig Jahren mit Ernst die Würde des Originals entgegenzusetzen. Dies widersprach jeder ästhetischen Logik neuzeitlicher Kultur, denn bei der *imitatio naturae* ist natürlich die Natur zuerst da. Sie muß ja erst angeschaut werden, um sie dann abzubilden. Da beginnt der Vorspann, der Baum richtet sich wieder auf, das Auto überschlägt sich zurück auf die Straße, der Fahrer kämpft, die Räder bremsen und fahren rückwärts aus dem Unfall heraus. Rückwärts bis zum Morgen zurück, bis zum Abend davor, und du dachtest, genauso passiert es. Und so ging es weiter. Der Wirt stand wie Toscanini vor euch, der mit Ölflasche und Zitrone den Einsatz zu geben schien. Und wenn er sie nicht in plötzlicher Änderung der Tonart sekundenschnell synchron und symmetrisch über den Kraken gehalten hätte, um die Zitrone darüberzuträufeln und das Öl in kleinen Kreisen über den Krakenkörper und die Arme mit ihren Saugnäpfen zu gießen, hättest du angefangen zu singen, zumindest irgendeinen Ton anzustimmen, mit dem du dich dem Vorgang um dich herum hingegeben und verschrieben hättest. Er verrieb mit der ausgedrückten Zitrone das Öl gleichmäßig über den Kraken, nahm eine Pfeffermühle vom Nachbartisch, die – du hättest schwören können – Minuten zuvor dort noch nicht gestanden hatte. Uschi saß in Andacht neben dir. Der Maestro drehte die Mühle, als zeigte er ein Crescendo in einer Rossini-Ouvertüre an, drei Sekunden, drei Sekunden, die dir vertraut waren, die du von früher, also eigentlich von später kanntest, bis auf dem violetten Kopfkörper die Pfefferpünktchen zwischen den porenartigen Öffnungen lagen, die dich an Sommersprossen erinnerten und immerhin einen Pulsschlag lang erheiterten.

Uschi sah dich an. Ihr schien nach einem Tischgebet zumute. Unterdessen war der Wirt mit Allora und gemurmeltem Husten verschwunden. Am Anfang war das Wort, und das Wort war bei Gott. Du nahmst Messer und Gabel so, daß auch Uschi sehen konnte, was nun zu tun sei, sprachst ein kurzes Allora und stachst die Gabel in einen Krakenarm. In einer Situation, in der es um Essen ging, und um eine solche Situation mußte es sich selbst hier handeln, warst du stets zuversichtlich, daß es nicht völlig falsch sein konnte, sich das Essen, hier einen wohl nach alter elbanischer Art gekochten

Kraken, zuzuführen. Das Werkzeug lag auf dem Tisch, der Krake stand wie ein dritter Gast zwischen euch. Auf eine Menüfolge schien dieses Essen nicht hinauszulaufen. Nach Contorni zu fragen, die dem puren Kraken vielleicht den Reichtum toskanischer Gemüsezubereitung hätten zur Seite stellen können, war völlig abwegig. Der Krake war für sich von euch zu essen, ohne Frage und ohne sonstwas.

Die Zeit des Redens war vorbei, die Zeit des Essens war gekommen. Du legtest einen Krakenarm auf deinen Teller und begannst mit der mundgerechten Zerschneidung. Es war weißes Fleisch unter der violetten Haut, das keineswegs wie befürchtet gummiartig war, sondern weich, aber nicht sämig-zerkocht, und mit leichtem Widerstand das Messer schneiden ließ. Das Messer schnitt. Vielversprechend. Unendlich zart, doch al dente. Der Geschmack des Tyrrhenischen Meeres betrat die Zunge, das Öl war ins Fleisch eingezogen, jeder Biß eine Offenbarung, jeder Bissen ein neuer Eindruck, der sich über den vorigen legte, zugehörig, erheiternd, bewußtseinserweiternd, betäubend schön, anrührend, neu und nie dagewesen. Geheimnisse entfalteten sich ungeahnt. Das erhitzte und gesalzene Meerestier verband sich mit dem kaltgepreßten Öl, die Säure der Zitrone belebte die Zunge an den Rändern und legte sich gleichsam auf die salzig angeregten Knospen. Alles fügte sich im Augenblick zusammen zu einer Kettenreaktion. Unausweichlich. Unerträglich. Tränen stiegen in die Augen. Rührung. Ergriffenheit. Beseeltheit. Allora. Amen.

In Uschis Händen zitterten Messer und Gabel, die einen Stich in die Krakengestalt nicht wagten. Sie kreisten um einen Arm, um den Körper, um einen anderen Arm, um einzelne Saugnäpfe, die die Instrumente der Zerstückelung abzuweisen schienen, abzustoßen, Widerstand zu leisten, das Unausweichliche aufzuhalten, Umkehr zu gebieten, an weibliche Intuition zu appellieren.

Du hättest ihr einen Krakenarm auf den Teller legen können, aber das bärtige Giertier, das ihr gegenüber saß, achtete es nicht. Es spießte und säbelte, drang mit den Schneidezähnen ein ins Fleischliche. Dem männlichen Expansionsdrang, dem mediterranen Machismo fühlen sich selbst in die Jahre gekommene deutsche Intellektuelle plötzlich verpflichtet. Das Tier kaute und malmte, spürte die Süße, die dem Kraken ungewohnt innewohnt, zerdrückte zwischen Gaumen und Zunge Weiß und Violett mit dem leichten Widerstand, den die Saugnäpfe boten, und schob es geschnitten und zermalmt weiter, in den Schlingschlund, weiter, immer weiter, hinunter zum Epithel der Speiseröhre. Die wartet. Die wartet womöglich mit Zellen, die nicht dazugehören.

Uschi legte das Besteck wieder zurück auf die Serviette. Deine Serviette hattest du dir längst in den Hemdausschnitt gesteckt und kautest vergnügt glänzend, unter Tränen. Du schnittst Uschi einen Krakenarm ab und legtest ihn ihr auf den Teller.

Der lange Arm der Konterrevolution, sagtest du mit vollem Mund. Sie mußte lachen und stach in den Arm.

Nieder mit der Konterrevolution, sagte sie, und das erste Stück verschwand paßgenau in ihrem breit grinsenden Mund. Breit mußte er allein schon von den Krakenstücken grinsen. Aber mit dem Kauen und der Einspeichelung drang auch bei Uschi der Geschmack ins Innere, ein langsamer Wimpernschlag, mit ihren echten Wimpern, nicht wie damals mit den Kunstwimpern als Hutfragment, ein Schürzen der Lippen, wie damals. Mit dem Essen kam der Appetit, die Freude und der Wein, dessen erste Flasche zur Neige ging. Nun schien auch ihr klar, was dich seit dem Zwetschgenkuchen deiner Mama und sogar beruflich, spätestens seit deinen Expeditionen mit Ulf, dem armen Ulf, in der Welt umhergetrieben hatte und umhertrieb. Die unwiderstehlichen Momente, wenn etwas das Gehege der Zähne betritt und auf der Zunge landet. Uschi hatte sich in eurer Ehe zu einer ausgesprochen würdigen Kommentatorin deiner Reise- und Speisetätigkeit gemausert. Sie bezeichnete dich und deinen Lektor gerne als umherschweifende Naschrebellen, eine Art Liebeserklärung (an beide?). Ihr wart nicht nur nicht zu bremsen, sondern nahmt sogar politische Themen in eure Buchreihe auf. Letztes Jahr hattet ihr euer neues Projekt anrecherchiert, Arbeitstitel: Was ißt die Revolution außer ihren Kindern? Ulf wollte den Titel durchkriegen, wie er sagte, und du schlugst den Bogen von Danton und seinen Vorlieben bis zu Lenin im Hotel Lux. Doch dann wurde er aus dem Leben gerissen.

Ein Schlag aus heiterem Himmel, im Wortsinn. Und nur zu fassen unter dem Aspekt der Schwerkraftwirkung. Und dabei so folgerichtig: Il faut cultiver notre jardin. An einem Sonnentag im Juni letzten Jahres fiel ein mit Basilikum, Rosmarin, Thymian und Minze bepflanzter Blumenkasten von einem Balkon im dritten Stock eines Mietshauses in Bockenheim herab und Ulf auf den Kopf. Er sei schwankend wieder aufgestanden, habe sich aus unerfindlichen Gründen die Schuhe ausgezogen und mit wirren Bewegungen seine Brille gesucht, dann sei er ohne Brille auf Socken einige Schritte weitergegangen, habe mit Resten von Blumenerde auf dem Kopf Alles in Butter gerufen, aber tonlos taumelnd, als ihm bereits das Blut vom Gesicht tropfte. Er habe einen Hustenanfall bekommen und sei auf der Kühlerhaube eines parkenden VW Beetle zu liegen gekommen. Der Notarzt stellte seinen Tod fest. Ein dürftiger Tatbestand. Zwei Tage zuvor hattet ihr beim Nuttenlouis an der Bockenheimer Warte noch einen denkwürdigen Abend verbracht, an dem ihr neben aktuellen Projekten über die mutmaßlichen Höhepunkte eures Lebens in Offenheit spracht, auch politische Haltungen diskutiertet, vor allem wunderbare Erinnerungen austauschtet, die beim Erzählen immer besser wurden. Es war wie so oft auch um den Häuserkampf gegangen, und Ulf gab jetzt seine Gewaltphantasien von einst zu. Die Krähenfüße habe er nicht auf einem Kinderspielplatz gefunden, sondern ordnungsgemäß besorgt.

Spekulantenpack und Hausbesitzergeschmeiß! sagte er und machte die Pantomime einer Erschießung, seine Hand ein Revolver, aber nicht gegen dich gerichtet. Solche Abende an der Theke, hinten, um die Ecke rum, wo Biere und Kurze getrunken wurden, hattet ihr Lebensabende genannt, und der letzte hatte eine rabiate Resonanz.

Ein Techniker beginnt meine Verkabelung. Sein um Zuversicht ringender Schmollmund hat sich in eine Silhouette trefflicher Männer hineingefressen, die sich selbst von einer anstehenden Sintflut oder einer Invasion rattenschwänziger Außerirdischer nicht die Zeit nehmen ließen, ein Kabel so aufzurollen, daß es sich ebenso leicht wieder abrollen ließ. Ein solcher Mann, Schwarz in Schwarz gekleidet, einer Todesallegorie zum Verwechseln ähnlich, steckt mir einen Mikrophonsender in die Gesäßtasche. Dann sagt er mit der Beiläufigkeit eines großen Arztes: »Bitte mal kurz die beiden unteren Hemdknöpfe öffnen.« Ich öffne, und er steckt mir das Kabel am Bauch unters Hemd, läßt am Kragen wie von Zauberhand den kleinen schwarzen Samtknopf herauskommen und knipst ihn fest. Ich bin verbunden mit den Haushalten Zehntausender aus der Mitte des sozialen Gefüges und knöpfe mein Hemd zu. Ich bin ein willfähriges Werkzeug unsichtbarer Mächte, wie mein neben mir stehender Freund fürs Leben. Die Überhöhung der Situation wird vollendet, als Schnittke sich vor dem trefflichen Techniker nur einmal wie ein Kreisel dreht, und schon sitzt der Samtknopf an seinem Hemd, als wäre er ein Teil davon. Ein Teil des Teils. Was? Hallo? Tonprobe.

»Sagen Sie was«, sagt die große Stimme.

»Ja, Hallo, zum Wohl.«

Ernesto, du schlingst. Weißt du, daß man alles viel länger kauen sollte und auch bewußter?

Ich weiß, und bewußt einspeicheln, aber beim Essen setze ich meine Konzentration nicht pausenlos dazu ein, bewußt einzuspeicheln. Das ist eine repressiv-autoritäre Forderung irgendwelcher Gesundheitsapostel.

Ja, manchmal etwas bevormundend.

Im Wortsinn. Mit Einspeicheln als Ideologie braucht man mir nicht zu kommen, sagtest du und mußtest angesichts der Schärfe der Prononcierung und deines fuchtelnden Zeigefingers lachen.

Bedrückt dich was?

Nein, Uschi, mußte nur an Ulf denken. Das Leben kann manchmal so abgegriffen sein. Gerade ist es alles andere.

Alles andere, sagte Uschi, ja. Aber dir war nicht klar, ob ihr klar war, was du meintest. Du wolltest eine Erklärung beginnen, aber dann nahmst du dein Glas und sagtest: Auf die Eheleute Tischler!

Ja, genau, auf uns als Eheleute! Das Erfolgsmodell. Und wir stehen nicht vor einem Scherbenhaufen.

Der Klassiker. Oder Eheleben als abgegessener Tisch, die leckeren Sachen sind weg, was bleibt, sind ein paar Soßenspritzer, aber es wird ja meistens rasch abgeräumt, sagtest du, als im selben Augenblick die rechte Hand des Wirtes nach deinem Teller griff. Er verschwand in der mutmaßlichen Küche, mit dem Geschirr und Besteck, das er in unglaublicher Geschwindigkeit auf Armen und Händen verteilt hatte. Uschi sagte: Wir sind das glücklichste Paar, das ich kenne.

Wir kennen uns ja kaum.

Vielleicht ist das das Geheimnis. Wir kennen uns ziemlich gut. Auch wenn wir nicht immer direkt nebeneinander auf dem Bild zu sehen waren.

Laß uns heute abend nur an die Zeit zu zweit denken.

Ist das abendfüllend? funkelte Uschi dich an.

Wir werden sehen.

Genießen wir den Moment. Schau dir Wolfram und Jutta an.

Ein Schock für Wolfram, aber er meint, sie kommt zurück.

Und Jutta an der Seite eines Studenten.

Sag nicht immer An der Seite, das klingt so reaktionär und spießig. Sie könnte seine Mutter sein.

Na, das klingt richtig spießig, erwiderte Uschi, warum sollte eine Frau nicht älter sein als der Mann? Ich bin auch älter als du.

Ja, drei Jahre. Ich könnte dein Sohn sein.

Du als Sohn. Ernesto, weißt du, was ich glaube?

Bevor du mit einem Nein ihre Antwort heraufbeschwören konntest, rauschte der Wirt durch die Tür und brachte kleine Dessertteller und Kuchengabeln. Er schenkte Aleatico nach und verschwand wieder.

Scheint noch was zu kommen, sagte Uschi, aber weißt du, was ich glaube?

Du wolltest wieder Nein sagen, aber mit sonorem Allora trat der Wirt auch diesmal dazwischen und stellte einen runden Kuchen vor euch auf den Tisch, der blutig schien, darauf schwammen kleine Maden. Das Blut war natürlich Aleatico und Alchermes, ein roter Likör, und es waren Pinienkerne und Mandelsplitter, die darauf saßen.

Allora, la schiaccia.

Ernesto, was ist das?

Alles was man sieht, ist Alkohol. Eine dolle Sache.

Wahrscheinlich eine elbanische Spezialität.

Ja, genau.

Aber wenn es keine wäre, hättest du sie erfinden müssen.

Ich hätte sie sicher erfunden, denn sie entspricht mir in vielem.

Genau, und darauf wollte ich hinaus, Ernesto. Weißt du, was ich glaube?

Nein.

Du bist dir seit damals ziemlich treu geblieben.

Oh, das höre ich gerne, daß alles so gradlinig war.

Ich meine, du verkörperst für mich wie kein anderer unsere Ideale.

Unsere? Deine und meine?

Nein, die große Utopie.

Ich bin entsetzt. Wie kommst du darauf?

Du bist irgendwie immer...

Hineingestolpert?

Eben nicht. Du hast die großen Fragen alle für dich aufgegriffen und in der unmittelbaren Lebenswelt umgesetzt. Du hast sehr früh kämpferische, konsumkritische Texte veröffentlicht.

Na ja.

Sie wurden gelesen. Du hast zwischen Schreibmaschine und Maschinenpistole geschwankt, also beide Wege angedacht.

Mit der RAF habe ich nichts zu tun.

Zu den Leuten vom Kommando Holger Meins hattest du Kontakte.

Hör mal, jetzt laß die Kirche im Dorf, du warst Kurier für Andreas und Ulrike, da erzähl mir nichts von meinen Kontakten. Dein Freund Bela sitzt seit fast zwanzig Jahren in einem Pariser Gefängnis.

Wir streiten, sagte Uschi heiter, du hast immer um die Sache gestritten, du hast immer alles in einen Zusammenhang gebracht. Ich glaube, du warst eine Zeitlang der einzige von uns allen, der darüber nachgedacht hat, was er tat.

Uschi, da muß ich dir heftig widersprechen.

Und widersprochen hast du auch. Als ich mit dem KBW achtundsiebzig den Großen Bruder Nummer Eins besucht habe und wir ihm in Phnom Penh und später bei den Landarbeitern begegnet sind, da hast du mich danach am Flughafen abgeholt und zu mir gesagt: Du bist so eine blöde Ziege, total bekloppt. Wie kannst du so einem Schlächter die Ehre erweisen?

Habe ich blöde Ziege gesagt?

Du hast sogar unsere Beziehung für beendet erklärt.

Ich weiß. Und ich würde es wieder tun, wenn du so einen Quatsch machen würdest.

Ja, und genau dafür liebe ich dich.

Meine Frau liebt mich dafür, daß ich sie noch mal verlassen könnte. Wunderbar, Uschi!

Du bist aufs Land gegangen, wie damals die Leute vom Revolutionären Kampf zum Opel gegangen sind. Du hast den Leuten ein bewußtes Leben auf ihrem Land beigebracht.

Ach was, ich bin aufs Land, weil es in der Stadt zu eng wurde. Ich brauchte Ruhe.

Und hast in deiner beschaulichen Art eine Agitproptheatergruppe gegründet.

Unsinn, wir haben Curt Goetz geprobt und nie aufgeführt, ausgerechnet *Doktor med. Hiob Prätorius,* und das mit Pfälzer Bauern.

Aufgeführt haben wir bei Gerd auch nie.

Ich durfte in der Rahmenhandlung auftreten, weil ich eine grundsätzliche basisdemokratische Entscheidungsfindung bei allen Fragen eingeführt hatte, und die Mehrheit entschied sich für Mundart. Ich war hochdeutsch besser. Also spielte ich statt Prätorius nur Sherlock Holmes aus der Rahmenhandlung. RAHMENHANDLUNG, Uschi!

Basisdemokratie, na also, that's you, Ernesto. Mit dieser Idee von Basisdemokratie haben die im Gemeinderat auf einmal Beschlüsse des CDU-Bürgermeisters gekippt.

Sie haben ihn abgewählt. Und es wäre beinahe zu einem Schisma gekommen. Gleisbach wollte sich von Rohrhofen trennen. Wollen wir von dem Kuchen kosten?

Jeden Samstagnachmittag habe ich in allen möglichen Dorfgemeinschaftshäusern Kundgebungen für die Vernetzung durch Feldhecken erlebt, Referent: Ernst Ewald Tischler, mein frischgebackener Ehemann, danach Dinkelstriezel, Grobschrotbrot und Malventee.

Frischgebacken, das ist ein gutes Stichwort. Wollen wir jetzt von dem Kuchen kosten?

Du schnittst Uschi ein Stück Schiaccia ab, legtest es ihr auf den Teller und drücktest ihr zugleich die Gabel in die Hand.

Sofort, Ernesto. Du hast eine Autobahn durch den Pfälzer Wald verhindert.

Ich nicht allein. Und mein Eintreten für den Mischwald.

Den Mischwald?

Den Mischwald, gegen Nadelmonokulturen.

Davon habe ich gar nichts mitgekriegt.

Blieb unbeachtet.

Aber du hast die historischen Bezüge zwischen Ernährungsfragen und Kulturschaffen geklärt.

Na ja, ich habe über Rossini und die Nudel und über Nietzsche und den Spargel geschrieben.

Mehr als zehn Bücher, über Luther, Wallenstein, Kafka, Goethe.

Höre ich da Neid?

Ein bißchen.

Ich finde, der Kuchen wäre das ideale Signal, um meine Lebensgeschichte jetzt mit dem Eingeständnis eines Happy Ends abzuschließen.

»Wir beginnen gleich mit der Eins«, sagt die große Stimme. Außer mir und Schnittke tragen jetzt alle Kopfhörer und beginnen zu tuscheln.

Wir setzen unsere Headsets auf.

»Und die Eins bitte«, sagt Hansi.

»Und die Eins bitte«, sagt die große Stimme. Schnittke nickt mir zu. Es geht los. Aufstoßen und ungehört Ausstoßen. Ich entlasse Gase, die von meiner Munition aufsteigen, und bin bereit. Ich könnte kotzen, und deshalb stehe ich hier.

Schnittke stellt zwei kleine Schüsseln vor sich hin, in der einen ein Eigelb, in der anderen Eischnee, den ich für ihn geschlagen habe: Was der Küchenbub so alles kann, toll, Marcel! Das ist das Konzept. Erst eine Tätigkeit verrichten, dann den ersten Satz sprechen. Niemals umgekehrt. Das duldet er nicht. Und der Satz muß ungezwungen kommen, nebenbei. Aber das Publikum muß sofort mittendrin sein.

»Der Jingle kommt.«

»Ah, Sie formen schon die Klopse. Kommen die auch in Ihren Büchern vor?« fragt mich Schnittke. Wie soll ich da jetzt auf den abgesprochenen Hungerstreik kommen?

»Nein, aber ich wollte mal ein Buch schreiben über Kant und Klopse, kulinarische Streifzüge durch die Aufklärung. Daraus ist nichts geworden, aber Königsberger Klopse begleiten mich schon mein Leben lang. Ich koche heute nach dem Rezept meiner Mama.«

Schnittke sieht mich mit säuerlichem Gesicht an. Ich soll ihm bitteschön nicht vermeidbare Gesprächssteine in den Weg legen. Er erwartet Hungerstreik, ich rede von Mama.

»Gibt es denn ein besonderes Erlebnis mit Königsberger Klopsen, von dem Sie vielleicht erzählen wollen?«

»Da gibt es viele.«

»Eins reicht ja schon.«

»Also, das war im Mai achtundsechzig. Ich hatte gerade Flugblätter gegen die Große Koalition verteilt.« Schnittke reißt die Augen auf, seine Augenbrauen tanzen aufgeregt oberhalb des Brillenrandes. Er fängt sich.

Das war für Schnittke zu politisch. Tischler hat ihn herausgefordert. Ich wußte, daß der was vorhat. Das ist ein Attentäter. Er wird die Sendung torpedieren. Mit kleinen Verunsicherungen fängt er an.

Schnittkes Brille funkelt nervös, aber ich lasse mir von ihm nicht die Texthoheit nehmen. Und Textproben gibt es nicht, wir doch nicht, hier doch nicht, mit mir doch nicht. Also, Schnittke, pariere, sonst sendest du dich in den Ruin.

»Lassen Sie uns zuerst anstoßen. Was haben Sie denn da für einen feinen Wein mitgebracht?« Er lenkt ab.

»Ein Rauenthaler Baiken, ein klassischer Riesling aus dem Rheingau.«

»Aus dem Rheingau, wunderbar, immer schön ausgeglichen zwischen Säure und Frucht. Aber sagen Sie, warum trinken Sie als Pfälzer einen Rheingauriesling? Gibt es in der Pfalz keine guten?«

»Es gibt ausgezeichnete in der Pfalz, und Sie werden uns ja in zehn Minuten einen guten von Kappeler kredenzen, aber der Rheingau ist so etwas wie die Wiege des Rieslings.«

Ich pack's nicht. Tischler hat die gesamte Dramaturgie kaputtgemacht und dem Publikum schon Schnittkes Wein verraten. Schnittke ist hilflos. Wirkt fast weinerlich, hantiert schon eckig mit Flasche und Gläsern, wie ein Kind, das gleich seine Spielsachen in die Ecke wirft und losheult. Was für ein Auftritt.

»Die Wiege des Rieslings, na, das müssen Sie mir mal genauer erzählen.«

»Nun, der Riesling ist ursprünglich am nördlichen Ufer des römisch besiedelten Rheinknies beheimatet. Zwar wurde an der Donau, in der Wachau, im frühen dreizehnten Jahrhundert bereits ein Wein mit Namen *Ritzling* angebaut. Aber der Rheinstrom ist unzweifelhaft die alte Heimat, denn die Römer brachten die Traminertraube mit, die gerade im rauheren Klima, das im Vergleich zu Italien hier herrschte, besser gedeihen konnte.«

Blähungen. Womöglich die Zwetschge von Franzen. Wenn mein Plan jetzt mal nicht nach hinten losgeht.

»Ich mache uns mal die Gläser voll. Zum Wohl, Herr Tischler.«

Entwarnung. Nichts passiert.

»Zum Wohl.«

»Hm. Ja. Schön.«

Schnittke rettet sich ins Zuprosten. Das trägt aber nur ein-, zweimal während der Sendung. Da kann er machen, was er will. Auf wessen Seite stehe ich?

»Die Zwei auf die Flasche. Etikett«, sagt der Hansi.

Ich werde Schnittke zeigen, was in mir steckt, aber noch muß mein Lächeln sympathisch sein: »Nun, der Riesling ist in der Tat ein sehr deutscher Wein. Gerade dieser vom Kloster Eberbach steht in einer großen Tradition, die bis zum Ursprung reicht, nämlich bis zur römischen Kulturspende des Weins. Wissen Sie, wie die Türken den Kaffee nach Mitteleuropa gebracht haben, so die Römer den Wein. Nur eben viel früher. Und genau hier, am nördlichen Ufer des römisch besiedelten Rheinknies, ist die klassische Ausprägung des Rieslings zu finden. Übrigens auch die, die ich am meisten schätze.«

Tischler wiederholt sich, wiederholt sich. Er ist in die Todesschleife geraten und quirlt die eigene Scheiße. Eigentlich sollte man keine Leute nehmen, die nicht aus der Branche kommen. Solche Anfängerfehler kann Schnittke ausbügeln. Bisher jedenfalls.

»Genau, der Rheingauriesling ist mir auch der liebste. Der ist nicht so säurebetont wie der von der Mosel.«

»Dennoch gibt es an der Donau einen Ort, nämlich Weißenkirchen in der Wachau, wo der Ursprung des Rieslings vermutet wird, vor allem von den Einheimischen. Dort soll schon in der ersten Hälfte des dreizehnten Jahrhunderts ein Wein mit Namen *Ritzling* angebaut worden sein.«

»Ah ja. Interessant.« Schnittke muß da wieder raus, Umleitung und Rückwärtsgang. Der ungeübte Gast ist ohne den Moderator aufgeschmissen. Tischler hat das Medium unterschätzt, der arme Ernst.

»Aber die Schiefer- und die Urgesteinböden am Rhein liefern den besten Untergrund für die Rebstöcke. Und, Herr Schnittke, machen Sie sich mal nichts vor: Der Rauenthaler Baiken ist sogar die wichtigste Weinlage im gesamten Rheingau. Nichts gegen das Nonnenstück oder den Rothenberg, aber der Baiken ist einfach eine Klasse für sich.«

»Hm. Schön. Hm. Leicht. Und nicht zu säurebetont. Schön. Ja.« Schnittke hat ein Blackout: »Hansi, Olli! Schnittke hat ein Blackout.«

»Nein, der fängt sich wieder«, hofft Olli.

»Schätzchen, red keinen Unsinn, das gibt sich«, mischt sich Jürgen ein.

»Die Zwei mal auf das Glas des Gastes«, brummt Hansi.

»Schön, ja. Eben nicht zu säurebetont, wie zum Beispiel der Pfälzer. Wissen Sie, was mein Vater immer gesagt hat in solchen Fällen? Da ziehe es einem das Hemd in den Arsch.«

Jetzt macht er Schnittkes Wein madig, noch bevor der ihn eingeschenkt hat, und verwendet verbotene Worte. Sag was, Schnittke!

»Die Drei fährt mal am Dekokorb entlang, weiter zu dem Schneidebrett mit dem Broccoli. Der Guido soll was schneiden.«

Jetzt habe ich meinen Vater im Fernsehen zitiert. Das Medium entmachtet nicht nur den Zuschauer. Ich halte das nicht länger aus. Ich forme Klopse.

»So, jetzt lassen Sie mich mal schauen, was Sie da so machen«, sagt Schnittke.

»Ich forme Klopse.«

»Was kommt denn da alles rein?«

»Die ganze Liebe zu Mama.«

Klingt infantil. Ist Tischler ein Psycho?

»Das ist ja schon eine ganze Menge. Und was tut denn da Ihre Frau Mama immer rein?«

»Ganz wichtig, Herr Schnittke, ganz wichtig, Anchovis.«

»Ah!«

»Ja! Meine Mama nannte sie Sardellen.«

»Ah!«

»Ja! Kleingehackt geben Sie eine feine salzige Würze.«

Ja, gib mir ein Ah! Das hat bisher immer gewirkt. Schnittkes Ah! entlockt den verstocktesten Gästen noch einen Sprechrest.

»Wissen Sie«, sagt Tischler, »die Anchovis sind im Klops das, was in der Soße die Kapern sind. Und sie ergänzen sich, salzig und sauer, sie ergeben die große Spannung des Gerichts, das Geheimnis der Königsberger Klopse. Und sie regen unmittelbar den Speichelfluß an ... «

Dämpfen, Schnittke, dämpfen. Speichelfluß ist ein No-go.

»Zum Wohl, Herr Tischler, stoßen wir noch mal mit dem Baiken an.«

Das ist unerträglich. Zwölffünfundzwanzig, und Schnittke hat noch nicht sein Gericht vorgestellt. Die müßten schon längst mit dem Kappeler anstoßen. Ich werd nicht mehr.

»So, und ich mache für Sie, Herr Tischler, fritierte Gemüsestücke an einer Rieslingvinaigrette.«

Wie das auf einmal klingt, sobald die Kameras laufen und sich Schnittke, der Schnittlauchröllchenschnittke, auf den Punkt bringt. Laut Display, auf das er mich, der Gute, aufmerksam gemacht hat, sind wir bei zwölfsiebenundfünfzig. Ungefähr die Hälfte. Dann muß ich in meinem Innersten wühlen. Jetzt muß mein Klopsetopf mit der Brühe auf den Herd.

Als ihr später auf dem kleinen Parkplatz standet, um euch gemäßigte Zikaden, hattest du den Eindruck, dem Restaurant entstiegen zu sein, wie man dem Limbus entsteigt, wenn man das überhaupt noch kann. Der feuchten Vorhölle, dem dampfenden Brodem des gekochten Kraken. Die Luft war kühl, aber klar. Sterne über euch, die sich, je länger ihr wieder und wieder nach oben schautet, zu vermehren schienen, Punkt um Punkt, Schleier um Schleier. Der Golf, der bei eurer Ankunft noch dastand, war verschwunden.

Einen Augenblick dachtest du an die enttäuschte Logik, denn außer euch waren keine weiteren Gäste im Restaurant. Aber der Gedanke trug nicht lange, sondern verschwand, als Uschi plötzlich nicht an ihrer Tür, sondern vor dir stand. Sie legte dir ihre Arme auf die Schulter, tastete sich an deinem Rücken herunter, zog dich zu sich und küßte dich. Dir wurde taghell.

»Ich habe Ihnen auch einen Wein mitgebracht, Herr Tischler, einen von Kappeler, 2006er Oberhorbacher Kapellenkranz, Kabinett trocken, den kennen Sie als Pfälzer sicher.«

»Ah! vom Kappeler!«

Tischler torpediert Schnittkes Fragetechnik. Er reißt das Ah! an sich, und Schnittke steht im Regen.

»Er kann das Ah! nicht halten«, sage ich leise zu Olli, der mit Schweißperlen auf der Stirn neben mir steht.

»Der Kampf geht in die nächste Runde, ihr Nasen«, kommentiert Hansi durchs Headset.

Schnittke muß sich in Sicherheit wiegen, denke ich, sonst wird er zu früh mißtrauisch: »Der ist aber sehr schön, säurebetont, aber auch fruchtig. Zitrus und exotische Aromen.«

»Hm. Schön. Leicht. Hm. Schön säurebetont. Hm. Zitrus. Ja.«

Vierzehnzweiundvierzig.

Die Alarmglocke meiner preußischblauen elektrischen Uhr klingelt, sie wird nicht aufhören, und es ist kein Ende in Sicht, und ich suche vergeblich im Kerzenschein nach einer langen Straße, die nirgendwohin führt, nach einem Schild, das es nicht gibt. Und sogar mein vernebeltes Hirn scheint hell, ziemlich krank.

Der Lichtkegel deines Volvos zeigte euch nur Steine und ein paar Pflanzen, die sich aber wie absichtsvoll, vielsagend winkend deinem Blick entzogen, noch bevor du sie bestimmen konntest. Unfaßbar. Das war doch, war das nicht? Uschi hätte über deine leise Verzweiflung gelacht. Der Lichtkegel schaukelte zwischen Geröll und Zweigen hin und her, und der Aleatico, das merktest du erst jetzt, als frische Luft wieder die Koordinaten von Raum und Zeit spürbar machte, hatte für einen Druck im Kopf gesorgt, der zwar den Augenblick von anderen Augenblicken trennte und gerade noch die Erinnerung an den großen Uschikuß wohlig auf Lippen und Zunge ließ, aber auch die Erinnerung begann zu schaukeln. Begann zu kreiseln.

Schnittke schnippelt, und Tischler formt.

»Herr Tischler, jetzt geben Sie mal acht. Ich mache den Bierteig für die Gemüsestücke. Die werden natürlich im Teigmantel fritiert.«

»Moment, einen Klops noch.«

»Lassen Sie den Klops doch liegen.«

»Es formt sich gerade so schön.«

»Hier können Sie was lernen.«

»Einen noch.«

»Nein, nein, nein!«

»Ist ja grauenvoll, was die beiden da anstellen. Die zanken sich noch. Die Drei mal bitte auf Guido, Hände, der soll jetzt die Zutaten zu seinem – was?«

»Bierteig«, sagt Olli.

»Zu seinem Bierteig holen. Macht ihm mal Zeichen.«

»Ich hole mal das Bier aus dem Kühlschrank.«

»Einen Bierteig zur Weinvinaigrette? Wie verträgt sich das denn?«

Jetzt stellt Tischler ihn in Frage, mit ungehörigen Fragen.

»Nun, das tritt ja nicht in den Vordergrund, das Bier.«

»Oh, ein Kölsch, das Hiesige.«

»Ja, ein leichtes obergäriges Bier, wie gemacht für meinen Teigmantel.«

»Sie tragen einen Teigmantel?«

»Ja, aber nur wenn es nicht zu heiß ist.«

»Was reden die da, Marcel?«

Schnittke und Tischler schauen sich an, als würden sie selbst nicht glauben, was sie da eben gesagt haben. Tischler lacht.

»Teuflisch lacht der«, sagt Hansi, »Sechzehnzweiundfuffzig.«

»Manche sagen ja, Kölsch sei kein Bier, sondern etwas für Kinder, die langsam an den Geschmack von Bier herangeführt werden sollen. Wie ein Latte macchiato auch kein Kaffee ist, sondern eine Übung im Vorschulalter.«

Schnittke sieht Tischler gekränkt und zunehmend ängstlich an. Er müßte dringend kontern.

»So so. Ich zeig's gerade mal kurz, wie ich den Teig mache. Also hundertfünfundzwanzig Gramm Mehl, einen Viertelteelöffel Salz.«

»Wie kriegen Sie das Viertel auf den Löffel?«

Schnittke schaut Olli an. Will er hinwerfen?

»Zweinull für den Gast«, sagt Hansi mit einem rasselnden Raucherkichern.

»Da habe ich«, Schnittke räuspert sich, »habe ich einen Blick für.«

»Nicht schlecht«, kommentiert Jürgen.

»Und hier das Bier, und hier zwei Eier. Ich habe das Eigelb vom Eiweiß getrennt und habe das Eiweiß, also die beiden Eiweiß ...«

»Eiklar.«

»Klar zu Schnee ...«

»Geschlagen.«

»Gemacht. Jetzt mache ich alles zusammen.«

Wenn ihm die Sendung entgleitet, dann wird Schnittke sprachlich unglaublich eindimensional und macht nur noch. Macht Eischnee, macht Wein ins Glas, macht die Friteuse an oder tut.

»Und geben Sie keinen Muskat an die Masse?«

»Natürlich. Natürlich mache ich Muskat dran.«

»Na, sehen Sie.«

Tischler wird herablassend. Er beherrscht Schnittke und die Sendung.

»Natürlich sehe ich das. Montieren Sie mal besser Ihre Soße.«

»Dazu müssen erst alle Klopse in der Brühe gesimmert haben.«

»Dann beeilen Sie sich mal, wir haben noch zehn Minuten.«

»Acht Minuten müssen die simmern, also jetzt noch vier.«

»Das wird aber knapp, also hopp-hopp.« Schnittke hat aufgeholt und drängt mich in die Ecke.

»Das war eine Schlappe für Tischler. Schnittke holt auf, aber Tischler führt«, lacht Hansi.

Vier Minuten simmern sind kein Problem. Ich werde was Nettes sagen: »Herr Schnittke, vielleicht kann ich Ihnen unterdessen beim Fritieren helfen.« Schnittke sieht mich an, als wollte ich übergriffig werden, als nähme ich mir Rechte heraus, die mir nicht zustehen. Seine leicht zusammengekniffenen Augen und der vibrierende Schnurrbart sagen mir: Der macht mir hier noch alles kaputt. Damit hat Schnittke ja recht, aber das kommt erst später.

»Wissen Sie, Herr Tischler, das geht ganz rasch, ich tunke das Gemüse in den Teig und tue es dann direkt in die Friteuse.« Ich denke an den Genuß, den ich von dem Ganzen haben will, und trinke einen Schluck Kapellenkranz.

Hui, sagte Uschi und lachte, als im Lichtkegel ein gebleichter Baumstamm am Wegesrand einen hellen Schein zurück ins Auto warf, sah zu dir herüber, mit einem Funkeln und, wie es schien, mit Plänen, mit Vorsätzen, mit Vorfreude. Ihr fuhrt die felsige Küste entlang, mit Meeresausblicken, Pinien, Olivenbäumen und Serpentinen, in denen man immer schmissig das Lenkrad herumreißen muß. Doch ihr saht nichts von alledem. Alles blieb unbehelligt jenseits des Lichtkegels. Ein Mond, schwarze Bäume, wie einst Onkel Willis schwarze Pergola am frühen Sommermorgen.

Ernesto!

In der Friteuse werden ummantelte Gemüsestückchen auf die Reise geschickt. Sie tanzen umher und scheinen sich an den prickelnden Blasen zu erfreuen, die sie umspielen wie Luftblasen den Körper eines Schwimmers im Bad. Vergnügte Körperchen kreisen im Becken.

»Schauen Sie mal, bevor Sie die Soße montieren, wie schön hier die Gemüsestücke geworden sind. Jetzt schauen Sie doch mal. Ich tue sie einfach mit der Gabel zum Abtropfen aufs Küchenpapier. Der Teig ist jetzt schön kroß.« Ein Broccolitorso sieht aus wie die Venus von Willendorf.

»Ich mache mich an die Soße.«

»Machen Sie, Herr Tischler, machen Sie. Ich mache die Vinaigrette. Also wichtig ist ein Traubenkernöl, das harmoniert mit dem Riesling, und der Weißweinessig steigert die Säure noch. Salz, Pfeffer. Fertig.«

Harmoniert, steigert. Schnittke findet aus seinem Sprachtief zurück zur gewohnten Form.

»Klappt wieder beim Alten«, sage ich.

»Vorsicht! Marcel, Vorsicht!« kackt mich Hansi an.

»Was macht Ihre Soße, Herr Tischler?« Das möchten Sie nicht wissen, Schnittke, das wirst du schon noch erleben, Guido.

»Wird sämig, Herr Schnittke.«

»Schön-schön, Herr Tischler. Und die Kapern?«

»Schon drin. Jetzt noch einen Spritzer Zitrone. Die Soße reduziert schon.«

»Wunderbar, dann servieren wir.«

»Soßenspritzer.«

»Soßenspritzer?«

»Ja, Herr Schnittke, alte Fritten.«

Was sagt Tischler da? »Olli, was sagt der?«

»Ich habe Soßenspritzer verstanden.«

»Alte Fritten? Ist der irre?«

Schnittke sieht mich an, ich zucke mit den Achseln. Dreiundzwanzigneunundfünfzig.

»Zwetschge«, sagt Tischler. Ernst, Ernst, was willst du uns sagen?

»Nein, ich finde eher Zitrusfrucht, die Säure dominiert die Frucht. Dieser Kapellenkranz ist ein 2006er, also ganz frisch, Zwetschge wäre ein Reifearoma. Bei einem 2003er vielleicht. Das geht oft über das Pampelmusige hin zum Zwetschgenhaften. Sehr zum Wohl, Herr Tischler«, sagt Schnittke und hält Tischler das Glas hin. Tischler muß nehmen, jo, Schnittke hat die Szene gerettet. Der alte Fuchs.

»Das alte Schlitzohr«, sagt Jürgen.

»Das ist Deutsches Fernsehen, Kinder, ein Moderator, der noch richtig auf Zack ist, vom alten Schrot und Korn.

Jawoll, seit dreißig Jahren mache ich mit Guido Fernsehen. Er hat's einfach drauf-drauf-drauf«, sagt Hansi, ganz aus dem Häuschen.

Vierundzwanzigeinunddreißig. Die Uhr tickt. Und ich ticke mit.

»So, auf die Gemüsestückchen kommt jetzt die Vinaigrette«, sagt Schnittke. Er träufelt die Vinaigrette nicht, er schüttet sie über die Gemüsekörperchen, daß es spritzt. Und noch mal. Und der zweite Teller. Lieblos, leidenschaftslos, ja, ich möchte fast sagen, gleichgültig, nur noch angewidert. So geht das nicht. Das darf man doch nicht. Aus seinem Schälchen nimmt er eine Handvoll Schnittlauchröllchen und streut sie auf seinen Teller, auf meinen Teller.

»So. Jetzt probieren wir mal. Ihre Klopse sind auch fertig, wie ich sehe.«

»Da sehen Sie mehr als ich.«

»Was? Ja«, sagt Schnittke, sieht mich an und sieht auf das Zeitdisplay.

»Die Soße muß noch eine Minute«, sage ich.

»Sieht köstlich aus.«

»Das täuscht«, sage ich und lache ihn an. Er lacht zurück: »Wollen Sie mal mein fritiertes Gemüse probieren?«

»Darauf habe ich schon lange gewartet.«

»Wie schön, Herr Fischler, jetzt ist es soweit.«

Gabeln aus der Schublade. Gabeln zur Hand.

»Da bin ich ja mal gespannt.«

»Und ich erst, Herr Fischer, so. Ja. Hm. Heiß!«

»Köstlich, Herr Schlittke, die Vinaigrette ergibt eine wunderbare Säure zum Teigmantel.«

»Ja, und man schmeckt noch das Gemüse. Da nehmen wir doch noch einen Schluck vom Kappeler. Zum Wohl!«

»Zum Wohl!«

»So. Jetzt bin ich aber auf die Klopse gespannt.«

»Wo sind denn zwei passende Teller?«

»Hier ist alles.«

»Wunderbar.«

Ich schaufle zwei Klopse auf den einen Teller und zwei auf den anderen. Eine Salzkartoffel für jeden reicht. Darüber die Soße. Nein, ich verzichte auf die Schnittlauchröllchen. Ich reiche Schnittke einen Teller. Er ist noch mit einem Bissen seines Gemüses beschäftigt und weiß nicht so recht, ob er meinen Klopsen trauen soll. Was bleibt ihm übrig. Und das ist der Moment. Ich schiebe eine Ladung in den Mund. Schnittke pustet.

»Heiß.«

»Ja«, kaue ich in die Kamera. Schnittke ist empfindlich. Ich habe schon die zweite Gabel im Mund. Was man hat, das hat man.

»Hm, wunderbar. Hm. Ganz ausgezeichnet. Und man schmeckt die Anchovis und den Zitronensaft …«

Du rissest, bremstest, rissest und hingst im scharfen Gurt. Der drückte Kuchen und Kraken in heißem Strahl zwischen deinen Schneidezähnen hervor. Ein Schwall spritzte gegen die Windschutzscheibe. Ihr hobt ab.

*An der Seite von Olympe erlebte er über zwanzig glückliche Ehejahre. Im Alter komponierte er viele kleine Stücke für Klavier, die einem eigenen und eigenwilligen Humor und Sinn für Komik entspringen. Er bezeichnete sie als »halbkomische Stücke für Klavier« und gab ihnen den Titel* Die Sünden des Alters. *Neben einer »Zärtlichkeit für meine Frau« finden sich darin auch »Hors d'œuvres«, namentlich »Die Radieschen«, »Die Anchovis«, »Die Gürkchen« und »Die Butter«, aber auch »Studentenfutter«: »Die getrockneten*

*Feigen«, »Die Mandeln« und »Die Nüsse«. Und es scheint, mit dem bestimmten Artikel, den er vor jede Nascherei setzte, rief sich Rossini stets den Geschmack ins Gedächtnis, ja schmeckte ihn mit beim Klavierspiel – und rief bei allen, die seine Stücke spielten und hörten, diese wichtigen Erinnerungen aus seinem Leben ins Gedächtnis oder auf die Zunge. Da aber das Kulinarische leider nicht im Genuß glücklich endet, sondern das Leben mit physiologischen Notwendigkeiten weitergeht, nannte er einen kleinen Walzer »Rizinusöl«.*

*La scala di pasta.*
*Nudelgerichte bei Rossini,* 1996, S. 176

Der Eindruck von umherfliegendem Erbrochenem du glaubtest angekaute Saugnäpfe in einem elbanischen Rundtanz zu sehen wurde vermischt mit dem schemenhaft kreiselnden Meer fahler Glanz des Mondlichts auf ruhiger See die nun krachend über dem Himmel erschien der in einem unerträglichen Druck auf Schädel und Augen sich unter das Meer schob alles in Drehung Uschi konnte sich nicht länger ohne Gurt nicht angeschnallt Uschi warum bist du nicht angeschnallt lenken Ernst lenken schalten Ernst schalten nichts zu machen Uschi unangeschnallte Uschi im Sitz halten und wurde zu einem banalen Körper zu einem Flugobjekt das sich mit der sich das sich mit der sich lösenden Windschutzscheibe im fahlen Orbit jenseits der gequetschten Karosserie verlor wohin des Wegs schöne Frau ist doch viel zu dunkel warte doch ich begleite dich bin doch um deine Rettung bemüht. Um Rettung. Bodenberührung. Aufschlag. Dynamik. Mechanik.

»Herr Tischler, sehr zum Wohl, schön, daß Sie in meiner Sendung waren.«

»Die Eins zur Totale aufziehen.«

Alles kommt wieder zum Vorschein. Nichts bleibt verborgen, kein Passagier im Rumpf eingeschlossen, alles an Deck und über die Reling. Erbarmungslose Invasion ins gleißende Licht des Studios. Der erste Schwall auf die Teller, auf denen die Gemüsestückchen vor der Übermacht ihrer zerkleinerten und magensauren Brüder und Schwestern die Flucht ergreifen, auseinanderstieben und Schnittke aufs Hemd spritzen. Der zweite Schwall auf den Gasherd, über die Klopse und die restlichen bierteigummantelten Gemüsestückchen auf dem Küchenkrepp, das freilich dem auftreffenden Material in gar keiner Weise gewachsen ist. Mit einem Wisch ist das Krepp weg, und ich bin noch nicht fertig. Der dritte Schwall ist von einer Heftigkeit, der sich Doktor Guido Schnittke trotz eines verzweifelten Schrittes nicht entziehen kann. Ein zweiter Schritt ist nicht möglich, auch der Fluchtweg zur Seite ist durch die verhängnisvolle Arbeitsplatte abgeschnitten. Alles fügt sich. Der Schwall hebt ihm die Brille von den Ohren, und Schnittke geht zu Boden.

»Wow, die Zwei schnell auf Guido. Die Drei auf den Mund des Gastes.«

Was war das? Ein Angriff? Ein Unfall? Daß zwei Flugzeuge in die Türme gerast sind, kann kein Zufall sein.

»Igitt, igitt«, ruft Olli voller Schmerzen.

Bemüht. Um Rettung. Bodenberührung. Aufschlag. Dynamik. Mechanik.

Der Volvo blieb in einem Olivenbaum stecken. Der Krach gequetschten Blechs und berstenden Autoglases hatte ringsum die Zikaden im schwarzen Gestrüpp zum Verstummen gebracht. Was blieb. War ein leichtes Ticken. Im Motorraum. Irgend etwas tropfte. Ansonsten Ruhe.

Holmes: Der Zufall, glaube ich, der läppische, zufällige Zufall – das ist die Tragik im Leben!

Watson: Awwer net uff de Bühn! Des verstehsch du net! Womit hawwe diese beide reizende Mensche diesen Tod verdient?

Holmes: *Nur* diesen Tod. Oder kann man reizenden Menschen Besseres wünschen, als daß sie lustig zur Grube fahren mögen?

»Hansi, das kannste nicht bringen. Das ist doch Wahnsinn.«

»So was kriegste nie wieder, du Nase.«

Ein Handtuch, wer hat denn mal ein Handtuch?

»Ein Handtuch für Herrn Schnittke!«

Hier stehe ich, erschöpft, und kann nicht anders, verstummt nach dem galligen Schluß. Wirklich erschöpft. Muß ich fliehen? Schnäller! Ärnst, schnäller! Schalten! Ich kann nicht mehr.

Der Gurt drückte und kniff. Du schwitztest. Du schwitztest und frorst. Du schwitztest frierend und hingst im Gurt. Du hingst im Augenblick. Körperwärme, deine. Kopfwärme, deine. Es pochte im Daumen. Die Haare juckten. Alles juckte, dann wieder nur Wärme. Du rochst nichts. Du atmetest. Hastig. Aber nach Luft schnapptest du nicht. Kein Grund zur Sorge. So gesehen alles in Ordnung. Die Hände lagen ordnungsgemäß auf dem Lenkrad, die Finger umgriffen das Lenkrad, das Halt bot. Halt und Stütze. So gesehen Hoffnung. Besinnung. Erinnerung. Glück gehabt. Augenblick. Grad noch mal gutgegangen. Gleich. Glück gehabt. In Kürze. Grad noch mal gutgegangen. War nicht meine Schuld. War deine Schuld. Ach, wer schuld ist oder was schuld ist, das weiß kein Aas. Irgendwas läuft die Stirn runter. Ein kleines warmes Rinnsal. Läuft in Richtung Auge. Solltest du schließen. Ist aber angenehm. Wegwischen. Aber deine Hände sitzen so gut auf dem Lenkrad, so sicher, keine Gefahr. Eine gewisse Müdigkeit legt sich auf deinen Volvo, auf dich, auf deine Hände. Zerdrückt deinen Volvo, sitzt auf der Brust, auf dem Kopf, ein Druck auf den Schläfen, ein leichter nur. Aber du mußt was tun. Du mußt verdammt noch mal was tun. War deine Schuld. Grad noch mal gutgegangen. Und Uschi? Glück gehabt. Mit der Scheibe raus. Uschi! Du flüstertest mehr, als du riefst.

Uschi!

Mußte den letzten Zikaden entgegengerufen werden, auch wenn sie in der herbstlichen Frische der Abendluft nur verhalten schabten. Friedlich. Uschi saß jetzt irgendwo neben dem Auto und machte dir gleich Vorwürfe. Bedenkenträger. Lenkradfesthalter. Federhalter. Da drehte der kleine orangefarbene BMW vor der gegenüberliegenden Tankstelle und rauschte mit quietschenden Reifen davon. Ja, das war Uschi. Neben ihr Bela am Steuer. Hinter ihr Rüdiger, der mit den Armen fuchtelte. Staub wirbelte um das Auto auf. Das verrückte Huhn sauste davon. Im aufwirbelnden Staub konntest du nicht einmal das Kennzeichen von Belas BMW entziffern. Die dumme Uschi haute ab. Mußte in der Gegengewalt verschwinden. Aufgehen im bewaffneten Kampf. Einfach weg. Die eine flüchtet, der andere bleibt stehen, im Staub vor Onkel Willis Hofeinfahrt. Mußte man ausgerechnet in Waldkastenhausen verlassen werden? War man da nicht ohnehin verlassen? Auch wenn einem Onkel Willi die Treue hielt. Uschilos. Nimm die Hände vom Lenkrad, wenn du mit dir sprichst.

Der Volvo hatte sich überschlagen, war aber auf den Rädern gelandet. Also Tür auf. Dir schwant was. Raus da. Es tickt noch im Motorraum. Es pumpt noch im Brustraum. Dir ist nichts passiert. Du spürst alles, was dran und drin ist. Los, auf jetzt. Alla hopp. Uschi, komm doch mal eben her und bring die Windschutzscheibe mit. Die müßte bei dir rumliegen. Kaputt? Du meinst, sie ist kaputt? Ich fahre schon mal das Auto aus dem Gestrüpp. Der Rückspiegel hängt lustlos an einem Kabel. Sieht nicht gut aus. Gar nicht gut. Hilfst du mir mal aus dem Auto? Die Tür scheint zu klemmen. Du nahmst Ulfs Käfer, den hatten sie stehenlassen, der Schlüssel lag auf dem Wohnzimmertisch.

Als du nach sechs Wochen nichts von Uschi gehört hattest, kein Anruf, keine Karte, kein Brief, da war die Wut nicht so groß wie die Sorge. Und du wolltest aus dem Volvo aussteigen. Zweifelsfrei wart ihr ein Paar, das sich wieder einmal neu finden mußte, nach einem tragischen Einschnitt, und sie mußte sich vielleicht am dringendsten finden. Auch nach sechs Wochen klemmte noch die Volvotür. Die Fahrertür. Vielleicht stiegst du besser durch die Beifahrertür aus. Erst Gurt lösen, dann über den Schaltknüppel steigen. Der Beifahrersitz leer. Der Beifahrer. Der heilige Krahl. Damals auf eisglatter Fahrbahn. Unaufhaltsam der Laster. Das ganze Leben. Nichts wie weg. Wenn's nicht mehr geht, kommt der Rest sehr schnell. Brutal. Dürftig. Was willst du machen? Tu was. Mach schon!

Sie ist nicht da, sagte Frau Jensen und öffnete endlich die Fahrertür.

Das habe ich mir fast gedacht, sagtest du. Und wo ist sie?

Lieber Ernst, jetzt wundern Sie sich bitte nicht, aber ich weiß es nicht. Dir schwante was.

Ach, wer schuld ist oder was schuld ist, das weiß kein Aas, sagt der LKW-Fahrer, der entgegenkommt, als der Motor des Schweinetransporters wegbleibt und Pierre im Alfa keine Chance hat, seine Karre ist stehengeblieben, ich komm von rechts, wenn ich nicht gewesen wäre, wäre er in die Böschung gejagt. Das steht mal fest. Und wenn dieser verdammte Bordstein nicht gewesen wäre, hätte er sich nicht auch noch überschlagen.

Ich mein, das ging so verdammt schnell. Ich weiß nicht, so in vier, fünf Sekunden vielleicht, sagte Frau Jensen.

Grad nochmal gutgegangen, sagtest du, ich bin müde.

Jetzt kam ein Schwall Luft durch die geöffnete Fahrertür, und du begannst zu riechen. Kotze, alles vollgekotzt. Auf der Stirn brannte eine Wunde. Der linke Scheinwerfer hatte überlebt, warf einen unnötigen Lichtkegel ins Gestrüpp, so grell, daß Zweige und Blätter sich überdeutlich in den Blick drängten, ohne daß du bestimmen konntest, welche Pflanze es war. Dahinter Dunkel.

Uschi, riefst du, Uschi, wo bist du?

Lieber Ernst, sagte neben dir Frau Jensen, jetzt wundern Sie sich bitte nicht, aber ich weiß es nicht.

Du blicktest in ihre sanften Augen, wurdest wütend, ungehalten, stießt die Pastorengattin, deine Schwiegermutter, von dir. Fahles Mondlicht, Gummidichtung und Rahmen der Windschutzscheibe hingen erschöpft an einem spitzen Felsbrocken, als Trophäe um den Hals. Der Fels hatte gewonnen. Nicht triumphal, erst auf den zweiten Blick erkennbar.

Uschi! Uschi?

Der Abgrund. Gräser, Fels. Es schimmerte das Gras im Mond. Nicht das Gras, denn um Gras schäumt keine Gischt, die kräuselt sich im bläulichschwarzen Meer. Es war das Meer unter dir, in der Tiefe. Keinen Schritt weiter, Ernesto!

Uschi? Grad noch mal gutgegangen. War nicht meine Schuld.

Uschi?

Keine Antwort mehr. Du konntest deine bewußtlose Frau nicht finden. Du standst an Grasbüschen, die nur eines im Sinn hatten, dich in die Tiefe zu reißen. Du hättest nur deinen Fuß darauf setzen müssen oder dich setzen wollen, und schon wärst du weg gewesen. Verdammt schnell. Ich weiß nicht, so in vier, fünf Sekunden vielleicht. Keinen Schritt weiter, einen zurück. Schwankend jetzt. Tränen liefen über deine Wangen in deinen juckenden gestutzten Bart, heute morgen im Hotel noch gestutzt. Sie schaute dir in die Augen. Und alles im dunklen Bett, ohne Pyjama oder Nachthemd der angetagten Eheleute, jetzt noch, Ende September, Uschis nackter Hintern lag dezent, aber unausweichlich vor dir, deine Hand legtest du darauf. Nicht als Besitzstandsanzeige, sondern weil dieser weiche warme Hintern der schönste war, den du je gesehen, und einer Frau gehörte, mit der du das Happy End zehn Jahre nach der Hochzeit begehen, bereisen und nacherleben wolltest, denn synchron war eure Ehe nicht, aber alles wurde nachgeholt. Irgendwann. Bei dir ohnehin, denn der zweite Anlauf war deine Stärke. Die Endlichkeit des Lebens kennt keine Grenzen. Kennt nur das Bevorstehende.

Du küßtest sie. Ihr schlieft miteinander. Im Bett in Portoferraio, Signor Tischler e la Signora. Grazie. Wann gibt es Frühstück? Quando è l'ora di colazione? Sie schöner denn je. Und dann die weiße Strähne, la ciocca bianca, sapete, wunderschön, einfach so, als hätte sie früher gefehlt, vollständig: Uschi, jetzt sind wir vollständig.

Ich weiß, Ernesto.

Warme Haut.

Schau mal, ob er einen Steifen hat.

Hat er, dachtest du.

Ihr Kopf in deiner Hand, deine Hand auf ihrem Gesicht, ihre Wangen entlang streichend. Die Lippen, Morgenlippen, dunkel und durchblutet, gar nicht trocken.

Das Personal stürzt herbei. Handtücher werden aus sicherer Distanz gereicht. Bloß nicht den besudelten Alten anschauen. Sein Schädel glänzt nicht mehr, ist bedeckt von den Bröckchen wie sein Schnurrbart. Ich halte Abstand, die beringte Hand wollte ich jetzt nicht auf meiner Schulter spüren. Neben mir steht Hansi, im Blick den genußvollen Schrecken des Augenzeugen: »Da hat unser Praktikant aber einiges sauberzumachen.«

»Ja, das muß alles wieder blitzblank werden«, sagt Jürgen automatisch.

»Und zwar in zehn Minuten, wir müssen die fehlenden Takes nachholen«, sagt der Produktionsleiter.

Soll ich lachen? Alle bleiben stehen, ahnungslos, regungslos, sind den infernalischen Ausdünstungen ausgesetzt. Aus Bestürzung wird Lähmung.

Erste Hände haben Nasen und Münder erreicht. Denn hier ist es ähnlich wie beim Gähnen: ansteckend, wenn der Ekel am hinteren Gaumen, am Eingang zum Hals einen Würgereiz auslöst.

»Nein, das kann man dem Praktikanten nicht zumuten, da muß eine professionelle Kraft ran«, sagt Olli, erste Zuckungen, hinter vorgehaltener Hand das Auswerfen der ersten Fontäne.

Hansi ist sich sicher: Jetzt kann nur eines helfen. Eine Putzkolonne, aber zackig, sonst kann man die weitere Produktion vergessen. Schnittke fragt mit gebrochener Stimme: »Wo ist meine Brille?« Sie liegt hinter ihm auf der Arbeitsplatte, die ihm den Weg versperrt, aber immerhin seine Brille aufgefangen hat. Fassung kehrt zurück, denn es gibt etwas zu tun. Die Brille ist besudelt. Benommen und beherzt nehme ich sie, gehe zum Waschbecken und halte sie einfach unter den Wasserhahn. Ein wenig Spülmittel, und die Sicht ist wieder klar.

»Hier!«

»Danke.« Schnittke lächelt sogar. Hansi deutet auf Tischler: »Dem muß wohl tierisch schlecht geworden sein, kümmere du dich um ihn.« Ich gehe auf Tischler zu: »Und bei Ihnen alles in Ordnung? Ist Ihnen noch unwohl?« Es war unser Gast, der das alles angerichtet hat.

Ich bin mir nicht sicher, ob ich angesichts dieser handfesten Katastrophe, die ich angerichtet habe, in diesem Augenblick nicht besser das Unschuldslamm spielen soll. Aber nein, ganze Arbeit, Tischler, ganze Arbeit!

Wie ein kleines Kind, sehe ich, halte ich mir die Hand vor den Mund, verwundert über die Ausmaße einer unbedachten Handlung, und wie ein alter Sack, dem gerade schlecht geworden ist und der noch einmal aufstoßen und hoffentlich ungehört und ungerochen ausstoßen muß. Am Mund spüre ich Tischlereien kleben, die vereinzelt das Kinn hinablaufen. Ich wische.

»Der Wolf muß her!« sagt Hansi. Wolf ist der Leiter der Putzkolonne. »Der muß sofort mit allem anrücken, was er hat. Ein Arzt soll mal herkommen und nach dem Gast schauen. Wie geht es Ihnen, Herr Tischler?«

Tischler nickt, es gehe ihm gut.

»Marcel, nimm Herrn Tischler erst mal mit in euer Büro.«

»Komm, kommen Sie, Herr Tischler«, ich führe ihn langsam aus dem Studio.

Die Studiotür schließt sich wieder. Es wird dunkel und angenehm kühl. Hier riecht es wohltuend nach Teppichkleber. Auf dem Weg ins Büro komme ich sofort zur Sache: »Ich habe noch nie jemanden so kunstvoll kotzen sehen. Sie machen das schon ziemlich professionell. Du machst das schon ziemlich professionell.« Da bricht Tischler in ein befreiendes Gelächter aus: »Danke.«

Endlich ist mir einer auf die Schliche gekommen. Einer hat erkannt, was hier gerade passiert ist.

»War ja wie ein Anschlag. Frühe Raf, Kaufhausbrände in Frankfurt oder so.«

»Hoppla, Marcel, alle Achtung«, ich muß lachen, »du weißt Bescheid.«

»Alle unterschätzen mich. Unterschätze du mich nicht auch.«

»Alles aus diesem Film?«

»Na ja, dabei war ich nicht.«

»Ich schon.« Sie kicherte: Auf der Zeil hat's gebrannt.

»Aber wenn das hier ein Attentat gewesen wäre, dann wäre das der geilste Anschlag, der je im Deutschen Fernsehen stattgefunden hätte. Und der Witz ist: ich würde dir das sogar zutrauen.«

Doch nicht erkannt. Marcel hat es nicht verstanden.

»Eine coole Aktion, muß ich schon sagen.«

Aktion, immerhin Anerkennung: »Findest du?«

»Jo.«

»Marcel, ich muß dir was sagen.«

»Ich weiß, das Ganze war ein schrecklicher Unfall, dir ist das peinlich, aber es wäre eine schöne Idee.«

»Nicht peinlich und keine Idee. Marcel, es war kein Unfall. Es war eine echte Aktion. Das war alles Absicht, verstehst du?«

»So nach dem Motto: Fernsehen find ich zum Kotzen?«

»So platt würde ich das nicht ausdrücken, aber es kommt der Sache schon ziemlich nah.«

»Nee, ne?«

»Doch!«

»Boa. Aber im Ernst, Ernst, Herr Tischler. Was haben Sie sich, was hast du dir davon versprochen?«

»Na, ich denke, das Publikum hat schon was mitbekommen, bevor abgeschaltet wurde, oder? Und selbst das abrupte Abschalten muß doch für den Zuschauer fulminant gewesen sein. Das Publikum denkt sich die Ausmaße zu Ende. Alles, was es nicht sieht, stellt es sich vor!«

»Welches Publikum?«

»Na, die Zuschauer!«

»Ernst, das war eine Aufzeichnung.«

»Aufzeichnung?«

»Ja, wir haben noch nichts gesendet. *Guido à la Carte* wird aufgezeichnet. Unter Live-Bedingungen, also so, als würde direkt gesendet werden.«

»Wie, das ist nicht gesendet worden?«

»Nicht eine Sekunde!«

Ich verstehe nicht recht. Da liegt offensichtlich ein Irrtum vor. Soll das heißen? Live-Bedingungen, was ist das? Soll das etwa heißen? Ich sacke zusammen wie ein Soufflé. Das schmerzhafte Stechsignal, das der große Zeh meines rechten Fußes nur selten aussendet, läßt mich taumeln. Und da: auch der Stich beim Schlucken.

Du schriest, hilflos wie nie, gefesselt in der Dunkelheit eines drohenden Abgrunds. Jetzt schon besser sichtbar, das Mondlicht schuf Konturen um dich herum. Nah und fern, spitz und stumpf. Du schliefst ein. Spürtest ihre Wärme. Irgendwo mußte doch ihre Wärme strahlen. Abzugeben an das Macchiengestrüpp, die Oliven und Pinien. Die Nacht war monströs, haltlos stürztest du in einen endlosen Schlaf, in dunkle Dumpfheit. Traumlos. Rasend. Die Zeit flog. Deine Zeit, ihre Zeit, Minuten, Stunden. Vorbei. Es wurde hell.

Bist aufgewacht, aus dem Bett gefallen, hast dir den Kamm durch die Haare gezogen. Bist irgendwie runtergegangen und hast einen Kaffee getrunken und gemerkt, daß du ziemlich spät dran warst. Hast deinen Mantel gefunden und nach deinem Hut gegriffen. Bist in ein paar Sekunden in den Bus gehechtet. Bist irgendwie raufgegangen und hast eine geraucht. Und jemand hat was gesagt, und da bist du schon rein in einen Traum. Bin aufgewacht, aus dem Bett gefallen, habe mir den Kamm durch die Haare gezogen. Bin irgendwie runtergegangen und hab einen Kaffee getrunken und gemerkt, daß ich ziemlich spät dran war. Hab meinen Mantel gefunden und nach meinem Hut gegriffen. Bin in ein paar Sekunden in den Bus gehechtet. Bin irgendwie raufgegangen und hab eine geraucht. Und jemand hat was gesagt, und da bin ich schon rein in einen Traum. Traumschrott. Aus der Traum. Unter mir die Brandung. Ausgetrockneter Mund, eingetrockneter Schleim im Mundwinkel. Mußte ertragen, geschluckt werden. Restschleimschlucken. An Elbas Küste zerschellt. Wer sich nicht wehrt, stirbt. Uschi war nicht in die Tiefe gestürzt.

»Wolf und seine Kolonne werden das Studio reinigen. Und dann geht es weiter.« Marcel zuckt mit den Achseln.

»Weiter?« Ich bin flambiert, hinke stinkend ins Büro und lasse mich auf einen Stuhl fallen: »Was geht weiter?«

»Na, die Sendung, das heißt, die Aufzeichnung.«

»Unter Live-Bedingungen.«

»Genau. Ich denke, die drehen die letzten zwei, drei Takes noch mal. Bis zu deiner Explosion war doch alles in Ordnung.«

Alles vergebens. Kein Attentat, keine televisionäre Äußerung.

»Und jetzt?«

»Jetzt warten wir hier, bis die fertig sind mit Saubermachen.«

»Wirst du mich verraten?«

»Soll ich?«

»Ich bitte darum. Sonst wäre alles vergeigt, oder?«

»Und was soll ich sagen? Daß du absichtlich alles vollgekotzt hast, aus Protest? Das glaubt doch kein Schwein.«

Jetzt hat mich das Medium um meinen Protest beschissen, hinterhältig, unabänderlich und unwiderruflich. Ich bin dem Scheißfernsehen auf den Leim gegangen.

»Also, mein Tip, Ernst: Hau ab. Jetzt. Den letzten Take noch mal zu machen, ist doch erniedrigend, oder?«

»Ist das ein Angebot?«

»Der gute Rat eines jungen Mannes.«

»Ja, da ist vielleicht was dran. Es wäre ein guter Abgang.«

»Das hier ist Jürgens Autoschlüssel. Jürgen ist der Aufnahmeleiter mit der gelben Brille.«

»Ein widerlicher Mensch.«

»Ja, genau, aber er hat ein schönes Auto.«

»Dann nehmen wir das doch.«

»Wir?«

»Ja klar, du kommst natürlich mit. Attentat mit anschließender Entführung.«

Ernst zieht sich sein Hemd aus der Hose und schiebt die Hand darunter, der Zeigefinger ist auf mich gerichtet – oh!

»Ach du Scheiße«, sage ich.

»Du mußt hier raus«, sage ich zu ihm, vielleicht etwas väterlich, obwohl ich gar nicht weiß, wie das geht, »mußt dir einen anderen Wind um die Ohren wehen lassen. Keinen Quotenwind. Mein Professor hat mal geschrieben, daß man sich dabei ertappen kann, den geistigen Anspruch an sich selbst zu lockern, unter das Niveau zu gehen, in Sache und Ausdruck allen möglichen Gewohnheiten zu folgen, die man als wach Erkennender verworfen hat.«

»Den Satz kenne ich.«

»Na, siehst du.«

»Wir würden hier verbrannte Erde hinterlassen.«

»Nicht im Wortsinn.«

»Du würdest sterben, schön. Und ich?«

»Du würdest deiner Wege gehen.«

»Mit Betonung auf…«

»Deiner.«

»Hätte ich was gelernt?«

»Von mir sicher nicht. Das hier ist kein Bildungsroman.«

Sie lag ganz in meiner Nähe. Ihre Jeans saß, ein grüner Streifen auf ihrem Hintern, Moos? Flechten? Ein Schuh fehlte. Ihr gelber Pullover. Jetzt erst war mir aufgefallen, was sie zum Ausgehen am Abend getragen hatte. Sie lag wie erschöpft vor einem scharfkantigen Felsblock. Richtblock. Richtet nicht, auf daß ihr nicht gerichtet werdet. Neben dem harten Fels der weiche Körper vor der Starre. Wir kennen euch nicht. Zerklüfteter Granit, der dem Macchiengestrüpp an Widerborstigkeit in nichts nachsteht, der plötzlich alle Lieblichkeit vergessen läßt. Das Bild wurde scharf, und ich konnte nicht mehr weinen. Die Angst vor jeder Bewegung in der Nacht, die Angst vor der Dunkelheit war verflogen. Zwischen Pinien, Hecken, Olivenbäumen und einem wolkenlosen Himmel, der einen Bilderbuchtag mit Fernsicht versprach, als wollte der Herbst noch einmal beweisen, wie er an den Sommer erinnern konnte, zeigte der Morgen seine blutige Fratze. Ich drehte mich zum Azurblau des Tyrrhenischen Meeres, geschmeidige Ferne. Im Dunst verschwinden. Nie wieder umdrehen, das Monströse aus dem Augenwinkel übersehen können. Gestern konnte ich im Dunkel keinen Schritt tun, ohne genickbrüchig in der Brandung zu enden.

Nie, heute noch irgendwann, könnte ich meinen Blick vom Meer wieder lösen. Alles andere überstieg bisher gekanntes Grauen, übertraf den Schmerz, der mir die Gewißheit um Uschi verschaffte, als hätte es nicht genügt zu wissen, daß die Frau, diese verdammt attraktive Frau, diese Frau meines ganzen Lebens, in jedem Augenblick bei mir, seit der Garagenprobe, seit dem Schmetterlingsnetz, das geheimnisvoll lächelnde Hutfragment, die Augen meiner Weltrevolution, die Uschi all meiner eigenen Jahre tot vor mir lag.

Der spitze Granit dieser Insel. Schneiden, Reißen, Abtrennen, Zerteilen des weichen Körpers. Halsauflage, Klinge. Die echte Charlotte Corday, nicht die aus dem Stück, die du gespielt hast, Uschi, die echte, ohrfeigte der Henker nach ihrer Enthauptung, wodurch, wie umherstehende Gaffer bestätigten, sich ihre Wangen röteten. Der alte Sanson (dreitausend Köpfe) wollte das Geschäft an den Sohn weitergeben. Der Sohn nahm den Kopf und zeigte ihn dem Volk. Stürzte mit dem Kopf vom Gerüst. Verschwand mit dem Kopf in der Tiefe des Volkes. Genickbrüchig. Minuten nach dem Fall der Klinge.

Fehlende Minuten. Entscheidend. Der Abgrund. Einschneidend. Gras und Fels in der frühen Sonne. Mein geschundener Blick. Rote Spur von Blut ins Nichts. Unter mir in der Tiefe die Gischt. Dort irgendwo unsichtbar ihr Gesicht. Umwickelt von ihrem Haar. Unverzichtbar. Ihre Strähne. Unerreichbar.

Bestialisch und erbarmungslos ist die Logik, mit der Naturgesetze in den Willen des Menschen einschlagen, Schwerkraft und Geschwindigkeit, der Mensch als Objekt im Raum. Banal. Was bleibt, sind ein paar Blutspritzer, aber es wird ja meistens rasch abgeräumt. Naturgesetze sind dürftig. Geistlose Abläufe. Schamlos. Obszön. Dann passierte es eben, und ab in den Graben mit ihm, gleich mit zwei Rädern, der konnte überhaupt nichts machen, er überschlägt sich ein paarmal und dann rein in den Baum.

»Nein«, schrie ich, »nein!«

Im trockenen Mund kein Speichel, Stechen beim Schlukken. Im trockenen Auge keine Träne, Brennen bei jedem Wimpernschlag. Der Schrei bricht, verschwindet über dem Meer, verhallt ungehört zwischen Zerklüftungen. Alleiniger Hörer der Schreiende. Ausgeliefert. Und das Stechen? Zukunft kündigte sich an, ungewiß wie jetzt die Leere, die Taubheit, die fehlende Atemluft, die Geruchlosigkeit, in der sich nichts, gar nichts nach dem Geschehenen richtet, als sei es nur für mich geschehen. Ist es auch. Niemand sonst weiß.

Der Lauf der Welt zerdrückte mir den Schädel. Die Frage Was jetzt? wich zurück. Zwingend war der Stillstand nur für mich, im Lauf des Übrigen. Losgelöst aus jedem Zusammenhang. Einzelteile des Lebens, zerquetschtes Blech, ein zerrissener Körper. Hier lagen die Splitter, das Dichtungsgummi, ein Rückspiegel, ein Scheibenwischer. Grotesk. Nichts paßte mehr. Alles für sich betrachtet Schrott, organisch und anorganisch. Organisationsfrage überflüssig. Final geklärt. Hirntod. Mann am abschüssigen Grashang, neben ihm seine Frau als Rumpf. Eben passiert, ab in den Graben, rein in den Baum. Über die Klippen.

Ein angemessener Sprung nach vorn, nach unten in die Brandung, in Uschis Gesicht, ins Glück, würde den Unfall zu zweit vervollständigen, der Ehemann am Steuer stürzte zu Tode, trieb zerstückelt oder blähend im Meer, irgendwohin. Wer weiß, wann man den Unfall überhaupt entdeckte. Gras und Blumen würden auf Uschis Rumpf wachsen, vielleicht auch Osmunda regalis. In friedlichem Gedenken der Natur, die sich in uns einrichten würde, die sich uns im Sinn des Großen und Ganzen einverleiben würde. Der Schritt ins Leere, im Widerstreit mit dem Leben, an dem man hängt wie an einem Strick, an dem doch besser ein Aristokrat, ein Spekulant, ein Konterrevolutionär aufgeknüpft würde, irgendeines Arschlochs müßte man doch habhaft werden.

Das Feine und das Grobe vereinen sich im entleerten Sinn. Hülle meiner Existenz, homo bulla, hauch deinen Geist aus. Lebe im Sterben die Kontingenz. Hast doch studiert. Geschlurfte Dürftigkeit. Also. Wehre dich nicht dagegen, gehe ein in die Mechanik des Todes. Die Zukunft, die mit Schluckschmerz, mit dem Verdacht einer unaufhaltsamen Diagnose auf mich, auf mich allein, zurollte, wäre mit einem Mal ausgetrickst. Besser könnte sie nicht werden. Kein Baum würde sich wieder aufrichten, kein Auto würde sich zurück auf die Straße überschlagen, kein Fahrer würde kämpfen, keine Räder würden bremsen und rückwärts aus dem Unfall herausfahren. Bis zum Morgen zurück, bis zum Abend davor. Nichts. Aus.

»Komm, Ernst – Ernst?«

»Ja.«

»Wir gehen in eine Apotheke, Salbe kaufen. Das muß versorgt werden.«

Jetzt fiel es mir wieder ein: Osmunda regalis, auf Deutsch Königsfarn.

»Ich bleibe hier, Marcel. Muß das irgendwie zu Ende bringen.«

»Zu Ende bringen?« fragt der kleine Marcel verständnislos. Er mag in seinem verwachsenen Sosein seinen Geist um so besser gestaltet haben, um damit desto gründlicher die Welt zu durchpflügen, aber gelebt hat er nur schlappe fünfundzwanzig Jahre.

»Zu Ende, verstehst du? Anfang, Mitte, Ende. Der Körper hat sich befreit von den Dingen, die da nicht reingehören, hat sich gereinigt. Aber der Vorgang muß abgeschlossen werden, verdient einen spürbaren Abschluß.«

»Du meinst, eine Schlußszene?«

»Das klingt sehr flach und theatralisch.«

»Du bist nicht so der theatralische Typ, Ernst, was?«

»Überhaupt nicht!«

»Gut, ich besorge dir ein frisches Hemd, Schnittke hat immer ein paar in seiner Garderobe.«

Die Mechanik des Alltags greift um sich, die abgezirkelten Rituale, die Einpassung in den technischen Ablauf kriegen mich doch noch zu fassen. Ich, Beute des Fernsehens. Notwendige Unterwerfung des Studiogastes unter den Betriebsablauf. Angeschmiert. Aber auch angekotzt, immerhin. Marcel holt ein Hemd. Ich warte neben meiner Aktentasche im Gastraum auf ein Hemd. Ich warte auf Rettung. Tu was, Ernesto, manchmal muß man sich selber retten. Ach Uschi, du fehlst. Wenn man dich braucht, bist du tot. Ich schreite auf weichem Boden durch die Gänge. Die blaue Tür öffne ich einen Spalt, um zu sehen, was geschehen ist und was geschieht.

In der Maske treffe ich Schnittke in Unterwäsche. Hat geduscht und wartet auf Hemd und Hose, die Olli längst gebracht haben müßte. Längst.

»Wo bleibt der nur? Wollte mir längst das Hemd bringen.« Doris schminkt.

»Marcel, mein Küchenbub mit rottem Kopf. Mußte alles ausziehen, alles versaut. Zum Glück sieht man nur das Hemd, und ich habe von jedem immer zwei, für alle Fälle, und das hier ist der schlimmste Fall meines Lebens. Wie lange mache ich jetzt Fernsehen? Wir machen den letzten Take noch mal. Setz dich doch zu mir.«

Ich muß wegschauen, denn im Eingriff seiner Unterhose schimmert Haut: »Danke, Herr Schnittke, aber ich bräuchte ein Hemd für Herrn Tischler.«

»Ein schrecklicher Mensch, der Fischler. Kotzt mir hier alles voll. Kotzt mich an. Aber kann nichts dafür. Die Aufregung wird's gewesen sein. Ich nehme keine mehr, die selten im Fernsehen sind. Das war das letzte Mal. Der Olli soll in Zukunft genau recherchieren, ob die Gäste fernsehtauglich sind.«

»Haben Sie ein schwarzes Hemd?«

»Wie, eins von meinen? Für den Fischer? Nein!«

»Aber er braucht eins, sonst können wir den letzten Take nicht machen. Und Sie wissen ja, der letzte Take, die Zuprosttotale, fehlt noch.«

»Dann gib ihm eins von den alten, die hängen hinten im Schrank. – Olli! Wo bleiben die Sachen?«

Während das Einsatzkommando nach der Stürmung des Studios die Tischlereien beseitigt und den Raum von meiner Anwesenheit reinigt – wie ein Dirigent gibt dieser Wolf die Einsätze –, dringe ich unbemerkt dort ein, wo ich den Regisseur, den sogenannten Hansi, vor der Aufzeichnung – unter Live-Bedingungen, Unwort meines Endes, unwürdiges Ende – verschwinden sah, in die Herzregion der Technik. Regie steht auf der Tür. Kein Mensch da. Ich bin drin. Aber ich habe nicht die leiseste Ahnung, was ich an den Schalt- und Mischpulten schalten und mischen sollte. Unbegreifliche Lämpchen leuchten und leuchten nicht, und Regler regeln, maßregeln, aus bestimmten Positionen. Schaltzentrale: den Vierundzwanzig-Stunden-Sendebetrieb auf den Begriff Haß bringen. Auf der Monitorwand sehe ich, wie Wolf und seine Damen mit Handschuhen, Kopftüchern und ausdruckslosen Gesichtern wischen. Streifenfrei. Das Medium hat mich ausgetrickst. Mein Finale verschwindet im Giftschrank eines Senders, oder der Regisseur zeigt es seinen Kindern an Weihnachten. Ich war miserabel vorbereitet. Jetzt muß ich mich fügen, werde von Marcel mit dem Hemd erwartet. Die GSG 9 hat das Studio verlassen, nur noch eine leichte säuerliche Note schwebt durch den Raum. Ansonsten Sagrotan und Zitrus. Blitzblank. Ich schleiche mich in die Korridore zurück. Vor meiner Tür begegne ich Marcel mit einem Hemd auf dem Bügel. Er sieht mich fragend an. Ich antworte nicht. Das Hemd sitzt wie ein Kartoffelsack.

»Beschissen«, sage ich.

»Versendet sich«, sagt Marcel, »auf zum letzten Gefecht!«

Er lächelt. Mein Blick straft ihn. Er entschuldigt sich. Er weiß. Er ist eins von den kleinen Scheißerchen, die in tauben Gängen und blendenden Dekorationen irgendwie durchkommen. Müssen.

»Ich hoffe, Sie haben sich erholt«, sagt Hansi hinter Ernst im Studio.

Ich drehe mich um.

»Ja, ich bin wieder auf dem Damm«, sagt Ernst, geschäftsmäßig. Fremd. Taktisch.

Sage ich zum Regisseur. Ich, planloser Revolutionär, verkannter Aktivist. Wenn einem nichts erspart bleibt, ist man dann ein reicher Mann?

»Es ist ganz einfach, Herr Tischler. Wir machen nur den letzten Take, wo Sie sich noch mal zuprosten.«

Zum Heulen ist mir.

»Doktor Schnittke ist auf dem Weg.«

Da ist er. Im frischen Hemd. Frischgewaschen, mit frischer Glatze und frischer Brille.

»Na, irgendwie riecht es immer noch«, sagt Schnittke mit einem Bezichtigungsblick zu mir.

Eine Schmach. Der letzte Take wird eine Erniedrigung sein. Aber Schnittke hat natürlich recht, die chemische Kraft des Kampfeinsatzes hat den säuerlichen Magengeruch nicht überdeckt. Letzte Kräfte. Mein Stündlein.

»So, den Schlußtake bitte. Einfach noch mal zuprosten!« sagt die große Stimme, der sogenannte Hansi. Die Revolution frißt ihre Väter. Und was frißt sie noch? Einnahme der alten Positionen.

»So. Genau. Danke. Die Gläser. Die Gläser füllen.«

Das tut Marcel. Er geht an mir vorbei: »Noch einen letzten Wunsch?« Ich schüttle den Kopf. Ich öffne willenlos die Augen für die Kamera, keine Augenbinde!

»Und bitte!«

Rotlicht. Schnittke sieht mir mit neutralisierter Verachtung ins Gesicht: ein Profi. Die Gläser sind gefüllt. Schnittke will sein Glas heben.

»Moment. Anschlußfehler. Die Gläser sind viel zu voll.«

Marcel kippt in den Ausguß.

»Ja, danke. Und bitte!«

Es liegt was in der Luft. Aber was? Ein ganz besondrer Duft. Da. Neben dem Doktor brodelt es. Die Friteuse ist noch an. Und eine ausgeworfene Tischlerei hat sich ins siedende Fett verirrt. Sie wird von kleinen Blasen umspielt und bräunt sich. Schon ein schwärzlicher Röstton. Noch gibt es Hoffnung. Ich nehme mein Glas in die Hand.

Ich stehe neben Olli und sehe die Bewegung, die ich nicht verstehe. Tischler läßt das Glas fallen.

»Was macht der denn da?« sagt Hansi. »Die Zwei auf den Gast.«

Auf dem Rückweg nach Frankfurt sagt Bela: »Ärnst, mit ihm knackst du ein paar Autos, das kann er sähr gutt. Wir brauchen einen Fuhrpark, verstähst du? Laß einfach ihn machen, am besten wenn er von der Aktion in Schweden wieder zurick ist. Dann Lagerhalle anmieten, mit falschen Papieren, ist klar, Ärnst, ist klar, oder?«

»Am besten als falscher Inspektor Ryder und falscher Sergeant, gell?« sagt Jutta und zieht ihre Strumpfmaske auf.

»Ernesto, die Philosophen haben die Welt nur verschieden interpretiert, es kommt darauf an, sie zu verändern«, sagt Uschi und entsichert ihre Pistole.

»Okay, mach ich.«

»Und dann die Aktion im Studio, Ärnst, hast du alles vorbereitet?«

»Munition besorgt?« fragt Uschi.

»Ich mache es mit der Friteuse. Plötzlich, aus dem Nichts.« Schnittke zappelt in meiner Hand. Im Studio ist es mucksmäuschenstill. Keiner regt sich.

»Regisseur Hansi, die Kamera jetzt auf mich.«

»Welche?« fragt die große Stimme.

»Die Drei«, flüstert mir Marcel zu.

»Die Drei«, sage ich.

»Geht nicht, die Drei zeigt den Dekokorb.«

»Dann die Zwei.«

Rotlicht auf der Zwei. Ich habe es geschafft. Für Schnittke gibt's nur eins.

»Die Eins?«

»Nein, nicht die Eins!«

Hinein, hinein! Schnittke schüttelt den Kopf, aber: Widerstand ist zwecklos. Das schwarze Tischlerbröckchen schwimmt zur Seite, und im siedenden Öl findet sich Guido Schnittke wieder. Die Brille rutscht ihm von der Nase. Mehr ist im goldnen Sprudeln nicht zu sehen. Nicht, wie die Wimpern abfallen, die Nasenhaare. Nicht, wie die Haut aufplatzt. Nicht, wie die Augen kochen. Ein schriller Schrei, und Herr Schnittke verliert das Bewußtsein, erinnert sich nur dunkel an Tischler, Fischler, Fischer, Fisch, F. Aus der Friteuse kippt der Kopf. Eine aufgeplatzte Tomate. Der Teigmantel fehlt.

»Die Zwei bleibt auf Schnittke!«

»Danke, Regisseur Hansi«, sage ich.

Ganze Arbeit habe ich geleistet, ganze Arbeit, und schließe die Augen. »Gute Nacht«, sage ich und decke mich mit Kies und Sand zu. Ohne ein Element von Grausamkeit, das jedem Schauspiel zugrunde liegt, ist Theater nicht möglich. Bei dem Degenerationszustand, in dem wir uns befinden, wird man die Metaphysik via Haut wieder in die Gemüter einziehen lassen müssen.

Der Raum ist hell. Im Krankenzimmer warte ich auf die Morgenvisite. Hat die Schwester schon Fieber gemessen? Nein. Heute gibt es keinen desinfizierten Krankengeruch. Ziemlich krank. Neben mir auf dem Nachttisch steht eine volle Urintasche. Nein. Meine Aktentasche. Ich bin's.

»Guten Morgen.«

»Hallo, Ernst. Ich bin's, Marcel, erinnerst du dich?« Er lächelt und fächelt, Luft mit dem Drehplan. »Du bist jetzt eine Ohnmacht weiter. Also nehmen wir Jürgens Auto, einen edlen Flitzer, eine echte Alfa Giulietta. Kennst du?«

»Sagt mir nichts.«

»Bist du fit? Wir hauen hier ab, bevor der Arzt kommt.«

»Wo fahren wir hin?«

»Irgendwohin.«

»Wunderbar, genau meine Richtung. Nimmst du mich mit?«

»Klaro.«

»Und Schnittke? Ist er tot?«

»Tot?«

»Hat er überlebt?«

»Der lebt auf jeden Fall und sitzt in der Maske.«

»Und die Maskenbildnerin kriegt ihn wieder hin?«

»Er ist ziemlich sauer und hat gesagt: ›Diesen Fischler morphen wir einfach ins Bild, ich kann ihn nicht mehr sehen. Und die Parmesanreibe kriegt er auch nicht!‹«

»Das hat er gesagt?« fragt Tischler, Ernst, enttäuscht, deprimiert, weinerlich.

»Jo, aber Schnittke nennt jede Bildbearbeitung morphen.«

»Klingt wie Schlurfen.«

»Schlurfen paßt auch gut zu Schnittke. Er ist ein Vollpfosten.«

»Ein was?«

»Ein Vollpfosten.«

»Sehr poetisch.«

»Fertig?« sage ich zu ihm, er hängt noch etwas blaß und taumelig im Sessel. Wird schon. Wird schon werden.

Und auf! Gar nicht so einfach. Ich lächle vor Marcel um Gnade. Seine Sommersprossen scheinen gewuchert zu sein, tummeln sich unheilvoll in seinem Gesicht. Ein Rüdigergesicht, bevor er mit Belas BMW von der Autobahnbrücke in die Tiefe gesegelt ist, die Bullen ihm dicht auf den Fersen. Uschi ist weitergefahren, war hinter ihm und ist weitergefahren, hat noch gesehen, wie er über die Leitplanke, ein Looping, elegante Drehung um sich selbst. Bremslichter der Polizei. Und auf! In den Himmel hinein. In den siebenten Himmel der Liebe. Hineingeschraubt.

Auf dem Parkplatz sehe ich den Flitzer dieses Jürgen. Es ist das Modell, mit dem Piccoli in *Die Dinge des Lebens* verunglückt. Unsere Flucht kann nur ein Erfolg werden.

»Schöner Wagen, oder?« sagt Marcel.

»Allerdings«, sage ich.

»Du hättest heute morgen damit hierherkommen können. Jürgen hätte dich im Hotel abgeholt, aber du warst schon unterwegs«, sagt Marcel. »Wir fahren einen kleinen Umweg.«

»Ach, erst wohin und dann irgendwohin?«

»Genau.«

Wir rauschen mit quietschenden Reifen davon. Ja, das bin ich. Neben mir Marcel am Steuer. Hinter mir Rüdiger, der mit den Armen fuchtelt. Staub wirbelt um das Auto auf.

Und wir legen eine echte Flucht hin, aufs Ossendorfer Parkett, erst ein kleiner Schlenker an der Haftanstalt vorbei, wo Uschi von Juni zweiundsiebzig bis Februar dreiundsiebzig saß. Kennt der Kleine alles. Habe ich eben Uschi gesagt? Ulrike meine ich. Und weiter.

Von Ossendorf fahre ich weiter zum Stadtwald. Im Film geht alles so schnell, und es ist nicht klar, wer schießt. Aber es ist hier passiert, habe gegoogelt. Ich überquere die Aachener Straße und biege dann rechts in die Hültzstraße ein, und weiter. Birken flankieren die Straße. Dann kommt die Vincenz-Statz-Straße. An der Ecke halte ich.

»Hier«, sage ich.

Auf der linken Seite die dichten Bäume eines großen Waldes, rechts Villen.

»Was ist hier?« frage ich Marcel.

»Hier wurde Schleyer entführt, genau an dieser Stelle.«

»Ach. Echt?«

Ich schalte den Motor aus. Ernst steigt aus und sieht sich um. Er schwankt zwischen Ratlosigkeit und höflicher Neugier, wie Nico, Pippas Windspiel, das am Essen schnuppert und nicht weiß, ob es Lust darauf hat. Habe ich ihm eine Freude gemacht?

Unspektakulärer Herbstwald. Da ist was. Ein Kreuz mit Grünzeug und grauer Stele. Bilder des Entführten und seiner getöteten Begleiter. Flattermann am Ehrenkranz: Die Bundesvereinigung der deutschen Arbeitgeberverbände. Auch der Gewerkschaftschef wollte solidarisch mittrauern, verunglückte dann aber. So was, gell? Da denkt ma an nix Böses.

»Wollen wir weiter?«

»Soll ich dich nicht doch ins Hotel fahren?«

»Auf keinen Fall. Aber wenn wir unterwegs was zu trinken kaufen könnten, wäre es wunderbar.«

»Klaro, Ernst. Da gibt es überall Büdchen.«

»Büdchen klingt gut.«

Auf dem Weg irgendwohin flackern irgendwo immer die beiden Domtürme auf, das habe ich schon verstanden, aber man sieht sie als Einheit. Wie ein Turm mit zwei Spitzen. Wahrzeichenhaft am Rhein. Isolationshaft in Ossendorf. Ossendorf, Genossendorf. Man könnte tischlern in dieser Stadt, aber man ist nur Gast.

»Wir fahren die Ringe entlang«, sagt Marcel.

»Ja, fahren wir die Ringe entlang. Ich weiß zwar nicht, was es bedeutet, aber fahren wir, fahren wir.«

»Gleich sind wir am Rhein.«

»Am Rhein? Wunderbar!« Letzte Worte sind zu sprechen. »Könnten wir noch was zu trinken kaufen? Meine Kehle sticht.«

»Natürlich, Ernst.«

Egon und Volker geht es gut. Wohnen auf Teneriffa.

Ernst gibt mir seine Aktentasche, da sei sein Portemonnaie drin, er warte im Wagen. Ich gehe über die Straße und kaufe im Büdchen zwei Flaschen Wasser. Ich höre das Aufheulen eines Motors. Ein klassisch aufheulender Motor, wie man ihn heute nicht mehr hört. Wie ich ihn nur auf dem Pelati-Parkplatz am Abend höre, wenn Jürgen losfährt und mich natürlich nicht mitnimmt. Ja, ein italienischer Sportwagen der sechziger Jahre. Beim Bezahlen sehe ich, wie Jürgens silbergraue Giulietta sich mit Ernst am Steuer in den Verkehr einordnet. Ich renne aus dem Laden, aber Ernst beachtet mich nicht. Er ist zu sehr mit dem Verkehr beschäftigt. Ein konzentrierter Blick aufs Verkehrsgeschehen ist das Letzte, was ich von ihm sehe. Er fährt ein in den Strom. Straßenverkehr am Nachmittag, auf den Ringen wird's wieder eng. Ich bin entsetzt, aber rege mich schnell ab, denn das Auto gehört dem Arsch mit der gelben Brille, einem hundertprozentigen Vollpfosten. Da gehe ich nie wieder hin, in diese Kackbude.

In der Aktentasche befindet sich: ein Portemonnaie, eine Tüte, eine Kladde, ein Umschlag, eine Packung Schmerztabletten, eine Büroklammer und Flusen. Im Portemonnaie war Geld, da hat er nicht gelogen. Ich habe zwei Flaschen Wasser damit bezahlt. Ein Zwanziger und ein Hundert-Euro-Schein. Die Tüte klebt und stinkt. Im anderen Fach die Kladde, darin ein paar Zettel und Zeitungsschnipsel, und ein Rezept, wohl für einen Zwetschgenkuchen. Die Kladde ist mit Bleistift vollgeschrieben. Tagebuch. Die Schnipsel sind vergilbt. Ein alter Mann fährt seine Erinnerungen spazieren. Kommen die auch mal an die Luft. Tut ihnen gut. Fallen aber mir in die Hände. »Die Identität des vor zwei Wochen in einer zum Abriß freigegebenen Westend-Villa aufgefundenen Leichnams, eines blonden jungen Mannes von circa 25 Jahren, ist weiterhin ungeklärt.« Die Kladde ist kein Tagebuch, er hat seine Träume aufgeschrieben. Wer macht so was? Vier Seiten Rechenschaftsbericht, im Umschlag ein Manuskript, *Das letzte Mahl im Bunker – Hitlers Diätköchin Constanze Manziarly.*

Natürlich stellt sich die Frage, ob ich den buckelten Marcel seinem Schicksal überlassen kann, ob ich ihn mit der Verstörung dieses Tages allein lassen darf. Dem Studio hinterlasse ich ein besudeltes Hemd und trage, ich merke es, Schnittkes schwarzes, das mich einem Kartoffelsack ähnlich macht. Vielleicht wird Marcel meinen Zettel bei den Traumprotokollen finden, die Zeile, die ich ihm geschrieben habe. Er wird begreifen, er wird die große Chance sehen. Ist der Satz zu melodramatisch geraten? Die Gefahr, daß letzte Sätze, wenn man sie zu lange vorbereitet, melodramatisch geraten oder gar mit einer Bedeutung aufgeladen scheinen, die ihnen gar nicht zukommt, ist immer wieder gegeben. Zu allen Zeiten. Man schätzt die Gesellschaft falsch ein, man schätzt einzelne Personen falsch ein, man ist im Wahn einer höheren Ordnung, die gegen Ende plötzlich in Erscheinung tritt, wie bei den Schwindsüchtigen das zugespitzte Leben, alles so groß, und alles hier, und alles jetzt, so nah. Oder bei Doktor Schnepper, erst blieb das Nichwahrnichnich, dann kam das Bild des frankierten Abschiedsbriefes auf dem Schreibtisch hinzu. Der Inhalt ist eines, aber zu einem Brief gehören einfach Kuvert und Marke. Der Doktor leckt die Marke, drückt sie aufs Kuvert und setzt sich ins Auto. Ein ordentlicher Mensch muß Ordnung hinterlassen. Muß sich freimachen oder den Abschiedsbrief. Mama wird achtundachtzig. Lebt mit Egon und Volker. Auf Teneriffa. Letztes Jahr hat sie ihre erste Paella gemacht. Mit Kapern. Unglaublich gut. Habe vergessen, mir das Rezept geben zu lassen.

Was mache ich mit Rudi Dutschkes Aktentasche? Ich bin kein Archiv. Ich werde sie nicht behalten. Heute morgen kannte ich diesen Ernst noch gar nicht. Also behalte ich auch seine Tasche nicht. Wenn ich sie jetzt an die Hauswand stellen würde, wäre es auch egal. Aber man muß so was in Würde zu Ende bringen. Nicht Pippas Windspiel beim nächsten Gassigehen einfach irgendwo anbinden, sondern zurückbringen oder ins Tierheim. Den klapprigen, sabbernden Köter, schlimmer als sein Frauchen. Sie ist meine Mutter, man müßte sie mit dem Hund anbinden. Schlußszene hat Ernst das genannt. Quatsch, ich habe das so genannt, und Ernst fand es doof. Ab ins Fundbüro. Spießig, aber gesellschaftlich geregelt. Die Tasche wird versteigert, ohne Inhalt natürlich, der Inhalt, alte Zettel, ist nichts wert. Er wird über die Altpapiersammlung ordnungsgemäß entsorgt. Die Tüte kommt zum Verpackungsmüll, obwohl da auch Bio drin ist. Mit Lederpflege kriegt man die Tasche wieder in Schuß. Mindestgebot: fünfzehn Euro. Die Wahrscheinlichkeit, daß ein Mitarbeiter des Fundbüros das Manuskript liest, anstatt es zu entsorgen, daß er seinen Dienstpflichten nicht nachkommt, sondern trödelt, womöglich während der Arbeitszeit im Manuskript blättert, Gefallen findet an dem Text, sich von Hitlers Diätköchin ein völlig neues Bild macht, vielleicht herausfindet, daß es von Ernst Ewald Tischler stammt und wer Ernst Ewald Tischler ist, diese Wahrscheinlichkeit ist ziemlich gering.

Am 17. Februar 1673 spielte Molière auf der Bühne im Palais Royal zum vierten Mal sein neues Stück, das er eine Woche zuvor erst uraufgeführt hatte: *Le malade imaginaire.* Natürlich spielte er den reichen Argan, der sich von den Ärzten mit zahlreichen Klistieren das Geld aus der Tasche ziehen läßt. Als das glückliche Ende, das vor allem Argans Tochter Angélique mit ihrem Geliebten Cléante gegen Argans Widerstand vereinen soll, nicht mehr aufzuhalten ist, macht man kurzerhand Argan den Vorschlag, selbst zum Doktor promoviert zu werden, was direkt in die Feier der Doktorwürde noch am selben Abend übergehen würde. Für Argan werden nicht alle Träume wahr, denn es sind Schauspieler, die ihm nun die feierliche Verleihung der Doktorwürde als theatralisches

Intermezzo vorführen sollen, mit ihm selbst in der Hauptrolle. Noch schöpft er keinen Verdacht, aber sein letztes Wort auf der letzten Seite des letzten Auftritts sagt er skeptisch verhalten: »Allons, voyons cela.« Da brach Molière auf der Bühne zusammen und starb wenige Stunden später, noch nicht einmal abgeschminkt.

Die Aktentasche ist wertlos und schäbig. Das Manuskript umfaßt hundertdrei Seiten, handschriftlich. Damit läßt sich arbeiten. Wenn man neben seiner Diss nichts publiziert, wird man gerne als eindimensional und untätig angesehen. Ich nehme den Umschlag aus der Tasche, sehe mir die Tasche, die mir heute morgen erst begegnet ist, ein letztes Mal an. Sie scheint größer geworden zu sein. Sie ist größer als heute morgen, als sie in Ernsts Hand baumelte. Ich denke, das ist wie mit den Füßen. Sie sind nachmittags größer, und darum sollte man Schuhe nachmittags kaufen. Nachmittags paßt mehr in so eine Tasche. Die Kladde mit den Zetteln ist der Traum vom eigenen Leben. Den überlasse ich anderen. Wer die Tasche findet, kennt aber Tischler nicht, und wer ihm nicht begegnet ist, der weiß auch nicht, daß die Tasche mal Dutschke gehört hat, und wer das nicht weiß, für den ist alles in der Tasche überflüssig. Besonders die Kladde. Ich werfe die Tasche zwischen zwei parkende Autos und gehe mit dem Umschlag und den Wasserflaschen weiter. Traurig, aber heiter. Alles easy!

Da taucht der Rhein vor mir auf. Ein Restaurant, das auf einer Plattform weit über die schwarzen Quadersteine seines Fundaments hinausragt, sich über das Ufer hinwegsetzt. Dieses gelbe Häuschen und ein Baum daneben bilden, was Barbara Repoussoir genannt hat. Ich habe dabei immer an ein Männerklo gedacht, in meinen drei Wochen mit Barbara, aber das

Repoussoir ist eine ganz wunderbare Sache, gerade wenn man mal nicht muß. Man kann sich hineinversenken, man kann sich in ein Landschaftsbild versenken, hineindenken, in die Weite eingehen, während so ein Häuschen im Schatten oder dunkles Astwerk im Vordergrund einen Rahmen bilden, der den Hintergrund erst so verführerisch macht, ihn als das Eigentliche und Wünschenswerte herausstellt. Bei meinem silbergrauen Alfa sind es die abgerundete Windschutzscheibe und der Rückspiegel in der Mitte, vielleicht auch das Lenkrad, die in den Blick durch die Scheibe hineinragen, in den Blick, der das Auge in die Landschaft zieht. Ein Flug könnte beginnen, bei dem man in kürzester Zeit alles von oben betrachten kann, endlich, plötzlich dieser Überblick.

Zutaten

2 kg Zwetschgen
(die besten und festen)

500 gr Mehl

1 Würfel Hefe

100 gr Butter

1/4 l Milch

80 gr Zucker

1/2 P. Vanillezucker

1 Prise Salz

2 Eier

Mehl zum Kneten

Mischung aus Zucker und Zimt zum Bestreuen (wie ich sie auch über den Milchreis streue, den du so magst)

Der Autor dankt der Kunststiftung NRW
für die Förderung der Arbeit an diesem Buch.

KUNSTSTIFTUNG NRW

1. Auflage 2012


Lektorat: Melanie Heusel
Buch- und Umschlaggestaltung: Steidl Design / Sarah Winter
Satz, Druck, Bindung:
Steidl, Düstere Str. 4, 37073 Göttingen
www.steidl.de
Printed in Germany by Steidl
ISBN 978-3-86930-512-7